Anthony Hyde

wurde 1946 in Ottawa geboren, wo er auch seine Schul- und Universitätszeit verbrachte. 1968 ging er, auf dem Höhepunkt der Studentenunruhen, nach Europa. Hier engagierte er sich in der Folgezeit unter anderem für die Dissidenten aus dem Ostblock. Heute lebt er wieder in Kanada. Er arbeitet für verschiedene staatliche Institutionen im Medienbereich. Zu seinen Hobbys gehören Geschichte, Segeln und ein PC.

Vollständige Taschenbuchausgabe 1987, 5. Auflage 1993

Titel der Originalausgabe »The Red Fox«
1985 Tusitala Inc.
Umschlaggestaltung: Graupner & Partner, München
Umschlagfoto: The Image Bank / H. Neleman
Satz: DTP im Verlag
Druck und Bindung: Elsnerdruck, Berlin
Printed in Germany
ISBN 3-426-60132-X
2 4 5 3 1

ANTHONY HYDE

RED FOX

Roman

Aus dem Englischen
von Hans Erik Hausner

Knaur

Für Kathy in Liebe

»Wir hegen hier in Amerika ein nur zu augenfälliges und abzulehnendes Vorurteil gegen Rußland, und – darin werden Sie mir zustimmen – es ist die Angst, die dieses Vorurteil hervorgebracht hat. In Rußland ist etwas Seltsames und Unheilkündendes geschehen, es droht unsere gegenwärtige Kultur zu zerstören, und jegliche Veränderung fürchten wir instinktiv... Es gibt unter uns solche, die da raunen, diese Veränderung werde Düsternis und Chaos gebären, und solche, die behaupten, sie sei nichts anderes als ein goldenes Licht, das, anfangs nur eine kleine Flamme, die Erde umkreisen und sie in Glückseligkeit schwelgen lassen werde. Das zu entscheiden ist meine Sache nicht. Ich bin nur ein Bote, der Ihnen seine Aufzeichnungen vorlegt.«

Louise Bryant, *Six Red Months in Russia, 1918*

ERSTER TEIL

May Brightman

»Wenn sie einmal kommt, wird die russische Revolution um so schrecklicher sein, als man sie im Namen der Religion ausrufen wird. Die russische Politik hat die Kirche im Staat aufgehen lassen und Himmel und Erde durcheinandergebracht; ein Mensch, der in seinem Herrn einen Gott sieht, kann sich kaum das Paradies erhoffen, es sei denn durch die Gunst des Kaisers.«

Marquis de Custine, *La Russe en 1839*

1

Ich sollte lernen, daß alle wirklichen Geheimnisse begraben sind und daß nur die Geister die Wahrheit sprechen. Darum paßte es gut: Es begann alles auf einem Kirchhof, inmitten von Geheimnissen, Erinnerungen und Lügen.

In diesem Jahr war der 28. Oktober kalt und regnerisch, und als Pater Delaney und ich die kleine Holzkirche verließen, wurde unser Atem zu Nebel. Es war Herbst; doch schon schmeichelte der Herbst kriecherisch dem Winter. Die drei hohen Eichen, die den Friedhof überragten, waren kahl wie alte Knochen, und zwischen den Grabsteinen war das sommerliche Gras verwelkt und in die braune, wirre Brandung einer versteinerten See gesunken. Langsam und schweigend gingen wir dahin. Ich kam nur einmal im Jahr hierher, aber es war, als ob ich nie fort gewesen wäre. Jeder Schritt brachte einen Ansturm von Erinnerungen: das flatternde Klatschen der Hosenbeine des alten Priesters; der Geruch der feuchten Blätter unter unseren Füßen; ein rostiges Eisenkreuz, das hinter den Büschen hervorlugte: *Jennifer, drei Wochen alt, 1917*. Die Jahre vergingen, und nichts änderte sich hier; als wir schließlich vor dem Grab meines Vaters stehenblieben, hätte es fünf oder zehn oder fünfzehn Jahre her sein können. Die alten Gefühle überkamen mich – der Schock, die Trauer, das allumfassende Nichtglaubenkönnen –, aber jetzt erwartete ich sie schon; sie ergriffen mich so gewohnheitsmäßig, daß ich selbst die Melancholie als tröstlich empfand. Ich blickte auf die blankpolierte Platte aus rotem Granit hinab, und der alte Priester murmelte flüsternd ein Gebet – lateinisch, denn er erinnerte sich, daß meine Mutter es immer so haben wollte. Ich beugte mich vor. Halb kniend legte ich den üblichen Strauß Kornblumen auf den glatten Stein, richtete mich wieder auf und hob den Kopf. Das Grab meines Vaters lag auf dem Kamm des Hügels; von da, wo ich stand, konnte man meilenweit über einen Ausläufer der Tuscarora Mountains nordwestlich von Harrisburg, Pennsylvania, sehen. Niedrige graue Wolken zogen Ranken nieselnden Regens über die gegenüberliegende Bergkette, und jetzt benetzten ein paar Tropfen mein Gesicht. Ein plötzlich aufkommender Windstoß ätzte meine Wange. Ich drehte den Kopf zur Seite. Auch Pater Delaney zog den Kopf ein. Ihm war wohl kalt; er trug nur eine schwarze Soutane mit einem karierten Schal um den Hals. Ich hatte ihn immer gern gemocht. Er war Ende sechzig oder Anfang siebzig: breit gebaut, aber gebeugt, mit dem traurigen, langen Gesicht eines Iren und den

dicken Händen eines Bergmannes, wie sein Vater einer gewesen war. »Ich bin froh, daß du gekommen bist, Robert«, sagte er nach einer kleinen Weile, einer geziemenden Atempause. »Um bei der Wahrheit zu bleiben, ich war nicht sicher, ob du kommen würdest.«
Ein wenig überrascht sah ich ihn an. »Wieso denn, Pater?«
»Nun, ich habe immer verstanden, daß deine Mutter kam, aber bei dir war ich mir nicht so sicher. Ich wußte nicht, was du fühltest.«
Meine Mutter war im vergangenen Winter gestorben; zum erstenmal hatte ich die jährliche Reise allein gemacht. Jahr für Jahr, so viele Jahre lang, war sie regelmäßig gekommen: aus Liebe, aus Anhänglichkeit und Loyalität ... und vor allem aus dem Wunsch heraus, die Zweifel zu widerlegen, die ich in so vielen Augen flackern gesehen hatte. *Ein Jagdunfall. Zumindest nennen sie es so ... Ist mir gleich, was die anderen sagen, es ist einfach nicht recht, ihn hier zu begraben ...* Ich hatte immer angenommen, der Priester hätte die Gründe meiner Mutter einfach auf mich übertragen. Aber ich hatte meine eigenen. Schließlich wußte ich, daß es die Wahrheit war, auch wenn meine Mutter es nicht glauben wollte: Mein Vater hatte sich umgebracht. Das einzige Geheimnis für mich war, warum er es getan hatte.
Schließlich antwortete ich: »Sie hat ihn sehr geliebt, Pater. Wirklich schade, daß wir sie nicht auch hier begraben konnten.«
»Sie wird mir fehlen. Ich habe mich immer auf ihren Besuch im Herbst gefreut.«
Ich warf einen Blick zurück auf den Grabstein. Als ich noch ein Junge war, hatte er mir Furcht eingeflößt – als ob er der eine Backen einer riesigen, schrecklichen Falle wäre. Später hatte ich ihn dann nur noch als frustrierend empfunden: eine versperrte, verriegelte, verschlossene Tür – so laut ich auch klopfte, sie öffnete sich nie. Jetzt war es nur mehr ein Denkmal, aber mir fiel auf, daß die Buchstaben, so tief in den Granit eingemeißelt, allmählich dunkler wurden und daß sich die Schrift in so etwas wie Hieroglyphen verwandelte. Meine Mutter war dahingegangen; jetzt war ich der einzige, der noch herkam, um die verblassenden Zeichen zu entziffern.

MITCHELL SVEN THORNE
17. Februar 1902 - 28. Oktober 1956
London, Paris, Kapstadt, Mexico City, Rom

Mitchell: niemals Mitch. *Sven:* nach einem Urgroßvater aus Stockholm. *Thorne:* ursprünglich »Torne«, nach einem Fluß an der schwedisch-finnischen

Grenze. Bald würde keiner mehr diese Fakten kennen. Wie um dies zu bestätigen, fragte jetzt Pater Delaney: »Diese Städte ... ich versuche mich zu erinnern, warum sie hier angegeben sind.«
»Sie erinnern sich bestimmt, Pater. Er hat im Außenministerium gearbeitet. Das waren die Städte, wo er seinen Dienst versehen hat.«
»Ach ja ... und du wurdest in Südafrika geboren, nicht wahr?« Ich nickte. Ich hatte nur ein Jahr dort gelebt, aber diese Tatsache bereitete mir ein Leben lang Ungelegenheiten: Diesen Geburtsort im Paß stehen zu haben kann sich für einen Journalisten recht unangenehm auswirken.
Pater Delaney trat von einem Fuß auf den anderen. »Du warst vierzehn, als dein Vater starb, nicht wahr?«
»Ja. Schon fast fünfzehn.«
Er preßte die Lippen zusammen und schüttelte den Kopf. »Du warst zu jung, Robert. Ich erinnere mich noch, wie du beim Begräbnis ausgesehen hast; und dann diese ersten Jahre, wie du immer mit deiner Mutter gekommen bist. Du warst immer so steif und schweigsam. Manchmal dachte ich, du mußt furchtbar zornig sein, und dann fragte ich mich, ob du vielleicht Angst hattest – wie einer, der ein Geheimnis weiß, aber sich nicht traut, es mit anderen zu teilen.«
Verdutzt starrte ich ihn an. Wußte er es? Hatte er erraten, daß ich ganz sicher wußte, was andere nur vermuteten? Schnell wandte ich mich ab und sah ins Tal hinunter. Die Regenwand war näher gekommen, hatte sich um die Berge geschlungen und verdunkelte die dahinterliegende Landschaft. Unter uns kreiste ein Falke über einem Feld. Einen Augenblick lang beobachtete ich ihn, doch dann, ganz plötzlich – die Andeutungen des alten Priesters riefen mir jenen Tag wieder in Erinnerung –, ertappte ich mich dabei, wie ich meinen Blick in die Vergangenheit richtete. *Sonntag, 28. Oktober 1956*. Eine Jagdhütte, keine zehn Meilen von der Stelle entfernt, wo ich jetzt stand. Mein Zimmer, kalt und karg möbliert, die Matratze abgezogen; ausgestreckt lag ich auf dem Bett und starrte zur Decke. Neben mir dringen seltsam verzerrte Stimmen aus dem Kopfhörer meines Transistorradios. Ich höre die Sportsendung. Die Giants haben die Eagles 20 : 3 geschlagen. Alex Webster hat den Ball über die Querlatte getreten ... Frank Gifford kämpft sich durch ... Die Stimmen dröhnen weiter. Ich höre nicht mehr hin. Das ist das Wochenende, zu dem wir die Jagdhütte bis zum nächsten Jahr schließen. Mutter hat im anderen Zimmer herumrumort, hat saubergemacht, aber jetzt geht sie hinaus, und die Fliegengittertür schnappt zu. Gleich darauf schwinge ich meine Beine über die Bettkante und setze mich auf; damit erreichen meine Augen die Höhe des Fensters. Jetzt sehe ich meinen Vater. Er läuft von der Hütte weg, einen Augenblick lang

denke ich, er will zum Wagen – aber wie er jetzt im Wald verschwindet, sehe ich die Waffe, seine Schrotflinte, die Remington Wingmaster 870 mit dem halbautomatischen Nachladeschloß. Und ich weiß. In dieser Sekunde kristallisiert sich plötzlich die Spannung, die ich schon die ganze Woche in ihm und in meiner Mutter gespürt habe. *Ich weiß.* Mein Herz klopft. *Unter keinen Umständen darf man mit einem Gewehr in den Wald gehen, ohne vorher allen anderen zu sagen, was man vorhat.* Es ist eine goldene Regel; er würde doch nicht selbst gegen sie verstoßen …

»Robert?«

Sanft faßte mich Pater Delaney am Arm und holte mich in die Gegenwart zurück. Ich versuchte zu lächeln. »Ich habe nur gerade nachgedacht, Pater, und versucht, mich zu erinnern, was ich damals empfunden habe … Wahrscheinlich haben Sie recht, ich war zornig. Aber ich bin nicht sicher, ob ich auch Angst hatte. Wenn ich Angst hatte, dann vielleicht nur deswegen, weil meine Mutter alles so intensiv erlebte.«

»Ja, das stimmt. Aber ich habe jetzt an dich gedacht. Wenn es dir nichts ausmacht, möchte ich dich etwas Persönliches fragen.«

»Selbstverständlich, Pater.«

»Ich konnte das nie sagen, solange deine Mutter lebte, denn ich wußte, es wäre ihr nicht recht gewesen. Ich hoffe, sie verzeiht mir, wenn ich jetzt …« Er zögerte und sah mir dann ins Gesicht. »Als dein Vater starb, wußtest du, daß es da alle möglichen Gerüchte gab?«

»Ja.«

»Du wußtest es damals? Als Kind?«

»Ja, ich wußte es.«

Er schüttelte den Kopf. »Ich hätte es dir schon vor Jahren sagen sollen, aber ich sage es dir jetzt. Diese Gerüchte waren falsch, Robert. Ich kannte deinen Vater nicht sehr gut, aber doch gut genug. Glaube mir – sie waren falsch.«

Den Bruchteil einer Sekunde lang sahen wir einander in die Augen. Dann wandte ich den Blick ab. Schließlich aber, aus Dankbarkeit für das, was dieser alte Mann uns in so vielen Jahren gegeben hatte, gelang mir die Lüge: »Danke, Pater. Ich weiß … ich glaube Ihnen.«

Fünf Minuten lang, während Pater Delaney zur Kirche zurückging, starrte ich ins Tal hinab.

Voranschreitend wie dichter Nebel näherte sich die Regenwand, bis ihre Konturen verschwammen. Dann spürte ich die ersten Tropfen, kalt und stechend, auf meinem Gesicht. Sekunden später, während der Regen stärker wurde, breitete sich ein schimmernder, samtener Glanz auf dem Grabstein aus. Ich fragte mich, ob ich sein Geheimnis bewahrt, fragte mich, ob der alte Priester seinen eigenen Worten geglaubt hatte. Es war schwer zu sagen. Er war ein altmodischer Ire, der der reinen Wahrheit vermutlich wenig Bedeutung zumaß, es Gott überließ, sich um die Toten zu kümmern, und sich lieber mit den Lebenden abgab. Ich begriff, daß er damals, vor Jahren, gesehen hatte, wie aufgewühlt ich gewesen war; jetzt wollte er nichts anderes erreichen, als daß die Geister der Vergangenheit mich in Ruhe ließen. Ich wünschte, er wäre dazu imstande gewesen. Doch was andere Leute vermuteten, wußte ich mit Sicherheit, und ihre düsteren Vorstellungen waren meine lebendigsten Erinnerungen. Während der Regen auf den kalten Grabstein meines Vaters fiel, kehrten meine Gedanken wieder zu jenem Tag zurück. Wieder sah ich, vor Schreck wie gelähmt, meinen Vater im Wald verschwinden. Wieder begann mein Herz wie wild zu klopfen, wieder und wieder – hundertemal hatte ich alles gesehen, aber nichts änderte sich. Immer noch wußte ich mir keinen anderen Rat, als zu laufen, laufen, laufen – aber nie schnell genug. Am Waldrand stürzte ich schließlich zu Boden. Vor mir lag eine Lichtung, ein Stück ausgetrocknetes Moorland voll von totem Spartgras und Sumpffarn. Dahinter konnte ich einen Feldweg sehen und links, auf dem Kamm eines Hügels, einen blauen Chevrolet – unschuldige Bilder eines Schicksalsschlags, die mich noch jahrelang verfolgen sollten. Tränen brannten in meinen Augen. Verzweifelt sah ich mich um, aber nichts regte sich in dieser toten Landschaft. Weil ich wußte, daß mein Vater in der Nähe sein mußte, versuchte ich zu schreien, aber meine Kräfte – so wie zweifellos auch die seinen – waren erschöpft, und nicht einmal die Vögel ließen sich von meinem Schreien stören. Und dann, mit dem gewaltigen Knall des Schusses, explodierte in meinem Innersten die Frage: *Warum? Warum hast du es getan?* Während ich mich jetzt, mehr als zwanzig Jahre später, in die Gegenwart zurückquälte, wußte ich, daß es immer noch die einzige Frage war, die zu stellen sich lohnte.

Warum?

Ich starrte auf den Grabstein hinab – eine Tür, verriegelt und verschlossen, eine Inschrift mit Worten in einer Sprache, die niemand sprach. Würde ich jemals die Antwort entdecken? Hatte wenigstens er sie gekannt?

Jetzt begann es in Strömen zu regnen, kalt und ungestüm. Fröstelnd stellte ich meinen Kragen auf. Aber obwohl er mich durchnäßte, hieß ich diesen Sturm willkommen. *Laßt die Toten die Toten begraben.* Regen und Wind waren lebendig und erinnerten mich, daß ich mein eigenes Leben zu leben hatte. Einmal im Jahr nahm ich mir von diesem Leben einen Tag frei, um nicht zu vergessen, daß ich immer noch der Junge im Wald war, aber jetzt war dieser Tag vorbei.

Ich tat einen Schritt zurück und wandte mich ab. Mit gesenktem Kopf und eingezogenen Schultern ging ich auf die Kirche zu.

2

Wie ich schon sagte, begann alles auf diesem Friedhof, aber damals konnte ich das noch nicht wissen. Der 28. Oktober dieses Jahres schien sich in nichts von den anderen zu unterscheiden: eine Ende, aber nicht der Beginn von etwas Neuem. Warum hatte sich mein Vater das Leben genommen? Während ich in meinen alten grünen Volvo stieg und die Straße hinunterfuhr, schien eine Antwort auf diese Frage genauso fern wie bisher. Ich sagte mir schon immer: Laß es sein, vergiß es, was willst du machen?

Aber natürlich konnte ich niemals vergessen – zumindest nicht ganz. Und daß meine Mutter in diesem Jahr nicht bei mir war, machte es noch schwerer. Während sich die Straße durch die herbstlichen Hügel von Perry County wand, fühlte ich Mutter neben mir und hörte ihre Stimme, leise murmelnd, wie sie an ihn zurückdachte – denn, so paradox es klingt, das war immer ihre Art zu vergessen gewesen. Sie schloß dann immer die Augen und lehnte sich zurück, und langsam kamen die Geschichten heraus, Geschichten, so sorgfältig und kunstvoll konstruiert, daß sie ihn nur noch weiter von uns entfernten und ihn allmählich zu einem Darsteller in einem dieser alten Filme machten, die im Nachtprogramm über die Bildschirme flimmern. Schon seit langem kannte ich die Drehbücher auswendig; während ich jetzt auf die Interstate zusteuerte, fragte ich mich, welches sie wohl diesmal ausgesucht haben würde. Meine Mutter, *une vraie francaise,* war meinem Vater begegnet, als man ihn 1938 nach Paris gesandt hatte. Also hätte sie sich vielleicht der verrückten Komödie um einen ambitionierten jungen Diplomaten entsonnen, der ein drolliges, in Iowa erlerntes Französisch sprach, einem Fabrikanten mit irgendwelchen Genehmigungen half, dafür zum Abendessen eingeladen wurde und sich dann mit seiner Tochter davonmachte. Vielleicht hätte sie ein Melodram ausgesucht – Bergman und Bogart –, denn sie und mein Vater hatten sich ineinander verliebt, als Europa auf den Krieg zutaumelte: Sie tranken etwas im Café Flore, als die Deutschen in Österreich einmarschierten, kauerten in der kalten Wohnung meines Vaters auf dem Montparnasse, während Chamberlain von München nach London zurückflog, und drängten sich während des Blitzkriegs zum Schlager der Saison 1940, zu Maurice Chevaliers *Paris reste Paris* – »Paris bleibt Paris«. Noch Jahrzehnte später konnte gerade dieses Detail bei meiner Mutter immer wieder ein bitteres Lachen hervorrufen. »Aber wir haben es damals ebensowenig als Witz empfunden wie andere Leute«, pflegte sie rasch hinzuzufügen. »Als die Kommunisten ihr schmutziges Geschäft mit Hitler machten, schien es nichts mehr zu geben, woran man glauben konnte, nicht einmal einen Krieg ...« Aber natürlich kam der Krieg. Ende Mai, die Deutschen marschierten schon auf Paris zu, heirateten sie schnell. Und dann folgte – auch eine ihrer Lieblingsgeschichten – eine klassische Hetzjagd wie im Film, denn mein Vater geriet plötzlich in Panik. Aus Angst, sein Status als Diplomat könnte nicht ausreichen, um die Sicherheit meiner Mutter zu gewährleisten, verließ er mit ihr in den ersten Juniwochen, als die englische Botschaft geräumt wurde, eilig die Stadt. »Dein Vater hatte seinen kleinen englischen Wagen und steuerte ihn wie ein Fahrrad durch alle diese Flüchtlinge durch. Ich erinnere mich, daß wir einen Tag bevor Paris fiel, Bordeaux erreichten. Wir hörten die Nachricht aus einem Kofferradio. Damals hatten die Radios große Batterien, die einen eigenartigen Geruch verbreiteten, wenn sie warm wurden – noch Jahre danach verfolgte mich der Geruch in meinen Träumen ...«

Es gab noch viele andere Geschichten dieser Art – meines Vaters klassischer Fauxpas mit Christian Herter... Die unglaubliche Saga ihrer Seereise nach Kapstadt ... Der schrullige Diener in Mexiko City... Während ich jetzt Meile um Meile zurücklegte, ging ich sie alle durch und stellte ein wenig überrascht fest, daß das immer noch funktionierte. Ich machte einen Bogen um Harrisburg und durchquerte gemächlich Hagerstown; als dann die Interstate 81 nach Westen abbog, fühlte ich, wie das Geheimnis des Todes meines Vaters wieder für zwölf Monate an Bedeutung verlor.

Am frühen Nachmittag war ich wieder daheim.

»Daheim« ist für mich jetzt Charlottesville, Virginia, eine kleine Stadt im Piedmont, etwa zweihundert Meilen südlich von Washington, Geburtsort von Lewis und Clark, Sitz der University of Virginia, von unaufdringlicher Südstaaten-Lebensart. Wie immer, wenn ich ankam, konnte ich nicht recht glauben, daß ich mich dort niedergelassen hatte. Die Stadt hat nur fünfunddreißigtausend Einwohner (mit den Studenten ein bißchen mehr), wogegen ich in einer Reihe von Metropolen aufwuchs, in New York (Columbia) studierte und den größten Teil meiner jounalistischen Laufbahn in Berlin, Warschau und Moskau verbrachte – allesamt große Städte, welcher politischen Überzeugung man auch sein mag. Aber als ich der wilden Jagd nach Erfolg müde war und heimkam, fand ich New York und Los Angeles unerträglich und beschloß, mir eine kleinere Stadt zu suchen. Aus zwei Gründen entschied ich mich für Charlottesville: wegen der Universität mit ihren ausgezeichneten Bibliotheken und wegen der Nähe zu Washington, wo die meisten von meinen Kontakten leben. Jetzt, drei Jahre später, fühlte ich mich hier schon richtig heimisch – wohl ein trauriger Beweis dafür, daß ich mich auf die Lebensmitte zubewege. Aber es ist eine Stadt, die einen in Frieden läßt, und ich konnte ein Leben von der Art führen, wie ich es mir wünschte: Arbeit, kleine Vergnügungen, Routine. Ich stand sehr früh auf, schrieb gewöhnlich bis Mittag und schlenderte dann zu *Murchie's* – ein lokales Wahrzeichen –, um Zeitungen und Zigaretten zu kaufen. Wenn es Zeit zum Mittagessen war, gönnte ich mir meistens einen Besuch in der »Mausefalle« oder in einem anderen Studententreff – Bier, Sandwiches und der Anblick einiger hübscher Studentinnen –, um anschließend, vom Alkohol umnebelt, pflichtschuldig die Alderman Library aufzusuchen und mir dort die *Iswestija* der vergangenen Woche und irgendwelche akademische Prosa zu Gemüte zu führen. An diesem Nachmittag bog ich von der Emmet Street ab, kaufte mir meine Zeitungen und Zigaretten, ging in die »Mausefalle«, entschloß mich aber dann, auf die Universität zu verzichten – es hatte keinen Sinn, mir vorzumachen, daß ich heute noch etwas arbeiten würde. Statt dessen kaufte ich im Supermarkt ein paar Lebensmittel und nahm Kurs auf mein Zuhause.

Ich wohne in der Walsh Street, nicht weit vom früheren schwarzen Viertel der Stadt, in einem weißen, mit viktorianischen Ornamenten verzierten Holzhaus. Ich ließ den Volvo an der Auffahrt, wankte mit den Lebensmitteln den Weg hinauf, schob mich durch die Vordertür und ging, ohne mich aufzuhalten, durch das Haus direkt in die Küche. Es war kalt, deshalb heizte ich den alten Holzofen ein (groß wie eine Lokomotive und fast ebenso kompliziert), machte mir einen Kaffee und trug ihn ins Wohnzimmer. Normalerweise war der Besuch des Grabes meines Vaters ein eintägiger Ausflug, aber diesmal hatte ich ihn als letzten Teil an eine zweiwöchige Reise nach New York und Boston angehängt, und deshalb machte der Raum jetzt einen verlassenen, tristen Eindruck auf mich. Um wieder von meinem Haus Besitz zu ergreifen, ging ich herum, rückte Kissen gerade und schob Vorhänge zurück, legte eine Platte mit Musik von Haydn auf und ließ mich aufs Sofa fallen. Quer über den Couchtisch verstreut, den ich jetzt ganz im Blickfeld hatte, lag meine Post. Vielleicht war ich nur einfach müde, vielleicht war es auch die besondere Atmosphäre dieses Tages, jedenfalls fand ich daran nichts Ungewöhnliches und begann fast zerstreut die Briefe durchzusehen. Texaco forderte 58,93 Dollar … Jimmy Swagart hoffte zu Gott, ich würde, gegen eine Mindestschenkung von nur fünfundzwanzig Dollar, eine in echtes Olivenholz gebundene Bibel erstehen … da war ein Brief meines Agenten, betreffend die französischen Rechte meines zweiten Buches, aber darüber hatten wir schon in New York gesprochen, und dann noch allerhand Mist, allerlei Unwichtiges, noch mehr Rechnungen und ein ganzer Haufen Zeitschriften: *The Economist, The Spectator, Foreign Affairs, Slavic*

Review, The Journal of Soviet Studies, BBC Monitors Soviet Broadcasts, The Red Army Journal: Extracts and Commentaries... Ich trank meinen Kaffee aus und trug das ganze Zeug in mein Arbeitszimmer.

Wie die Arbeitszimmer der meisten Menschen, so ist, wie ich annehme, auch das meine ein mehr oder weniger getreues Abbild seines Besitzers. In meinem Fall trifft das ganz besonders zu, da ich es selbst geplant und gebaut habe. Ursprünglich eine Veranda, läuft es über die ganze Länge des Hauses. Bücherregale vom Boden bis zur Decke stehen an der Innenwand (zweitausend Bände, die meisten über die Sowjetunion); an der Außenseite, unter den Fenstern, befindet sich ein Tisch, der meinen wichtigsten Arbeitsplatz darstellt. Dort ist das Rüstzeug zur Ausübung meines Gewerbes in der gewohnten Unordnung verstreut – Papiere, Skizzen, Entwürfe, Separatdrucke aus Zeitungen, Notizen für mich selbst (unleserlich), zwei Tonbandgeräte Marke Uher (von denen eines funktioniert), eine IBM Selectric, eine alte Underwood-Schreibmaschine, die ich seit Jahren als eine Art Talisman mit mir herumschleppe, und mein neuestes Spielzeug, ein IBM PC: 64 Ok, mit Corona harddisk, C-Itoh-Printer... Aber vielleicht sind Sie an diesen neuen elektrischen Dingen nicht so sehr interessiert. Auf jeden Fall glaube ich, daß diese Angaben mich am besten charakterisieren. Sie sollten Ihnen sagen, daß ich so etwas wie ein Einzelgänger bin: Als »Botschaftsbalg« aufgewachsen, lernte ich schnell, auf eigenen Beinen zu stehen, und der Tod meines Vaters schien mich von allen anderen Menschen zu isolieren. Aber ich liebe auch die Bequemlichkeit – in meinem Arbeitszimmer ist ein weicher Lehnsessel nie sehr weit von mir entfernt –, und einer der Gründe, warum ich den Journalismus aufgegeben habe, war die mit diesem Beruf verbundene Unbequemlichkeit: die geliehenen Wohnungen, Bürogemeinschaften, immer wieder Schnellimbisse. Schließlich sollten Sie aber auch erraten können, daß ich meine Arbeit liebe. In gewissem Sinn hängt auch das mit meinem Vater zusammen. Er starb 1956, ein Jahr vor dem Sputnik, und in der großen Panik, die daraufhin einsetzte, begann meine Highschool in Washington Russischkurse abzuhalten. Das war damals genau das, was ich brauchte – etwas, in das ich mich verlieren konnte –, und bald war ich von der Sprache, vom Land, vom Volk völlig gefesselt. Es ist eine Faszination, der ich mich nie wieder entziehen konnte, und seit ich erwachsen bin, habe ich mir auf diese oder jene Weise meinen Lebensunterhalt zum großen Teil als »Rußland-Experte« verdient: als Journalist in Osteuropa und Moskau, kurz auch als (schlecht bezahlter) Lehrer und jetzt als freier Schriftsteller. Nicht einmal an diesem Nachmittag konnte ich widerstehen, ich schaltete meine Maschine ein. Sie begrüßte mich mit dem IBM-Piepton, und dann erwachte eine Seite aus meinem dritten Buch zu grünem, gespenstischem, schimmerndem Leben. Ich überflog sie, fühlte sogar, wie sich in meinem Hirn etwas regte, wußte aber, daß ich zu müde war, um noch etwas Brauchbares zu produzieren. Ich ging ins Wohnzimmer zurück und las mich dort in den Schlaf. Als ich aufwachte, war es drei Uhr vorbei, und das Telefon klingelte. Schlaftrunken torkelte ich ins Arbeitszimmer, um den Hörer abzunehmen – und hatte das gewohnte beklemmende Gefühl, als sich das Mädchen mit »Western Union« meldete.

»Ja?«

»Wir haben ein Telegramm für Sie, Mr. Thorne. Der Text lautet: ›Lieber Robert. Habe ganze Woche versucht, dich zu erreichen. Dringend. Bitte um Rückruf 416 922-0250. Alles Liebe. May.‹« May. May Brightman ... noch nach all den Jahren traf mich ihr Name wie ein Schlag in die Magengrube.

»Mr. Thorne?«

Ich brauchte eine kleine Weile, um mich zu fassen. Ich räusperte mich. »Ja, ja, ich bin noch da, Miss. Könnten Sie mir sagen, von wo das Telegramm kommt?«

»Ja, Sir. Das Telegramm kommt aus Toronto, Kanada.«

Sie war Kanadierin, obwohl sie meines Wissens nie dort gelebt hatte.

»Und könnten Sie mir noch einmal die Nummer geben?«

Sie tat es, und ich legte auf.

May Brightman. Ich stand da, die Hand auf dem Telefonapparat. May... Es war lange her, daß ich von ihr gehört hatte. Drei Jahre? Fünf? Aber natürlich war sie immer in Verbindung geblieben – vielleicht kann dich eine Frau, die dich abgewiesen hat, nie ganz in Ruhe lassen ... Aber das klingt verbittert, und verbittert war ich nicht. Es war genug Zeit vergangen, weiß Gott. Ich war über sie hinweggekommen – darum tat es auch nicht weh. Aber da gab es immer noch etwas anderes ... eine Art Bedauern, das sonderbare Fehlen eines Abschlusses. Was war zwischen uns geschehen? Wie ich jetzt dastand, fast zwanzig Jahre nachdem es geschehen war, wußte ich es immer noch nicht. Sie hatte mich geliebt, hatte es nie geleugnet. Aber als ich sie fragte, ob sie mich heiraten wolle (ich war sehr jung und romantisch genug, um ihr den Antrag auf einer Bank im Central Park zu machen), hatte sie ja gesagt – um schon eine Woche später und ohne Angabe von Gründen ihren Entschluß zu widerrufen. Wußte sie, warum sie es tat? Vielleicht nicht. Vielleicht weiß das keine Frau, die sich in ihrer Lage befindet. Ich riß mich zusammen, und während ich ins Wohnzimmer zurückging, schoß es mir durch den Kopf, wie unheimlich es war, daß sie gerade heute angerufen hatte, denn das war wieder eine Verbindung zu meinem Vater. Ich hatte mein Leben im Schatten seines Todes gelebt, und May war mein größter Versuch gewesen, aus diesem Schatten hervorzutreten. Als sie mich abgewiesen hatte, war ich gezwungen gewesen, mich wieder zurückzuziehen. Wenn ich heute, um bei der Wahrheit zu bleiben, ein einsamer Mann war – wenn auch so zufrieden mit meiner Einsamkeit, wie ein Fisch es mit dem Wasser ist –, so hatte sie zum Teil schuld daran. Sie war nicht die erste Ursache, wohl aber die zweite …

Was konnte sie von mir wollen?

Einen Whisky in der Hand, saß ich im Wohnzimmer und dachte nach. Fünf Jahre war es her, daß wir uns das letzte Mal gesehen hatten. Das war in Frankreich gewesen, genau um die Zeit, als ich das Fernsehen aufgegeben hatte. Ich war ziemlich knapp bei Kasse gewesen; irgendwie hatte sie davon erfahren und mir ihre Bleibe bei Sancerre angeboten, wo ich mein erstes Buch fertigschrieb. Das war typisch für unsere Kontakte all die Jahre hindurch. Man konnte nicht sagen, daß wir jetzt »einfach Freunde« waren, denn die ursprüngliche Beziehung war zu kompliziert und intensiv gewesen und das Ende zu geheimnisvoll, um eine so neutrale Formulierung zuzulassen. Und doch blieb sie in Verbindung mit mir – fast so, als wollte sie mich beschützen. Vielleicht fühlte sie sich ein bißchen schuldig. Ich fragte mich sogar, ob sie vielleicht nur erfahren wollte, wie es mir ging.

Nur daß es im Telegramm »dringend« geheißen hatte … nicht gerade ein Wort, das man mit ihr assoziieren würde. Als wir uns in New York begegneten, studierte sie Cello an der Juilliard School of Music, und einer ihrer Lehrer hatte kritisch bemerkt, sie habe einen »verhaltenen Strich«, was ganz ihrer Wesensart entsprach: eine sanfte Note, die träge durch einen Sommernachmittag schwingt. Da ihr Vater ein wohlhabender Mann war, hatte sie nie gearbeitet, und soviel ich wußte, lebte sie immer noch allein. Zwar hatte sie mich abgewiesen, aber mir blieb der Trost, daß sie auch keinen anderen akzeptiert hatte. Vielleicht war sie deswegen über die Jahre hin ein wenig exzentrisch geworden, aber sie hatte immer schon das ruhige, kühle Selbstvertrauen der Reichen besessen und kaum je die Ruhe verloren. Es gab absolut nichts »Dringendes« in ihrem Leben. Das einzige Mal, daß ich sie wirklich ängstlich gesehen hatte, das war an dem Abend gewesen, als sie mir zu sagen versuchte, warum sie beschlossen hatte, unsere Verlobung zu lösen – aber nach zwanzig Jahren konnte das wohl nicht der Anlaß für ihr »dringendes« Telegramm sein. Aber was … ich stellte das Glas hin und nahm den Hörer ab.

Sie meldete sich schon nach dem ersten Läuten – als ob sie wartend neben dem Telefon gesessen hätte. Und sie war offenbar sehr erregt.

»Robert … Robert, Gott sei Dank, du bist es!«

»Tut mir leid. Ich bin eben erst nach Hause gekommen. Western Union hat gerade angerufen.«

»Ich habe dich angerufen … vorige Woche … jeden Tag. Und ich habe dir schon vergangenen Mittwoch telegrafiert …«
»Ich war in New York. Was ist los?«
Sie holte Atem. »Entschuldige … es geht schon wieder. Es handelt sich um meinen Vater. Er ist verschwunden … ich weiß, es klingt verrückt, aber er ist verschwunden. Er ist einfach weg – niemand hat ihn gesehen.«
Ich hatte ihren Vater nie kennengelernt, aber ich wußte, daß er ihr viel bedeutete. Manchmal war mir sogar, als hätte ihre Entscheidung, mich abzuweisen, etwas mit ihm zu tun gehabt. Schließlich hatte sie ihre Meinung erst geändert, nachdem sie nach Toronto geflogen war – um ihm die gute Nachricht zu überbringen, wie ich damals dachte.
»Wann ist das passiert?«
»Vor zehn Tagen. Samstag vor einer Woche.«
»Hast du die Polizei benachrichtigt?«
»Ja. Sie … sie fürchten, er wäre gekidnappt worden, aber es haben sich keine Entführer gemeldet, und jetzt meinen sie, er wäre einfach losgezogen und würde schon wiederkommen, wenn er Lust dazu hätte.«
»Na ja … wahrscheinlich haben sie recht. Es ist natürlich unangenehm …«
»*Nein*. Sie haben nicht recht. Er würde nie fortgehen, ohne mir etwas zu sagen.«
In ihrer Stimme klang heller Zorn mit. Die Identität ihrer Gefühle setzte mich in Erstaunen. Aber dann faßte sie sich und fügte hinzu: »Es tut mir leid, daß ich dich damit belästige …«
»Aber nein, was redest du!«
»Vielleicht hätte ich mich nicht an dich wenden sollen …«
»Aber ich bitte dich! Ich versuche nur zu überlegen: Wie kann ich dir helfen?«
Sie zögerte. »Es gibt da etwas. Ich fürchte … ich fürchte, er hat sich das Leben genommen. Ich kenne alle Gründe, die du nennen wirst, um zu beweisen, daß er es nicht getan hat … Die Polizei hat sie mir schon alle genannt – aber ich fürchte trotzdem …«
Selbstmord. Heute, ausgerechnet heute war das keine Möglichkeit, die ich von vornherein ausschließen konnte. »Warum glaubst du das?«
»Das möchte ich lieber nicht sagen. Nicht am Telefon.«
»Aber hast du einen Grund, das zu glauben? Einen bestimmten Grund?«
»Ja.«
»Hast du mit der Polizei darüber gesprochen?«
»Die glauben nicht, daß es etwas zu bedeuten hat. Darum habe ich ja dich angerufen. Ich brauche jemanden, der gewisse Dinge für mich herausfinden kann. Jemand, der es versteht, Fragen zu stellen …«
»Ich bin kein Polizeibeamter, May. Ich möchte …«

»Aber du bist Journalist, Robert. Du weißt, wie man Bürokraten Würmer aus der Nase zieht.«

Ich war einmal Journalist gewesen, aber ich bin es nicht mehr. Und ich hasse es, Bürokraten Würmer aus der Nase zu ziehen. »Was für Würmer?«

»Es ist etwas Persönliches. Ich möchte lieber nicht darüber sprechen, solange du nicht hier bist.«

»Du willst also, daß ich nach Toronto komme?«

»Ja. Ich weiß, du hast viel zu tun, aber es wird nicht sehr lange dauern. Ich bin sicher, daß es nicht sehr lange dauern wird.«

In der Tat, ich hatte zu tun. Die letzten zwei Wochen waren mehr oder weniger ein Urlaub gewesen, und nun hatte ich es eilig, wieder an die Arbeit zu gehen. Sie fügte hinzu: »Und natürlich zahle ich dir deine … deine …«

»Red doch keinen Unsinn!« Ich dachte noch kurz nach, aber eigentlich hatte ich keine Wahl. Sie war offenbar aus dem Gleichgewicht, und selbst wenn ich ihr nicht helfen konnte – und ich war ganz sicher, daß ich ihr nicht helfen konnte –, so konnte ich ihr doch zumindest die Hand halten, bis ihr Vater wieder auftauchte. »Du kannst mir also jetzt nicht mehr darüber sagen?«

Ich hörte sie seufzen. »Du weißt, daß ich ein Adoptivkind bin.«

»Ja. Ich erinnere mich.«

»Es hat etwas damit zu tun. Das ist es, was du für mich herausfinden sollst.«

»Na schön.«

»Du kommst?«

»Selbstverständlich. Wahrscheinlich kann ich morgen bei dir sein.«

Ein Seufzer der Erleichterung kam die Leitung heruntergeflattert. »Danke, Robert. Gott segne dich. Ich erwarte dich am Flughafen.«

»Nein, nein. Das würde die Dinge nur komplizierter machen. Gib mir deine Adresse. Ich werde mich bemühen, am frühen Nachmittag dazusein. Und du versuche dich zu entspannen.« Sie sagte mir, wo sie wohnte, wir verabschiedeten uns und legten auf … und in diesem Augenblick wußte ich, daß etwas nicht stimmte.

Es war ein komisches Gefühl. Stark. Klar. Und dennoch unerklärlich. Sekundenlang dachte ich, es wäre einfach das Telefongespräch gewesen – eine sonderbare Bitte unter seltsamen Umständen: Ängste in bezug auf den Selbstmord eines Vaters gerade an *diesem* Tag! Und im Hinblick auf unsere frühere Verbindung mußte jedes Gespräch ein Gefühl der Peinlichkeit auslösen.

Doch Gefühle dieser Art konnten kaum die Ursache des heftigen Unbehagens sein, das mich jetzt überkam. Welche Maßstäbe man auch anlegte, Mays Ersuchen war ungewöhnlich, und wenn ich jetzt die leiseste Ahnung gehabt hätte, wo es mich hinführen würde, ich hätte fühlen müssen, welches Unheil auf mich zukam. Aber ich fühlte nichts dergleichen, sondern hatte plötzlich eine weit ungewöhnlichere Empfindung – als ob ich beobachtet werden würde, als ob jemand mit mir im Haus wäre ... und dann, während ich diesen Gedanken nachhing – wußte ich, was es war. Am Telefon hatte May gesagt, sie habe mir zwei Telegramme geschickt: das eine, das ich heute bekommen hatte, aber auch noch ein anderes, vergangenen Mittwoch, als ich in New York gewesen war. Es war nicht unter meiner Post gewesen, dessen war ich mir sicher, und jetzt sah ich noch einmal nach, um mich zu vergewissern. Es war nicht da. Schritt für Schritt ließ ich meine Ankunft vor meinem geistigen Auge vorbeiziehen. Als ich ankam, hatte ich in jedem Arm einen Sack Lebensmittel gehalten. Um aufzusperren, hatte ich einen auf meinem Knie balanciert. Mit dem Fuß hatte ich die Tür hinter mit zugeschlagen und war, ohne mich aufzuhalten, direkt in die Küche gegangen. Von dort – die Abfolge des Geschehens war völlig klar – hatte ich den Kaffee ins Wohnzimmer getragen, ein bißchen Ordnung gemacht und mich aufs Sofa fallen lassen. *Und erst in diesem Augenblick hatte ich meine Post gesehen:* ein großer Haufen, bis zu zwei Wochen alt, über den Couchtisch verstreut – statt in der Diele, unter dem Briefschlitz zu liegen, wo sie hingehörte.

3

Das Grab meines Vaters … das Gespräch mit May … das kleine Mysterium meiner Post … am nächsten Morgen schien das alles bloß ein zufälliges Zusammentreffen gewesen zu sein, kaum wert, daß man sich den Kopf darüber zerbrach. Überdies hatte ich alle Hände voll mit der Logistik meiner Reise zu tun, denn es ist nicht ganz leicht, aus Charlottesville wegzukommen. Zwar gibt es einen Flughafen, aber letztendlich war es einfacher, mit dem Auto nach Washington zu fahren, den Wagen bei einem Freund zu lassen und vom Dulles-Airport aus zu fliegen. Dadurch kam ich wesentlich später an als geplant: Es war schon nach drei, als die 727 unter dem hellen Herbsthimmel niederging und mich auf dem internationalen Flughafen von Toronto absetzte.

Wie die meisten Amerikaner kenne ich Kanada überhaupt nicht – es ist das Land, aus dem der Winter kommt –, und weil ich schon seit Jahren nicht mehr dort gewesen war, kam mir die Stadt um vieles größer, reicher und lauter vor, als ich sie in Erinnerung hatte. Aber ich war immer noch in Nordamerika; die Stadt bestand aus Beton und Neonlicht, Schweiß und Nervensträngen. Im Radio beschrieb der den Verkehr überwachende Hubschrauber den Stau, in dem wir steckten; der Taxifahrer setzte mir auseinander, warum er seinen Winterurlaub lieber in Orlando als in St. Petersburg verbrachte; und neben mir auf dem Sitz – liegengelassen und schon ein wenig verblichen – schälte sich das »Sonnenscheinmädchen« der *Toronto Sun* aus ihrem Bikini. Ich sah aus dem Fenster und beobachtete, wie Autos, Menschen und Geld vorbeirollten.

May wohnte in der Innenstadt, in einer Gegend, die der Taxifahrer Kensington Market nannte. Ich ließ mich schon vorher absetzen, um ein bißchen zu Fuß zu gehen. Ich durchwanderte belebte Straßen, voll von Buden, in denen so ziemlich alles verkauft wurde, von Hummern angefangen bis hin zu afrikanischen Schrumpfköpfen. Es war dies offenbar ein altes Einwandererviertel. Die Juden waren schon vor Jahrzehnten weggezogen, hatten ein paar Restaurants und eine mit Brettern verschlagene Synagoge zurückgelassen, während das Geschrei ringsum portugiesischen und italienischen Ursprungs war. Und ich vermutete, daß selbst diese Menschen schon daran dachten, wegzuziehen. In der Spadina Avenue waren die meisten Gesichter gelb, und hinter ihnen sammelten sich bereits andere Horden, die mich mehr als alle anderen überraschten: es waren Flüchtlinge aus den Vorstädten, junges Gemüse, vollgestopft mit Bio-Kost und Gras. In der Straße, wo May wohnte, waren die Zeichen nicht zu übersehen: exotische Pflanzen in den Fenstern, Arbeiter, die Fertigbauteile abluden, junge Frauen, die mit Flechtwerk überzogene Kinderwagen über die Gehsteige schoben. Es war dies heute ein Slum im Übergangsstadium; in fünf Jahren würde es eine schicke Adresse für Jungverheiratete sein – genau die Art von Anlage, schoß es mir durch den Kopf, wie ein Vater sie für seine Tochter vornehmen würde.

Ich ging zur Tür und läutete.

Niemand öffnete.

Ich wartete einen Augenblick; dann stellte ich meine Reisetasche ab und ging zur Ecke vor. An der Einfahrt war ein orangefarbener VW-Käfer geparkt – der einzige Wagen, den May fuhr; seitwärts schloß ein Bretterzaun die Liegenschaft ab. Über den Zaun spähend, konnte ich in den Garten sehen. Er war sehr lang und schmal. Mittendurch ging ein Weg aus Steinplatten, und zu beiden Seiten, den Raum vollständig ausfüllend, wuchsen Strauchrosen, ein Gewirr grauer, dorniger Stämme, da und dort von Trauben blutroter Blüten betupft. Es war jetzt nach vier, und der Tag neigte sich schnell, aber ein bißchen Sonnenlicht fiel noch auf die umliegenden Häuser und Schuppen. In diesen Lichtschein blickend, konnte ich May sehen, wie sie, mir den Rücken zukehrend, mitten auf dem Weg kauerte. Ihr langes, rötlichblondes Haar fiel in Wellen über einen blauen Wollponcho, der seinerseits den Oberteil eines bis zu den Knöcheln reichenden, burgunderroten Kleides bedeckte. Hockend hatte sie das Kleid zwischen die Beine geschoben und so aus ihrem Schoß einen Behälter geformt, den sie emsig mit toten Ästchen füllte. Ihre Rosenschere klickte, und sie watschelte zum nächsten Zweig. Schon wollte ich sie rufen, aber etwas hielt mich zurück, und ich beobachtete sie schweigend. Schon immer hatte May etwas Geheimnisvolles besessen – es hatte zu ihren Reizen gehört –, und als ich fühlte, wie es jetzt wieder auf mich einwirkte, dachte ich, ich wüßte, was es war. In diesem sonderbaren herbstlichen Licht erinnerte mich der Garten an eine alte Fotografie – verblichen, gesprungen, zerknittert, mit umgeknickten Ecken –, eine uralte Fotografie von jungen Mädchen mit großen Schuten, in die Sonne blinzelnd, ihre Augen für immer im Schatten versunken. So ist May, dachte ich: Sie gehört nicht ganz in diese Zeit … Und jetzt erhob sie sich. Ihr Kleid vor sich herhaltend, ging sie den Weg hinunter auf einen vom Wetter mitgenommenen Schuppen zu, wo sie die kleinen Äste auf einen Komposthaufen schüttete. Als sie sich umdrehte, sah sie mich. Ein Schatten, neugierig, forschend, fiel über ihr Gesicht. Dann lächelte sie. »Robert … Robert!«

»Ich bin gerade gekommen. Soll ich zur vorderen Tür zurückgehen oder kann ich hier irgendwo rein?«

Auf mich zueilend, zeigte sie mir, wo zwei Bretter mit Scharniere versehen worden waren, um eine Tür zu machen, und ich trat in den Garten. Sie nahm meine Hände in die ihren und küßte mich … ein freundliches Streicheln ihrer Lippen auf meiner Wange. Dann aber, mit einem Seufzen, das schon fast ein Stöhnen war, warf sie sich mir an die Brust, und ich hielt sie fest. »Gott sei Dank, daß du gekommen bist«, flüsterte sie. »Du bist mir doch nicht böse? Ich hatte schon Angst …«

»Natürlich bin ich dir nicht böse.«

Zitternd begann sie zu weinen. Sie preßte ihr Gesicht an meine Schulter. Ich drückte sie an mich, aber es war seltsam; während ich sie festhielt, fühlte ich mich völlig allein, so als ob etwas an ihren Tränen falsch wäre. Doch dann begriff ich: Sie weinte aus Angst, nicht aus Kummer, und einen Ängstlichen kann man nicht trösten. Ich drückte sie noch fester an mich. »Mach dir keine Sorgen«, murmelte ich, »er wird zurückkommen. Es wird alles wieder gut werden.«

Sie holte tief Atem, löste sich von mir und bemühte sich zu lächeln. »Ich benehme mich wirklich schrecklich!«

»Aber nein.«

»Doch … Ich glaube, ich habe dich nur herkommen lassen, um mich so gehenlassen zu können.«

»Das war die Reise schon wert.«

Wieder lächelte sie. »Ich danke dir, daß du gekommen bist. Und daß du das gesagt hast.«

Auch ich lächelte. »Ich werde immer kommen. Das weißt du doch.«

War das mein Ernst? Um die Wahrheit zu sagen, ich war mir nicht ganz sicher – obwohl ich ja schließlich gekommen *war.* Vielleicht hegte auch sie ihre Zweifel, denn sie wandte fast scheu den Blick ab, nahm mich dann bei der Hand und führte mich zum Haus hinauf. Auf der Rückseite, mit Blick auf den Garten, befand sich ein Frühstückszimmer und dahinter eine große, gemütliche Küche mit alten Kiefernmöbeln und einem Fußboden aus unglasierten Kacheln. Am Tisch sitzend, sah ich ihr zu, wie sie Kaffee machte – die Bohnen aus Kolumbien, die Mühle von Braun, die Maschine von Melitta –, und hatte wieder das Gefühl ihres Fehl-am-Platze-Seins, das ich schon im Garten empfunden hatte. Dort hatte sie gut hineingepaßt, weil der Garten selbst aus einer anderen Zeit zu sein schien; hier, weil alles – selbst die antiken Möbel – modern war, schien sie ein Fremdkörper zu sein. Aber jede kleine Geste half ihr, sich wieder in den Griff zu bekommen, und schließlich fing sie an zu reden: belangloses Geplauder über die für den Winter nötigen Arbeiten im Garten, Fragen über meinen Flug, über Charlottesville, über mein neues Buch. So gut es ging, teilte

ich ihr das Neueste aus meinem Leben mit und gewann den Eindruck, daß sich das ihre nicht sehr verändert hatte. Sie hatte begonnen Flöte zu spielen und studierte Kompositionslehre am Konservatorium in Toronto; sie hatte ihr Haus und ihren Freundeskreis, sie liebte ihren Garten. Vor drei Jahren war sie nach Toronto gezogen, reiste aber immer noch viel … Sie wurde ruhiger, während sie weitersprach, wenngleich sie die schreckliche Angst, die sie empfand, nicht verbergen konnte. Mehr Angst als gerechtfertigt? Wahrscheinlich nicht – schließlich war ihr Vater verschwunden. Aber an ihrer Besorgnis war etwas, das mich veranlaßte, mir diese Frage vorzulegen. Ihr Gesicht war abgezehrt und von Kummer gekennzeichnet, und als der Kaffee aus der Maschine zu tröpfeln begann, entschuldigte sie sich und ging ins Badezimmer. Sie sah ein bißchen besser aus, als sie herauskam … bis auf die Augen. Denn jetzt, wo alles sonst an ihr ruhiger war, konnte ich noch besser die quälende Furcht sehen, die sich in ihnen spiegelte. Aber vielleicht hätte mich auch das nicht überraschen sollen – schließlich waren nun schon zehn Tage seit dem Verschwinden ihres Vaters vergangen. Jedenfalls fragte ich, als wir, die zweite Tasse Kaffee vor uns, etwas gelöster dasaßen: »Glaubst du, du kannst mir jetzt erzählen, was geschehen ist?« Sie hob die Tasse und stellte sie wieder hin. »Es gibt nicht viel zu erzählen. Eigentlich war es die Polizei, die es entdeckt hat. Samstag, gegen drei Uhr morgens, fuhr ein Streifenwagen am Haus meines Vaters vorbei und sah, daß die Tür offen war – weit offenstand. Es sah fast so aus, als ob jemand sie absichtlich offengelassen hätte. Einer der Beamten stieg aus und läutete, aber keiner kam. Er ging hinein, aber niemand antwortete auf sein Rufen. Die Polizeibeamten warteten noch eine Weile, dann, nach etwa zwanzig Minuten, gaben sie einen Bericht über Funk an die Zentrale und verschlossen die Tür. Eine Stunde später fuhren sie noch mal hin, aber da war immer noch niemand da. Am Morgen schickten sie wieder einen Wagen vorbei. Ein Nachbar gab ihnen meine Adresse.«
»Das war am Samstag … der achtzehnte?«
Sie nickte. »Aber ich nehme an, daß er schon am Tag vorher, Freitag, das Haus verlassen hat. Am Donnerstag habe ich noch mit ihm gesprochen.«
»Und es schien alles in Ordnung zu sein?«
»Eigentlich ja. Es ist schwer zu sagen … wenn ich jetzt zurückdenke …«
»Nun gut. Aber sobald du es wußtest, was geschah dann?«
»Die Polizei begann ihre Nachforschungen … anfangs nahmen sie die Sache ernst, denn sie wußten ja, daß er wohlhabend war… Und ich fing an, seine Freunde anzurufen, aber keiner hatte ihn gesehen oder von ihm gehört. Er lag in keinem Krankenhaus, er war in keinem Leichenschauhaus, er…«
Sie sprach nicht zu Ende. Sie hatte sich in der Gewalt gehabt, aber ganz plötzlich

schienen ihre Nerven wieder aufs äußerste gespannt zu sein. Ich bemühte mich, einen neutralen Ton beizubehalten: »Gab es keine Anzeichen dafür, daß er eine Reise unternommen hatte? Fehlende Kleider? Koffer?«

»Die Polizei bat mich nachzusehen, aber ich konnte ihnen nichts Konkretes sagen. Der Keller ist voll von alten Koffern; er könnte sich ein paar genommen haben, ich würde es nicht bemerken. Ich weiß auch nicht über seine Garderobe Bescheid.«

»Fährt er einen Wagen?«

Sie nickte. »Er benützt ihn nicht mehr sehr viel, aber er stand in der Garage. Die Polizei meinte, er ist vermutlich schon seit Wochen nicht mehr gefahren worden.« Sekundenlang schloß sie die Augen. »Ich habe alle Möglichkeiten durchgespielt, Robert. Es ist zwecklos. Es hat keine unüblichen Abhebungen von seinem Konto gegeben, American Express sagt, er hat seine Kreditkarte nicht benützt ... es gibt einfach kein Lebenszeichen von ihm.«

Ich lehnte mich zurück und schob dann meinen Stuhl vom Tisch fort. Weil ich mir vorstellen konnte, daß ihr das, was ich jetzt sagen wollte, nicht behagen würde, lag mir daran, einen gewissen räumlichen Abstand zwischen uns zu schaffen. »Na gut«, begann ich, »ich akzeptiere, daß er abgängig ist. Zumindest war es verdammt rücksichtslos von ihm – aber alte Herren sind das manchmal. Nur: Grund für einen Selbstmord sehe ich nicht. Er war wohlhabend, sein Gesundheitszustand – war er noch bei guter Gesundheit?«

»Ja.«

»Man hat seine Leiche nicht gefunden?«

»Das hat nichts zu bedeuten.«

»Es wurde kein Abschiedsbrief gefunden?«

»Das hat doch auch nichts zu besagen.«

»Nicht unbedingt, aber ... es ist schwer, zu etwas Negativem einen Gegenbeweis zu führen. Bis er wieder auftaucht, muß man einen Selbstmord als möglich ansehen, aber es ist nicht sehr wahrscheinlich.«

Sie zögerte, senkte den Blick und hob dann wieder den Kopf. »Ich habe dir doch schon gesagt, daß ich einen Grund habe.«

»Ja. Es hat etwas mit der Tatsache zu tun, daß du adoptiert wurdest.«

Sie setzte zum Sprechen an – hielt aber dann inne und griff zu einer Zigarette. Während sie sie anzündete, beobachtete ich ihr Gesicht. Es war ein breites, mädchenhaft sommersprossiges, ein wenig stupsnäsiges Gesicht. In gewisser Weise entsprach ihr Aussehen ihrem Alter, aber etwas fehlte – sie kam mir vor wie junges Mädchen, das plötzlich aufwacht und feststellt, daß sie vierzig ist; es war nicht leicht, die dazwischenliegenden Jahre zu erklären – oder kam mir das nur so vor, weil ich an ihnen nicht teilgehabt hatte? Vielleicht; doch dann fand ich, daß die Sache über dieses Rechenexempel hinausging – denn als sie nun die Zigarette an die Lippen führte, bemerkte ich, daß ihre Hand eine ähnliche Inkongruenz aufwies. Die Handgelenke waren dünn, zart, sehr lang, wie die einer sanften präraffaelitischen Maid. Die Finger selbst jedoch gehörten zu einem rechten Bauernmädchen; sie waren solide und kräftig, knochig, die Nägel bis zum Fleisch abgebissen... Ein Mädchen nach der Art der Bloomsbury Group ... eine Hippie-Dame ... Prinzessin ... Bäuerin ... sie war von allem etwas.

»Du hast gewußt, daß ich adoptiert bin?« fragte sie jetzt vorsichtig.

»Ja.«

»Also schön. Ich wurde schon 1940, als Säugling, adoptiert. Ich war erst ein paar Monate alt. Ich erinnere mich nur an Harry ... an meinen Vater. Ich erinnere mich nicht einmal an seine Frau, meine Adoptivmutter ... denn ein Jahr später trennten sie sich. Ich blieb bei ihm. Er ist die ganze Familie, die ich je hatte – oder haben wollte.« Sie sah mich an. »Ich erfuhr erst mit vierzehn, daß ich ein Adoptivkind war.«

Harry Brightman. Jetzt erinnerte ich mich – so hatte sie ihn immer genannt. Harry oder »Vater«. Ich erwiderte ihren Blick.

»War vierzehn nicht ein wenig spät, um es dir zu sagen?«

»Bis dahin hatte es keinen Unterschied gemacht. Es machte damals keinen und auch später keinen ... Vielleicht hätte er es mir überhaupt nie gesagt, aber einmal fragte ich ihn, ob ich meine Mutter besuchen könnte, und da rückte er mit der Sprache heraus. Wir machten damals Ferien in Frankreich. Ich erinnere mich noch: Wir waren in Cannes und saßen in einem Café. Man konnte aufs Meer hinaussehen. Und ich sagte, wenn wir wieder daheim sind, würde ich gern meine Mutter besuchen. Ich hatte nie vorher darum gebeten, aber dann sagte er es mir. Er sagte, er wüßte nicht einmal, wo meine Mutter sich aufhält und daß sie sowieso nicht meine richtige Mutter ist – daß ich adoptiert worden bin.«

»Was hast du da gefühlt?«

»Einen Augenblick lang ist mir schwindlig geworden. Mehr passierte nicht. Dann kam alles wieder zur Ruhe. Es hatte sich nichts geändert. Und als ich dann wußte, daß meine Mutter nicht meine Mutter war, hatte ich auch nicht mehr den Wunsch, sie zu sehen.« Nach kurzem Zögern fuhr sie fort: »Aber ich möchte, daß du das Wesentliche mitbekommst. Es machte keinen Unterschied, es hat nie einen gemacht. An diesem Tag in Cannes hat er mir alles gesagt, was ich über meine Adoption weiß – ich war ein Baby, es war im Jahr 1940, und es geschah in Halifax. Und das war's. Das Thema war bis dahin nie zur Sprache gekommen, und auch seither nicht ... bis vor ein paar Wochen.«

»Was war da?«
»Eigentlich nichts. Er fing nur wieder an, darüber zu reden. Zuerst nur ganz vage Andeutungen. Dann begann er mich zu fragen, ob ich nicht wissen wollte, wo ich herkomme ...«
»Und was hast du geantwortet?«
»Daß es mich nicht interessiert. Ich bin doch kein Kind mehr – es bedeutet mir nichts. Dann fing er an, mich zu drängen: ›Willst du wirklich nicht wissen, wer dein leiblicher Vater war...‹«
»Und?«
»*Er* ist mein richtiger Vater. Ich will keinen anderen.« Sie sah zu mir auf. »Aber verstehst du jetzt, auf was ich hinauswill? Etwas an der Sache hat ihm zu schaffen gemacht.«
»Überrascht dich das? Er ist ein älterer Mann. Wahrscheinlich wird er nicht mehr lange leben. Vielleicht wollte er dir nur eine letzte Gelegenheit geben ...«
»Es war mehr als das.«
»Na schön. Aber was von alldem bringt dich auf den Gedanken, er könnte sich das Leben genommen haben?«
Meine Worte ließen sie zusammenzucken, aber sie blieb bei ihrer Vermutung. »Ich bin nicht sicher. Aber es könnte doch so sein, oder vielleicht nicht? Was wäre, wenn sich meine wirklichen Eltern gemeldet hätten. Oder...«
»Oder was? Was hätte das denn ändern sollen? Wenn du noch ein Kind wärst, wenn du gerade eben adoptiert worden wärst ... Gut, das könnte ich verstehen. Aber jetzt? Ihr würdet alle zusammen essen gehen, euch die Hände schütteln, und das wär's auch schon gewesen.«
»Nicht unbedingt. Nehmen wir an, bei der Adoption wäre nicht alles mit rechten Dingen zugegangen, es wäre etwas Ungesetzliches ...«
»Du hältst das für möglich?«
»Nein. Aber ... man hört von Leuten, die Babys kaufen. Vielleicht ...«
Ich wartete, aber sie sagte nichts weiter. Ich dachte über alles nach, was sie mir erzählt hatte. Es klang an den Haaren herbeigezogen, aber selbst wenn Harry sie gekauft hatte, wen würde das heute, vierzig Jahre nachdem der Handel abgeschlossen worden war, noch kümmern? »Hast du das alles auch der Polizei erzählt?«
Sie nickte. »Die haben das nicht für wichtig gehalten. Die sind ganz sicher, daß er nicht erpreßt wurde – das würde aus den Kontoauszügen hervorgehen. Sie hätten alle Möglichkeiten untersucht, sagen sie, aber ich glaube es nicht.«
»Und jetzt möchtest du, daß ich ...«
Sie sah mir in die Augen. »Ja.«

»Soviel du weißt, war das das einzig Ungewöhnliche im Benehmen deines Vaters?«
»Ja. Es ist das einzige, was mir einfällt.«
»Also gut. Ich mache es. Ich kann dir nicht viel versprechen. Selbst wenn ich etwas herausfinde, wird es wahrscheinlich nichts mit dem Verschwinden deines Vaters zu tun haben. Aber ich werde es versuchen.«
Sie lächelte. »Ich danke dir, Robert. Ich wußte, du würdest es tun.«
Ich drückte ihre Hand. »Aber vergiß nicht: Ich kann nichts versprechen.«
Sie lächelte und nickte. Ich spürte, wie sie nach dieser Nervenbelastung in eine Art Verlegenheit geriet, und darum sagte ich: »Mir ist gerade etwas eingefallen. Ich habe meine Reisetasche vorne an der Tür stehenlassen.«
Sie lachte. »Mach dir keine Sorgen. Meine Nachbarn sind anständige Leute. Hol sie dir, und dann zeige ich dir dein Zimmer.«
Sie führte mich in ein Zimmer in den zweiten Stock hinauf, und nachdem ich geduscht hatte, streckte ich mich auf dem Bett aus und begann nachzudenken … mehr über May als über ihren Vater. Was ihn betraf, machte ich mir keine großen Sorgen: Ich hätte wetten können, daß Harry Brightman, dem närrischen Einfall eines alten Mannes folgend, hinter einem Weibsbild herjagte, dessen Existenz zuzugeben, vor allem seiner Tochter gegenüber zuzugeben, ihm peinlich gewesen war. Mays Adoption, die Möglichkeit eines Selbstmordes, der Kauf eines Babys – das alles hatte mit seinem Verschwinden überhaupt nichts zu tun. Die Polizei war wohl zu dem gleichen Schluß gekommen, und ich konnte tatsächlich nur einen Punkt ausmachen, der dem widersprach, und das war Mays Angst. Sie war wirklich verängstigt, darüber gab es keinen Zweifel. Und es war nicht ihre Gewohnheit, blinden Alarm zu schlagen. Im Gegenteil: Unabhängigkeit von fremder Hilfe war immer einer ihrer markantesten Wesenszüge gewesen. Wenn sie mich jetzt um Beistand gebeten hatte, so war das nur ein Beweis für die innige Zuneigung, die sie für ihren Vater empfand. Sollten mich solche Gefühle überraschen? Hatte ich ein Recht, überrascht zu sein? Kaum … Wenn May zeitlebens von ihrem Vater beherrscht war, so hatte ich weit intensiver unter dem Einfluß des Todes meines Vaters gelebt.
Ich lag still da und lauschte. Draußen dämmerte es schon, und der Straßenlärm drang gedämpft und wie aus weiter Ferne durch das Fenster ins Zimmer. Im Haus herrschte Stille. Ich horchte: Wie jede Stille hatte auch diese ihr eigenes Timbre. Dieses war kalt und düster – eine gewisse Spannung lag darin –, und während ich noch versuchte, ihre Klangfarbe zu definieren, kehrte meine Erinnerung zum Nachmittag und zu dem Rosengarten zurück; ich sah Mays kniende Gestalt eingefangen von jenem blassen, kalten Lichtschein. Die Stille

eines Nonnenklosters ... das schoß mir jetzt durch den Kopf, und ich fragte mich, ob da etwas dran sein konnte, ob eine Weihung, von der ich nichts wußte, sie von mir weggeschlossen hatte; ob sie mich benützt hatte, um zu versuchen, sich von diesem Zugriff zu befreien; ob sie damit gescheitert und so zum Opfer einer Tragödie geworden war, die die meine in den Schatten stellte. Oder ob – ich überlegte fieberhaft – solche Gedanken nicht vielleicht eine Projektion waren. Man hat mich weiß Gott oft genug einen Mönch genannt, und mehr als eine Frau hat sich darüber beklagt, daß sie bei mir das Gefühl hatte, mit einer gespenstischen Präsenz – um so machtvoller, als sie unsichtbar war – in Wettbewerb treten zu müssen. Das war vielleicht eine Möglichkeit, denn jetzt wurde eine Erinnerung lebendig. Es war die Erinnerung an unsere letzte Nacht, das letzte Mal, daß wir uns geliebt hatten: May war von ihrem Besuch bei ihrem Vater zurückgekehrt, hatte mich aber noch nichts von ihrer Sinnesänderung wissen lassen. Sie war wild und leidenschaftlich gewesen in dieser Nacht, fast rasend. Später hatte ich angenommen, daß sie mich mit einem letzten Geschenk trösten wollte. Jetzt kamen mir Zweifel. Wäre es nicht möglich, daß sie mir eine letzte Chance gegeben hatte, sie für mich zu gewinnen? Vielleicht hatte ich in dieser Nacht mit einer unsichtbaren Kraft aus meiner eigenen Gedankenwelt gekämpft – Mays Vater und ihre Liebe zu ihm –, und als ich verlor, hatte ich für uns beide verloren ...

Doch hier hielt ich inne – das *mußte* eine Projektion sein. Außerdem machte es keinen Unterschied mehr. Wir alle – Kämpfer von einst oder nicht – waren schon lange tot. Heute war ich nur ein Double für jenen Schauspieler aus früheren Zeiten, und meine Rolle bloß eine Formalität. Händchen halten, tröstende Worte murmeln und warten, bis Harry mit eingezogenem Schwanz wieder auftaucht. Bei diesem Gedanken schlief ich ein.

Ich schlief nicht lange, aber als ich erwachte, war es draußen schon dunkel. Ich raffte mich auf und zog mich an. May war unten, sie lächelte, als ich ins Zimmer trat, aber es kam mir so vor, als waren wir beide etwas verlegen. »Ich habe mich schon gefragt, ob du vielleicht eingeschlafen bist«, sagte sie.

»Ja, ich habe ein bißchen geschlafen. Und bin hungrig wie ein Wolf aufgewacht. Wollen wir nicht etwas essen?«

»Ich werde etwas herrichten.«

»Gehen wir doch aus. Auf dem Weg hierher habe ich ein jüdisches Restaurant gesehen. Wenn es dort einen guten Borschtsch gibt ...«

Wir zogen unsere Mäntel an. Draußen wehte ein kalter Wind, aber das Restaurant war gleich um die Ecke. Es war eines jener altmodischen jüdischen Restaurants, mit einer Theke im vorderen Teil, wo alte Männer Tee und Zitrone schlürfen, den *Jewish Forward* lesen und in den Zähnen herumstochern. Weiter hinten gab es einfache Tische, stämmige Kellnerinnen und ausgezeichnetes Essen. Ich hatte beschlossen, das eine naheliegende Thema nicht anzuschneiden, doch dann war es May selbst, die es zur Sprache brachte. Während ich eine Kartoffel in meine Suppe tauchte, sagte sie: »Das hier ist wie russisches Essen, nicht wahr?«

»Für manche jüdische Speisen trifft das zu, aber das hier ist eher polnisch. Das habe ich schon immer komisch gefunden: Die Russen und die Polen sind die größten Antisemiten, die es gibt, aber sie werden alle mit guter jiddischer Kost großgezogen. Ein bißchen sogar auch die Deutschen.«

»Ich erinnere mich, daß auch Harry so etwas gesagt hat. Er ist ja Deutscher, weißt du. Brightman … Hellmann. Heinrich Hellmann. Er wurde in Berlin geboren. Seine Eltern starben im Ersten Weltkrieg, und ein Onkel in Winnipeg adoptierte ihn – der Onkel änderte dann seinen Namen.«

»Also war dein Vater selbst ein Adoptivkind und hat später dich adoptiert?«

»Daran habe ich gar nicht gedacht. Wie ich dir schon sagte, wir haben überhaupt nie darüber gesprochen.« Sekundenlang schien ihre Stimme zu schwanken, doch als sie dann weitersprach, war ihr Tonfall normal – normal, aber irgendwie selbstbewußt, so als wollte sie die Verzweiflung, die sie zuvor gezeigt hatte, auslöschen. »Ich weiß, daß sein Onkel verheiratet war, aber keine anderen Kinder hatte. Als er starb, hinterließ er sein Pelzgeschäft meinem Vater. Der verlegte die Zentrale nach Montreal und expandierte später nach Toronto.«

»Es erscheint mir als ein recht eigenartiges Geschäft. Aber wohl nicht in Kanada.«

May lächelte. »Ich bin keine große Kanada-Kennerin. Als ich noch klein war, nahm er mich einmal nach Banff mit, da habe ich einen Bären durch ein Fernglas gesehen. So nahe der Wildnis war ich nie wieder. Ich glaube, es würde dir Spaß machen, mit ihm zu reden. Er sagt immer, richtig Geld verdient hätte er mit Rußland, nicht mit Kanada. Er behauptet, Stalin hätte ihn zum Millionär gemacht.«

Ich nahm einen Bissen Kohl. »Das verstehe ich nicht.«

»Ich weiß natürlich nicht, inwieweit das stimmt. Außer der Pelzfabrikation – Pelzmäntel und so – hatte er ja auch ein Export-Import-Geschäft. In den dreißiger Jahren brachte er eine Menge Pelze aus der Sowjetunion.«

In Leningrad war ich einmal zu einer Pelzauktion gegangen. Es war eine ganz große Sache, viele Käufer aus aller Welt. »War er einmal dort?« fragte ich. »In Rußland?«

»O ja, mehrmals. Du müßtest wirklich mal mit ihm reden. Ich weiß, daß er einem der prominentesten Bolschewisten begegnet ist … es war nicht Lenin, sondern … Sinowjew?«

»Ja.« Das konnte stimmen. Sinowjew, ein guter Freund Lenins und der erste Vorsitzende des Komintern, war ein vergleichsweise kosmopolitischer und vielgereister Mann gewesen – Eigenschaften, die sein Interesse an einem ausländischen Geschäftsmann geweckt haben könnten, der kühn genug war, das nachrevolutionäre Rußland zu besuchen. Diese Attribute waren es natürlich auch gewesen, die ihn zum ersten bekannten Bolschewisten gemacht hatten, den Stalin hatte hinrichten lassen. Das war 1934 gewesen; also hatte Brightman die Sowjetunion vermutlich vor diesem Zeitpunkt besucht. »Ich würde mich sehr gern mit ihm unterhalten«, sagte ich. »Von den Augenzeugen aus dieser Zeit gibt es nicht mehr viele ... und die, die es noch gibt, reden nicht mehr darüber – das Thema offenbart nur ihre eigenen ideologischen Narreteien.«
»Aber Harry gehörte nicht dazu. Er war nur am Geld interessiert und hat daraus nie ein Hehl gemacht – was, wie er behauptet, die Russen zu schätzen wußten.«
Zum erstenmal fühlte ich so etwas wie Interesse an diesem Mann, und mit einem Mal tauchte sein Bild vor meinen Augen auf. Es mußte reine Erfindung sein, denn ich hatte ihn nie zu Gesicht bekommen, aber es war trotzdem lebendig. Ein Straßenmarkt. Buden. Eine große, massige Gestalt in einem langen Biberpelzmantel, mit großem Pelzhut, das Gesicht von mir abgewandt.
»Das Geschäft war wohl sein Leben«, sagte ich.
Sie zögerte mit der Antwort. »Ich weiß nicht recht. Oder besser: Nein, es war nicht sein Leben. Vor fünfzehn Jahren hat er das Geschäft verkauft, und seitdem ist er glücklich. Er reist viel – das haben wir gemeinsam –, er liebt die Kunst und sammelt Kunstgegenstände – Graphik – Linolschnitte, Holzschnitte, solche Sachen. Und ich bin auch noch da. Er ist mir sehr zugetan, das ist er immer gewesen. Darum weiß ich ...«
Während sie bisher über ihren Vater ganz nüchtern gesprochen und sich unter Kontrolle gehalten hatte, schien sie jetzt die Beherrschung zu verlieren und rang um Fassung. So gut ich konnte, steuerte ich das Gespräch in eine andere Richtung. Wir beendeten unsere Mahlzeit; als wir den Kaffee getrunken hatten, war es erst zehn. Ich wollte nicht ins Haus zurück, wo wir hätten weiterreden müssen, und schlug deshalb vor, noch ein wenig spazierenzugehen. Nach meinem Nachmittagsschläfchen war ich sowieso nicht müde. May erklärte mir die Stadt: Sie war schachbrettartig angeordnet, die Straßen liefen in nordsüdlicher und ostwestlicher Richtung. Wir gingen die Spadina hinauf – eine breite, öde, windige Straße – und bogen dann nach Osten in die Bloor Street ab. Das war offenbar eine Hauptverkehrsstraße; selbst bei dieser Kälte waren viele Menschen unterwegs; sie gingen nach Osten, auf die hellen Lichter in der Ferne zu. Das sei die Yonge Street, sagte May. Auf der anderen Straßenseite zeigte sie mir einige Gebäude der Universität von Toronto, einschließlich des Kon-

servatoriums, alle im prächtigen viktorianisch-gotischen Stil errichtet. Schweigend gingen wir weiter. Als wir an eine Ecke kamen, deutete May auf eine Seitenstraße. »Da oben wohnt er … Harry, meine ich.«

»Können wir es uns anschauen?«

»Gut. Es ist nicht weit.«

Ganz plötzlich, nur wenige Häuserblocks von der Stadtmitte entfernt, befanden wir uns in einem soliden alten Wohnviertel. Das war definitiv keine Armeleutegegend; die Häuser waren mächtige Bauten aus der Zeit Eduards VII., die sich auf üppigen Rasenflächen, umgeben von riesigen Ulmen und Ahornbäumen, erhoben. Die Gehsteige waren von BMW-, Mercedes- und Volvo-Limousinen gesäumt. Ein starres Lächeln auf dem Gesicht, überholte uns ein Herr – er wurde von einem winzigen Dachshund weitergezerrt. May blieb plötzlich unter einer Laterne stehen und deutete auf die andere Straßenseite. »Das ist das Haus. Das da hinter dem Gitter.«

Es war eine niedrige schmiedeeiserne Einhegung mit einem Tor. Dahinter wuchs eine hohe Hecke – eine schwarze Masse von Schatten; in der Mitte des Rasens erhob sich eine riesige Ulme. Das Haus war dunkel, wirkte fast verloren hinter dem Baum und war offenbar sehr groß. Drei Stockwerke, dazu noch ein Dachgeschoß mit einer gezackten Reihe von Aufsätzen, Giebeln und Türmchen. Es hätte den Eindruck eines düsteren Gespensterschlosses machen können, wenn da nicht eine Substanz gewesen wäre; es war zu solide, um Geistern Unterschlupf zu gewähren. »Es ist zu groß für ihn«, bemerkte May. »Das sagt er schon seit langem, aber er kann sich nicht aufraffen, auszuziehen.«

»Können wir hineingehen?«

Sie lächelte nervös. »Ich möchte lieber nicht … ich habe eine Nacht hier verbracht, die erste Nacht nach seinem Verschwinden … ich hoffte, er würde zurückkommen. Aber dann hielt ich es nicht mehr aus. Ich hatte zu große Angst.«

»Holst du seine Post ab?«

»Nein … wahrscheinlich kommt immer noch welche.«

»Dann hol' ich sie. Hast du einen Schlüssel?«

Sie wollte nicht, daß ich hineinging; das war nicht zu übersehen. Aber ich blieb einfach stehen, und nach einem Augenblick des Zögerns nahm sie einen Schlüssel aus ihrer Handtasche. Ich überquerte die Straße. Knarrend öffnete sich das Tor, und ich ging über einem Steinpfad zur Tür hinauf, die groß war und leuchtend schwarz und mit einem Klopfer versehen, der zu einem Pelzhändler paßte – ein Schneeschuh, der einem Fuchs auf die Nase schlug. Ich drehte den Schlüssel herum. Es war ein Schließriegel ohne Feder, das heißt, man brauchte einen Schlüssel, um die Tür zu öffnen, aber auch um sie zu schließen. Möglicherweise erklärte das den Umstand, daß die Tür in der Nacht von Brightmans Verschwinden offengeblieben war. Wenn er es eilig gehabt und die Tür hinter sich zugeworfen hatte, mußte der Riegel gegen den Türrahmen geschlagen haben, und die Tür war zurückgeprallt. Jetzt drückte ich sie nach innen, wobei ich einen ansehnlichen Haufen Post vor mir herschob. Dann blieb ich einen Augenblick stehen und atmete den besonderen Duft eines reichen Hauses ein: eingewachstes Holz, Politur, Wollteppiche, Sauberkeit. Ich konnte keinen Lichtschalter finden, aber nach einer kleinen Weile gewöhnten sich meine Augen an das Halbdunkel, ich hob die Post auf und trat in eine Eingangshalle, die sich vor mir erstreckte, während rechter Hand eine Treppe nach oben führte. Zwei Räume mit einer Schiebetür befanden sich unmittelbar zu meiner Linken und Rechten. Die Tür links war zum Teil offen; ich steckte den Kopf hinein und spähte über eine schattenhafte Vielfalt von Möbeln auf das dunkle Glitzern verglaster Vitrinen. Ich trat einen Schritt zurück. Die Küche, nahm ich an, befand sich am Ende des Ganges. Eine unheimliche Stille, die sich stets in verlassenen Räumen breitmacht, hatte von dem Haus Besitz ergriffen – und plötzlich kam mir der eigentliche Grund meiner Anwesenheit in diesem Haus ganz intensiv zu Bewußtsein: Brightman fehlte, der Besitzer. Ich tastete mich zur Treppe vor. Auf dem Antrittspfosten stand eine Lampe, ich schaltete sie an und stieg hinauf. Das Geländer führte meine Hand, ein knöcheltiefer Teppich dämpfte meine Schritte. Das Podest war dunkel, der Treppenabsatz im zweiten Geschoß stockfinster, aber ich tastete mich weiter und stieß im nächsten Augenblick gegen einen Türrahmen. Die Tür war offen. Ich trat in das Zimmer und drehte das Licht an.

Ich war in Brightmans Bibliothek geraten.

Besser gesagt, ich nahm an, daß er den Raum so bezeichnete. Er war sehr groß und von besonderer Art: schwer, behäbig, nicht ganz dem nordamerikanischen Geschmack entsprechend. Dunkles Eichentafelwerk reichte dem Besucher bis zur Hüfte, kunstvoll gearbeitete Zierleisten verbanden Wände und Decken, in deren Mitte ein Lüster von einem großen Gipsmedaillon hing. Trotz seiner Größe vermittelte der Raum ein Gefühl drangvoller Enge, weil er mit Büchern, Kabinettschränken und Schaukästen vollgestopft war. Die Möbel waren massiv: Gleich neben der Tür stand eine prächtiger Schreibtisch; mit Brokat überzogene Stühle aus Eichenholz waren rund um den Kamin gruppiert; und ein Sofa sowie weitere Stühle befanden sich nahe den Schaukästen weiter hinten im Zimmer. Es war wie ein Museum – der Raum eines jener hochgeborenen Sammler des neunzehnten Jahrhunderts, die sich für Naturgeschichte interessierten. Die Schaukästen enthielten ausgestopfte Tiere, jedes in natürlicher Pose (so nagte zum Beispiel ein auf den Hinterbeinen stehender Biber an einem Zweig, den er in den Pfoten hielt, ein Luchs tappte verstohlen über einen Baumstamm), was das glasige Glitzern ihrer Augen noch schauerlicher erscheinen ließ. Allerdings war eine solche Sammlung im Hinblick auf Brightmans Geschäfte irgendwie verständlich. Trotzdem wurde mir schnell klar, daß die Sammlung nur auf einen nachträglichen Einfall zurückging – im Gegensatz zu den gerahmten Drucken und Stichen, die eine ganze Wand des Zimmers bedeckten. Fünf Reihen gab es da, von der Täfelung bis zum Plafond; sie waren an der Wand nicht so sehr zur Schau gestellt als vielmehr aufgereiht; sie luden den Besucher nicht so sehr ein, sie zu bewundern, als vielmehr, sie zu zählen … das tat ich: Es waren insgesamt zweihundertachtundzwanzig Holzschnitte, Holzstiche, Linolschnitte, Lithographien und Monotypien. Ich verstehe nicht viel von Kunst, und ich weiß praktisch nichts über Graphik, aber als ich an der Wand entlangging, erkannte ich doch einige Namen Käthe Kollwitz, Gaudier-Brzeska (drei Linolschnitte), Gertrude Hermes, Robert Gibbings, Rockwell Kent … Alles war von modernen Künstlern, zumindest aus unserem Jahrhundert; alle Drucke waren schwarzweiß gearbeitet, und viele wiesen jene schwerblütige, dramatische Qualität auf, die für die Propagandakunst der dreißiger Jahre charakteristisch ist: plumpe Sozialsymbolik, Armut, Themen aus der Industrie – Fördergerüste, Gaswerke, die von Kränen in einem Hafen geformten Linien und Flächen. Ein Blatt, das mit auffiel, war von dem russischen Künstler Wladimir Faworsky: Kosaken, Arbeiter, Soldaten, Lenin und Trotzki, ihre Gestalten zusammengedrückt und auseinandergezogen, um in eine Landkarte von Rußland während des Bürgerkriegs der zwanziger Jahre zu passen. Vermutlich hatte Brightman es bei seinem Aufenthalt dort erworben. Als ich es von der Wand nahm, sah ich jedoch, daß es von der 18. Venediger Biennale aus dem Jahre 1930 war. Ich hängte es wieder an seinen Platz und trat einen Schritt zurück. Und wunderte mich.

Im Restaurant hatte ich die erste leise Regung von Interesse an Brightman empfunden; jetzt erschien er mir wie der faszinierendste Adoptivvater, den ein Waisenkind sich nur wünschen konnte.

Ich sah mich um. In der Halle hatte ich seine Abwesenheit gefühlt; hier stürmte seine Anwesenheit aus allen Richtungen auf mich ein. Wie in Trance machte ich einen zweiten Rundgang durch das Zimmer und beendete ihn vor dem Schreibtisch an der Tür. Die Tischplatte war kunstvoll geschnitzt, aber auch verschrammt; zweifellos hatte Brightman tatsächlich hier gearbeitet. Ich sah einen Behälter mit Bleistiften und Federn, eine Heftmaschine, eine Rolle Klebeband, Umschläge, Rechnungen. Und auch eine Fotografie – klein, neun mal dreizehn Zentimeter, in einem einfachen Holzrahmen. Brightman. Und meine Vorstellung war gar nicht so falsch gewesen. Er war ein großgewachsener, stämmiger Mann, die breite Brust fiel zu einem gepflegten Bauch ab. Das Gesicht war breit und freundlich, und von einer hohen Stirn schwand schon ein wenig der Haaransatz. Die Aufnahme war im Freien gemacht worden: Er trug eine Lederjacke, seine Hände steckten in den Taschen einer Tweedhose. Es erschien mir ein wenig eigenartig, ein Bild von sich selbst auf dem Schreibtisch zu haben, aber als ich es aufhob, begriff ich seinen wahren Wert, denn auf der Rückseite, mit ungelenker Hand gekritzelt, fand ich die Worte: *Harry Brightman, aufgenommen von May Brightman mit ihrer eigenen Kamera, Georgian Bay am 1. August 1949.*

Ich stellte die Fotografie zurück. Harry Brightman, wie May ihn gesehen hatte ... Aber wo war er? Was für ein Mensch hatte in diesem Raum gelebt und gearbeitet? Und warum hatte er ihn verlassen? Zum erstenmal ging es mir durch den Kopf, daß die Antwort auf diese Frage interessanter sein könnte, als ich gedacht hatte. Aber jetzt würde ich sie nicht beantworten, und May machte sich vermutlich schon Sorgen. Ich warf einen letzten Blick über die Schulter, betätigte den Lichtschalter, trat über die Schwelle ... und erstarrte.

Ich stand ganz still. Die Halle vor mir war stockfinster. Aber ich wußte, daß ich nicht allein war.

Schritte, sanft wie ein zarter Hauch, kamen vom Gang her. Auf mich zu. An mir vorbei. Und einen Augenblick lang sah ich ein Gesicht – ein Gesicht und einen Schein von rotem Haar –, und mit einem wilden Blick starrte mir dieses Gesicht in die Augen, ein Gesicht, schmal wie das eines Wiesels und totenblaß. Dann war es verschwunden.

Mein Herz klopfte – klopfte so laut, daß ich nichts anderes hören konnte. Ich konnte kaum atmen. Ich horchte angespannt. Der Teppich auf der Treppe war sehr dick, aber ich vernahm rasche, tappende Schritte ... Ich wartete auf das Quietschen der Tür, aber ich hörte nichts mehr...

Eine Minute verging. Er mußte sich die ganze Zeit im dritten Stock aufgehalten haben. Nicht Brightman. Bestimmt nicht er. Aber irgend *jemand* ...

Vorsichtig schlich ich mich in die Halle. Das Treppenhaus war stockdunkel, doch dann erreichte ich den Absatz, und das Licht auf dem Antrittspfosten schimmerte von unten herauf.

Stufe um Stufe ging ich hinunter. Drei Stufen oberhalb des Vorplatzes blieb ich stehen und horchte wieder. Nichts. Er mußte fort sein. Und wenn nicht? Wenn er im Gang wartete, der zur Küche führte, würde ich in dem Moment, da ich die Treppe verließ, deutlich sichtbar sein.

Mich am Geländer festhaltend, beugte ich mich vor und zog an der Schalterkette der Lampe auf dem Antrittspfosten.

Vor meinen Augen zuckten rote Blitze. Ich wartete, bis sie verblaßt waren, und stieg dann die letzten Stufen in die Halle hinunter. Nichts bewegte sich. Ich fieberte an jedem Nerv, setzte aber meinen Weg zur Rückseite des Hauses fort. Hier gab es ein wenig Licht, grau und trübe wie Nebel, und einen Augenblick später stand ich vor einer Tür. Dahinter lag die frostige Düsternis der Küche. Ich wartete und lauschte. Der anspringende Kühlschrank erschreckte mich fast zu Tode, aber es war niemand da, und als ich die Hintertür überprüfte, schien sie fest verschlossen zu sein. Rasch ging ich wieder nach vorne. Entweder war er hier entwischt oder durch den Keller. Ich öffnete die Tür, trat in die Nacht hinaus…

Und blieb abrupt stehen.

Ich warf einen Blick über meine Schulter und sah, daß ich den stehenden Riegel vergessen hatte. An den Türrahmen angeschlagen, hatte er die Tür aufgestoßen, und jetzt schwang sie, ein wenig knarrend, im Wind, so wie sie es in der Nacht getan haben mußte, als Harry Brightman verschwunden war.

4

Ich erzählte May nichts von meinem kleinen Abenteuer. Sie hatte schon jetzt Angst – und nun, da ich Grund zu der Annahme hatte, daß ihre Angst nicht ungerechtfertigt war, sah ich keinen Anlaß, sie noch mehr zu erschrecken. Um die Wahrheit zu sagen, je länger ich darüber nachdachte, um so mehr schien mir, daß das Geschehen im Haus in Wirklichkeit mich und nicht sie betraf. Vielleicht hatte ich nur einen Einbrecher überrascht – schließlich war Brightman ein reicher Mann, wohnte in einer vornehmen Gegend. Aber andererseits ... es war dieses »andererseits«, das so etwas wie Gewissensbisse in mir erwachen ließ. Wenn Brightmans Verschwinden mehr war als nur rücksichtslos – wenn es einen dunklen Hintergrund hatte –, dann *konnte* es sein, daß seine Sorge um May Adoption damit im Zusammenhang stand. Das Wie war mir immer noch nicht klar, aber am nächsten Morgen begann ich wirklich damit, die ganze Geschichte ernst zu nehmen.

Ich arbeitete schnell. Ich war kein schlechter Reporter gewesen und das Sammeln von Informationen mein täglich Brot. Wenn man in diesem Beruf anfängt, bekommt man sie mittels Einsatz gewisser Fertigkeiten; ist man schon länger dabei, benützt man einfach Kontakte. Die brachte ich jetzt, und um sie zu finden, begab ich mich in die Stadtbibliothek von Toronto. Zuerst studierte ich den Index der *New York Times* und suchte dann mit Hilfe eines Mikrofiche-Lesegeräts weiter. Ich fand heraus, daß Adoptionen in den späten siebziger Jahren, wenn auch nicht gerade Material für die Titelseite, so doch zu einer Art sozialer Frage geworden waren. Man stellte verschiedene Verfahrensregeln in Frage, adoptierte Kinder forderten das Recht, die Namen ihrer wahren Eltern zu erfahren, diverse Organisationen lagen sich in den Haaren. Ich las ein Dutzend Artikel, die sich vornehmlich mit den Zuständen in den Vereinigten Staaten beschäftigten, aber einer der Berichte verglich amerikanische Praktiken mit denen anderer Länder, einschließlich Kanada. Ich hatte noch nie vom Autor gehört, aber natürlich kenne ich ein Dutzend Leute in der *Times*. In Mays Haus hängte ich mich ans Telefon und fand bald heraus, daß mein Mann jetzt bei CBS arbeitete, wo ich ihn auch erwischte. Wie erwartet, wollte er mir gern helfen – jetzt war ich einer von *seinen* Kontakten. Um den Teil seines Artikels über Kanada zu schreiben, hatte er mit einem Mädchen vom *Toronto Globe and Mail* namens Eileen Rogers gesprochen. Ich rief den *Globe* an, und es war mein Glückstag: Miss Rogers kannte meinen Namen oder tat zumindest, als kenne sie ihn, sie hatte eine drciteilige Serie über »Adoption in Kanada« geschrieben und noch keine Verabredung zum Mittagessen.

Wir gingen in ein kleines Restaurant in einer Seitenstraße der Bloor Street, nicht weit von dort, wo May und ich am Abend zuvor herumspaziert waren. Es war ein ruhiges, angenehmes, elegantes Ambiente; ein Innenhof unter einem Glasdach, durch das eine blasse Oktobersonne auf Werbetrommler und Fernsehgewaltige herabfiel, die sich die Wänste vollschlugen und ihre Spesenkonten aufrundeten. Eileen Rogers paßte recht gut dazu. Sie war eine richtige Type: Die junge, zähe, ehrgeizige Reporterdame, die sich von der Frauenseite zu den politischen Kolumnen hinaufgearbeitet hatte und jetzt nach neuen Horizonten Ausschau hielt. Wie ich vermutete, erstreckten sich diese Horizonte nach Süden, denn ihr Interesse galt allen jenen Kanadiern, aus denen in den amerikanischen Medien etwas geworden war – Peter Jennings, Morley Safer, Robin McNeil, ein Dutzend andere. Ich gab ihr ein paar Tips und Namen, und natürlich erhielt sie das Privileg, zukünftig mit *meinem* Namen Eindruck schinden zu dürfen. Das konnte mir nur recht sein, denn als Gegenleistung gab sie mir ein erstklassiges Briefing über kanadische Adoptionsgesetze und -verfahrensweisen. In Kanada, sagte sie, falle die Adoption in die Zuständigkeit der Provinzen, so wie in den Vereinigten Staaten die einzelnen Bundesstaaten die entsprechenden Befugnisse besäßen. Die meisten Provinzen (auch wieder wie die meisten Bundesstaaten) hatten offizielle oder halboffizielle Körperschaften eingesetzt, die die ganze Prozedur abwickelten; sie wurden gewöhnlich »Children's Aid Societies« (Kinderhilfsgesellschaften) genannt, unterschieden sich aber kaum von den »Adoption Agencies« in den Vereinigten Staaten. Miss Rogers hielt nicht viel von diesen Einrichtungen, egal, ob dies- oder jenseits der Grenze.

»Es ist wirklich widerlich. Die haben eine Art Monopol auf das Elend der Kinder und interessieren sich nur dafür, ihre Macht zu behalten. Ganze Imperien haben die errichtet – Bürokratien, Programme, Spendenaufrufe hier und Spendenaufrufe da. Bei der Arbeit an dieser Serie habe ich die Sozialarbeiter *hassen* gelernt!«

Ich nahm einen Schluck Wein und eine Gabelvoll Salat. »Wieweit betrifft *mich* das alles, wenn ich versuchen wollte, die leiblichen Eltern eines Menschen ausfindig zu machen?«

»Oho, damit laufen Sie gegen den Grundpfeiler des ganzen Systems an.«

»Und der wäre?«

»Geheimhaltung. Absolute, sakrosankte, rechtskräftig gemachte Geheimhaltung. Sobald eine Mutter auf ihr Baby verzichtet, verliert sie alle Rechte auf ihr Kind – wie auch ihr Kind alle Rechte verliert. Weder Mutter noch Kind können jemals voneinander erfahren. Darauf gründet sich die Macht der Gesellschaften: Sie üben vollständige Kontrolle aus. Es ist alles der Vernunft untergeordnet: Die Adoptiveltern sollen nicht von der Vorstellung geplagt werden, die leibliche Mutter könnte sich eines Tages melden – aber das ist alles Quatsch. In Großbritannien hat man es einfach abgeschafft, ohne daß etwas passiert wäre, und in einigen Ländern hat es diese Regelung nie gegeben. In Finnland, zum Beispiel.«

Wenn May, meinte sie, über Vermittlung einer solchen Children's Aid Society adoptiert worden war – in ihrem Fall wäre das die Society in der Provinz Neuschottland –, gab es nur eine Möglichkeit, die Identität der leiblichen Mutter zu eruieren: die Kontaktaufnahme mit einem Insider. Sie deutete an, daß sie mir unter gewissen Umständen behilflich sein könnte, aber ich wollte noch abwarten. Es gab möglicherweise auch noch einen anderen Weg. Die meisten Adoptionen wurden von den Children's Aid Societies durchgeführt, aber es kamen auch noch private zustande, die durch Anwälte und Ärzte arrangiert wurden.

»Natürlich hassen die Agenturen sie, aber die Anwälte machen Geld damit – auch das ist sakrosankt –, und in manchen Fällen ist es für alle Beteiligten bequemer und angenehmer, ihre Dienste in Anspruch zu nehmen. Es gibt ja zum Beispiel auch Fälle, wo beide Eltern bei einem Autounfall ums Leben kommen und ein Verwandter die Kinder in seine Obhut nimmt.«

»So wäre also der Rechtsanwalt die Schlüsselfigur?«

»Ja. Wenn man ihn zum Reden bringt.«

Es war gegen drei, als ich zu May zurückkehrte und ihr in knappen Worten berichtete, was ich erfahren hatte.

»Es wird also ein hartes Stück Arbeit sein, wenn ich über Vermittlung einer solchen Gesellschaft adoptiert wurde«, sagte sie.

»Ja, aber ich glaube, das Madchen kennt einige Insider, zumindest in Ontario. Das wäre eine große Hilfe.«

»Du wirst doch nicht in Schwierigkeiten geraten?«

»Keine Sorge. Es wäre natürlich einfacher, wenn ich wüßte, ob du privat adoptiert worden bist oder nicht.«

»Ich habe dir alles gesagt, was ich weiß. Ich wurde 1940 in Halifax adoptiert.«

»Aber dein Vater muß doch einen Anwalt haben.«

»Selbstverständlich. Er heißt Stewart Cadogan – ich mag ihn nicht sehr.«

»War er auch schon 1940 sein Anwalt?«

»Vermutlich. Alt genug ist er.«

»Er dürfte es auf jeden Fall wissen. Ruf ihn bitte an und stell das fest. Wenn er sagt, daß du privat adoptiert wurdest, mach einen Termin aus, und wir gehen zu ihm.«

Wir saßen wieder in der Küche und tranken Kaffee. May warf einen raschen Blick auf den Tisch. »Wenn es dir nichts ausmacht – wenn du glaubst, mit ihm reden zu müssen –, mir wäre es lieber, wenn du allein hingehen würdest. Ich hab' dir ja schon gesagt, ich mag ihn nicht. Wir haben uns nie gut verstanden.«

Wieder spürte ich ihre Angst aufflackern. »May ... bist du sicher, daß das alles ist, was du weißt? Du begreifst doch, daß es sinnlos wäre, etwas für dich zu behalten?«

Sie hob beide Arme und fuhr sich mit den Fingern durch die Haare, aber dann lächelte sie und antwortete mir mit ruhiger Stimme: »Du mußt das verstehen. Es macht mir nichts aus, daß *du* etwas weißt, wenn es etwas zu wissen gibt – wenn er dir etwas zu sagen hat; ich habe nichts dagegen, daß du es erfährst, aber *ich* möchte es nicht wissen ... nur wenn es absolut nötig ist.«

»Also gut. Aber es könnte sich als notwendig erweisen, ob es dir nun gefällt oder nicht. Ist dir das klar?«

»Natürlich. Aber ich habe mein ganzes Leben mit einer Geschichte gelebt, und ich möchte sie lieber nicht ändern. Selbst wenn meine Adoption etwas mit Harrys Verschwinden zu tun hat, wäre es mir lieber, du würdest die Polizei von diesem Zusammenhang in Kenntnis setzen und es ihr überlassen, ihn zu finden. Wenn es möglich ist ... wenn du es so einrichten könntest.«

Ich nickte, obwohl ich nicht gerade glücklich über ihre Einstellung war. »Ich werde es versuchen. Aber du weißt, dieser Anwalt könnte sich möglicherweise weigern, mich allein zu empfangen. Deine Adoption ist eine Vertrauenssache – Berufsgeheimnis...«

»Keine Sorge. Das mach' ich schon.«

Ich wartete in der Küche, während May ans Telefon in der Diele ging. Zehn Minuten später war sie wieder da. »Eine gute Nachricht: Meine Adoption wurde privat vermittelt.«

»Aber er will nicht darüber sprechen?«

»Nun ja, er wollte nicht recht, aber ich habe ihn überredet. Er ist so schrecklich umständlich! Ich muß ihm einen Brief schreiben und ihn formell autorisieren.«

Stewart Cadogan, Queen's Counsel; ich sah der Begegnung mit ihm erwartungsvoll entgegen. Er hatte sich bereit erklärt, mich noch am gleichen Tag zu empfangen, aber erst um halb sieben; so setzte ich mich bei Einbruch der Dämmerung in Mays Volkswagen, um dem Verkehr der Stadt zum erstenmal die Stirn zu bieten. Es war nicht schwer. Toronto ist eine Handelsstadt, aber um diese Zeit war in den großen Wolkenkratzern niemand mehr mit Geldverdienen beschäftigt, und die Masse hatte noch nicht begonnen, ihr Geld in Restaurants und Bars auszugeben; die Straßen waren grau, leer und verlassen.

Cadogan hatte seine Kanzlei in der Victoria Street, gleich hinter der Yonge Street. Ich parkte und ging dann einen Häuserblock bis zu einem alten Backsteinhaus mit einer Steintreppe, einem von Säulen getragenen Vorbau und einer schweren Eichentür mit entsprechendem Namensschild aus Messing. Ich betrat eine halbdunkle Halle, in der sich eine Portiersloge befand; der Gentleman, sehr betagt und in einen schwarzen Gehrock gekleidet, führte mich nach oben. Alte, reiche Anwaltsfirmen können sehr eindrucksvoll sein, und Cadogans Büro gehörte zu dieser Kategorie. Ich konnte sozusagen die in Treuhandschaft verwalteten Gelder rascheln hören, während ich hinter dem würdevollen Portier dreinschlurfte. Durch eine Tür gelangte ich in einen Vorraum; eine Sekretärin, die wegen meines Besuchs so spät dabehalten worden war, nahm mich – ziemlich schlecht gelaunt – in Empfang.

»Sind Sie Mr. Thorne?«

»Ja.«

Ich schätzte sie auf sechzig. Sie trug ein marineblaues Kostüm mit einer weißen Bluse; die Brille, die an einer Kette um ihren Hals hing, hüpfte mit jeder Kopfbewegung auf und ab. Sie drückte auf einen Knopf. »Ein Mr. Thorne möchte Sie sprechen, Sir.«

Irgendwie gab mir der unbestimmte Artikel das Gefühl, hier als wenig ehrbar angesehen zu werden, aber wenigstens hatte ich nicht warten müssen. Die Sekretärin hielt die Tür für mich auf, und ich betrat Cadogans Heiligtum. Es war groß und düster. Die Teppiche auf dem Fußboden waren vermutlich Keschans, wenn auch ein wenig abgetreten, und im marmornen Kamin flakkerte ein bläuliches Feuer. Der ganze Raum strahlte Reichtum aus – aber einen praktischen Reichtum: knauserig, schottisch. Um mich zu begrüßen, erhob sich Cadogan von einem Lehnsessel hinter einem alten Schreibtisch. Er war sehr groß, etwas gebückt und hatte einen mächtigen, kahlen Schädel. Auch seine Hände waren groß, die Knöchel steif und knorpelig. Er hätte ein Schulleiter sein können, ein pensionierter Pastor oder, nun ja, eben das, was er tatsächlich war. Mays Brief entgegennehmend, deutete er auf einen Lederfauteuil an einer Ecke seines Schreibtisches. Ich setzte mich und sah zu, wie er eine Brille aus der Tasche seiner Anzugjacke fischte. Nachdem er sie sich auf die Nase gesetzt hatte, begann er stirnrunzelnd und argwöhnisch zu lesen. Als er fertig war, legte er das Blatt auf seinen Schreibtisch und beschwerte es mit einer seiner großen, knochigen Hände. Dann hob er den Kopf und sah mich an:

»Nehmen Sie das bitte nicht persönlich, Mr. Thorne, aber Sie haben Verständnis, daß ich mich nur zögernd bereit erklärt habe, Sie zu empfangen, nicht wahr?»

»Das war mir klar.«

»Dann werden Sie vielleicht sogar zugeben, daß Ihre Situation in gewisser Weise etwas heikel ist?«

»Ja, das könnte wohl sein.«

Ein Lächeln spielte um seine Lippen. »Dann ist Ihnen sicherlich klar, daß dies auch auf meine Situation zutrifft.«

Ich blieb stumm. Einen Augenblick später brummte er leise etwas vor sich hin – was ich als Zeichen dafür auffaßte, daß er zumindest vorübergehend einen günstigen Eindruck von mir gewonnen hatte. Er stand auf. »Es ist schon nach sechs. Ich darf Ihnen einen Drink anbieten, Mr. Thorne.«

»Danke, Sir, das wäre überaus freundlich von Ihnen.«

Er ging um seinen Schreibtisch herum zu einem lackierten Kabinettschrank. Sein Anzug war braun – für ihn zweifellos ein Beispiel schneiderischen Wagemuts – und unmodern und hing, wie das bei vielen alten Herren so ist, ein wenig lose an seiner großen Gestalt.

Er nahm Flaschen und Gläser aus dem Schrank. »Sie sind ein junger Mann und werden Whisky bevorzugen. Ich bin alt und muß mit Sherry auskommen.« Das war ein Scherz, darum lächelte ich. Aber er schien sich gar nicht dafür zu interessieren, welche Wirkung seine Bemerkung auf mich gemacht hatte. Ich beobachtete ihm beim Einschenken. Natürlich bot er mir weder Wasser noch Eis an. Er brachte mir mein Glas, und ich merkte, daß die Hand, die er mir entgegenstreckte, ein wenig zitterte. Ich nippte; zu meiner Überraschung war es kanadischer Whisky. Das mußte sich auf meinem Gesicht gezeigt haben, denn Cadogan lächelte. »Roggenwhisky, Mr. Thorne.«

»Er ist ausgezeichnet.«

Vielleicht hatte er mir normale Höflichkeit nicht zugetraut, denn er nickte ein wenig erstaunt. Dann ließ er sich, sein Glas Sherry in der Hand haltend, wieder hinter seinem Schreibtisch nieder. »Wie ich sehe«, begann er, »versuchen Sie Miss Brightmans Vater zu finden.«

»Das stimmt nicht ganz, Sir. May glaubt, ihre Adoption könnte mit dem Verschwinden ihres Vaters zu tun haben, und hat mich gebeten, diese Möglichkeit zu prüfen.«

Seine Augen hafteten an meinen, aber seine Hand schob sich über den Schreibtisch auf eine Akte zu, die dort lag. »Adoption. Eine sehr private Angelegenheit.«

»Das stimmt.«

»Eine vertrauliche Angelegenheit. Eine Familienangelegenheit.«

»Ich verstehe.«
»Es ist Ihnen wahrscheinlich bekannt, daß ich mich erbötig gemacht habe, Miss Brightman über alles in Kenntnis zu setzen, was ich von der Sache weiß, sie aber mich gebeten hat, nur Sie, Mr. Thorne, ins Vertrauen zu ziehen.«
»Das ist mir bekannt.«
»Sie muß großes Vertrauen in Sie setzen.«
»Ja, ich glaube, das tut sie.«
»Ohne Anstoß erregen zu wollen, Mr. Thorne, darf ich fragen, ob Sie völlig sicher sind, daß Sie verstehen, was in einer Angelegenheit wie dieser Vertrauen wirklich bedeutet?«
Er hatte Anstoß erregt, und es machte mir nichts aus, ihn das wissen zu lassen. »Ich glaube nicht, daß Sie sich diesbezüglich irgendwelche Sorgen zu machen brauchen, Mr. Cadogan!«
»Gut. Ich werde es in Hinkunft unterlassen. Aber Sie verstehen auch, daß ich nicht verpflichtet bin, Ihnen überhaupt etwas zu sagen. Miss Brightman ist ebenso mein Mandant wie ihr Vater, und ihr Interesse an dieser Angelegenheit ist verständlich. Diese Dokumente kommen jedoch aus Mr. Brightmans Akte, nicht aus der von Miss Brightman. Genaugenommen kann nur er Ihnen die Erlaubnis geben, sie zu lesen.«
»Das ist sicher richtig – genaugenommen.«
Er streifte mich mit einem Blick. »Als Anwalt finde ich es durchaus in Ordnung, die Dinge genau zu nehmen.«
Ich zögerte. Ich wollte nicht mit ihm diskutieren. Außerdem wußte ich, daß er früher oder später so vorgehen würde, wie May ihn angewiesen hatte. »Darf ich fragen«, konterte ich, »ob *Sie* der Meinung sind, daß es da einen Zusammenhang gibt – ich meine zwischen Brightmans Verschwinden und der Adoption seiner Tochter?«
Von dieser Richtungsänderung irritiert, runzelte er die Stirn. Dann brummte er wieder. »Ich sage nicht ja, Mr. Thorne, aber ich sage auch nicht nein. Ich würde Ihnen auf jeden Fall Einsicht gewähren, denn ich weiß, daß Mr. Brightman von mir erwarten würde, daß ich den Wünschen seiner Tochter entspreche ... und weil die Dokumente, wie Sie sehen werden, nur wenige Geheimnisse enthalten.« Abrupt, noch bevor ich auf diese Äußerung eingehen konnte, schob er mir die Akte über den Schreibtisch. »Sie werden nichts von Adoptivgesetzen verstehen, aber das brauchen Sie auch nicht. Miss Brightman wurde nach keiner Gesetzesbestimmung adoptiert, die heute noch in Kraft wäre; die entsprechenden Vorschriften entstammen den zwanziger Jahren. Es gibt eine Lücke in diesem Gesetz, die ihrem Fall besonderes Interesse verleiht. Sie werden mich verstehen, wenn Sie es lesen.«

Ohne darauf zu erwidern, schlug ich die Akte auf. Das erste Blatt war der Durchschlag auf dünnem Papier eines alten Memos von »T. Tugwell an G. C.« Es faßte das Adoptivgesetz von Neuschottland kurz zusammen – Kapitel 139 der revidierten Bestimmungen aus dem Jahre 1923 – und konzentrierte sich im besonderen auf die »Einwilligungen«, die gegeben werden mußten, bevor der Adoptionsantrag vom Vormundschaftsgericht genehmigt wurde. Theoretisch konnten diese Einwiligungen von allen Beteiligten gefordert werden, angefangen vom Kind selbst, wenn es über vierzehn Jahre alt war, bis zum Ehemann, wenn es sich bei der zu adoptierenden Person um eine verheiratete Frau handelte. Unter gewissen Umständen konnte das Vormundschaftsgericht auch auf Einwilligungen verzichten: Wenn die Person, deren Einwilligung eigentlich nötig gewesen wäre, geistesgestört war, sich in einer Strafanstalt befand, das Kind vernachlässigt oder zugelassen hatte, daß es von der Wohlfahrt erhalten wurde. Und weiter hieß es in dem Memorandum: Wenn die Person, deren Zustimmung üblicherweise erforderlich war, nicht gefunden werden konnte, mußte das Gericht durch ein Inserat nach dieser Person suchen; meldete er oder sie sich auch dann nicht, wurde die Einwilligung als gegeben betrachtet. Das Memo schloß: *»Nein*, die physische Anwesenheit des Kindes vor Gericht wird möglicherweise nicht begehrt; und *Ja*, unser Mandant wird verheiratet sein müssen. *Hierbei handelt es sich nicht um eine ausdrückliche Bestimmung des Gesetzes, es wird aber in der Praxis fast immer verlangt.«*

Während ich Gott dankte, daß ich mich nie versucht gefühlt hatte, die Laufbahn eines Juristen einzuschlagen, sah ich zu Cadogan auf: »Ich nehme an, daß mit dieser Zusammenfassung einem Ersuchen Mr. Brightmans entsprochen wurde?«

»Ja. Es ist nicht in der Akte. Wahrscheinlich kam er hierher in die Kanzlei und sprach persönlich mit meinem Vater.«

Ich richtete meinen Blick auf die erste Zeile des Memos: »›G. C.‹ ist Ihr Vater?«

»Ja.«

Ich wandte mich wieder der Akte zu. Die nächsten Blätter waren Briefe an Brightman in einem Hotel in Halifax, die mehr oder weniger den Inhalt des Memos wiederholten, und ein Brief an ein Anwaltsbüro in Halifax, in dem angekündigt wurde, daß Brightman sich an diese Kanzlei wenden würde. Das hatte Brightman mit einer kurzen Notiz bestätigt, und zum erstenmal sah ich seine Unterschrift – breit, offen, einfach, zu dem Gesicht auf der Fotografie passend.

»Sie werden bemerkt haben«, sagte Cadogan, »daß der wichtige Punkt die Verpflichtung ist, durch Inserate nach einer Person zu suchen – Paragraph 4,

Absatz 39. Die für solche Ankündigungen verwendete Zeitung ist gewöhnlich das Amtsblatt der Provinzregierung, *The Royal Gazette*, und was Sie jetzt in der Akte sehen, sind Ausschnitte daraus.«

Sie waren alt und vergilbt; als ich sie in die Hand nahm, blätterte das brüchige Papier unter meinen Fingern ab. Auf dieser Seite waren Grundstücksanzeigen, Ernennungsdekrete von Staatsanwälten, Bestimmungen für Verdunkelungen – denn das Jahr war 1940, und der Zweite Weltkrieg in vollem Gang. In der Mitte von alldem sah ich die Überschrift: *Adoptionsgesetz; in betreff Florence Esther Raines.* Der Text lautete:

An Florence Esther Raines, gegenwärtig unbekannten Aufenthaltes, Mutter von Elisabeth Ann Raines:

Bekanntmachung: Entsprechend den gesetzlichen Bestimmungen und wie im folgenden angeführt, wird Ihnen zur Kenntnis gebracht, daß eine Petition betreffend die Adoption des Kindes Elizabeth Ann Raines eingebracht wurde und Freitag, den 28. Juni A. D. 1940, um zehn Uhr vormittags im Sitzungssaal des Amtsgerichtes in der Spring Garden Road, Halifax, Neuschottland, gehört und entschieden werden wird.

R. A. Powell
Duke Street
Halifax, N. S.
Für Petitionen zuständiger Justizbeamter

Ich überschlug die Seite und kam zu der eigentlichen Petition: zu der vollständigen, inhaltsreichen und amtlich beglaubigten Geschichte von May Brightmans Adoption:

1940 C. C. No. 1289

Amtsgericht für den Bezirk
Nummer Eins

In der Sache
Kapitel 139, R. S. N. S. 1923
»Über die Adoption von Kindern«;
und in der Sache
ELIZABETH ANN RAINES
PETITION

An Seine Ehren A. F. Best, Richter am Amtsgericht für den Bezirk Nummer eins:

Die Petition des Harold Charles Brightman aus der Stadt Toronto in der Provinz Ontario, Kaufmann, sowie seiner Frau, Ellen Sarah Brightman, erlaubt sich ergebenst darzulegen:

1. Ihr Antragsteller, Harold Charles Brightman, hat seit Jahren seinen Wohnsitz in Toronto und ist ein im Pelzhandel tätiger Kaufmann; ihre Antragstellerin, Ellen Sarah Brightman, ist die Gemahlin des genannten Harold Charles Brightman.

2. Ihre Antragsteller wünschen ein Kind weiblichen Geschlechts namens Elizabeth Ann Raines, uneheliche Tochter der Florence Esther Raines aus Halifax, in der Provinz Halifax, zu adoptieren.

3. Besagtes Kind steht im Alter von zehn Monaten; es wurde am 12. Juni A. D. 1939 geboren. Besagtes Kind wurde wenige Wochen nach seiner Geburt der Pflege von Charles Grainger, M. D., überlassen und seitdem liebevoll von ihm betreut.

4. Ihre Antragsteller glauben, daß sich die Mutter des besagten Kindes zum protestantischen Glauben bekannte. Ihre Antragsteller gehören der Kirche von England an und würden besagtes Kind in den Lehren dieser Kirche unterweisen.

5. Ihre Antragsteller sind beide über 21 Jahre alt und besitzen die nötigen Mittel und Fähigkeiten, um besagtes Kind aufzuziehen und ihm die nötige Ernährung und Ausbildung zuteil werden zu lassen.

6. Ihre Antragsteller ersuchen, den Namen des besagten Kindes von Elizabeth Ann Raines auf Sarah May Brightman zu ändern.

7. Ihre Antragsteller sprechen daher die inständige Bitte aus, dieses Ehrenwerte Gericht möge gemäß den Bestimmungen des Kapitels 139, R.S.N.S., verfügen, daß besagtes Kind von Ihren Antragstellern als eigenes Kind adoptiert werden kann.

Ihre zur größten Dankbarkeit verpflichteten Antragsteller

Harold Charles Brightman
Ellen Sarah Brightman

Ich drehte die Seite um. Das letzte Blatt der Akte war der offizielle, vom Gericht bestätigte Annahmevertrag. Ich war von alldem nicht sonderlich beeindruckt, wohl aber ein wenig überrascht, besonders in Anbetracht dessen, was mir die Reporterdame am Mittag über »Geheimhaltung«, erzählt hatte. Ich hob den Kopf und sah Cadogan an. »Das heißt also, daß May Brightmans Adoption immer schon allgemein bekannt war?«

»Es war natürlich ein Ausnahmefall. Aber die verschiedenen Vermutungen, die sie am Telefon geäußert hat – Erpressung und so weiter –, entbehren jeder Grundlage. Um ihre Adoption hat es nie irgendwelche Geheimnisse gegeben, und wie Sie gesehen haben, ist alles völlig legal abgewickelt worden.«

»Aber nicht ganz gemäß den Regeln«, wandte ich ein.

»Wie meinen Sie das, Mr. Thorne?«

»Ich denke an Brightmans Eheschließung.« Ich blätterte zurück. »In diesem Memo wird mehr als nur angedeutet, daß er, als das Verfahren eingeleitet wurde, nicht verheiratet war. Der Kanzlist Ihres Vaters hat darauf hingewiesen, daß er das würde sein müssen. Demnach muß es eine Vernunftehe gewesen sein – besonders wenn man in Rechnung stellt, daß sie bald darauf wieder geschieden wurde.«

Cadogan betrachtete mich mit einem frostigen Lächeln. »Es sollten wohl alle Eheschließungen vernünftig sein, meinen Sie nicht, Mr. Thorne? Daran ist doch nichts Ungesetzliches oder auch nur Irreguläres.«

Aber so leicht ließ ich mich nicht abspeisen. »Trotzdem muß es normalerweise andersherum laufen. Der Wunsch, ein Baby zu adoptieren, entspringt einer Ehe, statt ihr voranzugehen.«

»Mag sein«, gab er zu, »aber ich nehme an, Mr. Brightman war nicht der erste Mann, der sich ein Kind wünschte, ohne sich deswegen mit einer Frau belasten zu wollen. Er war schon damals ein wohlhabender Mann, und wie viele reiche Leute es tun, richtete er sich die Dinge einfach so ein, wie sie ihm paßten.«

Irgendwie erweckte das eine Erinnerung, und ich war schon dabei, sie aufzufrischen, aber es gelang mir nicht ganz. Brightman, ein reicher Mann, wünscht sich ein Kind. Aber nicht irgendeines, nein, *dieses* Kind! Statt es in der Stadt zu adoptieren, in der er lebt, macht er die lange Reise nach Neuschottland, weil … doch dann entglitt mir der Gedanke, und ich versuchte einen ganz anderen Weg. »Ich nehme an, Sie waren noch nicht in der Kanzlei tätig, als das alles geschah.«

»Theoretisch arbeitete ich schon in der Kanzlei; in der Praxis allerdings diente ich bei der Kanadischen Luftwaffe. Vergessen Sie nicht: Das war 1940, und wir hatten Krieg. Ihre Generation war nicht dabei, aber wir schon.«

Ein Hauch von Mißbilligung lag in seinen Worten, und ich fragte mich, was er wohl gesagt haben würde, wenn er gewußt hätte, daß mein Vater genau zu dieser Zeit in Paris noch ganz normal seinem Beruf nachgegangen war.

»Demnach ist Ihr Wissen, was die Sache betrifft, begrenzt?« schoß ich ihn an. »Es kommt sozusagen aus zweiter Hand?«

»Wenn Sie so wollen. Wenn Ihnen das als wesentlich erscheint …«

»Ich habe mir nur gerade die Frage gestellt, ob Sie mit Brightman jemals darüber gesprochen haben.«
»Nur sehr wenig und erst viel später. Ich führte die Scheidung durch – da mußte er mir etwas davon erzählen.«
»Und wann war das?«
»1951 oder 1952, glaube ich. Damals lebte er schon seit vielen Jahren von seiner Frau getrennt.«
»Könnte seine Frau etwas damit zu tun haben?«
»Nein.«
»Aber Sie schließen einen Zusammenhang zwischen Brightmans Verschwinden und der Adoption nicht gänzlich aus?«
Zum erstenmal schien Cadogan jetzt Unbehagen zu verspüren. Er senkte seinen Blick. Dann nahm er mit einer linkischen Bewegung die Brille ab und ließ sie in seine Tasche gleiten.
»Mr. Thorne«, begann er, »wenn ein Mann sagt, er möchte offen reden, hat er für gewöhnlich die Absicht, eine Lüge aufzutischen. Ich aber habe tatsächlich die Absicht, Ihnen zu sagen, was ich denke. Das ist jedoch schwierig. Ich bin seit sehr langer Zeit Mr. Brightmans Anwalt. Er hat gegenwärtig weniger Rechtsgeschäfte als früher, aber um das, was noch anfällt, kümmere ich mich persönlich. Und als er sein Geschäft verkaufte – eine komplizierte Transaktion –, da habe ich auch das besorgt. Er hát Pelze hergestellt und verkauft, sie aber auch importiert und exportiert. Ozelote kommen aus Argentinien, Jaguare aus Brasilien, der Verkauf von Nerzen in Amerika bringt Probleme mit sich ... er hatte immer wieder Schwierigkeiten mit allen möglichen Vorschriften und Genehmigungen. Sie verstehen mich?«
»Bitte sprechen Sie weiter.«
»Nun gut. Als ich ihn das letzte Mal sah – wir aßen in regelmäßigen Abständen gemeinsam zu Mittag –, spürte ich, daß irgend etwas anders war als sonst. Ich meine, ich hatte das Gefühl, daß ihn etwas beunruhigte, etwas, das jenseits der Grenzen unserer Beziehung lag. Er erwähnte eine Frau. Mir war klar, daß er von einer Liaison sprach, von einer Beziehung in seiner Vergangenheit. Aber er ging nur ganz flüchtig darauf ein. Es war kein Thema von der Art, wie es normalerweise in sein Gespräch eingeflossen wäre, und es ist Ihnen wohl auch klar, daß es kein Thema war, über das ich normalerweise mit Ihnen sprechen würde.«
Ich nickte. Die Schwierigkeiten, die es ihm bereitet hatte, überhaupt davon zu sprechen, ließen mich vermuten, daß seine Gefühle für Brightman »persönlicher« waren, als er vorgegeben hatte. »Ich verstehe, Sir. Hat er einen Namen genannt?«
»Anna. ›Wenn ich zurückblicke‹, sagte er, ›gibt es nichts, was größere Trauer

in mir hervorruft als sie.‹ Wir hatten über die Vergangenheit gesprochen, über den Krieg. Er hatte ein bißchen getrunken. Vielleicht mehr als sonst. Er sprach, als ob ich wüßte, wovon er redete.«
»Aber Sie wußten es nicht?«
»Nein.«
»Und Sie wollten auch nicht fragen, wer diese Frau war?«
»Es hätte uns beide in Verlegenheit gebracht.«
»Ich verstehe ... aber bei dieser ganzen Sache gibt es keine ›Anna‹. Das Baby hieß Elizabeth Ann ...«
Wie um eine nebensächliche Frage abzutun, hob er eine Hand vom Schreibtisch. »Macht das einen Unterschied? Ein Spitzname, ein Kosename ...«
Und jetzt, jetzt endlich hatte ich's! Mir klang Mays Stimme in den Ohren: *Er fing an, mich zu drängen: Willst du wirklich nicht wissen, wer dein leiblicher Vater war...* Aber in einem solchen Fall konzentrierte sich das Interesse doch üblicherweise auf die Identität der Mutter... Diese Überlegungen müssen sich auf meinem Gesicht gezeigt haben, denn nun fragte Cadogan: »Ich nehme an, Sie haben die zwingende Schlußfolgerung gezogen, Mr. Thorne?«
»Ja, Sir.«
Und das hatte ich auch. May Brightman war Harry Brightmans unehelich geborenes Kind. Als er sie adoptierte, hatte er nur seine eigene illegitime Tochter adoptiert. »Sind Sie damals, während Ihres Gesprächs, zu diesem Schluß gekommen?« fragte ich.
»Nein, ich hatte es schon seit vielen Jahren vermutet.«
»Haben Sie jemals versucht, Ihren Verdacht zu bestätigen?«
»Nein. Es ging mich ja nichts an. Es hätte unter Umständen Konsequenzen auf seinen Letzten Willen haben können, aber ich nahm darauf Bedacht, als ich sein Testament errichtete.« Er unterbrach sich. »Bei diesem Gespräch, wissen Sie, dachte ich, er wäre deprimiert, nicht ganz er selbst, aber unser Zusammensein verlief keineswegs dramatisch. Ich habe keinen Grund anzunehmen, daß seine Stimmung etwas mit seinem Fortgehen zu tun hatte. Wäre er nicht verschwunden, ich glaube nicht, daß mir unser Gespräch im Gedächtnis haftengeblieben wäre.«
Ich nickte. Der alte Herr lehnte sich in seinem Lehnsessel zurück. Dann sah er absichtlich auffällig auf die Uhr. »Wenn Sie mich jetzt entschuldigen wollten ... ich denke, ich habe Ihnen alles gesagt, was ich weiß.«
»Ja, Sir. Und dafür danke ich Ihnen.«
Ich erhob mich. Cadogan hielt mir nicht seine Hand entgegen. Ich überlegte und entschloß mich, ihm auch nicht die meine zu reichen. Als ich mich zum Gehen wandte, hielt er mich auf:

»Mr. Thorne … Ich habe Sie vorhin gefragt, ob Sie wissen, was Vertrauen bedeutet. Ich hoffe, Sie verstehen jetzt, warum ich Ihnen diese Frage gestellt habe.«

Würde ich es ihr sagen? Das wollte er von mir wissen. Aber in diesem Augenblick konnte ich ihm nicht antworten, und darum nickte ich nur, drehte mich um und verließ den Raum. Draußen wartete der Pförtner. Ich folgte ihm die Treppe hinunter und durch die große Eichentür auf die Straße hinaus. Der Gehsteig war dunkel und verlassen. Ein feiner Sprühregen fiel. Ich stand da und ließ es kalt und stechend auf meinem Gesicht prickeln und holte tief Atem.

Würde ich es ihr sagen? Ich hatte wirklich keine Ahnung, was ich tun sollte. Und ganz plötzlich – es muß der Regen gewesen sein – war ich wieder auf dem Friedhof, wo mein Vater begraben lag, und mich überkam ein unheimliches Gefühl: ein dunkles, quälendes Gefühl, daß kein Zufall mich hierhergebracht hatte, daß Brightmans Schicksal ganz eng mit dem meinen verbunden war. Auf sonderbare Weise wurde die Geschichte von Mays Herkunft zu *meinem* Geheimnis, und so, in natürlicher Weiterentwicklung, jenem anderen Geheimnis zugeordnet, das ich bewahrte – der Wahrheit über den Selbstmord meines Vaters. Kein Wunder, daß ich verwirrt war. Aber das Ganze setzte voraus, daß ich definitiv alles, was ich entdeckte, für mich behielt. Sollte ich das tun? May hatte mir klare Anweisungen gegeben: Wenn es nicht unbedingt nötig war, wollte sie nichts wissen. Also hatte ich vielleicht gar nicht das Recht, es ihr zu sagen, denn noch stand nicht mit Sicherheit fest, ob es zwischen der Adoption und Brightmans Verschwinden einen Zusammenhang gab. Warum aber sollte er geflohen sein? Zweifellos würde May das, was ich gerade erfahren hatte, bis zu einem gewissen Punkt aus der Fassung bringen, aber kaum in dem Maß, wie sein plötzliches Fortgehen es getan hatte. Letztendlich konnte die Wahrheit sie nur noch stärker aneinander binden.

Was sollte ich tun?

Während ich langsam in Richtung Auto ging, begann eine leise Stimme mir die Antwort zuzuflüstern: Laß die Finger davon, laß die Finger davon! Aber wahrscheinlich wußte ich schon zu diesem Zeitpunkt, daß ich mich nicht daran halten würde. Ob es mir nun paßte oder nicht, es *war* jetzt mein Geheimnis. Ich hatte etwas herausgefunden, was keiner hätte wissen sollen – und das, was ich jetzt wußte, konnte noch nicht alles sein.

Was war es?

Als ich zum Wagen kam, fiel mir ein, was der Weiße König zu Alice sagt: »Fang am Anfang an und mach weiter, bis du das Ende erreicht hast.«

Für May Brightman und vielleicht auch für ihren Vater lag der Anfang in Halifax, Neuschottland, während des Krieges im Frühjahr 1940.

5

Als ich in Moskau lebte, war ein Mann namens Nikolai Morosow der erste »gewöhnliche« russische Freund, den ich hatte. Von Beruf Ingenieur, war er Beamter geworden, betrachtete sich selbst jedoch – wie so viele wissenschaftlich ausgebildete Russen – als frustrierten Literaten. Er liebte die Poesie; vor allem liebte er Kipling. Ich weiß eigentlich nicht, warum. In der Sowjetunion blickt man mit Mißfallen auf Kipling (»ein imperialistischer Reaktionär« usw., usw.), und so hielt er sich wahrscheinlich für wagemutig. Es ist aber auch möglich, daß es Nikolai – der gut Englisch sprach – leichtfiel, Kiplings unkomplizierte Reime und Rhythmen zu genießen. Wie auch immer: Ich fuhr einmal mit ihm nach Leningrad. Wir kamen früh am Morgen eines kühlen Märztages an, und von der Newa, dem Finnischen Meerbusen und den verschiedenen Sümpfen und Lagunen rund um die Stadt stieg ein gewaltiger Nebel auf. Sofort begann Nikolai zu deklamieren:

»Into the mist my guardian prows put forth,
Behind the mist my virgin ramparts lie,
The Warden of the Honour of the North,
Sleepless and veiled am I!«

»Kipling«, murmelte ich, selber ein wenig verschlafen, wie es im Gedicht heißt. »Sein berühmtes Gedicht über St. Petersburg.« – »Jawohl, es ist Kipling, und eigentlich hätte es ein Gedicht über St. Petersburg sein sollen. In Wahrheit aber ist es uber eine Stadt in Kanada: Halifax in Neuschottland.«
Bis ich an jenem Morgen, Ende Oktober, dort ankam, war das so gut wie alles, was ich über Kanadas berühmten östlichen Hafen wußte, und wenngleich ich die Jungfräulichkeit dieser Stadt nicht beschworen hätte – was den Nebel betraf –, hatte Kipling völlig recht. Mittendurch gingen wir im Blindflug nieder; Landeklappen und Fahrwerk ausgezogen, bewegte sich das Flugzeug vorsichtig tastend auf das Rollfeld zu und bereitete sich auf die erste Berührung des Bodens unterhalb der dicken, aschgrauen Schicht vor, die sich unter uns ausbreitete. Dann war uns die Erde plötzlich erschreckend nah, und mit jener Eleganz, wie sie nur Cockpitcomputer und inbrünstige Gebete hervorbringen, glitten wir über eine regenglatte Rollbahn.

Ich fuhr mit dem Taxi ins Zentrum. Es war eine kleine viktorianische Garnisonsstadt, verwitterte Häuser, ihre Konturen von Nebel und Regen verschwommen. Graue, enge Straßen, Schindeldächer und jener Geruch von Salz, Fisch und Dieselöl, wie er Häfen auf der ganzen Welt eigen ist. Mein Motel, das »Nova Scotian«, befand sich in der Stadtmitte; mein Zimmer überblickte den Hafen. Während ich ein Frühstück zu mir nahm, sah ich aus dem Fenster. Der anhaltende melancholische Klang eines Nebelhorns brachte das Glas zum Klirren. Der Nebel war schlimm, aber nicht so schlimm, als daß man deswegen den Hafen gesperrt hätte. Ein Esso-Öltender tuckerte mehrmals von einer Seite zur anderen, ein sowjetischer Getreidefrachter schob sich langsam näher, und während ich meinen Kaffee schlürfte, kam ein Kriegsschiff in Sicht, grau wie der Nebel, düster und bedrohlich wie ein Hai. Ich hielt es für einen Zerstörer, und der Anblick erinnerte mich an den Zweck meiner Reise. May Brightman war im Juni 1940 adoptiert worden; im selben Monat war Frankreich gefallen und hatte die Schlacht um England begonnen. Noch fehlten achtzehn Monate bis zum Kriegseintritt der Vereinigten Staaten, aber hier in diesem Hafen hatte sich der erste der atlantischen Konvois darauf vorbereitet, den Fehdehandschuh der U-Boote aufzunehmen – wie Edward R. Murrow es ausgedrückt haben würde. Ob Harry Brightman sie sich wohl angesehen hatte? Vielleicht – obwohl er vermutlich andere Dinge im Kopf gehabt hatte. Florence Raines, zum Beispiel, die Frau, die er geschwängert hatte. Oder vielleicht Charles Grainger, den Arzt, der sich des Kindes angenommen hatte. Oder möglicherweise auch das Kind selbst, das kleine Mädchen, dem er später den Namen May gab. Was sollte er tun? Wie sollte er vorgehen? Vierzig Jahre danach begann ich mir über seine Probleme den Kopf zu zerbrechen.

Zu diesem Zeitpunkt hatte ich noch keine klare Vorstellung von dem, was ich herausfinden wollte. Ich wußte, ich würde enttäuscht sein, wenn ich gar nichts fand, aber doch nicht völlig überrascht – eine negative Erwartung, die einer der Gründe gewesen war, warum ich mich letztendlich entschlossen hatte, May nichts zu sagen. Und doch spielte ich – auch das wußte ich – ein kleines Spiel mit mir selbst. Ich würde alle Zweifel und Vermutungen bis auf weiteres vergessen und den jungen Reporter mimen. Indem ich einfach vergaß, was das alles bedeuten mochte, schuf ich ein technisches Problem, und das würde ich jetzt lösen – *che sará, sará.*

Ich begann damit, daß ich versuchte, Florence Raines zu finden, zunächst im Telefonbuch – mehrere Raines, aber kein Vorname mit »F« – und dann im Provincial Building in der Hollis Street, einem alten Steinbau, in dem das Stadtarchiv untergebracht war. Die Beamten waren freundlich und hilfsbereit, und innerhalb einer Stunde hatte ich drei Fakten gesichert. Erstens, Florence

Esther Raines war in Springhill, einer kleinen Bergwerksstadt im nordwestlichen Teil der Provinz, geboren. Zweitens, sie hatte am 22. März 1943 einen gewissen James Luton Murdoch in Halifax geheiratet. Und drittens, sie war am 12. Juni 1971 gestorben – ebenfalls in Halifax.
Es war gegen Mittag, als ich dieses letzte Faktum herausfand, das mich in Weltuntergangsstimmung versetzte. Florence hätte mir die ganze Geschichte der Adoption erzählen können; wenn es tatsächlich etwas an dieser Adoption gab, was Brightman veranlaßt hatte, vierzig Jahre später Hals über Kopf zu verschwinden, würde sie wohl gewußt haben, was es gewesen war. Doch dann sagte ich mir, daß Florence Raines' Tod nicht das Ende der Welt war. Ich ging ins Hotel zurück und suchte im Telefonbuch nach Murdoch, ihrem Mann. Als ich anrief, erfuhr ich von einer weiblichen jugendlichen Stimme, daß er nicht daheim war.
»Können Sie mir sagen, wann er wiederkommt?«
»Nicht vor Ende des Monats. Er ist in Montreal, bei seiner Schwester.«
Ich nahm an, daß ich mit einer von Florences ehelichen Töchtern sprach – die vermutlich von der jugendlichen Unbesonnenheit ihrer Mutter nichts ahnte, auf jeden Fall aber, selbst wenn sie etwas wußte, nicht bereit sein würde, darüber zu sprechen. »Ich muß dringend Verbindung mit ihm aufnehmen. Können Sie mir die Adresse seiner Schwester geben?«
Sie gab sie mir, aber ich legte sie zunächst einmal unter der Rubrik »letzter Ausweg« ab. Es gab einen Mann, von dem ich mir mehr erwartete: den Arzt. Unter »Praktische Ärzte und Fachärzte« war er nicht angeführt, wohl aber im allgemeinen Teil des Telefonbuchs: Grainger, Charles F., M. D. Ich wählte die Nummer; eine Frau – vermutlich die Haushälterin – nahm den Hörer ab:
»Bedaure, aber der Herr Doktor ist nicht zu Hause.«
»Wissen Sie, wann er kommt?«
»Das ist schwer zu sagen, Sir. Er hat gesagt um fünf, aber es kann auch sechs werden oder sieben. Heute ist Freitag, das ist sein Tag in der Klinik.«
Er praktizierte also noch. Sie gab mir die Adresse der Klinik. Ich ging sofort hinunter und stieg in ein Taxi. Jetzt regnete es stärker. In Kiplings Nebel gehüllt, zog die Stadt an mir vorüber – grau, altmodisch, auf seltsame Weise liebenswert. Selbst wenn man das Wasser nicht sah, man wußte, es war nicht weit. Man erkannte es an den abfallenden Seitenstraßen, die zum Hafen hinunterführten – ein Gefälle, gegen das sich Fußgänger und Häuser gleichermaßen stemmten. Wir durchquerten das Geschäftsviertel – nichts Berühmtes –, und allmählich wurden die Straßen ungepflegter. Schäbige Häuser, billige Läden, Kneipen und Budiken mit engen, schmuddeligen Türen, die in enge, schmuddelige Räume führten. Mit gesenkten Köpfen eilten Menschen über die Geh-

steige. Weißbrot-Gesichter. Faßbier-Gesichter. Schwarze Gesichter ... plötzlich bemerkte ich, daß eine Menge schwarzer Gesichter draußen herumschwirrte – was mir so erstaunlich vorkam, daß ich es dem Fahrer gegenüber erwähnte.
»Sind Sie Amerikaner?« fragte er.
»Mhm.«
»Na ja, früher sind die Sklaven hierhergekommen, um zu fliehen. Untergrundeisenbahn hat man es genannt. Das ganze Stadtviertel heißt Africville.« Nachdem er mir diese Lektion in Lokalgeschichte erteilt hatte, fügte er hinzu: »Wissen Sie, wo das genau ist?«
»Ich habe nur diese Adresse.«
Er fand es trotzdem, ein mittelgroßes Holzhaus in einer ziemlich üblen Straße, mit der häßlich beschrifteten Tafel *Daly Street Community Clinic*. Aber ich hätte es auch ohne diesen Hinweis erkannt, weil solche Einrichtungen auf der ganzen Welt zu finden sind: halb vergessene Außenposten der sechziger Jahre, wo einige Hippies und Radikale – so ähnlich wie die japanischen Soldaten, die auf pazifischen Koralleninseln ausgesetzt worden sind – sich zusammengefunden haben, um einen letzten Widerstand zu leisten. Die Tür stand offen, die Scharniere waren locker – um sie hinter mir zu schließen, mußte ich sie anheben. Ich befand mich in einem schäbigen Vorraum. Der Geruch von Armut, unzulänglich überdeckt von Karbolsäure, schlug mir entgegen. Ich vermutete, daß die Wände früher einmal mit Plakaten von Che, Stokely und Ho geschmückt gewesen waren; geblieben war eine Anschlagtafel mit zwei hektographierten Flugblättern. Das eine kündigte eine Tanzveranstaltung für Lesbierinnen an, das andere eine Versammlung, bei der gegen die Kürzungen der Wohlfahrtsunterstützung protestiert werden sollte. Ich steckte meinen Kopf durch eine Tür. Ein bebrilltes Mädchen mit ungekämmten langen Haaren saß hinter einem Schreibtisch und telefonierte: »Ich weiß ... ich weiß ... genau ... man kann die Leute nicht so behandeln ... genau. Augenblick mal.« Mürrisch sah sie zu mir auf. »Ja?«
»Ich hätte gern Dr. Grainger gesprochen.«
»Er ist jetzt ziemlich beschäftigt.«
»Es ist kein medizinischer Fall. Ich möchte nur mit ihm sprechen. Könnten Sie ihm sagen, daß es sich um Harry Brightman handelt?«
Mißtrauisch starrte sie mich an: »Harry Brightman?«
»Richtig. Ich glaube, er wird sich an den Namen erinnern.«
»Na gut ... Aber warten müssen Sie trotzdem. Gehen Sie den Gang runter, und dann rechts.«
Nicht gerade begeistert folgte ich ihren Anweisungen und gelangte durch einen Bogen in einen großen Raum – zweifellos das Empfangszimmer, als das Haus

noch bewohnt gewesen war. Das Licht war trüb, aber ich tröstete mich mit dem Gedanken, daß ich die reine Luft guter Taten atmete. An den Wänden, auf hochlehnigen Stühlen, saßen ganz unterschiedliche Menschen, die einen jung, die anderen alt, einige weiß, einige schwarz, aber alle arm: Straßenjungen, eine alte Frau mit einer Einkaufstasche, eine schwarze schwangere Frau ... Ich setzte mich auf einen Stuhl neben der Schwangeren und fragte: »Kennen Sie Dr. Grainger?«

Sie musterte mich argwöhnisch. »Na klar kenn' ich den.«

»Ich war noch nie hier. Werden wir lange warten müssen?«

Sie ließ sich mit der Antwort Zeit. Vielleicht hörte sie dem Mädchen zu, das im Büro immer noch telefonierte: »Genau ... genau ... man muß das von dieser Warte aus sehen ...« Endlich sagte die schwarze Dame: »Je nachdem. Wenn Sie mit ihm sprechen wollen, werden Sie mit ihm sprechen. Aber es gibt hier noch einen anderen Arzt, bei dem geht es ein bißchen schneller.«

»Aber Sie meinen, Dr. Grainger ist besser? Sie würden ihn empfehlen?«

Sie taute ein wenig auf und legte die Hand auf ihren Bauch. »Na ja, Dr. Charlie hat mich auf die Welt gebracht, er hat meine Mutter auf die Welt gebracht, also warum soll er es nicht auch für dieses kleine Ding machen?«

Ich lächelte. »Er ist wohl schon lange hier?«

Sie nickte und zog ihren Regenmantel fester zusammen. »Solange ich zurückdenken kann. Meine Mutter ist 1933 geboren, so lange ist er schon da.« Dann runzelte sie die Stirn und sah sich mißbilligend um. »Es war natürlich nicht immer so. Ich erinnere mich noch, wie ich ein kleines Mädchen war. Damals hat er hier gewohnt. Man kam durch eine Seitentür rein, und dann hinunter in den Keller. In seine ›Ordination‹, so hat er das immer genannt. In England nennen sie es so.«

»Dr. Charlie« ... Arzt für die Armen, Mediziner mit sozialem Gewissen. Ein sonderbarer Freund für Brightman? Eine interessante Frage, und ich sann darüber nach; aber auch nicht so interessant, daß mir nicht aufgefallen wäre, wie die Zeit verging. Das Mädchen draußen konnte sich nicht vom Telefon trennen. Eines der Kinder, ein schwarzer Junge, dem Schweißperlen auf der Stirn standen, begann zu zittern, und ich fragte mich, nach welcher Droge er wohl süchtig war. Ich schloß die Augen und konjugierte russische Verben. Ich versuchte an das Buch zu denken, an dem ich hätte arbeiten sollen. Endlich erschien das Mädchen aus dem Büro im Türrahmen und sah mich an. »Könnten Sie bitte mitkommen?«

Ich konnte und folgte ihr: den Gang hinunter, durch eine Tür ins Schwesternzimmer – billige Metallstühle, ein fahrbarer Tisch, auf einem Papierhandtuch zum Trocknen verkehrt herum aufgestellte Becher. Ich befand mich jetzt im

rückwärtigen Teil des Hauses. Das Mädchen riß eine Tür auf. »Das ist sein Arbeitszimmer. Könnten Sie hier warten? Er wird gleich dasein.«
Ich schob mich an ihr vorbei. Eigenartigerweise erinnerte mich der Raum, den ich jetzt betrat, sofort an Brightmans Studierzimmer – obwohl er genau das Gegenteil war: sehr klein, sehr düster, beengend. Irgendwie ähnelte er mehr meinem Arbeitszimmer in Charlottesville, denn auch dieses hier war eine für den Winter hergerichtete Glasveranda: Decke und Wände waren aus verzapften Brettern, und durch eine Glastür hatte man den Blick auf einen verwilderten, von Unkraut überwucherten Garten. Ich hörte, wie der Regen vom Dach herunterrauschte und auf die Blätter klatschte. Trotzdem war es Brightmans Zimmer, an das ich dachte. Auch dieses hier war eine Zufluchtsstätte, und genauso vollgestopft, wenn auch mit Büchern statt mit Bildern: Büchergestelle überall; an die Wand gelehnte Regale aus Ziegeln und Brettern, Borde aus alten Orangenkisten, eine auf die andere gestapelte, in einer Ecke sogar ein alter verglaster Bücherschrank. Ich habe schon immer gern in der Lektüre anderer Leute herumgeschnüffelt, und hier konnte ich es gar nicht vermeiden. Es gab einige medizinische Werke (wie nicht anders zu erwarten), ein durchhängendes Bord mit Journalen und ein altes Konversationslexikon, vor allem aber Taschenbücher, Reihen und wieder Reihen, Tausende. Ich sah viele schon sehr alte mit diesem abblätternden Zellophanzeug, mit dem man sie früher überzogen hat, viele davon uralte »Penguins« aus den Tagen, als sie noch einheitliche Umschläge hatten: Orange für Romane, Blau für Biographien ... Ich zog eines heraus. Das Papier fühlte sich brüchig an, so wie die Ausschnitte aus der *Royal Gazette*, die ich in Cadogans Kanzlei befingert hatte. Ganz klar: Viele dieser Taschenbücher stammten aus derselben Zeit. *Du und der Flüchtling*, eine »Penguin«-Sonderausgabe ... *Was Hitler will*, von E. O. Lorimer... *Deutschland stellt die Uhr zurück:* »Eine neue Ausgabe mit zusätzlichem aktuellen Material aus den Monaten April bis August 1938«. Das war genau ein Jahr vor Kriegsausbruch gewesen, zwei Jahre vor Mays Adoption – und so war es durchaus möglich, daß Brightman hier gestanden und dieses damals eben erschienene Buch auf Graingers Schreibtisch liegen gesehen hatte. Ich schnüffelte weiter, und mein Auge fiel auf eine Reihe von Büchern mit einheitlich roten Hardcover-Einbänden. Ich zog eines heraus und sah, daß es allesamt Ausgaben des »Left Book Club« aus den dreißiger Jahren war. *Der kommende Kampf um die Macht* von John Strachey. *Sowjetkommunismus: Eine neue Zivilisation* von Sidney und Beatrice Webb. *Handbuch des Marxismus* von Emile Burns ... Es sah ganz so aus, als ob Dr. Charlies menschenbeglückende Tätigkeit früher einmal eine Schlagseite gehabt hätte: Zumindest auf der Ebene der Theorie war er der Linken nahegestanden.

In diesem Augenblick – noch lag Stracheys Buch in meiner Hand – betrat er das Zimmer.
Ich lächelte. Die Vorstellung, dieser alte Herr könnte ein Rebell, gleich welcher Art, sein, war absurd. »Dr. Charlie« war sehr klein und hatte ein gütiges, faltenreiches Gesicht; auf seinem Schädel sproß ein Schopf feinen weißen Haares. Er gehörte wohl zu der Sorte Mediziner, die jungen Ärzten gern gute Ratschläge erteilen. Er betrachtete mich. »Eines steht fest«, meinte er. »Sie sind nicht Harry Brightman.«
»Tut mir leid, Herr Doktor. Die junge Dame hat mich wohl falsch verstanden. Ich möchte mit Ihnen über Brightman sprechen, aber mein Name ist Robert Thorne.«
»Charlie Grainger.« Er streckte mir seine Hand entgegen – eine kleine, feste, warme Hand. Dann lachte er. »Um Ihnen die Wahrheit zu sagen, ich bin erleichtert. Wenn Sie Brightman gewesen wären, hätte ich sozusagen einen Geist aus der Vergangenheit vor mir gesehen.« Er machte eine Handbewegung. »Nehmen Sie Platz. Unter diesen Büchern müßten Sie einen Stuhl finden.«
Er begab sich hinter einen Schreibtisch, und auch er mußte sich erst eine Sitzgelegenheit beschaffen. »Sie lesen gern, Herr Doktor«, bemerkte ich.
»Nun, ich bemühe mich, gewisse Dinge zu verstehen … nicht daß es mir immer gelänge.« Er sah sich im Zimmer um. »In Wahrheit ergeben alle diese Bücher zusammen nur drei Fragen: Nummer eins: ›Cui bono? Wem nützt es?‹«
»Lenins Frage?«
»Wenn Sie so wollen. Aber auch viele andere Leute haben sie gestellt. Dann kommt: ›Wer beherrscht die Herrschenden?‹ Das ist die Frage des Weisen. Und dann kommt: ›Was zum Teufel werden sie uns als nächstes antun?‹ Und das ist *meine* Frage.«
Ich lächelte. Wie alt er wohl war? Ganz sicher über siebzig. Während er jetzt hinter seinem Schreibtisch thronte, faltete er die Hände vor sich und musterte mich mit heiterer, interessierter Besorgnis. Ich erwartete schon fast die Frage: Wo tut's denn weh?
»Ich nehme an«, sagte ich, »Sie haben Brightman in letzter Zeit nicht gesehen.«
»Ich habe seinen Namen dreißig Jahre lang nicht gehört, Mr. Thorne. Vielleicht ist es auch noch länger her. Erstaunlich, daß ich mich überhaupt erinnert habe … ja, ja, seltsam, daß ich trotzdem gleich gewußt habe, von wem Sie reden.«
»Nun, er ist abgängig. Darüber wollte ich mit Ihnen sprechen. Vor zwei Wochen hat er sein Haus verlassen, und seitdem wurde er nicht mehr gesehen.«
»Wirklich bedauerlich. Ich hoffe, es ist ihm nichts zugestoßen. Also … Sie sind von der Polizei?«

»Nein. Ich bin ein Freund seiner Tochter. Sie hat mich gebeten, ihr bei der Suche nach ihm zu helfen.«

Er zuckte die Achseln. »Ich weiß nicht, was ich sagen soll. Mir ist er nicht unter die Augen gekommen. Sie nehmen doch nicht an, daß er hierherkommen würde, oder? Es ist Ihnen doch klar, daß ich nur ganz kurz mit ihm in Berührung kam, und das ist lange her.«

»Das ist mir klar. Aber ein Teil des Geheimnisses um Brightmans Verschwinden ist das Motiv. Er war gesund, er hatte Geld. Und in den Wochen vor seinem Verschwinden beunruhigte ihn nur eines: die Adoption seiner Tochter. Es sieht so aus, als wollte er mit ihr darüber reden.«

Einen Augenblick lang schien er Unbehagen zu verspüren, was ja mehr oder minder zu erwarten gewesen war. Aber dann faßte er sich und lächelte. »Es ist ja alles schon so lange her, Mr. Thorne.«

»Ja.«

»Und *hat* er ihr darüber berichtet?«

»Nein.«

»Und nun wollen Sie *mich* darüber befragen?«

»Ja. Aber ich möchte Sie nicht in Verlegenheit bringen. Nehmen wir einmal an, ich hätte die Petition gelesen, hätte mit Harry Brightmans Anwalt gesprochen und dann den logischen Schluß gezogen.«

»Und der wäre?«

»Das Kind, das Brightman adoptierte, war seine eigene uneheliche Tochter.«

Einen Augenblick lang herrschte Stille. Dann zuckte Grainger die Achseln und machte eine kleine Handbewegung. »Dazu sollte ich mich eigentlich nicht äußern ... aber wahrscheinlich ist es inzwischen zu spät, um noch moralische Bedenken an den Tag zu legen. Setzen wir also unser Gespräch fort, so als ob Ihre Schlußfolgerung richtig wäre. Was macht das schon für einen Unterschied? Soweit ich es beurteilen kann, war an dieser Adoption nichts, was irgend jemanden aufregen könnte.«

» Ich bin mir nicht sicher, welchen Unterschied es macht ... ob es überhaupt einen macht«, gab ich zurück. »Deswegen bin ich ja wohl hergekommen. Seine Tochter, sie heißt May, kennt die wahre Geschichte nicht, aber ich bin sicher, daß sie sie – wie Sie es ausdrücken – nicht aufregen würde. Ich glaube eher, daß es sie freuen würde ...«

»Steht sie ihrem Vater nahe?«

»Sehr.«

»Dann könnte man davon ausgehen, daß sie sich freuen würde. Und warum es ihr nicht sagen? So wie ich ihn in Erinnerung habe, war Brightman kein zimperlicher oder gar prüder Typ. Schon möglich, daß ein Geständnis dieser

Art einen Menschen verlegen machen könnte, aber doch nicht in einem Maß, daß er Reißaus nehmen würde. Schließlich ist seine Tochter doch jetzt eine erwachsene Frau.« Er lehnte sich zurück und verschränkte die Arme hinter der Sessellehne. »Ich bin der Meinung, Mr. Thorne, daß Sie auf der falschen Fährte sind.«

»Wahrscheinlich haben Sie recht. Aber es gibt da noch ein paar Dinge, die mich neugierig machen.«

»Und zwar?«

»Denken Sie doch einmal zurück, was Sie eben gesagt haben, Herr Doktor: Warum es ihr nicht sagen? Wahrscheinlich machen sich doch die meisten Adoptivkinder gelegentlich Sorgen um ihren Status, um ihre Beziehung zu ihren Adoptiveltern. Brightman hätte ihr alle diese Ängste nehmen können, aber er hat es nie getan. Man hätte ihr die ganze Geschichte ja nicht als jungem Mädchen erzählen müssen, aber, wie Sie schon sagten, May ist jetzt eine erwachsene Frau. Trotzdem hat er ihr nie die Wahrheit gesagt. Warum wohl?«

Er zuckte die Achseln. »Ich weiß es nicht. Dafür kann es viele Gründe geben – völlig harmlose Gründe.«

»Mag sein. Aber die Sache geht noch weiter. May kennt die wahre Geschichte nicht und behauptet obendrein, sie *wolle* sie nicht kennen. Auch jetzt noch – und obwohl sie mich gebeten hat, diese Nachforschungen für sie zu unternehmen –, sogar jetzt noch wäre es ihr lieber, ich würde die Polizei über alles, was ich herausfinde, informieren, ohne ihr, May, etwas davon zu sagen. Finden Sie das nicht reichlich sonderbar?«

Er schüttelte den Kopf und lächelte. »Nein. Ich kann Ihnen da wirklich nicht folgen, Mr. Thorne.«

Eigentlich dachte ich nur laut, und je länger ich das tat, desto klarer schienen mir die Dinge zu werden. »Brightman«, fuhr ich fort, »hat seiner Tochter nie die Wahrheit gesagt, obwohl die wahre Geschichte – auf den ersten Blick – sie einander nur noch nähergebracht hätte. Mehr noch – obwohl ich zugebe, daß ich jetzt nur Vermutungen anstelle –, er gab ihr irgendwie zu verstehen, es wäre besser für sie, die wahre Geschichte nicht zu kennen. Verstehen Sie? Das heißt doch nichts anderes, als daß die ›wahre‹ Geschichte nicht wahr oder zumindest unvollständig ist. Da fehlt doch einiges.«

Er legte den Kopf zurück und dachte nach. Dann zuckte er die Achseln und sah zu Boden. »Wenn es da noch etwas gibt, Mr. Thorne … ich glaube nicht, daß ich es weiß.«

Sein Blick begegnete meinem. Hielt ihn fest. Schließlich waren es meine Augen, die sich abwandten. Ich war mir ziemlich sicher, daß er die Wahrheit sagte. Schließlich fragte ich ihn noch: »Können Sie mir sagen, wie Brightman sich damals benahm, als das alles passierte? Schien er Ihnen verunsichert, aus dem Gleichgewicht? Wie haben Sie ihn überhaupt kennengelernt?«

»Ach, das war schon lange vorher, Ende der zwanziger oder Anfang der dreißiger Jahre. Sie wissen ja, daß er Pelze importiert und exportiert hat, und wenn Montreal im Winter seinen Hafen schloß, ließ er seine Transporte über Halifax gehen. Dabei wurde er einmal krank und konsultierte mich auf die übliche Weise. Kannten Sie ihn überhaupt?«

Kannten ... Imperfekt! Aber das war ganz natürlich; er hatte ihn seit Jahren nicht gesehen.

Ich schüttelte den Kopf. »Wir sind einander nie begegnet.«

»Er war ein faszinierender Mensch. Er war schon sehr früh in Rußland gewesen und behauptete sogar, einige der prominenten russischen Politiker zu kennen. Damals war ich sozialistisch angehaucht, und darum interessierte mich das. Er spielte auch Schach – eines meiner Hobbys. Wenn er nach Halifax kam, besuchte ich ihn in seinem Hotel, und wir spielten ein paar Partien. Meistens gewann ich.«

»Sie wurden also Freunde?«

»So weit würde ich nicht gehen. Wir kannten einander. Aber ich habe ihn nie außerhalb von Halifax getroffen.«

»Und die Adoption? Wie kam es dazu?«

Ein Augenblick des Zögerns. Dann ein Achselzucken. »Es kann wohl nicht schaden, wenn ich darüber spreche ... Eigentlich gibt es da nicht viel zu erzählen. Er erschien eines Tages in meiner Praxis und teilte mir mit, daß er ein Mädchen geschwängert hatte – eine Kellnerin, ein Zimmermädchen im Hotel oder so ähnlich. Er wollte sie nicht heiraten, aber es sollte sich jemand um das Kind kümmern. Die Frage war, ob ich dem Mädchen während der Schwangerschaft beistehen und dann alles Nötige für die Adoption arrangieren würde. Ich sagte zu.«

»War das nicht ein wenig ungewöhnlich?«

»Natürlich. Allerdings hatte ich zuvor lange mit Brightman darüber gesprochen – mit der Frau übrigens auch sehr ausführlich –, dann erst sagte ich zu.«

»Entschuldigen Sie, ich wollte Ihnen nicht nahetreten. Aber Sie haben die Frau, diese Florence Raines, gekannt?«

»›Gekannt‹ ist zuviel gesagt. Ein hübsches blondes Ding war sie, soweit ich mich erinnern kann. Gesund. Nachdem sich alle einig geworden waren, betreute ich sie auf die übliche Weise und übernahm dann nach der Geburt das Kind. Über das medizinisch Nötige hinaus kannte ich sie überhaupt nicht.« Er beugte sich vor. »Sie verstehen doch: Daran war nichts Anstößiges. Auch heute noch ziehen es viele Mädchen vor, ihre Babys privat weiterzugeben, und überlassen

es ihren Ärzten, für die Vermittlung zu sorgen. Rechtlich ist das völlig in Ordnung ... die einzige Schwierigkeit, an die ich mich erinnern kann, bestand darin, daß diese Frau einfach verschwand, ohne einige wichtige Dokumente unterschrieben zu haben – was ein paar zusätzliche rechtliche Schritte erforderlich machte. Um was es im einzelnen ging, habe ich vergessen.«
»Und Sie sind sicher, daß das die *einzige* Schwierigkeit war? Ich denke an ein Problem, das *damals* auftauchte und sich *jetzt* wieder gestellt hat.«
Wieder lehnte sich Grainger in seinem Sessel zurück; er ließ die Hand in die Tasche seines Ärztekittels gleiten, holte ein Päckchen Zigaretten und ein Feuerzeug heraus, betätigte das Feuerzeug und schwang sich vorwärts, während er das Gesicht nachdenklich der gelben Flamme zugekehrt hielt ... Alles ganz normal; und dennoch veränderten diese Bewegungen ihn in meinen Augen völlig. Zuerst begriff ich nicht, wie das gekommen war, aber dann fiel mir ein, daß das Alter die beste Maske von allen ist. Zwar sah er jetzt um nichts jünger aus als wenige Augenblicke zuvor, aber ich begriff, daß er nicht immer alt gewesen war. Damit will ich nicht sagen, daß die Rolle, die er bisher gespielt hatte, falsch gewesen wäre, aber es *war* eine Rolle gewesen: eine Maske, genannt »Dr. Charlie«, die anzulegen ihm Zeit, Umstände und Gelegenheit geboten hatten. Der »wirkliche« Mensch hinter dieser Maske war viel facettenreicher: nicht nur ein gütiger alter Onkel Doktor oder ein Stammtischphilosoph, sondern ein Mann, der – unter anderem – eine leidenschaftliche Beziehung zu all den Büchern in diesem Raum unterhalten hatte. Man konnte sehen, daß er sich der Wirkung, die er erzielt hatte, nicht gänzlich unbewußt war. Er nahm einen Zug aus seiner Zigarette und sah mich an. »Ich will nichts beschönigen, Mr. Thorne. Wir wissen beide, daß Geld im Spiel war. Ich hatte natürlich nichts damit zu tun, aber Brightman war ein reicher Mann, und ich bin sicher, daß er ihr ihre Mühe lohnte. Warum hätte Florence Raines ihm Schwierigkeiten machen sollen? Vergessen Sie nicht: Die Welt war damals anders als heute. Die meisten Mädchen in ihrer Situation hätten sich glücklich geschätzt, einen Harry Brightman zu haben, der sich um sie kümmerte.«
Ich schwieg. Fürwahr, »Dr. Charlie« ließ sich nicht für dumm verkaufen. Und natürlich hatte er recht. Schließlich konnte Florence Raines heute schon allein deswegen keine Schwierigkeiten mehr machen, weil sie tot war. Aber ich spürte jetzt noch deutlicher als bisher, daß hier irgend etwas nicht stimmte. Brightman hatte May nie von der Adoption erzählt. Warum nicht – vorausgesetzt, die Geschichte war so unkompliziert, wie sie zu sein schien? Und – immer noch unter der Voraussetzung, daß sie wirklich so einfach war – warum sollte Brightman sich auf einmal solche Sorgen darum machen? Warum sollte er in Panik geraten und geflohen sein? Denn geflohen war er, und jemand hatte in

seinem Haus herumgeschnüffelt – und in meinem, und zwar zur gleichen Zeit, als May versucht hatte, mich zu erreichen. Draußen strömte der Regen herab, und hinter uns, in der Klinik, begann ein Telefon zu läuten. Ich wußte, daß ich mich jetzt verabschieden sollte, aber in frustriertem Schweigen blieb ich sitzen. Die Enttäuschung muß sich auf meinem Gesicht abgezeichnet haben, denn der alte Arzt unterbrach die Stille: »Es tut mir leid, Mr. Thorne. Ich würde Ihnen gerne dienlich sein, aber ich weiß wirklich nicht, wie.« Und dann, mit einem Lächeln – die »Dr. Charlie«-Maske war wieder vorgebunden –, fügte er hinzu: »Wenn man einmal so alt ist wie ich, weiß man manchmal gar nicht mehr, was man alles im Kopf hat. Also, wenn Sie mir noch weitere Fragen stellen wollen ...«

Es war ein durchaus verständlicher Wink, und ich lächelte: »Sie haben viel Geduld mit mir gehabt, Herr Doktor. Ich darf Ihre Zeit wirklich nicht länger in Anspruch nehmen ... Und ich muß Ihnen widersprechen: Sie haben mir sehr geholfen.«

Er nickte, und als ich mich anschickte, aufzustehen, setzte er hinzu: »Wie wollen Sie jetzt weitermachen?«

Ich zuckte mit den Achseln. »Florence Raines hat geheiratet. Sie selbst ist tot. Aber wie es scheint, ist ihr Mann noch am Leben. Und sie hatte Kinder. Mit ihnen kann ich sprechen.«

»Sie können doch von den Kindern kaum erwarten, daß sie etwas über diese Geschichte wissen?«

»Nein. Aber möglicherweise ihr Mann.«

Dr. Grainger zog die Brauen hoch. »Auch hier setzen Sie wahrscheinlich zuviel voraus. Die meisten Frauen haben ein paar Geheimnisse vor ihren Männern – warum hätte Florence Raines irgend jemandem erzählen sollen, was sie getan hatte? Außerdem – vielleicht denken Sie einmal darüber nach – könnte es sein, daß Sie damit unbeteiligten Menschen grundlos großen Schmerz zufügen.«

Ich nickte; das war ein starkes Argument. »Andererseits«, gab ich zurück, »ist auch May Brightman von schrecklichem Leid betroffen, und das aus gutem Grund – ihr Vater ist verschwunden. Und sie hat Angst, er könnte sich das Leben genommen haben. Wenigstens ist Florence Raines tot. Ihr kann niemand mehr weh tun.«

»Nun ja. Aber warum denken Sie nicht ein Stück weiter, Mr. Thorne? Ich sagte Ihnen, daß ich Brightman nicht gut kannte, und das ist die Wahrheit, aber ich kannte ihn offensichtlich besser, als Sie ihn kennen. Wenn Harry Brightman seiner Tochter nichts über die Adoption erzählte, hatte er wahrscheinlich seine Gründe – und gute Gründe. Und wenn Harry Brightman sich entschlossen hat, eine Zeitlang zu verschwinden, wird er wohl wissen, was er tut. Ich würde mir nicht anmaßen, Ihnen zu empfehlen, sich um Ihre eigenen Angelegenheiten zu kümmern, Mr. Thorne, aber ich finde, Sie sollten Mr. Brightman eine Chance geben, sich um seine Angelegenheiten zu kümmern.« Eine hübsche Rede, hübsch dargelegt. Ich streckte ihm meine Hand entgegen. »Vielen Dank, Herr Doktor. Ich werde daran denken.«

Er kam um den Schreibtisch herum, und ich folgte ihm durch das Schwesternzimmer hinaus. Wir verabschiedeten uns auf dem Gang. Während er über eine Treppe hinauf verschwand, hastete ich vorbei am Wartezimmer und dem Vorraum mit dem Mädchen – es telefonierte immer noch – und trat aus der Tür. Es regnete in Strömen. Nicht gerade ermutigend ... Eigentlich sah ich nirgends etwas, was mich hätte ermutigen können. Während ich lustlos zur Gottingen Street hinauftrottete, wo ich ein Taxi fand, das mich ins Hotel zurückbrachte – wenigstens ein kleiner Glücksfall –, begann ich über meine Möglichkeiten nachzudenken. Die Liste war nicht sehr lang. Florences Kinder fielen aus; selbst wenn man von dem ethischen Problem, das Grainger aufgeworfen hatte, absah, und selbst wenn ihre Mutter ihnen ihr Geheimnis offenbart hatte, war doch nicht anzunehmen, daß sie die Geschichte mit all den Einzelheiten kannten, die mich interessierten. Der Anwalt, den Harry Brightman für die Adoption eingeschaltet hatte – ein gewisser R. A. Powell –, konnte etwas wissen, aber es würde unmöglich sein, ihn zum Reden zu bringen, wenn man einfach so von der Straße hineingeschneit kam; ich würde Cadogan bitten müssen, das Terrain für mich vorzubereiten. Damit blieb nur mehr eine Alternative: James Murdoch ... und der hielt sich gerade in Montreal auf. Sollte ich hinfliegen? Während ich mich in meinem Hotelzimmer trockenrieb, dachte ich über das nach, was Grainger gesagt hatte, bevor ich gegangen war. Es war etwas sehr Vernünftiges gewesen, aber bei mir hatte es das Gegenteil dessen bewirkt, was er beabsichtigt hatte. Mehr als zuvor war ich davon überzeugt, daß in der Sache etwas sehr, sehr faul war. Grainger hatte mir ein klares Bild von Brightman gezeichnet, zumindest des Brightmans von damals; ja, ich konnte mir den jungen, fortschrittlich gesinnten Arzt gut vorstellen – belesen, voller Ideale – und den jungen Geschäftsmann – vielgereist, mit künstlerischen Interessen –, wie sie sich zu ihren Schachpartien zusammensetzten. Aber dieses Bild von Brightman unterschied sich gründlich von dem, das ich bisher vor mir gesehen hatte. Ich war davon ausgegangen, daß Brightman, ein alter Mann, Opfer einer greisenhaften Torheit geworden war; daß sein Verschwinden eine, wenn man so will, herkömmlich-komische Erklärung finden würde. Schon die kurze Besichtigung seines Hauses hatte diese Annahme erschüttert; jetzt ließ ich sie vollends fallen. Grainger hatte mich, vielleicht allein schon durch seine sonderbare Veränderung, deren Zeuge ich gewesen war, ermahnt, mich nicht durch äußeren Schein täuschen zu lassen. Und in seiner kleinen Abschlußrede hatte er es noch einmal getan. *Wenn Harry Brightman sich entschlossen hat, eine Zeitlang zu verschwinden, wird er wohl wissen, was er tut. Ich würde mir nicht anmaßen, Ihnen zu empfehlen, sich um Ihre eigenen Angelegenheiten zu kümmern, Mr. Thorne, aber ich finde, Sie sollten Mr. Brightman eine Chance geben, sich um seine Angelegenheiten zu kümmern.* Aber welcher Art waren Brightmans Angelegenheiten? Und wenn es nicht die Angelegenheiten eines senilen alten Mannes waren, sondern die eines nicht zu unterschätzenden reichen Mannes, der ein gewisses Maß an Mut und Phantasie besitzen mußte – man denke bloß an seine früheren Reisen in die Sowjetunion –, was hätte ihn bewegen können, so arg zu stümpern? Denn er mußte gestümpert haben. Nie hätte er mit Absicht seiner Tochter einen solchen Schrecken eingejagt oder eine Situation geschaffen, in der die Polizei – wenn auch ohne jede Begeisterung – nach ihm suchte. Irgend etwas mußte schiefgelaufen sein. Aber was? Unmöglich, darauf eine Antwort zu finden. Der einzige Hinweis war der ursprünglich von May geäußerte: die Adoption. Und das hieß, ich mußte mit James Murdoch sprechen. Was wiederum hieß, daß ich einen Platz in der Frühmaschine nach Montreal buchen mußte.

Es war jetzt halb drei Uhr nachmittags. Ich war frustriert und wußte nicht recht, was ich mit mir anfangen sollte; ich rief May an. Sie meldete sich nicht. Ich ging ins Restaurant hinunter, trank einen Kaffee und las die Geschichte des Lokals auf dem Platzdeckchen. Es regnete immer noch in Strömen. Ich sah aus dem Fenster; und der Entschluß, nicht spazierenzugehen, fiel mir leicht.

Aber dann hatte ich eine Idee; nicht gerade eine Erleuchtung, aber sie würde mir bis morgen früh etwas zu tun geben. Als kleines Mädchen in Cannes hatte May für kurze Zeit Interesse an der Frau verspürt, die ihre Mutter gewesen war; wenn ich mich entschloß, ihr zu sagen, wer ihr leiblicher Vater war – ich war noch immer nicht ganz sicher, ob ich es tun sollte oder nicht –, würde dieses Interesse vermutlich neu aufflackern. Und ich konnte ihr dann wenigstens berichten, wo ihre Mutter begraben lag. Ich lieh mir vom Portier einen Schirm aus und begab mich in das Hauptgebäude der Städtischen Bibliothek, wo ich mir *The Halifax Chronicle-Herald* auf Mikrofilm geben ließ. Florence Murdoch war am 12. Juni 1971 gestorben. Soweit ich mich erinnern konnte, war jenes Jahr von Streiks, Flugzeugentführungen, Palästinensern und Währungsverfall gekennzeichnet gewesen. Angesichts all dieser Ereignisse nahm sich ihr Hinscheiden schicklich, häuslich und überaus respektabel aus:

Murdoch, Florence Esther, verstorben am Montag in ihrem Heim in Halifax. Innig geliebte Gemahlin des James Murdoch und teure Mutter von John,

Devon, June, William und Susan. Beerdigung nach einem Gottesdienst in der West Baptist Church, Old Guysburough Road, am Mittwoch, dem 16. Juni. Anstelle von Blumen wird um Spenden für den Seelsorgefonds der Kirche gebeten.

Ich las die Todesanzeige aufmerksam durch und achtete auf die Einzelheiten; ich nahm sogar zur Kenntnis, daß Florence ein aktives Mitglied der Pfarrgemeinde gewesen war – die Spenden! – und setzte den Pastor auf die Liste derjenigen, mit denen ich noch sprechen mußte. Als ich den Mikrofilm zurückgab, kam mir die Idee, daß ich eigentlich gleich hinausfahren könnte. Ich hatte nichts Besseres zu tun, und es würde mir Spaß machen, mehr von Kiplings nebliger Stadt zu sehen. Besser gesagt, von ihrer ländlichen Umgebung, wie sich herausstellen sollte. Ich kehrte ins Hotel zurück; der Portier zeigte mir die Old Guysburough Road auf einer Karte; die Straße führte in eine gottverlassene Gegend. Ich mußte also einen Wagen mieten, aber da man das von der Hotelhalle aus erledigen konnte, entschloß ich mich, die Sache durchzuziehen. Gegen vier Uhr fuhr ich los, es war schon fast dunkel. Durch einen nicht allzu dichten Verkehr lavierend, durchquerte ich die Stadt, dem glitzernden Pfad der Autoscheinwerfer folgend. Uniforme Vorstädte flitzten vorbei, einige armselige Farmen und schließlich nur noch niedrige Sträucher. Auf der Old Guysburough Road wurde die Landschaft noch trostloser – Felsen, Steine, Gestrüpp, kleine Wasserläufe. Endlich, nach einer kleinen Anhöhe, sah ich die an einen flachen Berghang gelehnte Kirche. Beiderseits der Straße erstreckten sich Felder, an deren Rändern mehrere einfache Häuser standen; jedes hatte ein Ofenrohr als Schornstein für die Heizung. Eine Reihe von Telegrafenstangen schien in die Ferne zu taumeln. Neben dem Straßengraben spielten zwei Kinder im rostigen Gehäuse eines Autowracks. Über der Einfahrt verkündete eine Tafel an einem klapprigen Gitterwerk stolz: WEST BAPTIST UNITED CHURCH.

Ich fuhr hinein und parkte auf einem unbefestigten, grasbewachsenen, von tiefen Reifenspuren durchfurchten Platz. Niemand war zu sehen; die Kirche stand völlig verlassen da. Die Betonstufen, die zum Haupteingang hinaufführten, hatten Risse und begannen schon zu zerbröckeln; auf der einen Seite des Rasens war eine rostige Metallschaukel mit einer rostigen Kette zurückgebunden; ein langer Tisch, dem ein Bein fehlte, lag auf der Seite. Der Regen prasselte herab, aber ich hatte den Schirm des Portiers. Noch während ich ausstieg, spannte ich ihn rasch auf und knallte dann die Tür hinter mir zu. Meine Schuhe patschten im Morast. Ein Weg führte zum Seiteneingang der Kirche. Im Schatten des Gebäudes war es sehr dunkel. Der Regen trommelte auf das

Blechdach, und als ich um die Ecke bog, strömte mir das Wasser aus einem Abflußrohr entgegen. Hier war der Weg mit Kies belegt und führte zu einer Seitentür, aber im Inneren war kein Licht zu sehen. Es sah ganz so aus, als würde ich auf den Pastor verzichten müssen. Ich blieb jedoch auf dem Weg, der jetzt scharf nach rechts schwenkte, ein offenes Feld durchschnitt und sich dann zwischen verkümmerten Bäumen fortsetzte, die der Rest eines Obstgartens zu sein schienen. Die Dunkelheit und der Regen ließen meine Laune nicht besser werden; trotz des Schirms wurde ich langsam naß. Mit gesenktem Kopf lief ich zwischen den Bäumen weiter. Da war ein Zaun mit einem Tor; dahinter erstreckte sich der Friedhof, an den sich eine weite Fläche offener Felder anschloß. Ich drückte das Tor auf. Jetzt teilte sich der Weg in ein Dutzend Richtungen, denn dieser Friedhof war zwanglos, fast schlampig angelegt, man hatte die Gräber aufs Geratewohl ausgehoben. Es gab nicht sehr viele, und die meisten waren bescheiden: einfache Holzkreuze, einige auch aus Beton. Ein wenig vorgebeugt – der Regen war mir in den Kragen und den Rücken hinuntergetropft – ging ich auf die Suche. Florence Murdoch, geborene Raines, lag im hinteren Teil, und obwohl man ihren Stein nicht als protzig bezeichnen konnte, war er doch etwas Besseres als die meisten anderen – ein Stück grauen Granits mit einer abgeflachten Kante und einer einfachen Inschrift:

FLORENCE ESTHER MURDOCH
1919 - 1971
»Endlich heimgekehrt«

In Regen und Düsternis starrte ich hinab, so wie ich es erst vor wenigen Tagen vor dem Grab meines Vaters getan hatte. War ich deshalb hierhergekommen? Es war kaum der Ort und die Zeit für eine Analyse seelischer Vorgänge, und doch fragte ich mich …

Und dann sah ich genauer hin.

Denn das Grab meines Vaters war Jahr für Jahr stumm geblieben, war auf keine meiner Fragen eingegangen, während Florence – zu meiner großen Überraschung – sie alle überzeugend beantwortete.

Es war natürlich nur ein glücklicher Zufall, daß ich hier stand, aber früher oder später hätte ich es auf jeden Fall erfahren. Entweder von James Murdoch – sobald ich ihn gesprochen, ja sobald ich ihn gesehen hätte – oder auch von dem Geistlichen. Aber das war nun nicht mehr nötig. Denn jetzt sah ich auf der einen Seite des Grabsteins, diesen seiner Würde vollends beraubend, eine ovale, etwas fünfzehn Zentimeter lange, silbrig glänzende Ausbuchtung. Wollte man mit Nachsicht urteilen, sah es aus wie ein großes Medaillon. In Wirklichkeit war es die Kühlerfigur eines Dodge, Baujahr 1955. Es hatte einen aufklappbaren Deckel, ähnlich den metallenen Klappen, wie sie auf Steckdosen im Freien zu sehen sind, und halb kniend beugte ich mich vor, um ihn aufzuheben. Darunter befand sich ein glattes Oval aus Plastik oder Porzellan – und darauf angebracht, dank eines neuen Wunders leichenbestatterischer Kunst, ein Farbbild der Verstorbenen.

Ich starrte es an und fluchte leise.

Ein hübsches blondes Ding war sie, soweit ich mich erinnern kann …

Na ja, das nun gerade nicht.

Wohl möglich, daß Harry Brightman Mays Vater gewesen war – aber Florence Raines, diese sehr schwarze Frau, hatte niemals ein so lilienweißes Kind zur Welt gebracht.

6

Ich richtete mich auf und trat vom Grab zurück. In der Dunkelheit glitzerte der Regen. Jenseits der niedrigen Schatten der Grabsteine wurde ein durchhängender Drahtzaun sichtbar und dann ein schlammiges Feld, gezackt mit den abgebrochenen Getreidehalmen des letzten Sommers. Der Zaun knarrte und quietschte im Wind. Zwei alte Raben, durch meine Anwesenheit alarmiert, hüpften tolpatschig davon. Sie krächzten zweimal und waren verschwunden.

Ich rührte mich nicht. Einen Augenblick lang war ich zu verdattert, um etwas zu fühlen. Ich spürte nicht einmal den Regen. Aber als die Erstarrung sich zu lösen begann, war das, was ich fühlte, so stark, daß ich erschauerte. Mich befiel Angst – aber nicht meine Angst war es, sondern die eines anderen. Ein seit langem begrabener Geruch fand seinen Weg aus diesem Grab. Jetzt war er frei: der Geruch von Angst, der tödlicher Gefahr entspringt. Ich sah auf den Grabstein hinunter: Die Menschen verbergen viele Dinge, von Schätzen bis zur Schande, aber ihr Motiv ist immer das gleiche – Angst vor Verlust, Angst vor Entdeckung, Angst vor Verrat, aber auf jeden Fall Angst vor irgend etwas. Und was ich heute entdeckt hatte, war der Beweis, daß jemand einmal schreckliche Angst gehabt hatte.

Genau in diesem Augenblick drehte ich mich um. Am Seiteneingang der Kirche war ein Licht eingeschaltet worden. Die Tür öffnete sich, und eine Gestalt trat heraus. In der Helligkeit, die aus der offenen Tür drang, konnte ich sehen, daß es ein Schwarzer war. Natürlich: Dies war eine Baptistenkirche der Schwarzen, sie gehörte zu einer Art schwarzen Enklave, und hier war die schwarze Florence Raines zur letzten Ruhe gebettet worden. Vornübergebeugt, einen Plastikregenmantel bis zum Hals zugeknöpft, schloß der Mann die Tür hinter sich und drehte sich um. Er sah mich. Wenn man sich das alles vergegenwärtigt – die Düsterkeit, den Regen, den über den Grabsteinen aufgespannten Regenschirm –, muß ich wohl einen furchterregenden Anblick geboten haben. Und tatsächlich, der Mann blieb wie gelähmt stehen. Einen Augenblick lang starrten wir uns an. Ich erwartete schon, daß er zu schreien anfangen würde, schwenkte deshalb meinen Schirm und begann auf ihn zuzugehen. Er beobachtete jeden meiner Schritte – durch den Zaun, zwischen den Bäumen durch, den Weg herauf; als ich näher kam und meine Respektabilität etwas augenscheinlicher wurde, konnte ich sehen, wie er sich entspannte. Allmählich nahmen seine breiten, pausbäckigen Züge einen gleichermaßen salbungsvollen wie einladenden Ausdruck an, der schon allein genügt hätte, um ihn als Geistlichen auszuweisen, auch wenn ich den weißen Kragen unter seinem Mantel nicht gesehen hätte.

»Guten Abend«, grüßte ich.

Er nickte. »Kann ich etwas für Sie tun? Haben Sie ein bestimmtes Grab gesucht? Es ist schon recht dunkel …« Er war ein rundlicher kleiner Mann, nahezu kahl, bis auf einige wenige steife Haarbüschel oberhalb der Ohren. Ich konnte deutlich sehen, daß er den Unterschied in unserer Hautfarbe zur Kenntnis nahm und sich entschieden weigerte, darauf einzugehen. Wenn er Mißtrauen gegen mich hegte, dann – das glaubte ich in seinen Zügen zu lesen – aus einem völlig anderen Grund.

»Danke, Reverend. Ich entschuldige mich. Ich wollte zu Ihnen kommen, aber ich sah kein Licht.«

»Ach, das ist ganz in Ordnung. Der Kirchhof ist ja öffentlich zugänglich, und Sie sind mir durchaus willkommen. Ich habe mich nur gefragt … wegen der späten Stunde, verstehen Sie.« Ich nickte. Er trug keinen Hut und hatte auch keinen Schirm, aber ich fühlte, daß er jedes Angebot, unter dem meinen Schutz zu suchen, ablehnen würde.

»Ich interessiere mich für eine Frau, die hier begraben liegt«, sagte ich. »Es war wohl eines Ihrer Pfarrkinder. Ihr Name war Florence Murdoch.«

»Ja. Sie gehörte zu uns. Eine gute Frau. Ich lernte sie erst in ihren letzten Lebensjahren kennen, sie war ihrer Kirche und ihrer Familie treu ergeben. Ihr Mann kommt immer noch zu uns, und auch zwei ihrer Töchter… Ich nehme an, Sie waren ein Freund?«

»Nein. Ich bin ihr nie begegnet.«

»Dann verstehe ich nicht …«

»Es ist vertraulich, Reverend. Ich würde es Ihnen gern erklären, aber … nein, besser nicht.«

Er warf den Kopf leicht zurück und runzelte die Stirn, und dieses Stirnrunzeln war mehr Ausdruck von Verwunderung als von Ärger. »Sagen Sie mal«, entgegnete er, »ist es für diese vertrauliche Angelegenheit von Bedeutung, daß Florence Murdoch schwarz war?«

Ich zögerte. »War sie das etwa nicht?«.

»Doch, doch, natürlich.«

»Und warum sollte das von Bedeutung sein, Reverend?«

»Ich habe keine Ahnung – aber für diesen anderen Mann schien es von Bedeutung zu sein.«

»Für welchen anderen Mann?«

»Vor etwa einer Woche kam er zu mir. Und das war die Frage, die er mir stellte – ob Florence Murdoch eine Schwarze war. Er war ... ein unangenehmer Mensch. ›Schwarz wie Sie‹, so hat er sich ausgedrückt. ›Nein‹, habe ich geantwortet, ›schwarz wie ein Neger.‹ Ich ziehe diese Bezeichnung vor – auch wenn mich das altmodisch erscheinen läßt.«
Fast herausfordernd sah er mich an, während das unaufhörliche Tropfen, Plätschern und Trommeln des Regens die Stille ausfüllte. Ein anderer Mann, der nach Florence Raines gefragt hatte! Brightman? »War das ein älterer Herr ... noch kräftig, breitschultrig, aber...«
»Nein. Der Mann hat ganz anders ausgesehen. Er war klein und hatte rote Haare. Ich erinnere mich noch gut an ihn.«
Ich schüttelte den Kopf. »Dann kenne ich ihn nicht.«
Aber ich wußte, von wem er sprach: Es war der rothaarige Geist, der in jener Nacht durch Brightmans Haus gespenstert war.
»Nun gut«, versetzte der Pastor, »dann will ich Ihnen sagen, was ich ihm gesagt habe: ›Lassen Sie sie in Frieden. Lassen Sie sie in Frieden ruhen. Wenn sie gesündigt hat, hat sie längst für ihre Sünden bezahlt.‹«
»Reverend ...«
Doch nun lächelte er und hob seine Hand, glatt und naß und rosig an der Innenseite. »Das ist wirklich alles, was ich zu sagen habe. Die Kirche ist zwar um diese Zeit geschlossen, aber wenn Sie ... nein? Dann sage ich guten Abend.« Sein Plastikregenmantel raschelte, als er sich umdrehte und den Weg hinunterging.
Ich stand da, pitschnaß trotz meines Schirms, und sah ihm nach. Als er um die Ecke verschwand, kehrte der Geruch seit langem wuchernder Angst zurück, intensiver als zuvor. Ein anderer Mann, der Florence Murdochs Geheimnis kannte – wenn es überhaupt ihr Geheimnis war. Die arme Florence: Vermutlich war sie eine Patientin des stets bemühten, idealistischen »Dr. Charlie« gewesen. Immer noch stand ich da, wurde bis auf die Haut naß und stieß einen leisen Fluch aus. Wie geschickt der Alte gelogen hatte! Als Journalist begegnet man jeder Menge berufsmäßiger Lügner, aber ein inspirierter Amateur ist wohl von keinem Profi zu schlagen. Seine Kaltblütigkeit war wirklich atemberaubend gewesen, und ich war ihm ganz schön auf den Leim gegangen. *Ich will nichts beschönigen, Mr. Thorne. Wir wissen beide, daß Geld im Spiel war...*
Immer noch fluchend stapfte ich zum Wagen zurück. Es war jetzt völlig dunkel; als ich den Motor anließ, glitzerte die schwarze Nacht im Licht der Scheinwerfer, und der Regen blitzte in ihren Strahlen. Niemand war zu sehen; der Reverend war fort, der Parkplatz leer. Wieder auf der Landstraße, trat ich aufs Gas, angetrieben von einem Gefühl der Dringlichkeit, das mir durch jenen

Geruch von Gefahr, den ich einfach nicht mehr loswerden konnte, völlig gerechtfertigt erschien. Ich dachte an May: *Sie* hatte Angst gehabt. Hatte sie gelogen wie Grainger? Wer war dieser andere Mann, der in Florence Raines' Vergangenheit herumschnüffelte? Was immer ich vermutet hatte, jetzt war alles anders; vor dem Grab dieser schwarzen Toten hatte sich alles verändert.
Es war halb sechs gewesen, als ich die Kirche verließ, und es war fast Viertel nach sechs, als ich Graingers Haus erreichte. Er wohnte in der Seitenstraße eines, wie mir schien, Universitätsviertels. Sein Haus war bescheiden: zwei Geschosse, mit Schindeln verkleidete Seitenwände, eine Veranda mit einer Menge überflüssiger viktorianischer Ornamente. Keine Lichter. Ich parkte auf der anderen Straßenseite, holte den Schirm heraus und überquerte die Straße. Der Regen kam jetzt noch heftiger herunter, kratzte die Nacht wie die uralte Nadel eines Grammophons und strömte wie Fett in der Bratpfanne über die glitzernde Straße. Mit polternden Schritten lief ich zur Veranda hinauf und stand dann vor einem Erkerfenster. Die Vorhänge waren zugezogen, aber durch einen Spalt konnte ich in das dunkle Innere sehen, das nur matt durch den goldenen Schein einer Lampe auf einem Tischchen erhellt wurde. Ich hatte das sichere Gefühl, daß er nicht zu Hause war, klopfte aber trotzdem, drückte auch auf den Klingelknopf. Ein Ohr an das Glas drückend, konnte ich sie in der Leere des Hauses schrillen hören.
Ich ging zum Wagen zurück, trocknete mir die Hände ab und zündete mir eine Zigarette an.
Grainger war nicht zu Hause. Wo konnte er sein?
Ich knobelte es mir aus. Trotz seiner Geschicklichkeit mußte er erkannt haben, daß ich seine Lügen früher oder später durchschauen würde – ich hatte ihm ja gesagt, daß ich mit Murdoch zu reden beabsichtigte; hatte ich *ihn* einmal gesehen, würde sich die Wahrheit nicht mehr verschleiern lassen. Und noch etwas: Ich hatte nicht erwähnt, daß Murdoch sich gerade in Montreal aufhielt; Grainger mußte also annehmen, daß ich ihn sofort aufsuchen würde; wollte er etwas dagegen unternehmen, mußte er rasch handeln. Aber was konnte er tun? Wenn er fliehen und sich irgendwo verstecken wollte, konnte er nicht erwarten, sehr weit zu kommen; er war ein alter Mann, nahm eine gesellschaftliche Stellung ein und hatte kaum Vorbereitungen getroffen. Vielleicht versuchte er, bei einem Freund, in einem Hotel, vielleicht in einer Jagdhütte oder an einem noch abgelegeneren Ort unterzukommen, aber das half ihm auch nicht mehr viel. Ich konnte mich auf die Suche nach ihm machen oder auch einfach warten – früher oder später mußte er wiederkommen. Geh ins Hotel zurück, sagte ich mir, laß dir ein heißes Bad ein ... Aber auch diese Vorstellung ließ mich nicht heiterer werden. Immer noch konnte ich diesen Geruch der Angst in meinem

Hals schmecken, und auch die dunkle Fassade des Hauses gefiel mir nicht. So stieg ich also wieder in den Wagen und fuhr, ohne mir viel davon zu erhoffen, zur Klinik zurück; das war der einzige Ort, wo ich meine Nachforschungen unverzüglich fortsetzen konnte. Nur langsam fand ich mich in dem Labyrinth der fremden Stadt bei Nacht zurecht: Einbahnstraßen, Linksabbiegeverbote, Straßenzeichen, die man erst lesen konnte, wenn man schon an ihnen vorbeigefahren war. Endlich, fast zufällig, fand ich dann die richtige Straße. In der Dunkelheit und unter fünf Zentimetern Wasser sah sie nicht besser aus als am Nachmittag. Die erdfarbenen Rasenflächen wurden allmählich zu Schlamm, und der blaue Schein von Fernsehapparaten sickerte durch schmuddelige Vorhänge. Das Klinikgebäude war dunkel. Ich parkte den Wagen und platschte zur Tür, an der ein mit Farbstift beschrifteter Zettel klebte: HEUTE NACHT GESCHLOSSEN *j penny*. Ich klopfte trotzdem – natürlich gab es keine Klingel. Ich rüttelte am Türknauf … nichts. Das gefiel mir nicht. Einrichtungen wie diese waren normalerweise Tag und Nacht geöffnet, und selbst nachdem sie offiziell zugemacht hatten, wurden darin meist noch endlose Diskussionen abgehalten, um die nächste Phase der Revolution vorzubereiten, und für gewöhnlich verbrachte auch jemand die Nacht auf der Couch. Ich sah mir den Zettel noch einmal an. Die Tatsache, daß er da klebte, ließ vermuten, daß eine so frühe Sperre ungewöhnlich war.

Enttäuscht blieb ich einen Augenblick stehen. Dann aber erinnerte ich mich an die schwangere Schwarze im Warteraum, verließ die Veranda, ging zur Ecke und spähte den Seitenweg hinauf. Ein paar Meter weiter, unter einem kleinen Vordach, befand sich ein Nebeneingang »Dr. Charlics« alte »Ordination«. Es war nicht sehr wahrscheinlich, lag aber, wie ich mir sagte, doch im Bereich des Möglichen – ein Feldbett, eine Kochplatte, eine Dose Bohnen –, und so senkte ich den Kopf und lief die Auffahrt hinauf. Der Seiteneingang war dunkel wie ein Brunnenschacht. Eine Betontreppe führte nach unten. Tastend bewegte ich mich hinab und platschte von der letzten Stufe in knöchelhohes Wasser. Es war stockfinster, besonders unter dem Schirm, aber der Teufel sollte mich holen, wenn ich ihn zusammenklappte. Endlich fand ich die Tür. Sie war zu, mit einem Vorhängeschloß verschlossen … Als ich an der Haspe zerrte, erkannte ich, daß sie schon seit Jahren nicht mehr geöffnet worden war. Ich watete zur Treppe zurück. Plötzlich hörte ich, wie jemand die Auffahrt heraufkam.

Ich blieb stehen.

Grainger? Knirschend und rasch kamen die Schritte näher. Grainger war zwar ein flotter alter Knabe, aber seine Schritte konnten das nicht sein. Ich drückte mich gegen die Wand und schloß vorsichtig den Schirm. Die Schritte setzten aus … näherten sich von neuem. Dann stockten sie an der Treppe. Ich hielt den

Atem an. Ein Fuß schwenkte seitwärts, kratzte auf dem Asphalt. Eine Sekunde später hörte ich ein leichtes Knipsen, und eine Taschenlampe flammte auf. Ein dünner Lichtstrahl zuckte herab, fiel in den Schacht, in dem ich stand. Fand die Tür. Blieb auf dem Schloß haften ... und erlosch. Dank des Einfallwinkels hatte er mich verfehlt. Und während jetzt ein gelber Fleck vor meinen Augen pulsierte, entfernten sich die Schritte wieder.

Ich wartete ein paar Sekunden, weil ich nicht ganz sicher war, welche Richtung sie eingeschlagen hatten.

Geduckt stieg ich die Treppe hinauf.

Nachdem ich die Höhe der Auffahrt erreicht hatte, blieb ich in der Hocke und sah die Straße hinunter; sie war leer. Ich richtete mich auf, wandte mich um und blickte zur Rückseite des Hauses hinauf.

Hinter mir fuhr ein Auto die Straße hinunter; über mir, jenseits des Regens und der Geräusche der Stadt, hörte ich das Dröhnen eines Flugzeugs. Ich starrte ins Dunkel. Schatten fielen übereinander, der Regen wirbelte die Nacht in Ringen und Kreisen herum, aber kein menschliches Wesen war zu sehen. Ich lauschte. Autoreifen quietschten. Das Flugzeug brummelte davon. Ich trat ein paar Schritte vor. Das metallische, trommelnde Tropfen auf das Schutzblech des Daches, das glucksende Rieseln aus der Dachrinne, das Aufklatschen im Stakkato auf dem Asphalt ... ich blieb stehen. Ich hatte den rückwärtigen Teil des Hauses erreicht, wo ich am Nachmittag gesessen und mit Grainger gesprochen hatte. Ich wartete und horchte. Hier leerte sich in dickem Schwall ein Fallrohr der Dachrinne; das Geprassel kontrastierte mit dem sanften Geräusch des Regens, der auf das Gras des Gartens fiel. Ich tat noch einen Schritt vorwärts. Jetzt konnte ich den mit Buschwerk und Unkraut überwucherten Hof sehen. Dahinter befand sich eine hohe Holzwand, die Hinterwand des Schuppens oder der Garage eines Nachbarn. Ein Spaten lehnte an dieser Wand, ein hochgekippter Schubkarren und ein Fahrrad mit nur einem Rad; und alle diese Gegenstände waren deutlich sichtbar in einem langgezogenen, verzerrten Rechteck aus gelbem Licht, das aus dem rückwärtigen Teil des Hauses drang.

Mit zwei schnellen Schritten war ich im Hof.

Das Gras reichte mir bis zu den Knien; sofort waren meine Hosenbeine völlig durchnäßt. Aber jetzt konnte ich die Glastür von Graingers Arbeitszimmer sehen. Ein Flügel stand offen, und ein Mann in einem braunen Regenmantel beugte sich über den Schreibtisch, an dem Grainger gesessen hatte. Ich brauchte etwa fünf Sekunden, um zu erkennen, daß es nicht Grainger selbst war, aber das waren vier Sekunden zuviel, denn jetzt drehte sich der Mann um und sah mich. Er zögerte; ich bewegte mich nicht. Er trat ganz ruhig durch die Tür, wobei er sich zur Seite wandte, so daß das Licht auf sein Gesicht fiel. Ich erkannte ihn sofort: Es war der Mann, den ich in Brightmans Haus gesehen hatte, der Mann, der hatte wissen wollen, ob Florence Raines eine Schwarze gewesen war. Sein Gesicht war mager, er hatte vorstehende Zähne, und das in Bürstenfrisur geschnittene Haar schimmerte rötlich. In Brightmans Haus hatte ich ihn nur ein oder zwei Sekunden lang gesehen, aber ich zweifelte keinen Augenblick – es war derselbe Mann.

Erkannte er mich?

Ich war nicht sicher. Während er durch die Tür kam, musterte er mich unverhohlen, aber seine Augen bewegten sich nicht. Vielleicht machte es für ihn keinen Unterschied, denn er hatte eine Pistole in der Hand, und Schießeisen sind nun mal kein Anreiz zu Unterscheidungen. Ich erstarrte, als mein Blick darauf fiel. Sekundenlang konnte ich sonst überhaupt nichts sehen, und alles, was ich hörte, war das Schlagen meines Herzens, das mit seiner Lautstärke den Regen übertönte.

Langsam kam er auf mich zu; das mußte er, denn ich stand zwischen ihm und der Auffahrt. Und jetzt, nur für einen Augenblick, begegnete sein Blick dem meinen, und ich war sicher, daß er keine Ahnung hatte, wer ich sein könnte. Bedächtig, mit der Schulter an die Hinterwand des Hauses anstreifend, schob er sich an mir vorbei. Und blieb stehen. Er befand sich an der Ecke des Hauses; um zur Straße hinunter zu gelangen, mußte er mir den Rücken zukehren oder rücklings hinuntergehen. Er entschied sich für ersteres. Ich glaubte, er wollte losrennen, aber als er sich umdrehte, rutschte er aus. Einen Fuß auf dem verschlammten Hof, den anderen auf dem Asphalt, lag er plötzlich im Spagat da.

Er fluchte leise.

Jetzt stürzte ich mich auf ihn, zwei Schritte und ein Hechtsprung – ein Hechtsprung, der ihn so leicht zu Fall brachte, daß mein Schwung mich über ihn hinwegtrug. Auf dem Rücken liegend in Nässe und Finsternis, krallte ich meine Finger wie rasend in seinen Arm, in seine rechte Hand, die Hand mit der Pistole, riß sie verzweifelt hoch, bevor ich merkte, daß die Waffe längst fort war. Ihn immer noch festhaltend, rappelte ich mich auf. Er grunzte, trat mit den Füßen – und schwenkte die andere Hand herum, in der jetzt ein Messer blitzte. an seinem rechten Arm zerrend, schleuderte ich ihn von mir fort. Er taumelte, stürzte sich auf mich. Wieder und wieder schleuderte ich ihn zurück, er torkelte, bemüht, sich auf den Beinen zu halten, bis plötzlich sein Regenmantel mit einem zerrenden Geräusch auseinanderriß und in meiner Hand verblieb. Die plötzliche Befreiung von seinem Gewicht warf mich nach hinten, der Regenmantel flatterte ins Dunkel davon. Ich taumelte und fiel auf die Knie. Der Atem

brannte in meiner Kehle, der kalte Regen rieselte über meine Lippen – und als ich aufsah, hatte der Rotschopf immer noch das Messer in der Hand.
Langsam rappelte ich mich hoch und trat einen Schritt zurück. Zwecklos. Er würde mich im Hof erwischen …
Aber er tat einen Schritt zur Seite – nach rechts –, den ich mit einer identischen Bewegung beantwortete. Dann noch einen. Noch zwei – wir umkreisten einander. Er blieb stehen. Ich blieb stehen. Durch die Finsternis hindurch betrachtete ich sein Gesicht. Seine Pupillen irrten umher, er wandte den Blick von mir ab, und als er sich jetzt wieder rührte, merkte ich, daß er sich auf seinen Regenmantel zu bewegte, der jenseits des Fahrwegs, wie Sir Walter Raleighs Umhang, über eine Pfütze gebreitet lag. Von mir aus sollte er ihn sich nehmen – solange er das Messer hatte, konnte ich ihn sowieso nicht daran hindern. Meine einzige Sorge war, ihn mir vom Hals zu halten. Ich trat einen Schritt zurück – und mein Fuß rieb sich knirschend an der Pistole. Das Geräusch mußte es ihm verraten haben, denn er blieb wie angewurzelt stehen. Einen Augenblick lang starrten wir einander an, dann bückte ich mich, hob die Pistole auf und richtete sie auf ihn.
Fliehe das Messer, stell dich der Kugel … klingt gut, aber wenn einer den Lauf auf dich gerichtet hat, ist Vorsicht der bessere Teil der Tapferkeit. Er warf einen letzten Blick auf seinen Regenmantel – ich dachte schon, er würde sich darauf stürzen –und sprang ins Dunkel zurück. Und bevor ich mich noch gefaßt hatte, war er verschwunden.
Ich ließ die Pistole sinken. Der Regen prasselte auf den Asphalt. Immer noch hörte ich das Flugzeug … und jetzt, jetzt, wo alles vorüber war, traf mich der Schock: Mein Herz begann zu klopfen, als ob ich gerade ein paar hundert Meter gelaufen wäre. Ich wartete ein paar Sekunden und riß mich zusammen. Als ich wieder bei Atem war, hob ich den Regenmantel auf und sah die Straße hinunter. Bei diesem Sturm, dem Regen und den sich auf dem nassen Pflaster spiegelnden Straßenlampen konnte man sich leicht vorstellen, daß zu beiden Seiten der Auffahrt Gestalten auf der Lauer lagen. Aber nach drei Minuten, die mich noch mehr durchnäßten, glaubte ich mich nicht mehr gefährdet. Ich sicherte die Pistole, ließ sie in meine Tasche gleiten und ging zur Straße hinunter.
Soweit ich es in der Finsternis beurteilen konnte, war sie in beiden Richtungen leer.
Ich stieg in meinen Wagen, fuhr langsam zur Ecke vor, bog nach rechts ab und steuerte ein Dutzend Häuserblocks entlang, bekam aber niemanden zu sehen. Als ich schließlich anhielt und mir eine Zigarette anzündete, zitterten meine Hände immer noch.
Im Dunkel sitzend, während die Scheibenwischer ihr Bestes taten, um mit dem

Regen fertig zu werden, warf ich einen Blick auf den Mantel – allem Anschein nach der Preis, um den wir gekämpft hatten.
Er war an der Schulter aufgerissen, ansonsten aber unbeschädigt. Ein Aquascutum kanadischer Provenienz. Er hatte eine Innentasche, und die enthielt einen Parker-Kugelschreiber und einen leeren Umschlag für einen Flugschein der Air Canada. In der linken Außentasche fand ich 12,87 $ in kanadischen Banknoten und Münzen, ein zerknülltes Papiertaschentuch und ein braunes Lederetui mit drei Schlüsseln, einer davon mit einem Schildchen der Autoverleihfirma Hertz. Alles schön und gut, aber nicht sonderlich instruktiv. Als ich den Mantel jedoch umdrehte und die rechte Außentasche untersuchte, stieß ich auf etwas sehr viel Interessanteres: auf einen Umschlag aus braunem Packpapier, den der Rothaarige offenbar von Graingers Schreibtisch genommen hatte. Quer über den – bereits aufgerissenen – Umschlag war das Wort »Jenny« gekritzelt; er enthielt ein Briefkuvert im normalen Format. An diesen zweiten Umschlag war ein Zettel mit einer Nachricht geheftet: JENNY. DU ERINNERST DICH AN MEINEN BESUCHER VON HEUTE NACHMITTAG, MIT DEM ICH IN MEINEM ARBEITSZIMMER SPRACH. ICH NEHME AN, DASS ER WIEDERKOMMT. SAG IHM, DU WEISST NICHT, WO ICH BIN, UND VERSUCHE IHN ABZUWIMMELN, ABER WENN ER SICH AUFREGT, GIB IHM DIESEN UMSCHLAG. ICH WERDE EINE WOCHE FORTBLEIBEN; BITTE SAG ALLE TERMINE FÜR NÄCHSTEN FREITAG AB. MACH DIR KEINE SORGEN – TU NUR, UM WAS ICH DICH BITTE. DR. CHARLIE.
Ich hatte also recht gehabt. Grainger hatte begriffen, daß ich die Wahrheit entdecken würde, und versuchte mir nun auszuweichen. Gleichzeitig, so schien es, war er bestrebt, mir eine Erklärung zu geben, denn als ich den zweiten Umschlag aufriß, fand ich darin sechs handgeschriebene Blätter, die an mich adressiert waren. Nachdem ich mich umgesehen und vergewissert hatte, daß die Straße leer war, drehte ich die Deckenleuchte an und begann zu lesen:

Mr. Thorne!
Wenn Sie dies in Händen halten, kann ich annehmen, daß Sie es bereits entdeckt haben: Was ich Ihnen heute nachmittag erzählt habe, war nicht die Wahrheit. Wahrscheinlich sollte ich mich dafür entschuldigen, aber ich habe eigentlich keine Lust dazu. Ich habe Ihnen diese Lügen nur erzählt, um ein feierliches Gelöbnis, vor vielen Jahren abgelegt, einzuhalten. Während ich mit Ihnen sprach, kam ich zu dem Schluß, daß ich es nicht brechen durfte. Wie Sie sich vorstellen können, war es Harry Brightman, dem ich dieses Versprechen

gegeben habe; vielleicht würde er nicht wollen, daß ich es jetzt breche, aber ich halte es nicht für sinnvoll, mich noch länger daran gebunden zu fühlen. Nachdem Sie mit James Murdoch gesprochen haben, wissen Sie, daß meine Geschichte falsch war, und Ihre weiteren Bemühungen, herauszufinden, was ich Ihnen ohne Schwierigkeit mitteilen kann, würde nur viele unbeteiligte Personen in Bedrängnis bringen. Überdies ist das alles schon so lange her, daß es meiner Meinung nach nicht mehr von Bedeutung sein kann.

Nachdem dies nun ausgesprochen ist, muß ich Sie enttäuschen: Was ich Ihnen jetzt erzählen werde, ist nicht die Wahrheit, sondern nur die Wahrheit, wie ich sie kenne; und ich bin sicher, daß man mir eine Menge Lügen aufgetischt hat. Natürlich war auch wieder Harry Brightman die Quelle dieser Lügen, und er hat sie mir hier in diesem Büro erzählt, wo wir heute nachmittag miteinander geredet haben und wo ich Ihnen dies jetzt schreibe. Das war 1939, kurz nach Kriegsausbruch. Damals war ich mit Brightman schon viele Jahre eng befreundet, und obwohl wir uns tatsächlich etwa so kennengelernt hatten, wie ich es Ihnen berichtete, standen wir uns um vieles näher, als ich es Ihnen zu verstehen gab. Ich hatte ihn gern, war, so könnte man es fast nennen, von ihm fasziniert, und ich glaube, daß auch er mich gut leiden mochte. Wir waren beide junge Männer, die eine konventionelle Karriere verfolgten – aber auf unkonventionelle Weise. Brightman, ein Geschäftsmann, verdiente sein Vermögen mit der Sowjetunion, und ich widmete mich der schwierigen Kunst, gleichzeitig ein praktizierender Arzt und ein praktizierender Sozialist zu sein. Brightman war ein ausgezeichneter Geschichtenerzähler und ich ein ausgezeichneter Zuhörer, und seine Berichte über seine Reisen in die UdSSR faszinierten mich. Ich würde nicht sagen, daß er mit der Linken sympathisierte, aber er machte sich wirklich Gedanken und beobachtete die Vorgänge in Rußland ohne Voreingenommenheit. Wenn ich jetzt zurückdenke, vermute ich, daß mein jugendlicher Idealismus ihn amüsierte, aber ich glaube, daß er diesen Idealismus auch respektiert hat. Als ich meine erste Klinik eröffnete, spendete er, ohne daß ich ihn darum gebeten hätte, einen hohen Betrag.

Im Herbst 1939 waren wir jedenfalls eng befreundet, und ich würde sagen, daß die Geschichte, die er mir damals erzählte, auch wenn sie erlogen war, zu der Art von Geschichten zählte, die man nur einem Freund erzählen kann. Es begann alles (sagte er), kurz bevor wir uns kennengelernt hatten, zur Zeit seiner ersten Reise in die Sowjetunion. (An das genaue Datum kann ich mich nicht erinnern; es muß wohl Mitte oder Ende der zwanziger Jahre gewesen sein.) Wie Sie vielleicht wissen, fuhr er ursprünglich auf Einladung der staatlichen Agentur für den Pelzhandel (»Sojuspuschnina«) hin, um Pelze zu kaufen. Er hat mir diese Reise oft beschrieben: die langsame Fahrt durch die Kieler Bucht in die Ostsee, seine Ankunft am Finnischen Bahnhof, wo Lenins Geist lebendig war. Damals, bei der ersten Versteigerung, gab es noch nicht so viele Käufer, nur zwei oder drei Dutzend aus einigen wenigen Ländern. Trotzdem war die Sache für die Sowjets von großer Wichtigkeit: Pelze waren eine ihrer wenigen Exportwaren in den Westen und boten ihnen eine der wenigen Möglichkeiten, in den Besitz harter Währungen zu gelangen. Folglich wurden Brightman und seine Kollegen festlich bewirtet. Es gab offizielle Empfänge, private *droschkys*, um sie spazierenzufahren, Ausflüge nach Moskau und Besuche hinter die Bühne des Bolschoi-Theaters. (Brightman machte sich mir gegenüber immer darüber lustig, daß jeder Funktionär, den er kennenlernte, zunächst, bevor er ein Gespräch begann, einen Trinkspruch mit Wodka ausbrachte und ihm dann eine ganz besondere Art von Schokolade verehrte, in einer Schachtel, auf der sich ein Bild Puschkins befand.) Dieses Hofieren setzte sich offenbar über Wochen fort, und im weiteren Verlauf lernte Brightman auch einen Mann namens Grigorij Sinowjew kennen. Ich nehme an, Sie wissen über die Geschichte der Sowjetunion nicht besonders gut Bescheid – nun, Sinowjew war eine bedeutende Persönlichkeit, ein »alter Bolschewik«, ein enger Vertrauter Lenins und der Erste Vorsitzende des Exekutivkomitees der Komintern. Brightman hatte mir oft von seinen Begegnungen mit diesem Politiker erzählt (ich hatte ziemliche Ehrfurcht vor einem Mann, der mit einem Staatsmann dieses Kalibers Umgang pflegte), aber jetzt vertraute er mir an, daß er eine Affäre mit einer Frau aus Sinowjews Stab namens Anna Kostina gehabt hatte. Das war (1939) das erste Mal, daß er ihren Namen erwähnte, aber so wie er von ihr sprach, wurde mir klar, daß er sie liebte. (Das glaube ich auch heute noch – und dieser Glaube hat es mir auch leichter gemacht, alles andere zu glauben.) Dieses Verhältnis, behauptete er, habe bei seiner ersten Reise begonnen und bei den folgenden fortbestanden. Er habe seine letzte Reise 1933 oder 1934 unternommen. Kurz bevor er Leningrad verließ, habe Anna Kostina ihm mitgeteilt, sie sei von ihm schwanger und wolle sein Kind zur Welt bringen.

Jetzt erscheint es mir wichtig, genau auf die Daten zu achten. Brightman erzählte mir das alles erst 1939. Wenn seine Geschichte stimmte, dann hatte Anna Kostina das Kind vor fünf oder sechs Jahren geboren. In dieser Zeit aber hatte die Große Säuberung begonnen – und im ersten Prozeß Ende 1934 war Sinowjew gestürzt worden. Die Einzelheiten brauchen Sie nicht zu interessieren, aber er wurde sogar zweimal angeklagt und verurteilt, das zweite Mal zum Tod, und einige seiner Freunde und Mitarbeiter stürzten mit ihm – *einschließlich Anna Kostina*. Anscheinend war sie nicht hingerichtet worden, wurde aber zu einer langen Strafe im – wie wir es heute nennen – Gulag verurteilt.

Aber was geschah mit Brightmans Kind?

Das war natürlich der Grund, warum er sich entschlossen hatte, zu mir zu kommen. Er sagte, er habe lange Zeit in dem Glauben gelebt, das Kind sei verloren; zumindest hatte er es nie gesehen. Jetzt aber, behauptete er, habe man ihn wissen lassen, daß es möglich sein könnte, es aus der UdSSR herauszubekommen. Dazu aber brauche er meine Hilfe; im besonderen bat er mich, ich solle ihm die Papiere beschaffen, die nötig sein würden, um das Kind einreisen zu lassen. Er hatte sich sogar schon zurechtgelegt, wie ich dabei zu Werke gehen könnte: Ich hatte nämlich selbst zwei Kinder, das eine sechs Jahre alt, das andere neugeboren. Wenn ich mir nun einen Paß ausstellen ließ und dabei Brightmans Fotografie statt meiner eigenen vorlegte und meine zwei Kinder eintragen ließ, konnte Brightman nach Übersee reisen und mit dem Kind zurückkommen. Ich erklärte mich dazu bereit.

Warum ich das tat, spielt keine Rolle; ich wußte, was ich tat, und ich wollte es tun.

Kurze Zeit später, im Besitz »meines« Reisepasses, fuhr Brightman nach Europa, und einige Monate danach – Anfang 1940 – hatte ich das einzigartige Erlebnis, »mich selbst« im Hafen abzuholen. Aber dort erwartete mich eine Überraschung: Brightman hätte ein sechs- oder siebenjähriges Kind mitbringen sollen, aber er hielt einen Säugling im Arm. Es war alles sehr geschickt ausgedacht. Er hatte keinerlei Schwierigkeiten, die Kleine ins Land zu bringen, sie spielte eben die Rolle meiner jüngeren und nicht die meiner älteren Tochter. Aber war dies nun das Kind, das er ursprünglich herausholen wollte? Nein, sagte er, es habe sich als unmöglich erwiesen, sein eigenes Kind herauszuholen, und so habe er statt dessen das Kind eines russischen Freundes mitgebracht, der sich irgendwie politisch in Gefahr befand. Wer war dieser Freund? Das wollte er nicht sagen. Er betonte nur nachdrücklich, daß der Betreffende tatsächlich in Gefahr geschwebt hatte und daß er, Brightman, das Kind deshalb so schnell wie möglich adoptieren wolle. Wieder bat er mich um meine Hilfe. Diesmal zögerte ich, sie ihm zu gewähren – ich war nun schon überzeugt, daß er mich belogen hatte –, aber jetzt steckte ich schon so tief drin, daß ich schwer nein sagen konnte. Ich sah mich nach einer Möglichkeit um, seinen Wunsch zu erfüllen. Es schien schwierig, wenn nicht gar unmöglich – bis uns die Glücksgöttin lächelte, und zwar in Gestalt von Florence Raines. Sie werden sich wohl schon eine vage Vorstellung davon gemacht haben, wie sie ins Spiel kam, aber ich will Sie über die Einzelheiten informieren, wenn auch nur um sicherzugehen, daß Sie die Familie in Frieden lassen. Im Jahre 1939 war die junge Schwarze schon seit mehreren Jahren meine Patientin. Eines Tages kam sie wieder zu mir, ich mußte ihr sagen, daß sie schwanger war. Für sie stellte sich damit ein ganz besonderes Problem, weil sie in der Schulbehörde angestellt war (ein Posten, den andere Leute geringgeschätzt haben mochten, ihr aber erschien er als höchst erstrebenswert) und automatisch aus »moralischen« Gründen entlassen worden wäre. Verzweifelt kam sie einige Tage später zu mir und bat mich um eine Abtreibung. Ich erklärte mich dazu bereit – bis eine genauere Untersuchung mich davon überzeugte, daß eine Abtreibung – aus medizinischen Gründen – gefährlich gewesen wäre. Trotzdem half ich ihr, so gut ich konnte; ich schrieb ihrem Vorgesetzten einen Brief, aus dem hervorging, daß ich ihr dringend geraten hätte, einen mehrwöchigen Urlaub anzutreten. Die Behörde akzeptierte meine Empfehlung. Florence zog zu ihrer Mutter, die außerhalb der Stadt wohnte, und dort brachte sie ihr Kind zur Welt. Da die Großmutter sich bereit erklärte, das Kind aufzuziehen, schien das Problem gelöst, und ich machte mir keine Gedanken mehr darüber. Einige Wochen später, Brightman war mittlerweile aus Europa zurückgekehrt, rief Florence mich an. Ihr Kind war sehr krank, lag vielleicht sogar schon im Sterben. Ich fuhr sofort hin und stellte fest, daß die Großmutter eine schwere Influenza gehabt und das Kind angesteckt hatte. Ich tat, was ich konnte, aber einen Tag später war das Kind tot. Ich sah sofort meine Chance und ergriff sie, ohne Brightman lange zu fragen. Natürlich mußte ich, um das zu tun, gegen ein Gesetz verstoßen. Wenn jemand stirbt, stellt der Arzt üblicherweise einen Totenschein aus; dieser wird der Behörde vorgelegt, die daraufhin den Auftrag zur Beisetzung erteilt. Aber ich wollte Elizabeth Raines nicht für tot erklärt haben, zumindest nicht offiziell. Ich machte Florence darauf aufmerksam, daß eine normale Beisetzung ihres Kindes sehr wahrscheinlich zur Enthüllung ihres Fehltritts führen würde. Wenn sie sich selbst um das Begräbnis »kümmern« wollte, würde ich das Ausstellen eines Totenscheins »vergessen«. Florence war sofort einverstanden, brauchte aber etwas länger, um auch die Großmutter für den Plan zu gewinnen. Schließlich aber gelang es ihr, und so kam ich sozusagen zu einer *Bona-fide*-Identität eines Kindes. Ich setzte Brightman davon in Kenntnis. Zuerst war er mißtrauisch, erkannte aber bald die Vorteile dieser Lösung, die uns der Zufall in den Schoß gelegt hatte. Er bestand lediglich darauf, Florence über die Angelegenheit im dunkeln zu lassen (sehr vernünftig), was eine »öffentliche« Adoption erforderlich machte, aber sogar die war uns eine Hilfe – sie benahm der Identität von Brightmans neuer Tochter jegliche Spur eines Geheimnisses. Sie lieferte dem Kind sozusagen einen Stammbaum, der jedermann von ihrem wirklichen (was immer der gewesen sein mochte) fort in eine andere Richtung führte. Die Hauptfarbe der Mutter schien das einzige Problem zu sein, war aber in Wirklichkeit keines. Rassenzugehörigkeit war in Neuschottland kein Bestandteil der Geburtsdaten; solange also niemand Florence oder ein anderes Familienmitglied zu Gesicht bekam (etwa ein

Beamter des Gerichts, der eine Vorladung zuzustellen hatte), konnte nichts passieren. Nun kam auch noch Brightmans Geld ins Spiel. Um diese Dinge kümmerte er sich selbst, deshalb weiß ich keine Einzelheiten, aber sowohl Florence Raines als auch ihre Mutter verschwanden. (Für immer, hatte ich gedacht; bis ich gestern von Ihnen erfuhr, hatte ich keine Ahnung, daß sie nach Halifax zurückgekehrt waren.) Und so ging dann nach einiger Zeit die Adoption über die Bühne.

Das, Mr. Thorne, ist alles, was ich über diese Angelegenheit weiß. Nach Durchführung der Adoption verlor ich allmählich den Kontakt zu Brightman, und seit 1945 habe ich ihn überhaupt nicht mehr gesehen.

Ich habe keine Ahnung, warum er verschwunden ist.

Ich möchte auch noch erwähnen, daß ich keine weiteren Fragen über diese Angelegenheit zu beantworten gedenke. Ich habe diese Zeilen mit eigener Hand geschrieben; sie kommen somit einem »Geständnis« gleich. Schon allein deshalb sollten Sie mir glauben. Wenn Sie es der Polizei oder dem Staatsanwalt übergeben, könnte man mich zwingen, Rede und Antwort zu stehen; Ihnen aber werde ich keine Auskunft mehr erteilen. Nachdem ich alles gesagt habe, was ich weiß, ist die Angelegenheit für mich erledigt.

Ich habe jedoch über die ganze Sache lange nachgedacht und biete Ihnen zum Abschluß meine Theorie über die Frage an, wer das Kind war. Ich glaube, daß ein Teil dessen, was Brightman mir erzählte, der Wahrheit entsprach; es war eine gute Lügengeschichte, und die besten Lügengeschichten enthalten immer ein paar Körnchen Wahrheit. Fest steht, daß er nach Rußland fuhr; ich bin immer noch sicher, daß er ein Verhältnis mit Anna Kostina hatte (obwohl das Kind nicht ihres sein konnte), und ich zweifle nicht daran, daß er viele führende Kommunisten (wie Sinowjew) kennenlernte. Ich vermute daher, daß Brightmans Tochter das Kind eines dieser Männer war (ist) – eines Mannes, der befürchtete, in absehbarer Zeit Stalins Terror zum Opfer zu fallen. Zwar wird Ihnen diese Theorie nicht viel weiterhelfen, aber sie paßt recht gut zu den Fakten. Ich hoffe, sie stimmt. Und wenn sie stimmt, werden Sie mir beipflichten, wenn ich sage, daß weder Brightman noch ich Grund haben, uns zu schämen.

Charles Grainger, M. D.

Der Regen trommelte auf das Dach des Wagens, der Rauch meiner Zigarette kehrte in Ringen vom Fenster zurück, und mit sanftem, pfeifendem Zischen fuhr ein Chevrolet an mir vorbei die Straße hinunter. Ich ließ Graingers Brief sinken, hob den Kopf und sah durch mein eigenes gespenstisches Spiegelbild hindurch in die glitzernde Nacht hinaus. So etwas wie Ehrfurcht überkam mich – ein so überwältigendes Staunen, daß ich wie gelähmt dasaß. Nichts Ähnliches war mir je untergekommen. Es war eine schon an sich außergewöhnliche Geschichte, aber die Umstände, wie sie mir in die Hände gefallen war – in dieser kalten, verregneten Nacht, in dieser dunklen Kleinstadt –, erinnerte mich an das Märchen vom Geist in der Flasche. Das revolutionäre Rußland ... Sinowjew, Vorsitzender des Exekutivkomitees der Komintern ... ein Kind, im letzten Augenblick dem Rachen des roten Terrors entrissen ... Auch wenn es nicht wahr war, man konnte sich kaum etwas Melodramatischeres vorstellen. Frage: Wer war May Brightman? Antwort: ein faszinierendes politisches Rätsel ...

Ich drückte meine Zigarette aus. Zündete die nächste an, startete den Wagen und fuhr zehn Minuten lang einfach durch die dunklen Straßen. Sollte ich die Geschichte glauben? War das die Wahrheit, wie Grainger sie kannte? Vor allem aber: Wer war der rothaarige Mann?

Wie Wellen am Strand rollten die Fragen an mich heran, und sie waren ebenso schwer in den Griff zu bekommen wie die Brandung. Doch schon während ich zum Hotel zurückfuhr, begann ich einige Dinge besser zu verstehen. Zunächst hatte ich jetzt ein klareres Bild von Grainger selbst. Wie er gesagt hatte: Die besten Lügengeschichten enthalten einen Teil der Wahrheit, und das ließ sich auch von den Lügen sagen, die er mir über seine eigene Vergangenheit erzählt hatte. Sicher, er war ein »Idealist« gewesen und »eine Art Sozialist«: so sehr Idealist und Sozialist, daß er – ich hätte wetten können – Mitglied der Kommunistischen Partei gewesen war, mit Verbindungen, die bis in die sowjetische Botschaft gereicht hatten. Machte ich da einen zu großen Sprung? Nein, das glaubte ich nicht. Viele Kommunisten wurden zu freundlichen alten Herren. Und einige Koinzidenzen waren einfach zu merkwürdig, um übersehen werden zu können: Brightman, der Geschäfte mit Rußland machte. Grainger, der rein zufällig zum Freund gewordene Sozialist. Nein, das war alles zu schön, um wahr zu sein. Die Russen mußten sich unweigerlich für Brightman interessiert und Schritte unternommen haben, um ihre Neugierde zu befriedigen. Einer dieser Schritte hieß Grainger, und ich zweifelte keinen Augenblick daran, daß er der Initiator des Zusammentreffens mit Brightman gewesen war. Und jetzt ließ sich auch die Möglichkeit nicht ausschließen, daß Grainger selbst im Mittelpunkt all dessen stand, was ich entdeckt hatte. *Er* hätte diesen Freund in Rußland haben können; Brightman hätte nach *seiner* Pfeife tanzen können. An diesem Punkt angelangt, gebot ich mir Halt. Es gelang mir einfach nicht, Brightman in einer solchen Nebenrolle zu sehen. Schließlich hatte *er* May adoptiert; er war verschwunden; und diese Gespenster waren zurückgekommen, um *ihn* zu verfolgen.

Auch während ich mich an diesem Abend aus meinen nassen Kleidern schälte und mir trockene anzog, an einem Whisky nippte und zusah, wie die Lichter im Hafen von einer Seite zur anderen krochen, ging mir die Sache nicht aus dem Kopf. *May*. Sie war die Nummer eins. Wieviel hatte sie gewußt? Wenn sie überhaupt nichts gewußt hatte, dann waren die letzten Tage ein Beweis für weibliche Intuition *par excellence* gewesen, und ich fragte mich, ob ich das glauben sollte. Vielleicht hatte sie nicht gewußt, *was* ich herausfinden, wohl aber, daß ich etwas entdecken würde. Sie hatte die ganze Aktion in Szene gesetzt, um zu erfahren, was geschehen würde. Aber warum? Warum war sie mir gegenüber nicht offen gewesen? Diese Frage führte zu Problem Nummer zwei: zu mir. Das Rätsel um meine Post beschäftigte mich immer noch; irgendwie war ich in diese Sache wohl schon verwickelt gewesen, bevor ich überhaupt wußte, daß es etwas gab, in das ich verwickelt werden konnte. Warum aber war ich in die Sache verwickelt? Warum hatte sich May überhaupt an mich gewandt? Da ich mit einem gesunden Ego ausgestattet bin, hätte ich mir diese Frage normalerweise bestimmt nicht gestellt – wenn es da nicht auch noch eine andere Koinzidenz gegeben hätte, und zwar eine sehr wichtige: Rußland. Anfangs war mit Brightmans Verbindung mit diesem Land nur als Faktum am Rande erschienen, das seinem Charakter einen interessanten Farbtupfer verlieh. Jetzt aber schien es ein zentrales Faktum zu sein. Und auch in meinem Leben war Rußland ein zentrales Thema. Ich brauchte Graingers kleine Vorträge über Sinowjew oder die Säuberungsprozesse nicht – die Beschäftigung mit diesen Themen war mein tägliches Brot gewesen. War es nicht mehr als sonderbar, daß jemand wie ich in diesen Strudel sowjetischer Geschichte gestolpert war? So wie ich dasaß, die Füße auf der Heizung (während der Whisky mein Inneres erwärmte), ließ ich noch einmal die gerade überstandene Szene vor meinem geistigen Auge vorbeiziehen – und hatte keine Zweifel mehr. Als der Rothaarige gefallen war, hatte er einen Fluch ausgestoßen – den ich sofort erkannt hatte, aber nur, weil ich fließend Russisch spreche: *moj tvoju mat!* – was soviel heißt wie »Mutterficker«. Ein Russe also ... ein richtiger, lebendiger Sowjetrusse ...

Was machte er hier?

Was konnte er gesucht haben?

Was kümmerte ihn Florence Raines, und was interessierten ihn Harry Brightmans Aktivitäten im Jahre 1940?

Noch zweimal las ich Graingers Brief durch, Zeile für Zeile, und stellte mir die immer gleichen Fragen. Es wurde Viertel nach elf, aber keine Antwort hatte sich gefunden. Ich wollte nicht mehr darüber nachdenken.

Das Telefon klingelte.

Es war May, drauf und dran, einen hysterischen Anfall zu bekommen.

Man hatte ihren Vater gefunden – tot, in Detroit.

ZWEITER TEIL

Georgi Dimitrow

»In Moskau sitzen die Führer der Dritten Internationale, die ja nur ein Werkzeug der Sowjetregierung und völlig abhängig von deren finanzieller Unterstützung ist. Im Hinblick auf die Gelder, die sie verteilen, betrachten sie sich als die Herren und Meister der kommunistischen Parteien, die sie unterhalten.«

Karl Kautsky, *Die Internationale und Sowjetrußland, 1925*

7

Er sprach bedächtig, mit der geduldigen Herablassung eines Fachmanns, der einem Laien etwas erklärt. »Mr. Thorne«, sagte er, »haben Sie schon einmal einen Menschen gesehen, der sich mit einer Schrotflinte umgebracht hat?«

Ich bewege mich in einem Traum. Ich schwebe, eingebettet in glühendes Sonnenlicht. Schweiß brennt auf meiner Haut, meine Augen tränen, und wenn ich dann aus dem Wald auf die Straße komme, klebt Staub auf meinen Lippen. In der Ferne tun sich die Wälder auf, und jetzt beginne ich wieder zu laufen. Er muß hier sein, denke ich, er muß hier sein. Die Bäume sind höher, das Sonnenlicht fällt in langen Strahlen zwischen ihnen zu Boden. Schließlich sehe ich eine eingestürzte Hütte. Da ist er. Er muß da drinnen sein. Und darum laufe ich schneller. Dann aber, gleißend …

»Ja«, antwortete ich.

Katadotis, ein Kriminalkommissar der Detroiter Polizei, zog die Augenbrauen hoch. Um peinlichen Fragen auszuweichen, fügte ich rasch hinzu: »Es war ein Jagdunfall, Herr Kommissar. Nicht sehr schön anzusehen. Ich weiß also, wovon Sie reden, und ich weiß Ihre Rücksichtnahme auf Miss Brightman zu schätzen. Ich möchte Ihnen nur klarmachen, daß ich Brightman nie begegnet bin und daß es zu weit gehen würde, mich als einen Freund der Familie zu bezeichnen. Wenn wir uns darüber einig sind, werde ich seine Leiche gerne identifizieren.«

Er zögerte, während sich in seinen Gedanken Bequemlichkeit und Pflichtgefühl einen harten Kampf lieferten, und ich warf einen Blick auf meine Uhr. Zwanzig nach zwei. Ich war schon früh am Morgen von Halifax nach Toronto geflogen und dann zusammen mit May nach Windsor gefahren, der kleinen kanadischen Stadt gegenüber von Detroit. Seit zwei Stunden wurden wir jetzt im Polizeipräsidium von Detroit in der Beaubien Street von einem Büro ins andere geschubst, mußten warten, Fragen beantworten, Formulare ausfüllen, wieder warten. Am Anfang hatte May noch gut durchgehalten, aber dann war sie zusammengeklappt. Keine Träne, kein hysterischer Anfall; sie konnte einfach nicht mehr weiter und war in völlige Teilnahmslosigkeit verfallen. Eine Polizistin hatte sie zu einem Arzt gebracht. Natürlich tat sie mir leid, aber ich war auch ziemlich frustriert und verärgert – hauptsächlich über meine eigene Ohnmächtigkeit. Nach Mays Anruf in Charlottesville hatte ich nicht gedacht, daß es etwas zu tun geben würde; in Halifax dann dachte ich, ich würde tatsächlich etwas zuwege bringen. Aber was immer ich geschafft hatte, jetzt änderte es gar nichts mehr.

Mürrisch musterte ich Katadotis' Gesicht. Er war etwa fünfzig, schon ein wenig alt für seinen Dienstgrad: ein Streifenpolizist, der es im letzten Moment zum Kriminalbeamten gebracht hatte. Seine Finger, kurz und stumpf, schienen sich zwischen den Papieren auf seinem Schreibtisch nicht wohl zu fühlen, und sein dreiteiliger Anzug saß um eine Spur zu eng. Als er endlich achselzuckend einen Entschluß faßte, drückte sich sein Hemdkragen in das Fleisch seines Nackens.

»Ich denke, es ändert nicht viel an der Sachlage, Mr. Thorne. Ich möchte jetzt keine Einzelheiten ausbreiten, aber er hat beide Ladungen einer Schrotflinte direkt ins Gesicht bekommen, und da ist nicht viel geblieben, was man noch identifizieren könnte. Ich glaube, wir brauchen Miss Brightman im Moment nicht weiter zu behelligen. Ich benötige nichts weiter als einen Menschen, der so tut als ob und mir das Formular unterschreibt.«

»Na schön, das kann ich machen.«

»Es besteht ja nicht der geringste Zweifel, wissen Sie ... Er ist es, und es ist Selbstmord.«

Ja. Er hatte in jeder Beziehung recht. Es bestand kein Zweifel – zumindest nicht in den Köpfen der Polizei, und inzwischen war ich sogar bereit, meine eigenen Bedenken fallenzulassen. Über das, was ich in Halifax entdeckt hatte, wäre kaum noch sinnvollerweise zu reden gewesen. Die Schrotflinte der Marke Savage-Stevens, die Harry Brightman getötet hatte, war in einem Sportartikelgeschäft in Grosse-Pointe mit seiner VISA-Kreditkarte gekauft worden. An der Unterschrift auf dem Formular konnte kein Zweifel sein, ebensowenig an seinem Abschiedsbriefchen. Er war mit eigener Hand geschrieben und an May gerichtet. *Du weißt, wie sehr ich Dich liebe, aber ich kann nicht weiter. Dieser Weg ist für mich wirklich leichter zu gehen. Dein Dich liebender Vater, Harry.* Er hatte den Zettel, sauber gefaltet, auf dem Armaturenbrett des Wagens zurückgelassen; dann mußte er sich die Waffe in eine praktikable Stellung der Selbstvernichtung manövriert haben – die Flinte gegen die Tür der Fahrerseite gestemmt, den Körper halb zurückgelehnt auf dem Beifahrersitz. Um die Schwierigkeit zu überwinden, mit der alle Schrotflinten-Selbstmörder ihre Mühen haben (Hemingway benutzte seine Zehen, soviel ich weiß; mein Vater einen Stock), hatte er ein fest zusammengerolltes Exemplar der *Detroit News* gegen den Abzug gedrückt. Der Tod – die völlige Vernichtung – mußte augenblicklich eingetreten sein.

Ich holte tief Atem und fragte: »Ist mit einer amtlichen Leichenbeschau zu rechnen?«

»Routinemäßig, Mr. Thorne.«
»Und Miss Brightman? Muß sie dabeisein?«
»Verstehen Sie mich recht: Diese Entscheidung liegt nicht bei mir. Man wird sie dabeihaben wollen; aber vielleicht wird man sich auch mit einer eidesstattlichen Erklärung zufriedengeben.« Er zuckte die Achseln. »Sie ist Kanadierin, vergessen Sie das nicht. Der Amtsarzt kann sie vorladen, aber wir können ihr Erscheinen nicht erzwingen.«
Ich nickte.
Er räusperte sich. »Da wären natürlich noch ein oder zwei andere Formalitäten.«
»Zum Beispiel?«
»Na ja, da hätten wir zunächst die sterblichen Überreste von Mr. Brightman. Bis zur Leichenschau behalten wir sie, aber dann geben wir sie frei.«
»Wie lange wird das dauern?«
»Schwer zu sagen. Ich würde nur empfehlen, daß sie keine Arrangements trifft – ein Datum festsetzt –, bevor bei uns alles erledigt ist.«
Arrangements. Sekundenlang wußte ich nicht, wovon er redete. Natürlich meinte er die Beerdigung; und natürlich würde ich May dabei zur Seite stehen müssen. »Und da wäre noch ein Punkt, Mr. Thorne – damit es keine Mißverständnisse gibt. Wir geben Mr. Brightmans sterbliche Überreste hier in Detroit frei. Sie müßten also selbst sehen, daß Sie über die Grenze kommen. Ich weiß, daß da bestimmte Vorschriften zu beachten sind; am besten reden Sie mal mit dem kanadischen Zoll.«
Ich schloß die Augen. Ich konnte mir die bürokratischen Schwierigkeiten gut vorstellen, mit denen man sich würde auseinandersetzen müssen, um eine Leiche von einem Land in ein anderes zu überführen. Aber ich nickte. »Ich werde mich darum kümmern, Herr Kommissar.« Dieses Versprechen war eine Buße und eine Entschuldigung bei May und bei Brightmans Schatten für meine etwas lieblosen Gedanken – und dafür, daß ich ihn nicht vor seinem Tod gefunden hatte. »Ist sonst noch was?«
Katadotis hantierte mit Papieren auf seinem Schreibtisch herum, preßte ständig die Lippen zusammen, so als bemühe er sich, einen bestimmten Geschmack wahrzunehmen. Schließlich zog er ein Formular heraus und beäugte es, wobei er es ein wenig von sich weghielt: Er brauchte eine Brille, war aber zu stolz, eine zu tragen. »Das wäre dann alles«, sagte er, »abgesehen vom Auto.«
»Was ist damit?«
»Wie ich hier lese, ist die Untersuchung des Wagens abgeschlossen. Wir könnten ihn sofort freigeben, und Sie könnten ihn gleich mitnehmen.«

»Herr Kommissar, ich bezweifle stark, daß Miss Brightman ausgerechnet in diesem Wagen nach Toronto zurückkehren möchte.«
Sein Stirnrunzeln drückte Verständnis aus. »Da mögen Sie wohl recht haben. Ich dachte nur, Sie würden sich einen Weg ersparen.«
Brightman hatte sich auf dem Fahrersitz seines Mark VII Jaguar Saloon das Leben genommen – ein Modell, das, wenn ich mich recht entsann, etwa so groß und auffällig war wie die *Queen Mary*. In gewisser Weise stellte nun auch der Wagen ein Geheimnis dar. Wie hatte May nur darauf vergessen können? Die Polizei hatte einen Wagen, einen Buick, in der Garage von Brightmans Haus gefunden, aber den Jaguar hatte May nie erwähnt. Sie erklärte, ihr Vater habe ihn nie gefahren und ihn meilenweit von daheim in eine Garage eingestellt – sie habe ihn einfach vergessen. Natürlich verfluchte ich das Ding jetzt innerlich.
»Könnte nicht einer Ihrer Leute ihn zurückfahren?«
»Die Verantwortung wäre uns zu groß, Mr. Thorne. Wir haben unsere Vorschriften.« Seine Züge erhellten sich. »Aber wenn Sie sich doch entschließen würden, ihn selbst zurückzufahren, könnte ich wahrscheinlich eine Polizeibeamtin dazu abkommandieren, Miss Brightman zu begleiten, sofern uns ein Arzt bestätigt, daß sie nicht imstande ist, allein zu reisen.«
Oder sie könnte jemanden aus Toronto kommen lassen, um den Wagen hinüberzufahren. Aber ich wußte, daß ich das nicht zulassen würde. Am Ende würde ich ihn ja doch selbst holen kommen. Ich seufzte. »Vielleicht sollte ich die Sache mit ihr besprechen.«
Er zog das Telefon zu sich heran; es sah aus, als wollte seine riesige Faust den Hörer verschlingen. Er wählte sehr langsam und sorgfältig: Seine dicken Finger schoben jede Zahl bis zum Anschlag und gaben sie erst dann behutsam frei. Er tätigte drei Anrufe; erst beim dritten erfuhr er, daß May genau vor seiner Tür saß. Wir erhoben uns. Sein Büro war nur ein Kabuff, durch eine Trennwand separiert von einem anderen innerhalb eines größeren Raumes, die Wände aus gefirnißtem Holz und Milchglas, wie das Zimmer eines Schuldirektors einer altmodischen Highschool. An einem von sechs Schreibtischen saß, die Füße auf der Tischplatte, ein Polizeibeamter und las eine Zeitung, während ein uniformierter Streifenpolizist offenbar einen Bericht schrieb. Ich durchquerte das Zimmer. In einer Ecke stand eine Holzbank für Besucher, und dort saß May und wartete. Ihr Gesicht war entsetzlich abgezehrt. Sie trug ein altes marineblaues Kostüm, das sie, zusammen mit ihren langen Haaren – die eine entschwundene Jugend vortäuschen sollten – noch hagerer und älter aussehen ließ. Ich setzte mich neben sie. Hinter der Trennwand lachte jemand aus vollem Hals. Irgendwo begann ein Telefon zu läuten und verstummte wieder. Ich nahm ihre Hand und flüsterte: »Wie geht's dir jetzt?«

Es gelang ihr zu lächeln. »Besser. Der Arzt hat mir etwas gegeben. Es tut mir leid. Plötzlich …«
»Ist schon recht. Bleib ruhig. Wir sind schon fast fertig, aber es gibt da noch ein oder zwei Dinge … ich werde deinen Vater identifizieren müssen.«
Sie sah mich an und streifte dann Katadotis mit einem Blick. Der Kommissar am anderen Ende des Raumes tat, als wäre er beschäftigt. »Das kannst du nicht«, wisperte sie, »du bist ihm nie begegnet.«
»Mach dir keine Sorgen. Die verstehen das. Wir haben schon alles besprochen.«
Ihr Blick flatterte, und sie wandte sich ab. »Ich weiß nicht, Robert. Lieber Gott, ich sollte zumindest …«
»So ist es besser, glaube mir.« Ich zögerte. »Aber wir müssen entscheiden, was mit dem Wagen geschehen soll.«
Jetzt schloß sie die Augen. Ich fürchtete, sie würde wieder anfangen zu weinen. »Ach, es ist alles so schrecklich. Hätte ich der Polizei doch bloß gesagt …« Ich hielt ihre Hand. Was hätte ich einwenden sollen? Hätte sie an den Wagen gedacht, die Polizei würde Harry möglicherweise gefunden haben. Und wenn ich meinem Vater etwas zugerufen hätte – nur ein einziges Mal –, vielleicht wäre er stehengeblieben. Jawohl, das war die Wahrheit. Aber wahr ist auch, daß die Menschen, wenn sie sich umbringen wollen, Mittel und Wege finden … Plötzlich war ich sehr müde. Ich lehnte mich zurück, bis mein Kopf die Trennwand berührte. Sie zitterte ein wenig, als jemand hereinkam: Es war ein anderer Kriminalbeamter, ein Schwarzer; er hielt einen Styroporbecher mit Kaffee in der Hand. In einem anderen Zimmer begann ein Telefon zu läuten. Draußen auf dem Gang pfiff jemand vor sich hin. Ich sah, wie Katadotis mich mit einem Blick streifte und wieder wegschaute. Für ihn, dachte ich, war dies alles Routine, und unsere schrecklichen Empfindungen waren ihm so vertraut wie die Verkehrszeichen auf dem Highway, über den er abends nach Hause fuhr. Ein Gefühl der Unwirklichkeit überkam mich. Ich dachte über May nach. *Warum hatte sie den Wagen vergessen?* Und ich erinnerte mich an die Frage, die ich mir gestern abend in Halifax gestellt hatte: *Wieviel davon hatte sie von Anfang an gewußt?* Aber das alles änderte nichts mehr an den Dingen – denn wir waren am Ende angelangt.
Außerdem waren wir hier alle Lügner. Wir spielten Rollen. May war die trauernde Tochter, ich war der besorgte Freund, Katadotis ein pflichtgetreuer Beamter. Doch was wir tatsächlich empfanden, hatte wahrscheinlich nur wenig mit Harry Brightman zu tun. Ich fragte mich, ob May nicht Erleichterung verspürte; zumindest die Ungewißheit war endlich überstanden. Vielleicht fühlte sie sich sogar gerechtfertigt: Man hatte ihre Angaben in Zweifel gezogen,

und nun waren alle ihre Befürchtungen traurige Wahrheit geworden. Was mich betraf, war mir Brightman in den letzten zwölf Stunden fast völlig aus dem Gedächtnis entschwunden – wenn da noch eine emotionale Wirklichkeit bestand, dann nur wegen der sonderbaren Entsprechung, die sein Tod mit dem meines Vaters hatte. Und Katadotis: Der hatte hinter der Maske seiner Anteilnahme doch nur den Wunsch, uns möglichst bald wieder los zu sein.

May räusperte sich, aber ihre Stimme war immer noch heiser.

»Was ist mit dem Wagen?« flüsterte sie.

»Wir müssen ihn nach Toronto zurückbringen. Wenn wir ihn mitnehmen, geben sie ihn jetzt frei. Ich könnte ihn zu dir zurückfahren, und man würde dir eine Polizistin als Begleiterin ins Flugzeug mitgeben.«

Sie überlegte kurz und nickte. »Gut ... aber ich will niemanden dabeihaben. Du nimmst den Wagen, aber ich fahre allein.«

»Du solltest aber nicht allein ...«

»Mir geht's jetzt wieder gut. Ich fahre nach Windsor hinüber und steige dort in den Zug. So ist es mir am liebsten. Dann hätte ich Zeit, mich zusammenzureißen.« Sie berührte meine Hand. »Aber bist du auch sicher, daß es dir nichts ausmacht, Robert? Du hast schon so viel getan. Ich ... fühle mich in deiner Schuld ...«

Diese Worte – nach alldem, was mir so durch den Kopf gegangen war – verstärkten noch meine Gewissensbisse. Ich war mir alles andere als sicher, ob es gut war, wenn sie allein reiste. Im Geiste sah ich schon Katastrophe auf Katastrophe folgen – May als Opfer hysterischer Anfälle leere Bahnhöfe durchwandernd. Andererseits war mir klar, daß es letztendlich, so oder so, mir überlassen bleiben würde, den Wagen zurückzufahren, und da wollte ich es lieber jetzt gleich machen. Die ganze Sache war vorbei, sagte ich mir, warum nicht einen Schlußpunkt setzen?

Ich rappelte mich hoch und ging zu Katadotis hinüber. »Ich nehme den Wagen«, teilte ich ihm mit, »aber Miss Brightman möchte allein zurückfahren.«

Er warf einen kurzen Blick über meine Schulter. »Sie wird ja wohl wissen, was sie tut, Mr. Thorne.«

»Ja. Aber besorgen Sie ihr einen Wagen, der sie über die Grenze bringt.«

»Kein Problem.«

Er ging in sein Büro. Ich half May in den Mantel, und als Katadotis zurückkam, gingen wir gemeinsam nach draußen. Der November war gekommen; winterlicher Frost lag in der Luft, der Sonnenschein war brüchig wie Glas. Schweigend, ein wenig verlegen, standen wir unter dem Steinbogen der Einfahrt des Präsidiums und starrten auf die Straße. Dann hielt ein »Spähwagen« (so heißen

Polizeifahrzeuge in Detroit) vor uns, und Katadotis bedeutete uns, ihm zu folgen. May nahm meinen Arm, wir gingen die Stufen hinunter. So schwer stützte sie sich auf mich, daß ich die Schultern straffen mußte. Jetzt gab es keinen Zauber mehr um sie ... Sie war eine erschöpfte Frau in mittleren Jahren, deren Vater starb und starb und immer wieder starb, aber sie konnte es immer noch nicht glauben. »Hör mal«, sagte ich, »bist du sicher, daß du es schaffst?« Sie küßte mich leicht auf die Wange. »Gott wird es dir danken, Robert. Bitte mach dir keine Sorgen.«

»Wahrscheinlich komme ich noch heute abend, aber erst spät.«

Sie nickte und lächelte dann ein wenig verlegen. »Ich weiß gar nicht, was ich sagen soll, Robert. Wenn du nicht dagewesen wärst, ich weiß nicht, wie ich das alles durchgestanden hätte.«

»Vergiß es. Wir sehen uns heute abend.«

Sie gab mir noch einen hastigen Kuß, nickte Katadotis zu und stieg in den Wagen. Fast feierlich sahen der Kommissar und ich dem Polizeiauto nach, aber sobald es verschwunden war, fühlte ich, wie seine Stimmung umschlug. Wir zwei Männer waren jetzt allein und konnten zur Sache kommen.

Und was für eine Sache das war!

»Wenn Sie mir bitte folgen wollen, Mr. Thorne. Wir können zu Fuß zum Leichenschauhaus gehen.«

Wir gingen die Beaubien Street hinunter. Ich war seit meiner Jugend nicht mehr in Detroit gewesen, aber die Stadt schien mir noch trostloser zu sein, als ich sie in Erinnerung hatte. Die Straßen lagen verlassen da. Die Häuser rundum glichen Ruinen einer früheren, größeren, seit langer Zeit untergegangenen Zivilisation. Nur wenn man den Blick über die schmutzigen Gehsteige und billigen Läden hinaushob, konnte man die Reste einer ruhmvollen Vergangenheit sehen: Wolkenkratzer aus den zwanziger und dreißiger Jahren mit elegant in Stein gemeißelten Fassaden und kühnen Ausmaßen. Jetzt waren die meisten Fenster mit Brettern verschlagen, und hinter dem schmutzstarrenden Glas der restlichen las ich verblichene, verzweifelte Angebote von Billigstmieten. Eine tiefe Niedergeschlagenheit ergriff mich, sie hatte ihren Ursprung in dieser Stadt, in dieser Besorgung. Wir bogen in die Lafayette Street ein. Das Leichenschauhaus befand sich gegenüber dem Wasserwerk, hinter »Preisbrecher Sams Drogerie«. Katadotis trug mich in die Anwesenheitsliste ein, und ich folgte ihm durch einen Gang und einige Türen in einen langen, matt erleuchteten, weißgekachelten Raum, in dem die Temperatur ständig drei Grad Celsius betrug, wie in allen Leichenschauhäusern der Welt. Reihen von Krypten aus rostfreiem Stahl hinter Kühlraumtüren säumten die Wände. Während Katadotis sich bemühte, einen Beamten aufzutreiben, fing ich an, sie zu zählen, wobei ich mich an den Abend in Brightmans Arbeitszimmer erinnerte, als ich seine Bilder an der Wand gezählt hatte. Und das war der eigentliche Grund für meine Niedergeschlagenheit: Nie hatte ich ihr Geheimnis entdeckt, und Brightman, der hier auf einer der hundertsechsundachtzig Stahlplatten lag, hatte alle meine Fragen mit einem Mal belanglos werden lassen. Allerdings stellte sich heraus, daß er gar nicht da war. Mit gerunzelter Stirn kam Katadotis auf mich zu. »Da hat einer Mist gebaut, Mr. Thorne. Er ist noch unten.«

Er führte mich auf einen Gang hinaus zu einem Aufzug. Einen Stock tiefer kamen wir in einen großen, niedrigen Kellerraum. Leuchtstoffröhren verbreiteten ein fahles blaues Licht, und die Fliesen waren von schmutzigbrauner Farbe. Jedes Geräusch schien in der frostigen Luft ein Echo zu finden. Vier Metalltische befanden sich in dem Raum; um den von uns am weitesten entfernten herum standen drei Männer. Ich konnte leises Gemurmel hören: »Niere ... 156 Gramm. Milz ... 333...«

Katadotis war verärgert. »Tut mir leid, Mr. Thorne. War wirklich nicht nötig, daß Ihnen das zugemutet wird.«

Ich hätte ihn beruhigen und ihm sagen können, daß ich mein obligates Pensum als Gerichtsberichterstatter absolviert hatte, aber das wäre Angeberei gewesen. Er ging auf die Männer zu. Ich wurde auf einen feuchten, ausgewaschenen Geruch aufmerksam und merkte, daß ich mich bemühte, nicht tief zu atmen. Ich leckte mir die Lippen; aber man konnte den Geruch auch schmecken. Ich sah, wie Katadotis sich mit den Männern rund um den Tisch beriet; einen Augenblick später winkte er mich zu sich heran. Widerstrebend, steifbeinig durchquerte ich den Saal. Als ich zu dem Tisch kam, ermahnte ich mich, nicht hinzusehen, tat es aber natürlich doch: eine Leiche, halb bedeckt von einer hellblauen Plastikplane. Aber wenigstens war es nicht Brightman – es würde mir erspart bleiben, seine Eingeweide zu sehen –, denn jetzt ging Katadotis um den Tisch herum und bedeutete mir, ihm zu folgen. Hier, ganz beiläufig in eine Ecke gestellt, stand eine Pritsche auf Rädern. »Ich weiß nicht, wie das passieren konnte, Mr. Thorne«, murmelte Katadotis. »Er hätte schon vor einigen Stunden hinaufgeschickt werden sollen.«

Ich starrte hinab. Brightman war in eine Art Schlafsack aus schwerem grünem Vinyl gehüllt. Als Katadotis begann, am Reißverschluß zu hantieren, wurde mir ein wenig übel. Ich wandte den Blick ab. Der Reißverschluß klemmte. Mit einem jähen Ruck riß Katadotis daran. Ich zwang mich, wieder hinzusehen. Aber er mußte den Verschluß falsch aufgezogen haben, oder vielleicht hatte man die Leiche verkehrt hineingelegt; jedenfalls erfaßte mein erster Blick von Harry Brightman seine Fußknöchel und Füße: steif, weit auseinanderliegend, die Zehen gespreizt und gekrümmt wie Klauen.

»Du lieber Himmel«, brummte Katadotis und machte den Sack wieder zu. Aber das Absurde an diesem Vorgang erleichterte und entspannte mich. Katadotis versuchte es noch einmal mit dem Reißverschluß, dann blieb ihm keine andere Wahl: um mir den Kopf zu zeigen, mußte er den ganzen Leib entblößen.
Mager: Rippen wie blaue Schatten unter der Haut.
Eingeschrumpft: eine verworrene Patina von Falten und Runzeln, wo der Hals in die Brust überging.
Der Mann war kleiner, als ich erwartet hatte …
Harry Brightman, aufgenommen von May Brightman mit ihrer eigenen Kamera, Georgian Bay, am 1. August 1949.
Ich versuchte die Fotografie in mein Gedächtnis zurückzurufen, um festzustellen, wieweit sie zu dieser letzten physischen Heimstatt paßte, aber in dreißig Jahren hatte Brightman sich verändert. Das Haar stimmte noch mehr oder minder; es war immer noch dicht und von undefinierbar bräunlich-grauer Farbe. Der Rest des Gesichts … davon war kaum noch etwas vorhanden. Einen gespenstischen Augenblick lang stand ich wieder im Wald und blickte auf meinen Vater hinab. Aber es verging gleich wieder. Nein, dieses Entsetzen hatte nichts mit mir zu tun. Es hatte mit niemandem etwas zu tun.
»Er muß die Flinte vom Gesicht weggehalten haben«, sagte ich mit ruhiger Stimme.
Über diese professionelle Bemerkung erstaunt, warf mit Katadotis einen Blick zu. »Das ist richtig. Mindestens zehn, fünfzehn Zentimeter, nehmen wir an. Die machen das so, wenn sie sich ganz und gar ausradieren wollen.«
War das auch die Absicht meines Vaters gewesen? Auch eine Frage, die im Raum stand, hier ebensowenig zu beantworten wie vor seinem Grab. Ich nickte. »Alles klar, Herr Kommissar.«
Katadotis holte seinen Klemmblock heraus. Ihn ein wenig von sich forthaltend, las er laut: »Identifizieren Sie, Robert Thorne, nach bestem Wissen und Gewissen, daß die sterblichen Überreste, die Sie vor sich sehen, die des Harold Charles Brightman sind?«
»Das tue ich.« Meine Stimme klang lächerlich pathetisch, aber Katadotis nickte zufrieden und füllte sein Formular aus. »Wenn Sie bitte hier unterschreiben wollen, Mr. Thorne …«
Ich unterschrieb.
»Fein. Das wär's.«
Augen geradeaus, verließen wir den Raum. Schweigend fuhren wir mit dem Lift hinauf. Als ob er ein wenig verlegen wäre, streifte Katadotis mich mit einem verschlagenen Blick. Vielleicht fragte er sich, ob mir aufgefallen war, daß er vergessen hatte, Brightmans Schlafsack wieder zu schließen. Aber ich

fand, daß mir mein eigenes Verhalten nicht das Recht gab, andere zu kritisieren, und nachdem der Aufzug mit einem Ruck stehengeblieben war, marschierte ich eiligst, ohne mich aufzuhalten, an die frische Luft. Während sich Katadotis mit seinem Mantel zu schaffen machte, meinte er: »War schon gut so, daß Miss Brightman das nicht durchzustehen brauchte, nicht wahr, Mr. Thorne?«

»Ja.«

»Wenn Sie jetzt bitte einen Augenblick hier warten, ich hole einen Wagen. Dann fahren wir zusammen zur Kfz-Verwahrstelle hinaus.«

Er ging davon. Dem Wind den Rücken zukehrend, zündete ich mir eine Zigarette an. Das also war das Ende von Harry Brightman. Es gab nichts, was irgend jemand ihm noch antun – oder was ich noch für ihn tun konnte. Und vielleicht war das gut so. Ich sah auf die Uhr. Es war schon bald drei. Vor vier würde ich nicht wegkommen, und meiner Schätzung nach waren es gute drei Stunden bis Toronto. Also sagen wir halb acht. Nicht, daß es mir etwas ausmachte – ich würde die Nacht sowieso in Mays Haus verbringen; aber wenn sie wieder auf dem Damm war, würde ich morgen nach Hause fahren. Jawohl, heimfahren und dann zur Beerdigung zurückkommen. Das würde zwar nicht billig werden, aber so war es mir lieber. Vergiß die ganze Geschichte, mach dich wieder an die Arbeit ... Doch dann fluchte ich innerlich. Es war nämlich so, daß ich mich gar nicht wieder an die Arbeit machen wollte. Ich wollte herausfinden, was Harry Brightman zugestoßen war. Tatsache: Jemand war bei mir eingebrochen und hatte in meiner Post herumgeschnüffelt. Tatsache: An jenem Abend in Brightmans Haus war ich nicht allein gewesen. Tatsache: Der gleiche Mann, dem ich dort begegnet war, ein *Russe*, hatte mich gestern abend in Halifax mit einem Revolver bedroht. Das alles zusammengenommen mußte doch etwas bedeuten! Aber diese Bedeutung, wie immer sie beschaffen sein mochte, stand im Widerspruch zur letzten Tatsache: Brightman hatte sich das Leben genommen. Ich hatte Katadotis und auch einem anderen Polizeibeamten, der die ganze Untersuchung von Anfang an geleitet hatte, hart zugesetzt, aber ein Verbrechen schien so gut wie ausgeschlossen. Es wäre denkbar gewesen, daß jemand Brightman gezwungen hatte, den Abschiedsbrief zu schreiben, aber die Schrotflinte hatte er aus freiem Willen gekauft: Der Verkäufer hatte sich an ihn erinnert und ausgesagt, der Kauf habe sich völlig normal abgewickelt. Was ich herausgefunden hatte, stand vermutlich in Zusammenhang mit Brightmans Selbstmord, spielte aber jetzt, da er aus dem Leben geschieden war, keine große Rolle mehr. Nichts konnte ihn mehr zurückholen. Und selbst wenn er erpreßt oder sonstwie zu Tode gehetzt worden war: Den Grund zu entdecken, ja sogar den Schuldigen aufzuspüren konnte ihm nun nichts mehr nützen und würde May nur weh tun.

Katadotis hielt vor mir an. Ich warf meine Zigarette in den Rinnstein und stieg ein. Nein, dachte ich mir, da ist nichts mehr zu machen; ich konnte nur resignieren, mich zurücklehnen und zusehen, wie diese trostlose Stadt an mir vorbeizog. Meine trübe Stimmung mußte sich auf meinem Gesicht gezeigt haben, denn Katadotis brummte: »Ein Traum von einer Stadt, was, Mr. Thorne?« Wir bogen ab und hielten auf den Fluß zu.
Meine Stimme blieb neutral; es war schließlich seine Heimatstadt. »Man sagt allgemein, es lebe sich jetzt hier um vieles besser als früher.«
Ein Lächeln zuckte um seinen Mund. »Als mein Vater vor fünfzig Jahren hierherkam, um an Henry Fords Fließband zu arbeiten, glaubte er, er wäre im Paradies. Jetzt ist es wie der Dreck, der einem am Schuh klebenbleibt.«
Ich hatte keine Veranlassung, ihm zu widersprechen. Wir bogen in die Jefferson Avenue ab, die breit, leer und verlassen vor uns lag, und fuhren an niedrigen, gesichtslosen Bauten vorbei: billige Möbelgeschäfte, Spirituosenläden, Kaufhäuser, aufgelassen und verdreckt. Ein paar hundert Meter weiter, ein gutes Stück von der Straße zurückgesetzt, sah ich eine große Wohnanlage, davor eine Tafel mit der Aufschrift: »Elegantes und *sicheres* Wohnen«. Alle Gesichter auf diesen Straßen waren schwarz, obwohl ganz in der Nähe Grosse Pointe mit seinen lilienweißen Vierteln *Park, Farm, Woods* und *Shores* lag. Die St. Jean Street, die wir jetzt entlangfuhren, war Teil eines echten Kriegsgebietes. Rechter Hand erhoben sich die leeren, ausgebrannten Hülsen kleiner Holzhäuser. Ein ganzes Viertel war da zerstört worden, und ich fragte: »Das hat man doch nach den Unruhen nicht einfach so stehenlassen?«
»Na klar doch. Und eine Kleinigkeit von der Versicherung kassiert ...«
Schiefe Veranden; lose herabhängende Fensterrahmen; rußige Spuren an den Mauern. Die Gehsteige waren verlassen; Disteln und Unkraut drangen auf die Straße vor. Hüpfend und schleudernd überwand der Wagen den aufgebrochenen Asphalt. Zu unserer Linken tauchte der Drahtzaun der Verwahrstelle auf. Große Aufschrifttafeln flogen vorbei: BETRETEN VERBOTEN! ZUFAHRT NUR FÜR ABSCHLEPPWAGEN! PKWS AUF DER STRASSE ABSTELLEN! Ich begann zu verstehen, warum sie den Wagen noch heute freigeben wollten: In diesem Viertel übernahm niemand länger als nötig die Verantwortung für einen Jaguar-Oldtimer.
Die Aufschriften ignorierend, fuhr Katadotis durch das Tor und blieb neben einer Art Schuppen stehen. Ich wartete im Polizeiauto, während er hineinging. Ein Geruch nach Auspuffgasen und verbranntem Gummi verpestete die Luft; in einiger Entfernung ächzte eine Winde. Wie die versteinerten Knochen von Geschöpfen, deren Namen sie trugen – Cougars, Mustangs, Bobcats, Ramchargers –, waren die Reste Tausender Kraftfahrzeuge über den ganzen Platz

verstreut und flachgepreßte Karosserien wie Felle aufeinandergestapelt – ein Meisterstück der Pop-art, eine surrealistische Landschaft. Und weil die wegen Verkehrsdelikten abgeschleppten und hier verwahrten Wagen nach Marken geordnet in Reihen aufgestellt waren, herrschte die eigenartige Ordnung ganz bestimmter Träume. *Motown USA*. Wirklich, ich war hier in einem Museum gelandet, in dem man das Gerümpel der Straße ausstellte.

Begleitet von einem Mechaniker, kam Katadotis aus dem Schuppen heraus.

»Das ist Jerry, Mr. Thorne.«

Ich nickte, und Jerry sagte: »Kein schlechter Wagen, den Sie da haben, Mr. Thorne, aber ich bin froh, wenn Sie ihn jetzt mitnehmen. Wenn Sie ihn noch ein paar Tage länger hiergelassen hätten, wäre nur mehr das Getriebe übriggeblieben.«

Ich nickte ihm nochmals zu, und er drehte sich um und führte uns selbstbewußt in diese seltsame Welt: Berge von Reifen, Täler von gebrochenem Glas, Schluchten von aufgestapelten Batterien und Kühlern. Brightmans Jaguar stand ganz hinten und hatte sich in den Pop-Dali-Stil seiner Umgebung bereits nahtlos eingefügt. Zur Linken erhob sich ein riesiger Stoß von alten Felgen; dahinter, in Form eines Bogens angeordnet, ein Dutzend schwarzer Motorräder. Fehlte nur noch eine sich auf der breiten Motorhaube des Wagens räkelnde nackte Schöne, und man hätte aus der Szenerie eine ganzseitige Anzeige für einen feinen Whisky machen können.

Katadotis schüttelte traurig den Kopf. »Es ist wirklich bedauerlich, Mr. Thorne. Wenn sie uns gesagt hätten, daß er diesen Wagen fuhr, hätten wir in geschnappt, sobald er die Grenze passierte.«

Ich betrachtete den Wagen. Als Junge war ich ganz verrückt auf Autos gewesen, hatte sie alle gekannt. Als ich jetzt dieses Modell wiedersah – in Diplomatenkreisen nichts Außergewöhnliches –, erkannte ich es sofort. Ein Mark VII, Baujahr etwa 1955. Ein Wagen dieses Typs, ohne unnötigen Firlefanz, aber mit Aluminiumkarrosserie, hatte in Le Mans ein Rennen gewonnen. Er war weiß lackiert, ein wahrhaft enormes Ding, die Formen abgerundet, die Linien fließend – die Benzinkutsche eines reichen Mannes aus der Zeit, als der Atlantik noch von Luxusdampfern befahren wurde.

»Ein paar Radkappen scheinen zu fehlen.«

Jerry grinste. »Klar. Und einer von den Jungs hat den Jaguar aus der Kühlerhaube geschnitten. Als nächstes wäre der Kühler selbst drangewesen.«

Er fischte die Schlüssel aus seiner Tasche, öffnete die Tür und rutschte hinter das Steuer. Der Wagen hatte tatsächlich einen Choker. Und einen Anlasser. Und diese Antiquitäten funktionierten noch immer tadellos. Der Motor sprang sofort an und summte mit wahrhaft britischer Diskretion. Jerry stieg aus und

klopfte anerkennend auf das Dach. »Läuft, wie ein Klassewagen eben läuft. Sie sollten mal einen Blick unter die Haube werfen. Er hat ihn wirklich in Schuß gehalten.«
Und doch hatte May das Vorhandensein des Wagens einfach vergessen ... Ich mußte immerzu daran denken. Aber sie hatte eben keinen Sinn für Autos. Seit ich sie kannte, hatte sie immer nur VW-Käfer gefahren. Diesen Luxusschlitten hatte sie einfach nicht zur Kenntnis genommen.
Katadotis kam auf mich zu und streckte mir einen großen Packpapierumschlag entgegen. »Der Inhalt des Handschuhfachs, Mr. Thorne. Sie müssen den Erhalt bestätigen, und natürlich auch den Erhalt des Wagens.« Er reichte mir noch ein Formular. Ich las es durch; eine Entschädigung für fehlende Radkappen oder Kühlerhaubenornamente wurde nicht angeboten. Ich unterschrieb trotzdem: »In gutem Zustand übernommen.« Aber Katadotis war noch nicht fertig: »Jetzt haben wir nur noch ein kleines Problem, Mr. Thorne. In seiner Brieftasche hatte er den Zulassungsausweis, und den müssen wir behalten – persönliches Eigentum des Verstorbenen. Aber ich habe ihn fotokopieren lassen und eine Bestätigung beigefügt. Wenn jemand damit nicht zufrieden sein sollte, soll er mich anrufen.«
»Wird gemacht, Herr Kommissar.«
Ziemlich eingeschüchtert von der Aussicht, dieses Monstrum steuern zu müssen, stieg ich vorsichtig ein und klemmte mich hinter das Lenkrad. Als ich Atem holte, füllte sich meine Nase mit dem Duft von Leder, Politur, Wachs – dem kernigen, angenehmen Geruch eines Luxuswagens. Ich sah mich um. Der Teppich auf der Seite des Fahrers war fleckig, und ein großer Fleck befand sich – man konnte erkennen, daß jemand versucht hatte, ihn wegzuwischen – an der Decke über dem Fahrerfenster. Davon abgesehen, war der Wagen recht sauber; in Schuß, wie Jerry gesagt hätte. Und wie ich da so saß, wurde mir bewußt, daß der Jaguar tatsächlich aufs beste gepflegt worden war. Das große Armaturenbrett, vermutlich Nußbaumholz, war liebevoll poliert; auf den Anzeigern lag nicht einmal Staub. Brightman hatte diesen Wagen geliebt, und ich konnte verstehen, daß er ihm als der geeignete Ort erschienen war, seinem Leben ein Ende zu setzen.
Katadotis beugte sich durchs Fenster. »Ist alles okay, Mr. Thorne?«
»Ja. Vielen Dank, Herr Kommissar.«
»Na ja, tut mir leid, daß wir uns unter diesen Umständen begegnen mußten, aber Sie waren mir eine große Hilfe, glauben Sie mir das, Mr. Thorne. Und Miss Brightman gegenüber haben Sie sich als wahrer Freund erwiesen.«
Wir schüttelten uns die Hände. Jerry brüllte irgendwelche Anweisungen. Ich kuppelte weich aus ... Als nun die Antriebswelle die Kraft des Motors auf die

Räder zu übertragen begann, war mir, als schöbe mich eine große Lokomotive behutsam voran. Ich hielt den Atem an, umklammerte das Lenkrad ganz fest und bog hinter dem Reifenberg nach rechts ab. Noch einmal nach rechts bei den Karosserien. Beim Zaun nach links. Immer noch im ersten Gang erreichte ich das Tor, ging dann kühn in den zweiten und segelte die St. Jean Street hinauf. Wie bizarr das alles war! Ich war Churchill, der nach der Landung in der Normandie die Front abfuhr. Oder James Bond: Um mich herum schwarze Townships in Südafrika, wo Diamantenschmuggler ihrem Gewerbe nachgingen ... Ich bog nach links in die Jefferson Avenue ein, stieg ein bißchen aufs Gas und ging in den dritten. Der Jaguar glitt dahin wie in einem Traum: keine Anstrengung, kein Kraftaufwand. Ich beschloß, die Fahrt zu genießen. Morgen würde ich daheim in Charlottesville sein. In einem Monat würde ich alles vergessen haben. Alle diese unbeantwortet gebliebenen Fragen frustrierten mich, aber ich ermahnte mich, die Dinge philosophisch zu betrachten. Als Journalist lernt man, daß man auf neunzig Prozent seiner Fragen keine Antwort bekommt. Also entspannte ich mich. Es war Viertel vor vier. Seit heute morgen im Flugzeug hatte ich nichts mehr gegessen und war mehr als nur ein bißchen hungrig. Was Detroit und Windsor betraf, wußte ich, wo ich lieber wohnen würde, aber wenn es um Restaurants ging, konnte es schon sein, daß man es hier besser traf. Außerdem erhoben sich jetzt zu meiner Linken die Türme des Renaissance Center, jenes eindrucksvollen Hotel- und Bürokomplexes, von dem man sich erhofft, es werde das Zentrum von Detroit »revitalisieren«. Ich wußte, daß ich dort etwas finden würde, und ließ den schweren Wagen gemächlich über eine Rampe auf den Parkplatz hinunterrollen. Ich fand eine Lücke. Aber anstatt mich auf die Suche nach einem Restaurant zu machen, zündete ich mir eine Zigarette an und riß, allen guten Vorsätzen zum Trotz, den Umschlag auf, den Katadotis mir gegeben hatte. Ich suchte nach einer letzten Chance, nach einem Hinweis, den die Polizei vielleicht übersehen hatte. Doch der Inhalt war sehr enttäuschend und alles andere als eine Offenbarung; nichts, was mich daran hindern konnte, Harry Brightman für immer adieu zu sagen; eine Karte von Ontario, eine alte Rand-McNally-Karte der New-England-Staaten und der Nachweis einer Mitgliedschaft im Kanadischen Automobilklub, die 1968 erloschen war. Ich legte alles wieder in das Handschuhfach, das so groß war wie in anderen Autos der Kofferraum.

Plötzlich beugte sich jemand zu mir herab.

Ich kurbelte das Fenster herunter.

»Verzeihung, Sir...«

Es war ein junger Schwarzer – der Parkplatzwächter, der mich eingelassen hatte.

»Ja bitte?«
»Ich habe einen dringenden Anruf für Sie oben an meinem Apparat.«
»Ich verstehe nicht. Ein Telefonanruf?«
»Ja, Sir. Der Mann sagte, der Mann in dem großen weißen Wagen, der gerade reinkam.«
»Wer will mich denn sprechen?«
Der schwarze Junge wurde ungeduldig. »Sie heißen doch Brightman, oder? Er hat nur gesagt, ich soll Sie holen.«
»Bleiben Sie dran«, sagte ich, »ich komme gleich.«

8

»Mr. Brightman?« – »Ja, hier spricht Brightman.« – »Aber ich weiß, daß Sie es sind, Mr. Thorne. Ich wollte Sie nur neugierig machen.« Es war eine Männerstimme, und der Anrufer sprach mit russischem Akzent. »Wer sind Sie?« – »Unwichtig, Mr. Thorne. Wir sind uns nie begegnet … aber ich denke, das sollten wir jetzt nachholen.«

»Ich bin da nicht so sicher. Vielleicht sind wir einander doch schon begegnet.«

Eine Pause, und dann: »Interessant, daß Sie das sagen, Mr. Thorne, aber ich versichere Ihnen, daß wir einander noch nie unter die Augen gekommen sind.«

Und ich glaubte ihm – es war nicht der Russe aus Halifax. Aber wer immer es war, er mußte mir gefolgt sein; nur so konnte er wissen, daß ich hier war. Ich sah mich um. Das Wärterhäuschen war nur etwa ein Meter zwanzig mal zwei Meter vierzig groß, aber recht solide gebaut: Fußleistenkonvektor, eingebauter Spind; ein Bord mit einem tragbaren Fernsehgerät; Rauchglasfenster an allen vier Seiten. Ich wußte, der Mann mußte in der Nähe sein, aber ich konnte nicht viel sehen: Das Häuschen stand auf einem Hang, und so konnte ich nur die Dächer der Wagen ausmachen, die die Jefferson Avenue herunterfuhren; die andere Straßenseite war meinem Blick vollends entzogen.

»Mr. Thorne?«

»Ja. Ich bin noch da.«

»Ich staune, daß Sie nicht mehr Interesse zeigen. Ich kann Ihnen alles erzählen. Wie es gemacht wurde. Was mit Brightman geschehen ist.«

»Ich höre.«

»Nein, nein. Ich ziehe eine persönliche Begegnung vor.«

Rußland. Brightman war dort gewesen, ich hatte dort gelebt, dieser Mann in Halifax, und jetzt … »Es könnte«, sagte ich, »außer Brightman auch noch andere Dinge geben, über die zu reden wäre.«

»O ja. Viele Dinge.«

»Wie zum Beispiel?«

»Was immer Sie wünschen.«

»Sie sind Russe. Vielleicht sollten wir darüber reden.«

»Wenn Sie wollen … Wir können über alles reden … Wir können über *bilinij* oder *begunij* reden oder über die Schwarzen Hundertschaften … alles, was Sie

wollen. Ich bin ein richtiger Peter Kirillow, Mr. Thorne. Sie brauchen mich nur zu fragen, und ich werde Ihnen den Weg weisen.«
Ein Wagen, der den Parkplatz verließ, hielt vor dem Fenster. Der Junge schob das Ticket zum Stempeln in einen elektronischen Zeitmesser und reichte es nach draußen.
»Nun, Mr. Thorne?«
»Einverstanden.«
»Gut. Es ist jetzt vier Uhr. Kommen Sie in eineinhalb Stunden, um halb sechs, in die Grayson Street 362. Es ist nur eine alte Reparaturwerkstätte, aber von dort können wir woanders hingehen.«
»Okay. Ich werde da sein.«
»Sehr gut. Und natürlich kommen Sie allein. Keine Polizei. Das ist nichts für die Polizei, darüber müssen Sie sich im klaren sein. Ich meine es ernst. Ich werde Ihnen von Brightman erzählen, aber auch noch etwas anderes. Etwas Persönliches, Mr. Thorne. Verstehen Sie? Etwas, von dem Sie nicht möchten, daß ein Polizeibeamter es hört.«
Stille.
»Was meinen Sie?«
»Was ich sage.«
Sein Atem rauschte im Hörer … und dann war die Verbindung unterbrochen.
Den Hörer umklammernd, stand ich da.
Etwas Persönliches, Mr. Thorne. Etwas, von dem Sie nicht möchten, daß ein Polizeibeamter es hört…
Ich legte auf. Ich hatte keine Ahnung, wovon er redete – aber aus irgendeinem Grund waren meine Handflächen naß geworden. Ich hatte von Anfang an das Gefühl gehabt, daß die ganze Sache auf mich zurückfallen würde. Jetzt war es soweit. Und doch hatte nichts von alldem mit mir persönlich zu tun – es gab nichts, was ein Polizeibeamter nicht hätte hören können … May – sie war meine Verbindung. Aber etwas Unschuldigeres konnte es gar nicht geben. Rußland? Rußland verband uns alle, mich, Brightman, den Mann am Telefon – aber ich war mir keiner Schuld bewußt; was aber nichts änderte – meine Haut fühlte sich feuchtkalt an, Übelkeit stieg in mir auf, so als ob … so als ob was? *So als ob ich irgendwo in meinem Inneren bereits wußte…*
»Sir?«
Ich drehte mich um.
»Schon in Ordnung, Sir. Ich wußte nur nicht, ob Sie schon fertig telefoniert haben.«
Ich zog ein paar Dollarnoten heraus und verließ das Häuschen. Der Wind, der plötzlich vom Detroit River heraufkam, preßte den Regenmantel fest an meinen

Körper, und der feine Kies, den er über den ganzen Platz fegte, prasselte stechend gegen meine Wangen. Ich durchschritt die langen Reihen von Wagen. Dem Wind den Rücken zukehrend, zündete ich mir eine Zigarette an und versuchte mich zu beruhigen. Für Seelenforschung war jetzt nicht die Zeit, ich mußte ein paar Entscheidungen treffen. Zunächst: Was sollte ich tun? Katadotis anrufen? Noch während ich daran dachte, wußte ich, daß ich es nicht tun würde. Selbst wenn ich die Warnung meines geheimnisvollen Anrufers mißachtete, er würde bestimmt sehr vorsichtig sein und sofort Leine ziehen, wenn ein Bulle sich in der Nähe blicken lassen sollte. Was bereits die nächste Frage aufwarf: Wenn ich unsere Verabredung einhielt, was würde dann geschehen? Gestern ein Russe, heute ein zweiter – und der erste hatte einen Revolver gehabt. Das macht einen Menschen doch nachdenklich. Gewisse Initialen begannen vor meinem geistigen Auge zu blinken, aber das war zu unglaublich, und es paßte einfach nicht. *Komitet Gosudarstvennoy Bezopasnosti* mag schwer auszusprechen sein, aber nach acht Jahren in der UdSSR konnte ich einen KGB-Mann kilometerweit riechen, und schon gar am anderen Ende einer Telefonleitung. Aber dieser Geruch war anders; nichts Offizielles haftete ihm an.

Ich schnippte meine Zigarette fort. Wirklich, ich hatte nicht die leiseste Ahnung, was das alles bedeutete. Aber ich wußte, daß ich hinfahren würde; tat ich es nicht, würde ich es mir nie verzeihen können. Und mir war klar, daß mir gar keine Zeit blieb, noch lange darüber nachzudenken. Meine eineinhalb Stunden waren bereits um eine Viertelstunde zusammengeschrumpft. Grayson Street, eine alte Reparaturwerkstätte – ich mußte erst noch herausfinden, wo das war, und dann sehen, wie ich hinkam. Nicht in einem Taxi; ich wollte mein eigenes Fahrzeug haben. Und auch nicht in Brightmans Wagen, den man bereits kannte. Also...

Meine Gedanken begannen um diese praktischen Einzelheiten zu kreisen. Ich sah mich um. Mittlerweile war ich zur Mitte des riesigen Parkplatzes gewandert. Zu meiner Linken, hinter einem hohen Drahtzaun, verlief der schlammige Graben des Detroit River; Kanada sah vom anderen Ufer verdrießlich herüber. Einer verstädterten Fata Morgana gleich ragten die Türme des Renaissance Center vor mir auf. In dem Glauben, dort einen Wagen mieten zu können, richtete ich meine Schritte dahin, aber dann stieg ich vor dem Gebäude schnell in ein Taxi. Ich war neugierig. Der Mann am Telefon mußte mir den ganzen Morgen gefolgt sein – außer er war May gefolgt und hatte sich später an meine Fersen geheftet –, und ich wollte wissen, ob er immer noch hinter mir her war. Nach zehn Minuten hatte ich das Gefühl, daß er es nicht war. Mein Fahrer machte kehrt, fuhr ins Zentrum zurück und setzte mich vor dem Hertz-Büro auf dem Washington Boulevard ab. Nach dem üblichen Papierkrieg setzte man mich in ein Pontiac, und der Angestellte zeigte mir auf einer Karte die Grayson Street.

Ich fuhr die Woodward Street in nördlicher Richtung hinauf, wobei ich mich ganz bewußt auf meine Fahrweise konzentrierte, so vergaß ich am leichtesten, wie nervös ich war. Fünf Uhr. Dämmerung hing über der Stadt, während die Massen, die in der Hauptverkehrszeit unterwegs waren, aus der Stadt flohen und ihren Häusern in Ann Arbor und Flint, Ypsilanti und Lansing zustrebten. Ich schloß mich der Fluchtbewegung an und ließ mich vom Verkehr die Gratiot Street hinauf, dann den Chrysler Freeway hinuntertreiben. Wie die meisten Schnellstraßen Detroits verläuft er unterirdisch, ein Kanal voller Kohlenmonoxid und Lärm. Eine Leuchtschrift gab die Temperatur an (9 Celsius) sowie die Tatsache, daß an diesem Tag 5467 Fords gebaut worden waren. Gleichzeitig verkündete der Ansager der Radio-Station WXYZ: »Wie Mr. Ford zu sagen pflegt: ›Ich glaube nicht daran, daß man Vögel oder Tiere oder sonst ein lebendes Wesen in einen Käfig sperren sollte.«

Bei der Ausfahrt zu den Plymouth-Werken kämpfte ich mich frei. Ich war jetzt in Hamtramck und machte mich auf die Suche nach der Grayson Street. Auf der einen Seite Autobahnzufahrten, auf der anderen Eisenbahngeleise, durch hohe Zäune abgeriegelt und durch immense unbebaute Grundstücke von anderen Verkehrswegen getrennt, schien es nahezu unmöglich zu sein, die Straße zu erreichen. Ich schaffte es erst beim dritten Versuch, indem ich über ein aufgelassenes Rangiergleis und dann über aufgeschütteten Schotter rumpelte, bis ich die ersten Straßenschilder sah.

Allmählich wurde es dunkel. Nur noch wenige Kinder spielten auf den Gehsteigen; zwei Schwarze in Stiefeln und Overalls stapften müde heimwärts. Auch hier sah es recht traurig aus, wenn auch nicht so schlimm wie in der St. Jean Street und in der Gegend rund um die Kfz-Verwahrstelle. Die Häuser waren gleichförmige, eintönige, aus Hohlziegeln errichtete Bungalows, meist sehr schäbig, und die Gärten winzig klein; nur einige wenige – die irgendwie noch kläglicher wirkten – hatten eine mickrige Hecke aus langen, dürren Sträuchern aufzuweisen. Ich verlangsamte das Tempo und versuchte, Hausnummern zu erkennen, als ich plötzlich die Reparaturwerkstatt vor mir sah. Sie schien verlassen zu sein und war in einem altmodischen Stil erbaut, der mich an Tankstellen erinnerte, die man manchmal auf dem Land am Rand eines kleinen Kaffs findet. Die Benzinpumpen hatten abgerundete Kappen, und von Mauern und Wänden blätterte der Verputz ab. Ich beschleunigte ein wenig – warum meine Anwesenheit verraten? –, fuhr vorbei und bog in eine Seitengasse ein.

Ich parkte und sah auf die Uhr: zehn Minuten zu früh. Ich schaute die Straße hinunter; in den Häusern brannten Lichter. Irgendwo schlug eine Tür zu, und eine Frauenstimme rief einen Namen: Ungefähr vier Querstraßen weiter endete die Straße vor einem Bahndamm, der durch einen absackenden Maschendrahtzaun geschützt und von einer einzigen Bogenlampe erhellt war. Ich kurbelte mein Fenster herunter. Im Rückspiegel sah ich die Lichter eines Wagens die Grayson Street hinaufgleiten. Einen Augenblick später kam ein schwarzer Junge auf einem Fahrrad vorbei; seine leuchtenden Augen blieben kurz auf meinem weißen Gesicht haften. Dann verschwand er im Dunkel.

Ich zündete mir eine Zigarette an und rauchte sie langsam. Ich dachte an eine bestimmte Situation in Moskau; damals hatte ich auch so gewartet. Ich hatte an einem Artikel über die Rote Armee gearbeitet und mit einem *Mladshij Lietenant* in einem Garderegiment Kontakt aufgenommen. Er sollte mir nur über die Verpflegung, seinen Urlaub, seine Löhnung erzählen – die Mißlichkeiten des Alltagslebens in jeder Armee –, aber wir wußten beide, daß das im Grunde Spionage war und daß ein sowjetischer Gerichtshof solche Dinge äußerst genau nahm. Jetzt, hier, vergleichsweise ... Aber vielleicht war das ein Vergleich, den ich besser nicht anstellen sollte. Ich warf meine Zigarette aus dem Fenster und stieg aus. Die Straße war leer, bis auf die Autoruinen, die den Gehsteig säumten; eines dieser abgetakelten Vehikel stand auf den bloßen Felgen. Ich sperrte den Wagen ab und ging zur Ecke zurück. Meine Schritte knirschten auf dem nackten Beton des Gehsteigs. An der Ecke Grayson Street blieb ich einen Augenblick stehen und sah mich um. Links, eine Parallelstraße weiter, standen einige Gestalten rund um ein Auto. Jemand lachte. Dann öffnete sich die Wagentür, und ich sah Beine und Schuhe und das Aufleuchten eines Lächelns. Kinder, dachte ich, spielende Kinder. Ich schaute nach rechts zur Werkstatt. Von hier aus konnte ich sie nicht sehen, aber ein dunkler, leerer Raum ließ erkennen, wo sie sich befand. Die Hände tief in den Taschen seiner Windjacke vergraben, kam mir ein Mann auf dem gegenüberliegenden Gehsteig entgegen; auf meiner Seite, ein Stück weiter – hinter der Werkstatt –, bewegten sich zwei Männer von mir fort. Straßenlampen warfen Schatten ins Dunkel. Als die zwei Männer unter einem dieser Lichtkreise durchgingen, sah ich, daß sie grüne Müllsäcke über die Schultern geworfen hatten. Unterwegs in die Münzwäscherei, dachte ich; die wollen mit der Wäsche fertig sein, bevor die Massen nach dem Abendessen kommen.

Ich ging die Straße hinauf. Jeder Schritt verursachte ein deutlich hörbares Geräusch. Hinter mir lachten die Kinder, und dann brüllte ein Junge: »Mensch, Mann, auf wessen Seite stehst du eigentlich?« Und alle lachten noch mehr. Der Mann in der Windjacke marschierte auf der anderen Straßenseite an mir vorbei. Die zwei Männer mit den Wäschesäcken verschwanden im Dunkel. Nun hatte

ich die Reparaturwerkstätte vor mir. Still wie eine Tankstelle an einer einsamen Straßenkreuzung im Busch. An einem Holzgerüst war ein Schild angebracht: BAUPLATZ ZU VERKAUFEN! MURPHY 543-6464; daneben befanden sich ein überwucherter Hof und ein mit Brettern verschlagenes Haus.
Ich verlangsamte meine Schritte, aber es ließ sich niemand sehen. Ich hatte die Werkstatt erreicht und ging nun auf die zwei schmalen Pumpen zu. Dort blieb ich stehen und sah mich um. Der dunkle Bau, der dunkle Asphalt verschwammen mit der Düsternis. Die ganze Straße schien zurückzuweichen. Und immer noch war keiner zu sehen. Auch die Straße lag jetzt völlig verlassen. Als ich näher an die Pumpen herantrat, sah ich, daß man die Schläuche abgeschnitten hatte; das Glas über den Anzeigen war zerbrochen. Innen waren noch die vergilbten Eichsiegel des Staates Michigan zu sehen. Die Gallone hatte 39,9 Cents gekostet, und die letzte Zahlung $ 12,94 betragen.
Finster. Kalt. Und ich hatte dieses Gefühl, aller Welt eine Blöße zu bieten ... Aber er mußte mich ja sehen können. Ich begann kribblig zu werden: zog meine Handschuhe über die Finger, steckte die Hände in die Taschen, nahm sie wieder heraus. Dann – hol's der Teufel! – zündete ich mir eine Zigarette an und richtete es so ein, daß die Flamme des Feuerzeugs mein Gesicht beleuchtete. Immer noch kam niemand. Ich rauchte langsam, stand still, sah mich aber nach allen Seiten um. Schatten. Der Wind ... Alles halb so schlimm; vielmehr, es würde nicht so schlimm sein, wenn die Grayson Street eine Filmkulisse, wenn ich Humphrey Bogart wäre und Lauren Bacall daheim am Herd stünde, um das Abendessen herzurichten. Aber so... Ein paar Minuten verstrichen. Ich rauchte die Zigarette zu Ende, trat sie aus. Wo, zum Teufel, blieb er? Ich ging zum Büro der Tankstelle hinüber; vielleicht saß er drinnen und hatte mich noch nicht gesehen. Ich blieb vor dem Fenster stehen. Auf jedem Glastäfelchen war ein Buchstabe in weißer Farbe aufgemalt. Zusammen ergaben sie die Worte B-e-n-z-i-n b-i-l-l-i-g-s-t. Aus der Nähe gesehen waren auch die Pinselstriche erkennbar, und wenn ich mir die Augen beschattete, um durchzuschauen, stieg mir ein kupferner, schmutziger Geruch von dem alten, verstaubten Glas in die Nase. Drinnen war es dunkel, kaum etwas zu sehen, aber ich konnte feststellen, daß niemand da war. Das Büro war ein einziges Schlachtfeld. Eine umgekippte Theke und Unrat aller Art: Flaschen, Kartons, alte Dosen, Plastikbecher. Seit Wochen war niemand mehr hiergewesen. Ich versuchte die Tür zum Büro, und sie ließ sich leicht öffnen. Nach anfänglichem Zögern trat ich ein. Es war dunkler und kälter als draußen. Ich stand auf der Schwelle und fühlte die Finsternis und die Leere der Straße hinter mir. Ich starrte vor mich hin. In einer Ecke stand ein alter Coca-Cola-Automat mit dem weißen Schriftzug auf rotem Grund und daneben ein Drahtgestell für das Leergut. Ich verspürte den Drang,

laut zu rufen: »Hallo, hallo! Ist da jemand?«, unterdrückte ihn und überlegte es mir wieder.

Wollte ich mir Mut machen? In der Stille kam ich mir jetzt mehr als nur ein bißchen töricht vor. Es gab nicht einmal ein Echo – nur der Sand knirschte unter meinen Absätzen, als ich mein Gewicht verlagerte. Links machte ich den grauen Fleck eines Türrahmens aus; dort ging es in die eigentliche Werkstatt. Nun war ich schon so weit gekommen, einen anderen Weg gab es nicht, also trat ich durch den Türbogen, blieb aber gleich wieder stehen, um mir einen Rückweg offenzuhalten. Wieder wartete ich. Ein leerer Raum dehnte sich vor mir aus. Es war sehr finster, aber es drang genug Licht von der Straße herein, um die Dunkelheit wirbeln und wallen zu sehen. *Es ist nur eine alte Reparaturwerkstätte, aber von dort können wir woanders hingehen.* Ich sah mich um. Da waren zwei ölige Gruben (die Hebebühnen hatten sie herausgenommen), an einem Haken an der Rückwand hing ein Stück Gummischlauch, und unmittelbar neben meinem Kopf prangte ein Plakat mit dem Bild von Miss Rheingold aus dem Jahre 1955. Weiter nichts. Vorsichtig drang ich in die Finsternis vor. Aus dem Betonfußboden waren große Stücke abgesplittert oder abgebröckelt, und so kam an manchen Stellen die feuchte Erde durch. Gerüche: Schmieröl; der Geruch, den kalter Beton annimmt; der saure Geruch nasser Erde. Mein Fuß stieß an eine Kanne. Ich schleuderte sie ins Dunkel, wo sie scheppernd liegenblieb. Mich vorsichtig um die eigene Achse drehend, warf ich einen Blick auf die Straße. Die meisten Scheiben in den Zwischenwänden waren zerbrochen; auf den anderen, in den Staub geschrieben, prangten die üblichen Obszönitäten; und beim »Schiffeversenken« hatte »X« dreimal gewonnen. Zu dem Schluß gelangend, daß niemand da war, knipste ich mein Feuerzeug an und sah auf die Uhr. Zweiundzwanzig Minuten vor sechs. Ließ er mich aufsitzen?

Ich war verärgert, gleichzeitig aber begann ich mich jetzt auch ein wenig zu entspannen. Ich war nun sicher, daß niemand aus dem Dunkel hervorspringen würde, und das machte es mir leichter, so zu tun, als wäre ich weiß Gott wie mutig. Zu dumm nur, daß das Gegenteil von Angst nicht Mut, sondern Langeweile ist. Ich stampfte mit den Füßen auf. Zündete mir eine Zigarette an. Sah alle zwei Minuten auf die Uhr. Vielleicht hatte er sich verlaufen, dachte ich, obwohl das zu einem rechten »Peter Kirillow« gar nicht paßte. Peter Kirillow war eine mythische Gestalt aus den Tagen der »alten Gläubigen«, frommer russischer Pilger, die von einem mythischen »Königreich der weißen Wasser« träumten, wo Rechtschaffenheit herrschte. Der Weg, der dorthin führte, war hart und lang, aber in einem bestimmten Dorf, so man es erreichte, würde Peter Kirillow einem den rechten Weg weisen ... Ein Wagen kam die

Grayson Street herauf und hüllte mich in ein riesiges Netz von Schatten ein – sehr dramatisch, aber dann fuhr er lautlos weiter. Vierzehn vor sechs ... der Mann kam nicht mehr, ich war jetzt ganz sicher. Oder vielleicht war er besonders raffiniert. Vielleicht war er schon da, beobachtete mich, wartete nur darauf, daß ich die Werkstätte verließ, um dann auf mich zuzukommen, wenn ich es am wenigsten erwartete. Das war schließlich durchaus denkbar – und lieferte einen ausgezeichneten Anlaß, diesen Ort sofort zu verlassen. Trotzdem entschloß ich mich, noch zu warten. Bis sechs. Gib ihm noch so lange Zeit, und dann geh. Elf vor sechs. Ich fing an, mich zu bewegen, nur um mich warm zu halten. Allmählich gewöhnten sich meine Augen an die Dunkelheit. In einer Ecke hatten Stadtstreicher irgendwann einmal ein Feuer angezündet; ich warf meine Zigarette auf einen grauen Haufen Asche und ging weiter an der Rückwand entlang – und hörte plötzlich ein leises Geräusch. Es war nicht viel, kaum mehr als ein Rascheln ... eher metallisch. Aber auch kein Kratzen. Es wiederholte sich. Ich ging weiter, bis ich zu einer anderen Türöffnung kam. Die Tür selbst war verschwunden, aber ich konnte nicht hinaussehen: Etwas verstellte mir die Sicht. Ich ging näher heran. Es war nur eine dieser großen metallenen Mülltonnen. Ich trat hinaus: Hier war es dunkel und kalt, es roch nach feuchtem Zinder und Asche. Ich horchte wieder, hörte aber nichts – wahrscheinlich war es nur eine Ratte. Ich beschloß, rund um das Haus zur Straße zurückzukehren, und begann mich zwischen Hinterwand und Mülltonne durchzuzwängen. Vom Haken herunterhängende Dachrinnen. Ein verbeulter Wechselstromzähler... Schließlich war ich an der Mülltonne vorbei – und nun kam das Geräusch wieder: aus dem Inneren der Tonne. Ein dumpfes Geräusch, ein Gewicht, das sich verlagerte. Ich zögerte – ich mag weder Ratten noch dunkle Löcher. Aber dann langte ich hinauf, hielt mich an der oberen Kante der Mülltonne fest und zog mich hoch. Schaute hinein. Ließ mich wieder fallen. Ich war nicht sicher, was ich gesehen hatte. Ich nahm mein Feuerzeug heraus. So gut ich das mit meinen behandschuhten Fingern konnte, stellte ich die Flamme möglichst hoch ein und zog mich noch einmal hoch. Das verdammte Ding war so rostig, daß das Metall sich wie Samt anfühlte. Grunzend stemmte ich mich hoch, stützte meine Brust auf die obere Kante und streckte meinen rechten Arm aus. Die Flamme meines Feuerzeugs zischte und krümmte sich im Dunkel. Ich sah hinunter. Der Boden der Tonne war schon vor Jahren weggerostet. Unkraut stach durch das löchrige Metall, und im Schlamm glitzerte eine schwarze Lache. Viel zu sehen gabe es nicht: einen Stoß alter Quaker-State-Ölkanister, eine halbe Türfüllung, Teile von Auspuffstutzen und -töpfen und eine große Plastikplane, die um etwas herumgewickelt war. Stark verdreht und gefaltet, war die Plane wie ein Eiswürfel mit Knittern und

Sprüngen durchsetzt. Aber die Knitter waren feucht und rot. Und erstarrt in der Mitte des Packens befand sich der Körper eines dicken, stark behaarten Mannes ohne Kopf, ohne Hände, ohne Füße.

Ich prallte zurück, meine Knie schlugen gegen die Tonne, und das rote Nachbild der gelben Flamme meines Feuerzeugs pulsierte vor meinen Augen. Ich erstarrte in der Hocke. *Lieber Gott!* Dann tappte ich blindlings drauflos, quetschte mich abermals durch die Lücke zwischen Mauer und Mülltonne. Unkraut wickelte sich um meine Beine. Ich schürfte meine Wange an der Mauer auf. Die Mülltonne zwängte mich ein, und irgend etwas, das aus der Mauer hervorstand, stach mir in den Schenkel. Ich drückte mich durch, taumelte, trat auf etwas – auf den Deckel einer Mülltonne –, und mein Fußknöchel verdrehte sich. Ich fiel auf ein Knie, langte nach unten, berührte die kalte Erde und gewann wieder Halt. Und dann fielen mir die Männer mit den Wäschesäcken ein, und ich begriff, was die Säcke enthalten hatten. Ich erbrach mich geradezu hingebungsvoll ... Einen Augenblick lang verschloß ich meine Augen vor dem Entsetzen. Langsam öffnete ich sie wieder. Rund um meine Füße dampfte das Erbrochene.

Nicht dir ist das passiert. Es ist alles in Ordnung.

Ich holte tief Atem und wischte mir mit einem Kleenex den Mund ab. Stand auf. Mein Knöchel hämmerte, mein Knie schmerzte, und auf meiner Wange verspürte ich ein brennendes Stechen. Ich fluchte leise. *Es ist alles in Ordnung. Reg dich wieder ab.* Ich spähte um die Ecke der Werkstatt. Über der Grayson Street zog die Nacht herauf. Die Fenster glühten wie Katzenaugen, und ich hörte das Summen einer Straßenlampe. Aber ich konnte niemanden sehen, und darum zwang ich meine Beine, sich zu bewegen. Über die Asphaltrampe der Tankstelle. Über den Gehsteig. Nach links. *Es ist alles in Ordnung.* Du brauchst nicht zu laufen. Um die Ecke. Noch einmal links ... Ich schaffte es bis zum Wagen und stieg ein. Dann konnte ich mich nicht zurückhalten und verschloß alle Türen, als ob diese kopflose Leiche mir hierher hätte folgen können. Ich starrte ins Dunkel. Nebelhaft glitt mein Spiegelbild über die Windschutzscheibe. In den Häusern brannten Lichter, aber niemand war auf der Straße. In der Ferne hörte ich das Brummen eines Lkws im ersten Gang. Der Wind, der jetzt stärker aufkam, pfiff gegen den Wagen ... Ich holte tief Luft und ließ sie langsam wieder entweichen. Fünf Minuten, dachte ich, vielleicht sogar weniger; nur diese Zeitspanne hatte gefehlt, und ich hätte einen Mord mit angesehen, wäre vielleicht sogar selbst ermordet worden. In verzögerter Reaktion klopfte mir das Herz jetzt bis zum Hals, und eine leichte Schwäche überkam mich. Mit zitternden Händen führte ich eine Zigarette zum Mund. Ich versuchte zu denken. Wer war er? Wer hatte ihn getötet? Warum? Wer außer mir hatte gewußt, daß er hierherkommen wollte? Aber dann riß ich mich zusammen und machte meiner Gedankenakrobatik ein Ende – es hatte keinen Zweck, Fragen zu stellen, die niemand beantworten konnte. Ich hatte keine Zeit für Theorien, keine Zeit für kraftlose Abstraktionen. Bist du in Gefahr? Das war die einzige Frage, die zählte, und die Antwort lautete nein, nicht jetzt, nicht hier. Beweis: Wer immer seine Mörder gewesen waren, sie hatten nicht gewartet, und das hieß, daß sie nicht gewußt hatten, daß ich kommen würde. Möglicherweise war es ihnen auch gleichgültig. *Etwas Persönliches, etwas, von dem Sie nicht möchten, daß ein Polizeibeamter es hört...* Vielleicht war das alles gelogen gewesen; vielleicht hatte es überhaupt nichts mit mir zu tun. Aber was sollte ich jetzt machen? Sollte ich ... Nein. Keine großen Entschlüsse. Sieh zu, daß du dich schleunigst von hier verdrückst!

Erleichtert und mit einer jähen Drehung des Schlüssels ließ ich den Motor an. Ich wollte nichts denken, nichts fragen, nichts wissen. Ich wollte nur sofort weg von hier, aber wie ein übervorsichtiger Betrunkener zwang ich mich dazu, alles ganz langsam zu tun. Ich drehte die Räder vom Gehsteig weg. Richtete mich auf. Stieg leicht aufs Gas. Und vielleicht fiel es mir deshalb auf.

An der nächsten Ecke hielt ich an.

Ich drehte mich um.

Hinter mir, den Gehsteig säumend, standen die etwa sechs Autos, die vor mir geparkt gewesen waren. Alles rostige, eingebeulte Bruchkisten – alle, bis auf einen: ein Pontiac, neuestes Modell, blank und blitzend wie der, den ich fuhr. Ich dachte kurz nach, legte den Rückwärtsgang ein und rollte ein Stück die Straße hinunter, blieb stehen, öffnete rasch die Tür und lief zu dem anderen Wagen zurück. Ich beugte mich vor, beschattete meine Augen und spähte durch das Seitenfenster auf der Fahrerseite. Der Wagen war ein Standardtyp, eine zweitürige Limousine. Automatisches Getriebe, mit Plüsch bezogene Sitze, das Armaturenbrett sauber abgestaubt – ich brauchte den Abfallkorb von Hertz gar nicht erst zu sehen, um zu wissen, daß es ein Mietwagen war. Ich versuchte die Türen, aber sie waren verschlossen. Trotzdem war alles klar. Er hatte, genau wie ich, hier geparkt und sich dann vorsichtig der Reparaturwerkstatt genähert – aber nicht vorsichtig genug.

Aus irgendeinem Grund gab mir diese kleine Entdeckung Halt, und als ich wieder in meinem Mietwagen saß, hatte ich mich schon besser unter Kontrolle. Ich fuhr zum Chrysler Freeway zurück, schloß mich dem abendlichen Verkehrsstrom nach Norden an, verließ aber den Freeway noch vor Flint. Dann gondelte ich eine Weile ziellos umher. Allmählich gewann ich meine innere Ruhe zurück, und als ich gerade einen von Neonlichtern erhellten, von Gebrauchtwagenhändlern und Kfz-Zubehörläden gesäumten Boulevard entlangfuhr, wurde mir wieder bewußt, daß ich Hunger hatte. Ich machte vor einem McDonald's halt und ging dort in die Toilette, um mich ein wenig frisch zu machen; aber während ich mir wieder ein achtbares Aussehen gab, verging mir der Appetit auf diese Art von Verpflegung, und ich fuhr die Straße noch ein Stück weiter bis zu einem Einkaufszentrum. Was ich dort fand, war auch nicht viel besser – ein Lokal im Westernstil: Schwingtüren wie in einem Saloon, Kellnerinnen mit Cowboyhüten; von der Decke hingen Wagenräder herab, in deren Naben Lampen montiert waren. Ich nahm mir einen Hocker und bestellte einen Bourbon – billig und widerwärtig genug, um einem seine Sünden für immer auszutreiben. Aber das Steaksandwich war nicht schlecht. Mittlerweile liefen meine Denkprozesse mehr oder weniger wieder so ab, wie sie sollten, und mit Kaffee und Zigaretten versuchte ich jetzt auszuknobeln, wo ich stand. Punkt eins: kein Grund zur Panik. Der Mann, der mich angerufen hatte – vorausgesetzt, es war sein Rumpf, der in der Mülltonne lag –, hatte gewußt, daß ich in all das verwickelt war, aber wer immer ihn getötet hatte, wußte es wahrscheinlich nicht. Oder es war ihnen egal. Andernfalls wären sie in der Reparaturwerkstatt geblieben und hätten auch mich ins Jenseits befördert. Punkt zwei: Ich wollte nicht zur Polizei gehen, zumindest nicht gleich. *Etwas Persönliches, etwas, von dem Sie nicht möchten, daß ein Polizeibeamter es hört...* Das war teilweise der Grund. Und vielleicht wollte ich – nach der panischen Flucht aus der Reparaturwerkstatt – auch nur meine Selbstachtung wiedergewinnen, zumindest in meinen eigenen Augen. So weit war ich aus eigener Kraft gekommen; vielleicht ging es noch ein Stück weiter. Das war der Grund, warum ich, nachdem ich gegessen hatte, in diesem Einkaufszentrum herumging, bis ich einen Eisenwarenladen fand, der noch geöffnet hate und einen zweieinhalb Kilo schweren Vorschlaghammer kaufte.

Es war jetzt nach sieben. Auf dem Freeway herrschte in südlicher Richtung nur schwacher Verkehr. Ich brauchte zehn Minuten nach Hamtramck, aber weitere zwanzig, um die Grayson Street wiederzufinden. Es hatte sich nichts verändert. Als ich an der Werkstatt vorbeikam, sah ich, daß sie dunkel und ruhig war, wie ich sie verlassen hatte. Warum hätte es auch anders sein sollen? Es konnten noch Wochen und Monate vergehen, bis sie die Leiche fanden – wenn sie sie überhaupt je fanden.

Ich bog in die Seitenstraße ein und parkte drei Wagen vor dem Pontiac.

Ich schaltete die Scheinwerfer aus, ließ aber den Motor laufen. Dann beugte ich mich zurück, um auch die Deckenleuchte zu löschen. Behutsam öffnete ich die Tür. Der kalte Wind traf auf meine Augen. Ein ätzender chemischer Geruch brannte mir in der Nase. Ich schloß die Tür bis auf einen Spalt und ging dann zurück, auf die Grayson Street zu. Ein Wagen kam vorbei, seine Lichter

wischten über die Ecke hin. Unschlüssig blieb ich stehen; um ein Haar wäre ich wieder umgekehrt. Doch als der Wagen seine Fahrt fortsetzte, ging auch ich weiter. Neben dem Pontiac stehend, sah ich mich um. Er war vor einem Haus geparkt, in dem Lichter brannten, aber der Bungalow daneben war dunkel. Ich holte mit dem Vorschlaghammer aus und schwang ihn so kräftig, wie ich nur konnte. Beim ersten Schlag gab das Fenster bloß ein wenig im Rahmen nach, ohne auch nur zu splittern, aber der zweite übersäte es mit Splittern wie ein Stück altes Eis, und der dritte schleuderte einen großen Brocken ins Wageninnere. Mit der Hand entfernte ich noch ein paar Stück Glas mehr, langte dann hinein und öffnete das Handschuhfach. Dort lag, was ich suchte: das Formular der Leihwagenfirma. ich zog es heraus und marschierte flott zu meinem Wagen zurück. Keiner hatte mich gesehen. Zwei Minuten später war ich wieder auf dem Freeway.
Ich fuhr nach Süden und direkt ins Stadtzentrum. Dort parkte ich und las das Formular im matten Schein der Armaturenbrettbeleuchtung. Michael Travin hatte er geheißen. Sein Führerschein war in Maine ausgestellt; als Wohnsitz war eine Adresse in Lewiston angegeben. Er hatte den Wagen bei der Hertz-Filiale im Renaissance Center gemietet, und seine Anschrift in Detroit lautete: Zimmer 909 im Detroiter Plaza Hotel – das Hotel, das zum Renaissance-Komplex gehörte. Er hatte drei Dollar für eine zusätzliche Versicherung bezahlt …
Jetzt mußte eine Entscheidung getroffen werden. Ich fand die Michigan Avenue, fuhr geradewegs bis zur Randolph Street hinunter und bog rechts zum Renaissance Center ab. Ich parkte auf dem Platz, wo ich auch Brightmans Jaguar gelassen hatte. Stürmisch kam der kalte, trockene Wind vom Fluß herauf. Ich ging auf die Türme zu, die wie Kupfer vor dem Hintergrund des abendlichen Himmels schimmerten, und betrat das Hotel durch den Haupteingang. Vor der Rezeption ging ich noch eine kleine Weile auf und ab, um mich zu orientieren. Das Ganze wirkte wie eine Science-fiction-Szenerie: Die große Halle war ein hell erleuchtetes, fünf Stock hohes Atrium, in dem Bäume von Menschen produzierte Luft atmeten, Springbrunnen sich in künstliche Seen ergossen und moderne Sitzgarnituren zum Verweilen einluden. Vermutlich war man hier mehr als üblich auf Sicherheit bedacht. Aber die Halle war sehr groß, sehr betriebsam, und ich sah trotz allem, was ich gerade erlebt hatte, immer noch recht respektabel aus.
Lächeln.
»Abend. Mein Name ist Travin. Zimmer 909. Ich kann meinen Schlüssel nicht finden, also habe ich ihn wohl bei Ihnen gelassen. Hoffe ich zumindest.«
Lächeln.
»Einen Augen … ja, Mr. Travin, Sie haben ihn hiergelassen. Bitte sehr.«

»Danke.«
Mit energischen Schritten entfernte ich mich von der Rezeption, irrte dann jedoch einige Zeit herum, weil ich nicht wußte, wohin ich mich wenden sollte. Ein Netz von Treppen und Aufzügen rankte sich um den Besucher, um ihn in verschiedene Höhen innerhalb der Halle zu führen – eben ein sehr modernes Hotel. Schließlich folgte ich einem Liftboy in einen Aufzug, der mich zu den Zimmern hinaufschoß. Als ich die Kabine verließ, befand ich mich in einem leeren, geschwungenen Gang. Nummer 909 war wie jede andere Tür in jedem anderen Hotel. Ich zögerte einen Augenblick und hätte beinahe angeklopft. Dann steckte ich den Schlüssel ins Schloß und trat ein.
Ich wußte sofort, ganz instinktiv, daß das Zimmer leer war.
Ich betätigte einen Lichtschalter. Ich stand in einem Vorraum. Rechts war das Badezimmer; ich steckte den Kopf hinein. Gepflegt. Sauber. Die Handtücher waren nicht frisch, aber ordentlich aufgehängt. Die Dusche war aus Plastik und entsprach keineswegs dem in der Halle angedeuteten Standard; rund um den Abfluß waren noch ein paar Wassertropfen zurückgeblieben. Ich begab mich in das eigentliche Zimmer – ein in nichts von der Norm abweichendes erstklassiges amerikanisches Hotelzimmer. Da standen ein Schreibtisch und ein Korbsessel; ein Spiegel hing an der Wand; ein Fernsehapparat auf einer Plastikkonsole; ein Stuhl aus Stahlrohr, mit Vinyl überzogen, war in die Ecke gestellt; und dann das Einzelbett mit Nachttisch und Lampe. Sogar das einzige Bild im Raum war Standard – eine abstrakte Komposition, die in jedes Wartezimmer eines Arztes von New York bis Los Angeles gepaßt hätte.
Standard. Leer. Steril.
Und von Michael Travin keine Spur.
Ich sah überall nach. Nicht daß es viele Möglichkeiten gab, wo man nachsehen konnte: kein Koffer, keine Kleider im Schrank oder in der Kommode, und das Zimmer war so sauber, daß man hätte meinen können, das Stubenmädchen wäre eben mit seiner Arbeit fertig geworden. Der Papierkorb war leer. Ich schaltete den Fernseher ein. Er war auf eine der kanadischen Stationen in Windsor eingestellt. Ich zog die Vorhänge zurück. Niemand hatte eine Nachricht auf ein Fenster gekritzelt, und die Lichter der Stadt flimmerten stumm …
Ich zündete mir eine Zigarette an und tat einen tiefen Zug. Das Zimmer war so sauber und ordentlich, man hätte meinen können, er wäre abgereist. Aber er war nicht abgereist – sonst hätte ich nicht in seinem Namen den Schlüssel bekommen. Und mir war auch klar, daß kein Stubenmädchen diese Arbeit besorgt hatte: Die Handtücher waren aufgehängt, aber nicht gewechselt worden, und obwohl die Aschenbecher sauber waren, hatte niemand frische Zündholzbriefchen danebengelegt. Was war geschehen?

Ein sonderbares Gefühl überkam mich. Ich weiß nicht, wie ich es beschreiben soll ... ein paranoides Prickeln im Nacken, wie ich es seit Jahren nicht mehr empfunden hatte. Nicht seit meinem Aufenthalt in der UdSSR. Und dann wußte ich, was es war, wirbelte herum und begann noch einmal zu suchen: nach den Spuren einer Suche, einer Suche, die wahrscheinlich so sorgfältig vorgenommen worden war, daß man selbst dann, wenn man eine Spur fand, nicht sicher sein konnte. Nicht ganz. Nie ganz sicher... Auf Händen und Füßen tastete ich den Rand des Spannteppichs ab, und ja, er war lose; hätte ich ihn hier zurückgeschlagen, es wäre möglich gewesen, den ganzen Teppich aufzurollen. War der Teppichleger nachlässig gewesen, oder hatte jemand das Ding aufgehoben? Dann tastete ich mit einem Fingernagel die Säume der Tapeten ab. Auch hier lose Stellen. Natürliche Abnützung – oder hatte jemand eine Rasierklinge verwendet? Ich stellte die Stühle auf den Kopf, zog Schubladen und das Bettzeug heraus, untersuchte den Fernsehapparat – und fand drei Schrauben, die möglicherweise erst vor kurzem gelockert worden waren. Sie mußten nach etwas Kleinem gesucht haben, nach einem Stück Papier, einem Dokument. Oder vielleicht doch nicht: Als ich die Matratze umdrehte, fand ich einen fünfzehn Zentimeter langen Schnitt, in den sie ihre Sonde hineingeschoben hatten. Aber was immer sie gesucht hatten, eines wußte ich: CIA, SIS, SDECE, STASI, BND ... überall hinterließen Sicherheitsdienste die gleichen charakteristischen Spuren, aber es gab nur eine Quelle dieses eigenartigen, unverwechselbaren Odeurs, das ich in diesem Raum schnupperte: KGB.

Was mich nicht besonders aufregte. Ich war mehr an das *Komitet* gewöhnt als an Leichen. Jetzt hieß es schnell nachdenken – schließlich mußten diese Burschen *sehr* schnell gearbeitet haben: Vier Uhr. Travin ruft mich auf dem Parkplatz an. Wenn ich hier aus dem Fenster schaute, konnte ich das Wärterhäuschen sehen – hatte er mich vielleicht gar von diesem Zimmer aus angerufen? Nein, aus dieser Höhe konnte er vielleicht Brightmans Wagen wiedererkannt haben, aber nicht mich – und er hatte meinen Namen genannt. Dann hatten wir unser Rendezvous ausgemacht. Für halb sechs. Also mußten sie ihn irgendwann zwischen vier und fünf aufgegabelt haben und ihm gefolgt sein. Das war vermutlich hier geschehen, weil sie ja dieses Zimmer observiert hatten. Jedenfalls waren sie ihm in die Grayson Street nachgefahren. Was hatten sie wohl gedacht, daß er dort machen wollte? Daß er etwas versteckte? Nicht sehr wahrscheinlich. Sie konnten eigentlich nur eines gedacht haben: daß er dort jemanden treffen wollte – was sie aber nicht interessiert hatte. Soviel stand fest. An was also waren sie interessiert gewesen? Wenn man es so recht bedachte, hatten sie sich die Mühe eigentlich nur wegen seiner Identität gemacht. Sie hatten ihm den Kopf, die Hände und die Füße abgeschnitten; jetzt noch die

Identität der Leiche festzustellen wäre ein forensisches Wunder gewesen. Aber sie hatten auch sehr schlampig gearbeitet. Sie hatten das Auto vergessen. Hatten sie überhaupt davon gewußt? Wenn sie ihm in die Grayson Street gefolgt waren, mußten sie davon gewußt haben. Aber sie hatten sich nicht um den Wagen gekümmert; statt dessen waren sie hierhergekommen und hatten das Zimmer durchsucht. Und das konnte bedeuten, daß sie vielleicht schon wußten, daß der Name Travin falsch war und daß er nichts beitragen würde zu den Bemühungen, herauszufinden, wer der Mann in Wirklichkeit war.

Möglich.

Aber vielleicht auch nicht.

Aus ganz unterschiedlichen Gründen paßt das Bild des allmächtigen, supereffizienten Sowjetstaates sowohl dem Kreml wie auch dem Pentagon bestens ins Konzept, und beide tun alles, um die Welt von der Richtigkeit dieses Bildes zu überzeugen. Aber für jeden, der jemals in der UdSSR gelebt hat, ist der Gedanke lachhaft – und der KGB hat schon mehr als einen Bock geschossen.

Ich gebrauchte ein Kleenex, um den Hörer abzunehmen.

»Hier spricht Zimmer 909. Ich hätte gern mit der Auskunft in Lewiston, Maine, gesprochen.«

»Gern, Sir. Das ist ein gebührenfreies Gespräch. Einen Augenblick, bitte.«

Das Fräulein vom Fernamt meldete sich. »Auskunft von welcher Stadt, bitte?«

»Lewiston, Maine.«

»Gern. Bitte sprechen Sie.«

Ich nahm mir das Hertz-Formular her, buchstabierte Travins Namen und gab seine Adresse an. Nach einer kleinen Weile sagte die Dame: »Wir haben keinen Travin mit dieser Adresse, Sir.«

»Könnte es ein neuer Anschluß sein?«

»Nein, Sir. Wir haben überhaupt keinen Anschluß unter diesem Namen.«

Ich legte auf. Dann hatte ich eine andere Idee. Ich rief die Rezeption an.

»Ich möchte abreisen. Travin, Zimmer 909. Ich habe es ziemlich eilig. Könnten Sie mir die Rechnung heraufschicken?«

»Augenblick, Sir ... jawohl. Geht das auf Ihre VISA-Karte?«

»Bitte, ja. Sie haben die Karte doch unten?«

»Ja, Mr. Travin. Ich sehe die Rechnung nur mal schnell durch und schicke sie Ihnen dann in Ihr Zimmer hinauf.«

Zehn Minuten später, sorgsam darauf bedacht, mein Gesicht zu verbergen, hielt ich eine Dollarnote vor die Zimmertür und nahm dafür Travins Rechnung in Empfang. Aber sie war nicht sonderlich informativ: gleiche Adresse, gleiche Telefonnummer, gleiche VISA-Nummer wie auf dem Hertz-Formular. Er hatte jeden Morgen auf seinem Zimmer gefrühstückt, zwei weitere Mahlzeiten in einem der Hotelrestaurants eingenommen und Drinks in der Bar konsumiert. Alles in allem hatte er sechs Tage hier logiert, aber leider keine Ferngespräche geführt. Also war den Leuten, die das Zimmer durchsucht hatten, doch kein Fehler unterlaufen. Der Name Travin, sein Führerschein, die Kreditkarte, die Hotelrechnung – es führte alles in eine Sackgasse. In ein paar Tagen würde Hertz Alarm schlagen. Die Polizei würde den Wagen entdecken und weiter nichts unternehmen. Selbst wenn sie die Leiche fanden und zu dem Schluß kamen, daß es Travin war, es würde ihnen auch nicht weiterhelfen. Michael Travin, wer immer es gewesen sein mochte, hatte sein irdisches Dasein gründlich beendet.

Ich holte tief Atem, ging zum Fenster hinüber und sah in die Nacht hinaus. Die Lichter eines Erzfrachters flimmerten auf dem Fluß; ich mußte an Halifax denken. Erst gestern war ich dort gewesen; mir schien es, als wären Jahrhunderte vergangen. Brightmans Tod war ein Abgrund, eine große Leere ... und was hatte er mit alldem zu tun? *Ich kann Ihnen alles erzählen, Mr. Thorne. Wie es gemacht wurde. Was mit Brightman geschehen ist.* Hatte man Travin getötet, weil er zuviel wußte? Und war das auch der Grund, warum sie sich wegen mir keine Sorgen gemacht hatten? Weil ich, solange ich nicht mit ihm sprach, von *nichts* etwas wissen konnte? Wo stand ich überhaupt in dieser ganzen Angelegenheit? Was sollte ich jetzt unternehmen? Ich hatte das Gefühl, einen Wendepunkt erreicht zu haben – gefühlsmäßig, im Hinblick auf mein persönliches Engagement, aber auch in anderer Beziehung. Es gab da eine Reihe praktischer Überlegungen. Ich bin kein berufsmäßiger Abenteurer. Als Schriftsteller gehört meine Zeit mir, aber da gab es schließlich auch noch die nicht unerhebliche Frage des Geldes und die noch etwas heiklere des Kraftaufwandes. Wollte ich in diese Angelegenheit wirklich noch mehr investieren? Ich mußte auch einige juristische Erwägungen anstellen. Im Augenblick war meine legale Position zweifelsfrei unangreifbar. Ich hatte nicht gesehen, wie ein Verbrechen verübt worden war, und niemand ist verpflichtet, herumliegende Leichen zu melden. Der Wagen war uninteressant. Sofern ich Hertz das Fenster ersetzte, würde mir kein Staatsanwalt auf Erden einen Prozeß anhängen. Diebstahl. Ich hatte mir nichts Wertvolles angeeignet. Behinderung einer Amtshandlung? Außer mir wußte kein Mensch, daß ein Durchschlag des Leihwagenvertrages im Handschuhfach gelegen hatte. Überdies konnte die Polizei von der Firma Hertz jederzeit das Original bekommen. Zweifellos hatte ich gegen irgendeinen Paragraphen des hiesigen Gaststätten- und Hotelbetriebsgesetzes verstoßen, indem ich in dieses Zimmer eingedrungen war, aber selbst das war vermutlich schwer zu beweisen, da man mir keine kriminellen Absichten unterstellen konnte. Was hatte ich mir denn angeeignet? Welchen Schaden angerichtet?

Nein, wenn ich jetzt den Hörer abnahm und die Polizei anrief, würde man mir höchstens einen Vortrag über die Pflichten eines guten Staatsbürgers halten. *Wenn …*

Es klopfte an der Tür.

Ich erstarrte.

Es klopfte wieder, diesmal etwas stärker. Ich holte tief Luft.

»Ja bitte?«

»Mr. Travin, Sir? Kleiderdienst. Wir wurden von der Rezeption avisiert, daß Sie abreisen. Sie werden doch Ihren Anzug nicht vergessen wollen?«

»Augenblick.«

Diesmal war ich noch vorsichtiger als zuvor mit dem Pagen und richtete es so ein, daß die Frau mich unmöglich sehen konnte. Travin war tot – ich wollte nicht zu seiner Kopie werden. Aber jetzt erhielt ich auf geradezu groteske Weise Besuch von seinem Schatten. Nachdem ich die Plastikhülle aufgerissen hatte, breitete ich den Anzug auf dem Bett aus; da lag er nun in gespenstischer Nachbildung seines Besitzers: *sans* Kopf, Hände und Füße. Davon abgesehen war es ein ganz gewöhnlicher grauer Anzug: eine Hose, keine Weste. *Sears, das Spezialgeschäft für den Herrn* stand auf dem Etikett zu lesen. Dann erst sah ich den kleinen braunen Umschlag, der am Kleiderhaken hing. *Das haben wir in Ihren Taschen gefunden …* Ich riß ihn auf und schüttete den Inhalt auf das Kissen.

Ein Zündholzbriefchen aus einem Lokal mit dem Namen »Die Mikado-Stube«.

Siebenundsiebzig Cent, davon ein Vierteldollar in kanadischer Währung.

Und den Kontrollabschnitt eines Fotoladens …

Den sah ich mir näher an. Nichts Außergewöhnliches: der Abschnitt des Umschlags, den man zurückbekommt, wenn man einen Film zum Entwickeln bringt. Es war ein graues Stück Papier mit der Nummer 2009 und dem Namen und der Anschrift des Ladens: *Jack's Photo Supplies, Berlin, New Hampshire.*

Sieh mal einer an. Vielleicht hatten sie doch einen Fehler gemacht.

In diesem Augenblick traf ich meine Entscheidung. Ich wußte nicht genau, warum. Ich hatte die mit Zahlen versehenen Punkte in einem dieser Bilderrätsel miteinander verbunden, die früher in den Zeitungen zu finden waren, und das war wieder so ein Punkt. Das gehörte dazu; und auch Rußland und die Empfindungen, die dieses Land in mir weckte; auch May Brightman hatte immer noch damit zu tun. Aber da war auch noch etwas anderes, etwas »Persönliches«, wie Travin gesagt hatte, ein Gefühl, das von allem Anfang an mein Verhalten bestimmt hatte: daß alle diese Ereignisse, so unmöglich das auch scheinen mochte, zur mir selbst zurückführten. Aber vielleicht waren diese Gründe auch gar nicht so wichtig. A rose is a rose: Man tut, was man tut.

Travins Anzug zusammengerollt unter dem Arm, betrat ich den Aufzug und schwebte in die Halle hinunter. Vierzig Minuten später fuhr ich hinter dem Steuer von Brightmans weißem Riesenschlitten in den Detroit-Windsor-Tunnel ein und überquerte die Grenze nach Kanada.

9

Von Windsor nach Toronto, von Toronto nach Montreal, dann weiter in südlicher Richtung und wieder über die Grenze: die Route 26 quer durch New Hampshire, über Landstraßen zur Interstate 91 und schließlich auf der 84 durch Pennsylvania nach Südwesten … Vierundzwanzig Stunden, nachdem ich Detroit verlassen hatte, saß ich in einem Restaurant in Washington, D. C. Die Fahrt war ein einziger großer Umweg gewesen, und ich war völlig erschöpft, obwohl ich viele Pausen eingelegt hatte – hauptsächlich um zu tanken, denn Brightmans Mammutmaschine soff geradezu unmäßig. Den Umweg hatte ich aber auch gemacht, um auf dem Flughafen von Toronto mein Gepäck abzuholen, wo ich es gelassen hatte, als ich von Halifax gekommen war; ein paar Stunden hatte ich auch in einem Motel bei Kingston, Ontario, geschlafen. Das Wichtigste aber war natürlich mein Abstecher zu dem Fotoladen in Berlin, New Hampshire, gewesen.

Während die Kilometer vorbeirollten, grübelte ich und fuhr, fuhr ich und grübelte. Auf dem Highway kam ich recht gut voran, aber gedanklich waren meine Fortschritte eher mäßig. Ständig schwankte ich zwischen Zuversicht und Zweifel. Was sollte ich tun, wenn ich nichts herausfand, wenn sich die ganze Sache als bedeutungslos erwies? Mein Gewissen plagte mich, ich kam mir wie ein Flüchtling vor, und je weiter Detroit hinter mir zurückblieb, desto unglaublicher erschienen mir meine Spekulationen. Brightman hatte sich umgebracht. Ich hatte keinen Grund, diese Tatsache anzuzweifeln, geschweige denn, ihr zu widersprechen. Und ich wußte nicht mit Bestimmtheit zu sagen, daß jemand – vielleicht gar der KGB – das Hotelzimmer durchsucht hatte. Aber kurz bevor ich endgültig die Einsicht gewonnen hatte, daß ich drauf und dran war, mich lächerlich zu machen, steuerten meine Gedanken in eine andere Richtung. Travin war tot. Jemand hatte ihn ermordet. Und selbst wenn Brightman nicht ermordet worden war – auch einen Selbstmord kann man ja wohl kaum als normal bezeichnen. Nein: Da ging etwas höchst Eigenartiges vor, davon war ich überzeugt, noch bevor ich die Fotos abgeholt hatte; mein Hirn brauchte nur Zeit, um sich daran zu gewöhnen.

Berlin erwies sich als typische Fabrikstadt – Papier- und papierverarbeitende Industrien, aus deren Schornsteinen ein bleifarbener, schwefeliger Dunst über die Berge New Englands zog. Ich schätzte die Zahl der Einwohner auf fünf-

zehntausend: groß genug für ein Kaufhaus der Woolworth-Kette, eine Tageszeitung *(The Berlin Reporter)* und ein Rathaus mit einem schönen alten Glockenturm. Eine freundliche Stadt; ein bißchen baufällig; ja sogar hübsch – wenn man die Schornsteine vergaß –, denn der Androscoggin floß durch. Es war eine jener Ortschaften, die das typische Kleinstadtamerika verkörpert hatten, bevor der Mittlere Westen entdeckt worden war. Trotz des Namens sah ich nicht viele Anzeichen von deutschem Einfluß; eher einige frankokanadische Elemente – »Canucks«, wie man sie in New England nennt. Es gab einen Lebensmittelhändler namens Mercier, einen *Club des Raquettes* und die aus roten Ziegeln errichtete Annenkirche. Zunächst bemerkte ich das alles natürlich nur im Vorbeifahren: Zu sehr konzentrierten sich meine Gedanken auf den Fotoladen, wo ich $ 65,48 hinblätterte und dafür zwei graue, sehr große Umschläge erhielt.
Ich hatte keine Ahnung, was ich vom Inhalt erwarten sollte, die letzten fünfzig Kilometer hatte ich mich auf etwas völlig Banales vorbereitet – Travins Freundin als Nackedei … Travin beim Angeln … malerische Sonnenuntergänge … Aber schon als die Frau im Laden mir die Bilder übergab, wußte ich, daß ich meine Zeit nicht ganz verschwendet hatte. Die zwei Umschläge waren zusammengeheftet, und quer über den ersten stand geschrieben: *Mr. Travin, Freie Landpostzustellung 2, Berlin, Telefon 236-6454*. Das, dachte ich, war schon eher seine richtige Adresse als die auf dem Führerschein. Aber dieses Stück Information war nur der Trostpreis. Erst als ich einen der Umschläge geöffnet hatte, sah ich, was für einen glücklichen Griff ich getan hatte. Vierundzwanzig Vergrößerungen im Format neun mal dreizehn ergossen sich auf meinen Schoß. Die Bilder waren alle verschieden, aber alle zeigten sie ein und dieselbe Person: May Brightman.
Was so ungefähr das einzige war, was ich *nicht* erwartet hatte. Detroit hatte Halifax den Rang abgelaufen. Die letzten zwölf Stunden, die Entdeckung von Travins Leiche, hatten eine große Kluft aufgerissen zwischen der Gegenwart und allem, was vorher passiert war: Mays Adoption, »Dr. Charlie«, Florence Raines, dieser Anwalt in Toronto … es waren Gestalten aus einer verschwundenen Epoche – aber jetzt waren sie zu neuem Leben erwacht.
In einiger Verwirrung begann ich die Bilder zu sortieren. Indem ich die Negative durchcheckte – es war ein Fünfunddreißig-Millimeter-Film –, konnte ich sie chronologisch ordnen; nach dem Hintergrund zu urteilen mußten die Aufnahmen im Sommer gemacht worden sein. Sie waren mit versteckter Kamera aufgenommen: May hatte ganz offensichtlich keine Ahnung davon, daß man sie fotografierte. Drei Bilder waren aus einem Wagen heraus geknipst worden, als sie gerade ihr Haus verließ, ein weiterer Streifen zeigte sie unter

vielen anderen Menschen – vermutlich war sie auf den Markt in der Nähe ihres Hauses einkaufen gegangen; ein dritter Streifen bestand aus drei Bildern, aufgenommen, während sie im Park auf einer Bank gesessen hatte. Eines davon war stark überbelichtet; die anderen beiden aber waren perfekt, sehr lebendig und klar. Sie genoß die warme Sonne; ihr Gesichtsausdruck war ruhig und gelassen. Zwar konnte man an den Fältchen um die Augen ihr Alter erkennen, aber immer noch war etwas Mädchenhaftes an ihr – Sommersprossen hoch auf den Wangen, die Art, wie sie ihr langes Haar über einen grobgestrickten Pullover breitete. Fast hätte man eine Absicht vermuten können, so sehr stand die nächste Gruppe im Kontrast zur vorigen. Zwei Bilder: Auf beiden trug sie ein weißes Kostüm, ähnlich dem, das sie am Tag zuvor auf der Polizei in Detroit angehabt hatte, und sah ziemlich unbeholfen aus. Sie hatte die Haare zu einem Knoten aufgesteckt und eine Spur zuviel Lippenstift aufgetragen. Alles in allem erinnerte sie mich an eine Matrone aus Suburbia – eine englische Matrone –, herausgeputzt zu ihrem allmonatlichen Besuch in der Stadt. Sie hatte tatsächlich ein englisches oder zumindest europäisches Flair. Aber die nächsten vier Aufnahmen überzeugten mich wieder davon, daß ihre besondere Qualität überhaupt keiner Nationalität zuzuordnen war, denn wie ich es am Tag meiner Ankunft in Toronto getan hatte, war auch Travin den Seitenweg hinaufgewandert und hatte sie bei der Gartenarbeit fotografiert. Ich konnte mir vorstellen, wo er gestanden war – kaum zu glauben, daß sie das Klicken des Verschlusses nicht gehört hatte. Aber die Resultate waren das Risiko wert gewesen, denn einer dieser Schnappschüsse war eine ausgezeichnete Fotografie, und alle drei hatten genau das eingefangen, was mir an jenem ersten Tag aufgefallen war: daß sie etwas *Anachronistisches*, eine Art Jenseitsgerichtetheit ausstrahlte. Bloomsbury girl und Hippie, Prinzessin und Bauerndirne – ihr Wesen enthielt Widersprüchlichkeiten, die sie dieser Welt und dieser Zeit entrückten. Auf Travins Foto trug sie einen großen Strohhut, der ihr Gesicht teilweise beschattete, und ein langes, hochgeschlossenes Spitzenkleid; um Hals und Schultern geschlungen war ein langer, mit Quasten gesäumter Schal. Das Ganze wirkte attraktiv, aber unleugbar eigenartig. Es war, als würfe man einen Blick in die Vergangenheit und beobachte eine hochgeborene Dame aus der Zeit Eduards VII. beim Spiel. Welch unergründliches Wesen! Und Travin, zu diesem Schluß war ich mittlerweile gelangt, hätte mir da beigepflichtet. Während ich die Bilder noch einmal durchsah, wurde mir klar, daß sein Interesse vor allem dem Gesicht gegolten hatte – als wollte er dieses Gesicht, *ihr* Gesicht, mit einem anderen vergleichen. Auch Travin hatte sich die Frage gestellt: Wer war May Brightman?

Als ich den zweiten Umschlag öffnete, hoffte ich natürlich, die Antwort auf diese Frage zu finden, und vielleicht war sie auch da, wenn ich nur imstande gewesen wäre, sie zu sehen.

In diesem Umschlag befanden sich nur drei Abzüge: Vergrößerungen im Format dreizehn mal achtzehn, alle identisch bis auf kleine Unterschiede beim Vergrößern. Ich sah sofort, daß sie von einer »Negativkopie« gemacht worden waren, was heißt, es waren Fotografien einer Fotografie. Travin hatte das recht geschickt angestellt – das Licht war gut, und er hatte vermutlich ein Dreibeinstativ oder vielleicht sogar ein Reprogerät benützt. Aber es waren zweifellos Kopien; selbst die besten Abzüge ließen eine durchscheinende Trübung erkennen, so als ob eine sehr dünne Schicht Eiweiß auf das Bild aufgetragen worden wäre. Außerdem mußte das Original sehr klein gewesen sein und auch eine Spur überbelichtet. Bei der Reproduktion war, wenn auch nicht sehr erfolgreich, versucht worden, das zu kompensieren. Trotzdem war nicht schwer zu erkennen, was die Fotografien zeigten: Vierzehn Männer standen im Hof eines Hauses; im Hintergrund war ein großer Schuppen (es konnte auch eine Garage sein) zu sehen. Ihre Aufmerksamkeit war offensichtlich auf die Kamera gelenkt worden, obwohl sie ganz zwanglos posierten; sie standen ruhig da, die Blicke nach oben gerichtet; einer hatte die Arme über die Brust verschränkt. Der Hof sah ziemlich heruntergekommen aus. Der Schuppen im Hintergrund war vergittert, davor wuchsen Gras und Unkraut. Die Sonne, die von oben links in den Hinterhof fiel, warf den Schatten des Hauses über einige Männer und verdunkelte ihre Gesichter. Ganz rechts stand ein langer Tisch mit Flaschen und Tellern; ein Zipfel des Tischtuchs flatterte im Wind. Rund um den Tisch hatte man Segeltuchklappstühle arrangiert, auf denen zwei der Männer saßen, einer hielt seinen Teller auf den Knien. Neun trugen Anzüge oder zumindest Jacken und weiße Hemden, während der Rest salopper gekleidet war: Pullover, ein kariertes Hemd, ein weißes Hemd, aber keine Krawatte (der Mann mit den verschränkten Armen). Die Kleidung (ausgebeulte Hosen, kurze, breite Krawatten) ließ erkennen, daß die Aufnahmen Ende der dreißiger oder Anfang der vierziger Jahre gemacht worden waren. Aber diese Tatsache wäre auch sonst ins Auge gesprungen. Zwei der Männer waren mit einem weißen Pastellstift eingekreist worden, und quer über den unteren Teil der Fotografie stand geschrieben: *Halifax, 1940* – oder, um genauer zu sein, *AMNØAKC 1940*.

Ich hielt das Bild schräg, um das Licht besser einzufangen, und betrachtete angestrengt die kleinere der zwei eingekreisten Gestalten: Brightman. Es war unmöglich gewesen, den blutigen Rest im Leichenschauhaus mit dem Gesicht auf dem Foto in Verbindung zu bringen, das May »mit ihrer eigenen Kamera« aufgenommen hatte, aber hier gab es diesbezüglich keine Zweifel. Er stand hinten, und sein Schatten fiel bis auf die Wand des Schuppens hinauf. Ein großer, breitschultriger Mann mit einem mächtigen Brustkasten. Eine hohe Stirn, dichtes Haar, straff zurückgekämmt, als ob er gerade mit den Fingern durchgefahren wäre. Er trug einen dunklen Anzug, seine Hände steckten tief in den Hosentaschen, und die Jacke war offen; der Wind hatte seine Krawatte nach oben geweht ... Harry Brightman, wie er ausgesehen hatte, als er seine Tochter adoptierte. Hatte er in diesem Augenblick an sie gedacht? Fast hätte man es sich vorstellen können, denn sein Gesicht zeigte einen zerstreuten, ungeduldigen Ausdruck, als wünschte er, irgendwo anders zu sein. Warum? Wer waren diese Leute um ihn herum? Freunde? Kollegen? War einer von ihnen Mays leiblicher Vater?

Wie gebannt ließ ich meine Blicke über die Fotografien gleiten, studierte alle anderen Gestalten, besonders aber den zweiten Eingekreisten. Selbst ohne dieses Zeichen besonderer Bedeutung gab es etwas, was ihn aussonderte. Ein gutes Stück von Brightman entfernt, stand er im Vordergrund, nahe am Tisch: ein stämmiger, kräftiger Mann mit einem breiten, fleischigen Gesicht und dicken Lippen, die er verdrießlich herabgezogen hatte. Empfand auch er den Wunsch, irgendwo anders zu sein? Ich ließ meine Blicke einen Augenblick lang weiterschweifen – in der Hoffnung, ein so prägnantes, entschlossenes Gesicht könnte mich an etwas erinnern. Vergeblich. Auch die anderen Gesichter halfen mir nicht weiter. Und doch ...

Rußland.

Brightman.

Halifax, 1940.

»Dr. Charlie« ...

Während ich, die Fotos vor mir ausgebreitet, in Macauley's »Inner Circle Restaurant« einen Kaffee schlürfte, hatte ich das Gefühl, einigen echten Antworten nähergekommen zu sein. Die Männer, die Travins Zimmer durchsucht hatten, waren hinter diesen Bildern hergewesen; dessen war ich mir ziemlich sicher. Ich machte mich also ganz und gar nicht lächerlich – schon das allein war ermutigend. Außerdem stellten die Fotografien eine unumstößliche Verbindung zwischen Brightmans Verschwinden und Mays Adoption her, denn Travin hatte sich für Vater *und* Tochter interessiert. Und alles, was in Detroit passiert war, bewies auch, daß es sich dabei nicht um eine »persönliche« Verbindung handelte. Es ging hier nicht darum, daß Mays leibliche Mutter oder sonst jemand auf unauffällige Weise etwas zu erpressen versuchte. Mays Adoption ließ die Vergangenheit ihres Vaters in einem besonderen Licht erscheinen, in einem Licht, das bis in die Gegenwart ausstrahlte – aber es war diese seine Vergangenheit, die das Problem darstellte. Wer war May Brightman? Diese Frage, die Frage, die Travin gestellt hatte, schien jetzt nur mehr ein Aspekt einer anderen zu sein, nämlich: Wer war Harry? Ich hatte keine Ahnung, wie die Antwort darauf lauten konnte, aber als ich an diesem Nachmittag Berlin verließ, besaß ich zumindest einige echte Anhaltspunkte, mit denen ich spielen konnte, und ich fing an, sie wie Bausteine zusammenzufügen. May und Harry zusammen waren das Geheimnis, und Rußland der Schlüssel zu seiner Lösung. Brightman war dort gewesen, ich war dort gewesen, und einige lebendige Russen – und ein toter Russe – waren allem Anschein nach daran interessiert. Und wer an Rußland denkt, denkt an den Kommunismus, ein Wort, das sich ausgezeichnet mit dem Jahr 1940 und noch besser mit »Dr. Charlie« in Verbindung bringen ließ, jenem Arzt, der »so etwas wie ein Sozialist« gewesen war, dem Arzt, der alle entsprechenden Bücher in seinem Arbeitszimmer stehen hatte. Und da war dann auch noch die Fotografie mit den kyrillischen Buchstaben und dieser seltsamen Gruppe von Männern. Ich kann es nicht erklären, aber etwas in ihrer Haltung – eine Aggressivität, eine Spannung – kam mir vertraut vor. Komische Assoziationen gingen mir durch den Kopf: Alte Jimmy-Cagney-Filme mit Gangstern, die sich in den Bergen verkrochen hatten, alte Bilder von Eisenbahnmagnaten, die um den letzten Schwellennagel herumstanden ... Und da ich an Rußland und den Kommunismus dachte, dachte ich auch an diese formellen, erstarrten Porträts von Engels und Marx, Lenin und Stalin – die Ikonographie der Sowjet-Heiligen. Das klingt sehr vage – und war es auch. Aber es war mehr als nur eine Intuition. Ich vermutete, daß ich mehr wußte, als ich begriff. Ich brauchte nur noch einen Wink, eine Andeutung, einen Hinweis – ich hatte die einzelnen Zahlen miteinander verbunden, aber sie ergaben noch kein Bild; ich hatte die leeren Felder ausgefüllt, konnte aber das Wort, das diese Buchstaben ergaben, nicht aussprechen. Oder, konkreter ausgedrückt, ich hatte die Fotografie, aber ich brauchte die Bildunterschrift dazu.

Ich begann sie in Washington zu suchen – und fand sie drei Tage später in New York.

Es war keine sonderlich anstrengende Suche, und sie machte mir sogar Spaß; es war eine Rückkehr zur Arbeit, eine Rückkehr in die Zivilisation. Nichts Bedrohlicheres als ein widerborstiges Mikrofiche-Lesegerät stand mir entgegen, und die größte Herausforderung an meine intestinale Standhaftigkeit war die Cafeteria der *Washington Post*. Dennoch vergaß ich weder Travin noch Brightmans Schicksal. Ich holte mir meinen eigenen Wagen zurück und versteckte den Jaguar in einer Parkgarage. Obwohl ich im Haus meiner Mutter in Georgetown wohnte, war ich sehr vorsichtig. Ich hielt mich von meinen Freunden fern, mied bestimmte offenkundige Kontakte und Lokale und trat überhaupt nach Möglichkeit nicht in Erscheinung. May gegenüber legte ich mich nicht fest. Zwar war sie ohne irgendwelche Pannen nach Toronto zurückgekehrt, hatte aber – durchaus verständlich – ihren Seelenfrieden noch nicht wiedergefunden und bemühte sich, mir das Versprechen abzunehmen, die Finger von der Sache zu lassen. Ich ging darauf nicht weiter ein, und als ich überzeugt war, daß es ihr wieder halbwegs gutging, erzählte ich ihr eine Geschichte von Schwierigkeiten mit dem Jaguar und sagte ihr, daß ich sie in ein paar Tagen wieder anrufen würde.

Eine Woche, das war die äußerste Grenze, die ich mir selbst setzte. Das war weniger willkürlich, als es vielleicht den Anschein haben mag. Ich wußte, was das für eine Art Arbeit war, die ich zu erledigen hatte, und die Erfahrung sagte mir, daß ich sie entweder sehr rasch oder gar nicht zu Ende führen würde. Wer waren die Herren auf der Fotografie? Was hatten sie 1940 in Halifax zu suchen gehabt? Vor allem aber: Wer war der andere Mann, den Travin eingekreist hatte? Wenn es überhaupt möglich war, dann konnte es nicht allzu schwierig sein, diese Fragen zu beantworten.

Ich hatte drei Anhaltspunkte: Brightman – Halifax – 1940. Auf den ersten verzichtete ich sehr schnell. Hätte ich die in Toronto erscheinenden Zeitungen nach dem Namen Brightman durchforstet, so wäre ich wahrscheinlich auf die eine oder andere Erwähnung gestoßen. In Washington gab es nichts. Meine zweite Spur – Halifax – war schon mehr wert: eine große Explosion im Jahre 1917; unzählige Besuche von Angehörigen des britischen Königshauses; Flottentätigkeit während des Krieges – und »1940« war überhaupt eine ergiebige Mine. Alle die Geschichten, die meine Mutter mir erzählt hatte, aufgerollt unter dem gleißenden Licht des Mikrofiche-Lesegerätes:

11. Februar: Neuer massiver Angriff der UdSSR auf Finnland.
9. April: Deutschland greift Dänemark und Norwegen an.
10 Mai: Deutschland fällt in Belgien ein.
15. Mai: Deutschland marschiert in Frankreich ein.
26. Mai: Die Alliierten beginnen mit der Räumung von Dünkirchen.
14. Juni: Paris wird von deutschen Truppen besetzt.
21. Juni: Frankreich kapituliert ...

Schwarz auf weiß stand das alles zu lesen, und es gab auch massenhaft Bilder dazu: Molotow, Chamberlain, Weygand, Churchill, Reynaud, Guderian, Roosevelt, Lindbergh ... Der Mann, den ich suchte, war natürlich ein wesentlich kleinerer Fisch als einer von diesen – ein Mann von minderer Bedeutung, ein Gesicht im Hintergrund, ein Sekretär oder Adjutant. Aber sicher war er ein in der Öffentlichkeit wohlbekannter Mann. Wenn die Fotografie nicht direkte Zusammenhänge erkennen ließ, warum hätte dann Travins Zimmer durchwühlt werden müssen, um sie zu finden? Meine Suche fortsetzend, durchforschte ich

die Archive der großen Zeitungen und die Kongreßbibliothek; ich ließ Kopien der Fotografie anfertigen und zeigte sie herum. Um nur zwei Hinweisen nachzugehen, brauchte ich schon einen halben Tag. Ich verschwendete einen Abend mit einem alten FBI-Mann in einer Kneipe; am Ende aber, als ich meine Suche ausweitete, hatte ich Glück. Das war in New York, im Bettmann-Archiv, der letzte Ort, wo ich Ausschau hielt – und natürlich der, wo ich hätte anfangen sollen. Das Archiv beherbergt eine der größten Sammlungen historischer Fotografien und ist phantastisch organisiert. Der Besucher muß nicht Kästen auf Kästen mit Abzügen durchsehen oder Mappen aufklappen und ihren Inhalt über den ganzen Tisch verstreuen, sondern es gibt dort ein ausgezeichnetes Karteikartensystem; auf der einen Seite befindet sich ein kleiner Abzug der Fotografie; auf der anderen ein kurzer Kommentar und ein halbes Dutzend Stichworte: Meinen ersten Erfolg brachte mir das Stichwort »Bürgerkrieg, Spanischer«: das Bild eines stämmigen Mannes, auf den Schultern getragen von einigen grinsenden Mitgliedern der Internationalen Brigade. Ich konnte mich nicht entscheiden: Dieser Mann war dem auf Travins Foto ähnlich – es war zumindest eine ähnliche Erscheinung –, aber die Bilder waren zu verschieden, als daß ich mir hätte sicher sein können. Jetzt aber wußte ich, was ich suchte, und hatte bald drei andere Aufnahmen gefunden, die besten davon in der Jahreskarte für 1933. Das Foto war von oben gemacht worden und zeigte Kopf und Oberkörper eines Mannes Mitte Vierzig. Er hatte dunkles, dichtes Haar und dunkle Augenbrauen, und seine mächtigen Schultern spannten den Stoff der Anzugjacke. Sein Gesicht hatte einen entschlossenen, aber auch ein wenig zerstreuten Ausdruck, so als habe er nach einer Zeit höchster Konzentration nur kurz weggesehen. Selbst auf diesem zwanglosen Porträt offenbarte sich die Kraft der Persönlichkeit dieses Mannes, vor allem im Gegensatz zu den Gestalten hinter ihm. Einer von ihnen war ein vornübergebeugter jüngerer Mann, ganz offensichtlich von äußerster Niedergeschlagenheit ergriffen; der zweite trug die Uniform eines deutschen Polizeibeamten und hatte einen leeren Gesichtsausdruck. Unter »Personenbeschreibung« hieß es auf der Karte:
Georgi Dimitrow (1882-1949), in Kovacevci, Bulgarien, geborener kommunistischer Politiker, wurde von den Nationalsozialisten beschuldigt, an der Brandstiftung im Deutschen Reichstag am 27. Februar 1933 beteiligt gewesen zu sein. Sein Prozeß in Leipzig war eine internationale Sensation und machte Dimitrow zum Helden antifaschistischer und linksgerichteter Gruppen auf der ganzen Welt. Dimitrow verteidigte sich brillant, gab Göring und Goebbels der Lächerlichkeit preis und wurde schließlich freigelassen. Marinus van der Lubbe (die zusammengesunkene Gestalt hinter Dimitrow) wurde des Verbrechens schuldig gesprochen und hingerichtet. Dimitrow wurde dann General-

sekretär der Kommunistischen Internationale und später Ministerpräsident von Bulgarien.

Ich legte die Fotografien nebeneinander, ging zwischen den beiden hin und her, aber es gab überhaupt keinen Zweifel: Der zweite Mann, den Travin eingekreist hatte, war *Georgi Dimitrow*, der Mann, dem die Nazis den Reichstagsbrand in die Schuhe hatten schieben wollen; *Georgi Dimitrow*, der unbestrittene Führer der »Volksfront« gegen den Faschismus; *Georgi Dimitrow*, der letzte Generalsekretär der Kommunistischen Internationale.

Als ich mich in meinem Stuhl zurücklehnte, schmetterte keine Fanfare und läuteten keine Glocken. Es herrschte jene Stille, die jedes wahre Geheimnis umgibt. Denn genau das war es. Seit Mitte der dreißiger Jahre war Georgi Dimitrow einer der bedeutendsten kommunistischen Politiker gewesen. Und Brightman hatte ihn gekannt. Mehr noch: Im Frühjahr 1940 waren sie zusammengewesen – knapp nachdem Brightman mit May aus Europa zurückgekehrt war und »Dr. Charlie« den krummen Weg der Adoption für ihn eingeschlagen hatte.

Was hatten die zwei Männer gemacht? Wer waren die anderen in ihrer Umgebung, und welche Verbindung bestand zwischen Dimitrows Anwesenheit in Halifax im Jahre 1940 und Brightmans Verschwinden jetzt? Das sind natürlich Fragen, die sich nicht beantworten lassen, indem man Bücherregale durchforscht. Als ich an diesem Nachmittag nach Washington zurückflog, wußte ich, daß ich jemandem Würmer aus der Nase ziehen mußte, und ich erstellte mir eine kleine Liste von drei Personen, auf der ein Mann namens Leonard Forbes den ersten Platz einnahm. Was die Kommunistische Internationale angeht – die Komintern, jene Organisation, die den Russen dazu diente, die kommunistischen Parteien außerhalb der Sowjetunion zu kontrollieren –, gibt es auf der ganzen Welt vielleicht ein Dutzend Männer, die soviel darüber wissen wie er – aber keiner weiß mehr. Ich hatte ihn, den großgewachsenen, runzeligen, geistreichen Professor, der in Georgetown liest, während meiner eigenen kläglichen Präsenz in akademischen Gefilden kennengelernt; seitdem sind wir Freunde. Mitte Sechzig, seit kurzem verwitwet, alleinlebend. Um halb sieben war er noch in seinem Büro, nahm aber meine Einladung zum Abendessen gern an. »Ich habe dabei einen Hintergedanken, also bist du mein Gast. In einer halben Stunde bei ›Chez Odette's‹ – würde dir das passen?«

»Sehr gut.«

Im Restaurant war Leonard wie immer; mit seinem maßvoll eingesetzten Esprit machte er sich gekonnt über so ziemlich alles lustig. Wir sprachen über gemeinsame Freunde, das Tun und Treiben an der Uni, Politik. Endlich, als der

Kaffee serviert wurde, zündete er sich eine Zigarre an, faltete die Hände über seinem Bäuchlein und brummte: »Also, um was geht's?«
»Schau dir das mal an«, sagte ich und reichte ihm den besten Abzug von Travins »Halifax 1940«-Fotos.
Einen Augenblick lang betrachtete er das Bild aufmerksam. Dann schob er ärgerlich die Brille auf die Stirn und hielt das Bild nahe an sein Gesicht. Schließlich legte er es nieder und sah mich an.
»Eine Fälschung«, sagte er.
»Eine Kopie, gewiß.«
»Nein, nein, das meine ich nicht. Der Text ist falsch. Selbst wenn das Bild echt ist, es wurde niemals im Jahre 1940 in Halifax aufgenommen.«
»Weil Georgi Dimitrow zu dieser Zeit nicht in Halifax war?«
»Du hast ihn also erkannt?«
Ich lächelte. »Nicht in dreißig Sekunden wie du, aber dann doch ...« Und ich fügte hinzu: »Du verstehst doch, daß das alles vertraulich ist, Leonard?«
»Natürlich. Ich sehe deinen Artikel schon groß aufgemacht im *New York Times Magazine*. Aber sei vorsichtig. Ich bleibe dabei: Es ist eine Fälschung.«
»Könntest du beschwören, daß er nicht in Halifax war?«
»Nein. Das wohl nicht. Aber es ist unwahrscheinlich.«
»Wo war er denn?«
»In Moskau, würde ich sagen, wo sonst? Er ist nicht inkognito in der Welt herumgesegelt. Er war damals einer der bekanntesten kommunistischen Politiker – ›Deda‹ – Opa – nannten sie ihn in der Partei, und das hatte seinen Grund. Außerdem war damals die große Tschistka, die große Säuberung, über die Komintern gekommen, und ich vermute stark, daß er einen ziemlichen Teil seiner Zeit in der Gorki-Straße damit verbrachte, daß er mit den Überlebenden Händchen hielt.«
Wenn Leonard auf vertrautem Terrain dahinprescht, ist es manchmal nicht leicht, mit ihm Schritt zu halten; man muß ihn zurückhalten, bevor sein Vorsprung zu groß wird. »Gorki-Straße ... du meinst das Hotel Lux, wo die ganzen ausländischen Kommunisten untergebracht waren?«
Er nickte. »Ulbricht, Béla Kun, Thorez, Togliatti. Man erzählt sich, Tito sei buchstäblich in Earl Browder hineingelaufen, als der gerade unter der Dusche stand ..., ein schauerliches Erlebnis, würde ich meinen.« Er unterbrach sich und legte die Stirn in Falten. »Laß mich das noch mal sehen.« Er starrte auf die Fotografie. »Teufel noch mal, das *ist* ja Browder.« Ich beugte mich über den Tisch. Ich hätte ihn niemals so schnell erkannt, aber jetzt, wo er mir in Erinnerung gerufen worden war, sah ich es sofort: Earl Russel Browder, Generalsekretär der Kommunistischen Partei der Vereinigten Staaten. »Weißt

du«, murmelte Leonard, während er das Bild anstarrte, »ich könnte es nicht beschwören, aber der Bursche da, der mit den verschränkten Armen ... ich habe seinen Namen vergessen, aber ich glaube, er war der Chef der Kanadischen Kommunistischen Partei ... Buck. Tim Buck.« Er blickte zu mir auf. »Wenn das einer von deinen Tricks ist, dann ist er sehr klug erdacht, das muß ich zugeben. Wie hast du es gemacht?«
Ich hielt meine Handfläche hoch. »Kein Trick, das kannst du mir glauben. Aber kommen wir noch mal auf Browder zurück. Ich dachte, der saß damals?«
»Na ja, der Prozeß war 1940 – Fälschung eines Reisepasses –, aber ich glaube, er trat seine Strafe erst später an.«
»Es könnte sich hier also um ein Treffen zwischen dem Generalsekretär der Komintern und einer Schar hochrangiger nordamerikanischer Kommunisten in Halifax handeln?«
»Wenn das Bild echt ist.«
»Keine Sorge, es ist echt.« Ich hob die Fotografie auf und betrachtete sie noch einmal. Dimitrow, Browder, dieser kanadische Kommunist ... und jetzt erkannte ich den Hinterhof, auf dem sie standen. Ich war selbst schon dort gewesen. Es war der Hof hinter »Dr. Charlies« Klinik in Halifax. Ich zündete mir eine Zigarette an und traf eine Entscheidung – was mir nicht schwerfiel, denn auf Leonard Forbes konnte ich mich verlassen.
»Len, das ist streng vertraulich.«
»Na sicher.«
»Gut. Das meiste davon verstehe ich nicht, aber auf die ganze Sache gekommen bin ich durch den Mann da hinten, der andere Eingekreiste.«
»Den kenne ich nicht.«
»Wie solltest du auch. Er ist jetzt tot, aber er war Kanadier, ein wohlhabender Geschäftsmann. Ganz und gar nicht der Mann, von dem man erwarten würde, daß er mit revolutionären Typen dieser Art Umgang pflegt. Aber er war in der Pelzbranche tätig und unternahm in den zwanziger Jahren mehrere Reisen nach Rußland. Er freundete sich offenbar mit Sinowjew an und hatte sogar ein Verhältnis mit einer Frau aus seinem Stab. Sie hieß Anna Kostina – hast du diesen Namen vielleicht schon einmal gehört?«
Er schürzte die Lippen um seine Zigarette und schüttelte den Kopf. »Nein. Ich glaube nicht.«
»Sie kam 1935 vor Gericht, zusammen mit Sinowjew, aber ich glaube nicht, daß sie hingerichtet wurde.«
Leonard zuckte die Achseln und schüttelte abermals den Kopf. »Weckt keine Erinnerungen in mir. Wahrscheinlich hat sie eine dieser *osoboje sowestschanije* durchgemacht; in diesen Jahren zwischen 1936 und 1939 – das sind Jahre, die

sich sehen lassen können – wurden über eine Million Parteimitglieder verhaftet und davon sechshunderttausend ohne Prozeß erschossen. Der Rest kam zu neunzig Prozent in den Lagern um. Da hebt sich ein einzelnes Gesicht nicht aus der Masse hervor, wenn du verstehst, was ich meine.«
»Worauf ich hinauswill, ist: Hätte der Mann, er hieß Brightman, durch Leute wie Sinowjew und diese Frau in eine enge – in eine persönliche – Beziehung zu Dimitrow gelangen können?«
»Das wäre durchaus nicht unmöglich, auch wenn ich dir nicht ganz folgen kann. Aber Sinowjew war der Erste Vorsitzende des Exekutivkomitees der Komintern, und Dimitrow war schon in den zwanziger Jahren Chef der Balkansektion der Komintern. Wenn also dieser Kanadier Sinowjew so gut kannte, daß er mit einer Frau aus seinem Stab ein Verhältnis anfing, könnte er ohne weiteres Dimitrow begegnet sein.«
»Aber Dimitrow war doch zu dieser Zeit keine sehr bedeutende Persönlichkeit?«
»Nein. Revolutionäre wie ihn gab es damals an jeder Ecke. Seine große Chance kam erst 1933, als die Nazis versuchten, ihm den Reichstagsbrand anzuhängen ... sofern man da von einer Chance sprechen kann. Aber das war es wohl doch. Der Prozeß machte ihn zu einem Star der Wochenschauen. Er stellte Göring und Goebbels als Idioten hin; am Ende gaben sie ihre Fehlspekulation auf und wiesen ihn einfach aus. Im nächsten Jahr – oder war es ein Jahr später? – wurde er zum Generalsekretär der Kommunistischen Internationale bestellt. Wenn du so willst, verdankt er Hitler seine Karriere.«
»Kommen wir auf das Jahr 1940 zurück. Welche Position nahm er zu dieser Zeit ein? Die große Säuberung, sagtest du ...«
»Eigentlich wurde die Komintern schon ein bißchen früher in Mitleidenschaft gezogen – im Sommer 1937 etwa.«
»Aber Dimitrow wurde nicht beschuldigt.«
»Nicht direkt, obwohl viele andere Bulgaren ihr Fett abbekamen. Das trifft auf alle ausländischen kommunistischen Parteien zu. In der polnischen und in der ungarischen Sektion blieb buchstäblich jeweils nur eine Person am Leben.«
»Aber Dimitrow überlebte?«
»Ja.«
»Warum?«
Leonard zuckte die Achseln. »Na hör mal. Das weißt du doch selbst. Im allgemeinen benützte Stalin die Säuberungen, um seine persönliche Macht zu konsolidieren, aber es ist fast unmöglich festzustellen, warum eine *bestimmte* Person starb oder durchkam. In seinem Buch schreibt Medwedew, glaube ich, das NKWD, das Volkskommissariat für innere Angelegenheiten, habe eine Art

Untersuchung gegen Dimitrow eingeleitet, sie aber nicht abgeschlossen. Man weiß bis heute nicht, warum.«
»Aber – um noch einmal auf 1940 zu sprechen zu kommen – es kann doch sein, daß er Angst hatte, er könnte liquidiert werden?«
»Oh, ganz sicher. Und die Jahre 1939 und 1940 wären eine besonders schlechte Zeit für ihn gewesen. Du wirst dich erinnern: Dimitrow war der Erfinder der Volksfront: Die Kommunisten sollten sich mit Liberalen und Sozialisten zusammentun, um gegen die Ausbreitung des Faschismus zu kämpfen. Damit machten sich die kommunistischen Parteien auf der ganzen Welt sehr beliebt.«
»Jedenfalls so lange, bis Molotow und Ribbentrop den deutsch-russischen Nichtangriffspakt unterschrieben.«
»Genauso ist es. Am 23. August umarmten sich Stalin und Hitler im Interesse aller friedliebenden Länder – und marschierten in der Woche darauf gemeinsam in Polen ein. Über Nacht machte die Politik der Komintern eine Wendung um hundertachtzig Grad. Auf einmal waren jetzt die Nazis die Guten. Das war natürlich eine unglaubliche Katastrophe für die kommunistischen Parteien des Westens, und Dimitrow – um es bildhaft auszudrücken – wurde ihre zu Fleisch gewordene Verlegenheit. Wenn ich es mir jetzt so überlege, ist es ein wahres Wunder, daß er überlebte.«
»Aber er *hat* überlebt. Er blieb am Leben, als Mensch und als Politiker. Er blieb Generalsekretär der Komintern. Und in dieser Eigenschaft – wenn du diese Fotografie akzeptierst – machte er im Frühling oder Sommer heimlich eine Reise nach Amerika. Wieso? Wozu?«
Leonard schob die Lippen vor, ließ sein Kinn in die Falten seiner Fliege sinken und schüttelte professorenhaft den Kopf. »Darauf kannst du von mir keine Antwort erwarten. Das kann niemand sagen, jedenfalls nicht auf der Basis eines Fotos.«
»Rate doch mal.«
»Wissenschaftler raten nicht.«
»Aber Tischgäste tun es. Noch einen Brandy? Und ich verspreche dir, daß nichts, was du sagst, je gegen dich verwendet wird.«
Er zögerte noch eine halbe Minute … aber ich wußte, er würde nicht widerstehen können. Im Gegensatz zu anderen Akademikern besitzt Leonard einen scharfen Verstand und genießt es, ihn auch zu gebrauchen. Er beugte sich vor, nippte an seinem Brandy und lehnte die Fotografie an seiner Kaffeetasse. »Jetzt, wo du mir eine Pistole an die Schläfe hältst, würde ich sagen, du tätest gut daran, dich bei deinen Nachforschungen nicht so sehr auf die Leute als vielmehr auf den *Ort* und die *Zeit* zu konzentrieren. 1940 war ein sehr ereignisreiches Jahr. Wie es aussieht – du hast es schon erwähnt – wurden die Aufnahmen

wahrscheinlich im Frühjahr oder Frühsommer gemacht. Damals waren die Nazis gerade in Polen einmarschiert und hatten sich Osteuropa mit Stalin geteilt. Jetzt waren sie auch soweit, nach Westen zu ziehen, nach Frankreich – der Blitzkrieg ist vorbei, und jetzt geht's richtig los ...«
»Ich weiß ... Vergiß nicht, meine Eltern waren dabei.«
»Na schön. Jetzt sollst du auch noch den Ort in deine Überlegungen einbeziehen: Halifax. Kanada. Auch interessant. Warum nicht die Vereinigten Staaten?«
»Bequemlichkeit, logistische Erwägungen. Es fiel Dimitrow leichter, dorthin zu kommen als hierher.«
Leonard lachte. »Jetzt verstehe ich, warum du auf der Universität so ein Versager warst – gib dich nie mit den einfachsten Antworten auf eine Frage zufrieden! Außerdem könnte es sein, daß du dich irrst. Vielleicht hatte es etwas mit der Tatsache zu tun, daß die Kanadier schon im Krieg waren, während wir noch darüber diskutierten. Aber wahrscheinlich hat das nicht viel zu besagen; ich glaube nicht, daß sie zu diesem frühen Zeitpunkt schon bedeutende Streitkräfte hatten. Was sie aber sehr wohl hatten, das war eine Rüstungsindustrie. Ich weiß, daß sie eine enorme Menge Geschütze und Schiffe und Merlin-Motoren für ihre Spitfires bauten. Und du kannst dir ja selbst ausrechnen, wie das mit Dimitrow und den Kommunisten zusammenhängen könnte. In den dreißiger und vierziger Jahren hatten die kommunistischen Parteien bei den Gewerkschaften noch etwas zu melden, und das heißt, daß ihre Haltung schwerwiegende Konsequenzen für die Rüstungsindustrie haben konnte. Streiks, Arbeit nach Vorschrift, Weigerung, Überstunden zu machen, ja sogar Sabotage ... Du siehst, wie wichtig das hätte werden können. Und nach der *offiziellen* Parteilinie war der Krieg für echte Proletarier natürlich ohne jede Bedeutung. Trotzdem wissen wir, daß es in der Sowjetunion auch vernünftige Leute gab, die sehr wohl verstanden, daß sie letztendlich gegen Hitler würden kämpfen müssen. Daher lag es in Wahrheit im Interesse der Russen, die hiesigen kommunistischen Gewerkschaften zu instruieren, hinter die Rüstung Dampf zu machen, statt Obstruktionspolitik zu betreiben, und vielleicht wurde Dimitrow hergeschickt, um ihnen das zu sagen.« Er nahm einen Schluck von seinem Brandy. »Da würde eventuell auch dieser andere Mann hineinpassen, dieser – wie hieß er doch gleich?«
»Brightman.«
»War er ein Roter?«
»Na ja, er klingt so wie ein junger Cyrus Eaton – ein Kapitalist, der mit den Russen genug Geschäfte gemacht hat, um einen guten Kontakt mit ihnen herzustellen. Damit wäre er bestens geeignet gewesen ... Nehmen wir doch

einmal an, die kanadische Regierung war über den Einfluß kommunistischer Gewerkschaften in Sorge und sah sich nach einem Mann von ›oben‹ um, der den Leuten eine Standpauke halten sollte. Dimitrow, der im Westen großes Ansehen genoß, wäre der ideale Kandidat gewesen, ihnen eine solche Strafpredigt zu halten, und dieser Brightman hätte sich bestens dazu geeignet, das Ganze zu arrangieren. Natürlich wäre alles ohne jedes Aufsehen über die Bühne gegangen. Angesichts der Tatsache, daß Browder dabei war, könnte es sein, daß auch Roosevelt mitmischte.« Er drückte seine Zigarre aus. »Ich will dir sagen, was du jetzt tun solltest«, fuhr er fort, »du solltest versuchen, auch noch die anderen Herren auf dieser Fotografie zu identifizieren, und wenn sich herausstellt, daß es Führer kommunistischer Gewerkschaften sind, dann würde ich meinen, daß das mehr ist als reine Spekulation und beschämender Unsinn – den auszusprechen du mich sehr geschickt verleitet hast.«

Ich lächelte, obwohl ich stark bezweifelte, daß das alles nur Unsinn war. Ganz im Gegenteil schien es mir eine überaus vernünftige Theorie zu sein – nur half sie mir nicht weiter. Wenn zwischen Dimitrow und dem Kind eine Verbindung bestand, wenn er – um nicht um die Sache herumzureden – Mays leiblicher Vater war, wozu hatte er dann Brightman gebraucht? Wenn er aus rein politischen Gründen nach Halifax gekommen war, wozu dann das komplizierte Szenario mit »Dr. Charlie«, dem Reisepaß und so weiter?

»Deine Erklärung ist also rein politisch«, entgegnete ich. »Du bist nicht bereit, Dimitrow für seine Reise nach Amerika persönliche Beweggründe zuzubilligen? Du sagst, es sei schon ein Verdacht auf ihn gefallen – das NKWD habe bereits eine Untersuchung eingeleitet … Könnte es sein, daß er sich absetzen wollte? Oder zumindest daran dachte?«

Leonard verzog das Gesicht. »Du verlangst verdammt viel von einer Fotografie. Wer kann sagen, woran er dachte? Wir wissen nur, daß er sich *nicht* abgesetzt hat. So gut wie keiner von ihnen hat versucht, sich auf diese Weise zu retten, auch wenn sie die Chance hatten. Vergiß nicht: Es waren Kommunisten, absolut loyal, auch dann noch, wenn man ihnen den Revolverlauf in den Nacken preßte. Und wenn Dimitrow daran dachte, wie kommt es dann, daß er am Ende neben einem Stalinisten wie Browder stand?«

»Und seine Familie?« bohrte ich weiter. »Weißt du, ob sie in Gefahr war?«

»Wenn *er* es war, war seine Familie es auch, das versteht sich von selbst. Aber ich glaube nicht, daß sie extrem gefährdet waren.«

Ich nahm einen Schluß Drambuie und überlegte. In Gedanken war ich der deutlich sichtbaren Spur gefolgt, der punktierten Linie, die sich durch die ganze Geschichte zog; wenn ich weiter danach grub – würde ich den Schatz heben? Diese Theorie kam Graingers Darstellung beachtlich nahe. Dimitrow: ein hoher kommunistischer Funktionär mit Verbindungen, die zu Sinowjew und anderen Leuten zurückreichten, die Brightman gekannt hatten. Dimitrow: Zwar war er der Säuberung nicht zum Opfer gefallen, aber im Jahr 1940 mußte er sich Sorgen gemacht haben. Es paßte alles zusammen. Aber irgend etwas fehlte ... bis ich, wenn man es so ausdrücken will, meinen Spaten aufs Geratewohl in die Erde stach.

»Aber er hatte eine Familie. Eine Frau ... Kinder.«

»Er war zweimal verheiratet. Seine erste Frau starb schon früh – ich glaube, noch vor dem Reichstagsbrand. Ich bin nicht sicher, ob sie Kinder hatten oder nicht, aber nach dem Krieg adoptierte er zwei mit der zweiten Frau. Fanya ... Boyko... Möglicherweise auch noch ein drittes. Die Bulgaren machten immer viel Wesens daraus – der liebe Onkel Georgi, na, und so weiter.«

Irgendwie gelang es mir, mich nicht zu verraten. Aber das war natürlich des Pudels Kern. Dimitrow, in tödlicher Gefahr, war unfähig oder nicht bereit gewesen, sein eigenes Leben zu retten, hatte aber sein Kind in Sicherheit bringen wollen. Später, nachdem er überlebt hatte, löste er ein Versprechen ein, indem er zwei andere rettete. Natürlich blieben immer noch eine Menge Fragen offen. Hatte Dimitrow das Mädchen nach Halifax mitgebracht, oder war es Brightman gewesen? Konnte es sein, daß Brightmans Bemühungen eine Art Rückversicherung gewesen waren, eine Alternative für den Fall, daß Dimitrow selbst nicht in der Lage gewesen wäre, die Reise anzutreten? Vor allem aber, warum sollte das gerade jetzt gewisse Leute zu so verzweifelten Anstrengungen herausfordern – warum war es nicht bloß eine Kuriosität, Stoff für eine Anekdote, für eine Fußnote der Geschichte, die ich Leonard erzählen konnte? Während ich mein Glas Drambuie leerte, spürte ich, wie sehr mich alle diese Fragen beschäftigten, aber für den Augenblick ließ ich es gut sein. Der Kellner wollte Kaffee servieren, doch ich winkte ab. Leonard sah müde aus, und er hatte mir so viele Antworten gegeben, daß ich mir undankbar vorgekommen wäre, hätte ich ihm noch mehr Fragen gestellt.

Ich brachte ihn nach Hause – er wohnte auf der anderen Seite von Arlington in Fairfax County –, und es war schon nach elf, als ich die Rückfahrt antrat. Den mautpflichtigen Fernstraßen ausweichend, steuerte ich gemütlich über den Wilson Boulevard zur Key Bridge und gelangte so nach Georgetown, wo ich kurz vor Mitternacht langsam die Q Street hinunterfuhr. In diesen Häuserblocks, die eine kleine Stadt für sich bilden, leben Washingtons Mächtige; hier haben sie immer schon gelebt. Sie wohnen in stillen, engen Gassen, die schon elegant und vornehm waren, als Roosevelt vor hundert Jahren geboren wurde; sie wohnen hinter schwarzen schmiedeeisernen Gittern und sauber gestutzten Hecken in geschmackvoll restaurierten Häusern mit bogenförmigen Fassaden

und gemeißelten Fensterstützen. Hier hatte mein Vater ein Haus gekauft, als sein Vater gestorben war. Meine Eltern hatten es stets behalten; es blieb ihr Heim, während das Außenministerium sie in der ganzen Welt herumschickte. Es war ein kleines Haus, das letzte in der Reihe von dreien: weißgestrichene Ziegel; schmiedeeiserne Geländer an der aus drei Stufen bestehenden Treppe und schmiedeeiserne Fenstergitter im ersten Stock; ein mit Fenstern versehenes, anmutig geschwungenes Dach für die Mansarde. Ich hatte das Haus immer geliebt, aber mit dem Tod meiner Mutter war es zu einem Problem geworden. Es zu verkaufen, das brachte ich nicht übers Herz, aber ich wollte auch nicht darin leben, und so benütze ich es als *pied á terre*, wenn ich in Washington zu tun habe. Bei den anfallenden Steuern ist das ein Luxus, den ich mir eigentlich nicht leisten kann, aber in dieser Nacht war ich dankbar, daß es mir zur Verfügung stand. Es hat nur einen Nachteil: Wie die meisten solcher Häuser besitzt auch dieses keine Garage, ja nicht einmal eine seitliche Auffahrt, und der Straßenrand war so vollgeparkt, daß ich um die Ecke fahren und den Wagen in der Mitte des nächsten Häuserblocks abstellen mußte.
Auf der Straße war es ganz still; das Zuschlagen der Tür kam mir fast wie eine ungebührliche Störung vor. Drüben in der Wisconsin Street erzeugte der Verkehr ein sanftes, heimeliges Geräusch, und der Wind raschelte leicht in den Bäumen: alte Eichen, deren Schatten so dicht war, daß er sogar im Sommer Kühlung bot. Ich schlenderte dahin. Zu meiner Rechten verliehen die geparkten Wagen der Nacht einen sanften Glanz, und während ich so ging, wurden im Dunkel Erinnerungen wach: kein Wunder, meine ganze Kindheit hatte ich so verbracht, war immer wieder zu diesem Haus zuruckgekehrt – eine Rückkehr, die mir durch die Gewißheit schmerzlich bewußt wurde, daß ich es bald wieder würde verlassen müssen. Nie konnte ich diese Straße hinuntergehen, ohne daß mich immer wieder die gleichen vertrauten Gefühle überkamen: ängstliche Erwartung, dann frohes Wiedererkennen und schließlich ein frisches Aufblühen freudiger Erregung, weil sich das alte Haus nie so präsentierte, wie man es in Erinnerung hatte. Ich war gern hier gewesen. Auch meine Mutter – wahrscheinlich hatte sie das Haus noch mehr geliebt als ich. Nachdem mein Vater sie aus Frankreich herausgeholt hatte, lebte sie fast acht Monate hier allein, und immer wieder betonte sie später, daß sie sich hier wie zu Hause gefühlt hatte: Das Haus sei so alt, sagte sie, und fast so unbequem wie ein französisches. Eigentlich war es ja wirklich *ihr* Haus; natürlich hatte es auch mein Vater gemocht, aber ihn assoziierte ich eher mit unserem Sommerhaus in Pennsylvania oder mit unseren Autos (ganz besonders mit seinem alten Packard) oder mit Zugreisen nach New York.
Ich war bei der Tür angelangt: Drei Stufen, und man ist drin. Jetzt stand ich in

der Diele; sanft schimmerten der Fußboden aus Ahornholz und die Eichentäfelung. Zu meiner Linken drang ein wenig Licht ins Eßzimmer und brachte die Glastüren einer Vitrine zum Glitzern. Ich drehte das Licht an, hängte meinen Mantel auf und ging geradewegs nach oben. Aber statt mich in mein Zimmer zu begeben, stieg ich die enge Wendeltreppe hinauf, die zum Dachboden führt. Ich weiß selbst nicht, warum ich das tat. Immer noch in Erinnerungen befangen, muß ich wohl an meinen Vater gedacht haben, denn das Dachgeschoß war stets sein Refugium gewesen. Es bestand aus zwei niedrigen Räumen. Der kleinere war immer eine Vorratskammer gewesen, der große Vaters »Studio«, wo Mutter diejenigen seiner Besitztümer aufbewahrt hatte, von denen sie sich nicht trennen konnte. Ich öffnete die Tür. Seit Jahren war hier nichts verändert worden. Da ich also genau wußte, was ich zu erwarten hatte, sah ich einen Augenblick lang tatsächlich, wie aus den weichen Glanzlichtern innerhalb düsterer Schatten die Vergangenheit aufstieg. Ich sah die geschwungenen Kurven des Horta-Lehnsessels, Art nouveau; die ordentlich aufgereihten Bände der *Foreign Relations* im Bücherschrank. Die eingerahmte Karte des Außenamtes (mit ihren ausgewaschenen Farben), die für mich immer »Die Welt« bedeuten würde; und darunter den Schreibtisch mit seinen geschlossenen Reihen eingerahmter Fotografien: Vaters Abschlußklasse in der Konsularakademie; Vater, in einen Stehkragen gezwängt, wie er den Botschaftsangehörigen behilflich war, einen Botschafter zu verabschieden; Vater bei Tagungen und Konferenzen; Vater, wie er als Schlagmann im Softball-Konsulatsteam spielte; und Vater, ein verkrampftes Lächeln um die Lippen, wie er all diesen Herren, an die man sich kaum noch erinnert, die Hand schüttelte: Acheson, Dulles, Christian Herter… Wie ich schon sagte, das war es, was ich im ersten Augenblick sah. Doch dann wurde mir klar, was ich tatsächlich vor Augen hatte.

Es wäre falsch gewesen, den Raum als Schlachtfeld, als Trümmerhaufen zu bezeichnen – das hätte ein Maß an Gewalt impliziert, das einfach nicht angewendet worden war. Aber irgend jemand hatte es schändlich auseinandergenommen. Der Rücken jedes einzelnen Buches war mit einem Rasiermesser aufgeschlitzt worden – aber so sauber, daß ein Stück Klebeband genügt hätte, um sie zu reparieren. Die alte Landkarte war völlig auseinandergerissen, dann aber fein säuberlich an den Schreibtisch gelehnt worden. Und obwohl man jede einzelne Fotografie aus dem Rahmen genommen hatte, waren alle Bilder und alle kleinen Kartonquadrate in sauber getrennten Stößen aufgeschichtet worden.

Brightmans Haus … Travins Hotelzimmer … und jetzt das. Ich war fast zu müde, um geschockt zu sein, und die Frage *Was haben die hier gesucht?* drang kaum noch in mein Bewußtsein ein. Aber dann befiel mich würgende Angst.

Ich lief ans Fenster. Als ich vorsichtig auf die Straße hinunterblickte, sah ich auf der anderen Seite einen geparkten Wagen, aus dem gerade zwei Männer stiegen und lautlos die Türen hinter sich schlossen.
Erst später wurde mir klar, was für ein Glück ich gehabt hatte. Da ich so weit vom Haus entfernt geparkt hatte, waren sie durch meinen Wagen nicht gewarnt worden; sehr wahrscheinlich hatten sie mich nicht einmal die Straße herunterkommen sehen. Erst als ich das Licht angedreht hatte, waren sie aufmerksam geworden. Aber wie ich schon sagte: Diese Zusammenhänge erkannte ich erst später. Jetzt setzte ich mich zunächst, ohne zu zögern, in Bewegung, und das, glaube ich, rettete mir das Leben. Ich lief aus dem Zimmer, die Treppe hinunter in den ersten Stock, raste zur Hintertreppe, über die ich in die Küche gelangte, und tastete mich durch das Dunkel zur Hintertür. Als ich sie erreicht hatte, hörte ich Geräusche an der Vorderfront. Ich trat in die Nacht hinaus. Der Garten war klein – zwei Meter verwahrloster Rasen, ein halber Meter Rabatte, ein Zaun. Ich schwang mich hinüber und landete auf dem Herbstlöwenzahn meines Nachbarn, krabbelte weiter und zwängte mich durch die Sträucher; die Blätter zitterten wie Schellentrommeln, Schatten stachen mich in die Augen. Eng an die Wand des Hauses gedrückt, kam ich zu einem Türchen und trat auf den Gehsteig hinaus. Ich beschloß, meinen Wagen stehenzulassen. Schnell, aber ohne zu hasten, ging ich die 31. Straße bis zur Q Street hinunter und lief dann den ganzen Weg bis zur Wisconsin Street. Es waren noch Menschen unterwegs; ich versuchte, mich in ihrer Nähe zu halten, und marschierte nach Süden, bis es mir endlich gelang, ein Taxi heranzuwinken. Halb erfroren ließ ich mich auf den Rücksitz fallen und wies den Fahrer an, mich ins »Hay-Adams« zu fahren. Es ist ein teures Hotel, aber in dieser Nacht schien es mir weit sicherer als mein Zuhause.

10

Es dauerte drei Tage, bis ich wieder in Berlin war. Wieder mußte ich eine längere Anreise in Kauf nehmen und mehrere Umwege machen – sogar noch bevor ich Washington verließ. Der wichtigste betraf natürlich May. Bis zu diesem Zeitpunkt waren weder mein noch ihr Leben unmittelbar bedroht gewesen, aber jetzt waren wir beide in Gefahr. Meine Begegnung auf dem Seitenweg von Graingers Klinik und die gräßlichen Ereignisse in Detroit ließen sich noch als Zufall abtun, nicht aber die Durchsuchung des Hauses meiner Mutter; damit änderte sich alles. Ich war zur Zielperson geworden, obwohl ich nicht begriff, warum. Aber das bedeutete, daß sich auch May in Gefahr befand – in Gefahr befinden mußte, weil sie ja den einzigen Grund darstellte, warum ich überhaupt in die Sache verwickelt war. Nachdem ich alles durchdacht hatte, rief ich sie noch in derselben Nacht aus dem »Hay-Adams« in Toronto an – aber es meldete sich niemand. Ich rief um Mitternacht an, um eins, um halb zwei, und dann alle zehn Minuten bis drei Uhr früh; sie war immer noch nicht nach Hause gekommen. Von Schuldgefühlen geplagt, nickte ich ein und wachte erst um sieben wieder auf. Am anderen Ende der Leitung nahm niemand den Hörer ab. Als ich dann anfing, den Flughafen anzurufen, fiel mir etwas ein: Ich hatte noch einen anderen Namen in Toronto – Stewart Cadogan, Brightmans Anwalt. Also wählte ich zur Abwechslung seine Nummer. Fünf Minuten vor halb acht war noch niemand in seiner Kanzlei, aber sechs Minuten später, bei Gott, kam der alte Herr selbst ans Telefon. Er brauchte ein paar Sekunden, um meinen Namen zu verdauen. Dann brummte er: »Ich bin überrascht, daß Sie Ihren Arbeitstag schon so früh beginnen, Mr. Thorne. Aber auch erfreut. Ich …« Ich war nicht in der Stimmung für seine Bärbeißigkeit und fiel ihm ins Wort. »Es ist dringend, Mr. Cadogan. Ich mache mir große Sorgen um Miss Brightman.«

»Aus welchem Grund?«

»Das soll Sie jetzt nicht interessieren. Ich will nur, daß Sie jemanden zu ihr schicken und …«

»Aber ich denke doch, daß es mich interessieren sollte, Mr. Thorne. Wie Sie reden, möchte man fast meinen, sie befände sich in Gefahr.«

»Sie ist in Gefahr.«

Er schwieg einige Augenblicke lang. »Wie kommen Sie darauf?«

»Weil ich sie seit gestern abend fast ununterbrochen anrufe. Es meldet sich niemand.«

»Daraus wäre doch aber kaum zu schließen ...«

»Hören Sie, ich habe keine Lust, mit Ihnen zu diskutieren. Schicken Sie jemanden hinüber und vergewissern Sie sich, daß sie bei guter Gesundheit ist.«

Der Zorn in meiner Stimme ließ ihn endlich aufmerken. »Ich bitte um Verzeihung, Mr. Thorne. Ich hatte nicht begriffen, daß Sie so besorgt sind. Natürlich werde ich jemanden hinüberschicken – ich werde selbst gehen –, aber ich weiß wirklich nicht, wozu das gut sein soll. Sie ist nicht da – weil sie gestern nachmittag nach Frankreich abgereist ist.«

»Nach Frankreich?«

»Ja.«

»Sind Sie sicher?«

»Ja ... ziemlich sicher. Gestern nachmittag kam sie hier vorbei und teilte mir mit, sie sei unterwegs zum Flughafen. Sie hatte ihr Gepäck bei sich.«

Ich dachte kurz nach und verdaute diese Neuigkeit. Es schien mir unglaublich. Sie konnte erst am Abend zuvor aus Detroit zurückgekommen sein. Aber sie besaß ein Haus in Frankreich, also war es möglich.

»Welchen Eindruck machte sie auf Sie?«

»Ruhig. Müde, aber ruhig.«

»Waren Sie nicht überrascht, daß sie gerade jetzt abreiste?«

»Ich bin mir nicht sicher, ob es meine Aufgabe war, überrascht zu sein, Mr. Thorne. Sie sagte, sie sei erschöpft und daß sie den Wunsch habe, wegzufahren. Ich weiß, daß sie Frankreich liebt und viel Zeit dort verbringt ... ihr Wunsch erschien mir also nicht unvernünftig, und sie hinterließ mir diverse Instruktionen, betreffend ihren Besitz, ihr Testament, die sterblichen Reste ihres Vaters ... und, ja, auch etwas, das Sie angeht, Mr. Thorne.«

»Was meinen Sie damit?«

»Was ich sage. Miss Brightman gab mir Ihre Nummer in Virginia, und ich habe gestern noch versucht, Sie zu erreichen. Sie bat mich, Ihnen in ihrem Namen zu danken, und wies mich an, Ihnen einen Scheck über zehntausend Dollar zu übergeben. Ihre Bemühungen, meinte sie, hätten Ihnen beträchtliche Ausgaben verursacht.«

Ich war wie vor den Kopf gestoßen, von allem, aber besonders vom Geld. Zwar hatte ich mir schon Gedanken darüber gemacht, was mich die Sache kosten würde, aber meine Gefühle waren darum nicht weniger verletzt. »Ich werde das Geld nicht annehmen, Mr. Cadogan«, versetzte ich. »Geld hat mit der Sache nichts zu tun; außerdem ist ein so hoher Betrag einfach lächerlich.«

»Sie hat mich gebeten, darauf zu bestehen, Mr. Thorne.«

»In Ordnung. Sie hat darauf bestanden, aber ich nehme es trotzdem nicht.«
»Sehr schön. Da gab es noch etwas. Ich sollte Ihnen danken für alles, was Sie getan haben, Ihnen aber auch sagen, daß Sie jetzt aufhören möchten. Sie hob das sehr nachdrücklich hervor. Sie sagte, sie würde Ihnen später schreiben und alles erklären; jetzt aber sollte ich Sie dazu bewegen, bedingungslos zu versprechen, alle Nachforschungen, die Sie über ihre Vergangenheit angestellt haben, zu beenden. Sie würden nur Schaden anrichten und ihr weh tun. Das waren ihre Worte.«
Ich antwortete nicht. Ich versuchte zu begreifen, welche Absicht sie verfolgte. Von einem bestimmten Gesichtspunkt aus betrachtet mochte es einen Sinn ergeben: Tapetenwechsel, reinen Tisch machen.
»Mr. Thorne?«
»Ja.«
»Ich habe Sie um ein Versprechen gebeten.«
»Ich bin mir nicht sicher, ob ich es geben kann.«
»Bitte überlegen Sie gut, Mr. Thorne, denn …« Er unterbrach sich, und als er fortfuhr, überraschte er mich: »Es tut mir leid, Mr. Thorne, es war anmaßend von mir, das zu sagen, denn ich weiß, Sie werden es sich so gut überlegen, wie man es sich nur überlegen kann. Aber ich mache mir Sorgen um Miss Brightman – trotz allem, was ich sagte. Vielleicht wäre es für uns alle besser, zu tun, was sie verlangt.«
Ich zögerte. Hatte sie ihm etwas erzählt, was sie mir verschwiegen hatte? Vielleicht ja, denn der alte Herr fuhr fort: »Sie verstehen, daß ich verschwiegen bin – meiner Natur nach und weil es zu meinem Beruf gehört. Aber Sie wissen vielleicht nicht, wie oft ich diese Verschwiegenheit schon verflucht habe. Auch jetzt beispielsweise, denn es gibt sehr viel, was ich sagen möchte und nicht sagen kann. Darum also nur dies: Ich kenne die Brightmans seit vielen Jahren, und ich weiß, daß Miss Brightman immer der Schutzengel ihres Vaters war. Er war ihr Leben – so wie sie das seine war. Jetzt bleiben ihr nur mehr Erinnerungen. Sollten Sie an diesen Erinnerungen Veränderungen vornehmen oder sichtbar werden lassen, daß sie auf falschen Prämissen beruhen, würden Sie ihr ein größeres Leid antun, als Sie ermessen können.«
»Ich glaube, dessen bin ich mir bewußt, Mr. Cadogan.«
»Sehr schön. Handeln Sie, wie Sie es für richtig halten, und wenn Sie mich brauchen – aus welchem Grund auch immer –, können Sie mich stets unter dieser Nummer erreichen. Zögern Sie bitte nicht, mich anzurufen.«
»Danke, Sir, ich werde daran denken.«
Wir beendeten das Gespräch. Während ich noch neben dem Telefonapparat stand, überkam mich eine groteske Mischung von Gefühlen: Erleichterung,

Bestürzung, etwas anderes ... weiß Gott, was es war. Mißtrauen? Argwohn? Ihre Flucht, das Geldangebot – so viel Geld – und dann ihre Forderung, ich solle nicht weiterforschen – was hatte das zu bedeuten? Als ich mir diese Frage stellte, wurde es mir plötzlich möglich, eine andere zu beantworten. Ich wußte jetzt, was May Cadogan erzählt hatte: Sie hatte ihm von unserer aufgelösten Verlobung erzählt; ja, ich war ganz sicher, das hatte meinen Status bei dem alten Herrn erhöht, hatte mir eine Legitimation als alter Freund der Familie verliehen, die nicht weit von seiner eigenen entfernt war. Mir aber schien, daß es unter den obwaltenden Umständen nur einen Grund gab, warum sie sich ihm anvertraut hatte: um ihn zu veranlassen, mit noch mehr Nachdruck auf meine Loyalität zu pochen. Er hatte sich ja schließlich klar genug ausgedrückt; wenn ich weitermachte, würde ich einen Treuebruch an May begehen.

Sollte ich?

Für mich war das eine sehr wichtige Frage, und ich verbrachte einen Großteil dieses Tages und eine weitere schlaflose Nacht damit, darüber nachzudenken. Tatsache war, daß ich keinen Treuebruch an ihr begehen und daß ich sie nicht in Gefahr bringen wollte, aber je mehr ich über die Geschehnisse nachdachte, desto mulmiger wurde mir zumute. Letzten Endes schien mir ihre Flucht nach Frankreich keineswegs natürlich; gewisse alte Probleme würden sich auf diese Weise nicht lösen lassen. In Halifax hatte ich mir zum erstenmal die Frage vorgelegt, wieviel sie wohl tatsächlich gewußt, inwieweit sie mir die Wahrheit gesagt hatte; und sosehr ich mich auch bemühte, ihre Vergeßlichkeit in bezug auf den Jaguar ihres Vaters erschien mir immer noch in einem sonderbaren Licht. Und dann das Geld: Mag sein, daß ich ein bißchen selbstgerecht urteilte, aber ich fühlte mich immer noch verletzt. Die Sache sah nach Bestechung aus. Doch diese Argumentation hatte – natürlich – auch noch eine andere Seite. Sie war davongelaufen, na und? Das war eben ihre Art, mit dem Kummer fertig zu werden. Und schließlich würde dieser Kummer schon allein deshalb eine besondere Form annehmen, weil es die Bestätigung ihrer schlimmsten Befürchtungen darstellte – Befürchtungen, die ihr als sich selbst verwirklichende Prophezeiungen erscheinen mußten und ihr die Verantwortung für den Tod ihres Vaters aufbürdeten. Verrückt, aber es gibt solche Menschen ... Und auch meine eigenen Motive mußten in Erwägung gezogen werden. Wenn ich ihr wirklich mißtraute, war der Grund dafür gleich in mir selbst und in den alten Wunden zu finden, die mein Ego durch May erhalten hatte. Schließlich hatte sie einen Treuebruch an mir begangen: Vielleicht übte meine Seele jetzt verspätete Rache. Diese Erklärung erschien mir auf beruhigende Weise vernünftig, denn die Alternative, wenn man darüber nachdachte – und an diesem Nachmittag verbrachte ich eine Menge Zeit in der »Hay-Adams«-Bar mit

Nachdenken –, grenzte ans Lächerliche. Wenn ich schon auf die Idee kam, sie zu verdächtigen – welcher Untat denn? Konnte ich mir wirklich vorstellen, sie hätte – in böser Absicht – etwas mit dem Verschwinden und dem Tod ihres Vaters zu tun gehabt? Es war ein verrückter Gedanke.

Ja, ein verrückter Gedanke; aber, ob nun zu Recht oder zu Unrecht, es waren wohl Fragen wie diese – Fragen, die sie selbst in mich gepflanzt hatte –, die mich letztendlich dazu brachten, ihren Wunsch zu ignorieren und weiterzumachen. Aber ich hatte auch noch andere Gründe, und gerade sie ließen erkennen, wie sehr das Ganze bereits zu meiner Sache geworden war. Als Zuschauer hatte ich angefangen und war ein ungewollter Katalysator geworden; jetzt aber hatte ich die Initiative ergriffen. Weil ich das Seitenfenster von Travins Wagen zertrümmert hatte, wußte ich – ich allein – von Dimitrow. Mehr noch. Ich hatte die Möglichkeit, Travins Schritte zurückzuverfolgen. Wo würden sie hinführen? War ich es mir nicht selbst schuldig, das herauszufinden? Und da war schließlich noch ein Punkt, den ich nicht länger ignorieren durfte: Ich war eine Zielperson, daran gab es nichts zu deuteln, und war es von Anfang an gewesen – deshalb hatten sie Mays Telegramm an jenem ersten Tag in Charlottesville mitgenommen. Oder war das die eigentliche Erklärung? Konnte es nicht noch eine andere geben? *Etwas Persönliches, etwas, von dem Sie nicht möchten, daß ein Polizeibeamter es hört...* Während ich in der »Hay-Adams«-Bar an meinem Bourbon nippte, begann ich mir eine Theorie zurechtzulegen. Brightman war Ende 1939 oder Anfang 1940 nach Europa gefahren und hatte seine Rückreise vermutlich genau zu dem Zeitpunkt angetreten, als Hitler in Westeuropa einmarschierte. Es war daher denkbar, ja sogar wahrscheinlich, daß er sich bei der Kapitulation Frankreichs in Paris aufgehalten hatte. Ein heikler Augenblick. Was hätte er getan, wenn etwas schiefgegangen wäre? Schließlich reiste er mit falschen Papieren. Ein Anruf bei der kanadischen Botschaft förderte zutage, daß die Kanadier zusammen mit den Briten (und meiner Mutter) Paris am 10. Juni 1940 verlassen hatten, *und das bedeutete, daß er sich nach diesem Tag keine Hilfe von seinen Landsleuten mehr erwarten konnte.* Nein. Aber die Botschaft der Vereinigten Staaten betrieb ihre Geschäfte in gewohnter Weise, *und dort arbeitete mein Vater.* Waren sie sich begegnet? War mein Vater Brightman gefällig gewesen – vielleicht auf nicht ganz reguläre Weise? War ich unmittelbar involviert – und daher eine unmittelbarere Bedrohung, als ich je gedacht hatte? Spekulation, anders konnte man das nicht nennen, aber es paßte zu einigen Fakten, und schon allein die Möglichkeit, daß es die Wahrheit sein könnte, machte es mir unmöglich, umzukehren.

Also machte ich weiter.

Aber vorsichtig.

Ich nahm die umwegigste Route, die ich mir ausdenken konnte. Ich flog nach New York, stieg in den Zug nach Hartford, in einen Bus nach Boston und wieder in ein Flugzeug – nach Portland. Am nächsten Morgen schließlich mietete ich mir einen alten Ford und nahm Kurs auf New Hampshire. Als ich am Nachmittag das White-Mountain-Gebiet westlich von Berlin erreichte, war ich ziemlich sicher, allein zu sein. Trotzdem blieb ich vorsichtig. Berlin ist eine kleine Stadt, und es gibt dort nicht sehr viele Motels. Ich ließ sie alle links liegen und fuhr weiter in das etwa vierzig Kilometer weiter westlich gelegene Lancaster. Mittlerweile war es früher Abend geworden, zu spät, um noch etwas anzufangen. Ich unternahm einen Spaziergang durch die Stadt, kaufte mir einen *Boston Globe*, sah noch ein wenig fern und ging früh zu Bett.
Am nächsten Morgen setzte ich meinen Plan glattweg in die Tat um. Das war recht einfach: Im Telefonbuch des Bezirks gab es keinen Travin, und bei der Nummer, die er im Fotoladen angegeben hatte, meldete sich niemand. Was mich keineswegs entmutigte. Bei der Telefongesellschaft hatte er wahrscheinlich einen anderen Namen angegeben, und in seiner gegenwärtigen Kondition konnte man von ihm nicht erwarten, daß er ans Telefon ging. Allerdings hoffte ich, daß die anderen Daten, die er im Fotogeschäft zurückgelassen hatte, echt waren. Wenn das der Fall war, mußte es mir möglich sein, aufgrund von Telefonnummer und Adresse seinen Wohnort ausfindig zu machen.
Ich kam gegen zehn in Berlin an und ging zunächst aufs Postamt. Dort erinnerte sich keiner an Travins Namen, aber ein freundlicher Beamter zeichnete mit Bleistift die RFD2 – die Route 2 der Freien Landpostzustellung, die Travin im Fotogeschäft als Adresse angegeben hatte – in meine Karte ein. Diesen Anweisungen folgend, fuhr ich die ersten fünf Kilometer auf dem Highway und bog dann nach links in eine unbefestigte Anliegerstraße ab; sie lief eine Zeitlang geradeaus, begann aber bald steil anzusteigen und schlängelte sich dann durch einen dichten Fichtenbestand.
Bald darauf stieß ich – das war der nächste Schritt in meinem Plan – auf den ersten Briefkasten.
Es war ein eckiger Kasten am Ende einer Auffahrt zu einem jener überall anzutreffenden Leichtmetallhäuser. Die Buchstaben auf dem Kasten waren schwarze und silbrige Aufkleber von der Art, wie Farmer sie für ihre Kleinlaster verwenden. Ich verlangsamte die Fahrt, um den Namen zu lesen, und schaltete dabei den Kassettenrecorder ein, den ich in Boston gekauft hatte. Ich wußte, daß das nicht Travin sein konnte, aber irgendwo muß man ja anfangen – und so wurde »W. F. Grafton« der erste auf meiner Liste. Hinter der nächsten Straßenbiegung reihten sich in rascher Folge drei weitere ähnliche Liegenschaften aneinander. Dann kam eine Lücke – über eine Strecke von zwei

Kilometern nur rote Zedern und Fichten – und dann ein großes Haus im New-England-Stil, vollgepackt mit Türmchen und Veranden und Giebelfenstern. Vor jeder Liegenschaft verlangsamte ich ein wenig und murmelte den Namen des Besitzers ins Mikrophon.
Die Kilometer zogen vorbei. Ich lernte, daß orangefarbene reflektierende Buchstaben leichter zu lesen sind als schwarze, wunderte mich über die Verschiedenartigkeit der »Stile«, in denen die Anschriften gehalten waren – von der Förmlichkeit eines »H. Edward Wilmott« bis zur schroffen Bündigkeit von *Carson's* –, und versuchte, leider erfolglos, die hier entwickelte Struktur der Landerschließung zu erkennen: ein paar vorstädtische Villen, eng an der Straße zusammengedrängt, dann drei Kilometer Wildnis, ein Stück ländliches Elendsviertel, ein schönes altes Bauernhaus mit Blick auf ein Tal, und dann wieder einfache Holzhäuser und Fernsehantennen. Aber nach einer Weile hörten allmählich selbst diese Zeichen einer relativen Zivilisation auf, und der Wald wurde dichter. Forststraßen führten ins Nichts. Ein großes Schild in Konturen eines Indianers wies einen Weg, der zu einem Ferienlager für Kinder führte. Dann wieder nichts. Noch mehr Bäume, kilometerweit Bäume, bis die Räder meines Wagens mit hohlem Gepolter über die Baumstämme einer Brücke rumpelten und ich an einem Jagdhaus vorbeifuhr. Und wieder nichts …
Es war Mittag, als ich wieder die Hauptstraße erreichte und Kurs auf Lancaster nahm. In meinem Motelzimmer aß ich einen Big Mac und spulte das Band zurück; jetzt hatte ich eine Liste aller Leute, die an der RFD 2 wohnten. Mühsam suchte ich mir die Namen im Telefonbuch heraus – in der Hoffnung, die Nummer zu finden, die Travin beim Fotohändler zurückgelassen hatte. Nach fünfundzwanzig Minuten hatte ich sie. Michael Travin hatte sich an einem Ort aufgehalten, der sich »Gerry's White Mountain Camp« nannte.
Das Gegenteil dessen, was ich erhofft hatte – Hotel, Jagdhütte, Ferienlager: alles Orte, an denen er sich ein paar Tage aufgehalten haben konnte, bevor er weiterzog. Ich versuchte mich zu entsinnen, wie es ausgesehen hatte, aber ich erinnerte mich nur an Buschwerk, und darum fuhr ich noch einmal hin. Obwohl ich wußte, wo es war, brauchte ich fast eine Stunde, denn es befand sich in der »Wildnis« am anderen Ende der Anliegerstraße, die dort einen Engpaß in den Bergen durchquerte, über einen Bach führte und dann steil zu einem höheren Berg anstieg. Der Briefkasten, der von seinem Pfosten halb herabhing, befand sich am unteren Ende dieser Steigung, an einer Kreuzung mit einem schmalen Karrenweg, der in die Büsche zurückführte. Ich hielt an, stieg aus und sah mich um, aber meine Erinnerung hatte mich leider nicht getäuscht; außer Gehölzen war hier wirklich nichts zu sehen: Keinerlei Baulichkeiten, und das nächste Haus lag fünf oder acht Minuten hinter mir. Auch vor mir war nicht viel los –

man mußte erst die andere Seite des Berges hinabfahren, dann stieß man auf den Highway. Ich ging zum Tor. Es war neu und mit einem Vorhängeschloß verschlossen, eines dieser gewöhnlichen eisernen Tore, wie sie auf dem Land üblich sind. Die ungepflasterte Straße zum Lager selbst, die zwischen den Bäumen dahinter verschwand, mochte noch kilometerweit laufen.
Ich fuhr nach Lancaster zurück.
Mittlerweile war es drei Uhr nachmittags geworden. Ich rief das Camp einige Male an, ohne daß sich jemand gemeldet hätte. Dann, bevor es zu spät sein würde, beschloß ich, etwas zu überprüfen. Obwohl kleiner als Berlin, ist Lancaster der Sitz der Kreisbehörde für Coos County, New Hampshire; als solcher besitzt es ein schönes altes Amtshaus, in dem das Grundbuch des Bezirks aufliegt. Ein Beamter half mir mit den schweren Bänden, und ich ging der Geschichte von »Gerry's Camp« nach. Der ursprüngliche Gerry war ein gewisser Gerard Ledoux gewesen, der 1947 mehrere Parzellen zusammengelegt hatte. Im Jahre 1962 war die Liegenschaft testamentarisch an seine Frau übergegangen, die sie noch weitere drei Jahre behielt. Seit damals hatte das Land ziemlich regelmäßig alle zwei Jahre den Besitzer gewechselt; der letzte Käufer, ein Mann namens Evans, hatte es vor zehn Monaten erworben. Ich war nicht sonderlich enttäuscht; ich hatte wirklich nicht erwartet, Travin als Eigentümer im Grundbuch zu finden. Ich kehrte in mein Motel zurück und versuchte die Campnummer noch einmal.
Niemand meldete sich.
An diesem Abend, ich sah wieder fern – einem Fremden hat Lancaster wenig andere Vergnügungen zu bieten –, wunderte ich mich darüber. Es schien mir doch ein bißchen komisch. Es war bereits November. Ich war schon lange nicht mehr auf der Jagd gewesen (und in dieser Gegend überhaupt noch nie), aber es kam mir doch so vor, als ob wir der Rotwildjagd schon sehr nahe wären: kaum die Zeit, wo eine Jagdhütte zusperren würde. Zugegeben, die Herren konnten alle im Wald sein, oder vielleicht war das Jagdhaus pleite gegangen – oder, was ja auch denkbar gewesen wäre, Mr. Evans hatte das Camp zu einem ganz anderen Zweck erworben. Doch während ich immer wieder die gleiche Nummer wählte, ohne daß sich jemand gemeldet hätte, ermahnte ich mich, auch weiterhin Vorsicht walten zu lassen.
Am nächsten Morgen fuhr ich gegen neun nach Berlin und stattete »The Pinkham Notch Shop«, einem Sportartikelgeschäft an der Hauptstraße, einen Besuch ab. Ein freundlicher Frankokanadier verkaufte mir ein Flanellhemd, einen dicken Wollpullover, einen Poncho, eine mit Gummi imprägnierte Zeltbahn, zwei Feldflaschen, ein Beil, ein Fahrtenmesser, eine Taschenlampe, einen Kompaß, einen Feldstecher und einen Nylonrucksack, um das alles

unterzubringen. In einem Lebensmittelgeschäft erstand ich Schinken, Käse, Brot und einen Liter billigen Valpolicella. Wieder im Wagen, füllte ich den Wein in die Feldflaschen und fuhr los.
Der Tag war nicht besser als der gestrige, kalt und düster, aber im warmen Mief des alten Ford (Öl, Staub, Zigarettenrauch) rückte die kalte Welt in weite Ferne wie ein Film; Spielzeugzüge ratterten durch eine miniaturisierte Landschaft; Birken streckten ihre Zweige dem schiefergrauen Himmel entgegen, und der Androscoggin floß dahin wie graue Modelliermasse.
Langsam kroch ich, der RFD 2 folgend, durch die Berge. Aus Gewohnheit hielt ich ein Auge auf die Briefkästen und stellte fest, daß die kleinen roten Metallfähnchen aufgeklappt waren – ein Zeichen für die Bewohner, daß sie Post bekommen hatten. Ich erkannte jetzt auch schon Wegzeichen: eine Straßenbiegung, die den Blick auf ein langes bewaldetes Tal freigab, einen Hügel mit einer enormen knorrigen Fichte. Und ich hatte sogar meine Lieblingsstellen: ein altes Bauernhaus aus Holz mit einer Koppel und drei Shetlandponys und die Reste eines ausgebrannten Schuppens neben einem schäumenden, plätschernden Bach.
Nach einer Weile überholte mich ein Kleinlaster – das erste Fahrzeug, das ich auf dieser Straße gesichtet hatte. Als ich mich dem Camp näherte, verlangsamte ich das Tempo. Wieder rumpelten die Stämme der Brücke unter meinen Rädern; etwa hundert Meter weiter schwenkte die Straße leicht nach links. Als sie dann wieder gerade wurde, lief sie an dem – immer noch geschlossenen – Tor des Camps vorbei und begann abermals steil anzusteigen. Ich warf einen Blick auf den Kilometerzähler. Nach 1,9 Kilometern zweigte links eine Forststraße ab. Das war weiter, als es mir lieb gewesen wäre, aber es gab wirklich keinen anderen Platz, um den Wagen zu parken, und der Boden war zwar uneben, aber fest. Nach zehn Metern verbreiterte sich die Straße ein wenig und zog etwas nach rechts, war aber so überwuchert, daß man unmöglich passieren konnte. Für mich war das perfekt: In dieser Einbuchtung war der Ford von der Straße aus nicht zu sehen.
Weil ich nicht naß werden wollte, nahm ich die Verrenkungen auf mich, die nötig waren, um mich im Wagen umzuziehen. Das Flanellhemd – häßlich grün-schwarz kariert – streifte ich über mein normales Hemd, dann kamen die Wanderstiefel und der Pullover, der weit und daher bequem war. Ich packte meinen Rucksack – Feldstecher und Zeltbahn als letztes – und hängte ihn mir so um, wie es die Zeitungsausträger tun, so daß er auf meiner linken Hüfte ruhte. Über all das kam dann der Poncho. Ich zog die Kapuze hoch und betrat eine Welt des Leidens.
Nadelwälder, besonders wenn sie vor kurzem aufgeforstet wurden, werden zum

ärgsten Dickicht, das es auf der Welt gibt. Nach fünf Minuten wußte ich, daß dieses Buschwerk die reine Hölle war: das nördliche Gegenstück zum Dschungel des Amazonas.

Die Bäume, vornehmlich Fichten, standen so eng beisammen, daß man sich kaum bewegen konnte, und ihre dicken, schweren Äste behinderten die Sicht derart, daß man nicht ausmachen konnte, wo man hinging. Tote Zweige stachen wie Dornen. Äste, die noch vom letzten Ausforsten auf dem Boden lagen, waren glatt wie Eis. Und alles war feucht; schon nach drei Metern war meine Hose klatschnaß. Da blieb nichts anderes übrig, als die Zähne zusammenzubeißen und sich durchzuboxen, obwohl ich die halbe Zeit mit dem Hintern vorandrängte. Ich tapste durch riesige, klebrige Spinnennetze; Zweige brachten mir schmerzhafte Schnitte im Gesicht bei; und der Regen rieselte wie ätzender, harziger Dunst herab – es war, als bade man in Retsina. Was die Sache noch schlimmer machte: Ich hatte hoch am Hang begonnen und rutschte immer weiter ab, obwohl ich mich bemühte, auf gleicher Höhe zu bleiben und eine halb nordöstliche Richtung einzuhalten, um so meinen Weg parallel zur Hauptstraße fortzusetzen. Aber schon nach zehn Minuten ließ ich diesen Firlefanz sein und bemühte mich nur mehr, nicht im Kreis zu gehen. Mit der Zeit kam ich leichter voran; ich geriet auf einen Wildpfad, der zwar nach Nordwesten und talwärts lief, aber ich war nicht in der Stimmung, wählerisch zu sein – und genoß zehn Minuten lang ein ruhiges, leichtes Vorwärtskommen. Dann weitete sich das Terrain. Fichten und Kiefern wurden von Ahorn und Eichen abgelöst, ihre Blätter schimmerten rostbraun und golden in der Düsternis, und ich konnte sogar den grauen Himmel über mir sehen.

Ich gönnte mir eine Atempause und versuchte meine Position zu fixieren. Ich war seit fünfundvierzig Minuten unterwegs, hatte aber vermutlich noch keine zwei Kilometer zurückgelegt. Zu Beginn war ich ganz schön hoch oben gewesen, aber es hatte mich doch sehr stark talwärts verschlagen, und das bedeutete nach meinen Berechnungen, daß ich die Campstraße früher oder später kreuzen würde. Genau das jedoch wollte ich nicht; oder zumindest nicht so bald und nicht so planlos. Ich hatte vor, das Lager auszukundschaften, um sicherzugehen, daß ich die Bewohner – wenn es welche gab – zu Gesicht bekam, lange bevor sie mich entdeckten. Ich sah mich um. Ich stand auf einer Lichtung voll junger Eichen, aber ganz in der Nähe gab es eine hohe Lärche, und ich beschloß, sie zu erklettern – was gar nicht so einfach war: Es gab keine niedrigen Äste, ich mußte mit meinem Beil Kerben einschlagen und mich die ersten drei Meter hinaufhanteln; als ich dann die großen Äste erreichte, waren meine Finger von Harz und Rinde verklebt. Aber ich hatte jetzt einen Ausblick. In sechs oder sieben Metern Höhe klammerte ich mich fest und sah mich um.

Jenseits des Tales war nichts zu sehen – nur ein langer grauer Waldstreifen. Als ich jedoch zurückblickte, den Berg hinauf, von dem ich heruntergekommen war, sah ich genau, was ich sehen wollte: nahe dem Gipfel zutage tretendes Gestein. Mit dem Kompaß peilte ich die Richtung, kletterte wieder hinunter und gönnte mir zwei Schluck Wein, bevor ich loszog.
Es war zwanzig nach zwölf, als ich mich auf den Weg zu der Bergkuppe machte; ich erreichte sie nach genau zwei Stunden. Mittlerweile hatte ich mir von diesen Wäldern schon ein erstes Bild gemacht. Aus Gründen der Bodenbeschaffenheit oder des Klimas beherrschten die Nadelbäume die Höhen, während die Laubbäume in ihren glänzenden Paradeuniformen die unteren Hänge bevölkerten. Wo aber dann die Höhenzüge zum Tal hin abflachten, waren die Bäume viel älter oder zumindest größer und wuchsen in weiteren Abständen. Das machte es mir leichter, voranzukommen, und so blieb ich unten und setzte meinen Weg den Berg entlang fort, den ich natürlich früher oder später ersteigen mußte; aber hier konnte ich gut gehen und brauchte mich nicht mühsam durchzukämpfen, konnte meinen Weg verfolgen, statt blindlings herumzutapsen. Meine Schritte und mein Atem nahmen einen Rhythmus an, während mein Geist ein hübsches ruhiges Plätzchen in meinem Hinterkopf fand und vor sich hindöste. Aber dieses Wohlbefinden war nur relativ. Ich spürte die Kälte und war immer noch durchnäßt – zehn Minuten lang schüttete es wie aus Kannen –, und diese offenen Wälder gewährten mir nur wenig Schutz. Aber ich machte gute Fortschritte, und als der Regen nachließ, konnte ich sogar den berückenden Duft des Waldes genießen: feuchte Erde, frisches Wasser, die Tannennadeln, die warme Fäule unter den gefällten Baumstämmen. Ich ruhte mich eine Weile auf einem Stein aus; mein Atem kam endlich zur Ruhe, und ich lauschte dem leisen Tropfen des Waldes um mich herum. Erinnerungen wurden wach. Pennsylvania, Jagdausflüge mit meinem Vater – die vollkommene Stille, die herrscht, bevor du abdrückst; der Schmerz, den du in den Waden verspürst. Als ich fünf Minuten später wieder aus dem Wald kam, hatte ich freien Blick auf den Berg und konnte unmittelbar über mir die Kuppe sehen. Von nun an ging es nur mehr bergauf – und es war ein hoher Berg. Aber es marschierte sich besser, als ich erwartet hatte. Der Boden war jetzt viel steiniger, das Aufsetzen der Füße leichter. Nach und nach lichtete sich der Baumbestand. Die steilsten Hänge mußte ich auf allen vieren bewältigen, aber meistens fand ich ein Plätzchen, wo ich meinen Fuß hineinzwängen konnte, und häufig bildete das Gestein Quergänge, die es mir ermöglichten, mich seitlich hinaufzuarbeiten. Noch besser kam mir zupaß, daß ich auf halbem Weg auf einen Felsvorsprung, eine Art Gesims, stieß, auf dem ich mich leicht bewegen konnte. Ich kam recht gut voran und erhaschte hin und wieder

Ausblicke – riesige weite Räume – auf das Tal unter mir. Dann verbreiterte sich der Pfad, ein mächtiger Sturmwind blies mir ins Gesicht, und ich betrat die Bergkuppe.

Aber in Wahrheit war es gar keine richtige Kuppe. Während ich, an die Felswand gelehnt, einen Augenblick ausruhte, bemerkte ich, daß es ein schmales Band war – eine Fortsetzung des Gesimses, über das ich gekommen war –, das vom Hang herausragte wie ein Schwamm von einem Baumstamm. Der Sims lag völlig frei, der Wind brauste mir um die Ohren, und so hoch oben bot sogar der dunkle, wolkenverhangene Himmel ein faszinierendes Schauspiel. Meine Augen beschattend, sah ich ins Tal hinüber. Ein sich weithin ausdehnender Raum öffnete sich: über mir der Bogen des hohen grauen Himmels, unter mir ein Bogen von dunklem Khaki. Ich taxierte die Breite des Tals auf etwa drei Kilometer, obwohl ich Entfernungen noch nie gut schätzen konnte. Der Berg gegenüber war ein bißchen niedriger als der, auf dem ich stand, aber dahinter erhoben sich höhere. Der Talboden war uneben und bewaldet; durch die Bäume sah ich Wasser glitzern – ein breiter Bach, wenn nicht gar ein Fluß. Und auf der anderen Seite, ein Stück den Berg hinauf, war »Gerry's Camp« deutlich zu sehen: ein ansehnliches Gebäude, zwei kleinere, eine dünne Rauchfahne.

Da war es also, und das beruhigte mich. Hinter einem großen Felsblock legte ich meine Zeltbahn aus, beschwerte die Ecken mit Steinen und bereitete mir ein etwas glitschiges Mahl. Aber ich war hungrig wie ein Wolf – sogar meine teigigen Sandwiches schmeckten vorzüglich, und ich beklagte mich auch nicht über den Plastik-Nachgeschmack, den die Feldflasche dem Wein angedeihen ließ. Schließlich streckte ich die Beine aus und entspannte mich bei einer Zigarette. Ich dachte sogar daran, ein Feuer anzuzünden, ließ es dann aber doch sein. Ich wäre schon imstande gewesen, eines zu machen – ich fühlte, wie gewisse in meiner Jugend erworbene Fertigkeiten zurückkamen –, aber bei diesem Regen hätte es Qualm entwickelt, und wenn ich den Rauch von »Gerry's« sah, würden die Bewohner vermutlich auch meinen sehen. Da ich kein überflüssiges Risiko eingehen wollte, ließ ich mich statt dessen von einer zweiten Zigarette wärmen.

Um drei war ich bereit, zur Sache zu kommen.

Am äußersten Rand der Kuppe formten zwei Felsblöcke eine Art Lehnsessel; darauf setzte ich mich und betrachtete das Tal durch meinen Feldstecher. Ich konnte die Anliegerstraße sehen, durch die ich heraufgekommen war, nicht aber die Campstraße, die mit dem Tor. Das auffallendste Element dieser Landschaft war der Bach, der sich, durch die Bäume schimmernd, seinen Weg bahnte. An einer Stelle verbreiterte sich ein Ufer zu einer Wiese – vermutlich eine Stelle, wo der Bach im Frühjahr überflutete –, und genau unterhalb des Camps war das Ufer sehr steinig, ein etwa zwanzig Meter breiter, mit Geröll bedeckter Hang. Auf der anderen Seite des Baches endete dieser felsige Strand am Fuß eines Berges, fast eines Kliffs, das zu einer breiten, flachen Terrasse aufstieg, die bis auf einige wenige Zedern völlig ungeschützt war. Dort war das Camp errichtet worden.

Es bestand aus drei Gebäuden. Das größte, das mir seine Fassade zukehrte, war eines dieser typischen New-England-Farmhäuser, die mir langsam sehr zu gefallen begannen. Es war auf zwei Ebenen errichtet: zwei ausgebaute Geschosse und ein Dachboden mit Giebelfenstern. Am östlichen Ende erhob sich ein hoher, sechseckiger Turm, und eine überdachte Veranda umschloß das Erdgeschoß. Das Dach des Hauses war mit schon recht verwitterten Schindeln aus Zedernholz gedeckt; danach und nach dem durchgesackten Dach zu urteilen, hatte man den Bau verkommen lassen, obwohl sich offensichtlich jetzt jemand darum kümmerte: Selbst in diesem matten Licht glänzte der frische Anstrich – weiß für die Mauern, dunkelgrün für die Fensterläden. Parallel zum Haupthaus (zweifellos die »Jagdhütte«) stand ein kleinerer Bau des gleichen Jahrgangs: eine Art Kutscherhaus. Rechts, mir am nächsten, befand sich ein langer Schuppen mit einem Blechdach.

Und es gab Zeichen menschlichen Lebens: Immer noch quoll Rauch aus dem Schornstein, ein weißer Streifen vor dem Hintergrund des grauen Himmels; und als ich gerade den Feldstecher heben wollte, war ich fast sicher, das schwache, weit entfernte Zuklappen einer Tür zu hören – einer Hintertür vielleicht, denn ich sah niemanden vor dem Haus. Außerdem standen drei Fahrzeuge auf einem mit Kies bestreuten Platz vor dem Schuppen mit dem Blechdach: ein brauner Kleinlaster, ein gelber Volkswagen Scirocco und eine rostige Limousine, deren kastenförmige Konturen ich erst nach einigen Sekunden wiedererkannte – ein alter Datsun 510. Aha, dachte ich, es ist also jemand daheim! Und warum ist niemand zum Telefon gegangen?

Aber noch während ich hinunterstarrte – mit diesen flachen, harten, binokularen Bildern vor Augen –, legte ich mir die Frage vor, ob es da nicht einen wichtigeren Punkt zu klären gab: Welche Stellung hatte Travin hier eingenommen? Wenn ich tatsächlich ein Jagdhaus vor mir hatte, war er ein Gast gewesen? Ein Bediensteter?

Ich hockte auf meinem Horst, versuchte mich mit Wein und Zigaretten warm zu halten und dachte über diese Frage nach. Eine halbe Stunde verging. Ich redete mir ein, daß das hier so übel gar nicht sei. Es hörte langsam auf zu regnen, und der Wind hatte sich um hundertachtzig Grad gedreht, so daß ich jetzt auf der Leeseite des Berges saß. Ich beobachtete einen Falken, der über dem Tal kreiste, und sah einem Reh zu, das aus dem Bach trank, jeden einzelnen Schluck mit einem verängstigten, zitternden Blick bezahlend. Noch zehn Minuten; noch eine Zigarette ... Und dann kam plötzlich eine Gestalt von der Veranda herunter. Hastig griff ich nach dem Fernglas, wischte mir das Haar aus den Augen, drehte den Rändelring zur Feineinstellung. Die Gestalt war ein Mann, der flott zu den Autos hinüberging. Ich sah ihn nur sekundenlang ganz deutlich, als er den Kleinlaster bestieg. Bluejeans, Windjacke mit offenem Reißverschluß, ein Schimmer von rotbraunem Haar... Ein kurzer Blick, mehr war es nicht, aber irgendwie ließ er sich dadurch fast leichter identifizieren.

Überraschung?

Freudige Erregung?

Angst?

Von allem ein bißchen. Während der Fahrer den Rückwärtsgang einlegte und dann zwischen den Bäumen verschwand, setzte ich das Fernglas ab und kam wieder zu Atem.

Ein kleiner, rothaariger Mann mit dem Gesicht eines Wiesels.

Der Mann in Halifax, hinter Graingers Klinik.

Der Mann, der in der Finsternis aus Brightmans Arbeitszimmer gekommen war und dann wie ein Geist verschwunden war.

11

Drei Tage lang beobachtete ich so das Camp. Dabei verwendete ich die Kuppe als meinen Stützpunkt, und als mein Geschäft erledigt war, hatte ich es mir sogar halbwegs bequem gemacht. Eine zweite Zeltbahn, zwischen zwei Zedern gespannt, schützte mich vor dem Regen, und in einem Schlafsack – zusätzlich benutzte ich zwei Butangasheizer, die ich so aufstellte, daß eine Felswand ihre Hitze reflektierte – war mir ausreichend warm. Meine Mahlzeiten bestanden aus Sandwiches und Keksen; die Feldflaschen mit Wein ersetzte ich durch eine Thermosflasche mit Kaffee und Brandy, und auf dem optischen Sektor verbesserte ich meine Ausrüstung um ein Zeiss-Fernrohr mit zwanzigfacher Vergrößerung. Mein Schlupfwinkel war zwar nicht gerade gemütlich, aber doch passabel. Schnell wurde mein neuer Tagesablauf zur Routine. Ich verließ das Motel gegen fünf Uhr früh und stapfte durch das Dickicht, wenn der Morgen über dem Hoizont heraufdämmerte. Um sieben traf ich auf der Kuppe ein, wickelte mich in meinen Schlafsack und beobachtete, wie der Nebel über dem Bach aufstieg oder wie sich ein paar versprengte Enten mit ausgestrecktem Hals von Kanada aus eiligst ins Tal zurückzogen. Gegen acht nahm ich für gewöhnlich meinen ersten optischen Kontakt mit dem Camp auf: Einer der Bewohner kam mit grünen Plastikschüsseln für die Hunde auf die Veranda. Manchmal vergingen Stunden, bevor ich wieder jemanden sah – so wurde die Langeweile zu einem Problem. Meine erste Kaffeepause – ein großes Ereignis – legte ich um zehn ein; zu Mittag verdrückte ich meine Sandwiches, und um zwei gab es noch einmal Kaffee. Um Viertel nach fünf ging ich – nach Einbruch der Dunkelheit wollte ich aus dem Dickicht heraussein.

Was erreichte ich mit alldem?

Nicht sehr viel.

Travin hatte »alles gewußt«; Travin hatte gewußt, *warum* Brightman gestorben war, und weil ich Travins Spuren bis hierher gefolgt war, nahm ich an, daß auch ich die letzte Verbindung herstellen könnte zwischen Brightman, Dimitrow, Mays Adoption, daß auch ich das Hervorbrechen all dieser Ereignisse in die Gegenwart aufklären würde.

Was ich jedoch jetzt entdeckte, schien in eine ganz andere Richtung zu führen. Während ich halb erfroren auf dieser Kuppe saß, wußte ich zwar, daß die Leute, die ich durch mein Fernglas beobachtete, mit Brightman in Verbindung gebracht werden konnten, aber das Wie und Warum schien sich immer mehr zu verflüchtigen.

Gut, ich sammelte einige Informationen: Fünf Männer, keine Frau, wohnten im Lager, und mit Hilfe des Fernrohrs lernte ich bald, sie zu unterscheiden. Der rothaarige Mann, den ich in Brightmans Haus gesehen hatte, war offensichtlich ihr Anführer. Ich beobachtete zweimal, wie er die anderen herumkommandierte – und sie gehorchten ihm, ohne zu zögern. Ebenso klar war mir, daß er keine Jagdhütte betrieb. Der einzige Mann, der sie besuchte – das geschah am dritten Tag meiner Wache –, trug einen Straßenanzug und blieb nur eine Stunde.

Damals, am dritten Tag, war ich wirklich frustriert. Die Erwartung, die ich in Washington gehegt hatte – daß ich unmittelbar vor einer Lösung stand –, war in weite Ferne gerückt. Und ich wußte nicht, was ich als nächstes tun sollte. Näher an das Lager heranzukommen hätte nichts gebracht; mit dem Fernrohr konnte ich alles sehen. Das Pech war nur, daß das, was ich sehen wollte, etwas war, was man normalerweise überhaupt nicht sehen kann: Pläne, Beziehungen, Motive. Ich spielte mit dem Gedanken, in das Haus einzubrechen und es zu durchsuchen, aber von allen anderen Risiken abgesehen – und ich bezweifelte auch, daß ich den Mut haben würde –, gab es da auch noch das Problem der Hunde. Sie waren nichts Besonderes, einfach zwei Schäferhunde, aber sie wurden jeden Abend offenbar zu dem Zweck aus dem Haus gewiesen, es zu bewachen.

In dieser dritten Nacht in meinem Motelzimmer beschloß ich, etwas Einfacheres zu unternehmen: Ihnen zu folgen, wenn sie das Camp in ihren Wagen verließen. Ich hatte sie von Anfang an bei solchen Exkursionen beobachtet. Die meisten verfolgten einen offenkundigen Zweck – die Männer brachten ihren Müll auf die Deponie, kauften Lebensmittel ein –, aber andere Ausflüge waren weniger eindeutig und fanden häufig genug statt, um meine Neugierde zu erregen. So war zum Beispiel am zweiten Tag der rothaarige Mann kurz nach neun Uhr vormittags losgefahren und noch nicht zurückgekehrt, als ich die Kuppe verließ. Wo war er hingefahren? Was hatte er den lieben langen Tag getrieben? Das konnte ich am leichtesten herausfinden, wenn ich ihnen folgte.

Am vierten Tag ging ich das Problem an, indem ich eine Stelle an der RFD 2 suchte, von der aus ich das Tor im Auge behalten konnte. Ich fand auch eine, obwohl sie nicht sehr günstig war. So wie die Straße sich schlängelte, mußte ich praktisch vor dem Tor stehen, um es zu sehen, dabei hatte ich keinerlei Möglichkeit, meinen Wagen zu verstecken. Ich mußte also gut aufpassen, um nicht gesehen zu werden. Sobald jemand die Lagerstraße herunterkam, fuhr ich los, so als ob ich gerade vorbeikäme, und beobachtete dann im Rückspiegel, welche Richtung der Wagen einschlug. Es gelang mir fast nie, das zeitlich richtig abzustimmen; ich war schon um die nächste Biegung, bevor der Fahrer seinen Wagen verlassen, das Tor geöffnet und die RFD 2 erreicht hatte. Darum fuhr ich auch ganz langsam und wartete, ob er mir folgen würde. Wenn ja, ließ ich mich überholen; wenn nicht – wenn er die andere Richtung einschlug –, mußte ich eine rasche Kehrtwendung machen und ihm nachjagen. Das klingt alles sehr kompliziert, aber es funktionierte. In den folgenden drei Tagen folgte ich ihnen siebenmal, wenn sie das Camp verließen. Viermal mußte ich mich rasch verdrücken – ich fürchtete, sie würden mich entdecken –, aber die anderen drei Male konnte ich mich an ihre Fersen heften, bis sie ihr Ziel erreicht hatten. Alle diese Ausfahrten waren völlig alltäglicher Natur; nur einmal erfuhr ich etwas Bedeutsames.

Sie kauften Lebensmittel, Benzin, Briefmarken; sie brachten ihre Kleider in die Reinigung; der Scirocco wurde in Al's Garage repariert (trotz einer riesigen Aufschrift WIR SIND AUF JAPANISCHE WAGEN SPEZIALISIERT), und sie holten ein Klafter Holz von einem Bauern in Ghoram, einem kleinen Dorf fünfzehn Kilometer südlich von Berlin. Das war alles nicht sehr aufschlußreich, obwohl ich mich dabei natürlich wohler fühlte als auf der Kuppe. Am fünften Tag aber fuhr der Kleinlaster den Müll auf die Deponie, und ich beschloß, in diesem Abfall ein wenig zu stöbern. Niemand konnte mich sehen: Die Halde, die man über eine kurze unbefestigte Straße erreichte, war nur ein freier Platz im Gestrüpp. Daneben standen eine Holzhütte, vermutlich für einen Aufseher, doch an diesem Morgen leisteten mir nur zwei umherhüpfende Krähen Gesellschaft. Ich ging zu der Stelle, wo der Kleinlaster gehalten hatte; dort lagen jetzt drei gelbe Müllsäcke. Wie ein richtiger CIA-Mann begann ich darin zu wühlen und entdeckte dabei, daß Müll Müll ist: Orangenschalen, Eierschalen, Milchkartons, Konservendosen. Der letzte Sack jedoch enthielt Zeitungen, und da fand ich etwas: unter Ausgaben der *New York Times* und des *Boston Globe* befanden sich auch zwei alte Exemplare einer russischen Zeitung, *Nasha Strana* – ›Unsere Heimat‹. Ich kannte diese Publikation vom Namen her, mir war aber noch nie ein Exemplar davon in die Hände gekommen; es erschien in Buenos Aires und wurde von der großen Schar der dort lebenden russischen Emigranten gelesen. Die beiden Nummern waren ein paar Monate alt, das Papier fühlte sich vergilbt und brüchig an, und obwohl ich im Wagen saß und sie von A bis Z durchlas, konnte ich in ihnen nichts finden, was besonders interessant gewesen wäre. Dennoch bewiesen sie etwas: Travins Verbindung mit dem Camp war kein Zufall gewesen.

Eine Stunde später machte ich noch eine Entdeckung – auch sie wichtig, selbst wenn ich im Augenblick nicht erkennen konnte, was sie bedeutete.

Ich hatte wieder Wartestellung auf der Straße bezogen, als eine rundliche Dame in einem alten Toyota neben dem Tor stehenblieb und die Post ablieferte – einen Umschlag, den sie in den Briefkasten schob. Kaum war sie fort, tat ich, was mir ganz natürlich erschien: Es war ein alter Briefkasten, dessen Schloß schon lange nicht mehr funktionierte. Der Umschlag, in normalem Format, war dick und schwer und knisterte. Ich schob ihn in meine Tasche und fuhr ohne anzuhalten in mein Motel zurück. Als ich den Umschlag öffnete, fand ich drei Dinge: einen Packen Quittungen; zwanzig Hundertdollarnoten und einen Brief von einem Anwalt in Springfield, Massachusetts, adressiert an »Mr. Howard Petersen c/o Gerry's White Mountain Camp«. Der Brief listete alle bezahlten Rechnungen auf, merkte an, daß »Ihre übliche Überweisung beiliegt«, und schloß mit dem Satz «Nach diesen Transaktionen beläuft sich Ihr von uns treuhänderisch verwaltetes Vermögen auf $ 22736,79«. Die Unterschrift stammte von einem gewissen »Robert Evans«, dessen Name auch auf dem Briefkopf erschien.

Robert Evans – der im Grundbuch als Eigentümer des Lagers eingetragen war. Interessant. Ich sah die Empfangsbestätigungen durch. Hier gab es alles mögliche, angefangen von einer Kommunalsteuervorschreibung bis zu einer Aufstellung von American Express. Die lokalen Quittungen waren an das Lager ausgefertigt, die anderen an ein Reisebüro mit der Bezeichnung »E. Arnott Travel Ltd.«. Die Amex-Rechnung mochte tatsächlich echt sein, sie umfaßte wirklich eine Menge Reisen: Boston–Montreal; Montreal–Toronto; Toronto–New York; Boston–London; Amsterdam–Frankfurt; Brüssel–New York ... Im vergangenen Monat war »Mr. Petersen« viel unterwegs gewesen und hatte gewisse Maßnahmen getroffen, um seine Spuren zu verwischen: Er verbarg sich hinter seinem Anwalt, oder er zahlte bar – und jetzt fiel es mir ein, daß ich noch keinen der Burschen dabei beobachtet hatte, wie er eine Bank besuchte. Es war drei Uhr, als ich diese Entdeckung machte. Bei der Höhe der Beträge, um die es hier ging, nahm ich an, daß »Mr. Petersen« schon auf seinen Brief wartete, und so fuhr ich geradewegs nach Springfield und übergab den Umschlag neuerlich der Post. Inzwischen war es spät geworden; ich blieb über Nacht und kehrte erst am nächsten Morgen nach Berlin zurück.

Das war eine trübselige Fahrt. Ich hatte keine Ahnung, wo ich stand. Etwas war in Bewegung, und Berlin war eines der Zentren, aber Brightman, Dimitrow und Travin umkreisten es wie unbekannte, geheimnisvolle Planeten. Vor allem war mir schleierhaft, wo Travin da hineinpaßte. Vermutlich hatte er im Camp gelebt. Wußten die Leute hier, was mit ihm geschehen war? Oder war Travin ein Abtrünniger gewesen, den sie selbst eliminiert hatten? Dies mußte ich als eine Möglichkeit in Erwägung ziehen; aber wenn ich das tat, war ich gezwungen, meine bisherige Theorie über Bord zu werfen – daß nämlich die Leute, die Travin erledigt und sein Hotelzimmer durchsucht hatten, »Offizielle« waren. Und das waren sie doch – daran zweifelte ich keinen Augenblick, was nichts anderes hieß, als daß ich es mit zwei Gruppen von Russen zu tun hatte: mit dem KGB – die Männer, die Travin ermordet hatten –, und die Leute, die ich jetzt beobachtete. Was für Leute konnten das sein? Eine gute Frage ... die ich nicht beantworten konnte. Aber während ich so dahinfuhr, fragte ich mich, ob ich nicht doch einige Hinweise hatte. Es waren Russen, offensichtlich eine organisierte Gruppe, und sie hatten möglicherweise Verbindungen zu Emigranten – siehe die Zeitungen im Müll. Was diese Fakten zusammenzuhalten schien – wenn auch mit einem sehr dünnen Faden –, waren einige Bemerkungen Travins am Telefon in Detroit. Damals waren sie mir kaum aufgefallen, aber jetzt kamen sie mir wieder in den Sinn. »Wir können über die *bilinij* reden«, hatte Travin gesagt, »und über die *begunij* und die Schwarzen Hundertschaften.« Womit er meiner Meinung nach sagen wollte: Wir können über Gott und die Welt reden – aber vielleicht hatte er damit schon mehr ausgeplaudert, als er sagen wollte. Die *bilinij*, das sind die großen mittelalterlichen epischen Gesänge der russischen Literatur. Ihr berühmtester Held – Ilya von Murom – war lange Zeit ein Symbol russischer Macht, russischer Einheit, der russischen Christenheit und der Größe des russischen Volkes. *Begunij* war – wenn ich mich recht entsann – der Name einer verrückten religiösen Sekte des 19. Jahrhunderts (das Wort bedeutet »Flüchtling«), deren Mitglieder sich weigerten, etwas mit Behörden zu tun zu haben (insbesondere in bezug auf Zensus und Reisepässe), und sich wie Robin Hood in die Wälder zurückzogen. Und die Schwarzen Hundertschaften, das war eine Bande von antisemitischen Schlägern mit guten Verbindungen zum Zarenhof, die ihr Programm in den »Protokollen der Weisen von Zion« dargelegt hatten. Und hier ließ sich sogar eine Verbindung zu mir herstellen. Die »Protokolle« waren vorgeblich die Umrisse einer jüdischen Verschwörung mit dem Ziel, durch Umsturz die Welt zu erobern. In Wahrheit waren sie um das Jahr 1900 von der russischen Geheimpolizei zusammengebraut worden und dienten bis in die dreißiger Jahre – und auch noch danach – als antisemitische Propaganda. Noch im September 1972 hatte die sowjetische Botschaft in Paris unter dem Titel »Israel: Eine Schule der Kulturfeindlichkeit« eine Dokumentation herausgegeben, die eine *wortgetreue* Version der »Protokolle« darstellte. Ich war damals gerade in Paris gewesen, hatte einen Artikel über die Sache geschrieben und deswegen ein Jahr lang kein Visum für die Rückkehr nach Moskau erhalten.

Konnte zwischen alldem ein Zusammenhang bestehen? War es möglich, daß Travin, ohne es zu wollen, angedeutet hatte, daß es sich bei diesen Leuten um eine verrückte Emigrantensekte handelte – russisch und religiös, antisemitisch

und antisowjetisch? Es gab keinen Grund, der dagegensprach, Tatsache ist, daß es solche Emigrantengruppen auf der ganzen Welt gibt. Wo aber war die Verbindung zu Brightman, zu Dimitrow, zu May? Und wieso nahm der KGB die Sache so ernst, daß seine Leute nicht davor zurückschreckten, Mitglieder dieser Sekte auf dem Territorium der Vereinigten Staaten zu ermorden?
Als ich wieder in Berlin war, hatte ich immer noch keine Ahnung, wie die Antwort auf diese Frage lauten konnte, und als ich am späten Nachmittag zum Tor des Camps zurückkehrte, mußte ich zugeben, daß ich es tat, weil mir einfach nichts Besseres einfiel.
Gegen halb vier kam ich an und langweilte mich die nächsten paar Stunden mit der Sinnlosigkeit meiner Gedanken. Doch als dann die Dämmerung in die Nacht überzugehen begann, wischten plötzlich Scheinwerfer über das Tor. Ein Mann tauchte auf, sein Schatten erstreckte sich über die Anliegerstraße. Es war der Rothaarige – ich konnte sie jetzt schon nach ihrer Gestalt und ihrer Körperhaltung unterscheiden –, aber er hatte noch einen anderen bei sich im Wagen; das machte mich neugierig, weil sie meines Wissens noch nie zu zweit ausgefahren waren. Es war der kleine Stämmige, der sonst immer am Steuer des Kleinlasters saß … Jetzt beherrschte ich meinen kleinen Trick mit dem »zufällig vorbeifahren« zwar schon besser, aber das Timing klappte wieder nicht. Vierzig Sekunden vergingen. Ich sah immer noch keine Lichter in meinem Rückspiegel, und so machte ich schleunigst kehrt und sauste zurück. Die Straße war leer, aber als ich durch die Kurve kam, leuchteten ihre Schlußlichter vor mir. Sie fuhren den Scirocco, und sie fuhren ihn schnell: von Berlin weg auf die Route 26 zu. Das war nicht ihr üblicher Weg – normalerweise fuhren sie in Richtung Stadt –, aber ich war ihnen auch noch nie so spät am Abend nachgefahren. Wir erreichten den Highway. Sie bogen nach links ab, nach Norden. Auch das war unüblich. Als die Straße sich in die Berge zu winden begann, fummelte ich mit der Karte im Schein des Armaturenbretts herum. Nördlich von hier lag Colebrook, eine kleine Ortschaft; dann kam die Grenze zu Vermont, dann Kanada.
Die Straße beschrieb eine Kurve, stieg an und führte dann zum Dixville Paß hinunter. Ich hielt mich am Lenkrad fest und konzentrierte mich auf das Fahren; der Scirocco sprintete wendig dahin, während mein Ford schwerfällig durch die Kurven ächzte und die Steigungen nur murrend nahm. Aber je weiter wir kamen, desto angenehmer wurde es mir, daß ich zurückfiel; auf einer so gebirgigen und kurvenreichen Straße war eine Entdeckung sehr unwahrscheinlich, aber es hatte doch keinen Zweck, Risiken einzugehen – vor allem hier, wo es nur wenige Stellen gab, an denen sie hätten abzweigen können. Trotzdem wäre mir um ein Haar ein Fehler unterlaufen. Wir passieten

Colebrook, wo rich den Abstand zwischen unseren Wagen ein wenig verringerte, und dann kam die zwölf oder fünfzehn Kilometer entfernte Grenze schneller, als ich erwartet hatte. Es ist nur ein kleiner Grenzposten – Canaan auf der amerikanischen Seite und ein winziges Dorf, dessen Namen ich mir nicht merken konnte, auf der kanadischen – mit einer kleinen Hütte und einem einzigen Grenzposten. Ich merkte erst im letzten Augenblick, was da los war – wenn ich nicht am Straßenrand geparkt hätte, wäre ich, als sie die Grenze passierten, unmittelbar hinter ihnen gewesen. So aber ließ ich ihnen fünf Minuten Zeit, bevor ich weiterfuhr, und sie passierten die Grenze in dem Augenblick, als ich ankam. Sobald ich abgefertigt war, heftete ich mich wieder an ihre Fersen. Die Straße war hier nur mit Schotter aufgeschüttet und führte am Ufer eines Sees entlang, und wie immer man auch fuhr, sehr schnell kam man nicht voran. Niemand schien in dieser Gegend zu leben: Ich sah eine verlassene Farm, ein paar schäbige Häuser, das »Christian Frontier Camp«. Endlich rumpelte ich wieder über Asphalt und bekam ihre Schlußlichter zu sehen. Sie führten mich in eine Stadt namens Coaticook und dann weiter nach Westen über die gleiche schmale Straße. In der Ferne ragten Berge auf, riesige Klumpen von Finsternis, aber auf beiden Seiten des doppelläufigen Strahls der Scheinwerfer erstreckte sich hügeliges Gelände. Hier gab es jetzt mehr Häuser, auch Farmen, deren von Scheinwerfern angestrahlte Silos mit den königlichen blauen Lilien bemalt waren. Ich blieb zurück – es gab nicht viel Verkehr –, und als der Scirocco in eine noch schmalere Seitenstraße abbog, schaltete ich meine Lichter aus. Die Nacht war schwarz wie Tinte. Ich steuerte blind, versuchte, mich auf dem Mittelstreifen zu halten, und erriet die Kurven nach den Bewegungen ihrer Schlußlichter. Wir kamen in einen Wald, die Straße stieg an. Ich mußte die Fahrt verlangsamen, aber immer wenn sie eine Kurve nahmen, schaltete ich meine Lichter an und schoß voran, bevor ich sie wieder löschte. Nach einem Kilometer bogen sie schließlich nach rechts ab, ich verlangsamte sofort und beobachtete sie über ein freies Feld hinweg. Ihre Lichter tasteten sich etwa zweihundert Meter weit in diese Seitenstraße hinein und hielten an. Dann fuhren sie ein Stück zurück und bogen scharf nach links ab. Dort mußte ein Haus oder eine Farm sein. Ich wartete, bis sie verschwunden waren, und folgte ihnen; meine Reifen rollten knirschend über den Schotter. An der Stelle vorbeifahrend, wo sie abgebogen waren, konnte ich einen Weg ausmachen, der zwischen Bäumen durchführte; gleich dahinter flimmerte ein Licht. Ich fuhr etwa hundert Meter weiter, wendete den Wagen und hielt am Straßenrand.

Den Motor im Leerlauf, kurbelte ich das Fenster herunter. Eine sanfte, raschelnde Nacht hüllte mich ein. Die Luft war kühl und duftete nach Gras und feuchter

Erde. Nach all den Kilometern in der Finsternis brauchte ich Erholung und zündete mir eine Zigarette an, aber sobald meine Nerven sich beruhigt hatten, stieg ich aus. Immer auf dem Gras am Rand des Straßengrabens bleibend, schlich ich mich lautlos zur Abzweigung zurück. Natürlich hing da ein Briefkasten – ich fragt mich schon, ob mich die verdammten Dinger in den kommenden Jahren als banale Symbole verborgener Identitäten auch noch in meinen Träumen verfolgen würden. Es war ein ganz altes Exemplar, und darauf, in roter Farbe, mit ungelenker Hand geschrieben, stand ein Name: *N. Berri.*

Ich stieg ein paar Schritte die Auffahrt hinauf, aber ich sah nur ein verschwommenes Lichtmuster hinter einigen Ahornbäumen. Ich rümpfte die Nase. Ein seltsam stechender Geruch hing in der Luft. Das war hier vermutlich eine Farm, aber es roch nicht nach Dung. Hühner? Schweine? Es war etwas anderes, Stärkeres. So ähnlich wie Stinktiere, aber das war es auch nicht. Der Wind drehte sich, wehte den Geruch fort ... ich zögerte. Ich wollte weitergehen, aber ich wußte, daß ich das nicht konnte. Die zwei Männer im Scirocco und dazu dieser N. Berri – das wären drei gegen einen, und wenn sie mich dabei erwischten, wie ich da herumschlich, wie sollte ich ihnen meine Anwesenheit erklären?

Ich ging zum Ford zurück.

Eine Stunde verging.

Dann gegen halb neun, zerriß ein entsetzliches Heulen die Nacht und ging in das kläglichste Winseln über, das ich in meinem Leben je gehört hatte.

Es kam so plötzlich und überraschend, daß mir das Blut in den Adern stockte. In das Dunkel starrend, beugte ich mich vor, schaltete den Motor aus und lauschte, während die Stille in meinen Ohren brauste. Dann bellte ein Hund. Nur daß es – wie der Geruch – doch nicht genau das war; es war ein anderes, schnelleres, schärferes Jaulen. Und dann mischte sich eine andere kläffende Stimme ein, und dann noch eine und noch eine, und in den folgenden fünfundzwanzig Minuten hörte es nicht mehr auf: das hilflose, verzweifelte Bellen zu Tode erschreckter Tiere, die in ihren Käfigen auf und ab laufen. Es ging weiter und weiter; klagende Laute, Laute der Angst und des Schmerzes ließen mir kalte Schauer des Entsetzens über die Haut laufen. Was war geschehen? Und was konnte ich tun?

Vielleicht hätte ich etwas tun können, tun sollen; aber ich tat nichts. Ich saß einfach da und wartete.

Die Scheinwerfer fegten über die Straße.

Der Scirocco. Während er kurz die Fahrt unterbrach, bekam ich flüchtig zwei schattenhafte Gestalten im Wageninneren zu sehen; einer davon war der

Rothaarige aus dem Lager. Dann bog der Wagen ab und fuhr zur Hauptstraße zurück.
Ich sah ihnen nach, bis ihre Schlußlichter in der Ferne verschwanden. Halb wollte ich ihnen folgen, das gebe ich zu, aber ich konnte es nicht – ich hatte schon jetzt ein schlechtes Gefühl, und wäre ich vor diesem kläglichen Heulen geflohen, ich hätte es vor meinem Gewissen nie verantworten können. Also startete ich den Ford und fuhr die Straße hinaus. Als ich in die Auffahrt einbog, knallten Steine unter den Reifen, und Bäume glitzerten silbern im Licht meiner Scheinwerfer. Fünfzig Meter lang war die Auffahrt dunkel wie ein Tunnel, doch dann rundete sie sich zu einer Sichel, und ein Rasen schimmerte wie schwarzes Eis.
Nun konnte ich das Haus sehen, in dem offensichtlich alle Lichter brannten. Es war ein kleiner Bungalow, nicht viel größer als eine Kate; das Dach stieg steil über einer schmalen Vorderveranda auf. Als meine Scheinwerfer herumschwenkten, sah ich, daß weißgestrichenes Gitterwerk den Raum zwischen Veranda und Erdboden ausfüllte. Schaufel und Rechen lehnten dagegen; ein Schubkarren voll welker Blätter stand am Ende der Ausfahrt. Ich stoppte den Ford, ließ aber den Motor laufen; dann drückte ich ein paarmal kräftig auf die Hupe.
Das Jaulen und Kläffen wurde noch lauter, aber niemand kam zur Tür.
Mit großem Widerstreben stieg ich aus dem Wagen; einen Fuß noch drinnen, eine Hand auf der Oberkante der Tür, wartete ich. Einen Augenblick lang starrte ich über das Dach des Wagens auf das Haus; dann langte ich hinein und drückte wieder auf die Hupe, aber es kam niemand. Vermischt mit dem kräftigen Jaulen der Hunde – oder was es sonst für Tiere waren – wisperten nächtliche Geräusche, und kalte Luft strich über meine Wangen. Der moschusartige Geruch, den ich schon zuvor wahrgenommen hatte, war jetzt sehr stark, aber ich konnte immer noch nicht sagen, was es war. Leise schloß ich die Wagentür, ging um den Kühler herum, blieb stehen und stieg entschlossen die Veranda hinauf. Ich stand vor einer Doppeltür aus Metall; ich klopfte an, und sie klapperte, aber mittlerweile war ich schon sicher, daß niemand kommen würde. Ich wollte sie öffnen und bemerkte dabei, daß sie nur angelehnt war. Ich stieß sie auf.
Ich blieb auf der Schwelle stehen und sah vor mir einen kleinen, hell erleuchteten Raum. Er war vollgestopft mit alten Möbeln von der Art, wie sie sich in solchen Häusern ansammeln: ein dunkles Sofa, ein weißer Korbsessel, ein schwerer Lehnstuhl aus den fünfziger Jahren, Stehlampen mit quastenbehangenen Schirmen.
Aber das war es nicht, worauf mein Blick fiel; nicht in diesem Moment.
Unmittelbar vor mir, auf der anderen Seite des Zimmers, befand sich ein

Bogengang, der in die dahinter gelegene Küche führte, und unter diesem Bogen, mit einem Strick an einen hochlehnigen Stuhl gefesselt, saß ein Mann – aber wie ein Sack über seinen Schädel gestülpt waren der Kopf und die Schultern eines Fuchses: eines weißen Fuchses, der noch im Tod die Zähne fletschte. Die andere Hälfte seines Körpers lag neben dem Stuhl; in bläulich-hellroter, schleimiger Masse quollen die Eingeweide hervor. Das Beil, mit dem man dem Tier den Kopf abgeschlagen hatte, steckte im Boden. Überall war Blut. Das Zimmer stank danach; wie Farbe hatte es sich mit dem Pelz des Fuchses verfilzt, es glitzerte rund um die Stuhlbeine, große schwarze Flecken hatten sich in den Teppich gefressen.
Ich holte tief Atem, doch der Gestank benahm ihn mir wieder und verbannte ihn in meine Luftröhre. Ich bin alles andere als zimperlich, aber nur Gott allein weiß, wie es kam, daß ich bei diesem Anblick nicht in Ohnmacht fiel. Vielleicht weil ich nach Detroit auf alles vorbereitet war. Oder vielleicht weil die Grausamkeit dieser Szene mein Entsetzen zu Zorn werden ließ. Jedenfalls durchquerte ich den Raum – meine Schuhe glitten über geronnenes Blut – und ging auf den Mann zu. Er lebte. Mit einem Ruck riß ich ihm den Fuchskopf herunter. Es war ein alter Mann, und nun merkte er wohl zum erstenmal, daß ich da war, denn er begann sich zu winden, wobei er beinahe den Sessel umkippte. Ich fing ihn gerade noch rechtzeitig auf. Er zitterte vor Angst. Als ich hinter ihn langte, um die Stricke zu lösen, begann er zu wimmern: »Sie wollten sie alle umbringen, so wie diesen. Sie sagten, sie wollten sie alle umbringen, einen nach dem anderen …«
Ich hüstelte. Wenn ich hüstelte, mußte ich mich vielleicht nicht erbrechen. Meine Hände, glitschig vom Blut, zerrten an den Stricken.
Der Alte wimmerte weiter; die Füchse jaulten immer noch.
»Alles in Ordnung«, sagte ich schließlich, nachdem ich ihn befreit hatte. »Es ist gut. Die werden jetzt keinen mehr umbringen, Mr. Berri. Ihnen geht es jetzt auch gut. Hören Sie: Ich bin ein alter Freund. Verstehen Sie das? Ich bin ein Freund.«
Ich packte ihn an der Schulter und schob ihn ein wenig von mir fort.
»Ich war ein Freund von Harry«, fügte ich hinzu, »von Harry Brightman.«
Endlich flackerte etwas in seinen Augen auf.
»Der arme Harry«, flüsterte er. »Es kommt immer anders, als man denkt.«

12

Wie Berri später sagte, war es nicht so schlimm gewesen, wie es aussah – aber schon das war schlimm genug.

Sie hatten ihn geohrfeigt und zusammengeschlagen, und die Sache mit dem Fuchskopf hatte ihm einen Schock versetzt, aber er war mehr verängstigt als verletzt. Ich legte ihn auf sein Bett, deckte ihn zu, brachte ihm Wasser. Ziemlich rasch erholte er sich wieder; dann wurde er wohl ein wenig verlegen. Eine vernünftige, aber sehr verständliche Reaktion; wie ich bald entdeckte, war er ein stolzer alter Mann, der kaum Gefallen daran finden konnte, daß ein Fremder ihn in einem solchen Zustand sah. Aber wie auch immer: Nachdem ich mich vergewissert hatte, daß er keinen Arzt brauchte, ließ ich ihn allein und ging in die Küche zurück. Von dort durch den Bogen schauend, starrte ich noch einmal auf das Grauen im Wohnzimmer.

Der Anblick war fast unbeschreiblich; der Ekel, den er hervorrief, nahezu unaussprechlich.

Vor langer Zeit mußte es ein gemütliches Zimmer gewesen sein, und die kuriose, wahllos vermischte Einrichtung – Flohmarkttrödel; Geschenke von Freunden (»das habe ich selbst gemacht«) – verlieh ihm etwas Anheimelndes. Jetzt aber sah es aus wie im Innern eines Schlachthofs. Blut glitzerte auf dem glänzenden Brokat des schweren alten Lehnsessels, auch die Wände waren damit vollgespritzt; für ein rotes, sich verdickendes Rinnsal war ein Bücherregal zum Damm geworden. Die Reste des Fuchses bildeten die Fleischbrocken in diesem schauderhaften Eintopf. Der Kopf war das Schlimmste: am Hals schartig abgeschlagen, das Gesicht zu grauenhafter Grimasse verzerrt, die großen gelben Augen hervorquellend in Agonie. Sie hatten ihm auch den Bauch aufgeschlitzt, und die Eingeweide ringelten sich um die Stuhlbeine. Es fiel mir schwer, mich nicht zu erbrechen, aber ich wußte, daß ich diesen grauenhaften Anblick Berri nicht zumuten konnte – also durchmaß ich so vorsichtig wie nur möglich den Schauplatz des Gemetzels und holte mir die Schaufel von der Veranda. Damit beförderte ich alles auf einen blutigen Haufen in der Mitte des Teppichs, hob diesen auf wie einen Sack und warf ihn in den Schubkarren. Widerlich … und Widerlichkeiten wie diese kann man nur begraben. Ich bemühte mich, nicht zu sehen, was ich unmittelbar vor der Nase hatte, bemühte mich, meinen Atem nicht in die Luftröhre gelangen zu lassen, packte die Griffe und schob den Schubkarren um das Haus herum. Ich suchte eine Mülltonne, einen alten Karton, irgend etwas ... Aber hinter dem Haus zog sich an einer Hofseite der lange Streifen eines Gemüsegartens hin, und so mußte ich mich über alte Gurkenhügel, über Rinnen und Furchen bis zum Ende der Beete durchkämpfen. Mit dem kläglichen Jaulen der Füchse als Grabgesang – sie hatten nie damit aufgehört –, hob ich eine Grube aus und kippte alles hinein, schüttete sie wieder zu und schleuderte die Schaufel in die Nacht.

Endlich konnte ich wieder atmen. Ich entfernte mich ein wenig vom Garten, ließ mich von der Nachtluft kühlen und sah mich in der Dunkelheit um. Es gab keinen Mond, aber irgendwo mußte er wohl geschienen haben, denn der Himmel hatte einen sanften, zinnfarbenen Schimmer. Zu meiner Linken, an der Hinterwand des Hauses, befand sich ein wirrer Haufen von Sägeböcken, Brettern und Schneegattern. Nach rechts hinüber zog sich eine Reihe alter Apfelbäume, die ihre Schatten in der sanften Ausstrahlung des Himmels krümmten. Die Kennels – Zwinger, Käfige, wie man sie auch nennen mochte – lagen dahinter. Sie waren ganz aus Draht und standen auf Holzpflöcken. Von dort kam jener starke moschusartige Geruch, den ich wahrgenommen hatte, und das Jaulen, das mir immer noch die Haare zu Berg stehen ließ. Füchse: vielleicht zwei Dutzend davon. Ich beobachtete die Tiere, die wie graue Schatten hin und her liefen. Schwer hing das Blut ihrer Rasse in der Luft, und sie bewegten sich in einer Panik, der nur Erschöpfung ein Ende setzen kann. Aber plötzlich – ich nehme an, ein Lüftchen brachte ihnen meine Witterung – verstummten sie. Die Leere der Nacht hüllte mich ein. Ich bewegte mich nicht. Und dann hielt ich, fast ehrfürchtig, den Atem an, als ein Dutzend goldener Augen im Dunkel leuchteten. Für Sekunden konnte ich mich nicht von der Stelle rühren. Dann begann eine Stimme zu jaulen, eine zweite schloß sich an, und bald heulten sie wieder alle wie zuvor.

Ich ging ins Haus zurück.

Trotz meiner Bemühungen erinnerte das Wohnzimmer immer noch an ein Schlachthaus. Ich riß daher die Klappen von einigen Kartons herunter und schaufelte damit so viel geronnenes Blut zusammen, wie ich nur konnte. Dann breitete ich eine Menge Zeitungen auf dem Boden aus; danach gab es, von Eimer und Scheuerlappen abgesehen, nicht mehr viel zu tun. Es war zehn Uhr vorbei. Während ich arbeitete, hatte ich die Dusche gehört, aber jetzt war sie abgestellt, und ich ging auf Zehen in die Küche, denn ich nahm an, daß Berri zu schlafen versuchte. Sekunden später aber hörte ich ihn im Hinterzimmer rumoren, und ich rief seinen Namen.

Es folgte eine Pause, die lange genug anhielt, um peinlich zu wirken, bevor er antwortete: »Ich komme gleich.«

Ich sah mich in der Küche um. Sie war alt und schäbig und erinnerte mich ein wenig an Graingers Klinik. Das Linoleum lag locker und wellig auf dem Boden, die Geschirr- und Speiseschränke trugen unzählige Schichten abgesplitterten weißen Anstrichs, und in einer Ecke stand ein alter Herd mit großen, schweren Knöpfen. Ich steckte die Nase in den Speiseschrank, fand jedoch keinen Kaffee, wohl aber Dosen mit Campell's Suppen, Chef Boyardee, Cordon Bleu, Irish Stew und eine Menge Tee: Red Rose in Beuteln, vier kleine Dosen Twining's – Irish Breakfast, Earl Grey, Russian Caravan und Darjeeling. Nach diesen Hinweisen auf den Geschmack des Hausherrn füllte ich den Teekessel und stellte ihn auf den Herd; Tassen und Untertassen kamen auf einen Tisch am anderen Ende des Raumes. Hier, mit Reißzwecken an der Wand befestigt, befand sich die einzige dekorative Note in dieser Küche: ein Kalender der Hudson Bay Company aus dem Jahre 1941, auf dem ein stämmiger, schlecht gemalter Indianer ein Kanu über Stromschnellen trug. Während das Wasser siedete, setzte ich mich unter den Indianer und versuchte mir ein Bild von dem Mann zu machen, der hier lebte. Er war einsam, nahm ich an, ein Einsiedler; ein Junggeselle, nahm ich an – in dieser Küche hatte wohl keine Frau etwas zu suchen; und da gab es eine Anzahl von Hinweisen (der Eindruck des Selbstgemachten, wie ihn das Haus und seine Einrichtung vermittelten, schon allein die Lage des Anwesens und die Füchse), die mich an einen dieser autodidaktischen und autarken Arbeiter denken ließen, die Abendkurse besuchen und unter fixen Ideen leiden, Lieblingsprojekte entwickeln, aber doch so weit praktisch denken, daß sie in einer verschrobenen, exzentrischen Wirklichkeit Platz für diese Unternehmungen finden. Wie sich herausstellte, hatte ich ihn gar nicht so schlecht eingeschätzt. Als er, einen Augenblick später, ins Zimmer trat, begriff ich, daß Berri eine Persönlichkeit eigener Prägung war: ein drahtiger alter Knabe mit grauen Haaren und einer stachligen Bürstenfrisur und einer Spur weißer Stoppeln auf den hohlen, ledrigen Wangen. Er hatte sich umgezogen und trug jetzt einen derben grauen Pullover und eine alte Wollhose, aber seine Füße waren bloß, was ihn nur noch lebensvoller erscheinen ließ. Von Blut und Erbrochenem bedeckt, hatte er einen kläglichen Anblick geboten, jetzt aber war dieser Eindruck völlig ausgelöscht. Ein alter Seemann, hätte man denken können, oder ein zäher alter Jockey. Als ob er verlegen wäre, zauderte er kurz, erst dann gelang ihm ein leises, zuckendes Lächeln. »Ich muß Ihnen wohl danken.«

»Das ist schon in Ordnung, Mr. Berri.«

»Nick«, sagte er. »Nick Berri.«

»Robert Thorne.«

Er nickte und probierte noch einmal sein Lächeln aus. »Da hatte ich wohl Glück, daß Sie vorbeikamen.«

Ich schenkte den Tee ein und bemühte mich, ein heiteres Gesicht zu machen.
»Ich dachte, das könnten Sie jetzt gebrauchen.«
Wieder nickte er und kam auf mich zu. Mir wurde klar, daß ich auf seinem Platz saß, und ich wollte aufstehen, aber er winkte ab und rückte sich einen Stuhl zurecht. Er nahm ein Schlückchen von seinem Tee – es war das umständliche, laute Schlürfen eines alten Mannes –, und während er trank, sah ich etwas, war mir bisher nicht aufgefallen war: Mit Ausnahme einiger Becher war das ganze Geschirr, das ich im Schrank gefunden hatte, einheitlich schweres, glasiertes, dunkelgelbes Steingut. Die Tassen waren breit und flach, die Untertassen fast eben. Im Vergleich zum Rest der Einrichtung war es ein ziemlich elegantes Geschirr, und jetzt erkannte ich es auch wieder. Es war »Russel Wright«-Geschirr, sehr bekannt und beliebt in den vierziger Jahren; meine Eltern hatten einige Stücke besessen, und die letzten standen noch im Haus meiner Mutter. »Geht es Ihnen wirklich wieder gut, Mr. Berri?« fragte ich ihn, als er seine Tasse niederstellte.
»Mir geht es gut.«
»Ich habe einen Wagen da. Wenn Sie wollen, bringe ich Sie zu einem Arzt.«
»Nein.« Er schüttelte den Kopf. »Wie ich schon sagte, mir geht es gut.«
Seine Stimme klang abweisend, fast feindselig. Ich bemühte mich, unbeteiligt zu bleiben. »Sie haben da ja eine ziemliche Quälerei durchgemacht. Jetzt brauchen Sie vor allem Ruhe.«
»Mir geht es gut. Ich möchte Ihnen noch einmal für alles danken, was Sie getan haben, aber jetzt geht es mir wieder gut. Wirklich.«
Ich lächelte. »Und jetzt möchten Sie wohl, daß ich mich schleunigst verziehe, nicht wahr?«
Sein Mund bildete eine tiefe Furche, die bis in die Wangen hinaufreichte. »Tut mir leid, daß es so klang. Wie ich schon sagte, muß ich Ihnen dankbar sein und bin es auch. Aber jetzt fühle ich mich wieder gut. Es ist spät. Wenn Sie bleiben wollen, sind Sie mir willkommen, aber wegen mir brauchen Sie es nicht zu tun. Diese Männer haben bekommen, was sie wollten. Die werden nicht wiederkommen.«
Was haben sie bekommen? fragte ich mich. Aber laut sagte ich: »Wissen Sie, wer die Männer waren?«
Er schüttelte den Kopf. »Hab' sie in meinem ganzen Leben noch nie gesehen.«
»Sie kamen also einfach herein ...«
»Ja.«
»Was wollten sie?«
»Ich habe keine Ahnung.«
»Aber Sie sagten doch eben ...«

»Hören Sie, Mr.Thorne, was da heute abend passiert ist ... es wäre schwierig zu erklären, und ich glaube auch nicht, daß es viel Sinn hätte. Aber es war nicht so schlimm, wie es aussah.«
Ich überlegte, Sekunden vergingen. Immer noch bellten die Füchse draußen im Hof, und Berris Augen wandten sich dem Fenster zu. Sein Stuhl knarrte, als er sein Gewicht verlagerte. Es war offenkundig, daß er trotz der Dankbarkeit, die er für seine Rettung empfand, über das, was ihm zugestoßen war, nicht reden wollte. Und ich konnte es ihm nicht verdenken, wenn er den Wunsch gehabt hätte, bis morgen damit zu warten. Es wäre mir sogar lieber gewesen. Aber ich wußte auch, daß es wichtig war, ihm begreiflich zu machen, daß er würde reden müssen, und so sagte ich, so lässig wie ich nur konnte: »Ich bin ein Freund von Harry, Mr. Berri, ich glaube, ich erwähnte es bereits.«
Er nickte.
»Wissen Sie, daß er tot ist?«
»Die haben ... die haben es mich wissen lassen.«
»Ja. Er starb vor ein paar Wochen in Detroit. Die Polizei spricht von Selbstmord, und vielleicht war es das auch. Aber diese Männer haben ihn dazu getrieben. Sie haben Glück, daß Sie noch leben, Mr. Berri.«
Er kniff die Augen zusammen. »Woher wissen Sie das alles?«
Ich zuckte die Achseln. »Ich bin nicht zufällig hier vorbeigekommen. Ich bin seit Tagen hinter diesen Männern her. Wie Sie schon selbst sagten: Es wäre schwierig, Ihnen die Gründe zu erklären, und ich bin nicht sicher, ob es viel Sinn hätte. Ich bin ein Freund. Ich stehe auf Ihrer Seite. Das dürfen Sie nicht vergessen.«
»Harry hatte eine Menge Freunde. Aber es gibt Dinge, die auch seine besten Freunde nicht wußten.«
»Hören Sie, Mr. Berri. Was immer Sie auch sagen, was immer überhaupt irgend jemand sagt, es gibt nichts, was Harry noch Schaden zufügen könnte. Aber es gibt andere Leute, die in Gefahr sind. *Sie* sind in Gefahr...«
»Das kümmert mich verdammt wenig!« Seine Stimme klang plötzlich sehr energisch. »Das habe ich mir auch heute abend schon gedacht. Und warum sollte es mich auch kümmern? Nach all den Jahren? Diese Saukerle haben es nicht besser verdient!« Und nun lächelte er; es war eine flüchtige, wehmütige Grimasse. »Darum lebe ich noch, Mr. Thorne. Sie glauben, ich hätte Glück gehabt? Überhaupt nicht. Und auch Ihnen habe ich mein Leben nicht zu verdanken. Ich habe diesen Bastarden einfach gesagt, was sie wissen wollten. Wem liegt denn noch was dran?«
Weil mir nicht klar war, was er meinte, schwieg ich. Aber ich beobachtete sein Gesicht. Sekundenlang flackerte Erschöpfung auf, eine tiefe innere Leere

zeigte sich in seinen Zügen; dann beugte er sich vor und stürzte seinen Tee hinunter, stellte die Tasse wieder hin und richtete seinen Blick auf das Fenster. »Armer Harry«, murmelte er. »Vor einem Monat etwa rief er mich an. Hin und wieder gab er ein Lebenszeichen. Er erkundigte sich nach den Füchsen – das war der Vorwand. Er kaufte sie für mich, wissen Sie, als ich aufhörte zu arbeiten – sechs Paar Zuchttiere, alle mit eingetragenem Stammbaum. Harry sagte, es wäre eine gute Geldanlage – zunächst nur ein Hobby, aber früher oder später würde es wieder einen guten Markt dafür geben. Daran hat er fest geglaubt. Er liebte Füchse. ›Füchse sind wirklich schlau‹, sagte er immer. Er liebte die Kreuzungen, so wie ich sie habe, aber am meisten liebte er die natürlichen Rotfüchse. Der schönste Pelz. Warm. Haltbar. Felle leicht zu bearbeiten. Er sagte immer, wir würden das Geschäft zusammen ganz groß aufziehen – sein Geld und mein Wissen. Harry schmiedete immer gern Pläne. Das fiel mir auf, als er das letzte Mal anrief: Keine Pläne. Es war fast so, als ob er sich verabschieden wollte.« Er zuckte die Achseln. »Vielleicht war es auch wirklich ein Lebewohl.«

Ich brauchte eine kleine Weile, um meine Zigarette im Aschenbecher auszudrücken. Jetzt redete er. Sollte ich ihn dazu ermutigen, fortzufahren, oder alles auf morgen verschieben? Dagegen sprach, daß seine abweisende Haltung sich vermutlich zu Starrsinn verhärten würde – und ich vermutete, daß Nick Berri ein sehr starrsinniger alter Mann sein konnte. Während ich eine Entscheidung traf, beugte ich mich ein wenig vor und erkundigte mich: »Diese Männer, Mr. Berri, können Sie mir etwas über sie sagen?«

»Es waren Russen.«

»Woher wußten Sie das?«

»Sie sprachen russisch miteinander.«

»Sie verstehen also Russisch?«

»Na klar. Mein richtiger Name ist Berzhin. Mein Vater wurde in Kiew geboren.«

»Aber Sie sind Kanadier?«

Er nickte. »Ich wurde in Montreal geboren. Berri ist französisch. Mein Vater aber war Russe bis zu seiner letzten Stunde. Zu Hause haben wir immer russisch gesprochen. Dadurch habe ich ja Harry kennengelernt, weil ich russisch sprechen konnte.«

»Wann war das, Mr. Berri?«

Er zuckte die Achseln. »1928? 1929? Ich bin da nicht ganz sicher.«

»Um die Zeit, als Brightman das erste Mal nach Rußland fuhr?«

»Sie wissen davon?«

»Ja. Ich dachte nicht, daß es ein Geheimnis wäre.«

»Nein, nein, überhaupt kein Geheimnis. Na jedenfalls, so war das damals. Ich fuhr mit ihm. Er wollte jemanden bei sich haben, der die Sprache beherrschte, aber auch etwas von Pelzen verstand. Ich war Lebensmittelhändler zu der Zeit – keiner verstand soviel von Pelzen wie Harry, aber ich wußte genug.«
»Sie waren also sein Dolmetscher.«
»Na klar, aber ich bin nur zweimal gefahren. Dann hatte er schon genug Sprachkenntnisse erworben, um allein durchzukommen.« Er räusperte sich. »Die Russen waren damals ganz verrückt nach Pelzen, besonders nach kanadischen. Ungefähr ein Jahr zuvor hatte Jack Caswell ihnen fünfundsechzig Paar Silberfüchse verkauft, und das war dann der Grundstock für ihre ganze Industrie.« Er nickte, wie um sich zu bestätigen. »Man bereitete uns wirklich einen großen Empfang. Die besten Hotels. Unsere eigene *droschky*, damit haben sie uns herumgefahren. Andere Leute, die nach Rußland reisten, bekamen den Schwarzbrot-Blues zu hören, aber uns haben sie mit Kaviar bewirtet!«
»Damals lernten Sie auch Sinowjew kennen?»
»Das wissen Sie also auch?« Er zuckte die Achseln. »Aber Sie haben recht. Kirow, dann Sinowjew. Die ersten zwei, die der Bolschewik erschießen ließ.«
»Ja, ja…« Und einer plötzlichen Regung folgend fragte ich: »Haben Sie nicht auch eine Frau kennengelernt, eine gewisse Anna Kostina?«
»Der Bolschewik hat auch sie erschießen lassen.« Er zuckte die Achseln. »Armer Harry. Hat nicht viel Glück gehabt mit seinen Damen.«
Ich erinnerte mich an Graingers Worte: *Die besten Lügen enthalten immer ein Körnchen Wahrheit.* »Es gibt Leute, die sagen, er hätte ihr ein Kind gemacht.«
»Das ist doch verrückt. Obwohl … vielleicht auch nicht. Bei Weibern weiß man ja nie. Eine interessante Frau war sie – eine richtige Rote. Man sagt ja, die Frauen seien oft härter als die Männer gewesen. Anna. Die alte Dame, Breschkowskij. Anna kannte sie alle – Lenin, Trotzki, Kamenew … und der Bolschewik ließ sie alle erschießen, alle, ohne Ausnahme.«
»Was war mit Dimitrow, Mr. Berri, war das nicht auch einer, den Anna mit Brightman bekannt machte?«
Er runzelte die Stirn. »Ist eine lange Zeit her, daß ich diesen Namen gehört habe.«
»Aber Sie kennen ihn, nicht wahr?«
Er schüttelte den Kopf. »Damals kannte ich ihn nicht. Damals nicht.«
»Wann haben Sie von ihm erfahren?«
»Zur gleichen Zeit wie alle anderen auch. Als der Reichstag niederbrannte. Der große Prozeß. Ich erinnere mich, daß ich Harry einmal fragte, ob er etwas über ihn wisse, und er antwortete mir, daß er ihn damals kennengelernt hätte. Ein

feiner Kerl, sagte Harry. War er vielleicht auch. Den hat der Bolschewik nie erwischt.«
»Sie müssen stolz gewesen sein, ihn kennengelernt zu haben.«
Er wich meinem Blick aus. »War ich das?... Sie scheinen wirklich eine Menge zu wissen ... Vielleicht mehr, als ich selbst weiß.«
»Das würde ich nicht sagen, Mr. Berri, aber ich glaube doch, daß Sie mit ihm zusammengetroffen sind. Das wäre dann etwas später gewesen, wahrscheinlich im Frühjahr 1940. In diesem Jahr machte Dimitrow im Auftrag der Komintern eine geheime Reise nach Kanada. Ich weiß nicht genau, zu welchem Zweck, aber vermutlich wollte er den nordamerikanischen Kommunisten empfehlen, den Molotow-Ribbentrop-Pakt zu vergessen. Sie sollten ihn ignorieren. Stalin und Hitler lagen miteinander im Bett, aber die Arbeiter sollten die Rüstungsproduktion bis zum Gehtnichtmehr vorantreiben. Um ihnen das zu sagen, kam er nach Halifax – vielleicht waren ihm die Regierungen von Kanada und den Vereinigten Staaten sogar behilflich, hinzukommen –, und ich glaube, daß Sie ihm damals begegnet sind.«
»Und wenn ich ihm begegnet wäre?«
»Aber ist das nicht das Entscheidende bei der ganzen Sache, Mr. Berri? Dimitrows *politische* Mission hatte auch eine private Seite, und da kam Harry Brightman gerade recht. Dimitrow hatte Angst, Kirow, Sinowjew, Kamenew, Radek, Tukatschewskij, Piatakow, Béla Kun, Lenski, Warski, Copic, Eberlin ... Stalin hatte bereits eine lange Liste von Opfern zusammengestellt, und Dimitrow fürchtete, er würde als nächster drankommen. Darum versuchte er zu retten, was noch zu retten war. Daß es für ihn keine Hoffnung mehr gab, wußte er – selbst wenn er sich weigerte zurückzukehren, früher oder später würden sie ihn erwischen –, aber er dachte, er könne einem kleinen Mädchen das Leben retten. Vielleicht war es sein Kind, vielleicht auch nicht, das ist nicht wichtig. Jedenfalls gelang es ihm, das Kind mit Brightmans Hilfe aus Rußland hinauszuschmuggeln, und dann adoptierte Harry das Kind als sein eigenes. Es wurde sehr geschickt gemacht – aber nicht geschickt genug. Denn vierzig Jahre später kam ihm jemand auf die Schliche.«
Ich beobachtete Berris Gesicht. Auf seiner Stirn zeichnete sich eine Furche, die unverfälschte Verwunderung verriet; dann schüttelte er langsam den Kopf. »Sie haben das nicht richtig erfaßt. Sie verstehen noch immer nicht.«
Ich zuckte die Achseln. »Nein?« Aber ich war sicher, daß ich es verstand. »Dann sagen *Sie* es mir doch, Mr. Berri.«
Er schwieg. Einen Augenblick lang hafteten seine Augen an den meinen, dann sah er wieder zum Fenster hinüber. Immer noch jaulten, heulten und kläfften die Füchse. Er horchte, und ich konnte den Schmerz sehen, den ihr Schmerz

auf sein Gesicht malte. Vielleicht dränge ich ihn zu ungeduldig, dachte ich, vielleicht sollte ich bis morgen warten. Ich bemühte mich, mit ruhiger Stimme zu ihm zu sprechen. »Wenn Sie wollen ...« begann ich, aber er schüttelte schon den Kopf. Langsam stemmte er sich vom Tisch hoch.
»Nein, nein«, fiel er mir ins Wort, »es ist schon gut. Sie verstehen nicht ... Sie verstehen überhaupt nichts. Aber ich werde es Ihnen sagen. Wenn Sie ein paar Minuten warten wollen – ich muß die Tiere versorgen.«
Eine Seitentür führte aus der Küche hinaus, und daneben, auf einer alten Zeitung, standen kotige Gummistiefel, die Schaftränder zu Stulpen erweitert – so wie die Stiefel, die ich als Kind getragen hatte. Er zog sie an und öffnete die Tür. Ich tat nichts, um ihn zurückzuhalten, und als der Riegel zurücksprang, erhob ich mich ebenfalls. *Sie verstehen überhaupt nichts*, hatte er gesagt. Hatte ich falsch kombiniert? Das hielt ich nicht für wahrscheinlich. Aber das »überhaupt» entzog sich meinem Verständnis. Ich trat ins Freie – auf eine Veranda aus Gußbeton, in ziemlich unsicherem Winkel geneigt. Von hier aus schien sich die Nacht in weite Ferne zu erstrecken, während die Wolken wie die Schatten eines unendlichen silbernen Lichtes hoch am Himmel hingen. Quer über den Rasen zogen sich die schillernden Spuren, die Berris Stiefel auf dem Reif zurückgelassen hatten. Ich folgte ihm über das feuchte Gras, durch den Obstgarten, wo sich der scharfe, saure Duft gefallener Äpfel mit dem Moschusgeruch der Füchse vermischte, und dann über einen festgetretenen Weg. Dahinter ragten die Käfige aus der Düsternis auf.
Ich blieb in geringer Entfernung stehen und wartete. Dunstwölkchen gleich glitten und jagten die Füchse in ihren Käfigen dahin, und sowie Berri an einem Käfig vorbeikam, sprang der Fuchs drinnen gegen das Gitter und bellte aufgeregt. Ich holte ihn ein, als er den letzten Käfig erreichte. Der Draht war aufgerissen. Als er das Geflecht zusammenzog, sprangen die Enden schwirrend zurück. »Sie war die Mutter von den meisten hier«, murmelte er. »Zum Teil ist das der Grund, warum sie so verängstigt sind.«
»Es tut mir leid«, sagte ich und fügte hinzu, als ich mich schuldbewußt an mein langes Zuwarten auf der Straße erinnerte: »Sie müssen verstehen, Mr. Berri. Ich dachte, Sie wären einer von ihnen – daß Sie zusammengehören.«
Er nickte, und dann sah ich, wie seine Finger sich um das Geflecht des aufgerissenen Käfigs spannten. Ich wandte den Blick ab und richtete ihn auf die Füchse. Ich konnte verstehen, daß er sie liebte. Sie waren wunderschön, vollkommen. Aus dunklen, schmalen Gesichtern leuchteten wilde, golden schimmernde Augen. Sie bewegten sich wie Katzen, mit anmutiger, raffinierter Eleganz, und wenn man sie auch nicht zahm nennen konnte, so machten sie doch einen freundlichen Eindruck und schoben ihre Schnauzen durch das

Geflecht, um ein wenig zu schnuppern. Sie unterschieden sich in ihren Farben. Einige, wie auch der tote Fuchs, waren rein weiß; andere hatten schwärzliches Grundhaar mit silbrig glänzenden Grannen.
Berri räusperte sich. »Das waren Schweine, wissen Sie. Richtige Drecksäcke. Man kann Füchse auf eine Weise töten, daß sie nichts spüren. Man packt sie an den Hinterbeinen, dreht sie auf den Rücken – sie bleiben ruhig liegen – und tritt ihnen leicht auf die Herzgegend. Sie spüren überhaupt nichts, schlafen einfach ein. Ich glaube, die haben das sogar gewußt. Jedenfalls wußten sie, wie sie sie anfassen mußten. Aber statt dessen ...« Er lehnte sich an den Käfig zurück. »Saukerle«, murmelte er. Als die Tiere am anderen Ende der Reihe wieder zu bellen begannen, stieß er sich mit einem Achselzucken vom Drahtgeflecht ab und setzte sich in Bewegung. Ich ging neben ihm her.
»Ich darf Ihnen noch einmal versichern, Mr. Berri, ich habe nichts mit diesen Männern zu tun.«
»Ich verstehe.«
»Ich bin ein Freund von Harry. Ich bin ein Freund seiner Tochter, May Brightman.«
»Sie hat nichts damit zu tun. Ich sagte Ihnen schon, Sie haben das nicht richtig erfaßt.«
»Es gab da ein Kind. Sie wissen das.«
»Mag sein, mag sein. Ich sage nur, daß es an der Sache nichts ändert.«
Vor einem Käfig stehenbleibend, zog er seine Hand in den Ärmel seines Pullovers zurück und steckte dann das lose Ende in das Drahtgeflecht. Der kleine Fuchs im Käfig war schwarz wie die Nacht. Er kam herbeigelaufen, zerrte an der Wolle und begann daran zu saugen. So nahe bei den Tieren war der Geruch sehr stark, aber es fiel schwer, sich durch etwas belästigt zu fühlen, was so schöne Geschöpfe hervorbrachten. Sie schienen jetzt ruhiger zu sein, jaulten auch weniger. Die meisten aber liefen immer noch in ihren Käfigen auf und ab, man hörte das schnelle Kratzen ihrer Pfoten auf den Brettern. Nach einer kleinen Weile zog Berri den Arm wieder heraus, ging zum nächsten Käfig und wiederholte das Spiel. Der Fuchs leckte und kaute und grunzte behaglich. Und jetzt, das Gesicht an das Drahtgeflecht gepreßt – als spreche er zu jemandem am anderen Ende des Käfigs –, fing Berri zu reden an. Später habe ich mich manchmal gefragt, warum er sich gerade diesen Augenblick ausgesucht hatte; vielleicht fühlte er sich einfach wohler da draußen bei seinen Füchsen. Jedenfalls kamen ihm die Worte ohne jede Mühe über die Lippen. Ich hatte fast den Eindruck, als spräche er nicht zu mir, sondern bemühe sich, in seinen eigenen Gedanken Ordnung zu schaffen.
»Um das Ganze zu verstehen«, begann er, »müssen Sie etwas über Rußland

wissen, über das Rußland jener Zeit. Sagen wir 1930, 1940. In dieser Zeit hatte der Bolschewik alle möglichen Probleme, aber sein größtes war eines, mit dem sich alle konfrontiert sahen: Er war pleite. Aber für ihn wirkte sich das besonders unangenehm aus, weil nämlich selbst das bißchen Geld, das er besaß, völlig wertlos war. Für alle Rubel dieser Welt bekam er keinen einzigen Dollar. Aber in der Praxis war es noch schlimmer, denn selbst wenn er ein bißchen was zusammengescharrt hatte, konnte er keiner Bank in die Nähe kommen, weil nämlich Lenin, als er das Geschäft übernahm, sich geweigert hatte, die alten Schuldverschreibungen aus der Zarenzeit zu übernehmen. Banken auf der ganzen Welt waren im Besitz solcher Papiere, und jedesmal, wenn der Bolschewik irgendwo ein Konto eröffnen oder irgend etwas verkaufen wollte, mußte er damit rechnen, daß ein Sheriff aufkreuzte. Der Bolschewik saß also in der Tinte und versuchte alles mögliche, um wieder rauszukommen. Er konfiszierte alle Banksafes im Land, um an Devisen heranzukommen, er versuchte die Kronjuwelen zu verkaufen – und holte sich 1923 alles Gold und Silber aus den Kirchen. Gold natürlich ... also Gold, das hatten sie. Und – also das kann man wirklich sagen – für so egalitäre, proletarische, revolutionäre Kommunisten zeigten sie allergrößtes Interesse für das Zeug. Wirklich: Was die als erstes nach der Großen Revolution in Angriff nahmen – dem Dringendsten muß man ja schließlich Vorrang einräumen! –, das war, daß sie die Minen wieder aufmachten. Aber selbst das brachte ihnen nicht viel ein. Die Amerikaner stoppten sie; zusammen mit den Tommys und den Franzmännern setzten sie ein Gesetz in Kraft, wonach es illegal war, russisches Gold in ihre Länder einzuführen. Sie können sich vorstellen, was das bedeutete. Niemand wollte dem Bolschewiken Kredit geben, er hatte kein Geld – und was er an Geld hatte, war wertlos –, und nicht einmal sein Gold wollten die Leute haben. Er mußte mit allen möglichen Tricks arbeiten, um sich auch nur die primitivsten Dinge zu beschaffen. Können Sie mir folgen?«

Ich konnte. Und ich wußte, daß alles, was er sagte, wahr war.

Aber ich entgegnete ihm: »Ich folge Ihnen, Mr. Berri. Mir ist nur nicht ganz klar, worauf Sie hinauswollen.«

»Das werden Sie gleich sehen, ich bin schon fast soweit.« In Wirklichkeit aber legte er eine Pause ein, zog den nassen, ausgefransten Ärmel seines Pullovers aus dem Käfig und ging zum nächsten. Der Fuchs kam herbeigelaufen. Als er zu saugen anfing, fuhr Berri fort: »Hören Sie mir gut zu. Es war dem Bolschewiken fast unmöglich, auch nur die allernotwendigsten Dinge zu beschaffen – Lokomotiven, Werkzeugmaschinen, ja sogar Nahrungsmittel. Und jetzt überlegen Sie mal: Wie stand es um die *anderen* Dinge, die dem Bolschewiken so am Herzen lagen? Gewisse wissenschaftliche Methoden und Erkenntnisse?

Oder militärische Ausrüstungen? Oder gar die Weltrevolution? Damals glaubten die Leute daran – Sie werden sich erinnern –, an die Weltrevolution, die die Herrschaft des Bolschewiken sicherstellen sollte. Heutzutage natürlich – wo denen das alles piepegal ist – ist das kein Problem mehr. Wenn sie die französische KP unterstützen wollen, zahlen sie einfach Geld auf ein Konto ein. Wenn sie ihre Freunde drüben in Afrika finanzieren wollen, läuft das über Schweizer Banken. Jetzt ist den Leuten ihr Geld gut genug. So wie ihr Erdgas. Sogar der gottverdammte Rubel ist jetzt schon was wert.«

»Was wollen Sie damit sagen? Daß Brightman in den Pelzen, die er kaufte, Geld aus Rußland hinausschmuggelte?«

»Überlegen Sie doch mal! Die Pelze *waren* das Geld. Und Harry fuhr Jahr für Jahr nach Leningrad hinüber und brachte es zurück.«

»Das verstehe ich nicht. Diese Reisen waren doch kein Geheimnis.«

»Genau das war es ja, was die Sache so attraktiv machte. Es wurde alles *ganz offen* abgewickelt.«

»Und alle wußten davon, Mr. Berri. Es gab kein Gesetz, das den Verkauf russischer Pelze verboten hätte.«

»Also … zu gewissen Zeiten an gewissen Orten hat das nicht ganz gestimmt. Aber darum geht es ja nicht.«

»Mr. Berri, ich frage Sie: Um *was* geht es?«

»Es ist so einfach, und doch ist keiner je draufgekommen. Jahr für Jahr kam Harry mit diesen Pelzen zurück, und Jahr für Jahr verkaufte er sie, Ballen für Ballen. *Aber die Russen schickten ihm nie eine Rechnung.* Das war das Geheimnis. Sie *schenkten* ihm die Pelze. Zwar machten sie Harry zu einem reichen Mann, aber er mußte das Geld so verwenden, wie sie es ihm auftrugen.« Berri lachte, das Lachen eines alten Mannes, das tief aus der Kehle kommt. »Haben Sie schon einmal den Ausdruck ›Moskauer Gold‹ gehört, Mr. Thorne? Das war es nämlich, darum ging es. *Das Gold des Bolschewiken.* Des armen Harry Spendierhosen.«

Über uns drückte der Mond endlich seine silberne Scheibe durch die Wolken, und neben mir schob ein Fuchs seine Schnauze durch das Drahtgeflecht.

Füchse sind wirklich schlau, sagte er immer… Am meisten liebte er die natürlichen Rotfüchse.

Harry Brightman: ein Rotfuchs mit goldenen Augen.

»Da soll mich doch der Teufel holen«, murmelte ich.

13

Jetzt wußte ich auch alles. So wie Travin. Aber ich konnte es noch eine ganze Zeitlang gar nicht glauben.
Als Berri durch das Drahtgeflecht langte, um den Fuchs zu streicheln, lachte er wieder über meine Ungläubigkeit. »Ich wollte diese Geschichte immer schon mal jemandem erzählen, nur um den Ausdruck auf seinem Gesicht zu sehen ... Und wenn Sie mir meine Bemerkung nicht übelnehmen: Das Warten hat sich gelohnt!«
Ich lächelte. »Eine hübsche Geschichte, Mr. Berri, wenn sie wahr ist.«
»O ja, sie ist wahr. Daran ist nicht zu zweifeln. Ich habe nie erfahren, wie Harry das mit der Einkommensteuer geschaukelt hat, aber ich nehme an, was er tat, war nicht einmal ungesetzlich.«
»Aber warum hat er es getan? War er Kommunist? Oder hat ihn nur das Geld interessiert?«
»Nein, nein. Harry war ein richtiger Roter. Er *glaubte* an den Kommunismus. Die Burschen haben ihn reich gemacht, aber er hat es nicht deshalb getan. Ich weiß das, weil ich gesehen habe, wie weh es ihm tat, als er nicht mehr glaubte. Nur in einem Punkt bin ich mir nicht sicher: War er schon ein Roter, bevor er das erste Mal hinüberfuhr, oder kam das erst, nachdem der Bolschewik ihn in seinen Klauen hatte?«
»Sie waren auch Kommunist, nicht wahr?«
»Ich war so rot wie ein Spritzenwagen von der Feuerwehr. Ich war sogar in einer richtigen Zelle – alles Arbeiter aus der Bekleidungsindustrie, alte Juden, gescheite Mädchen mit dicken Brillen. Sie schickten mich zu ihm, dieses erste Mal. Das war damals mein Auftrag: Ich sollte Harry Brightman dazu überreden, mich nach Rußland mitzunehmen. Er könnte sogar schon damals ein Roter gewesen sein. Ich habe ihn nie gefragt, und wahrscheinlich hätte er mir nicht geantwortet.«
Ich lehnte mich an den Käfig; das Drahtgeflecht gab unter meinem Gewicht ein wenig nach. »Damit ich Sie richtig verstehe: Sie sagen, er importierte diese russischen Pelze ...«
»Alles ganz korrekt. In aller Öffentlichkeit.«
»Und dann verkaufte er sie. Am offenen Markt. Und das heißt, er verwandelte diese Pelze in harte Devisen – kanadische Dollar, amerikanische Dollar – und überwies das Geld dann an die Sowjets?«

Er schüttelte den Kopf. »Nicht ganz so einfach. Das entsprach nicht den Abmachungen. Er behielt das Geld, baute das Geschäft auf. Sie wollten, daß er ein reicher, geachteter Mann wurde. Ein Bankier. Er machte immer seine Witze darüber. ›Ich bin ein Bankier, Nick. Ich leite die Komintern-Bank von Amerika‹, solche Witze hat er immer gerissen.«

»Aber wenn er das Geld nicht den Sowjets gab, was hat er dann damit gemacht?«

»Verschiedenes, soviel ich weiß. Aber Sie werden verstehen, ich habe nie alle Einzelheiten erfahren. Anfangs verfolgten sie politische Ziele: Er verteilte Gelder an Volksfrontbewegungen, Gewerkschaften und ähnliche Institutionen. Zum Teil hier bei uns, aber natürlich kümmerten sie sich vor allem um die Vereinigten Staaten. Später aber beauftragte ihn der Bolschewik, Sachen zu kaufen, vor allem wissenschaftliche Apparate verschiedenster Art. Das tat Harry hauptsächlich in Europa – was ihm nicht schwerfiel, weil er ja immer viel reiste. Dann kam der Krieg, und …« Berry zuckte die Achseln.

»Und was geschah dann?«

»Das können Sie sich doch denken. Harry kaufte, was der Bolschewik brauchte, und was er nun brauchte, war … nennen wir es mal Information.«

»Wovon reden Sie?«

»Was denken Sie wohl, wovon ich rede? Wie alles andere kosten auch Spione Geld.«

Ich war zu verdutzt, um etwas zu entgegnen. Ich stand bloß da und lauschte dem raschelnden Wind und den Füchsen, die in ihren Käfigen allmählich zur Ruhe kamen. Berri legte seine Hand auf meinen Arm. »Jetzt sind sie wieder friedlich«, murmelte er. »Wir können ins Haus zurückgehen.«

Die Reihe war an ihm, Tee zu machen, und er tat es mit sichtlichem Vergnügen, während er immer noch meine Verwirrung genoß. Er hatte recht gehabt: Mir war tatsächlich nichts klar gewesen. Und während der alte Mann mir nachschenkte und sich bequem auf seinem Stuhl zurechtsetzte, wollte ich mich vergewissern, daß ich jetzt alles verstand.

»Fangen wir doch noch einmal am Anfang an«, sagte ich. »Wann genau sind Sie zum erstenmal nach Rußland gefahren?«

Er schüttelte den Kopf. »Genau? Das kann ich nicht sagen. Meiner Schätzung nach 1929.«

»Gut. Und wie viele Reisen haben Sie insgesamt gemacht?«

»Zwei. Habe ich Ihnen doch schon gesagt.«

»Entschuldigung, ich meine Harry. Wie oft ist er gefahren?«

»Dreimal, glaube ich. Vielleicht viermal. Hin und wieder übersprang er ein Jahr. Aber auch wenn er nicht fuhr, die Pelze kamen trotzdem.«

»Viele?«
»Aber sicher. Er verkaufte ja eine Menge an andere Händler. Und er kaufte alles. Prärie- und Kitfüchse. Kolinski – das ist ein russisches Wiesel, ähnlich wie Nerz. Nicht sehr viel Karakul, zumindest nicht am Anfang. Murmeltier. Seehund. Ziesel. Etwas Luchs und Bisam, aber ihre Häute haben nicht die gleiche Qualität wie unsere.« Er zuckte die Achseln. »Das große Geschäft war natürlich Zobel. Und da hatte er auch den richtigen Dreh heraus. Er brachte erstklassige Barguzin-Felle – ›Kronenzobel‹, wie die Russen sie nannten –, klassifizierte sie aber als Marder oder gar als Iltis. Beim Zoll konnten sie den Unterschied nicht entdecken.«
»Und wieviel waren all diese Pelze wert?«
»Das habe ich nie erfahren. Aber eine ganze Menge. Es waren immer große Schiffsladungen, und er betrieb das Geschäft, bis der Krieg anfing.«
»Zehntausend? Hunderttausend? Eine Million?«
»Über eine Million ... aber wenn ich eine noch höhere Zahl sagen würde, wäre es nur geraten.«
»Na gut, aber wieviel es auch war, Sie sagen, daß er das Geld, das er verdiente, immer wieder ins Geschäft steckte?«
»Stimmt. Aber keine Sorge, der Bolschewik hat genau Buch geführt – er wußte auf den Penny genau, was Harry ihm schuldete. Nach einer Weile richtete Harry ihnen ein separates Konto ein und wechselte alles in Gold um – in richtiges Gold, meine ich.«
»Eine Art Treuhandfonds.«
»Wenn Sie so wollen.«
»Na gut. Kommen wir darauf zurück, was er mit dem Geld gemacht hat. Soweit Sie das wissen, verwendete er es hauptsächlich als Spenden an kommunistische Volksfrontgruppen – hier in Kanada und in den Vereinigten Staaten?«
Berri verzog das Gesicht. »So fing es an. Aber dem Bolschewik waren die kommunistischen Parteien piepegal – hier wie auch in den Staaten. Browder, diese Leute, das waren alles Idioten. Über Harry gab ihnen der Bolschewik, was er ihnen geben mußte, aber keinen Cent mehr. Er war auf etwas ganz anders aus: auf Patente, Spezialgußstücke, Instrumente, gewisse Maschinenteile ...«
»Und Harry besorgte das alles?«
»Nicht direkt. Er stellte das Geld zur Verfügung. Das war der springende Punkt, verstehen Sie – immer das Geld. Er arbeitete über viele Leute, aber er etablierte sie mit seinem Geld. Ganze Firmen sogar.«
»Nur daß – wie Sie sagen –, daß sich das alles mit Kriegsanfang änderte. Er begann damit, daß er Geld für politische Zwecke ausgab; dann lieferte er ihnen technische Produkte und beendete seine Tätigkeit schließlich als ... Spion.«

Berri machte ein saures Gesicht. »Das haben *Sie* gesagt. Wer weiß schon, was hinter diesem Wort steckt?«
»Sie haben es vor wenigen Minuten selbst gebraucht, Mr. Berri, und wenn wir das alles herumdrehen – ich glaube nicht, daß ein *russischer* Gerichtshof diesbezüglich in Definitionsschwierigkeiten geraten würde.«
»Kann schon sein. Aber Harry hielt sich immer weit im Hintergrund. Er arbeitete immer über andere Leute … gab Mitteilungen weiter, nahm sie entgegen … Aber vor allem zahlte er die Rechnungen.«
»Und das machte ihm nichts aus? Sie sagen, er habe ›geglaubt‹. Sind Sie sicher? Sind Sie sicher, daß er nicht erpreßt wurde? Vielleicht hat man ihn damals beim ersten Mal in Leningrad mit einem Angebot, das er nicht zurückweisen konnte, in eine Falle gelockt – schließlich machten diese Pelze *ihn* reich – und dann gezwungen, ihnen zu helfen.«
Aber noch bevor ich den Satz beendet hatte, schüttelte Berri seinen zähen kleinen Schädel. »Nein, mein Freund. Machen Sie sich nichts vor Er *glaubte*, so wie ich es sage. So wie wir alle. Ich sagte es Ihnen schon: Der Beweis kam erst, als er *nicht* mehr glaubte.«
»Und wann war das?«
Berri lehnte sich in seinem Sessel zurück und verschränkte die Arme über der Brust. Nachdenklich die Stirn runzelnd, wirkte er fast wie ein Gnom. Dann aber, geballte Energie aufwendend, warf er sich vor und stieß mit dem Zeigefinger zweimal auf die Tischplatte. »Wenn ich es mir so recht überlege, ist das sehr interessant. Sie haben Dimitrow erwähnt und daß er hierherkam – was ja, wie Sie jetzt verstehen werden, überhaupt keine Bedeutung in dieser Sache hat –, und damals fing es an. Dimitrow hat ihm die Wahrheit gesagt – über Stalin, über die Säuberungen, alles. Das Schlimmste war der Molotow-Ribbentrop-Pakt. Ich weiß nicht, was er Buck erzählt hat – Tim Buck, das war der Chef der kanadischen Kommunisten – und Browder und diesen anderen Idioten, die sie nach Halifax brachten, aber Harry hat er die Wahrheit gesagt. Kein Herumreden. Manchmal hört man Leute sagen, es wäre die Schuld der Franzosen oder Engländer gewesen, daß sie mit dem Bolschewiken nicht verhandeln wollten und daß er sich deshalb mit Hitler verständigen mußte, aber Dimitrow wußte, daß das alles Beschiß war. Die Engländer konnten ihm nicht halb Polen, Estland, Lettland und Litauen geben – aber die Nazis konnten es, und *das* war der Schlüssel. Darum liebte er Hitler so heiß und überließ die deutschen und polnischen Kommunisten der Gestapo.«
Ich wartete kurz. Noch während er sprach, hatte sein Gesicht einen grimmigen, konzentrierten Ausdruck bekommen, und auf seinen Wangen waren zwei rote Flecken erschienen. All das hatte sich vor vierzig Jahren ereignet, aber für Berri

war es gestern gewesen. Schließlich fragte ich: »Wie hat Brightman darauf reagiert?«
»Er richtete sich nach Dimitrow. Sie können nicht begreifen, was für ein großer Mann Dimitrow in jenen Tagen war. Für alle Kommunisten der ganzen Welt war er ein vorbildlicher Revolutionär und ein Mann, dem man vertrauen konnte. Er erzählte Harry, daß der Bolschewik in seinem Inneren einen schweren Kampf ausfocht. Gescheite Leute wußten, daß es von Stalin idiotisch war, Hitler zu trauen; sie sahen alle, was auf sie zukam, und – wie Dimitrow sagte – sie würden alle ihre Chance bekommen. Also blieb Harry an der Sache dran.«
»Aber Dimitrow irrte sich.«
»Ganz recht. Aber vergessen Sie nicht: Es gab Krieg in der Welt, und als die Russen dazukamen, wurde, solange der Krieg dauerte, alles vergessen.«
»Und nach dem Krieg?«
Er warf den Kopf hoch und lächelte. »Er biß die Zähne zusammen – wie wir das alle taten – und wartete. Das wurde natürlich immer schwieriger. 1953: die deutschen Arbeiter. 1956: Ungarn. 1968: Prag … Ich hatte schon nach Budapest die Nase voll, aber Harry hielt länger durch, bis zum Einmarsch in die Tschechoslowakei. Dann schickte er sie zum Teufel.«
»Augenblick. Wollen Sie sagen, daß Harry bis zum Sommer 1968 immer noch für sie arbeitete?«
»Soweit mir das bekannt ist … Ja, doch, denn soweit wußte ich Bescheid.«
»Und was hat er gemacht?«
»Was zum Teufel hätte er denn tun sollen?«
»Mein Gott«, sagte ich und lehnte mich zurück.
»Sie hätten ihn ja fast erwischt, als Gusenko überlief. Er sagte mir, es gäbe so etwas wie eine Spur, aber er blockte sie ab, und am Ende kamen ihm die Mounties nicht einmal in die Nähe.«
Ich überlegte angestrengt. Es gab keinen Grund, absolut keinen Grund, etwas von dem, was er da erzählte, anzuzweifeln. Entweder war es wahr, oder es war falsch; auf jeden Fall hatte ich keinerlei Möglichkeit, das zu entscheiden. Zumindest *klang* es authentisch. Aber was bedeutete es? Vor allem, was bedeutete es *jetzt*? Darin lag ja die Schwierigkeit. Die Vergangenheit erwachte zu neuem Leben, aber worin bestand ihre Verbindung zur Gegenwart? Nach einer kleinen Weile glaubte ich eine Möglichkeit zu sehen und beugte mich vor. »Sie sagen, er habe sie schließlich zum Teufel geschickt, aber ich frage mich, ob er das überhaupt konnte. Er steckte zu tief drin. Und diese Leute kann niemand zum Teufel schicken.«
Er nickte. »Sie sind gar nicht dumm, Mr. Thorne, und Sie haben recht. Er hätte

sie nicht zum Teufel schicken können – aber er tat es. Ich weiß nicht, wie. Er hatte etwas gegen sie in der Hand, konnte ihnen mit etwas drohen ... Aus irgendeinem Grund hatten sie Angst vor ihm. Er hat mir nie gesagt, was es war, aber es funktionierte. Sie ließen ihn zufrieden.«

»Bis vor ein paar Monaten, meinen Sie. Vielleicht funktionierte es eine Zeitlang, Mr. Berri, aber am Ende dann nicht mehr.«

Er blies die Backen auf. »Seien Sie nicht so sicher. Die Männer heute abend kamen nicht vom Bolschewiken. Sie kamen von anderswo. Ich bin nicht einmal sicher, ob der Bolschewik davon weiß.«

»Der Bolschewik«: Ich nahm an, daß er damit Stalin meinte, aber meinem Gefühl nach setzte er den Namen mit der Quintessenz des Sowjetsystems gleich, die über einen Mann allein hinausging – und das war ein Geist, ein Schattenbild, das ihn so lange verfolgt hatte, daß er es besser kannte als seinen eigenen Schatten. Wenn die Männer, die ihm heute abend so übel mitgespielt hatten, *nicht* vom »Bolschewiken« gekommen waren, würde Berri es wissen – aber in diesem Fall: Wer waren sie gewesen und was hatten sie gewollt? Ich beobachtete den alten Mann, bis er den Blick abwandte. Wir waren zum Ausgangspunkt unseres Gespräches zurückgekehrt. So sanft, wie ich nur konnte, sagte ich: »Sie wissen, was ich Sie jetzt fragen muß, Mr. Berri.«

Er nickte. »Ich kann's mir vorstellen.«

»Und ich will Sie auch nicht unter Druck setzen, aber ... entweder ich oder die Polizei, das müssen Sie verstehen.«

Es war sehr still im Zimmer. Die Füchse hatten sich beruhigt, und außer dem sanften Rauschen des Windes, der am Fenster vorbeizog, war nichts zu hören. Als Berri sich mir wieder zuwandte, lag über seinen Augen ein wäßriger Schleier. Er räusperte sich und schluckte. »Wie ich Ihnen schon sagte: Ich weiß nicht, wer sie waren. Nur soviel: Es waren Russen, aber sie kamen nicht vom Bolschewiken. Und einer von ihnen – er sah aus wie ein kleines Wiesel – hieß Subotin. Der andere nannte ihn so.«

Subotin ... endlich ein Name für meinen Geist. Aber ich ließ mich von diesem Informationssplitter nicht ablenken. »Wußten die das, was Sie mir jetzt erzählt haben?«

»Kann sein. Das meiste wohl.«

»Was wollten sie also?«

Er verzog das Gesicht. »Das Geld natürlich.«

»Was für Geld?«

»Das habe ich Ihnen doch schon gesagt – das Geld vom Bolschewiken. Es war ja noch nicht alles ausgegeben, verstehen Sie, als Harry sich von ihnen trennte. Ich will verdammt sein, sagte er mir, wenn ich es dem Bolschewiken zurückgebe. Aber er wollte es auch nicht selbst ausgeben – es würde ihm nur Unglück bringen. Darum versteckte er es.«

»Sie sprechen immer noch von dem Geld, das er mit den Pelzen verdient hatte?«

»Stimmt. Von dem, was noch übrig war.«

»Und wieviel war das?«

Ein schnelles Achselzucken. »Er hat mir gegenüber von achthunderttausend gesprochen. Aber nicht in bar, verstehen Sie. Den Anteil des Bolschewiken bewahrte er immer in Gold auf – in Goldzertifikaten, um genau zu sein. Das erleichterte ihm das Reisen, und man konnte sie immer einwechseln, ohne Fragen beantworten zu müssen.«

Ich dachte ein wenig zurück. Goldzertifikate werden von großen Schweizer Banken und einigen anderen Instituten ausgegeben. Jedes Zertifikat entspricht einer gewissen Menge Gold, und um das Zeug aufzubewahren, sind Zertifikate wesentlich praktischer als Barren oder Münzen; hübsche Papierchen, die sehr viel wert sein können. *Und das war es auch, was sie gesucht hatten.* Etwas Kleines, Dünnes, wie Papier; in Travins Hotelzimmer in Detroit; in Graingers Klinik; in Brightmans Haus, wo ich »Petersen« – der eigentlich Subotin hieß – zum erstenmal gesehen hatte. Und – war das möglich? – selbst an jenem ersten Tag in meinem Haus in Charlottesville. Bis jetzt hatte ich angenommen, daß, wer immer bei mir eingebrochen hatte, Mays Telegramm gesucht hatte – um sicherzugehen, daß ich ihr nicht zu Hilfe kommen würde –, aber vielleicht dachten sie auch, sie hätte mir die Zertifikate geschickt, um sie für sie aufzubewahren.

Ich richtete meinen Blick auf Berri. Noch während ich ihn musterte, stand er auf, ging zum Spülbecken hinüber und bespritzte sich das Gesicht mit Wasser. Mir den Rücken zukehrend, trocknete er sich mit einem Handtuch ab, und ich fragte ihn: »Wo hat er es versteckt?«

»Ich weiß es nicht. Das habe ich auch diesen Burschen geantwortet.«

Ich zögerte. Es war mir ernst gewesen, als ich betont hatte, ich wolle ihn nicht unter Druck setzen. »Mr. Berri«, stellte ich mit ruhiger Stimme fest, »Sie haben mir selbst gesagt, die Männer hätten bekommen, was sie haben wollten.«

Er kehrte mir immer noch den Rücken zu, während er sich über das Spülbecken beugte, aber er nickte. »Sie wußten, daß ich es nicht habe. Das wußten sie schon.«

»Sie haben den Fuchs getötet, Mr. Berri, sie haben einen Ihrer Füchse getötet und gedroht, auch alle anderen zu töten – warum? Weil sie Sie zum Reden bringen wollten, weil sie Sie zwingen wollten, ihnen etwas zu verraten oder ihnen etwas zu geben ...«

Ich horchte. Es war ein seltsames, heiseres Keuchen; erst als er mir antwortete, wußte ich, daß er weinte. »Sie wollten einen Namen …« Er räusperte sich, aber seine Stimme brach immer wieder. »Sie wollten einen Namen … sie wußten, daß ich Harry geholfen hatte. Irgendwie hatten sie das herausbekommen … Sie wußten, daß ich manchmal Nachrichten an Leute weitergab, die ihm halfen. Sie wußten, daß Harry diesen Leuten vertraut haben mußte, und darum glaubten sie, er hätte … er hätte vielleicht ihnen das Geld zum Aufheben gegeben. Ich gab ihnen einen Namen … von einem, der schon tot ist, aber das wußten sie auch schon, und darum töteten sie den Fuchs und sagten …«

Ächzend beugte er sich vor und erbrach sich in das Spülbecken. Ich wandte den Blick ab. Ich hörte ihn stöhnen, um Atem ringen. »Sie sagten«, keuchte er, »sie würden alle meine Füchse umbringen so wie den ersten, und dann auch mich. Also gab ich ihnen den Namen.« Er atmete keuchend. »Es ist mir scheißegal!« stieß er hervor. »Bei Gott, es ist mir scheißegal …«

»Wer war es?« flüsterte ich.

»Ein gewisser Paul Hamilton.«

»Wer war er?«

»Er arbeitete im Außenministerium, mehr weiß ich nicht.«

»Wissen Sie, wo er jetzt wohnt?«

»Vor fünf Jahren gab mir Harry eine Nachricht für ihn. Er war damals schon im Ruhestand – Hamilton, meine ich. Er wohnte in Paris.«

Ich stand auf. Auf einer Ebene wußte ich jetzt tatsächlich alles. Brightman hatte sein letztes Geheimnis, das Versteck des Geldes, mit ins Grab genommen. Seit seinem Tod war Subotin, in der Hoffnung, es zu finden, von einem alten Kontaktmann Brightmans zum nächsten gegangen. Plötzlich wurde mir sehr mulmig zumute. Was wohl »Dr. Charlie« zugestoßen war? Wenn man nach dem heutigen Abend urteilte, konnte ihm kein sehr erfreuliches Schicksal beschieden gewesen sein. Und das würde auch auf Hamilton zutreffen. Er war ein Spion gewesen – warum sollte ich ein Blatt vor dem Mund nehmen? –, und ich schuldete ihm nichts, aber pure Menschlichkeit gebot mir, ihn zu warnen. Im Schlafraum stand ein Telefon. Es war Mitternacht, als ich abhob, und das hieß fünf Uhr früh in Paris, was nicht unbedingt ein Nachteil sein mußte; außerdem hatte es keinen Sinn, zuzuwarten. Kaum anzunehmen, daß Subotin so schnell handeln konnte, aber nach seiner laufenden Rechnung bei American Express zu urteilen, kam er viel herum und hatte möglicherweise Freunde in Frankreich – nur ein Telefongespräch von hier entfernt. Ich brauchte vierzig Minuten, um durchzukommen. Die Verbindung war schlecht, und man würde nicht glauben, wie viele Hamiltons es im Pariser Telefonbuch gibt – ich weckte zwei Peter und einen Philippe, bevor ich Paul fand. Als ich ihn am Draht hatte, brummte er etwas Französisches in die Muschel; als ich ihn jedoch fragte, ob

er für das State Department gearbeitet habe, und dann den Namen Brightman fallenließ, war er plötzlich hellwach, aber trotzdem vorsichtig. »Könnte sein, daß ich einen Herrn dieses Namens gekannt habe. Ich bin nicht sicher.«
»Wenn Sie mir so weit zugehört haben, Mr. Hamilton, dann *haben* Sie ihn gekannt. Kanadier. Wohlhabend. Ein Pelz –«
»Na schön, ich kannte ihn. Wer sind Sie?« Seine Stimme hatte den flachen, neutralen Tonfall von Amerikanern, die seit langem französisch sprechen; aber er kam von der Ostküste, vermutlich aus Boston.
Auf seine Frage ging ich nicht ein, und eines stand sehr bald fest: Nachdem ich drei Minuten mit diesem Mann gesprochen hatte, empfand ich eine Abneigung gegen ihn. Aus tiefster Seele. Schließlich sagte ich: »Brightman ist tot, Mr. Hamilton. Er hat sich das Leben genommen. Er stand unter starkem Druck.«
»Davon weiß ich nichts. Das betrifft mich nicht.« Eine Greisenstimme jetzt, fast ein Winseln. »Ich habe nichts damit zu tun. Das ist alles schon so lange her, und ...«
»Mag sein, Mr. Hamilton. Aber Sie werden etwas damit zu tun haben, weil die Leute, die Druck auf Brightman ausübten, diesen Druck bald auf Sie ausüben werden. Sie glauben, daß Brightman Ihnen etwas zur Aufbewahrung überlassen hat, etwas Wertvolles. Hat er das?«
»Nein. Keineswegs. Ich habe ihn seit vielen Jahren nicht mehr gesehen und auch nichts von ihm gehört.«
»Das spielt jetzt keine Rolle. Die Leute, die Ihnen einen Besuch abstatten werden – die jeden Augenblick erscheinen können –, werden sich mit einer solchen Antwort nicht zufriedengeben. Was hat ...«
»Wer sind Sie? Sie haben meine Frage nicht beantwortet.«
»Ich war ein Freund von Brightman. Ich weiß, daß es in seinem Sinn ist, wenn ich Ihnen diese Warnung zukommen lasse.«
»Und wer sind diese Leute, von denen Sie da reden?«
»Da bin ich mir nicht ganz sicher. Wenn Sie darüber nachdenken, kommen Sie vielleicht zu einer logischen Schlußfolgerung, aber die wäre vermutlich falsch. Ich glaube nicht, daß diese Leute in offiziellem Auftrag unterwegs sind. Andererseits bin ich sicher, daß sie aus demselben Land kommen wie diese ... wenn Sie verstehen, was ich meine.«
Eine lange Pause.
»Ich verstehe.«
Wieder eine Pause.
Dann: »Sie warnen mich ... Sie sagen, ich sei wegen alldem in Gefahr?«
»Genau, Mr. Hamilton. In großer Gefahr. In *tödlicher* Gefahr.«

Jetzt folgte wieder eine Pause, in der das Wort »Gefahr« unter dem Ozean oder darüber, oder wie man das jetzt eben machte, hin- und zurückgeworfen wurde. Das Medium, durch das meine Worte zu ihm gelangten, war für Hamilton wahrscheinlich die Vergangenheit, die er fürchtete und von der er nichts wissen wollte. »Nun gut«, sagte er schließlich, »Sie warnen mich. Was soll ich denn jetzt Ihrer Meinung nach tun?«
Als ob ich dafür verantwortlich wäre, als ob es irgendwie meine Schuld wäre! Ich antwortete nur: »Was Sie wollen.«
Pause. Ich glaubte zu hören, wie er sich räusperte. Dann sagte er: »Verzeihen Sie. Ich wollte in keiner Weise ...«
Ich fragte mich, wer er war. Wer er gewesen war. Was er für sie getan hatte. Und warum. War er ein Dummkopf? Ein charakterloser Kerl? Habgierig? Schwul?
»Hören Sie, Mr. Hamilton«, sagte ich. »Sie müssen Ihre Wohnung verlassen, und Sie müssen sie *jetzt* verlassen. Gehen Sie irgendwohin, wo man Sie nicht ausfindig machen kann. Nicht in ein Hotel und auch nicht zu einem Freund – zumindest nicht, wenn eine Verbindung zwischen ihm und Ihnen offenkundig ist. Irgendwohin ...«
»Ich könnte ...«
»Sagen Sie es mir nicht. Ich will es nicht wissen. Zumindest nicht jetzt. Aber gehen Sie *gleich.* Verlassen Sie sofort das Haus. Diese Leute können eine Art Filiale in Paris haben; sie könnten schon unterwegs sein. Also gehen Sie sofort, und wenn Sie die nächsten Stunden damit verbringen müssen, in einem Park herumzuspazieren. Haben Sie mich verstanden?«
»Ja.«
»Also gut. Ich werde nach Paris kommen. Ich kann nicht mit Sicherheit sagen, wann ich da sein werde, aber innerhalb der nächsten paar Tage. Gleich nach meiner Ankunft hinterlasse ich eine Nachricht für Sie bei American Express ... in der Zentrale bei der Oper – Sie wissen ja, wo das ist. Ich werde Sie wissen lassen, wo ich abgestiegen bin und wie Sie Verbindung mit mir aufnehmen können. Dann rufen Sie mich an, sobald Sie können.«
Eine Pause, in der er das verdaute. Aber jetzt gab es kein Herumreden mehr; er hatte alles geschluckt, er vertraute mir. »In Ordnung, aber ich werde Ihren Namen brauchen.«
»Thorne. Robert Thorne.« Es folgte eine lange, widerhallende Pause, und dann fiel mir etwas ein, und ich fügte hinzu: »Möglicherweise kannten Sie meinen Vater, Mr. Hamilton. Er war auch für das State Department tätig.«
»Ja. Ich glaube, daß ich den Namen kenne ...«
Aber nach seiner Stimme zu urteilen war ich mir dessen nicht so sicher. »Egal,

ob Sie ihn nun kennen oder nicht«, gab ich zurück, »denken Sie nur an eines: Verlassen Sie sofort das Haus!«

»Ja. Können Sie mir wirklich nicht ...«

»Nein. Gehen Sie jetzt. In ein paar Tagen erzähle ich Ihnen alles.«

Wir beendeten das Gespräch. Ich zündete mir eine Zigarette an. Ich war jetzt völlig erschöpft. Während ich das Streichholz auswedelte, sah ich mich in Berris Schlafraum um. Die Wandverkleidung war noch nicht fertig; auf der Teerpappe an den Wänden las ich: Ten-Test, Ten-Test, Ten-Test ... Ich zog ein Bein hoch, lehnte mich auf das Bett zurück und ließ ein Rauchwölkchen zur Decke steigen. Der Raum war sehr klein. Eine Zelle. Berri hatte einer Zelle angehört, und immer noch schlief er Nacht für Nacht in einer. Im Geist verglich ich ihn und Hamilton miteinander. Zwei grundverschiedene Menschen, darauf hätte ich geschworen, aber beide waren Kommunisten, und ich sah das Kettenglied, das sie miteinander verband. Ideologie war es eigentlich nicht; eher eine Charakternuance: eine gewisse Sprödigkeit; ein Hauch von Puritanismus; ein Bemühen um Selbstbeherrschung, bestimmte Hemmungen, die ihren eigenen Autoritarismus an der Kandare hielten. Und wenn ihnen diese Hemmungen genommen wurden ... Ich schloß die Augen. Ich war sehr müde, und ich wußte, daß diese dubiosen Meditationen nur ein Vorwand waren, um nicht in das Zimmer zurückzugehen zu müssen, in dem der alte Mann auf mich wartete. Seine blutigen Kleider hatte er über das Fußende des Bettes geworfen. Ob er sie wohl waschen und dann wieder anziehen würde? Würde er die Möbel im Wohnzimmer säubern, das Blut von den Wänden kratzen? Wahrscheinlich ja; es war schließlich sein Leben, und es blieb ihm nichts anderes übrig, als die Scherben aufzulesen. Ich lag da, rauchte in langsamen Zügen und dachte darüber nach – sein Leben, und worauf es errichtet war: die Fähigkeit zu glauben. Selbsttäuschung. Paranoia. Wer veriet wen? Verlogenheit. Loyalität. Wahrheit ... Und wie lautete letztendlich sein Credo? *Es ist mir scheißegal! Bei Gott, es ist mir scheißegal!*

Ich konnte es nicht weiter aufschieben. Ich drückte meine Zigarette aus und ging den Gang hinunter. Schon zum zweitenmal in dieser Nacht hatte Berri sich frisch gemacht, und jetzt saß er am Küchentisch, vor sich eine Flasche Whisky. Canadian Club. Ich wußte nicht, wo er sie herhatte; sie war in keinem der Schränke gewesen. Aber vielleicht wurde sie so wie die kleinen Dosen Twining's Tea weggesteckt und nur bei besonderen Gelegenheiten hervorgeholt. »Alles in Ordnung«, sagte ich. »Ich habe ihn rechtzeitig erreicht.«

Er bemühte sich, mit ruhiger Stimme zu sprechen, aber es gelang ihm nicht ganz. »Würden Sie sagen, daß er einen Fuchs wert war?«

Ich schüttelte den Kopf. »Wahrscheinlich nicht, Mr. Berri. Zumindest war er die Liebe nicht wert, die Sie für diesen Fuchs empfanden.«

Mit fester Hand hob er die Tasse Whisky an seine Lippen und nahm einen Schluck; dann stellte er sie steif und ordentlich wie bei einer Teegesellschaft alter Damen in die Untertasse zurück. »Wie ich schon sagte, es ist mir scheißegal.«

Ich holte Atem. »Ich habe nur eine Befürchtung. Diese Leute könnten nämlich glauben, daß Sie ihn gewarnt haben. Wenn sie ihn in Paris nicht finden, könnten sie hierher zurückkommen.«

»Sollen sie doch! Ich habe ein Gewehr. Diesmal werde ich vorbereitet sein.«

»Sind Sie sicher?«

Er zuckte die Achseln. »Ich kann sie sowieso nicht allein lassen. Nicht länger als vierundzwanzig Stunden.«

Ich trat ins Zimmer und setzte mich neben ihn; und dann – als eine Geste des Mitgefühls, die ich für zulässig hielt – nahm ich mir ein wenig Whisky. Ich nippte und ließ ihn über einen brennenden Pfad meiner Kehle hinunterrinnen. »Da wären noch ein paar Dinge«, murmelte ich. »Wenn man der Polizei glauben soll, dann hat Harry sich umgebracht. Und es sieht ja auch so aus. Aber können Sie darin einen Sinn erkennen? Wenn diese Leute hinter ihm hergewesen wären – die, die heute hier waren –, hätte er sich lieber umgebracht, als ihnen das Geld zu geben?«

Berri zuckte die Achseln. »Kann sein. Oder vielleicht bedrohten sie seine Tochter – so wie sie drohten, alle meine Füchse zu töten. Er liebte sie – das weiß ich. Er hätte alles für sie getan.«

»Aber das heißt doch das Pferd vom Schwanz her aufzäumen! Wenn er sie schützen wollte, wäre es doch das einfachste gewesen, das Geld zu übergeben. Aber das hat er nicht getan.«

Wieder ein Schulterzucken. »Harry konnte ein richtiger Dickschädel sein ... Oder vielleicht liegt es auch an der Polizei. Warum muß man ihr unbedingt glauben? Vielleicht haben diese Leute es nur so aussehen lassen, als ob er sich umgebracht hat.«

Genau das fragte ich mich auch. Bis jetzt hatte ich das Motiv nicht gekannt; folglich war mir der Selbstmord überzeugend erschienen. Aber wenn Brightman ihnen einfach das Geld hätte geben müssen – wenn es einen so einfachen Ausweg gab –, warum hätte er sich und vor allem May das antun sollen? Andererseits hatte Subotin kein Interesse an einem toten Brightman haben können – nicht bevor er ihnen gesagt hatte, wo sich das Gold befand. Aber im Grunde war das jetzt auch egal. So oder so, Harry Brightman war tot.

»Na schön«, sagte ich. »Vergessen wir das. Aber da ist noch etwas, was ich immer noch nicht kapiere. Dieses Druckmittel, das Harry gegenüber dem

Bolschewiken in der Hand hatte … bestand da ein Zusammenhang mit dem Kind?«

Er zuckte die Achseln, nippte an seinem Whisky und schüttelte ungeduldig den Kopf. »Ich weiß es nicht. Vielleicht. Wer kann das wissen? Sie machen sich zuviel Gedanken.«

»Aber es gab ein Kind, Mr. Berri. Daran ist nicht zu zweifeln. Und ich bin sicher, daß es zur gleichen Zeit aus Rußland kam, als Dimitrow seine Reise nach Halifax machte.«

»Ich will Ihnen mal etwas sagen. Machen Sie sich doch nichts vor. Dimitrow mag einmal Ihr Held gewesen sein, aber am Ende war er nicht anders als die anderen, nämlich ein Hurensohn. Schon um 1940 waren seine Hände blutig. Wenn er dem Bolschewiken ein Baby entführt hat, dann nur, um *sich* zu helfen, nicht dem Kind.«

Ich wartete, aber er wandte sich wieder seinem Whisky zu. Ich überlegte kurz – seine Idee hatte zumindest den Reiz der Neuheit. War es denn wirklich möglich, daß ein *Kind* Dimitrow geschützt hatte und daß dieser Schutz auf Brightman übergegangen war? Was einen bestimmten Punkt betraf, schienen sich jedenfalls alle einig zu sein: Um 1940 hatte Dimitrow sich in ernster Gefahr befunden. Viele seiner Freunde waren getötet worden, und seine politische Linie hatte Schiffbruch erlitten. Doch ungeachtet dieser Bedrohung war es eine historische Tatsache, daß er überlebt hatte. Darum kam mir die Frage wieder in den Sinn, die Leonard Forbes gestellt hatte: *Wer weiß denn schon wirklich, warum einer eliminiert wurde und warum ein anderer davonkam? Sehr wahrscheinlich hat Dimitrow einfach nur Glück gehabt.* Aber vielleicht auch nicht; vielleicht … Ich lehnte mich auf meinem Stuhl zurück. Es war alles so vage, und vielleicht hatte Berri am Ende doch recht – schließlich hatte er in mehr Punkten recht gehabt als alle anderen –, und das Kind war tatsächlich bedeutungslos. Ich nahm noch einen Schluck von dem Whisky des alten Mannes und begann mich auf festeren Boden zurückzuziehen. »Eine letzte Frage in bezug auf das Geld«, stieß ich nach. »Sie sagten, er bewahrte es in Gold, in Goldzertifikaten auf. Wissen Sie vielleicht, wann er sie gekauft hat? Nicht auf den Tag genau, aber wissen Sie, ob er sie vor 1970 gekauft hat?«

Er nickte. »Lange vorher. Aber was spielt denn das für eine Rolle?«

Eine sehr große sogar; wenn er das nicht begriff, sollte es mir recht sein.

Ich goß etwas Whisky in seine Tasse nach und ging ins Wohnzimmer.

Ich hatte alle Zeitungen, die ich finden konnte, auf dem Fußboden ausgebreitet, und nun waren sie voll großer schwarzer Flecken vom Blut des Fuchses. Aber ich fand, was ich suchte; der Druck auf der Zeitungsseite glitzerte wie ein Spiegelbild auf einem schwarzen Lacktischchen: eine *Montreal Gazette* von

der Vorwoche, die Spalte mit den Börsennachrichten, wo auch die Kurse der Edelmetalle notiert waren.
Ich kniete nieder, nahm meine Füllfeder heraus und rechnete es mir am Blattrand aus.
Es war ganz einfach. Vor dem 15. August 1971 hatte das amerikanische Schatzamt Gold zu fünfunddreißig Dollar die Unze angekauft und abgegeben. Das war der Preis, um den Harry Brightman Gold gekauft haben mußte. Für achthunderttausend Dollar mußte er Zertifikate im Wert von etwa dreiundzwanzigtausend Unzen bekommen haben. Doch nach 1971, als der Goldpreis freigegeben wurde, stieg er in astronomische Höhen. Wie ich aus der *Gazette* erfuhr, hatte der Preis vor drei Tagen in London etwa fünfhundert Dollar je Unze betragen. Brightmans Goldzertifikate waren jetzt also zwischen elf und zwölf Millionen Dollar wert.
Da kniete ich nun in diesem Wohnzimmer und starrte lange, lange Zeit auf diese Zahl. Sie erklärte vieles. Sie erklärte mehr als das, was ich über Dimitrow herausbekommen, weit mehr als das, was ich über Mays Adoption erfahren hatte. Jetzt hatte die Vergangenheit – Brightmans Vergangenheit – die Gegenwart eingeholt. Hier lagen die Motive für sein Verschwinden, seinen Selbstmord und Travins Hinrichtung. Aber dann dachte ich an May… Hatte sie gewußt, was da vorging? Wenn ich sie jetzt anrief, was würde sie sagen? Hatte sie Cadogan gerade deshalb aufgetragen, mich zu stoppen, weil sie wußte, was ich herausfinden würde? *Und wenn es so war, warum hatte sie mich dann überhaupt erst auf die Fährte gesetzt?*
Fragen – auf die ich immer noch keine Antworten hatte. Aber ich durfte auch Berris Lösung nicht vergessen: daß alle diese Fragen nichts an den Tatsachen änderten, daß sie nur eine fixe Idee waren, in die ich mich verbohrt hatte. Je länger ich auf mein Gekritzel starrte, desto mehr schien er recht zu haben. May, Dimitrow, Grainger, Florence Raines – vielleicht hielt ich an ihnen fest wie ein Wissenschaftler, der in seine Theorien vernarrt ist und dem man neue, diesen Theorien widersprechende Beweise vorgelegt hat. Ich wollte einfach nicht zugeben, daß jetzt alles in eine andere Richtung zeigte. Auf Brightman als Spion, nicht als Vater; auf das heutige Paris, nicht auf ein längst vergangenes Halifax. Aber was hatte das mit mir zu tun? Das war die letzte, entscheidende Frage. Ich hatte Hamilton versprochen, nach Frankreich zu fliegen, und ich hatte das Gefühl, daß mir nichts anderes übrigblieb, selbst wenn mich die Reise pleite machen würde. Ich war schon so weit gekommen, jetzt würde ich bis zum Ende weitermachen. Gab es vielleicht eine innere, verborgene Logik, die mich antrieb? Paris – die Stadt meiner Mutter. Paris – wo meine Eltern sich begegnet waren. Es war wirklich unheimlich …

Mit jedem Schritt zurück in Brightmans Vergangenheit drang ich tiefer in meine eigene ein, und während ich jetzt in Berris blutbespritztem Wohnzimmer kauerte, gingen mir Travins Worte wieder durch den Sinn: »Ich werde Ihnen etwas *Persönliches* erzählen, Mr. Thorne, etwas, von dem Sie nicht möchten, daß ein Polizeibeamter es hört ...« Vielleicht, dachte ich, vielleicht weiß ich schon, was das ist. Die Wahrheit war da, sie lag mir auf der Zunge, verbarg sich im Augenwinkel – aber zu groß war meine Angst, es mich selbst sagen oder sehen zu lassen.

Vielleicht.

Und auf der anderen Seite Berris Lösung: Alle diese vagen Fragen waren bloß Probleme, die in meinen Gehirnwindungen herumgeisterten.

Zwölf Millionen Dollar...

Für die meisten Leute war das Grund genug, etwas zu unternehmen. Grund genug für Subotin, dachte ich, und also auch für mich. Was wollte er mit dem Geld? Warum war er bereit, Menschen dafür zu töten oder zum Krüppel zu machen? Ich hatte keine Ahnung, aber ich wußte eines: Ich wollte nicht, daß er es bekam.

Auf wessen Seite er auch stehen mochte – auf Berris, auf Brightmans oder gar auf der Seite meines Vaters –, ich stand auf der entgegengesetzten.

Die Füchse tilgten diese Überlegungen aus meinen Gedanken, indem sie von neuem ihre Klage ausstießen, ein melancholisches Jaulen, das mir Schauder über den Rücken jagte. Stocksteif lauschte ich. Ihr Heulen hob und senkte sich in ungestümer, jämmerlicher Harmonie, gleich dem Ruf eines todverkündenden, zu spät gekommenen Geistes nach seiner eigenen verlorenen Seele – der Rotfuchs war tot, aber vielleicht durchwanderte sein Schatten, verwirrt durch die Ereignisse dieser Nacht, ruhelos den nahe gelegenen Forst.

Berri, der noch in der Küche gegessen hatte, erhob sich; ich hörte, wie er die Tür öffnete. Aber dann war der Geruch, der die Füchse erregt hatte, wohl weitergezogen, denn sie wurden bald wieder still.

14

Am 9. November traf ich in Paris ein. Mit ein wenig Glück kann das dort einer der schönsten Monate sein, aber diesmal hatte ich dieses Glück nicht. Ich flog von Montreal-Mirabel nach Paris-Charles de Gaulle, tauschte aber bloß einen Regensturm für einen anderen ein; und der in Paris war schlimmer, weil böig und beharrlich. Im Bus von Roissy nach Porte Maillot schwamm die Stadt verschleiert an überströmten Fenstern vorbei, wie von einem schlechten Filmregisseur aufgenommen. Aber vielleicht war das die beste Art, Paris zu betrachten. Montmartre, Clichy, der *dix-septiéme* – während wir über die *Boulevards périphériques* rollten, dämpfte der Regen den purpurfarbenen Strudel der Dieseldünste; er vernebelte die hohen Wohntürme und gab ihnen die sanfte Beleuchtung und dunkle Tonigkeit impressionistischer Bilder. Ich mußte an meine Mutter denken und daran, daß sie die Stadt nie wiedergesehen hatte. Allerdings: Sie hatte sie nie mit viel Illusionen betrachtet. »Paris ist sehr schön«, pflegte sie zu sagen, »aber wenn man dort lebt, dann ist es eine Stadt wie alle anderen – ein Ort, wo keiner je genug Geld hat.«

Am *aérogare* bestellte ich bei Hertz für den Spätnachmittag einen Mietwagen und stieg dann in die *métro*. Von der Station Chatelet ließ ich mich, das übliche Spießrutenlaufen durch die Bettler in Kauf nehmend, vom *trottoir roulant* unter dem Fluß durch zur Place Saint-Michel befördern. Jetzt befand ich mich auf der Rive gauche, im Quartier Latin, das, trotz der vielen Touristen, immer das Stadtviertel gewesen war, in dem ich mich am wohlsten fühlte. Auch das hing mit meiner Mutter zusammen. Ihre Familie kam ursprünglich aus Lyon und übersiedelte erst nach Paris, als meine Mutter schon vierzehn Jahre alt war. Meine Großmutter hatte es sich gewünscht. »Es war alles für *maman*«, hat meine Mutter sich oft beklagt. »Die ganze Geschichte nur wegen ihr: der Umzug, das große Haus am Parc de Monceau, ein neues Auto. Für mich bedeutete es, daß ich alle meine Freundinnen verlor. Ich hatte nie das Gefühl, daß Paris meine Stadt war; erst später, an der Sorbonne.« Erst damals, als Studentin im Quartier Latin, war sie wirklich glücklich gewesen; das war das Paris, an das sie sich zurückerinnerte und mich lieben lehrte. Es hatte sich nicht viel verändert. Ein Hauch von *doner* und *souvlaki* vermischte sich mit den traditionellen Düften von Brot und Tabak. Aber die jungen Studenten und Studentinnen gingen immer noch, selbst so früh am Tag, in die Kinos. Den

Kopf gesenkt, hielt ich mich nahe an den Hauswänden und überließ es meinen Füßen, durch das Straßengewirr rund um Saint-Séverin einen Weg zu finden, bis sie mich zur Pension Mull brachten. Auch das düstere Café im Erdgeschoß des Hauses hatte sich nicht sehr verändert. Ein paar Video-Spiel-Apparate waren neben den alten Spielautomaten aufgestellt worden, und über der Bar prangte ein neuer Farbfernseher. Jeglicher Atmosphäre ermangelnd, war dies ein Etablissement, in das sich nie ein Tourist verirrte, und das war *Madame* gerade recht: Zu ihren Gästen zählten arme Emigranten und Pensionisten, die hinter der Szene des Touristenspektakels lebten und denen es nach allem Neuen eher gelüstete, als daß sie die Nase darüber rümpften. Ich hatte schon als Student zu den Stammgästen gehört, und es war eine alte Gewohnheit hierherzukommen – mit dem zusätzlichen Vorteil völliger Anonymität. Nach zwei Gläsern *vin rouge* ging ich in mein Zimmer hinauf. Noch während ich mich auf dem Bett ausstreckte, fühlte ich, wie der Wein die Folgen der Zeitverschiebung verstärkte, und nach fünf Minuten war ich eingeschlafen.
Um halb drei wachte ich auf, immer noch müde und mit Kopfschmerzen vom Wein, aber die kalte Dusche am Ende des Ganges tat das Ihre, und ein flotter Marsch zur Oper genügte, um mein Blut wieder in Fluß zu bringen. American Express liegt genau an der Ecke; vor dem Eingang warteten, wie eine Schar räudiger Katzen, mittellose junge Leute besorgt auf Geld von daheim, während es drinnen nach neuen Teppichen roch und eine hübsche junge Vietnamesin mich bediente. Ich wechselte einen Scheck und hinterließ die Telefonnummer des Cafés für Hamilton. Um vier war das alles erledigt. Ich beschloß, zu Hertz zu gehen und meinen Wagen zu holen. Schon um fünf saß ich wieder im Café und trank eine Suze.
Im Verlauf der folgenden Stunde bemühte ich mich, nicht nervös zu sein, war es aber trotzdem. Ich glaubte nicht, daß Subotin vor mir dagewesen war, aber eine gewisse Wahrscheinlichkeit bestand eben doch; denkbar aber war auch, daß Hamilton sich die Sache überlegt und beschlossen hatte, meine Warnung zu ignorieren – oder daß er, mit Panik reagierend, einfach getürmt war. Aber da hatte ich ihn falsch eingeschätzt. Um zwanzig nach sechs winkte mich der Barmann um die Theke herum zum Telefon.
»Thorne?« Er sprach mit tiefer und verkrampfter Stimme, aber er hatte sich fest in der Hand. »Ich hoffe, ich habe Sie nicht warten lassen. Ich habe Amex erst im letzten Moment angerufen, um Ihnen soviel Zeit wie möglich zu geben.«
»Das ist schon in Ordnung. Wo sind Sie?«
Er zögerte; aber natürlich mußte er es mir sagen. »Ein Café am Quai des Grands-Augustins. Das Café Raymond.«
»Sehr gut. Ich nehme an, Sie haben sich von Ihrer Wohnung ferngehalten?«

»Keine Sorge, Mr. Thorne. Ich war ganz folgsam. Zwanzig Minuten nach Ihrem Anruf habe ich das Haus verlassen und mich seitdem dort nicht mehr blicken lassen.«
Er war mir unsympathisch; ich war ihm unsympathisch. Irgendwie war das sofort klar.
»Bleiben Sie, wo Sie sind«, sagte ich. »Mehr als zehn Minuten werde ich nicht brauchen.«
»Ich bin der alte Herr an der Bar, mit einem Glas Bier.«
Bis zum *Quai* brauchte ich knapp fünf Minuten zu Fuß. Es war schon dunkel, und ein anhaltender kalter Sprühregen schlug mir ins Gesicht. Hinter mir erhob sich Notre Dame in nebligem Dunst wie eines Poeten Traum, und im Dunkel des Palais de Justice glommen matte Lichter. Auf dem *Quai* herrschte reger, zermürbender Verkehr, und auf den Gehsteigen drängten sich verdrießliche Menschenmengen, erfüllt von jener Bosheit, deren die Franzosen bedürfen, um ihre Egos vor der Masse zu schützen.
Das Café, das ich bald erreicht hatte, war nichts Besonderes: ein großer Raum mit Gästen, die nach der Arbeit auf ein Glas hereinkamen, mit kleinen Plastiktischen und orangefarbenen Plastikstühlen, viel Rauch und dem harten Stakkato-Rhythmus schnell sprechender Franzosen. Hamilton saß an der Bar. Ich erkannte ihn sofort, obwohl ich ihn kaum als biertrinkenden alten Herrn bezeichnet hätte. Er war ein großgewachsener, gutaussehender Mann mit stark glänzendem silbergrauen Haar, das eine Spur zu lang war, wie die widerspenstigen kleinen Büschel hinter den Ohren und im Nacken erkennen ließen. Als er von seinem Glas aufblickte, langte er in einer automatischen Geste nach hinten, um sie zu glätten. Es fiel mir schwer, sein Alter zu schätzen; er gehörte der Generation meiner Eltern an, war aber wohl etwas jünger. Und er besaß jene Ausstrahlung blühender Gesundheit, die auf vorzeitige Pensionierung schließen läßt. Er trug einen grobgestrickten grauen Pullover und eine graue Wollhose, beides sportlich-leger, aber doch von moderner Eleganz – ein ranghoher Beamter, hätte man denken können. Wahrscheinlich segelte er oder saß häufig zu Pferd oder unternahm Klettertouren.
Er war mir immer noch unsympathisch.
Warum wohl? fragte ich mich. Nun, er war ein »Spion«; ein »Verräter«. Und ein Lügner dazu. Er hatte Vertrauen errungen und es verraten. Aber man konnte das gleiche von Berri sagen, und für ihn empfand ich Mitgefühl. Vielleicht darum, weil Berri bezahlt hatte – und nicht nur mit den bezogenen Prügeln, sondern bezahlt in einem weiteren Sinn, indem er die Verantwortung für seine Handlungen übernommen hatte. Er hatte ernstlich darüber nachgedacht und mit seiner Selbstachtung dafür gebüßt. Nicht so dieser Mann. Ich beobachtete

ihn, als er sich eine Zigarette anzündete. Während er den Rauch auf die Theke hinabblies, lehnte er sich ein wenig zurück und streifte mit der rechten Hand ein Aschenstäubchen vom Pullover. Sehr kühl; sehr selbstzufrieden. Aber dann warf er einen raschen Blick über die Schulter, und ich konnte die Angst in seinen blassen, wäßrigen Augen sehen. Diese Augen beleidigten mich, ich weiß nicht warum: Ihre Unruhe erschien mir geradezu unersättlich, um nicht zu sagen gierig; sie glitzerten vor Selbstsucht. Nur widerstrebend bewegte ich mich auf ihn zu. Plötzlich wurde er auf mich aufmerksam, aber noch bevor er sich erheben oder etwas sagen konnte, fing ich an, schnell französisch auf ihn einzureden. Es war besser, keine Aufmerksamkeit auf uns zu lenken. Ich mußte ihm zugute halten, daß er geschickt mitspielte; nach wenigen Augenblicken erhob er sich lässig von seinem Hocker, und ich folgte ihm auf die Straße.

Er blieb stehen und trat seine Zigarette auf dem Gehsteig aus. »Sie sprechen ausgezeichnet französisch, Mr. Thorne. Ich spreche es fließend, aber es ist mir bis heute nicht gelungen, meinen Akzent abzustreifen.«

»Meine Mutter war Französin.«

»Ach ja. Das hatte ich vergessen. Aber jetzt bin ich ganz sicher: Ich kannte Ihren Vater tatsächlich.« Er schenkte mir ein Lächeln. »Er bekleidete einen höheren, einen wesentlich höheren Rang als ich. Aber ich kann mich noch gut erinnern, wie bezaubert ich von Ihrer Mutter war.«

Das war interessant, aber es überraschte mich nicht sonderlich. Das State Department war, besonders vor 1950, eine sehr kleine Welt. Ich nickte nur und sah sein Lächeln vergehen, als ich das angesprochene Thema nicht weiter verfolgte. Ich fragte mich, ob er wohl homosexuell war – vielleicht war es ein mir selbst nicht bewußtes Vorurteil, das mich veranlaßte, so negativ auf ihn zu reagieren –, aber eigentlich glaubte ich es nicht. Er war kein alter Mann, der Knaben liebte; er war eher ein alter Mann, der noch gewissen alten Erscheinungsformen knabenhaften Wesens anhing. Ich mußte an Privatschulen denken, an reiche Jungs in Blazern und grauen Flanellhosen. Genau dieses Bild bestärkend, steckte er beide Hände in die Taschen und stürzte sich dreist in den Verkehr, um zu den *Quais* hinüberzugehen. Ich folgte ihm, so gut ich konnte, und holte ihn bei einer breiten Steintreppe ein, die zum Wasser hinunterführte. Wir befanden uns nun praktisch im Schatten des Pont-Neuf, aber hier, eine Ebene tiefer, war der Verkehrslärm nur mehr ein leises Dröhnen, und die brackige Schärfe des Flusses durchschnitt die Benzinschwaden. Entlang der Ufereinfassung waren Boote festgemacht; von den ersten Lichtern des Abends erhellt, teilte sich dahinter die Seine um die Ile de la Cité. Die meisten Boote glichen Schleppkähnen; drei Reihen tief gestaffelt lagen sie da; insgesamt dreißig oder vierzig Stück. Einige hatten glänzende metallene Rümpfe, andere,

elegantere, waren aus Holz. Alle aber waren sie etwa dreißig Meter lang und sahen mehr oder weniger gleich aus: ein Ruderhaus am Heck mit einer langen, niedrigen Kabine, die bis zum Bug hinauflief. Auf diesen Kähnen lebten Menschen; eine verschlungene Spinnwebe aus Wäscheleinen, Markisen und Sonnensegeln hob sich als Silhouette gegen die nächtlichen Lichter der Ile de la Cité ab. Ich roch ein Holzkohlenfeuer; jemand lachte, ein Radio spielte Mozart.
Hamilton war vorausgelaufen. Jetzt blieb er stehen und wartete auf mich. Der Regen hatte die grobe Wolle seines Pullovers mit Perlen bestickt und seinem Haar einen noch glänzenderen Schimmer verliehen. Er lächelte. Er hatte ein langes Gesicht mit tiefen Falten in der dunklen Haut, aber seine Züge waren feingeschnitten. »Jetzt müssen Sie etwas Akrobatik aufbringen«, sagte er und sprang recht anmutig auf den ersten Lastkahn. Es war ein abgetakeltes Fahrzeug mit einem stählernen Rumpf, das Deck von rostigen Streifen durchzogen. Schwerfällig sprang ich hinter ihm her und stolperte über das Deck, bemüht, Eimern und Seilen auszuweichen. Er blieb auf der anderen Seite stehen, in der Mitte des Bootes, wo der Schandeckel dieses Kahns an den des nächsten stieß, der näher zur Strommitte lag. Gewandt hüpfte er hinüber. Dieses zweite Hausboot schien verlassen zu sein – das Deck war ein mit Hindernissen übersätes Minenfeld –, aber schließlich gelangte auch ich auf die andere Seite und stürmte – ein Pirat in mittleren Jahren – noch einmal über die Schandeckel. Während ich mich aufrichtete und mich bemühte, zu Atem zu kommen, sah ich, daß er immer noch die Hände in den Hosentaschen vergraben hatte, womit er sich bei mir, ich will es gestehen, nicht gerade lieb Kind machte. Er lächelte. »Willkommen auf *La Trompette*, Mr. Thorne.«
Ich sah mich um. Ich stand auf dem Deck eines alten hölzernen Lastkahns. Das frisch gefirnißte Deck und die polierten Messingbeschläge schimmerten sanft im Lichtschein der großen Wohnhäuser an der Place Dauphine und der Autos, die den Pont-Neuf überquerten.
Es war alles sehr eindrucksvoll, aber ich fragte mich, wie sicher es wohl sein mochte. »Sind Sie überzeugt, daß man Sie hier nicht aufspüren kann?«
Er nickte. »Ich habe sie im Frühjahr gekauft, aber sie wurde in Janville ausgerüstet. Man hat sie erst vorige Woche heraufgebracht.«
Das klang sicher genug und war besser als ein Hotel oder die Wohnung eines Freundes. Ich nickte und folgte ihm dann in das hohe, viereckige Ruderhaus. Hier warfen Petroleumlampen Schatten an die Wände, die Geräusche der großen Stadt verebbten, und an ihre Stelle trat das sanfte Knirschen des Schiffsrumpfes. Alles war gedämpft. Der Regen tröpfelte gegen die beschlagenen Fenster, und mich überkam das mir aus meiner Kindheit vertraute

Gefühl, mich in einer eigenen, entlegenen Welt zu befinden. Doch dann drehte Hamilton ein Deckenlicht an, und nun sah ich neues Messing und Mahagoni, einen Kartentisch, der sich an die Wand zurückklappen ließ, messingbeschlagene Spinde, neue, kardanisch aufgehängte Lampen. Nur das Steuer war alt, ein verspeichtes Rad aus rostigen Eisenstangen. Hamilton legte seine Hand darauf. »Das war angeblich alles, was sie retten konnten, und ich habe verdammt gut aufgepaßt, daß sie es auch wirklich retteten.«

Paul Hamilton, ein Mann von Geschmack ... Er löschte die Deckenbeleuchtung. Der goldene Schein der Lampen und die tanzenden Schatten kehrten zurück. Er ging durch eine Türöffnung, machte mir ein Zeichen, und ich folgte ihm über eine kurze Leiter in die Hauptkabine hinunter. Sie war sehr groß, ein langer, niedriger, mit Mahagoni getäfelter Raum, so luxuriös und behaglich wie ein Clubzimmer aus der Zeit Eduards VII. Gegen den Bug zu war die Kabine mit eingebauten Schlafkojen, einem Bücherschrank, Farbfernsehgerät und Stereoanlage als Salon eingerichtet. Uns näher lag die Kombüse, ein hochmoderner Zusammenbau von Spülbecken aus rostfreiem Stahl, Anrichten mit Arbeitsflächen und raffiniert montierten Regalen mit diversen Geräten und Apparaten. Hier hatte er gearbeitet; auf einem Zeitungsbogen lagen Schraubenschlüssel, Rohrmuffen und eine Taschenlampe. Wie um es mir zu erklären, schob er die Tür einer Anrichte auf, in der sich ein großer Metallkanister befand; er klopfte mit dem Fingernagel darauf.

»Die große Frage«, sagte er. »Propan oder Erdgas, wofür sollte ich mich entscheiden? Ich habe es erst heute nachmittag einleiten lassen. Zum Kochen ist mir Propan lieber, aber es ist schwerer als Luft, das heißt, es sinkt in die Bilge, wenn es ausströmt. Ein Funke und ... Erdgas aber entweicht durchs Fenster. Völlig sicher.«

»Sie meinen also, ich kann rauchen?«

»Aber bitte sehr. Und nehmen Sie Platz. Ich biete Ihnen sogar einen Drink an, wenn Sie möchten.«

Der Fußboden bestand aus eingeöltem Teakholz. Ich durchquerte die Kombüse und setzte mich auf eine der Couchen. Hier herrschte der trockene, gestärkte Geruch von neuen Polstermöbeln. Auf der anderen Seite des Raumes betätigte Hamilton einen Messingriegel an einem sauber eingepaßten Spind, und aus dem Schott senkte sich eine Hausbar mit diversen Nischen für Flaschen und Zubehör herab. Mir den Rücken zukehrend, füllte er Johnnie Walker Red in Kristallgläser und murmelte dabei: »Übrigens, Mr. Thorne, ich hoffe, Sie halten sich an die Spielregeln. Keine Wanzen! Kein am Körper verstecktes Tonbandgerät!«

Ich besitze zwar ein Gerät dieser Art, aber das befand sich daheim in Charlottesville – ein Ort, der mir jetzt in unendlich weiter Ferne zu liegen schien.

»Machen Sie sich keine Sorgen, Mr. Hamilton. Das Gespräch geht nur uns beide an.«
»Gut. Es hätte ja auch wenig Zweck, miteinander zu reden, wenn wir nicht offen sprechen könnten.« In jeder Hand ein Glas, drehte er sich um. Er lächelte – ein herablassendes Lächeln, das die zwischen uns herrschende Antipathie bekräftigte und wohl ausdrücken sollte, daß ich ziemlich lästig sei, er jedoch meine Anwesenheit trotzdem ertragen wolle … Dann erlosch das Lächeln, und er reichte mir das Glas. »Brightman ist also tot?« fragte er.
Ich nickte.
»Und irgendwelche Bösewichte sind hinter mir her?«
»So könnte man sagen.«
»Weil ich angeblich etwas in meinem Besitz habe, das Brightman mir anvertraut hat?«
Ich nippte an meinem Whisky. Seine von Scherzhaftigkeit überlagerte Vorsicht erhöhte noch die Abneigung, die ich gegen ihn empfand. Aber ich bemühte mich, mir nichts anmerken zu lassen. »Wenn Sie nichts dagegen haben, möchte ich gern mit meinen Fragen beginnen.«
Er zuckte die Achseln. Er schien sehr gelassen zu sein, aber als er den Kopf zurücklegte, um zu trinken, sah ich wieder die Angst in seinen Augen, und seine Lippen arbeiteten gierig am Rand des Glases, während er einen gewaltigen Schluck Whisky durch die Kehle laufen ließ. Er setzte sich, schlug die Beine übereinander und begann das Glas in kleinen Kreisen auf seinem Knie zu drehen. »Na gut«, sagte er schließlich, »aber was geschieht, wenn ich nicht antworten will?«
»Ich fürchte, Sie haben keine andere Wahl, Mr. Hamilton.«
»Das stimmt nicht ganz. Sie liegen schief, wenn Sie das glauben. Aber…« Er lächelte. »Bitte fragen Sie.«
Aus den kleinen Lämpchen an den Schotts ergoß sich gelbliches Licht in die behagliche, lederne, männliche Düsterkeit. »Ich werde mit dem Naheliegendsten anfangen«, sagte ich. »Wann haben Sie Brightman das letzte Mal gesehen?«
Er nahm einen gemäßigteren Schluck von seinem Whisky und lächelte. »Wie Sie sagen, das ist das Naheliegendste – aber ich bin mir nicht sicher, ob ich die Frage beantworten soll. Darf ich zunächst noch mal passen? Nur einen Augenblick? Ich sagte es schon, ich möchte offen reden – aber es wäre mir lieber, Sie gäben mir die Chance, zurückhaltend, aber ehrlich zu sein, als daß Sie mich zwingen, Sie zu belügen.«
»Haben Sie ihn innerhalb der letzten sechs Monate gesehen?«
»Na schön. Ja.«

»Was wollte er?«
»Hilfe, denke ich. Es war kaum zu übersehen, daß er in irgendwelchen Schwierigkeiten steckte.«
»Welcher Art von Schwierigkeiten?«
»Hat er nicht gesagt.«
»Was für eine Hilfe also?«
»Er hat sich sehr vage ausgedrückt.«
»Hat er Ihnen etwas zur Aufbewahrung überlassen? Oder wollte er das tun?«
»Ich nehme an, Sie meinen so etwas in der Art von ›Nach-meinem-Tode-zu-öffnen‹?«
»Ja. Aber wahrscheinlich nicht genau das. Er hatte etwas, was gewisse Leute haben wollten – so sehr haben wollten, daß sein Besitz ihn zu einer Zielperson machte. Darum beschloß er, glaube ich, es weiterzugeben. Er sagte also praktisch: ›Ich habe es nicht mehr. Es hat keinen Zweck, mich weiter zu verfolgen.‹ Als Sie mit ihm sprachen, hatten Sie da den Eindruck, daß er sich gefährdet fühlte?«
»Ich möchte nicht mit Sicherheit behaupten, daß meine Eindrücke so eindeutig waren.«
»Da hätten Sie vielleicht besser aufpassen sollen. Er *war* in Gefahr und wollte sie abwenden – indem er dieses bewußte Ding weitergab. Damit geriet nun ein anderer in die unmittelbare Schußlinie, während das Ding für ihn selbst zu einer Art Lebensversicherung wurde. Da er der einzige Mensch war, der wußte, wo es sich befand, mußten jetzt die Leute, die sich für das Ding interessierten, um sein Wohlergehen besorgt sein.«
»Ich verstehe. Sie wollen damit sagen …«
»Ich will damit sagen, daß er Ihnen keinen besonderen Gefallen getan hat, Mr. Hamilton. Wer dieses Ding besitzt, befindet sich in großer Gefahr. Geben Sie sich da keiner Täuschung hin.«
Er stand auf und streckte dabei die Hand nach meinem Glas aus, aber ich schüttelte den Kopf. Er ging zu seiner schicken Bar hinüber. Während er sich nachschenkte, kehrte er mir den Rücken zu. »Dieses ›Ding‹ … könnten Sie mir vielleicht etwas genauer sagen, was es ist?«
»Wenn Sie es haben, wissen Sie es. Wenn nicht … Vielleicht darf *ich* jetzt zu diesem Punkt passen?«
Er drehte sich um. »In Ordnung. Aber wie kommen Sie darauf, daß ich es habe?«
»Die Zahl der in Frage kommenden Personen ist wirklich nicht sehr groß. Und Sie werden mir sicher zustimmen, wenn ich sage, daß Sie und Brightman eine etwas ungewöhnliche Beziehung zueinander hatten.«

Er lächelte. »Mag sein. Aber ich kannte ihn nicht gut, verstehen Sie. Nicht so gut, wie Sie ihn kannten, würde ich meinen.«

»Wenn das eine Frage sein soll – ich kannte ich überhaupt nicht. Ich bin nur ein Freund seiner Tochter.«

»Da sehen Sie's. Ich wußte nicht einmal, daß er eine Tochter *hatte*. In all den Jahren bin ich, wenn ich mich nicht täusche, genau dreimal mit ihm zusammengetroffen.« Er kam zur Couch zurück und setzte sich vor mich hin. Den Kopf zurückbeugend und zur Decke blickend, tat er, als versuche er sich zu erinnern. »Das erste Mal, das war, glaube ich, zu Beginn der vierziger Jahre. Ich könnte Ihnen nicht einmal sagen, wann genau. Dann 1956. Daran erinnere ich mich gut. Dann dieses letzte Mal ... und das war es auch schon. Ich sehe nicht ein, warum Sie oder sonst jemand annehmen sollten, daß er zu mir kam, um mich um eine Gefälligkeit zu bitten – noch dazu um eine so lebenswichtige. Ich kannte ihn doch kaum und hatte nie etwas Persönliches für ihn getan.«

»Und was *haben* Sie für ihn getan?«

Ich beobachtete seine Miene. Einen Augenblick lang schien er unentschlossen, aber vielleicht war das auch nur Schau. Schließlich war er es, der die Vergangenheit zur Sprache gebracht hatte, und ich konnte mich des Eindrucks nicht erwehren, daß er froh war, darüber reden zu dürfen, daß er sich schon genau zurechtgelegt hatte, was er sagen würde.

Er hob die Achseln und nahm einen hastigen Schluck aus seinem Glas. »In der High School habe ich ein paar Kurse in Naturwissenschaften besucht«, begann er. »Keine große Sache, kein Grund, mich dessen zu rühmen, aber im diplomatischen Corps der Vereinigten Staaten waren, zumindest seinerzeit, naturwissenschaftliche Kenntnisse so selten wie etwa ein offenes Wort. Zu Kriegsbeginn – mittlerweile waren die Leute draufgekommen, daß es zwischen Naturwissenschaften und Kriegsführung gewisse Beziehungen gibt – hatte das zur Folge, daß mir einige wichtige Aufgaben übertragen wurden – praktisch nur weil sonst niemand da war, dem man sie hätte übertragen können. Einige dieser Aufträge betrafen verschiedene beratende Ausschüsse in Fragen des Exports naturwissenschaftlicher Geräte – an die kriegführenden Mächte, solange die Vereinigten Staaten neutral waren, später an unsere Verbündeten.«

»Einschließlich der Sowjetunion?«

Er zögerte. »Was mich anging, Mr. Thorne, so half ich einem Staat, der seit seiner Gründung bedrängt worden war und jetzt um sein Leben kämpfte – gegen denselben Feind, gegen den auch wir kämpfen, den größten Feind, den die Menschheit je gekannt hatte.«

Ich konnte ein Grinsen nicht unterdrücken angesichts der Scheinheiligkeit, mit der diese hehren Gefühle ausgesprochen wurden – während sich das Hausboot

auf der Seine sanft wiegte und die Lampen goldene Feuerzungen über das luxuriöse Interieur gleiten ließen. »Ich finde, das, was Sie da gerade gesagt haben, paßt überhaupt nicht zu Ihrem Stil.«
»Damals war das mein Stil, das können Sie mir glauben.«
»Waren Sie Kommunist?«
»Das ist doch idiotisch! Ich bemühte mich, ein anständiger Mensch zu sein, ich habe versucht, das Richtige zu tun.« Zu meiner Überraschung zitterte seine Stimme plötzlich ein wenig. »Ich war von Dummköpfen umgeben, das war das Malheur. Von Dummköpfen, die die Gefahren nicht sehen konnten, die Hitler verkörperte, und die, nachdem sie sie erkannt hatten, sich von ihren ideologischen Vorurteilen an einer vollen Zusammenarbeit mit Rußland hindern ließen.« Ich beobachtete ihn aufmerksam und bemühte mich zu entscheiden, ob er das jetzt auch noch glaubte oder nur einer leidenschaftlichen Überzeugung Ausdruck verlieh, die er seitdem längst aufgegeben hatte. Möglicherweise aber war das Ganze noch viel subtiler! Wie kurz er ihnen auch angehangen hatte, diese früheren Überzeugungen waren vielleicht die einzigen gewesen, die er in seinem Leben gehabt hatte. Auch wenn sie ihm heute lächerlich erschienen, er besaß nichts anderes, auf das er sich stürzen konnte. Außer Hitler natürlich. Ich fragte mich, ob das nicht das bleibendste Vermächtnis der Nazis war: Ihre Greuel waren zu einer praktisch unbegrenzten Rechtfertigung geringerer Greuel anderer geworden. Doch trotz des Ärgers, den ich jetzt empfand, wollte ich mich auf keine Diskussion mit ihm einlassen. »Man könnte also sagen«, entgegnete ich, »daß Sie zur Außenpolitik der Vereinigten Staaten grundsätzlich in Opposition standen.«
»Wenn Sie so wollen.«
»Und Sie benützten Brightman, um sie … zu umgehen.«
Ein Lächeln spielte um seine Lippen. »Wie elegant Sie das formuliert haben. Aber Sie brauchen nicht so höflich zu sein. Ich war, daran ist nichts zu deuteln, ein Spion. Und ich wußte genau, was ich tat.«
Ich hatte sein Selbstbewußtsein unterschätzt; er hatte sich seinen Titel »Spion« verdient und trug ihn mit Stolz. »Na gut«, sagte ich, »Sie haben spioniert. Aber was haben Sie ausspioniert? Was haben Sie ihnen verraten?«
Wieder lächelte er. »Sie denken, ich spiele mich auf, Mr. Thorne, und das sollte ich nicht. Es war doch alles nur Kleinkram. Wie ich schon sagte: Es ging hauptsächlich um wissenschaftliche Apparate. Es gab da gewisse Bestellungen, an denen den Sowjets besonders viel lag, und ich bemühte mich, das Nötige zu tun, um sie in günstigem Licht erscheinen zu lassen. Es nützte ihnen auch zu erfahren, was andere Länder bestellten. Ich nehme an, es gab ihnen eine Art Fingerzeig für ihren eigenen Bedarf.«

»Welche anderen Länder?«
»England natürlich, aber auch Kanada, Australien. Jedes alliierte Zentrum militärischer und wissenschaftlicher Produktion. Nach dem Krieg Frankreich, die skandinavischen Länder...«
»Sie haben also auch nach dem Krieg weitergemacht?«
»Bis zu einem gewissen Punkt.«
»Sprechen wir jetzt auch über atomare Materialien?«
»Nein. Keine Materialien. Ich sagte schon – Geräte und Apparate.«
»Und das alles ging über Harry Brightman?«
Er schüttelte den Kopf. »Das könnte ich nicht sagen. Das ging mich nichts an. Es gab da Abmachungen ... wie sie wohl unter solchen Umständen üblich waren. Aber es war nie ganz sicher, wer die Informationen erhielt, die ich lieferte.«
»Aber warum sind Sie dann überhaupt mit Brightman zusammengetroffen?«
Er schürzte die Lippen. »Also das erste Mal, das war mitten im Krieg. Mir wurde aufgetragen, mich mit ihm in New York zu treffen. Es stellte sich heraus, daß er ein ganz bestimmtes Gerät brauchte – etwas Elektronisches, glaube ich, aber ich kann mich nicht erinnern, was es ganau war. Geld hatte er, jede Menge. Ich teilte ihm mit, daß das, was er haben wollte, im Handel nicht erhältlich war; es gab das Ding, aber es war in einem Universitätslabor speziell gebaut worden – und so arbeiteten wir einen Plan aus, um dieses Gerät auf andere Weise zu beschaffen.«
»Und zwar?«
Er lehnte sich bequem zurück und nahm einen schnellen Schluck. »Es war seine Idee, sehr fein ausgeklügelt. Ich sollte, von großer Sorge beseelt, zu meinem kleinen Ausschuß gehen: Könnte da nicht einer kommen und diesen Apparat produzieren, indem er Einzelteile zusammenbaute, die leichter erhältlich waren? Waren unsere Sicherheitsbestimmungen in dieser Hinsicht nicht etwas lax? Worauf der Ausschuß in helle Aufregung geriet und die Techniker, die damit zu tun hatten, beauftragte, das Ding aufzugliedern und uns eine Liste aller Bestandteile vorzulegen – von denen die meisten tatsächlich überall erhältlich waren. Damit waren meine von so hohem Verantwortungsbewußtsein getragenen Besorgnisse gerechtfertigt und Brightmans Vermutungen bestätigt. Ich gab diese Liste an meinen Kontaktmann weiter, und ich nehme an, Brightman ging einfach los und kaufte das Zeug ein.« Er verzog den Mund. »Damit konnte ich ihnen ihren Wunsch nicht zu hundert Prozent erfüllen, aber viel dürfte wohl nicht gefehlt haben.«
Ich hätte gern gewußt, um was für ein Gerät es sich gehandelt hatte, aber zu diesem späten Zeitpunkt hätte es – außerhalb eines Gerichtshofes – kaum noch

etwas geändert. Immerhin erkannte ich, daß Hamilton zumindest teilweise die Wahrheit sagte: Wenn ich Berri glauben wollte, waren es Dinge dieser Art gewesen, mit denen Hamilton sich beschäftigt hatte.

»Sie sagen, Sie seien ihm ein zweites Mal begegnet, im Jahre 1956.«

»Ja. Ungarn, Sie werden sich erinnern. Das war auch etwas Besonderes. Damals – es hat mir nie jemand gesagt, aber ich nehme es an –, damals war ich Brightman unterstellt. Eine ganze Reihe von Leuten war ihm unterstellt, und einer davon bekam Gewissensbisse. Offensichtlich glaubte er den ganzen Quatsch, der über die ›Freiheitskämpfer‹ erzählt wurde, und drohte eine Dummheit zu machen. Er muß ein Idiot gewesen sein. Im Krieg hatten die Ungarn die Deutschen *herzlich willkommen* geheißen; in den Straßen Budapests waren die Männer *Schlange gestanden*, um an der russischen Front kämpfen zu dürfen. Wenn man mich fragte – die Ungarn verdienten nichts Besseres. Also, dieser Mann arbeitete im State Department, und Brightman wollte von mir, daß ich ihn beruhige.«

»Wer war dieser Mann?«

»Ich habe keine Ahnung. Ich sagte Brightman, ich wolle nichts damit zu tun haben. Ich würde mich doch nicht vor einem Menschen exponieren, der bereits kalte Füße hatte. Das war sein Problem. Ich bat ihn, mich aus der Sache herauszuhalten.«

»Hat er das verstanden?«

»Ja.«

»War er böse?«

»Nein. Er setzte mir hart zu, mit diesem Menschen zu reden, aber ich glaube, er verstand meine Position.«

Interessant. Brightman hatte ihn damals um eine Gefälligkeit gebeten, aber Hamilton war hart geblieben. »Waren das persönliche Begegnungen?»

»Ja.«

»Aber es muß doch auch noch andere Formen der Kommunikation zwischen Ihnen beiden gegeben haben. Botschaften. Und – zumindest einmal – ein Bote.«

»Von dem wissen Sie auch? Ein komischer kleiner Mann. Ein Frankokanadier. Er nannte mir seinen Namen, aber ich habe ihn vergessen. Ich wohnte damals schon hier, hatte mich gerade in den Ruhestand versetzen lassen. Brightman bat mich, ein Treffen für ihn vorzubereiten, durch die Botschaft – die sowjetische Botschaft natürlich. Ich lehnte ab.«

»Warum?«

»Warum hätte ich das tun sollen? Warum hätte ich für ihn ein Risiko eingehen sollen?«

»Na gut... Aber was denken Sie, warum bat Brightman Sie darum? Wo er doch in der Hierarchie in jeder Beziehung einen höheren Rang einnahm – der Botschaft näherstand, wenn Sie so wollen – als Sie?«
Er zuckte die Achseln. »Eine gute Frage. Damals habe ich sie mir auch gestellt. Aber Sie verstehen: Ich habe nicht mit ihm verhandelt, sondern nur mit seinem Boten, der offenbar von nichts eine Ahnung hatte. Ich nahm an, er hätte seine eigene Methode, um Kontakte mit ihnen aufzunehmen, und daß er es nur diesmal, aus irgendwelchen Gründen, vorzog, sich eines Außenstehenden zu bedienen. Oder vielleicht hatte er bei Verwendung seiner üblichen Kanäle unbefriedigende Ergebnisse erzielt und wollte jetzt einen anderen ausprobieren. Aber wie auch immer: Ich fand, die Sache ging mich nichts an, und ich sagte nein.«
»Sie müssen zugeben, das klingt ein wenig seltsam. Brightman stand Ihnen nie nahe, persönlich nicht und auch nicht professionell ...«
»Das ist richtig.«
»Und unter diesen Umständen – außerordentlichen Umständen, wie wir annehmen können – ging er Sie abermals um eine Gefälligkeit an. Wieso?«
»Das weiß ich nicht, Mr. Thorne. Mich einzusetzen könnte ihm sicherer erschienen sein. Wirksamer. Schneller. Wer weiß? Vielleicht war es etwas ganz Alltägliches. Alle diese Dinge haben sich vor langer Zeit ereignet. Ich war jung, als ich anfing – wenn ich es so ausdrücken darf –, aber sehr wahrscheinlich waren die anderen Leute, die Brightman kannte, um vieles älter. In der Zeit, von der wir jetzt reden – vor ein paar Jahren, meine ich –, waren nicht mehr viele von uns am Leben.«
Das stimmte wohl. Von Brightmans ursprünglichem »Kreis« konnten nur noch wenige übriggeblieben sein. Alles längst vergangene Zeiten. 1939: der Molotow-Ribbentrop-Pakt – für diese Leute seltsamerweise wichtiger als der Kriegsausbruch. 1941: Die Deutschen marschieren in der Sowjetunion ein. Die Kommunisten, die sich nun ihrer Allianz mit den Nazis nicht mehr zu schämen brauchen, können jetzt aus ihren Schlupflöchern kommen und den Russen »helfen«, indem sie vorschützen, am gemeinsamen Kampf gegen Hitler teilzunehmen. 1945: Der Kalte Krieg beginnt; jetzt befindet sich ein Mann wie Hamilton – so wie die Rosenbergs, wie Alger Hiss – in großer Gefahr. Schlimmer: Mit dem Ungarnaufstand des Jahres 1956 setzt die große Ernüchterung ein; es steht nicht mehr dafür, etwas zu riskieren. Und nach dem Einmarsch in die Tschechoslowakei 1968 suchen sogar Unentwegte wie Brightman nach Möglichkeiten, sich abzusetzen. Selbst dieses jüngste Datum lag ja bereits ein Dutzend Jahre zurück. Von den Leuten, die gleichzeitig mit Brightman »angefangen« hatten, konnten nur mehr wenige übriggeblieben sein

– und die waren jetzt alte Herren – wie Philby oder Anthony Blunt. Brightman hatte sich also vielleicht gezwungen gesehen, zu Hamilton zu kommen, ob es ihm nun paßt oder nicht. Aber es konnte ihm nicht gepaßt haben; nach dem, was ich von Berri wußte und von Hamilton vermuten konnte, hatten die beiden Männer nichts gemeinsam. Trotzdem hatte er ihm vertraut, ihn um Gefälligkeiten gebeten … Warum?

Während ich darüber nachdachte, war Hamilton zur Bar gegangen und hatte sich einen weiteren Fingerbreit Whisky eingeschenkt. »Und damit wären wir wieder in der Gegenwart«, sagte er. »In der Gegenwart und bei Harry Brightman, nur daß Harry nicht mehr mitmischt, nicht wahr?« Ich blieb stumm und sah ihm beim Trinken zu. Wieder das nervöse Saugen der Lippen am Rand des Glases. Er fixierte mich. »Er *ist* doch tot, oder? Sie sind sich dessen ganz sicher?«

Da ihm das offensichtlich so wichtig war, antwortete ich mit Bestimmtheit: »Ja. Ich habe seine Leiche selbst gesehen. Harry Brightman ist tot.«

Er streifte mich mit einem Blick und zuckte die Achseln. »Er hat mich nie hintergangen, und ich möchte auch an ihm keinen Verrat üben. Aber es bringt ja nichts, sich jetzt noch Sorgen zu machen … wo er doch tot ist …« Eine solche Loyalitätserklärung aus seinem Mund mußte albern klingen; und sie war obendrein ein Fehler, denn damit hatte er meine Aufmerksamkeit wieder auf den einen kritischen Punkt gelenkt: Für Hamilton bedeutete Brightmans Tod mehr als alles andere. Ich beobachtete ihn, wie er jetzt sein Glas zurückstellte, sich umdrehte, sich an die Bar lehnte und mich ansah. »Warum soll ich es Ihnen nicht erzählen?« fuhr er fort. »Meine letzte Begegnung mit ihm, meine ich.« Wieder nahm er das Glas zur Hand – eine nette, lässige Geste, nicht ganz perfekt in seine Worte eingefügt. Noch bevor er den Mund aufmachte, wußte ich, daß er mir eine Lüge auftischen würde. »Es war in der zweiten Septemberwoche. Ich hatte keine Ahnung, daß er kommen würde. Auf dem Markt tauchte er eines Tages plötzlich neben mir auf – offenbar beachtete er die strengsten Vorsichtsmaßnahmen. Wir tranken ein Glas und redeten miteinander. Wie ich schon sagte: Mir war klar, daß er sich in Schwierigkeiten befand und mich um Hilfe angehen wollte. Sicher, ich hatte ihm schon einmal einen Korb gegeben – und ich brauche mich dafür nicht zu entschuldigen. Aber diesmal, das gebe ich zu, schien es sich um etwas Besonderes zu handeln. Ich versuchte herauszubekommen, um was es sich handelte, aber er wollte es mir nicht sagen, solange ich mich nicht bindend festgelegt hatte. Aber das konnte ich nicht. Das verstehen Sie doch? Wenn ich bis heute überlebt habe, so nur, weil ich immer sehr vorsichtig gewesen bin.«

Ich schüttelte den Kopf. Jetzt wußte ich Bescheid. »Ich glaube Ihnen nicht, Mr. Hamilton. Kein Wort glaube ich.«

Er wandte sich ab. »Glauben Sie, was Sie wollen.«

Ich schüttelte noch einmal den Kopf; das Wichtigste an einer Lüge ist ihre Motivation, und jetzt kannte ich seine. »Er kam zum erstenmal zu Ihnen, und sie wiesen ihn ab – aber er kam wieder, immer und immer wieder. Wie das? Wozu sollte er sich noch die Mühe machen? Wenn Sie so vorsichtig waren, würden Sie sich *immer* weigern, etwas zu riskieren. Aber trotzdem kam er immer wieder. In Wahrheit kam er immer wieder zu Ihnen, weil *Sie genau das taten, was von Ihnen verlangt wurde*. Er hat Sie erpreßt, Mr. Hamilton – das ist meine Meinung. In irgendeinem Stahltresor hatte er ein hübsches Päckchen Dokumente versteckt, und darum mußten Sie tun, was er von Ihnen verlangte.«

»Machen Sie sich doch nicht lächerlich. Wenn er mich erpreßt hätte, stellen Sie sich doch einmal vor, was ich gegen ihn in der Hand gehabt hätte!«

»Nichts. Ganz bestimmt nichts Schriftliches. Außerdem war es ihm piepegal. Sobald von Ihrer Seite Drohungen laut geworden wären, hätte er Sie möglicherweise gezwungen, Farbe zu bekennen. Er war ein alter Mann, der sich keine Illusionen mehr machte, seiner selbst und der Welt überdrüssig. Aber Sie? O nein ... Sie haben noch etwas zu verlieren. Sie möchten einen behaglichen Ruhestand auf Ihrem schönen Boot genießen. Also haben Sie immer getan, was er von Ihnen verlangte.«

In seinen Augen konnte ich lesen, daß ich recht hatte. Er wandte den Blick ab.

»Das ist doch lächerlich. Hören Sie ...«

»Nein. Sie hören mir zu. Machen Sie sich nichts vor, Hamilton. Er hat das Päckchen bei Ihnen gelassen, weil es zu gefährlich war, es seiner Tochter oder sonst jemandem anzuvertrauen, an dem ihm etwas lag. Und es ist jetzt um nichts weniger gefährlich. Wenn Sie es in achtundvierzig Stunden noch in Ihrem Besitz haben, sind Sie ein toter Mann. Glauben Sie mir.«

Er versuchte eine Zigarette anzuzünden, seine Fassung wiederzuerlangen, aber jetzt brach ihm die Angst wie Schweiß aus allen Poren.

»Ich glaube Ihnen nicht«, stammelte er. »Wenn Ihre Theorie richtig wäre, warum wurde Brightman dann umgebracht, *nachdem* er mir sein Päckchen gegeben hatte? *Sie* sind es doch, der hier Lügen erzählt!«

Wieder schüttelte ich den Kopf. »Da ist noch etwas, worüber Sie sich klarwerden sollten. Sie haben das Päckchen, also wissen Sie wahrscheinlich, was drin ist. Ein Schlüssel? Eine Kombination? Irgendein Dokument, das Ihnen Zugang zu einem Tresor verschafft? Was immer es ist, es führt zu einer großen Menge Geld – aber lassen Sie sich nicht verlocken. Es ist ein Teil des Geldes, das die Sowjets ursprünglich Brightman gaben, der damit die Geräte und Apparate kaufte, die Sie ihm verschafften. Es blieb ein großer Betrag übrig. Und nun versuchen gewisse Leute, Russen, an dieses Geld heranzukommen, während

Ihre früheren Auftraggeber bemüht sind, sie zu stoppen; sie möchten die ganze Geschichte unter den Teppich kehren. Deshalb: Was immer Sie tun, suchen Sie bei *denen* keine Hilfe. Ich fürchte, daß das der Fehler war, den Brightman gemacht hat.«

Das hatte ich mir zum großen Teil alles erst während des Sprechens ausgedacht, aber kaum hatte ich meinen kleinen Vortrag begonnen, wußte ich, daß ich mit dieser Hypothese richtig lag. Subotin auf der einen Seite, das KGB auf der anderen: Natürlich gab es zusätzliche Komplikationen, aber den Kern der Sache hatte ich erkannt. Brightman war vermutlich zu seinen alten Herren gegangen und hatte sie gebeten, ihm Subotin vom Hals zu schaffen; statt das zu tun, hatten sie ihn eliminiert und waren dann auf ähnliche Weise mit Travin verfahren. Plötzlich war ich davon überzeugt – und diese Überzeugung mußte sich Hamilton mitgeteilt haben. Als ich zu Ende war, schenkte er sich Whisky nach, schob aber dann das Glas zur Seite. »Das glaube ich nicht«, entgegnete er. »Kein Wort glaube ich. Ich war loyal, in jeder Beziehung. Ich habe meine Kontakte aufrechterhalten; es ist schon lange her, aber es gibt immer noch ein paar Leute, die sich meines Namens erinnern – dankbar erinnern. Und daß die Sowjets ein offenes Ohr für ihre Freunde haben, das weiß doch jeder.«

Verdutzt starrte ich ihn an. Unbegreiflich, wenn er das wirklich glaubte. »Mr. Hamilton«, sagte ich, »Sie sind ein vierzig Jahre altes Gespenst der Vergangenheit. Diese Leute wollen nur sichergehen, daß Sie nicht in einem weißen Leintuch herumgeistern.«

Schock malte sich auf seinen Zügen; es mag seltsam klingen, aber ich glaube, daß es meine Verachtung war, die ihm an die Nieren ging. Er begriff, daß ich ihn für einen Dummkopf hielt, und war bestürzt. Plötzlich verließ er den Salon, durchquerte die Kombüse und öffnete die Tür zu einer kleinen Kabine unter dem Ruderhaus. Er drehte ein Licht an, und ich hörte ihn in einem Schreibtisch herumkramen. Einen Augenblick lang hatte ich Angst, ich dachte an eine Schußwaffe. Aber er hatte sich nur ein Fläschchen mit Tabletten geholt und stopfte sich ein paar in den Mund. Er sah mich an, blickte aber gleich wieder zur Seite. Als er dann zu reden begann, konnte ich ihn kaum hören. »Na schön«, sagte er, »Sie haben mir Ihren Standpunkt klargemacht, und ich gebe zu, daß ich Ihnen nicht die ganze Wahrheit gesagt habe. Aber hören Sie, Sie müssen mir helfen!«

»Geben Sie mir einfach das Päckchen oder den Umschlag, was es auch ist. Dann sind Sie sie los, und ich werde dafür sorgen, daß die Herren erfahren, daß Sie es nicht mehr haben. Damit sind Sie aus dem Schneider.«

Er schüttelte den Kopf. »Hören Sie, das kann ich nicht. So geht das nicht – es ist nicht so einfach. Sie müssen mir glauben. Ich brauche Zeit zum Nachden-

ken.« Er sah mich an und machte eine Handbewegung, die das ganze Boot umfaßte. »Wie sicher bin ich hier?«
»So sicher wie ein Mann am Rand eines Abgrunds. Diese Leute haben Ihre Adresse, Ihre Wohnung. Gibt es dort etwas, was sie hierherführen könnte?«
Er legte eine Hand an seinen Kopf. »Ich glaube nicht ... zumindest nicht gleich.«
Ich zuckte die Achseln. »Dann wird man Sie nicht finden. Nicht gleich. Aber früher oder später werden sie Sie finden.«
»Vierundzwanzig Stunden ... mehr brauche ich nicht. Soviel Zeit muß ich haben. Können Sie bis morgen warten? Kommen Sie morgen abend wieder, Thorne. Dann werden wir einen Weg finden.«
Ich musterte ihn. Der winselnde Klang, in den seine Stimme übergegangen war, hätte meine Verachtung eigentlich noch verstärken müssen, aber ohne es zu wollen, empfand ich ein wenig Mitgefühl für ihn. »Ich hoffe, Sie verstehen, Hamilton: Nicht ich bin Ihr Problem.«
Er nickte. »Natürlich ... natürlich.« Er versuchte sogar zu lächeln. »Ich verstehe. Sie wollen mir ja nur helfen. Dafür danke ich Ihnen. Aber tun Sie jetzt nichts. Lassen Sie mir nur noch etwas Zeit. Bis morgen ... Kommen Sie dann, Thorne. Zur gleichen Zeit. Wir werden einen Weg finden.«
Ich schwieg. Ich hatte nicht übel Lust, diesen miesen kleinen Gauner geradewegs ins Gefängnis zu schicken. Nur daß das sinnlos gewesen wäre. Was er verbrochen hatte, lag schon zu weit zurück; und die CIA, die den Briten nicht erlaubt hatte, die Affäre Philby in Vergessenheit geraten zu lassen, würde sich niemals der Peinlichkeit aussetzen, Hamiltons Existenz publik zu machen. Nein, sie würde ihm nur das Leben schwermachen – Steuerprüfungen, Paßzwang, bürokratische Schikane –, aber die Unannehmlichkeiten würden nicht das Schlimmste sein. Und das wußte er. Ich konnte ihm also mit der Polizei drohen. Ich wußte aber auch, daß er eine Dummheit machen würde. Er hatte Brightmans »Päckchen«, was immer das sein mochte, in seinem Besitz, und er brauchte Zeit – keine Frage, daß er etwas Dummes anstellen würde.
Ich stand auf und zog meinen Regenmantel an. »Hamilton«, fragte ich ihn, »haben Sie eine Ahnung, wer diese Leute sind?«
Er machte eine kleine Geste. »Brightman erwähnte einmal etwas ... Er sagte, es sei eine Fraktion innerhalb des Geheimdienstes, des KGB, mit Verbindungen zu den Militärs ... keine netten Leute.«
»Sie glauben doch nicht im Ernst, Sie könnten sie davon überzeugen, daß Sie auf ihrer Seite stehen, oder?«
»Nein«, antwortete er, »natürlich nicht.«
»Und versuchen Sie auch ja nicht, die Botschaft davon zu überzeugen.«

Wut verzerrte plötzlich sein Gesicht. »Ich stehe auf niemandes Seite! Es ist mir gleich, ob ...«

»Ach, fangen Sie doch nicht damit an. Von Anfang an sind Sie immer auf derselben Seite gestanden. Auf Ihrer eigenen.«

Jetzt grinste er höhnisch. Aber nicht sehr überzeugend. »Was wissen Sie denn schon? Sie mußten nicht mitmachen, was wir mitmachen mußten.«

»Nein, mußte ich nicht. Aber Leute wie Sie haben es den Menschen, die mitmachen mußten, auch nicht gerade leichtgemacht.«

Alles andere als eine glänzende Abfuhr, aber ich hatte im Augenblick nichts Besseres zu bieten. Und sie brachte ihn zum Schweigen, als ich an ihm vorbeiging, die Kombüse durchquerte und die Stiege zum Ruderhaus hinaufkletterte. Als ich ins Freie trat, sah ich auf die Uhr. Es war nach acht; wir hatten lange miteinander geredet. Der Regen hatte aufgehört, aber ein kalter Wind wehte den Fluß herunter. Er riß den Verkehrslärm vom Pont Neuf mit sich und ließ die Lichter der Ile de la Cité auf dem Wasser tanzen. Über die Hausboote trat ich den Rückweg an; jemand hatte gekochtes Huhn zum Abendessen. Ich hörte das Platschen des Wassers und das Klappern von Pfannen. In der Nähe hustete ein Mann und murmelte *»bonsoir«*; ich winkte vage ins Dunkel.

Ich stieg zum *Quai* hinauf. Auf dem Gehsteig zündete ich mir eine Zigarette an. Ich fühlte mich unbehaglich, denn ich wußte, daß er etwas vorhatte, und was immer er tat, es konnte mir auf den Kopf fallen. Aber dann sagte ich mir, nein, verdammt noch mal, wohin komme ich denn, wenn ich die Verantwortung für Leute vom Schlag Hamiltons übernehme. Trotzdem wollte ich ihn nicht aus den Augen lassen, und so überquerte ich die Straße zu einem Café und fand einen freien Tisch, von dem aus ich die Treppe sehen konnte, die zum Fluß hinunterführte. Tatsächlich: Zwanzig Minuten später erschien Hamilton, aber es war kein dramatischer Auftritt. Er ging nur in eine Telefonzelle, tätigte einen Anruf und kam wieder heraus. Eine halbe Stunde verging. Dann rollte ein Wagen heran, einer von diesen amerikanischen Straßenkreuzern, die sich auf europäischen Straßen so lächerlich ausmachen: ein riesiger Dodge Charger, hellgelb lackiert, mit Spoilern und Jalousien ausgestattet. Mit blinkenden Warnlichtern blieb er stehen. Jemand stieg aus ... Ich mußte lächeln und schwor mir zum tausendsten Mal, nie wieder Spekulationen über das Sexualleben anderer Leute anzustellen, denn Hamiltons Freund war ein hübscher Junge. Sie unterhielten sich kurz, und der Junge fuhr weiter. Hamilton aber blieb, wo er war, rauchte eine Zigarette und fuhr sich mit den Fingern durch sein langes, silbergraues Haar. Ein paar Minuten später kam der junge Mann zurück, diesmal zu Fuß. Zusammen gingen sie zum Fluß hinunter. Als sie nach einer Stunde noch nicht zurück waren, nahm ich an, daß sie die Nacht über zusam-

menbleiben würden. Aber ich ging kein Risiko ein. Ich machte schnell einen Rundgang durch die anliegenden Straßen und fand den Dodge des Jungen in einer Seitenstraße. Dann holte ich meinen kleinen Wagen von der Pension und parkte in der Nähe.
Zwanzig nach zehn, Viertel nach elf. Es fing wieder an zu regnen. Langsam vergingen die Stunden, eine nach der anderen. Die Vordersitze eines Renault 5 geben keine bequeme Liegestatt ab, aber es mußte gehen.

15

Es wurde eine ereignisreiche Nacht. Ich zählte vier Betrunkene, zwei Auseinandersetzungen zwischen Katern, eine Hure, die sich nur schwer abschütteln ließ, und sogar einen *flic*, der mit seiner Taschenlampe hereinleuchtete und meine Papiere sehen wollte. Alles in allem kam ich nicht viel zum Schlafen, obwohl niemand dem großen gelben Wagen auch nur in die Nähe kam. Von dem fernen Brummen der Lkws auf den *autoroutes* und den *périphériques* in schläfrige Gleichgültigkeit versetzt, schien die Stadt gegen vier Uhr früh einzunicken; aber schon eine Stunde später trafen die ersten Lieferungen in den Cafés ein, und bald danach kam die arbeitende Bevölkerung des *quartier* zum Vorschein. Wie in allen Städten der Welt sind auch in Paris die Armen als erste auf den Beinen. Schichtarbeiter radelten durch den Regen, in dicke Mäntel gehüllte alte Frauen mit Tüchern auf dem Kopf schleppten sich in die großen Hotels, wo sie als Domestiken tätig waren, und ein alter Mann in einer blauen Serge-Jacke bezog Stellung beim Zeitungskiosk an der Ecke. Um sechs waren die Gehsteige vollgestopft mit Menschen. Es waren sogar schon einige erschöpfte, unrasierte, nach Zigaretten hungernde Herren, die die ganze Nacht in ihren Autos verbracht hatten, aufgestanden und streckten sich. Ich ging zum *Quai* hinüber und zur Treppe, die zum Fluß hinunterführte. Ein grauer Dunst hing über der Seine. Auf einigen Hausbooten regte sich Leben – ein Rauchfähnchen, das Knirschen einer Pumpe –, aber *La Trompette* schien noch in süßem Schlummer zu liegen. Für den Augenblick konnte mir das nur recht sein. Ich überquerte die Straße, betrat ein Café, um zu frühstücken.

Um sieben fühlte ich mich – abgesehen vom Bart – wieder halbwegs wie ein Mensch und begann mich zu fragen, was ich jetzt mit mir anfangen sollte, denn Hamilton machte mir nicht den Eindruck eines Frühaufstehers und würde sich vermutlich erst nach Stunden wieder zeigen. Aber fast sofort erlebte ich eine Überraschung: Hamiltons Boyfriend tauchte auf. Er schien sogar recht munter zu sein, wie er da die Treppe heraufkam und flott die verkehrsreiche Straße überquerte. Ich überlegte schon, ob ich ihm folgen sollte, doch die Frage erübrigte sich, denn er ging geradewegs auf das Café zu, in dem ich saß. Einen Moment lang fürchtete ich, Hamilton könnte hinter ihm hergezottelt kommen, aber der Jüngling bestellte sofort, und es sah ganz so aus, als würde er alleine frühstücken. Es war nicht schwer, ihn zu beobachten, denn er saß nur sechs

Tische von mir entfernt, schlug eine Zeitung auf und begann aufmerksam zu lesen. Ich schätzte ihn auf neunzehn oder zwanzig. Groß gewachsen, schlank. Ein mageres, apartes Gesicht mit einer etwas zu kindlichen Locke, die ihm immer wieder über die Augen fiel. Er trug eine braune Lederjacke, Jeans und ein Paar Nocona-Stiefel, und er war sehr stark gebräunt: Mr. Franco-California. Aber wie das oft bei europäischen Nachahmungen amerikanischer Lebensstile passiert: Seine Bemühtheit brachte etwas hervor, was sich vom Original grundlegend unterschied. In seinem Fall war es eine fast rührende Unschuld. Vor fünf Jahren hatte er sich noch für Rock 'n' Roll und Filmstars begeistert; jetzt, nach einer Nacht mit seinem ältlichen Liebhaber, versuchte er angestrengt, nicht allzu schockiert über sich selbst zu sein. Er zündete sich eine Zigarette an, und als der Kellner ihm seinen Kaffee und seine Croissants brachte, ließ er sich kaum zu einem dankenden Nicken herab. Dann begann er langsam zu essen und sah sich dabei im Raum um. Einen Augenblick lang kreuzte sich sein Blick mit dem meinen, wanderte aber sogleich weiter – ganz normal. Er schien völlig ruhig zu sein; wenn Hamilton ihm seine Probleme anvertraut hatte, so ließ er sich nichts davon anmerken.

Während der Junge aß, überlegte ich. Hamilton hatte etwas vor, dessen war ich sicher, und darum wollte ich meine Wache am *Quai* nicht beenden. Andererseits konnte auch der Junge wichtig sein. Hamilton hatte ihn angerufen, gleich nachdem ich gegangen war, und auch der Dodge mußte ins Kalkül gezogen werden. Vermutlich hatte Hamilton genug Verstand, um zu wissen, daß es zu gefährlich war, seinen eigenen Wagen zu fahren, und schon gestern abend hatte ich eigentlich erwartet, daß er den Dodge für einen mitternächtlichen Ausflug benützen würde; das konnte er immer noch tun. Möglich aber war auch, daß er dem Jungen Besorgungen aufgetragen hatte – ein potentielles Dilemma für mich. Kurz nach acht mußte ich mich tatsächlich damit auseinandersetzen. Der Junge faltete seine Zeitung zusammen und drückte einen Knopf auf seiner Armbanduhr. Nachdem er nun bis auf die Millisekunde genau wußte, wie spät es war, erhob er sich und verließ das Café. Ich war unschlüssig. Wenn ich ihm dann schließlich doch folgte, so tat ich es nur sehr zögernd. Nur bis zum Boot zurück. Oder bis zum Wagen – er könnte sich ja dort mit Hamilton treffen. Oder…

Er trat auf den *Quai* hinaus.

Die Gehsteige waren voll von Menschen, und auf der Straße »paßte sich Paris dem Automobil an« – wie Präsident Pompidou es so unnachahmlich formuliert hatte –, genau wie Newark, New Jersey: mit einem Verkehrsgetümmel, das sich kilometerweit erstreckte. Der Junge eilte den Quai des Grands-Augustins hinauf und anschließend den Quai Saint-Michel, dann bog er nach rechts in die rue Saint-Jacques ab. Er wollte zu seinem Wagen; ich nahm eine Abkürzung und war vor ihm da. Hamilton war nicht gekommen. Aber ich hatte es eigentlich auch nicht erwartet; vermutlich lag er noch im Bett. Ich beschloß, noch ein wenig am Ball zu bleiben, und ließ den Renault an, so daß der Motor schon warm war, während der große Dodge noch in der feuchten Luft stotterte. Mit quietschenden Reifen im Rückwärtsgang – auch das eine kalifornische Note – kam er aus dem Gäßchen und sauste davon. Er fuhr den Boulevard St. Germain hinunter, überquerte den Fluß auf dem Pont de Sully und setzte seine Fahrt über den Boulevard Henri IV fort. Bei dem dichten Verkehr fiel es mir nicht schwer, ihm zu folgen, und auch später hätte ich mir große Mühe geben müssen, diesen riesigen gelben Farbfleck aus den Augen zu verlieren. Nach etwa vierzig Minuten hielt ich in der Avenue Foch in Saint-Mandé, einem östlichen Vorort knapp außerhalb des eigentlichen Stadtgebiets von Paris. Ich kannte diese Gegend nicht, aber ich kannte viele ähnliche: Straßen mit alten, soliden Steinhäusern hinter schwarzen Gittern aus Schmiedeeisen; sehr ruhig; die Gehsteige gesäumt von Autos – in der Straße, in der wir uns jetzt befanden, einige Peugeots und Citroëns und ein sehr gepflegter MG. Der gelbe Dodge paßte nicht dazu, aber als ich sah, wie der Junge in eines der Häuser ging, hatte ich das Gefühl, daß hier seine Eltern wohnten.

Ich konnte nie feststellen, ob das stimmte, aber er kam schon nach zwanzig Minuten wieder heraus, in der Hand zwei Reisetaschen. Nachdem er sie in den Kofferraum seines Wagens geworfen hatte, steuerte er den *périphérique* an. Nachdem er Gentilly an der südlichen Stadtgrenze erreicht hatte, bog er in den Boulevard Jourdan ein, eine breite Straße, die eine jener Gegenden durchquert, mit der sich alle Städte der Welt abfinden müssen: ein ödes, trostloses Gebiet, über das große Krankenhäuser und andere institutionelle Baulichkeiten verstreut sind. Das Paradebeispiel hier war die Cité Universitaire, ein gewaltiger Komplex, wo die Franzosen eine große Zahl ausländischer Studenten untergebracht haben – in Häusern, die dem jeweiligen nationalen Baustil nachempfunden sind. Das Haus der Thai zum Beispiel gleicht einer kleinen Pagode. Mein California-Boy bog in eine der Zufahrtsstraßen ein und fuhr auf einen Parkplatz.

Beinahe wäre ich ihm nicht gefolgt – ich nahm an, er würde in eine Vorlesung gehen oder jemanden besuchen. Aber wozu dann die Reisetaschen? Diese Frage gab mir genügend zu denken, um doch noch mit laufendem Motor hinter einem der Gebäude eine kleine Weile zu warten. Und tatsächlich: Schon drei Minuten später war er wieder da – und ging nicht in die Uni. Mit schnellen Schritten überquerte er einen Rasenstreifen in Richtung Straße. Ich stieg aus und folgte ihm. Hier befand sich eine Métro-Station, aber auch die interessierte ihn nicht. Statt dessen durchschritt er die Ecke eines Parks und kam bei einer kleinen Seitengasse wieder heraus. Erst als ich den Namen dieser Straße sah, verstand ich endlich: Es war die Straße, in der Hamilton wohnte. Ich konnte es fast nicht glauben. Meine Meinung von diesem Mann war schon schlecht genug, aber das war einfach das Letzte. Trotz meiner Warnungen hatte er seinen Freund hierherkommen lassen – er mußte es ihm *aufgetragen* haben –, und er hatte ihn offenbar nicht auf die Gefahr aufmerksam gemacht, denn jetzt betrat der Junge ein Haus, ohne auch nur den Versuch zu machen, einen möglichen Verfolger zu täuschen. Ein Schuldgefühl durchzuckte mich, doch dann sagte ich mir, daß Subotin sehr wahrscheinlich immer noch nicht in Paris war. Ich überquerte die Straße zu einem Café Tabac. Fünf Minuten, dachte ich, ich gebe ihm fünf Minuten. Doch selbst fünf Minuten sind eine lange Zeit für ein Gewissen, und als diese fünf Minuten um waren, gab ich ihm weitere fünf Minuten ... Zwei Minuten und sechsundzwanzig Sekunden später kam er aus dem Haus.

Völlig unbekümmert, wie es schien.

Es hatte wieder zu regnen begonnen. Die Hände in den Hosentaschen, die Schultern eingezogen, lief er steifbeinig mit großen, leichten Schritten zur Ecke vor. Dort blieb er stehen, blinzelte in beide Richtungen und sauste dann über die Straße und in den Park. Vom Café aus sah ich ihm nach; wenn jemand ihm folgte, dann so geschickt, daß ich es nicht bemerkte, obwohl in den folgenden neunzig Sekunden ein Wagen in die Straße einbog und ein anderer sie verließ. Wie auch immer: Es sah aus, als wäre er ungestraft davongekommen – wahrscheinlich war Subotin wirklich noch nicht in Paris –, und so heftete ich mich wieder an seine Fersen. Der Regen war stärker geworden, es tropfte mir in den Kragen. Ich sah den Jungen vor mir; er hatte es eilig, aber das war offenbar wegen des Regens; was immer er in Hamiltons Wohnung gemacht hatte, es bereitete ihm keine Sorgen. Und wenn er etwas mitgenommen hatte, so war es etwas Kleines, das in seiner Tasche Platz fand. Es war also vermutlich nichts Aufregendes: Geld, ein Scheckbuch, Kreditkarten – etwas von der Art, wie Hamilton es in der Eile nach meinem Anruf vielleicht vergessen hatte mitzunehmen. Mit gesenktem Kopf lief ich durch den Park und holte ihn beim Boulevard Jourdan ein. Seine modischen Stiefelchen schonend, wich der junge Mann beim Überqueren der Straße allen Pfützen aus. Als ich am Gehsteig ankam, herrschte gerade dichter Verkehr, und ich mußte warten. Aber ich konnte ihn gut sehen. Er betrat eines der Gebäude. Er war schon fort, als ich die andere Straßenseite erreicht hatte, darum marschierte ich geradewegs zum Parkplatz.

Ich mußte zwölf Minuten warten, bis er wieder zum Vorschein kam und gemächlich auf seinen Dodge zusteuerte. Auch jetzt ließ er noch keine Anzeichen von Besorgnis oder Verdacht erkennen. Er stieg ein, ließ den Motor an und fuhr an mir vorbei, wobei er sich vorbeugte, um einen Fleck auf seiner Windschutzscheibe wegzuwischen. Er bog in den Boulevard ein, wechselte zum *périphérique* hinüber und fuhr schließlich den gleichen Weg zurück, den wir gekommen waren: durch St. Mandé durch und dann auf die A 4. Er steuerte sein Fahrzeug ziemlich vorsichtig; aufs Gas stieg er nur, wenn die Straße wirklich frei war, und immer nur ein paar Sekunden lang; ich hatte den Eindruck, daß er mit dem Wagen nicht übermäßig vertraut war und vielleicht sogar ein wenig Respekt vor ihm hatte. Ich beklagte mich nicht, denn ich hatte es sowieso nicht gerade leicht. Es goß jetzt schon in Strömen, und in dem kleinen Renault wurde ich von den großen Brummern ständig mit Dreck bespritzt. Ziemlich erleichtert folgte ich ihm kurz vor Villiers von der *autoroute* hinunter in eine schmalere Schnellstraße, die durch die kleineren Städte und Dörfer an der Marne führte. Vorsichtig blieb ich ein wenig zurück – auf der *autoroute* war ich ein Renault unter Tausenden gewesen, hier aber war mein Wagen wesentlich exponierter, obwohl der Junge durch nichts zu erkennen gab, daß er mißtrauisch geworden wäre. In angenehmem, mäßigem Tempo schlängelten wir uns den Fluß entlang – in etwa dem Frontverlauf vom September 1914 folgend –, bis der Dodge von der Schnellstraße abfuhr und in eine kleine Seitenstraße einbog. Wir waren jetzt etwa vierzig oder fünfzig Kilometer von Paris entfernt, nicht weit von Meaux. Hier fiel das Land zum Fluß hin ab, dessen Lauf an einer grauen, verschwommenen Linie von Bäumen erkennbar war. Über Schlaglöcher rumpelnd, hielten wir auf ihn zu, wobei wir an einigen Bauernhöfen, einzelnen Häusern, Obstgärten und Waldstücken vorbeikamen, wo die nackten Zweige der Bäume steif dem Wind trotzten. Ein paar Kilometer weiter erhob sich ein ziemlich großes, scheunenartiges Gebäude zu unserer Rechten. Der Junge betätigte seinen Blinker, und ich nahm den Fuß vom Gas. Die Edelscheune war eines dieser an der Straße gelegenen Restaurants, wie Handlungsreisende sie schätzen: gute, prompte Bedienung, anständiges und billiges Essen. Nach der Zahl der Autos auf dem Parkplatz zu schließen, war das Lokal gut besucht. Der junge Mann steuerte den Parkplatz an. Obwohl er offenbar keine Ahnung hatte, daß er verfolgt wurde, war ich doch vorsichtig und fuhr am Eingang vorbei. Dann erst machte ich kehrt. Als ich parkte, verschwand er gerade im Restaurant.

Ich überlegte. Dem Anschein nach war er nicht mißtrauisch – aber er hatte mich im Café am *Quai* gesehen. Außerdem war es noch ein bißchen früh für das Mittagessen, was mich neugierig machte; und es bestand die Möglichkeit – wenn auch nur eine sehr geringe –, daß er sich hier mit Hamilton traf. Ich beschloß, das Risiko einzugehen, und folgte ihm. Aber es war überhaupt kein Risiko: Vor dem sehr großen Hauptspeisesaal befand sich eine nur matt beleuchtete Bar. Dort konnte ich, recht gut versteckt, sitzen und jedesmal, wenn jemand die große Schwingtür aufstieß und hineinging, um zu essen, einen Blick auf den Jungen werfen. Er war allein, und es sah nicht so aus, als wollte er sich hier mit jemandem treffen.

Ich bestellte einen Vermouth, erfuhr dann, daß ich Sandwiches bekommen konnte, und verzehrte heißhungrig zwei Stück. Danach beschäftigte ich mich eine Stunde lang mit französicher Soziologie. Die Bar wurde von den Einheimischen, den »Meldois«, wie man sie in dieser Gegend nennt, frequentiert; es herrschte reger Betrieb, aber die Leute kamen und gingen, so daß der Raum nie überfüllt war. Einige dieser Gäste waren Bauern, schweigsam, aber freundlich, während es sich bei anderen um Leute handelte, die sich aufs Land zurückgezogen hatten – ohne reich zu sein, hatten sie genug für ein sorgenfreies Leben: eine moderne Art niederer Landadel. Sie unterhielten sich über das Wetter, den Straßenzustand und den Fischfang, und wenn man ihnen zuhörte, schien Paris tausend Meilen entfernt zu sein. Ich ließ mir einen zweiten Vermouth bringen und nippte schon an einem dritten, als der Junge endlich aus dem Speisesaal kam. Auch jetzt schien alles in bester Ordnung zu sein. Er blieb eine kleine Weile im Foyer stehen, knöpfte sich sorgfältig die Jacke zu und ließ die Leute um sich herum gehen; dann erst stieß er die Tür auf. Immer noch dachte ich daran, daß er mich in Paris gesehen hatte, und blieb deshalb, wo ich war, bis ich den großen Motor des Dodge aufheulen hörte. Ich verließ meinen Platz an der Bar und beobachtete von der Tür aus, wie er quer über den Parkplatz fuhr. Aber jetzt erwartete mich eine Überraschung: Statt nach *links*, zur Schnellstraße, abzubiegen, lenkte er den Wagen nach rechts, zum Fluß hinunter. Noch während ich zu meinem Renault hastete, begriff ich. Es lag ja tatsächlich auf der Hand. Wir befanden uns zehn Kilometer von der Marne entfernt, die in der Nähe von Paris in die Seine mündet. Der Junge traf sich tatsächlich mit Hamilton – aber Hamilton würde mit seinem Hausboot zum Rendezvous kommen. Dem Jungen zu folgen war also ein wahrer Glückstreffer gewesen, dachte ich – bis ich den Schlüssel in der Zündung des Renault drehte.

Es rührte sich nichts.

Nach drei Versuchen und nachdem ich langsam bis fünfzig gezählt hatte, stieg ich aus und klappte die Kühlerhaube auf. Der Motor war noch heiß nach der langen Fahrt, und Regentropfen zischten auf dem Motorblock. Aber wie heiß er auch war oder wie einsatzbereit, er konnte einfach nicht starten, solange zwei Zündkabel fehlten.

Ich saß im Wagen.
Der Regen trommelte auf das Dach, spritzte über die Windschutzscheibe und verwandelte die Personen, die das Restaurant verließen, in schwankende, wäßrige Gestalten. Ich zündete mir eine Zigarette an und beobachtete, wie mein warmer Atem auf dem Glas zu Dunst wurde. Es gibt zwei Möglichkeiten, sagte ich mir, erschreckend die eine, bloß ärgerlich die andere, aber warum sollte ich mich hysterisch machen? Ich war sicher, daß Subotin nicht in Hamiltons Wohnung gewesen war; wäre er dort gewesen, dann hätte er den Jungen nicht wieder herausgelassen. Und ich war fast sicher, daß uns von dort niemand gefolgt war. Aber schon dieses »fast« konnte einem angst machen. Trotzdem, es hatte keinen Sinn, in Panik zu geraten. Wahrscheinlich war ich meiner Sache zu sicher gewesen, zu sorglos, und der Junge nicht so harmlos, wie er aussah. Er war mir auf die Schliche gekommen, hatte mich dann hierhergeführt – mich damit veranlaßt, meinen Wagen zu verlassen – und mich geschickt auf den Strand gesetzt; ich hatte ihn gerade lange genug aus den Augen gelassen, um ihm die nötige Zeit zu geben, mir diesen Streich zu spielen. Sauber, dachte ich; aber eigentlich war es gar nicht so schlimm. Besser gesagt, es war dann nicht so schlimm, wenn meine Ahnung stimmte, daß Hamilton mit seinem Kahn kommen würde. Zum Fluß war es nicht allzu weit; ich konnte es zu Fuß in etwa eineinhalb Stunden schaffen. Ich drückte meine Zigarette aus. Ich war meiner Sache ziemlich sicher, aber auch nicht so sicher, daß ich meine Zeit verschwenden wollte. Ich lief ins Restaurant zurück. Der Barmann zeigte Mitgefühl und machte sich erbötigt eine an der N 3 gelegene Werkstatt anzurufen, aber ich wußte, daß das alles Stunden dauern würde.
»Es ist ja nichts kaputt, verstehen Sie. Wenn ich die Kabel hätte, könnte ich es selber machen.«
»Ein Taxi würde aus Meaux kommen müssen.«
»Ein Fahrrad? Wenn es nicht allzuweit ist ...«
»Bei diesem Wetter? Wollen Sie wirklich ...?«
Eines der Küchenmädchen hatte eines. Sie hielt mich für verrückt – wegen des Regens –, wollte aber kein Geld nehmen. Ihr Rad, nicht gerade ein *vélo*, stand hinter dem Restaurant: ein Damenrad, alt und quietschend, mit einem roten Plastikkorb an der Lenkstange. Ich stieg auf, wackelte davon und stellte fest, daß die Leute recht haben, wenn sie sagen, daß man niemals etwas vergißt: Es ist nicht dein Gedächtnis, es sind nur dreißig Jahre Fressen und Saufen und Zigaretten, die dich davon abhalten, wieder ein Kind zu sein. Aber wenigstens ging die Straße, die zur Marne führte, bergab. Langsam geriet ich in einen Rhythmus: treten und treten und schnaufen, und jedes dritte Mal ein rascher, schräger Blick in den Regen. Die Räder hüpften über Schlaglöcher, der Sattel

gab alles andere als damenhafte Geräusche von sich, und meine Hose war bald so durchnäßt, daß sie an meinen Schenkeln klebte. Ich kam an einem Bauernhof und an ein paar Häusern vorbei, aber bei diesem Wetter war niemand auf der Straße, und ich sah kein einziges Auto. Etwa zwanzig Minuten lang strampelte ich weiter. Dann verengte sich die Straße, bekam eine feste Schotterdecke, und ich durchfuhr eine Allee zwischen riesigen Eichen, die so dicht nebeneinanderstanden, daß sie sogar ohne Blätter den Regen abhielten. Das Gefälle wurde stärker; ich setzte mich zurück und ließ das Rad rollen. Es war sehr dunkel. Eine eigenartige Stille umgab mich. Aus nächster Nähe hörte ich zwar meinen keuchenden Atem und das ständige weiche Knirschen der Räder auf dem Schotter, aber jenseits dieser Geräusche erstreckte sich eine gewaltige Zone des Schweigens, ihrerseits eingeschlossen in das Tröpfeln des Regens auf die Blätter hoch über mir. Das Licht war hier sanft und matt und hatte einen silbernen Schein, so als ob sich alles in einem beschlagenen Spiegel reflektierte. Die Blätter in den Straßengräben waren zu einer glitschigen Masse verfilzt; dichter Wald säumte die Straße zu beiden Seiten. Ich fing wieder an zu treten und ließ das Rad abermals rollen, als das Gefälle noch stärker wurde. Ich kam um eine Biegung herum. Dort, wo die Straße wieder gerade wurde, sah ich den gelben Dodge.

Er lag im Straßengraben: scharf nach rechts gekippt, die breite Schnauze gegen eine Eiche geprallt.

Ich bremste hart ab, mein Rad schleuderte. Ich hatte die gespreizten Beine auf dem Boden und starrte die dunkle, nasse Straße hinunter.

Nichts rührte sich. Der Dodge lag einfach da – wie ein riesiges Stück Abfall. Ich war nicht sicher, aber ich nahm nicht an, daß noch jemand drin war. Die Tür zum Fahrersitz war einen Spalt, die zum Beifahrersitz weit offen – wie ein Arm, der versuchte, den Wagen zu stützen und ihn vor dem völligen Umkippen zu bewahren. Ich horchte. Aber ich hörte nur den Regen. Wenn beide Türen offen waren und der Schlüssel in der Zündung steckte, hätte man einen Summton hören müssen.

Also... Der Junge hatte seinen Wagen in den Graben gefahren. Er war unverletzt geblieben, hatte den Schlüssel herausgezogen und war Hilfe holen gegangen ... Ja, das war möglich; aber es gefiel mir nicht. Die Straße bot keinerlei Schwierigkeiten, außer man war zu schnell unterwegs; und trotz seiner engen Jeans und modischen Stiefel hatte er sich doch als ein vorsichtiger Fahrer gezeigt. Noch etwas: Er war mir nicht begegnet, und das Restaurant war der Ort, wo er sich am ehesten Hilfe erwarten konnte. Nein; das gefiel mir ganz und gar nicht, und mich überkam ein würgendes, mir nun schon allzu vertrautes Gefühl. Konnte Subotin hier sein? Ich war mir dessen einfach nicht sicher. Als ich von Paris her auf den *périphérique* gekommen war, hatte ich zu sehr auf die Straße vor mir geachtet und es versäumt, auch mal hinter mich zu schauen; und als wir erst auf der N 3 waren, wäre es für jedermann leicht gewesen, uns zu folgen, ohne gesehen zu werden.

Widerwillig bestieg ich abermals mein Rad.

Rasselnd und klappernd näherte ich mich dem Wagen. Es war niemand darin. Und Blutspuren – nach denen ich mich als nächstes umsah – gab es auch nicht. Ich ging nach vorn. Die ganze rechte Seite war gegen die Eiche gestoßen und hatte dem Stamm eine weiße, glänzende Wunde zugefügt. Vom Autoschaden her war es mehr als bloß ein verbogener Kotflügel, aber doch nichts Spektakuläres; obwohl das luxuriöse Kühlergitter einer zerquetschten Bierdose ähnlich sah und der Kühler Wasser verlor, bezweifelte ich, daß der Junge schnell genug gefahren war, um sich ernstlich verletzt zu haben.

Immer vorausgesetzt, daß es ein Unfall gewesen war.

Als ich zurücktrat und den zerkratzten Fleck oberhalb des rechten vorderen Radkranzes sah, stellte ich mir diese Frage noch einmal.

Im Wald krächzte ein Rabe. Sein Ruf zog meinen Blick in seine Richtung. Der Wald war sehr dicht, denn zwischen den gewaltigen alten Eichen wuchsen viele kleinere Bäume – Birken und junge Föhren. Der Regen hatte die Blätter von ihren Zweigen gefetzt, und nun lagen sie in großen Stößen rund um die Stämme … mit Ausnahme eines gewundenen Pfades, über den etwas geschleift worden war, was die oberen Blätter zur Seite geschoben und die darunterliegenden zu nassen, verfilzten Haufen geformt hatte.

Ich starrte auf den Pfad, so wie man auf eine Tür starrt, die man nicht zu öffnen wagt, und so wie in jener verlassenen Werkstatt in Detroit empfand ich auch jetzt das Verlangen, laut zu rufen, um zu erfahren, ob jemand da war. Aber ich hielt den Mund, blieb ruhig stehen und lauschte dem langsamen, stetigen Tropfen des Kühlerwassers.

Eine Minute verging. Ich mußte tun, was getan werden mußte. Ich ging um den Wagen herum und stieg über den Graben. Die nassen Blätter unter meinen Füßen fühlten sich schwammig an; jeder Schritt setzte einen beißenden Schimmelgeruch frei. Von allen Seiten kam das Tropfen und Tröpfeln von Wasser auf Pflanzen und Gräser, und ein Windstoß ließ noch mehr Regen von den Zweigen herunterprasseln. Unmöglich, sich zu bewegen, ohne Lärm zu machen. Alle paar Meter blieb ich stehen und lauschte. Um mich herum piepsten Vögel, und hoch oben, irgendwo im grauen Gitterwerk des Himmels über den Bäumen, dröhnte ein einmotoriges Flugzeug. Ich stieß einen tropfenden Kiefernast zur Seite. Was ich anfaßte, war naß. In den klammen Socken fingen meine Füße an zu jucken, und die durchtränkte Hose scheuerte meine Beine

wund – alles Empfindungen, auf die ich mich jetzt so konzentrierte, wie ich als Kind, wenn ich eine dunkle, mich in Angst versetzende Straße hinunterlief, mich auf die Spalten im Gehsteig konzentriert hatte.
Ich war froh, daß ich nicht weit zu gehen brauchte; sie hatten ihn einfach nur an eine Stelle bringen wollen, die man von der Straße aus nicht einsehen konnte. Er saß in einer kleinen Mulde am Fuß einer Birke. Seine Beine waren vor ihm ausgestreckt, die modischen Schlangenlederstiefel in schmutzigen Blättern vergraben und seine Arme nach hinten rund um den Stamm gefesselt. Auch der Kopf war an den Baum gebunden: Sie hatten seinen Gürtel um seinen Hals und um den Baumstamm geschlungen und dann einen Zweig durch die Schlinge gesteckt und sie fest zusammengedreht – so wie man das Gummiband an einem Modellflugzeug zusammendreht. Sein Gesicht war blutig. Er rührte sich nicht. Mich überkam ein beklemmendes Schuldgefühl. Zum Teil war es ja meine Schuld. Ich hätte ihn aufhalten können – auf dem *Quai*, in Hamiltons Wohnung, im Restaurant ... Aber dann – Gott sei Dank, Gott sei Dank – öffneten sich seine Augen, und sein ganzer Körper drängte sich mir entgegen. Unendlich erleichtert rutschte ich über einen Hang von Schlamm und Blättern zu ihm hinunter.
Er stöhnte. Der Gürtel hatte eine rote Furche in seinen Hals geschnitten und war eng genug, um ihn am Sprechen zu hindern. Als ich ihn davon befreit hatte, stieß er einen heiseren Schrei aus. Dann löste ich den Strick, mit dem seine Hände gefesselt waren. Er warf einen einzigen schnellen Blick auf mich, den flehenden Blick eines Kindes, der Hilflosigkeit und Scham verriet – eines Kindes, das nicht aufhören kann, sich zu beschmutzen –, fiel auf die Seite und tat nichts weiter als atmen: tiefe Atemzüge, Luft einziehen und ausstoßen, immer, immer wieder...
In den schlammigen Blättern kniend, wartete ich. Trotz des Blutes glaubte ich – so wie es bei Berri gewesen war –, daß sie ihn mehr erschreckt als verletzt hatten. Er lag da, zog die Knie an den Bauch, atmete in langen, zitternden Stößen, und die Tränen hinterließen glitzernde Spuren auf seinen blutigen Wangen. Um ihm Gelegenheit zu geben, sich zu sammeln, wandte ich den Blick ab und bemerkte erst jetzt, daß der Boden rund um die Füße des Jungen mit Geldscheinen bedeckt war, über die alten, schmutzigen Blätter gestreut – französische und Schweizer Franken, schwedische Kronen, britische Pfund ...
Er kam wieder zu Atem, musterte mich fast verstohlen und wandte den Blick ab. »Ich danke Ihnen«, sagte er mit sanfter, zitternder Stimme. »Ich dachte schon, es würde niemand kommen. Ich danke Ihnen sehr herzlich.«
»Wenn Sie wollen, gehe ich einen Arzt holen.«

Er schüttelte den Kopf. »Ich bin gleich wieder auf dem Damm. Aber ein Taschentuch, wenn Sie zufällig eins dabeihaben ...«

Ich gab ihm ein Kleenex. Es war durchnäßt; als er sich damit das Gesicht abwischte, blieben einzelne Fussel am Blut kleben. »Verzeihung«, sagte er dann, hielt es an die Nase, die immer noch blutete, und lehnte den Kopf zurück. »Es tut mir sehr leid ... ich weiß gar nicht, was ich sagen soll ... wie ich es erklären soll ... Ich wurde von einigen Männern überfallen ...« Die Stimme versagte ihm. Er war sehr jung und sehr verängstigt. Er hätte ein Bursche sein können, der eine Vergnügungsfahrt gemacht hatte – zuviel Bier getrunken, den Wagen in den Graben gefahren. Jetzt war er verletzt, und sein bester Freund war tot. Aber das wußte er noch nicht.

»Sie brauchen mir nichts zu erklären«, versuchte ich ihn zu beruhigen. »Ich kenne Hamilton. Ich weiß, wer diese Männer waren. Sie müssen Ihnen von seiner Wohnung gefolgt sein. Ich bin Ihnen auch gefolgt, aber ich habe sie nicht gesehen.«

Er hob wieder den Kopf, immer noch das Kleenex mit der linken Hand an die Nase pressend. Noch bevor er etwas sagen konnte, fügte ich hinzu: »Es ist alles in Ordnung. Ich gehöre nicht zu denen – ich stehe auf Ihrer Seite. Eines hätte ich gern gewußt: Haben Sie oben auf dem Parkplatz vor dem Restaurant an meinem Wagen gefummelt?«

»Nein ... Ich hatte ja keine Ahnung ... Sie sind mir gefolgt? Das verstehe ich nicht. Wer sind Sie? Wer waren diese Männer?«

»Ich heiße Robert Thorne. Ich bin Amerikaner. Sie können sich bei Paul nach mir erkundigen. Er weiß, wer ich bin. Aber Sie müssen mir sagen, was Sie aus seiner Wohnung mitgenommen haben.«

Er entfernte das Kleenex von der Nase. Ein wenig Blut rieselte aus seinem linken Nasenloch und floß um den Mundwinkel herum wie ein dünner Schnurrbart oder eine Spur Schokoladeneis um einen Kindermund.

»Sie kennen Paul?«

»Ja. Ich bin ein Freund von ihm aus Amerika.«

»Er sagte mir, er wäre in Schwierigkeiten. Ich sollte etwas für ihn tun. Ich fragte ihn, was das für Schwierigkeiten wären, aber er meinte, es wäre zu kompliziert, um es zu erklären. Gewisse Leute beobachteten seine Wohnung, das war der springende Punkt – er konnte nicht hingehen, ich aber schon, weil sie ja nicht wissen würden, wer ich bin.«

»Leider wußten sie es.«

»Aber das ist doch nicht möglich. Paul sagte, es wäre ganz ungefährlich, denn sie würden mich ja nicht kennen.«

»Kann schon sein, daß er das dachte, aber er dachte eben nicht scharf genug nach. Zum Beispiel: Hatte er Bilder von Ihnen? Dort, meine ich, in seiner Wohnung?«

Ein Flackern in seinen Augen. Dann sah er zur Seite. »Ja, vielleicht. Ich bin nicht sicher.«

Aber natürlich hatte Hamilton Bilder von ihm – liebevoll in Position gesetzt, gekonnt fotografiert; und als Subotin eingebrochen war und sie gesehen hatte, wußte er, wie er jederzeit an Hamilton herankommen konnte. »Es ist ja auch egal«, beruhigte ich ihn. »Irgendwie haben die Sie wiedererkannt und sind Ihnen zur Cité Universitaire und dann hierher gefolgt. Sie wollten wissen, was Sie für Paul besorgten.«

»Ja.«

»Und was haben Sie besorgt?«

»Ich weiß nicht, ob ich Ihnen das sagen darf.«

»Sie müssen es mir sagen! Es ist sehr wichtig – jetzt nicht mehr für Sie, aber für Paul.«

Er sah mich an, direkt, durch und durch, wie ein Kind, das einem Erwachsenen vertrauen möchte. »Schwören Sie mir das? Daß Sie Pauls Freund sind?«

»Ich schwöre es.«

Er glaubte mir. Er wollte mir glauben, denn es war ein Geheimnis, das er teilen wollte. Die Worte überschlugen sich. »Paul hatte einen Spind in der Cité in der Bibliothek. Ich sollte den Schlüssel aus der Wohnung holen und ihn aufmachen. Drinnen waren drei Umschläge. Einen sollte ich sofort zur Post geben – das habe ich auch gleich in der Cité getan – und ihm die anderen zwei bringen.«

Mein Blick fiel auf die Banknoten zwischen den Blättern. »In einem davon war das Geld?«

Er nickte. »Ja.«

»Und die anderen? Einen haben Sie aufgegeben, aber hatten Sie auch den zweiten bei sich?«

»Ja. Paul sagte, ich sollte ihn nicht zur Post geben; er wollte ihn sich zuerst ansehen. Aber sie haben ihn mir weggenommen. Er war an jemanden in Kanada adressiert. Es war wohl nichts Wichtiges: Sie machten ihn auf und knüllten ihn zusammen.«

»Dieser Brief nach Kanada – erinnern Sie sich an den Adressaten?«

»Ja. Er war an einen gewissen Cadogan in Toronto gerichtet.«

»Gut. Bitte versuchen Sie sich jetzt an den, den Sie zur Post gegeben haben, zu erinnern – an wen war der gerichtet?«

Er sah mich an und schluckte. »Das wollten die Männer auch wissen. Sie sagten, sie würden mich so lange würgen, bis ...« Seine Stimme begann zu zittern, und sein Gesicht verzerrte sich vor Angst – Angst, die er bei Gott nicht zu haben brauchte, nicht für einen Mann wie Hamilton.

»Machen Sie sich keine Vorwürfe«, sagte ich. »Dazu besteht kein Grund. Denn genau das hätten sie auch getan – sie hätten Sie erwürgt.«

»Ja ... ich weiß. Aber ich habe zumindest versucht, es zu verschweigen. Ich habe ihnen auch nicht alles gesagt.«

»Sehr gut. Und ich verspreche Ihnen noch einmal: Es wird Paul nicht schaden, wenn Sie es mir sagen.«

Wieder legte er den Kopf zurück, wobei er das Kleenex wegwarf. Er sprach mit sanfter Stimme, fast war es ein Gemurmel. »Der Brief ging nach Rußland, und es war ein Umschlag der russischen Botschaft in Paris – in der Ecke war ein großer Stempel mit der Adresse. Ich war natürlich sehr überrascht und habe ihn mir genau angesehen. Name und Adresse des Empfängers waren französisch und auch russisch geschrieben. Sie waren schwer zu lesen, aber ich bin ziemlich sicher, daß der Brief an einen Jurij Schastow in Powjenez ging. Das habe ich ihnen aber nicht gesagt, wissen Sie ... Nur daß er nach Rußland ging.«

Er sah mich an, als erwarte er Anerkennung, und ich nickte. »Vom Aussehen her, haben Sie eine Ahnung, was in dem Brief dringewesen sein könnte?«

Er schüttelte den Kopf. »Eigentlich nicht. Der, den sie mir weggenommen haben, der nach Kanada, war ein gewöhnlicher Umschlag, ein Brief eben. Der andere war größer, gefüttert. Aber nicht schwer. Sogar nach Rußland war das Porto nur ein paar Francs.« Er langte nach hinten, stemmte sich gegen den Baum und versuchte aufzustehen. Es gelang ihm, aber sein Gesicht war blaß, als das Blut aus seinem Kopf strömte. Er beugte sich vor und stützte die Hände auf die Knie.

»Immer mit der Ruhe«, sagte ich. Da er jetzt den Kopf gesenkt hielt, tropfte mehr Blut aus der Nase und hinterließ rote Flecken auf den welken Blättern. Ich schwieg eine kleine Weile und versuchte zu begreifen, was er gesagt hatte. Aber ich hatte bestenfalls die Hälfte verstanden. In einem Punkt war ich richtig gelegen: Brightman hatte etwas gegen Hamilton in der Hand gehabt. Hamilton aber hatte eine Abmachung getroffen; und man konnte sogar sagen, daß er sich auf eine seltsame Weise daran hielt. Hamiltons Lohn dafür, daß er Brightmans Umschlag sicher verwahrt hatte, bestand vermutlich in der Rückstellung des belastenden Materials, was immer das gewesen sein mochte. Und er war sogar sichergegangen, daß er es auch zurückbekommen würde, wenn Brightman verschwinden sollte – der Brief an Cadogan, vermutlich von Brightman persönlich geschrieben, mußte diesbezügliche Anweisung enthalten haben; zumindest hatte Hamilton das angenommen. Aber da kam noch etwas dazu – und das war noch interessanter: Brightman mußte Hamilton auch Instruktionen gegeben haben, was er mit dem anderen Umschlag, dem für Rußland bestimmten, machen sollte, und Hamilton hatte sie befolgt. Vermutlich hatte er zu große Angst gehabt, es nicht zu tun – hatte befürchtet, man könnte ihm seinen Lohn vorenthalten, wenn er es nicht täte. Aber welchen Sinn hatte das von Brightmans Standpunkt aus gesehen? Wenn der zweite Umschlag den Schlüssel zu alldem enthielt – wenn es der vergrabene Schatz war, den Subotin suchte –, warum, zum Teufel, sollte Brightman Hamilton angewiesen haben, ihn in die Sowjetunion zu schicken?

Keine Antwort.

Ich musterte den jungen Mann. »Ich weiß nicht einmal Ihren Namen.«

Er bemühte sich, das Blut durch die Nase wieder einzuziehen, hustete und spuckte es aus. »Alain«, antwortete er.

»Alain, es ist wichtig, daß das alles auch wahr ist, was Sie mir da erzählt haben.«

»Ich verstehe.«

»Was die Umschläge angeht, ist das alles, woran Sie sich erinnern?«

Er sah mich offen an, aber ich konnte nichts in seinen Augen lesen. »Das ist alles, woran ich mich erinnern kann. Ich schwöre es Ihnen.«

»Ist es die Wahrheit?«

»Ja.«

»Also gut. Was haben diese Männer Sie noch gefragt?«

Langsam richtete er sich auf und holte Atem. »Sie wollten wissen, wo Paul ist.«

»Er kommt doch hierher, nicht wahr? Mit dem Hausboot?«

Jetzt erhob auch ich mich. Ganz automatisch hatte ich das Geld zusammengesucht und aufgehoben. Es waren mehrere tausend Dollar, Hamiltons Notgroschen.

Alain fuhr sich mit der Hand über die Nase. »Sie wußten, daß er seinen Liegeplatz verlassen würde?«

Ich schüttelte den Kopf. »Ich nahm es an. Ich war noch gestern bei ihm auf dem Boot. Kurz bevor er Sie anrief.«

Er nickte, als ob ihm das irgend etwas erklärte. »Die wußten das nicht, verstehen Sie? Aber das habe ich nicht schnell genug begriffen. Ich sagte ihnen, daß wir uns heute abend in Meaux, am Ende des Kanals, treffen würden.«

»An der Marne, meinen Sie?«

»Ja. Aber zwischen Chalifert und Meaux ist es ein Kanal.«

»Und daß Sie sich dort, am Ende des Kanals, treffen würden, war eine Lüge?«

»Ja. In Wirklichkeit wollten wir uns am Ende dieser Straße treffen. Es gibt da einen Anlegeplatz, und man kann dort auch den Wagen abstellen. Paul fuhr schon früh los – er kann Meaux an einem Tag erreichen –, aber er wollte sich nicht in einer Stadt aufhalten, wo es leicht sein würde, ihn zu finden.«

Drei Lügen – drei Informationen, die er verschwiegen hatte –, der Junge hatte um vieles mehr Mumm, als Hamilton verdiente. »Was denken Sie: Haben die Männer Ihnen geglaubt?«
»Ich bin nicht sicher. Ich dachte, sie würden nach Meaux fahren und dort warten. Aber nach dem Motorengeräusch zu schließen ... Ich weiß nicht recht. Möglicherweise sind sie in Richtung Paris gefahren.«
Was durchaus plausibel klang. Wozu hätten sie warten sollen? Sie waren wahrscheinlich zurückgefahren und machten alle paar Kilometer einen Abstecher zum Fluß. Früher oder später würden sie ihn sichten. Ich fragte mich, ob er wohl schon tot war. Laut aber sagte ich: »Also gut, Alain. Wo, glauben Sie, ist er jetzt? Wie weit könnte er gekommen sein?«
»Er könnte schon eine schöne Strecke zurückgelegt haben. Er müßte bald hier sein ... Ich bin nicht sicher. Er ist jedenfalls schon seit Stunden unterwegs.«
»Und wann sind die Männer von hier weg? Diese Männer ... der Rothaarige?«
Er zuckte die Achseln. »Das ist jetzt eine halbe Stunde her, vielleicht sogar schon vierzig Minuten.«
Ein guter Vorsprung; vermutlich reichte er aus, um Hamilton zu finden, wenn er schon in der Nähe war. Und Subotin hatte einen Wagen. Andererseits konnten sie auch über ihr Ziel hinausschießen; wenn sie seine Geschwindigkeit unterschätzt hatten, waren sie vielleicht an ihm vorbei zu weit in Richtung Paris gefahren. Oder sie hatten sich für die einfachste Alternative entschieden und warteten in Meaux. Aber das bezweifelte ich.
»Wir müssen ihn warnen.«
Ich nickte. »Ja, aber das mache ich. Sie haben genug getan. Sie sollten jetzt schleunigst von hier verschwinden.« Ich schob ihm das Geld hin. Als er protestieren wollte, brachte ich ihn mit einer Geste zum Schweigen. »Das ist eine gefährliche, sehr gefährliche Geschichte, und Sie sind jetzt nicht in der Verfassung, damit fertig zu werden. Jetzt hören Sie mir zu. Gehen Sie zu Ihrem Wagen. Dort liegt ein Fahrrad. Fahren Sie damit zu dem Restaurant zurück, wo Sie zu Mittag gegessen haben, rufen Sie eine Werkstatt an und lassen Sie den roten Renault reparieren, der dort auf dem Parkplatz steht. Da, das sind die Schlüssel. Fahren Sie mit dem Wagen nach Paris zurück, bringen Sie ihn zu Hertz und lassen Sie ihn dort. Dann steigen Sie in ein Flugzeug – hören Sie mir gut zu! –, steigen Sie in ein Flugzeug und verlassen Sie Frankreich. Bleiben Sie mindestens zwei Wochen weg.«
Er senkte den Blick auf meine Hand. Ich hatte ihm das Geld in die seine geschoben; er hielt es fest, griff aber nicht nach den Schlüsseln. Immer noch tropfte ihm Blut aus der Nase, aber er machte sich nicht mehr die Mühe, es

abzuwischen. »Was ist denn los?« fragte er. »Was macht Paul eigentlich? Wer ist er wirklich, und was wollen diese Männer von ihm?«
Ich zögerte und zuckte dann die Achseln. »Tut mir leid. Das sind Dinge, die Sie ihn selbst fragen müssen.«
»Warum?« gab er zurück. »Warum können Sie es mir nicht sagen?«
»Weil uns dazu jetzt keine Zeit bleibt. Weil es nicht meine Geschichte ist ... Und wenn Sie wüßten, um was es sich handelt, würden Sie vielleicht gar nicht wollen, daß ich sie Ihnen erzähle.«
Er hob ein wenig den Kopf; ich sah ein Aufflackern von Gefühlen hinter seinen braunen Augen: Argwohn, Groll. Sein Selbstbewußtsein kam zurück, und das war die Form, die es annahm. Er setzte Feindseligkeit voraus; suchte nach einem Schuldigen. Er streckte den Arm aus und nahm mir die Schlüssel aus der Hand. »Wenn ich tue, was Sie wollen«, sagte er mürrisch, »wie wird Paul erfahren, wo ich bin?«
Ich zögerte. »Wollen Sie wirklich, daß er es erfährt?«
Das war eine Frage, die ich ihm einfach stellen mußte, aber sie brachte nur ein leises, trotziges Lächeln auf seine Lippen. »Sie sind kein Freund von Paul, nicht wahr? Das war gelogen.«
»Vielleicht könnte man sagen, daß er eher ein Freund meines Vaters war.«
Das Lächeln veränderte sich; es befriedigte ihn, mich ertappt zu haben und zu sehen, daß ich seine Erwartungen erfüllt hatte. »Ich weiß, was Sie von mir denken«, stieß er nach, »ich weiß es nur zu gut.«
»Seien Sie sich dessen nicht zu sicher.«
»Sie halten mich für einen Dummkopf. Sie halten mich für einen dreckigen kleinen Strichjungen. Aber vielleicht – in bezug auf gewisse Dinge – sollten Sie sich besser um Ihre eigenen Angelegenheiten kümmern.«
Ich antwortete nicht.
Seine Finger umklammerten die Schlüssel. »Ich werde tun, was Sie sagen, mein Freund, aber vergessen Sie nicht, Paul zu informieren und ihm zu sagen, daß ich ihm in einer Woche an die Adresse meines Onkels schreiben werde.«
Ich nickte. Er warf mir einen letzten bösen Blick zu. Dann drehte er sich um und kletterte aus der Mulde heraus. Sie war nicht sehr tief, aber er war immer noch wackelig auf den Beinen und mußte oben stehenbleiben. Er schämte sich dieser Schwäche; deshalb bürstete er seine Jacke ab, so als ob das der Grund sei, weshalb er stehengeblieben war. Dann hob er einen Fuß nach dem anderen und wischte sich die Blätter von den Stiefeln. Als er fertig war, sah es aus, als wollte er sich umdrehen und noch etwas sagen; aber er ließ es bleiben. Seine Schultern straffend, marschierte er zur Straße zurück.
Ich ließ ihn gehen und wartete.

Ein Windstoß ließ noch ein bißchen mehr Regen von den Bäumen herunterklatschen. Aber nässer konnte ich nicht mehr werden. Selbst wenn ich sie zwischen meinen Fingernägeln festhielt, wurde jede Zigarette nach drei Zügen zu einem durchweichten Matsch, und ich mußte auch diese wegwerfen. Ich horchte. Ich hörte, wie der Deckel des Kofferraums des Dodge zuklappte: Wahrscheinlich zog er sich um. Das würde ihm helfen, seine Würde wiederzufinden. Je mehr ich darüber nachdachte, desto weniger zweifelte ich daran, daß Hamilton tot war. Schlimmer noch: Alains Mut hatte seinen Freund nicht nur nicht geschützt, er hatte seinen Tod unvermeidlich gemacht; jetzt, da die Wichtigkeit des Kuverts feststand, würde Subotin seine Verfolgungsjagd unbarmherzig fortsetzen.
Trotzdem mußte ich zumindest versuchen, Hamilton zu warnen. Um meiner selbst, um des Jungen und ein wenig sogar um Hamiltons willen. Ich marschierte also zur Marne hinunter. Alain hatte recht gehabt. In dieser Gegend war der Fluß wirklich ein Kanal, ein etwa zehn Meter breiter Graben. Ich sah sogar die Stelle, von der er gesprochen hatte, wo er mit Hamilton zusammentreffen sollte: enorme Eisenringe, völlig verrostet, waren in die Stämme zweier starker Eichen getrieben worden, um einen Anlegeplatz zu schaffen. Aber es war niemand da, und so blieb mir nichts anderes übrig, als auf dem Treidelpfad den Kanal entlangzustapfen. Ich hatte keine klare Vorstellung von meinem momentanen Standort: westlich von Meaux, nördlich von Villiers, mehr wußte ich nicht. Zu meiner Linken lagen Felder und kleine Höfe, und zu meiner Rechten – flüchtige Blicke durch ein Netz von Bäumen – sah ich die Marne fließen; die Häuser, die ich in dieser Richtung ausmachte, standen in Wirklichkeit am anderen Ufer. Nach ein paar nassen Kilometern gelangte ich schließlich auf ein verbautes Gebiet mit Straßen. Der Kanal verlief hier über einen Aquädukt, der ein Tal durchquerte, bevor er Esbly erreichte. Ich machte eine Pause und beobachtete einen Mann auf einer Eisenbahnbrücke; aber es war nicht Subotin, und so setzte ich meinen Weg fort – jetzt schon ziemlich erschöpft und bis auf die Haut durchnäßt –, bis ich mich auf der anderen Seite von Coupvray befand. Da endlich sah ich es: Noch bevor ich die Goldbuchstaben entziffern konnte, aus denen sich *La Trompette* zusammensetzte, verriet es mir der schimmernde Rumpf. Hier, zwischen ein paar Bäumen und vor den Feldern eines kleinen Hofes, machte der Kanal eine Biegung, die eine Strömung erzeugte, denn das Heck des mit dem Bug an einem eisernen Pflock am Ufer festgemachten Hausbootes war ein Stück in die Fahrrinne hineingezogen worden. Vorsichtig schlich ich mich näher, sagte mir dann aber, daß Hamilton es nicht wert war, ein Risiko für ihn einzugehen. Ich verließ rasch den Treidelpfad, versteckte mich hinter einer dicken Fliederhecke und beobachtete das Boot. Fünf Minuten

vergingen. Auf dem Kahn schien alles ruhig, friedlich, völlig normal zu sein. Der regennasse Rumpf schimmerte wie Plastik, und der alte, frisch mit Lack überzogene Deckaufbau ließ das Boot fast wie ein Spielzeug erscheinen. Schon wollte ich hinter der Hecke hervorkommen – doch dann sah ich, wie das Seil, das den Kahn am Ufer festhielt, sich spannte und eine Gestalt aus dem Ruderhaus kam und das Deck betrat.

Es war eine Frau; sie hatte ein dunkelblaues Regencape um die Schultern geworfen und trug ein Kopftuch.

Mir den Rücken zukehrend, blickte sie den Kanal hinunter, drehte aber dann den Kopf zur Seite, so daß ich ihr Profil sehen konnte. Es war einfach nicht zu glauben – sie sah aus wie May.

16

Der Regen fiel in Strömen. Er besprengte die dunklen Blätter der Fliedersträucher, breitete den immer noch lebendigen Duft des vergangenen Sommers aus und überzog das Bild des Kanals, des Bootes und Mays – wenn es May war – mit den silbrigen, monochromen Farbtönen eines alten Stummfilms. Einen Augenblick lang schien sie, einer unwirklichen, gespenstischen Projektion gleich, in der Luft zu schweben. War sie wirklich da? War das möglich? Doch dann zerriß ein Windstoß die Regenwand, und ich war sicher.

Sogleich fegte ein schwindelerregender Sturm von Gefühlen über mich hin. Was ich vor mir sah, war ganz einfach unmöglich – May *konnte* gar nicht da sein. Aber sie war da. Und als mir dann die eigentliche Bedeutung ihrer Anwesenheit bewußt wurde – als alle meine alten Zweifel und Verdächtigungen zurückkehrten –, schoß mein Erstaunen weit über diesen Augenblick und über diese besonderen Umstände hinweg. Alles änderte sich, selbst die Vergangenheit. Durch die Blätter spähend, beobachtete ich sie, ohne gesehen zu werden, wie an jenem ersten Tag in Toronto, nur daß ich diesmal die Distanz, die mir damals zu halten geboten war, tausendmal stärker empfand. Was machte sie da? Hatte sie mich belogen? Auch damals hatte ich mich gefragt, wer sie in Wirklichkeit war, allerdings in der Annahme, daß ich ein besonderes Anrecht auf diese Antwort hatte. Doch jetzt erstarb diese Annahme in meinem Herzen. Wir waren Fremde. Sie war keine Frau, die ich geliebt hatte und heiraten wollte, sondern eine Frau, der ich noch nie begegnet war. Ich empfand einen schmerzhaften Stich, das späte Brennen einer alten Wunde, und die letzten Bande, die uns geeint hatten, waren zerschnitten – ja, vielleicht war die Verwirrung, die mich überkam, ein Ausdruck gewonnener Freiheit. Und doch … Gerade jetzt fühlte ich mich zu ihr hingezogen, zu ihr *gerufen* – nachdrücklicher und eindringlicher als zu irgendeinem Zeitpunkt, seit dies alles begonnen hatte. Eingehüllt in ihr Kopftuch und ihren Umhang, während der Regen um sie herum die Luft zerschrammte, schien sie so allein und verlassen, so weit entfernt zu sein. Wenn sie von mir abgeschnitten war, gab es Bindungen zu anderen? Ich wußte nicht, wer sie war, aber – wer immer sie war – etwas in ihr rief nach mir, rief so laut, daß ich mein Versteck verließ und auf den Treidelpfad zurückging.

Sie drehte sich um und sah mich. »Robert!«

Ich stand da wie angewurzelt, ich wußte nicht, was ich sagen sollte, ich wußte nicht, wie ich sie ansprechen sollte. Als sie einen Schritt über das Deck auf den Schandeckel zu machte, konnte ich sie deutlicher sehen, und wieder staunte ich: Meine letzte Erinnerung an sie war jener Tag in Detroit bei der Polizei gewesen, als sie so hager und müde ausgesehen hatte. Jetzt war sie völlig verändert. Alle die alten, widersprüchlichen Elemente waren da, und sie schien immer noch in einer früheren Zeit zu existieren, aber jetzt war sie schön. Mit dem dunkelblauen Umhang über ihren Schultern und dem Haar unter ihrem Tuch hätte sie ein dralles französisches Bauernmädchen in einer Landschaft Pissarros sein können oder eine junge Krankenschwester aus der Zeit des Ersten Weltkriegs unterwegs ins Lazarett. Auf jeden Fall aber war sie wunderschön. Der Regen hatte die Jahre abgewaschen, ihr Gesicht leuchtete, strahlte vor Leben, so als ob dies tatsächlich ein alter Film wäre, der zu der Zeit, an dem Tag spielte, an dem wir uns das erste Mal begegnet waren – und vielleicht war *das* die Zeit, in die sie eigentlich gehörte. Ihre Stimme war kräftig; sie war wieder Herrin über ihr Leben. »Wie kommst du denn hierher, Robert? Du mußt gehen. Ich habe dir doch gesagt ...«

»Geht es dir gut?«

»Ja, natürlich. Woher hast du gewußt ...?«

»Ist Hamilton da?«

»Nein. Aber ich ... Hör zu ...«

»Gleich, aber geh bitte wieder hinein.«

Eine Sekunde lang zögerte sie, aber sie hatte die Schärfe in meiner Stimme gehört; ich war wieder in der Gegenwart, am Ort des Geschehens, und die Dringlichkeit, die mich vorangetrieben hatte, verwandelte sich jetzt in eine andere – es war nicht auszuschließen, daß Subotin uns beobachtete. »Beeil dich!«

May gehorchte. Ich warf einen Blick den Pfad hinunter, aber es war niemand zu sehen. Ich lief zum Boot vor, schwang mich über die Reling und hastete über das Deck zum Ruderhaus. Das Gesicht mir angstvoll zugewandt, wartete May drinnen auf mich. »Ich will nicht, daß du das machst. Ich habe Stewart Cadogan ...«

»Ich habe die Nachricht erhalten.«

Der Ton meiner Stimme ließ sie zögern, und sie sah zur Seite.

»Es tut mir leid.«

»Vergiß es.«

»Es war wegen des Geldes, nicht wahr?«

»Zum Teil.«

»Ich wollte nur... Du solltest wissen, wie dankbar ich dir war, und ich konnte es dir nicht selbst sagen. Ich hatte einfach nicht die Zeit dafür.«
»Gut, gut. Es ist nicht wichtig. Jetzt bist du in Gefahr – in großer Gefahr.«
»Das glaube ich nicht. Ich muß nur vorsichtig sein.«
»Subotin – kennst du diesen Namen?«
»Nein.«
»Travin – Petersen – kennst du die?«
»Nein. Aber ich kann nicht ...«
»Dann weißt du auch nicht, in welcher Gefahr du dich befindet. Wann bist du hierhergekommen?«
»Vor zwanzig Minuten.«
»Wo war Hamilton?«
»Er war nicht da. Niemand war da. Ich habe gerufen, aber es ist niemand erschienen. Zuerst konnte ich nicht auf das Boot, aber dann fuhr auf dem Kanal ein Schlepper vorbei, und die Wellen brachten es näher ans Ufer. Da bin ich an Bord geklettert. Aber es ist niemand da.«
Aber jemand war dagewesen; ein Buch und eine Landkarte lagen offen auf dem Tisch, daneben eine leere Kaffeetasse.
»Hast du hineingeschaut?«
»Nein, das wollte ich nicht. Ich habe einfach hier gewartet, aber ich habe gerufen. Es ist niemand da, Robert ...«
»Warte.« Ich ging in die Kabine hinunter. May folgte mir, nachdem sie eine Sekunde lang gezögert hatte. Das ganze Boot entlang leuchteten trübe die Lampen. Auf dem Kuchentisch standen Butter und ein Töpfchen Dundee-Marmelade. Brotkrumen waren über das Schneidebrett verstreut. Eine halbe Tomate. Ich sah mich nach allen Seiten um und fand nichts Verdächtigeres als dies – vor allem keine Anzeichen eines Kampfes. Aber wo war Hamilton? Und warum hatte er hier angelegt? Und wo war er hingegangen? Als ich das knallgelbe Ölzeug sauber im Schrank verwahrt fand, lief es mir kalt über den Rücken. Bei diesem Regen hätte er den Kahn niemals ohne Ölkleidung verlassen. Während die Wellen sanft plätschernd gegen den Schiffsrumpf schlugen, spähte ich in das Innere des Salons. Die Leere, die ich spürte, was kalt und endgültig.
Auch May spürte sie. »Was ist das?« flüsterte sie.
Ich drehte mich um. »Ich weiß es nicht. Aber er ist offensichtlich nicht da.«
Einen Moment lang sah ich Angst in ihren Augen aufflackern. Sie tat einen Schritt auf mich zu; instinktiv, als suchte sie Schutz. Dann blieb sie stehen. Fühlte auch sie den neuen Abstand zwischen uns? Seit ich zu ihr auf das Boot gekommen war, hatten wir nicht daran gedacht, uns zu berühren, geschweige

denn zu umarmen. Vielleicht war auch ihr das jetzt aufgefallen, denn nun kam sie noch einen Schritt näher und ergriff meinen Arm. »Robert«, flüsterte sie, »ich wollte, du wärst nicht gekommen. ich wollte, ich wäre … Mein Gott, das ist ja schrecklich.«
»Ich weiß.«
»Du sollst nicht glauben …«
»Ist schon gut.« Jetzt flüsterte auch ich. Ich drückte ihre Hand. »Aber du mußt mir alles sagen, und du mußt mir die Wahrheit sagen.«
Sie hob mir ihr Gesicht entgegen; ich konnte die nasse Wolle ihres Rockes riechen und die Wärme ihres Atems fühlen. Sekundenlang haftete ihr Blick an dem meinen, und dann antwortete sie: »Ich habe es versucht, das schwöre ich dir. Als ich dich damals anrief – weißt du, warum ich solche Angst hatte? Es war nicht nur wegen meines Vaters – ich begann um dich zu fürchten, als ich nicht durchkam, als du nicht zu Hause warst. Denn ich wußte, daß du der einzige Mensch auf Gottes Erde warst, dem ich die Wahrheit anvertrauen konnte.«
»Warum wolltest du dann, daß ich nichts weiter unternehme?«
»Weil ich Angst um dich hatte. Ich hatte Angst, daß …«
Sie sprach nicht zu Ende – weil es eine Lüge war, die auszusprechen sie nicht über sich brachte? Aber ich war nicht sicher; jetzt, hier, in ihrer Gegenwart, gab es nichts, dessen ich mir noch sicher sein konnte. Wieso hatte sie nicht an den Jaguar ihres Vaters gedacht? Hatte sie mich von Anfang an manipuliert? Hatte sie mir jemals die Wahrheit gesagt? Alle diese Fragen und Zweifel fluteten in mich zurück; aber gleichzeitig verspürte ich mehr denn je zuvor den Wunsch, ihr zu glauben. »Was machst du hier?« fragte ich sie. »Wie hast du von Hamilton erfahren?« Sie drehte den Kopf zur Seite; ich fürchtete schon, sie würde sich von mir abwenden. Doch dann sah sie mir ruhig in die Augen. »Ich sollte ihn hier treffen. Als ich aus Detroit zurückkam – am nächsten Tag oder am übernächsten, ich kann mich nicht mehr so genau erinnern –, bekam ich einen Brief von meinem Vater. Er hatte ihn in Detroit zur Post gegeben. Wenn ich diesen Brief erhielt, schrieb er, würde das heißen, daß er tot war, und er wollte, daß ich gewisse Dinge für ihn besorge.«
»Was für Dinge?«
»Robert, bitte … ich flehe dich an …«
»Du *mußt* es mir sagen.«
Sie zögerte. »Er trug mir auf, ein Postfach zu öffnen – er schickte mir den Schlüssel mit dem Brief. In dem Postfach würde ich einen Umschlag finden, adressiert an Paul Hamilton hier in Paris – den sollte ich ihm übergeben und dafür einen anderen erhalten, der an Steward Cadogan adressiert sein würde.

Den sollte ich vernichten, den und noch etwas, einen Zettel … Da gab es nämlich noch einen zweiten Umschlag, verstehst du? Den sollte Hamilton eingeschrieben abschicken und mir dann den Empfangsschein von der Post geben, zum Beweis, daß er ihn abgeschickt hatte.«
»Und nicht den Umschlag selbst?«
»Nein … nur wenn es nicht anders ging. Es sei gefährlich. Wenn es keine andere Möglichkeit gab, schrieb mein Vater, sollte ich den Umschlag entgegennehmen und sofort zur Post geben.«
»Und als Gegenleistung …?«
Sie tat einen Schritt zurück. Unter dem Regencape trug sie einen schweren, im Zopfmuster gestrickten Pullover; darunter zog sie einen übergroßen, ziemlich dicken Umschlag hervor. Ich nahm ihn ihr aus der Hand und drückte ihn; es befand sich ein Bündel Papiere darin. Ich öffnete ihn nicht, das brauchte ich nicht mehr. Ich war jetzt ziemlich sicher, daß meine Spekulation richtig gewesen war. Dieses Kuvert enthielt das Material, das Brightman gegen Hamilton in der Hand gehabt hatte und das durch den Brief an Cadogan hätte ausgelöst werden sollen – den Brief, den Subotin Alain weggenommen hatte. Dieses Versteckspiel war jetzt kaum mehr von großer Bedeutung … etwas anderes dafür um so mehr.
»Der zweite Umschlag«, sagte ich, »der, für den du den Aufgabeschein von der Post bekommen solltest, was hat dein Vater dir diesbezüglich aufgetragen? Wenn du nur die Bestätigung von der Post hattest, woher solltest du wissen, daß der Aufgabeschein sich gerade auf diesen Umschlag bezog?«
Sie sah mich an. Ihre Augen verrieten Zweifel – ob sie lügen sollte oder nicht, sicher war es das, was sie jetzt zu entscheiden versuchte. Doch dann faßte sie einen Entschluß. »Er gab mir die Adresse, die Adresse, die auf der Bestätigung von der Post erscheinen mußte.«
»Und war das eine Adresse in der Sowjetunion?«
»Mein Gott, ja. Woher weißt du das?«
»Bitte laß mich die Adresse sehen.«
Sie nahm einen Zettel aus der Tasche ihres Rockes und hielt ihn mir hin. Mit Blockbuchstaben war darauf geschrieben: *Jurij Schastow, Powjenez, Karelien, UdSSR.*
»Weißt du, wer das ist?«
»Nein. Ich habe nie von ihm gehört. Aber im Brief meines Vaters steht weiter nichts, nur der Name und diese Adresse.«
»Und was war in dem Umschlag?«
»Ich habe keine Ahnung – das schwöre ich dir.«
Ich glaubte ihr; ich glaubte jetzt fast alles. Und mir wurde noch etwas anderes

klar: Subotin mußte über das alles Bescheid wissen. Denn Alain hatte gelogen; er hatte mir gesagt, er habe den Brief abgeschickt, aber nicht, daß ihm ein von der Post abgestempelter Aufgabeschein ausgehändigt worden war. Warum hätte er mir das verschweigen sollen, wenn nicht um die Tatsache zu verheimlichen, daß Subotin ihm den Zettel abgenommen hatte? Nicht daß ich ihm deswegen einen Vorwurf machte: Mit der Übergabe des Scheins hatte er zweifellos sein Leben gerettet und vielleicht auch noch einen weiteren guten Zweck erfüllt: Wenn Subotin die russische Adresse bereits besaß, hatte er für Hamilton keine Verwendung mehr, was bedeutete, daß wir in Sicherheit waren. Aber konnte ich mich auch wirklich darauf verlassen? Wenn Subotin nicht hierhergekommen war, wo war dann Hamilton? Es gab so viele Fragen, so viele Zweifel … Selbst die präzisen Erkenntnisse über Brightmans Tod waren wieder problematisch geworden. Ich hatte einen Mord angenommen, aber die Tatsache, daß Brightman May diesen Brief aus Detroit geschickt hatte, bewies, daß er doch durch eigene Hand aus dem Leben geschieden war. Er hatte eben nicht geglaubt, sich darauf verlassen zu können, daß Hamilton sich an seine Instruktionen halten würde, und daher May als posthume Exekutorin bestellt. Damit schien er von seinem bisherigen Verhalten als treusorgender Vater abgewichen zu sein, weil er sie damit einer Gefahr aussetzte; andererseits hatte er ihr aufgetragen, mit dem Umschlag nach Möglichkeit nicht in Berührung zu kommen; vermutlich hatte er alle nur denkbaren Risiken gegeneinander abgewogen und war zu dem Schluß gekommen, daß Hamilton vorgehen mußte, wie er es versprochen hatte, um ihre Sicherheit absolut zu gewährleisten.
Ich sah May an. »Hast du mit Hamilton gesprochen?«
»Ja.«
»Aber nicht aus Toronto?«
»Nein. In dem Brief erklärte mir mein Vater, wie ich ihn erreichen sollte. Ich durfte nicht telefonieren, sie hatten ein besonderes System. Ich flog nach Paris, fuhr aber dann direkt in meine Villa – du weißt ja, außerhalb von Sancerre – und kam wieder zurück. Gestern sprach ich mit ihm …«
»Wann?«
»Zuerst am Morgen, und dann später… Gestern abend, spät. Da hat er sich bereit erklärt. Er sagte mir, wie ich herkommen sollte.«
Ich dachte alles noch einmal durch; es haute hin. Sie hatte Hamilton nicht von Toronto aus angerufen, dessen war ich sicher; mein Anruf aus Nick Berris Haus hatte ihm wirklich die Sprache verschlagen, da hatte er von alldem noch nichts gewußt. Aber als ich ihn gestern abend besuchte, hatte er bereits mit ihr gesprochen. Deshalb hatte er mir so viele Fragen gestellt – und deshalb wollte er vor allem immer wieder hören, daß Brightman wirklich tot war. Diese

Versicherung hatte ich ihm gegeben, und vielleicht war er letztendlich aus diesem Grund bereit gewesen, sich mit ihr zu treffen. Dann hatte er Alain angerufen. Später, während ich in meinem Wagen döste, hatten er und May die Einzelheiten besprochen. Ja, das paßte alles zusammen, und hatte man das einmal akzeptiert, konnte – *mußte* – man auch alles andere akzeptieren. Alle meine Verdächtigungen, die May betrafen, hatten sich in nichts aufgelöst. Als einziger Grund für einen Verdacht blieb nur noch die Stärke meines Verlangens, alle Zweifel von mir zu weisen.

Ich wollte ihr so gern glauben. Ich beobachtete sie jetzt, wie sie den Salon durchschritt, das Kopftuch abnahm und ihr Haar ausschüttelte; einige wenige Strähnen blieben an ihren feuchten Wangen haften, sie wischte sie fort. Wie außergewöhnlich sie aussah! Bauernmädchen, Hippie ... Aber in diesem Cape und dem dicken Wollrock und mit den olivfarbenen Gummistiefeln sah sie auch aus wie eine perfekte Aristokratin, eine Gutsbesitzerin, die gerade von einem längeren Spaziergang über ihre Besitzungen zurückgekehrt war. Und wie lebendig sie war! Ihr Vater war tot, sie sollte trauern, aber sie strahlte. Neue Verdachtsmomente? Doch dann stellte sich mir die Frage, ob ihre Vitalität nicht ein Hinweis war. Kannte sie schon die Wahrheit, was Brightman anging? Fühlte sie sich erleichtert, nachdem sein langer Kampf ein Ende gefunden hatte? War es auch ihr Kampf gewesen? Vielleicht hatte sie gespürt, daß mir diese Fragen durch den Kopf gingen, denn nun wollte sie wissen: »Du glaubst, daß er tot ist, nicht wahr?«

»Ich bin nicht sicher. Es könnte sein.«

»Robert ... wenn er tot ist, dann solltest du besser gehen. Mir passiert schon nichts. Wenn er in einer Stunde nicht da ist, gehe ich auch.«

»Das ist doch verrückt. *Du* mußt gehen. Es gibt keinen Grund, warum du noch länger bleiben solltest. Der erste Brief – der an Cadogan gerichtet – wird nie abgeschickt werden, und der zweite, der nach Rußland, ist schon unterwegs.«

Sie warf mir einen ängstlichen Blick zu. »Das kannst du nicht sicher wissen. Du weißt es nicht.«

»Keine Sorge, ich bin sicher. Ich kann dir nicht erklären, wieso, aber ich bin sicher.«

Sie nahm es zur Kenntnis und überlegte. Dann malten sich Entschlossenheit und Erleichterung auf ihrem Gesicht. »Also gut, gehen wir beide. Wenn er tot ist ... wenn es keinen Grund gibt, weiter zu warten ...« Sie kam auf mich zu und blieb so knapp vor mir stehen, daß ich die Wärme ihres Atems fühlte und seinen frischen, blumigen Duft auf meinen Lippen schmeckte. Sie beugte sich vor und küßte mich auf die Wange. Meine Reaktion darauf – das Verlangen, das ich empfand – war ein Schock, ein so reines und unerwartetes Gefühl wie das Erstaunen, das mich erfaßt hatte, als ich ihr das erste Mal begegnet war. Lag das in ihrer Absicht? Wollte sie mich in Versuchung führen? Es war etwas geschehen, was reinen Tisch zwischen uns gemacht hatte. Was immer uns in der Vergangenheit getrennt hatte, war verschwunden. Es war, als ob ich sie nie zuvor gesehen hätte und mich deshalb ganz von neuem zu ihr hingezogen fühlen konnte. Wenn das nur wahr gewesen wäre – keine Frage, daß ich mit ihr gegangen wäre. Aber es war nicht wahr. Ich küßte sie sanft. »Ich muß noch bleiben«, sagte ich. »Er könnte etwas versteckt haben, etwas, das die Verbindung zwischen ihm und deinem Vater herstellt.«

Sie tat einen Schritt zurück. »Das möchte ich nicht. Ich möchte nicht, daß du noch etwas unternimmst!«

»Aber ich muß.«

»*Nein* – ich bitte dich! Du bringst dich in Gefahr. Du bringst mich in Gefahr.«

»May«, gab ich zurück, »du fürchtest nicht um mich, und du fürchtest auch nicht um dich. Du willst immer noch *ihn* schützen. Aber Harry ist tot – ihm kann gar nichts mehr weh tun. Und was ich jetzt noch herausfinde, ändert nichts mehr an der Lage der Dinge. Ich kenne alle seine Geheimnisse.«

»Vielleicht glaubst du sie zu kennen, Robert, aber du kennst sie nicht. Niemand kennt sie. Ich weiß nicht einmal genau, ob ich sie kenne.«

»Du irrst. Ich weiß alles. Rußland. Das Gold und die Pelze. Wer er war, was er gemacht hat. Was Hamilton gemacht hat ...«

»Du lieber Himmel...«

»Es gibt nur noch ein Geheimnis, das ich nicht kenne: Ich weiß nicht, wieviel *du* weißt und wann du es erfahren hast.«

Sie wandte sich ab, und es verging eine geraume Weile. Ich hörte die Wellen gegen den Schiffsrumpf schlagen, und den Regen auf das Deck heruntertrommeln. Langsam drehte sie sich um. »Kannst du dir das nicht denken? Hast du es vergessen? Nachdem du mich gebeten hattest, dich zu heiraten, bin ich zu ihm gefahren. Und damals hat er es mir gesagt. Deshalb konnte ich dich nicht heiraten.«

Stille. Der Regen. Die ganze Welt in scheinbarer Unbeweglichkeit. Hatte ich diesen Teil der Wahrheit gekannt? Und wenn auch: Es hatte den Schlag nicht gemildert. Ich konnte mich nicht bewegen; ich konnte nichts empfinden. Nicht unmittelbar. Ich konnte nur sehen, wie sich meine Gefühle in Mays Gesicht spiegelten – in ihrer qualvollen Erwartung meines Schmerzes, in dem Trost, den mir zu spenden sie bereit war, wohl wissend, daß es viel zu spät war. Es war ein außergewöhnlicher Augenblick. Ich habe immer schon ein Geheimnis gekannt, das den meisten Menschen zeitlebens verborgen bleibt: Nicht andere

Leute erleiden tragische Schicksale – du selbst erleidest sie. Der Tod meines Vaters hatte mich das gelehrt, und nun bestätigte es sich von neuem. Als ich wieder zu atmen begann, erfaßten mich wie ein Krampf aufwallendes Leid und Mitgefühl – als ob es einen anderen beträfe – und ein entsetzliches Bedauern. Auf diese Art eine große Liebe zu verlieren! Sein halbes Leben aufzugeben! Sich zurückzuziehen! Sich zu verstecken! So ein leeres Leben zu führen ... Und mit einem Mal war mir klar: Ich war nicht der verständnisvolle Freund; ich war das Opfer. Ich hätte weinen mögen, ich wollte weinen, aber ein Teil des Preises, den ich bezahlt hatte, war der Verlust meiner Tränen. May weinte für mich; es war ihre Tröstung, ihr letztes Nachwort zu dem, was uns beinahe beschieden gewesen war. Ich hielt sie fest an mich gepreßt, und sie flüsterte: »Was für ein Augenblick, um es dir zu sagen.«

Ich bemühte mich zu lächeln. »Geglaubt habe ich diesen Unsinn sowieso nicht – was du mir damals erzählt hast.«

»Aber ich konnte dir nicht die Wahrheit sagen. Er erklärte, er könne es nicht zulassen, daß ich dich heirate. Er hatte Angst, die Polizei sei ihm auf der Spur. Unser beider Leben ist verpfuscht, hat er gesagt – aber er wollte nicht auch noch deines ruinieren.« Sie tat einen Schritt zurück und sah mich an. »Später hätte ich es dir beinahe gesagt. Ich dachte, wir könnten wieder zusammenfinden. Aber da war es schon zu spät. Und mit Harry hatte sich alles verändert; ich konnte ihn nicht verlassen. Er und ich, wir sind uns immer sehr nahegestanden – alles, was ich dir über die Adoption erzählt habe, war die Wahrheit –, aber als ich dann erfuhr ... irgendwie bedeutete das...«

Ja, ich wußte genau, was es bedeutete, denn soviel hatte ich schon selbst gesehen: Unser beider Leben war in einer seltsamen Parallele verlaufen; wir hatten beide im Schatten unserer Väter gelebt. Aber Harry war tot, und sie war frei; das mußte der Grund für den Wandel sein, den sie durchgemacht hatte. Wenn ich sie jetzt so ansah, gingen mir allerlei Fragen und Redensarten durch den Kopf. Es ist niemals zu spät! Machen wir einen neuen Anfang! Tun wir, als ob es nie passiert wäre ... Aber genau da blieben diese Versatzstücke hängen – in meinem Kopf. Etwas hielt mich zurück, obwohl sie in meinen Armen lag. Und ich glaube ...

Plötzlich drückte sie sich ängstlich an mich: Ein dumpfer Klang wie ein hastiges Klopfen hallte durch das ganze Boot.

Warnend hob ich die Hand.

Das Geräusch wiederholte sich auf der anderen Seite – ein Boot, das sich an unserem rieb, oder...

»Warte hier«, flüsterte ich.

Aber sie folgte mir die Stiege hinauf. Als ich das Ruderhaus betrat, mußte ich

sie zurückhalten. »Zieh den Kopf ein – und wenn etwas passiert, dann runter vom Boot und weg!«
Mich duckend, um nicht durch das Fenster gesehen zu werden, kroch ich zur Tür. Nachdem ich einen Augenblick gelauscht hatte, ging ich auf das Deck hinaus. Das Plätschern und Prasseln des fallenden Regens übertönte alle Geräusche. Aber es schien nichts Alarmierendes vorzuliegen, und als ich mich umsah, war ich fast beruhigt. Am Ufer entlang marschierte ein alter Mann mit einer Angelrute über die Schulter. Doch dann hörte ich wieder einen dumpfen Schlag gegen den Schiffsrumpf; vorsichtig schob ich mich über das Deck; als ich die Reling auf der anderen Seite erreichte, beugte ich mich vor und warf rasch einen Blick nach unten.
May kam hinter mir her und fragte leise: »Was ist es denn?«
Ich drehte mich um. »Alles in Ordnung. Aber hör mal, du mußt jetzt gehen – wenn du hierbleibst, ist es gefährlich – und sinnlos.«
»Komm mit mir, Robert!«
Ich schüttelte den Kopf. »Ich kann nicht. Ich habe es dir ja gesagt. Ich muß noch bleiben und das Boot durchsuchen.«
»Aber wenn du hier fertig bist – komm dann!«
Ich schüttelte den Kopf. »Ich kann noch nicht aufhören. Ich bin mir noch nicht sicher, wie alles gekommen ist. Es ist jetzt auch nicht mehr bloß deine, es ist auch meine Geschichte.«
Sie überlegte kurz – und war mir in Gedanken vielleicht schon einen Schritt voraus. »Bitte, Robert – fahr nicht nach Rußland.«
»Keine Sorge. Mir passiert nichts.«
Sie sah mich an, und ich dachte schon, sie würde auf mich einreden; aber sie berührte nur meine Hand und fragte: »Bist du sicher?«
»Ich bin sicher.«
Ein leises Lächeln spielte um ihre Lippen. »Ich weiß genau, woran du jetzt eben gedacht hast …«
»Und zwar?«
Daß es zu spät ist. Aber sie blieb bei ihrem Lächeln, und darum sagte ich: »Du solltest jetzt gehen. Hast du einen Wagen?«
Sie blickte zur Seite. »Hamilton hat mir geraten, ihn auf einem Seitenweg abzustellen.«
»Gut. Ich glaube, du bist jetzt einigermaßen sicher. Aber fahr nicht gleich nach Sancerre zurück – fahr ein bißchen herum, steige in ein paar Hotels ab. Dann – wenn du willst – flieg nach Kanada zurück.«
»Du wirst mich anrufen?«
»Natürlich.«

»Aber wenn ich nicht da bin, dann mach dir keine Sorgen.« Wieder versuchte sie zu lächeln. »Wer weiß? Jetzt ist alles vorüber. Vielleicht gehe ich auf Reisen.«
»Irgendwie finden wir uns immer wieder.«
Sie nickte und hätte fast noch etwas gesagt, wandte sich aber dann rasch ab, überquerte das Deck und sprang aufs Ufer hinunter. Sie stolperte und landete auf einem Knie.
»Hast du dir weh getan?«
Ein Lächeln. »Nichts passiert.« Sie richtete sich auf, knotete das Kopftuch fest und ging den Pfad hinunter. Ich sah ihr nach. Sie holte den Alten mit der Angelrute ein und sah zurück, um mir noch einmal zuzuwinken. Es goß wie aus Kannen, das Fenster war beschlagen, aber dahinter schien ihr Gesicht zu leuchten, so wie es im ersten Augenblick geleuchtet hatte, als sie aus dem Ruderhaus gekommen und an Deck getreten war. Ich winkte zurück, Sekunden später war sie hinter einer Wegbiegung verschwunden.
Ich drehte mich um, machte drei Schritte über das Deck und beugte mich über die Reling. Meine Augen durchsuchten das schlammige Wasser. Es war noch da. Ein Bündel aus zerfetztem Tuch … ein glitzernder Klumpen, eingehüllt in eine Wolke fettigen Rots, der auftauchte und unterging und dabei immer wieder an das Boot stieß.
Paul Hamilton: in die Fahne seiner Wahl gewickelt.
Paul Hamilton: der »korrekte« Mann, der versucht hatte, »korrekt« zu handeln.
Ich trat von der Reling zurück und knöpfte meine Jacke zu. Tausend Gedanken schwirrten mir durch den Kopf. Was wäre gewesen, wenn … Was hätte sein können … Aber gewiß hatte sie recht, so wie ich recht hatte: *Es war zu spät.* Zu spät vielleicht auch in anderer Beziehung. Subotin hatte einen guten Vorsprung, und Rußland war weit, weit weg.
Ich hatte keine Zeit zu verlieren. Ich kletterte vom Boot hinunter und hastete den Treidelweg hinauf. Hinter mir – ein letzter Blick zurück – schimmerte *La Trompette* im Regen.

DRITTER TEIL

Aleksandr Subotin

»Es hat sich als nötig erwiesen, die Aufmerksamkeit auf die Tatsache zu lenken, daß es in der UdSSR einflußreiche Kreise gibt, die einen *in toto* dem Propaganda-Arsenal Nazideutschlands entnommenen unverhüllten Rassismus zur Ideologie erwählt haben. In ihrem internen politischen Kampf um die Macht ist diese Ideologie im wesentlichen eine taktische Waffe. Es ist ihr Bestreben, mit Hilfe rassistischer Slogans weite Kreise des Regierungsapparates und der Bevölkerung um sich zu scharen … Obwohl diese Kreise offensichtlich noch keinen beherrschenden Einfluß auf den politischen Kurs des Staates ausüben, haben sie doch genügend Macht, um …«

Michail Agurski im *Novij Schurnal,* 1974

17

Nach dem Abflug von Wien steuerte die Maschine in nördliche Richtung, überflog die Tschechoslowakei und nahm dann Kurs nach Osten, quer über Polen. Es gab keine Zwischenlandung in Warschau. Bald wußte ich kaum noch, wo wir waren, aber je weiter wir nach Osten kamen, desto weißer wurde die Landschaft, und die rostroten Anbauflächen des Wintergetreides erinnerten mich an die Flecken einer Schecke. Mit dem Schnee setzten meine Erinnerungen an Rußland ein: flüsternd wie das Lüftchen in einem Birkenwald; wirbelnd wie der Rausch aus der *isba* eines armen Bauern; und dann fließend – so hypnotisch und unbarmherzig wie Tauwetter im Frühjahr. Rußland … Wenn ich die Augen schloß, konnte ich die Sonne über dem Baikalsee untergehen und auf den glänzenden Kuppeldächern von Susdal aufblitzen sehen, und wenn ich mich konzentrierte, wurde sogar das Dröhnen der Kusnezow-Turbinen-Kreiselgebläse von der tiefklingenden Musik der Sprache selbst übertönt. Erinnerungen und Bilder vermischten sich, ich sank in Schlaf, und ich hatte einen Traum, sehr einfach und klar. *Ein Schiff legt in Leningrad an. Riesengroß, in einem dicken Pelzmantel, erscheint eine Gestalt auf dem Fallreep* … Das muß Brightman sein; selbst noch im Traum bin ich mir dessen bewußt. Gemächlich schlendert er zum Kai hinunter und schließt sich einer sehr langen Schlange an, die sich durch einen Schuppen und an einem Schreibtisch vorbeiwindet. Auf dem Schreibtisch steht eine Tafel: »Alter russischer Brauch – warten. Kommen Sie aus den Staaten?« Den Paß in der Hand, tritt der Mann vor; er dreht sich ein wenig zur Seite und lächelt über diesen Versuch eines Scherzes. Aber der Mann ist nicht Brightman – ich bin es. Und als der Beamte aufblickt, sehe ich das Gesicht von …

Mit einem jähen Ruck erwachte ich. Dies war eine Aeroflot-Maschine, eine Tu-154 (mit ihrem typischen Geruch), und unser Ziel war das geheimnisvolle Leningrad. Für die Mehrzahl meiner Reisegefährten war es gerade diese Fremdartigkeit, die sie erregte oder beunruhigte. Bei mir verhielt es sich genau umgekehrt. Wie bei einem *Déjà-vu*-Erlebnis, war es bei mir gerade das Vertraute, was mich beunruhigte; so oft schon war ich hiergewesen, aber was suchte ich jetzt in dieser Stadt? Einem mir völlig Fremden folgend, endete mein Weg vor der eigenen Haustür. Wie konnte das geschehen? Charlottesville, Halifax, Paris … Leningrad mußte den Abschluß bilden, und doch hatte ich

das Gefühl, mich im Kreis zu bewegen – es sei denn, meine Einstellung wäre verkehrt gewesen und der Kreis hätte sich um mich herum bewegt.
Aber all diese Fragen – selbst wenn ich die Antworten gewußt hätte – waren nebensächlich; es gab konkretere Probleme zu lösen. Wer war Jurij Schastow? Warum war Brightmans Päckchen in Powjenez gelandet, einem Pünktchen auf der Landkarte, sechshundertfünfzig Kilometer nordöstlich von Leningrad? Und noch schwieriger als diese Fragen war die sich aus ihnen ergebende: wie ich sie beantworten sollte. Denn wie immer man »totalitär« definieren mag, unter den Strich steht das Wort »Polizeistaat«, und ich war im Begriff, den größten Polizeistaat der Geschichte zu besuchen, um mich dort ebenso heimlich wie gesetzwidrig zu betätigen. Daß ich aus dem Westen kam, war schlimm genug; daß ich Amerikaner war und dazu Journalist, machte die Sache nicht besser. Das bedeutete automatisch Mißtrauen und möglicherweise Überwachung – genau das, was ich vermeiden mußte. In diesem am schärfsten kontrollierten Staat der Erde mußte ich irgendwie »verschwinden«, eine Möglichkeit finden, freie Hand zu haben.
Ich hatte einen Plan – die Variante eines Husarenstücks, das ich schon einmal ausgeführt hatte. Der erste Schritt war einfach: Ich mußte mich so normal wie möglich verhalten.
Pudwolko, Leningrads Flughafen, liegt im Süden der Stadt. Es gibt einen gut funktionierenden Busverkehr, aber ich habe Taxis immer vorgezogen, und darum nahm ich mir auch jetzt eines. Es war ein kalter, trister Tag; die ersten Schneehaufen säumten die Straßen, und auf den verwehten Feldern schimmerte die gefrorene Erde stahlgrau. Ich kurbelte das Fenster herunter und holte Atem. In der Luft hing der Geruch aller russischen Großstädte, eine Mischung aus Zementstaub und Dieselschwaden, ausgestoßen von den großen *Belas*-Lkws, von denen die Leute allen Fremden stolz (und wahrheitsgemäß) berichten, daß es die größten Lastwagen der Welt sind. Ich entschied mich für meine gewohnte umwegige Route und wies den Chauffeur an, mich an den alten Putilow-Stahlwerken mit der riesigen Kirow-Statue vorbeizufahren – seine ausgestreckten Arme weisen mit einer Geste auf die Fabrik, die dramatisch und revolutionär wirken soll, von den Einheimischen jedoch unmanierlich interpretiert wird – und dann unter dem Newa-Bogen auf die graue, öde Hafengegend zu. Bald würde man den Hafen schließen, ausgenommen die Durchfahrten, die von den atombetriebenen Eisbrechern offengehalten werden. Die Kanäle waren schon von einer Eishaut bedeckt. Wir polterten über eine der sechshundert Brücken der Stadt und steuerten das Zentrum an.
Ich stieg im Astoria ab. Früher hieß es, dem Hotel sei eine Atmosphäre verblichener Pracht zu eigen; jetzt ist es nur mehr verblichen. Trotzdem fühle

ich mich hier wohl. Die Betten hängen durch und knarren, und es dauert eine Stunde, bis das Bad eingelassen ist, aber es ist immer noch gemütlich, und das Personal macht auf mich den Eindruck, als wäre es kosmopolitischer als in anderen russischen Hotels. Alltäglichen Ersuchen um Dienstleistungen – Ersuchen, die in anderen Betrieben häufig auf Unverständnis stoßen – wird routiniert entsprochen, aber an diesem Nachmittag forderte ich auch wirklich nichts Außergewöhnliches: eine Flasche Wodka. Nach ein paar kräftigen Schlucken als Willkommensgruß packte ich aus, verließ das Hotel und spazierte über den St.-Isaaks-Platz. Schräg vis-à-vis von der Kathedrale erhebt sich ein massives Gebäude, früher einmal die deutsche Botschaft, das heute die Zentrale von Intourist beherbergt. Nach einer langen Diskussion, in deren Verlauf ich einige prominente Namen laut fallenließ, bekam ich, was ich wollte: einen genehmigten Reiseplan und einen dunkelblauen *Schiguli* – die sowjetische Version des Fiat –, den ich mir beim Aeroflot-Terminal auf dem Newskij-Prospekt abholen mußte. Von dort kehrte ich ins Astoria zurück.

Es war gegen drei Uhr nachmittags; ich legte mich hin und wartete auf das Klingeln des Telefons.

Denn ich wußte, daß es klingeln würde.

Subotin hatte vermutlich seine eigene Methode, in die UdSSR einzureisen, ohne die Aufmerksamkeit einer Behörde auf sich zu lenken, aber mir war das nicht möglich. Nachdem ich hier als Journalist gelebt und gearbeitet hatte, war mein Name einfach in zu viele Listen eingetragen. Überdies hatte ich in Paris einige Drähte genützt, um mein Visum innerhalb von vierundzwanzig Stunden statt wie üblich erst nach Ablauf von drei Tagen oder gar einer Woche zu bekommen. Jeder dieser Drähte hatte ein Glöckchen am Ende; ohne Frage würden sie jetzt hier zu läuten anfangen. Der erste Anruf kam von einem Mann, den ich kannte; er arbeitete im Übersetzungsbüro der TASS und wollte nur schnell guten Tag sagen. Dann rief jemand von UPI an und sagte, die Aeroflot habe ihm einen Tip gegeben. (Plausibel: Der Mann in Paris, der mir zu dem Visum verholfen hatte, war ein alter Bekannter in der Public-Relations-Abteilung von Aeroflot gewesen – außerdem war es sein *blat*, dem ich den Wagen zu verdanken hatte.) Und um Viertel vor fünf schließlich wurde ich von einem Mitglied der sowjetischen Journalistengewerkschaft offiziell willkommen geheißen. Ich kannte ihn von früher. Er hieß Viktor Glubin, war aber in Wahrheit ein typischer Iwan Iwanow, die Art von bürokratischem Idioten, der den »Oberen« die Sicherheit gibt, daß ihrem Willen entsprochen wird, während er in Wirklichkeit darauf achtet, daß möglichst gar nichts geschieht. Dieses eine Mal war ich froh, ihn zu sehen: Für meine Pläne war er – oder jemand wie er – fast unverzichtbar. Bevor ich Subotins Spur aufnahm, mußte ich die meine verwischen. Selbst wenn der KGB nicht wußte, was ich trieb, meine Ankunft war mit Sicherheit zur Kenntnis genommen worden und mußte Neugier erregt haben. Um die KGB-Leute in Sicherheit zu wiegen – das war der zweite Teil meines Plans –, hatte ich eine beruhigende kleine Erklärung vorbereitet; jetzt brauchte ich jemanden, der sie weitergab. Dafür war Viktor Glubin der ideale Mann: Wo es um das *Komitet* ging, war er ein ebenso echter »Amateur« wie ein russischer Sportler. Ich nahm seine Einladung zum Abendessen mit Begeisterung an und ließ mir ein Bad ein. Dann legte ich mich hin und döste.

Gegen sieben Uhr traf Glubin ein.

Er war ein rundlicher, zerknautschter Mann mit einem säuerlichen Schmollmund und einer Stirn so fettig wie die Rückseite eines Suppenlöffels. Ich spendierte ihm einen Drink in der Bar des Astoria. Während wir uns gegenseitig Klatschgeschichten über Journalisten in unserem Bekanntenkreis erzählten, loteten wir die Wassertiefe zwischen uns aus. Mit Russen ist das ein kitzliges Geschäft, mit russischen Journalisten vielleicht noch kitzliger. Sie möchten, daß man von der Annahme ausgeht, daß sie und du ein und derselben Welt angehören – daß »Journalist« in Leningrad und New York das gleiche bedeutet. Sobald man aber die Normen und Begriffe dieser Welt auf sie bezieht, neigen sie dazu, es kleinen Jungs gleichzutun, ihre Schusser einzustecken und heimzugehen. An diesem Abend war ich jedoch sehr sorgfältig darauf bedacht, ein perfekter Diplomat zu sein.

Alles verlief völlig normal. Er führte mich ins »Bika«, ein aserbaidschanisches Restaurant, für sowjetische Verhältnisse eher klein – etwa dreißig Tische; die im übrigen düstere Atmosphäre wurde durch einige farbenfrohe Wandteppiche und eine Musikkapelle belebt. In Rußland gibt es überall Kapellen – wie für gewisse Amerikaner aus dem Mittleren Westen ist auch für Russen das Tanzen unverzichtbarer Bestandteil einer Abendunterhaltung. Als wie hinkamen, spielten sie gerade eine schwermütige Version von »Memories Are Made Of This«; das Publikum pfiff und johlte, weil es die Melodie für viel zu unmodern hielt. Das Essen war den künstlerischen Genüssen weit überlegen. Die Sowjetrepublik Aserbaidschan liegt zwischen dem Iran und dem Kaspischen Meer; die Bewohner sind schiitische Moslems, die Küche ist der türkischen ähnlich. Ich begann mit einer Art *tolma* (gefüllte Weinblätter), setzte meine Mahlzeit mit *dowta* (saure Milchsuppe) fort und beendete sie mit *schaschlik kebab,* wobei jedes dieser Gerichte – nicht gerade authentisch – von *Starka*-Wodka begleitet wurde, den Glubin unbarmherzig, ein Glas nach dem anderen, einschenkte. Bald war meine Zunge gelockert, und ich plauderte alle meine Geheimnisse aus, einschließlich die wahren Gründe, weshalb ich nach Leningrad gekommen war. Ich schrieb nämlich ein Buch – ein persönliches Buch, keine Politik, mit Anekdoten und Betrachtungen, denen die Erfahrungen meines langjährigen Rußlandaufenthalts zugrunde liegen sollten. Zweck meiner Tour war es daher, alle jene Teile des Landes noch einmal zu besuchen, in denen ich gelebt und die ich bereist hatte – wie jedermann jederzeit feststellen konnte, wenn er meine »Reise-Memos« bei Intourist überprüfte.

Viktor, der pflichtschuldigst zuhörte, nickte verständnisinnig. »Klingt sehr interessant, Robert. Da wird sicher viel Gefühl mitschwingen.«

Die Kapelle spielte jetzt »A Hard Day's Night« – was beim Publikum offensichtlich besser ankam –, und zwischen den Tischen gingen Herren herum und baten die Damen, mit ihnen zu tanzen.

»Sie haben recht«, erwiderte ich. »Es muß viel Gefühl mitschwingen. Aber zu sentimental darf es auch nicht werden – zu *russisch*, wenn Sie verstehen, was ich meine.«

Viktor lächelte. Die Russen sind stolz darauf, sentimental zu sein, und es macht ihnen nichts aus, wenn man sie damit hänselt. Allerdings würden sie es nicht gern hören, wenn man erwähnte, daß das Gegenteil von Sentimentalität Brutalität ist.

Er hob sein Glas. »Auf russische Tränen. Wir wollen sie fortspülen!«

Wir tranken. Dann deutete er an, daß er meine Akte gelesen hatte, indem er die Bemerkung fallenließ, daß es eine lange Reise werden würde, denn ich hatte ja in so vielen Städten gelebt – Kiew, Charkow, Moskau, ja sogar Semipalatinsk. Wir tranken auf jeden einzelnen dieser Orte. Er lachte fröhlich; und irgendwie war an alldem gar nichts Anstößiges oder Heuchlerisches. Wir waren in Rußland. Er wußte und ich wußte, daß wir deshalb gemeinsam zu Abend aßen, damit er einen Bericht für die Polizei schreiben konnte. Aber das war nicht der »eigentliche« Zweck – wie es auch nicht der eigentliche Zweck des Atmens ist, nicht zu ersticken, man tut es einfach, ohne darüber nachzudenken. Heute in zwei Wochen würde er seinen Kumpeln von dem netten Abend erzählen, den er mit »meinem amerikanischen Freund Robert Thorne« verbracht hatte. Aber wie auch immer: Meine Geschichte schien ihn überzeugt zu haben. Nach einer Weile stellte ich mein Glas nieder und sah mich um. Die Kapelle hatte wieder angefangen zu spielen, die Melodie erkannte ich nicht. Am Tisch gegenüber schob eine hübsche blonde Ungarin die Träger ihres Kleides über die ihres BHs und reichte ihre Hand einem Soldaten, der das blaue Schiffchen eines sowjetischen Fallschirmspringers trug. Alle setzten sich in Bewegung. Nach einer Weile stand sogar Viktor auf, allerdings nur um auf den Lokus zu gehen. Ich nahm noch einen Schluck Wodka und dann eine Gabelvoll *baklawa*. Während ich meine Blicke über die einzelnen Tische schweifen ließ, dachte ich an die Zeit zurück, als ich über jeden dieser Menschen ein Feature hätte schreiben können: über dem alten Kellner, dessen Großmutter bei den »Frieden und Brot«-Demonstrationen mitmarschiert war, die die Bolschewiken an die Macht gebracht hatten; über einen Ingenieur aus der DDR, der zum letztenmal 1942 in Leningrad gewesen war, als die deutschen Belagerer der Stadt nur wenige hundert Meter vor den Putilow-Werken stehenblieben, an denen ich heute morgen vorbeigefahren war; über einen rumänischen Dichter, einen Schüler von Barbu, der von einem Kulturkommissar in der Stadt herumgeführt wurde. Als zweitgrößte Stadt eines großen Reiches hat Leningrad schon immer eine Menge Geschichten zu erzählen gehabt ... obwohl meine Augen, ich muß es gestehen, immer wieder zu der ungarischen Blondine zurückkehrten. Sie war eine richtige Sexbombe; daß sie ausgerechnet mit einem Fallschirmspringer tanzte ... Aber als ich sie genauer beobachtete, bemerkte ich die flinken, wachsamen Blicke, die sie bei jeder Drehung in die andere Ecke des Saales richtete. Ich folgte diesen Blicken – und sah ihn. Klein und stämmig, aber ein gutgeschnittener dunkelblauer Anzug ließ ihn schlanker erscheinen. Eigentlich, warf ich mir vor, hätte ich ihn schon früher entdecken müssen, denn er war der einzige Mensch im Restaurant, der einen Tisch für sich allein hatte. Ich legte meine Gabel nieder.

Ich kann ehrlich sagen, daß ich keine Angst hatte, obwohl ich nicht einen Augenblick lang daran zweifelte, daß er wegen mir da war. Aber KGB-Leute kommen in allen Größen und Gestalten. Viele sind Schläger, viele sind KP-Karrieremacher, die einen schnellen Weg nach oben suchen; die meisten aber sind kleine Bürokraten der Unterdrückung, die Apparatschiks, die jeder totalitäre Staat braucht: die Zensoren; die Leute, die das innerstaatliche »Paß«-System dirigieren, das wie zum Beispiel auch das südafrikanische, die Bewegungen der Menschen im eigenen Land kontrolliert; oder die in sowjetischen Wohnhäusern agierenden *uprawdom*; ihre Aufgabe ist es, über das Kommen und Gehen aller Hausbewohner zu berichten. Wie es der Auftrag ihrer Organisation in schöner Offenheit kundtut, bilden diese Leute den »Schild der Partei«; ihre Aufgabe ist es, die Partei gegen jede mögliche Bedrohung durch das Volk zu verteidigen. So kommt es, daß nur sehr wenige von ihnen mit Spionage oder mit Ausländern zu tun haben; diese aber sind vergleichsweise weltmännische, gut erzogene und sogar weitgereiste Leute. So wie dieser Mann. Und das schien mir ein gutes Zeichen zu sein. Wenn sie etwas Unfreundliches im Sinn gehabt hätten – wie etwa einen Geschwindmarsch zum Flughafen hinaus –, dann hätten sie einen anderen geschickt.

Als die Musik aufhörte, erhob er sich und kam auf mich zu.

»Mr. Thorne?«

Auf seinem Gesicht lag ein höflicher, formeller, fragender Ausdruck.

Ich habe eine Regel: Sei höflich, aber nicht unterwürfig. Darum nickte ich einfach und sagte: »Ja bitte?«
»Mein Name ist Valentin Loginow, Mr. Thorne. Viktor erwähnte, daß er Sie heute abend mitbringen würde, und bat mich vorbeizukommen. Er fand, ein Gespräch könnte nützlich sein.«
Die Ungarin, die gerade zu ihrem Tisch zurückkehrte, blickte zur Seite; ein Kellner, der eilig an uns vorüberlief, wandte sein Gesicht ab.
»Darf ich?« fragte er.
Ich nickte.
»Was meinen Sie, ist es eine gute Kapelle?«
»Nicht schlecht.«
»Aber für Rock and Roll taugt eine solche Kapelle nichts. Es sind zu viele Musiker. Alle diese Instrumente sind ihnen im Weg.«
»Ja. Das ist wohl wahr.«
Er nickte. »Darum mögen sie auch Rock and Roll nicht. Die Profis, meine ich, die Musiker. Es gibt nicht genug Jobs. Tommy Dorsey und Benny Goodman sind ihnen lieber, aber die Leute mögen das nicht mehr.«
Wahrscheinlich hatte er recht damit. Als die Kapelle »Serenade in Blue« anstimmte, standen nur wenige Leute auf, um zu tanzen. Die Ungarin und ihr Fallschirmspringer hatten die Plätze gewechselt, so daß das Mädchen mir jetzt den Rücken zukehrte.
»Na ja«, fuhr Loginow fort, »Benny Goodman begann mit einem Trio – er und Gene Krupa und Teddy Wilson. Und dann Lionel Hampton.«
»Ich verstehe nicht viel von Musik ... von Swing.«
Er lächelte, »Das beweist nur, daß ich viel älter bin als Sie.«
Nein. Es bewies, daß er freundlich gesinnt und kein Provinzonkel war. Er war etwa fünfzig Jahre alt, hatte einen mächtigen Brustkasten und einen ziemlichen Bauch. Am Revers trug er ein kleines Abzeichen: ein Kreuz, das aus den Tragflächen eines Flugzeugs und aus einem Propeller bestand. Das ist das Abzeichen der sowjetischen Luftwaffe, aber KGB-Männer haben oft Offiziersstellen in anderen Truppenzweigen inne und tragen deren Uniformen – mit Vorliebe die der Luftwaffe, weil sie die elegantesten sind. Da unser Gespräch über amerikanische Musik beendet zu sein schien, wechselte ich das Thema: »Leider hat Viktor mir nichts davon gesagt, daß Sie sich uns anschließen würden, Mr. Loginow.«
»Der Grund ist der, daß ich nicht sicher war, ob ich es schaffen würde. Aber glücklicherweise ... « Er lächelte freundlich und kehrte seine Handflächen nach oben, als ob er sagen wollte: »Da bin ich jetzt. Ist das nicht schön?« Der Kellner eilte herbei und stellte ein drittes Glas hin; und natürlich war es Loginow, der

den Wodka einschenkte – eine unverblümte Demonstration, wer an diesem Tisch das Sagen hatte. Wir tranken einen einfachen *waschesdorowje.* »Sie sind mir gegenüber im Vorteil, Mr. Loginow«, sagte ich, als ich mein Glas niederstellte. »Ich glaube, Sie wissen mehr über mich als ich über Sie.«

Er holte ein Päckchen »John Player's Special« heraus und bot mir eine an. »Das könnte stimmen. Zunächst einmal möchte ich sagen, daß ich alles gelesen habe, was bisher von Ihnen erschienen ist.«

»Das bezweifle ich.«

Er zuckte die Achseln, während er unsere Zigarettem anzündete. »Nun ja, vielleicht nicht alles – aber eine ganze Menge. Und was den Rest betrifft, so habe ich sorgfältig ausgesuchte Zusammenfassungen gelesen. Und Beurteilungen Ihrer Person.«

»Das ist eine Akte, die ich selbst gern einmal zu Gesicht bekommen würde.«

»Ich kann Ihnen versichern, Mr. Thorne, daß die daraus abgeleiteten Rückschlüsse sehr positiv sind. Sie haben sich die Mühe gemacht, unsere Sprache zu lernen. Sie haben Ihr Bestes getan, unser Land zu verstehen, und Sie sind fair. Sie beurteilen die Dinge deswegen nicht weniger kritisch, aber Ihre Kritik ist wenigstens nicht dumm. Und intelligente Kritik ist genauso selten … ist genauso hoch einzuschätzen wie … guter Rat.« Er hob sein Glas. »Lassen Sie uns darauf trinken – auf guten Rat.«

Ich trank oder, besser gesagt, ich nippte, obwohl es, wie meistens im Leben, schon zu spät war, sich noch darüber den Kopf zu zerbrechen, wieviel man getrunken hatte. Während er sein Glas niederstellte, fügt Loginow hinzu: »Vielleicht kann ich mich revanchieren, Mr. Thorne. Nicht gerade mit gutem Rat, aber mit Informationen.«

»Mit Informationen? Ihre Organisation ist nicht gerade berühmt dafür, daß sie welche liefert.«

Er senkte die Stimme und sah mich sehr direkt an. »Hören Sie, Mr. Thorne: Ich habe keine ›Organisation‹ erwähnt, und obwohl ich natürlich auch einen Arbeitgeber habe … wollen wir ihn nicht lieber vergessen? Verbannen Sie ihn doch bis auf weiteres einfach aus Ihren Gedanken …«

»Das ist leichter gesagt als getan.«

»Dem will ich nicht widersprechen. Aber – ich hoffe, Sie verstehen mich – dieses Gespräch hat in keiner Weise offiziellen Charakter. Fordern Sie mich auf zu gehen, und ich gehe. Und es würde keinerlei Nachwirkungen haben. Sie sind in der Sowjetunion sehr gern gesehen. Und *das* ist offiziell.« Er unterbrach sich und fügte dann hinzu: »Ich möchte einfach nur dazu beitragen, Ihren Aufenthalt nutzbringender zu gestalten.«

»Indem Sie mich mit Informationen versorgen?«

»Genau.«
Die Kapelle hatte wieder zu spielen begonnen. Sie zog immer noch kreuz und quer durch die musikalischen Perioden, und jetzt summten alle mit. »How Much Is That Doggie In The Window?«
»Wie Sie wissen, Mr. Loginow, bin ich Journalist«, bemerkte ich. »Information ist etwas, wovon ich nie genug bekommen kann.«
»Gut ... Nun bin ich zufällig in bezug auf das Thema Ihres jetzigen Vorhabens – Mr. Glubin hat es mir gegenüber erwähnt – besonders gut informiert.«
»Ich verstehe.« Obwohl ich natürlich so gut wie gar nichts verstand, denn bis vor zwanzig Minuten hatte Viktor Glubin von meinem »Vorhaben« nichts gewußt.
Loginow nickte. »Ja, ja«, sagte er. »Die Dissidenten. Im Westen sind sie natürlich ein faszinierendes Thema; aber sie werden sehr mißverstanden, Ich bin sicher, daß es für einen Mann mit Ihrem Wissen und Ihrem Einfühlungsvermögen der Mühe wert wäre, sich mit diesem Thema zu befassen.«
Ich beugte mich vor und streifte die Asche von meiner Zigarette. »Halten Sie mich bitte nicht für undankbar, Mr. Loginow, aber um das einmal festzuhalten, mein jetziges Vorhaben – wie Sie es bezeichnen – hat nichts mit Dissidenten zu tun.«
»Nein?« Er blickte skeptisch drein. »Ich nehme das zur Kenntnis – um das mal festzuhalten, wie Sie sich ausdrücken. Aber ich bin nicht sicher, ob Sie recht haben. Möglicherweise liegt hier eine Begriffsverwirrung vor; es könnte sein, daß wir von ein und derselben Sache sprechen – nur mit anderen Worten. Verstehen Sie, was ich meine?« Und er fügte hinzu: »Im Zuge meiner Ausführungen wird das vielleicht noch klarer werden.«
Er war ein KGB-Offizier, und wir befanden uns in Leningrad; wenn er weiterreden wollte – ich hatte nicht die Absicht, ihn darin zu hindern. Ich lehnte mich in meinem Stuhl zurück. »Ich darf doch annehmen, daß Sie kein Dissident sind, Mr. Loginow?«
Er lächelte. »Nicht ganz. Aber ich kenne viele ... oder überrascht Sie das?«
Ich zuckte die Achseln.
»Selbstverständlich: Bekanntschaft ist nicht dasselbe wie Freundschaft, obwohl ja allgemein bekannt ist, daß Jewtuschenko sehr freundschaftliche Beziehungen zu Chruschtschow unterhielt. Wissen Sie, was die Menschen im Westen nicht begreifen, ist die Tatsache, daß es nur sehr wenige liberale Dissidenten gibt und daß sie fast alle aus den Reihen der Elite der sowjetischen Gesellschaft stammen. Es sind unsere Intellektuellen, unsere Wissenschaftler – eine kleine, cliquenartige Gruppe. Wenn man einen von ihnen kennt, kennt man sie alle. Sie sind wie eine große Familie. Oder denken Sie doch einmal an

die Personen in unseren großen Romanen – auf dem Vorsatzblatt findet sich immer die Übersicht, aus der zu ersehen ist, in welchen Beziehungen sie zueinander stehen.« Er langte nach der Wodkaflasche und schenkte uns beiden nach. »Vielleicht ist es sogar erblich«, fuhr er fort, »oder zumindest eine Tradition – wie die Ikonenmalerei –, die von einer Generation an die nächste weitergegeben wird. Denken Sie an Juli Daniel. Er war ein Schüler Sinjawskijs, des berühmten ›Abram Terz‹. Und Sinjawskij wiederum war ein guter Freund von Pasternak – er war Sargträger bei Pasternaks Beerdigung –, und Pasternak seinerseits kam aus einer Familie, die zu den Freunden Tolstojs zählte, und er galt zu seiner Zeit so sehr als Dissident, daß er von der orthodoxen Kirche exkommuniziert wurde. Sie sehen also: Man könnte sagen, daß in den Adern Juli Daniels das Blut einer Tradition des Widerstandes fließt, der bis zu den Zaren zurückreicht.«
»Das ist eine faszinierende Theorie, Mr. Loginow. Vielleicht ist es ein Thema für ein Buch, das *Sie* schreiben sollten.«
Er schüttelte den Kopf. »Das würde mich nicht interessieren. Und es sollte auch Sie nicht interessieren – wenn ich das so sagen darf. Warum? Weil die Dissidenten, über die ich gesprochen habe – die demokratischen, liberalen Dissidenten, die Sie im Westen so bewundern –, hier nur wenig Bedeutung haben können. Wohlgemerkt, ich sagte nicht *keine* Bedeutung; aber wenig. Das ist interessant. Der Grund, warum sie nur wenig Bedeutung haben, ist der gleiche, weshalb sie nie sehr viel haben können: weil sie nämlich, wie ich schon ausgeführt habe, aus der Elite stammen. Jedes Regime muß bis zu einem gewissen Punkt darauf achten, was seine Intelligentsia zu sagen hat, Leute wie Sacharow. Aber letzten Endes zählen sie nicht, denn ihre Macht stützt sich nicht auf das Volk.«
»Sie meinen also, diese Leute hätten sich von den Massen getrennt.«
»Machen Sie sich über Wörter lustig, Mr. Thorne, aber nicht über die Überlegungen, die dahinterstecken. Fragen Sie doch Johnson und Nixon, warum sie ihren schmutzigen kleinen Krieg in Vietnam nicht gewinnen konnten – weil sie nämlich letzten Endes das Volk nicht hinter sich hatten. Die liberalen Dissidenten haben das gleiche Problem. Sie müssen verstehen: Das ist nicht so, weil die Menschen für das Regime eintreten oder weil sie den ›Kommunismus‹ lieben. In Rußland, Mr. Thorne, ist der ›Kommunismus‹ nicht einmal mehr ein schlechter Witz – nur mehr ein alter. Er funktioniert einfach nicht, und wenn doch, so ohne jeden Erfolg. Es ist wie die alte Geschichte von Gorkij. Er besuchte einmal eine wunderbare, moderne, gut funktionierende Fabrik – alles lief wie am Schnürchen –, aber als er fragte, was diese Fabrik denn eigentlich herstellte, erhielt er zur Antwort: ›Wir machen Schilder mit der

Aufschrift: Aufzug defekt.‹ Sehen Sie , das ist ›Kommunismus‹ – zu mehr ist er nicht imstande –, und alle Welt weiß das. Aber diese ›alle Welt‹ ist nicht russisch. Diese Ideen kommen aus dem Westen, und von dort kamen auch Napoleon und Guderians Panzer. Das ist der Grund, warum die liberalen Dissidenten immer schon von vornherein chancenlos waren.«
Ich schwieg; mit solchen Worten kann in Rußland oft Weltklugheit demonstriert werden, aber es kann auch eine Falle sein. Loginow lächelte. »Sie sind überrascht, Mr. Thorne?«
»Ich möchte nicht wieder Organisationen aufs Tapet bringen, aber Sie wissen ja, da gibt es eine, von der es heißt, sie sei ›der Schild der Partei‹.«
»Ach ja. Die Partei. Habe ich sie auch nur mit einem einzigen Wort kritisiert? Das möchte ich nun wirklich nicht annehmen. Mr. Thorne. Wenn ich das getan hätte, ich müßte mir die bittersten Vorwürfe machen. Aber die Partei ist über achtzig Jahre alt, und nur ein vertrottelter Greis glaubt noch an die Träume seiner Jugend.« Er schüttelte den Kopf. »Wenn Sie von der Partei sprechen, sprechen Sie von der Sowjetmacht, von legitimer Sowjetmacht, und die hat jeden Tag weniger mit ›Kommunismus‹ zu tun.«
»Also gut. Und ich will auch, was das Wort ›legitim‹ betrifft, keine Haarspaltereien betreiben, aber was hat das alles mit mir zu tun?«
»Da muß ich wohl noch einmal auf die Dissidenten zurückkommen. Ich habe Ihnen schon erklärt, warum die ›liberalen‹ Dissidenten nichts erreichen können – sie werden zu stark mit dem Westen, mit fremden Ideen identifiziert. Die gewöhnlichen Russen, auch wenn sie unglücklich sind über die Lage der Dinge, können dort nichts finden – und richten ihre Blicke woandershin: auf sich selbst, auf Rußland, auf ihre Vergangenheit. Das ist natürlich eine Art Rebellion … Etwas Gutes an der Zeit vor 1917 zu finden ist eine Kritik dessen, was danach kam, ob es einem nun gefällt oder nicht. Aber dagegen kann man nichts einwenden, habe ich recht? Was ist denn daran zu tadeln, wenn man sein Land und seine Geschichte liebt?«
Ich zuckte die Achseln. »Nichts. Was Sie hier beschreiben, klingt stark nach Vaterlandsliebe, Mr. Loginow … so wie im Großen Vaterländischen Krieg.«
»Mag sein. Aber bewahren wir uns doch das Wort ›vaterländisch‹ für etwas wirklich Ehrenwertes. Wir sollten ein anderes verwenden, vielleicht ein neutrales wie ›Nationalismus‹. Aber es ändert nichts an der Lage der Dinge; wichtig ist allein, daß man versteht, was es bedeutet.«
»Und was bedeutet es?«
»Hören Sie mir einen Moment zu. Die Entwicklung, von der ich spreche, begann in den sechziger Jahren unter Studenten. Aber in diesen Jahren waren unsere Studenten ganz anders als Ihre. Die Rebellion der russischen Studenten

war dadurch gekennzeichnet, daß diese jungen Leute *zurück*blickten, eher nach alten Wegen suchten als nach neuen. Die russische Vergangenheit faszinierte sie, und sie unternahmen kleine Ausflüge nach Wladimir und Susdal, um die alten Bauten und Denkmäler zu bewundern. Es war alles sehr harmlos. Doch bald verfügten sie über eine große Anhängerschaft – seriöse Leute wie Antonow, der Flugzeugkonstrukteur –, und daraufhin entschloß sich die Partei, bei dieser Bewegung mitzumischen, und gründete die *Allrussische Gesellschaft zum Schutz historischer Denkmäler*. Einer Meldung der TASS zufolge hatte sie bereits 1967 drei Millionen Mitglieder, und das war erst die Spitze des Eisbergs. Die Zeitungen – selbst die Parteipresse – begannen nationale Themen in den Vordergrund zu rücken, und im Untergrund und im *samisdat* übernahmen allmählich ultranationale Gruppen wie die *Veche* die Führung ... Ich nehme an, Sie haben von ihnen gehört.«

»Ja«, sagte ich. »Wladimir Osipow. Ein slawischer Nationalist: Rußland den Russen, unter Ausschluß der Usbeken, der Tataren, der Juden, der Kasachen, der Jakuten und aller anderen Minderheiten – die insgesamt mehr als fünfzig Prozent der Bevölkerung der UdSSR ausmachen.«

»Ich finde, Sie sind zu höflich. ›Slawischer Nationalist ... «Er verzog verächtlich das Gesicht. »Leute wie Osipow sind Antisemiten, Rassisten und Chauvinisten. Und wenn Ihnen diese Bezeichnungen mißfallen, was ist dann der *VSKhSON*?« Er stieß den Namen heftig aus »›Die Gesamtrussische Christliche Union für die Befreiung des Volkes‹ ... Die sprechen von der ›geistigen Wiedergeburt‹, von der ›Wiedererweckung der Strenggläubigkeit‹, von ›Gewissensfreiheit‹, aber diese Wörter bedeuten ihnen nicht mehr, als sie den Nazis bedeuteten.«

»Aber Mr. Loginow! Die *VSKhSON* hatte nie mehr als vierzig Mitglieder und wurde von einer Organisation vernichtet, die wir heute abend nicht nennen wollten.«

»Stimmt. Offiziell stimmt das.«

Eine interessante Beurteilung. Aber ich zögerte jetzt aus einem anderen Grund. Im Geiste stellte ich Verbindungen her: Ich hörte Travins Stimme am Telefon: ›Wir können über die *bilinij* reden, über die *begunij*, über die Schwarzen Hundertschaften‹ – und ich dachte auch an die Emigrantenzeitung, die ich auf der Müllhalde gefunden hatte.

»Es ist Ihnen doch klar«, sagte ich mit der gebotenen Vorsicht, »daß ich solche Leute nicht unterstütze?«

»Ja. Das weiß ich.«

»Und Sie erwarten auch nicht von mir zu glauben, daß Sie solche Leute wirklich fürchten? Selbst die CIA hat alle Phantasien aufgegeben, wonach das sowjeti-

sche Volk sich erheben könnte, um die Bolschewiken zu stürzen und einen neuen Zaren auf den Thron zu setzen.«
Er schüttelte den Kopf. »Darum geht es doch nicht, Mr. Thorne. Natürlich haben Sie recht. Von ›unten‹ wird niemand dieses Regime stürzen. Für uns gehen alle Veränderungen von ›oben‹, von der Partei aus. Aber denken Sie nur für einen Augenblick an die Partei. Glauben Sie, die besteht aus Schafsköpfen? Aus Idioten? Denken Sie, unsere Parteiführer sehen die Probleme nicht, vor denen die Sowjetunion steht? Natürlich sehen sie sie. Lassen Sie mich Ihnen nur ein einziges Beispiel geben. Wir wissen alle, daß die sowjetische Landwirtschaft eine Katastrophe ist – dieses Gerede im Westen, wir könnten Amerika angreifen, ist doch reiner Wahnsinn, Mr. Thorne, denn wenn wir Kansas oder Manitoba bombardierten, würden wir Russen im Jahr darauf allesamt Hungers sterben. Aber warum ist das so? Unser Land ist immens groß und reich. Unsere Bauern haben genügend Traktoren – daran kann es also nicht mehr liegen. Der Grund ist das System. Wissen Sie, daß die privaten Gemüsegärten unserer Kollektivbauern – ›Kapitalistenecken‹ werden sie oft genannt – weniger als drei Prozent unserer gesamten Anbauflächen ausmachen, aber dreißig Prozent unserer Ernährung produzieren? Und was sagt Ihnen das, wenn Sie in der Partei sind? Daß das System nichts taugt, Mr. Thorne, das sagt es Ihnen.«
»Also muß man das System ändern.«
»Sehr gut, aber wie macht man das und erhält die Partei gleichzeitig an der Macht? Wie macht man das und vermeidet, daß Rußland in Stücke zerfällt? Ideologie, Glaube, Vertrauen, Mythos – das ist der Leim, der eine Nation zusammenhält. Wenn Sie das System auseinandernehmen und versuchen, es auf eine andere Art wieder zusammenzusetzen, brauchen Sie einen neuen Leim. Verstehen Sie?«
Ich verstand. Aber ich wollte sichergehen, daß ich es auch *richtig* verstand. »Sie wollen sagen, daß es in der Partei Elemente gibt, die die Meinung vertreten, daß eine extrem rechtslastige Form des Nationalismus …«
»… im Land jenen Geist wieder aufleben lassen könnte, der uns im Krieg gegen die Deutschen geleitet hat.«
Ich musterte ihn und lehnte mich in meinen Stuhl zurück. Ich sollte hier anmerken, daß ich von alldem weder schockiert noch übermäßig erstaunt war; in Wahrheit hatte er mir nichts erzählt, was ich nicht schon wußte. Aber es von ihm zu hören … irgendwie machte das einen großen Unterschied.
Ich stieß nach. »Wen genau meinen Sie?«
Er zuckte die Achseln. Lächelte. »Sie sind natürlich alle Politiker. Einige sind Stalinisten – für sie ist es einfach eine Chance, zur ›harten Linie‹ der Vergangenheit zurückzukehren. Andere glauben wirklich, was sie sagen: Sie faseln

von einer ›neuen Vision Rußlands‹. Auch ein paar junge Technokraten gehören dazu – Technokraten, könnte man sagen, die die Grenze ihrer Technokratie erkennen. Sie begreifen, daß ›Management‹ nicht alles kann; auf einer bestimmten Ebene muß auch Vertrauen vorhanden sein. Und natürlich – das ist ja klar – stehen Anhänger dieser Tendenz auch außerhalb der Partei in anderen sowjetischen Institutionen.«

»Wie zum Beispiel?«

»Das können Sie sich doch vorstellen. Wo gedeiht diese Art von Ideologie traditionsgemäß?«

»Bei den Militärs, meinen Sie?«

Er nickte. Und in der Schroffheit dieses Nickens lag etwas, was den weltmännischen Charakter seines Auftretens und seiner Kleidung Lügen strafte – was ihm doch wieder den KGB-Stempel aufdrückte.

»Das stellt sicherlich ein großes Problem dar«, folgerte ich.

Er schürzte die Lippen und machte eine unbestimmte Geste. »Es ist eine Wolke am Horizont.« Seine Finger fischten eine Zigarette aus dem Päckchen, das auf dem Tisch lag. Er runzelte sie Stirn, während er sie anzündete. »Ich möchte nicht übertreiben«, setzte er an. »Es wird in diesem Zusammenhang weder heute noch morgen etwas passieren, und auch nicht im nächsten Monat ... aber in fünf Jahren? Wer weiß? Es gibt da allerdings einen Aspekt, der Ihnen ganz besonders interessant erscheinen könnte. Er betrifft den Westen, verstehen Sie? Eine Gruppe – Vertreter dieser Tendenz – versucht im geheimen, sich außerhalb Rußlands zu etablieren. Man könnte sagen, daß sie ihre Ressourcen zusammenlegen.«

»Warum sollten sie sich die Mühe machen?«

»Geben Sie sich keinen Illusionen hin, Mr. Thorne. Was außerhalb Rußlands geschieht – die Einstellungen ausländischer Regierungen –, wirkt sich stark auf alles aus, was hier vorgeht. Überdies gibt es viele praktische Vorteile: Sichere Zufluchtsorte. Lockvögel. Gewisse Verbündete ... Zweckmäßigkeitserwägungen. Nehmen wir zum Beispiel an, Sie möchten mit dem Kommandanten eines sowjetischen Zerstörers sprechen, ihn beeinflussen; das könnten Sie wahrscheinlich leichter in Djakarta als in Leningrad tun.«

Ich nickte. Da hatte er natürlich recht. Eine solche »Tendenz«, um sein Wort zu gebrauchen, würde einen Stützpunkt im Westen benötigen – auch wenn es nur die Schweiz war –, um ein neuerliches russisches Exil durchzustehen. Und um einen solchen Stützpunkt zu errichten, würden Mittel nötig sein – wie etwa alte Goldzertifikate im Wert von zwölf Millionen Dollar. Aber wie hatten sie die Karte entdeckt, auf der zu ersehen war, wo sie nach einem solchen Schatz graben mußten?

Ich wandte mich wieder Loginow zu. »Das Militär, sagten Sie, könnte eines der Zentren für diese Art von ›Tendenz‹ sein ... Könnte es nicht auch noch ein anderes geben – näher der Heimat, Ihrer persönlichen Heimat, meine ich?«
»Könnte sein.«
»Könnte es sich bis zu einem gewissen Punkt nicht sogar um einen Verlust an Kontrolle handeln?«
Er beugte sich vor, stützte seine Ellbogen auf den Tisch und sein Kinn auf die verschränkten Hände. »Davon weiß ich nichts, Mr. Thorne. Aber eines kann ich Ihnen sagen: Die Männer, die ich Ihnen beschrieben habe, sind sehr gefährlich. Sehr, sehr gefährlich. Sie verstehen keinen Spaß. Für das, woran sie glauben, haben sie alles aufgegeben. Zu Beginn unseres Gesprächs wiesen Sie mich darauf hin, daß Sie nicht an den Dissidenten interessiert seien, von denen ich Ihnen erzählen wollte – Ihr jetziges Vorhaben hätte nichts mit ihnen zu tun. Das haben Sie selbst gesagt. Wenn das so ist, haben Sie keine Zeit verschwendet; Sie besitzen jetzt einfach die Grundlagen für einen interessanten Artikel, für den Sie ungenannte, aber verläßliche sowjetische Quellen zitieren können. Wenn Sie aber doch an diesem Thema interessiert sind und es weiter zu verfolgen gedenken, lassen Sie sich warnen. Seien Sie vorsichtig. Vor allem aber, Mr. Thorne, sollen Sie wissen: Wenn Sie jemals *diesem* Mann begegnen, dann haben Sie einen Killer vor sich.«
Er griff in seine Jackentasche, holte einen kleinen weißen Umschlag heraus und reichte ihn mir über den Tisch. Er enthielt eine schlecht belichtete Fotografie von der Art, wie sie für Identitätsausweise gebraucht werden. Es war ein *En-face*-Bild, Kopf und Schultern eines jungen Mannes in einer russischen Uniform, und mußte vor 1970 aufgenommen worden sein, denn er trug noch die alte *gimnasterka* der Roten Armee mit dem hochstehenden Kragen. Dunkle Augen, ein wenig hervortretend – vielleicht wegen des Blitzlichts –, das Gesicht zusammengedrückt, die Zähne nach vorne geschoben; und obwohl das Bild schwarzweiß war, wußte ich, daß das kurzgeschnittene Haar rot sein mußte.
»Können Sie mir sagen, Mr. Loginow«, wandte ich mich an mein Gegenüber, »ob dieser Mann jemals für Ihre Arbeitgeber tätig gewesen ist?«
Er zögerte und hob dann die Achseln. »Reden wir offen, Mr. Thorne. Aleksandr Subotin hat für den GRU gearbeitet. Es ist sogar möglich, daß er das immer noch tut. Er war Spezialist für gewisse Sicherheitsprobleme der sowjetischen Marine.« Der GRU: der sowjetische militärische Nachrichtendienst. Früher einmal hatte diese Organisation mit dem KGB konkurriert, aber jetzt war sie eine Art Unterabteilung. »Mehr kann ich Ihnen nicht sagen«, fügte Loginow

hinzu. Er machte Anstalten, sich zu erheben. »Von jetzt ab sind Sie sich selbst überlassen.«

»Aber ich wurde gewarnt?«

Er lächelte. »Informiert.«

Ich nickte. Er blieb noch sekundenlang neben dem Tisch stehen. Ich fragte mich, ob er die Absicht hatte, mir die Hand zu reichen, aber schließlich bot er sie mir nicht an, und ich verhielt mich ebenso. Ich wartete, bis er das Lokal verlassen hatte; dann winkte ich dem Kellner. Aber Glubin, welche Mängel er sonst als Gastgeber auch gehabt haben mochte, hatte die Rechnung bezahlt. Als ich aufstand, begann die Kapelle wieder zu spielen: »You Light Up My Life«, und alle tanzten Wange an Wange. Die ungarische Blondine drehte sich mit ihrem Fallschirmspringer. Als sie über seine Schulter blickte, wollten ihre Augen den meinen nicht begegnen.

Ich wartete bis zum Ende der Nummer, klatschte mit den anderen und trat auf die Straße.

18

Als ich das »Bika« verließ, schneite es große weiße Flocken, die so träge herabschwebten, daß man jeder einzelnen nachblicken konnte. Ich ging zum Newskij vor. Der Schnee, der jetzt schneller fiel, blieb auf meinen Augenlidern haften und verwandelte die Kugeln der Straßenlaternen in Sterne, die in der Dunkelheit über Leningrads großer Hauptstraße funkelten. Es herrschte nur wenig Verkehr, und der Schnee flüsterte in der Stille. Zwei Ecken weiter rumpelte ein Bus über eine Kreuzung; die farbigen Lichter auf dem Gefährt, die selbst im ärgsten Schneesturm zu sehen waren, zeigten seine Route an. Auf dem Gehsteig kamen Ströme von Menschen vorbei. Es waren Bürokraten, die von Nummer 41, der Parteizentrale Leningrads, nach Hause eilten, oder Angestellte des *Gostnij-Dwor*-Kaufhauscs, das eben geschlossen hatte, oder in Schals gewickelte Studenten, die die alte Saltikow-Schtschdrin-Bibliothek verließen. Die Köpfe gesenkt vor der Aussicht auf den kommenden Winter und dick vermummt, in der resoluten Stille von Russen, wenn sie in Massen auftreten, versickerten sie in den U-Bahn-Stationen.

Während ich so dastand und die Leute beobachtete, überdachte ich noch einmal, was Loginow mir erzählt hatte. Konnte ich ihm glauben? Gab es innerhalb der Sowjetunion tatsächlich *russische* Abweichler? Abweichler, die wirklich von Bedeutung waren? In gewissem Sinn, dachte ich, beweist diese Straße die Wahrheit seiner Worte. Die Bolschewiken hatten versucht, dem Newskij-Prospekt einen neuen Namen zu geben: Allee des 25. Oktober. Aber die Menschen wollten sich nicht daran gewöhnen. Auch an viele andere Dinge hatten sie sich nicht gewöhnt. Seit 1917 war die Sowjetunion einen weiten Weg gegangen, aber das hatte auch die übrige Welt getan. Vergleichsweise hatte sich wenig geändert. Die Sowjetunion war immer noch der »kranke Mann« Europas mit einem riesigen, rebellischen Reich, einer entsetzlich rückständigen Wirtschaft und einer grausam repressiven Regierung. Ich hob den Blick. In der Ferne war die scharfe goldene Spitze des Admiralitätsturms, von Scheinwerfern angestrahlt, sichtbar. Schon hundert Jahre bevor Lenin am Finnischen Bahnhof angekommen war, hatte der Turm als Symbol der Stadt gegolten; daß er immer noch vorhanden war, schien Lenins Taten hohnzusprechen. Die »Revolution« war eine Illusion gewesen, und das traf auch auf die Sowjetunion selbst zu. Für Brightman und ungezählte Millionen, die seiner Generation angehörten, war sie ein Ort gewesen, der nur auf der Landkarte seines Geistes existierte; für Hamilton eine geheime Bühne, auf der er seinen Machtphantasien Leben einhauchen konnte, und für Subotin ... eine neue Reinheit? Die wahre Reinheit der slawischen Seele? Ein geistiger Pfad zwischen dem »Materialismus« des Westens und der an Ameisenhaufen erinnernden »Ordnung« des Ostens?

Ja, ich konnte es glauben. Aber je mehr ich darüber nachdachte, desto mehr wuchs in mir die Überzeugung, daß dies nicht die eigentliche Bedeutung von Loginows Botschaft war; nicht für mich und nicht jetzt. Subotins Motive waren faszinierend, aber nicht von unmittelbarer Relevanz, und daß der Mann ein Killer war, brauchte mir niemand zu sagen. Ja, es war die Art und nicht so sehr die Substanz dessen, was Loginow gesagt hatte, die mit entscheidend zu sein schien. Es war außerordentlich, wenn ich es mir so recht überlegte. Er war so vorsichtig, so behutsam vorgegangen. Er hatte mir »Informationen« und »Rat« angeboten. Aber er war weder ein Professor der Sowjetologie noch der Redakteur einer Seufzerspalte. Er war ein KGB-Offizier. Und mitten in Leningrad hatte ein KGB-Offizier doch eigentlich nicht den geringsten Grund, vorsichtig zu sein. Wenn er etwas haben wollte, brauchte er nur den entsprechenden Befehl zu geben; und wenn man nicht gehorchte, steckte er einen ins Gefängnis oder setzte einen ins nächste Flugzeug Richtung Heimat. Aber das hatte er nicht getan. Er hatte Spielchen gespielt, und ich glaubte zu wissen, warum. May Brightman, Florence Raines, »Dr. Charlie«, Dimitrow, Nick Berri, Hamilton: alle die einzelnen Elemente, die ich entdeckt hatte, kreisten um einen zentralen Punkt – Harry Brightman und Harry Brightmans Gold. Das war offensichtlich die »Ressource«, der Subotin nachjagte. Aber Harry Brightman war ein KGB-Agent gewesen – beziehungsweise, wenn das nicht ganz die richtige Bezeichnung war, ein KGB-Aktivposten; und das warf eine interessante Frage auf: Wenn Harry Brightman den Schatz vergraben hatte, von wem wußte Subotin, wo er buddeln sollte? Es gab nur eine mögliche Antwort: *Selbst wenn Subotin und seine »Tendenz« ihre Wurzeln tatsächlich unter den sowjetischen Militärs hatten, so mußten sie doch über gute Verbindungen zum KGB verfügen.* Wie sonst hätten sie Brightman auf die Spur kommen können? Nahm man das einmal als gegeben an, dann ergab Loginows eigenartiges Verhalten einen Sinn: Es ließ nämlich den Schluß zu, daß in der Frage, wie mit Subotin verfahren werden sollte, innerhalb des KGB selbst unterschiedliche Meinungen bestanden. Und das war, was mich anging, der springende Punkt. Es bedeutete nichts anderes, als daß mir ein gewisses Maß an Handlungsfreiheit eingeräumt war. Aber es erlegte mir auch entscheidende Beschränkungen auf. Subotin hatte Verbündete, hochgestellte Verbündete; waren sie sich einmal über meine

Aktivitäten im klaren, konnten sie mir hart auf die Pelle rücken. Also mußte ich mich schnellstens in Bewegung setzen – jetzt oder nie, lautete die Parole. Wenn ich mich zum Weitermachen entschloß, mußte ich schleunigst verschwinden – nach Powjenez und wieder zurück, bevor es jemand merkte.
So weit war ich mit meinen Überlegungen gekommen, als ich die Narodnij Most, die »Brücke des Volkes«, über die Mojka erreichte.
Und – das muß ich mir als Verdienst anrechnen – sobald ich einmal zu diesem Schluß gekommen war, machte ich alles richtig.
Von der Annahme ausgehend, daß ich beobachtet wurde, versuchte ich völlig normal zu erscheinen. Ich befand mich auf dem Rückweg zu meinem Hotel; und jetzt blieb ich stehen, zündete mir eine Zigarette an und blickte lässig von der Brücke hinunter. Die Mojka ist der kleinste der drei Flüsse – die anderen sind die große Newa und die Fontanka –, die durch Leningrad fließen. Es fing schon an zu frieren; der Wind ließ weiße Schneeschlangen über eine Haut von leuchtendschwarzem Eis gleiten. Der Winter zeigte seine Zähne. Aber es war nicht zu kalt für einen Spaziergang, ganz besonders in Anbetracht der Tatsache, daß mir ein KGB-Offizier gerade etwas zum Nachdenken gegeben hatte, und so überquerte ich die Straße und ging zum südlichen Ufer hinunter, Hier war der Wind schärfer; einige wenige Leute eilten an mir vorüber, eingehüllt in ihre eigenen Schatten; der Schnee knirschte unter ihren Stiefeln. Ich stellte mir den Kragen auf, behielt aber meinen gemütlichen Schritt bei: wie ein Mann, der tief in Gedanken versunken ist, im Gegensatz zu einem, der gerade einen Entschluß gefaßt hat. Ich schlenderte weiter, an all den alten, dunklen Herrenhäusern und Palais vorbei, die jetzt Institute und Akademien sind; dann blieb ich stehen und sah zum anderen Ufer hinüber, um die silberne Schneekappe auf der goldenen Kugel von St. Isaak zu bewundern. Ich rauchte noch eine Zigarette und vermied es geflissentlich, mich umzusehen. Schließlich wandte ich mich ab – dem Anschein nach wurde ich mir jetzt der Kälte bewußt, steckte meine Hände tief in die Taschen, stieß meinen Kopf dem Wind entgegen und legte ein zügigeres Tempo vor – aber eher wie ein Mann, der sich warm laufen will, als einer, der etwas Bestimmtes vorhat. Hinter der »Blauen Brücke« befindet sich eine alte Fußgängerbrücke, meine Schritte tönten auf dem rostigen Eisen, als ich den Fluß überquerte. Auf dieser Seite vereint sich die Uferstraße mit der Uliza Gerzena. Ich machte kehrt, marschierte über den großen Platz vor der St.-Isaak-Kathedrale und erreichte bald mein Hotel.
Auch dort ließ ich mir Zeit: Ich kaufte zwei Päckchen Zigaretten und die *Prawda*. Dann fuhr ich mit dem Aufzug zu meinem Zimmer hinauf. Wie in allen russischen Hotels gibt es auch im Astoria in jeder Etage eine »Aufsichtsperson«, ein altes Mütterchen, das die ganze Nacht ein Auge auf die Gäste und

das Personal hat und einem auch sonst im Weg steht. Ich wechselte ein paar Worte mit der Dame, fragte sie, wie lange die Bar geöffnet sei, und ging dann auf mein Zimmer.

Es war jetzt fünf vor halb zwölf.

Ich wusch mir das Gesicht und putzte mich ein wenig heraus – ein frisches Hemd, eine andere Krawatte und einen blauen Blazer, den ich in Montreal gekauft hatte. Die Gesamtwirkung war nicht überwältigend, doch zumindest respektabel. Dann legte ich meinen Regenmantel ausgebreitet auf das Bett. Es war ein Aquascutum, nicht sehr warm, aber er besaß ein Reißverschlußfutter, das sich jetzt als sehr praktisch erwies. Ich packte zwei Hemden zwischen Mantel und Futter, einen Pullover, zwei Paar Socken, legte meine Stiefel drauf und stopfte das Ganze in einen Kissenbezug. Zusammengeknotet stellte es die elegante Version eines Bündels das, wie Landstreicher sie mit sich führen. Dann holte ich mir ein Handtuch aus dem Badezimmer und wickelte es mir um die Hand. Nun schlug ich ein paarmal kräftig gegen das Fenster, bis sich Risse im Glas bildeten. Es war eine abgedichtete Doppelverglasung; mit einem Taschenmesser lockerte ich die Scherben und stemmte die Glasstücke dann vom Plastik weg. Es gelang mir, das alles ganz leise zu erledigen; selbst wenn mein Zimmer auf die Hauptstraße hinausgegangen wäre, ich glaube nicht, daß jemand etwas gemerkt hätte. Wie der Zufall es wollte, hatte ich ein Zimmer zum Hof; gegenüber stand ein anderes Gebäude. Sobald das Loch groß genug war, schob ich mein Bündel hinaus. Es verschwand im Dunkel, und ich hörte es nicht einmal aufprallen.

Mitternacht.

Ich trat in den Gang hinaus und ging zu den Lifts vor. Die Aufsichtsdame sah mich, aber das schadete nicht. Sie sah auch, daß ich nicht zum Ausgehen gekleidet war, aber sie wußte ja, daß ich noch in die Bar wollte. Und dahin richtete ich auch meine Schritte. Die Bar war alt und ziemlich düster; die billige Imitation eines britischen Clubs. Sie war schon ziemlich voll, und ständig kamen Leute dazu, denn Leningrad macht um Mitternacht Schluß. Nur die für Ausländer aus dem Westen bestimmten Hotels wie das Astoria halten länger offen – aber auch nur bis zwei.

An meinem Tisch saßen ein dänischer Konstrukteur von Spritzformen und zwei deutsche Patentanwälte. Sie tranken »Nr. 1«, einen anständigen russischen Weißwein. Ich tat es ihnen gleich, spendierte eine Flasche, und nach ein paar Gläsern hieß es nur mehr Sven, Dieter und Bob – den Namen des zweiten Deutschen bekam ich nicht mit. Alle drei kannten Leningrad gut. Wir erzählten uns Geschichten, verglichen Erfahrungen. Gegen eins kamen noch zwei Deutsche dazu, auch sie Anwälte, offenbar wurde in Leningrad gerade irgendein internationaler Kongreß abgehalten. Einer von ihnen lud uns etwas später alle auf einen Schlummertrunk in sein Zimmer ein. Ich lehnte ab, sagte, ich sei zu müde, begleitete sie aber bis zu den Aufzügen. Dann begab ich mich ohne Umwege in die Halle hinüber und stand zwei Minuten später auf der Straße.

Niemand hatte mein Verschwinden bemerkt; die Aufsichtsdame in meiner Etage würde annehmen, sie hätte meine Rückkehr übersehen und ich wäre wieder in meinem Zimmer. Mit etwas Glück würde man mich bis zum nächsten Tag nicht vermissen. Es schneite immer noch; jetzt aber, vom Wind getrieben, fiel der Schnee in scharfen schrägen Streifen. Und natürlich brauchte ich gute zehn Minuten, bis ich die Einfahrt in den verdammten Hof fand – irgendwie sah die Welt hier unten ganz anders aus als von meinem Fester. Aber schließlich – ich zitterte schon vor Kälte – fand ich hinein und stieß auf mein Bündel. Jeweils auf einem Fuß hüpfend, zog ich mir die Stiefel an und schlüpfte in den Regenmantel. Es funktionierte ganz gut; allerdings mußte ich den Gürtel sehr eng schnallen, um zu verhindern, daß das Zeug, das ich hineingestopft hatte, bis zum Saum hinunterrutschte.

Wozu es diesen Hof gab, war nicht ersichtlich; nicht einmal Mülltonnen standen da. Hinten bei der Ausfahrt lag Lichterschein auf der Straße, aber ich konnte keinerlei Anzeichen feststellen, daß mir jemand gefolgt wäre. Ich verließ den Hof und begab mich geradewegs zu meinem Wagen, der etwa zwei Ecken weiter geparkt war. Zwar befand ich mich hier im Zentrum von Leningrad, aber einer der großen Vorzüge sowjetischer Städte ist es, daß man praktisch überall und zu jeder Zeit parken kann. Tatsächlich war entlang des ganzen Häuserblocks nur noch ein anderes Fahrzeug abgestellt. Ich stieg in meinen Wagen. Der kalte Motor hustete, sprang an und begann einen zögernden, holprigen Leerlauf. Um mir – und ihm – Zeit zum Warmwerden zu geben, zündete ich mir eine Zigarette an und sah die Straße hinunter. Am anderen Ende glänzte die St.-Isaak-Kathedrale, und noch eine Ecke weiter kam ein Taxi vorüber, vermutlich unterwegs ins Leningradskaja, ein anderes Hotel, unmittelbar hinter dem Astoria. Sonst rührte sich nichts; nur der Schnee durchschnitt die sanften Lichterstrahlen der Straßenlaternen. Wenn ich also beobachtet wurde, dann stellten meine Beschatter es sehr geschickt am; aber eigentlich bezweifelte ich es. Mit Ausnahme von Moskau ist der Verkehr in russischen Städten so schwach, daß man unmöglich einem anderen Wagen folgen kann, ohne sich zu verraten, und obwohl es vielleicht eine nützliche Einschüchterungstaktik gewesen wäre, hatte Loginow die Gelegenheit, mir auf direktere Weise angst zu machen, vorübergehen lassen. Aber ich wußte, daß der Wagen das schwache Glied in der Kette war. Es war zu leicht, ihm nachzuspüren. Bis

auf weiteres hatte ich mich in Luft aufgelöst – jetzt mußte ich den gleichen Trick auch auf den Wagen anwenden.
Ich schaltete die Scheinwerfer ein. Der Schiguli, ein russischer Fiat, ist nicht besser als sein Original; knarrend und knirschend zeigte er sich schließlich gewillt, sich einen Gang einrücken zu lassen. Langsam rollte ich die Straße hinunter und inspizierte im Vorüberfahren den anderen Wagen, aber der war leer, und der Wind errichtete eine Schneerampe auf seiner Windschutzscheibe. Ich trat aufs Gas, fuhr zum Newskij-Prospekt vor, bog aber nach dem Gostinij Dwor ab. Ich kenne Leningrad wie meine Westentasche, und das war jetzt kein geringer Vorteil: Niemand, der mich fahren sah – die *militsia* zum Beispiel –, wäre je auf die Idee gekommen, daß ich ein Ausländer war. Dem Kirowskij-Prospekt folgend, überquerte ich die Inseln, die die Newa auf ihrem Weg in den Finnischen Meerbusen herausmeißelt, und bog dann ab zur Nowaja Derewnia, dem alten Villenviertel. Ohne jede Zwischenfälle hielt ich dort vor der »Service-Station Nr. 3«. Sie war ziemlich groß, diese Mischung aus Reparaturwerkstatt und Tankstelle, und erinnerte in ihrer Art an die großen *truck stops* im Westen der Vereinigten Staaten. Aber es war das sowjetische Serienmodell: mehrere Inseln, auf denen Benzin verschiedener Gütegrade abgegeben wird, und ein Ziegelhäuschen mit einer alten Frau hinter einem Schalterfenster. Wie Motten wirbelten die Schneeflocken in den Lichtkegeln über den Pumpen, und eine Schneeschleuder arbeitete fieberhaft, um eine Fläche hinter der Station zu räumen. Da es nur wenige Tankstellen in Leningrad gibt und die allerwenigsten die ganze Nacht offen haben, machte diese ein gutes Geschäft. Personenfahrzeuge, Lastwagen und ein paar Schneepflüge rangelten um Positionen; ihre pustenden Motoren produzierten jenes fettige, brodelnde Geräusch, das für Treibstoff mit niedriger Oktanzahl typisch ist. Ich reihte mich hinter einem ehrwürdigen Skoda ein und ging mit dessen Fahrer zum Schalter vor, als wir an die Reihe kamen.
»Keine gute Nacht«, sagte er.
»Wenn es noch schlimmer wird, übernachte ich in Nowgorod«, gab ich zurück. »Bei meinem Vetter.«
»Aber Ihr Wagen ist neu. Sehr hübsch.«
»Ja. Aber in Italien würde er sich wohler fühlen.«
Er lachte, und wir gingen hinein. Ich zahlte für zwanzig Liter und trabte dann flott zu meinem Wagen zurück. In russischen Tankstellen zahlt man dem (der) Tankwart(in) für das Benzin, worauf er (sie) die Menge in ein telefonähnliches Gerät eintippt, das dann den Schlauch aufdreht, wobei der plötzliche Druck häufig den ganzen Einkauf in der Gegend herumspritzt. In diesem Fall allerdings beeilte ich mich nur der Form halber, denn Intourist hatte mich mit einem

vollen Tank entlassen, und so war der größte Teil des Benzins von vornherein verloren.
Als ich fertig war, hängte ich den Schlauch wieder ein und fuhr an die Seite. Dort war ich immer noch im Hellen, aber ganz am Rand des Lichtbogens, und die ein- und ausfahrenden Wagen verbargen mich vor jedem innerhalb des Kassenraums.
Ich ging um den Wagen herum und klappte die Kühlerhaube auf. Ölige Wärme schlug mir ins Gesicht. Ich überprüfte den Ölstand; es gab nichts auszusetzen. Ich zupfte an den Verbindungsdrähten der Batterie: alles bestens. Aber dann holte ich, so als hätte ich etwas entdeckt, den Werkzeugkasten heraus, entnahm ihm einen Schraubenzieher und eine Zange, fummelte ein paar Minuten herum und stellte den Leerlauf ein, bis er ganz genauso schnurrte wie zuvor. Die Kühlerhaube blieb offen, ich stieg wieder in den Wagen, setzte mich vorne hin, ließ die Tür auf und beide Füße draußen auf dem Boden.
Ich zündete mir eine Zigarette an.
Fünf Minuten vergingen.
Weitere Fahrzeuge, vor allem Laster, steuerten die Station an. Während sie sich vor den Pumpen einreihten, beleuchteten ihre mächtigen Scheinwerfer meinen kleinen Wagen, trieben hinter ihm einen langen Keil tiefsten Schattens ins Dunkel. Als ich meine Zigarette ausdrückte und diesen finsteren Pfad betrat, muß ich nahezu unsichtbar gewesen sein. Ich arbeitete mich zur Werkstatt hinüber. Von der Hinterseite des Gebäudes aus lief ein Drahtzaun um das ganze Areal; ich hätte leicht hinüberklettern können, aber das war nicht nötig. Es gab ein Tor, und das Vorhängeschloß war kaputt; sich stieß nur kräftig dagegen, um den Schnee zurückzuschieben, und ging durch.
Ich sah mich um. Ich stand am Rande eines kleinen asphaltierten Parkplatzes, auf dem in Zweierreihen, unter einer Schneedecke begraben, die Wagen abgestellt waren, die repariert werden sollten. Dahinter – und jetzt wurden Erinnerungen an Detroit wach – war Altmaterial gelagert: Stöße von Reifen, ein Berg Abwrackmetall, eine alte Tür – wie ein gebrochener Flügel aufragend und ein wirrer Haufen von Auspuffrohren, die wie alte Knochen aus dem Schnee hervorstachen. Einen Wächter schien es nicht zu geben. Ich ging zu den Wagen. Der, auf den ich es abgesehen hatte, befand sich in der hinteren Reihe, ein Schiguli, dunkelgrün. Sein Besitzer mußte versucht haben, eine Ziegelmauer zu durchbrechen. Das Vorderteil war eine einzige Katastrophe aus Draht und Eisen; der Kühlergrill war weggerissen, und auf der Windschutzscheibe klebte ein Stück Karton. Doch als ich mich bückte, sah ich, daß das vordere Nummernschild intakt war und an einer einzigen Schraube hing. Anstatt sie auszudrehen, benützte ich den Schraubenzieher einfach als Hebel

– ein häßliches Kreischen, und das Schild fiel zu Boden. Ich ging nach hinten, Der Schaden schien dort nicht so groß zu sein, obwohl die Haube des Kofferraums aus den Scharnieren gesprungen war und sich nach innen verkeilt hatte. Ich machte mich mit dem Schraubenzieher an die Arbeit. Eine der Schrauben war ein wenig verrostet, aber nach neunzig Sekunden war sie weg, und ich ging mit beiden Schildern unter meiner Jacke zum Tor zurück. Niemand hatte mich gesehen; in zwanzig Minuten würde der Wind meine Spuren im Schnee verweht haben. Es mochte Tage dauern, bis jemandem auffiel, daß die Nummernschilder fehlten, und selbst dann würde man vermuten, daß jemand sie abgenommmen hatte, um sie während der Reparatur bei sich aufzubewahren. Ich ging zu meinem Wagen zurück.

Wie er da stand, die Kühlerhaube aufgeklappt, die Tür immer noch offen, schien er Teil der Landschaft zu sein; schon war die Windschutzscheibe mit Schnee bedeckt. Ich rutschte hinein und schob die Nummernschilder unter den Sitz. Dann zündete ich mir eine Zigarette an und drehte den Zündschlüssel herum. Aber die Tür blieb offen, die Pantomime war noch nicht zu Ende. Ich ließ den Motor warmlaufen. Rauchte meine Zigarette. Schaltete die Scheibenwischer ein und sah zu, wie sie zwei perfekte Bogen in die Nacht schnitten. Schließlich stieg ich aus, schlug die Kühlerhaube zu, und als ich wieder einstieg, schloß ich diesmal auch die Tür hinter mir. Aber mein Kommen und Gehen war so unauffällig erfolgt, daß es mit Sicherheit niemand bemerkt hatte. Ich fuhr auf die Straße zurück.

Nach etwa zwei Kilometern bog ich in eine Seitenstraße ein und blieb stehen. Zehn Minuten später, trotz der Kälte und meiner steifen Finger, war ein Schiguli verschwunden und ein anderer an seine Stelle getreten.

Ich war verschwunden. Der Wagen war verschwunden. Für zumindest eine Nacht konnte ich die größte Freiheit genießen oder mit der erschreckendsten Gefahr leben, die man sich in einem totalitären Land vorstellen kann: Ich besaß keine offizielle Identität.

Aber ich wußte, daß diese Freiheit nur sehr kurz währen würde; ich mußte sie rasch nützen. Ich durchquerte die Stadt in südlicher Richtung. Auf seltsame Weise hing der Erfolg meines Planes davon ab, daß ich ein paarmal von der Polizei gesehen wurde, und darum bevorzugte ich Hauptstraßen: zurück zum Newskij-Prospekt, am Alexanderpalast vorbei auf den Oboronij-Prospekt und weiter zur Fernstraße 22. An der Auffahrt befindet sich ein GAI-Posten; aus dem Inneren flutete gelbes Licht auf die Straße. Pflichtgemäß verlangsamte ich die Fahrt. Die GAI ist die sowjetische Straßenpolizei; sie fährt in gelben Wagen herum und unterhält Beobachtungsposten auf den Fernstraßen. Einige dieser Stationen sind ziemlich klein, andere, wie die, an der ich jetzt vorbeirollte, in hohen Türmen untergebracht. Drinnen würden sie meine Autonummer notieren und sie möglicherweise an den nächsten Außenposten weitergeben. Und gerade das wollte ich: Wenn morgen mein Wagen als vermißt gemeldet wurde, überprüfte man diese Notizen, und solange meine eigentliche Nummer – oder eine Eintragung wie *nicht identifizierter Schiguli* – nicht erschien, würde jeder annehmen, daß ich mich immer noch irgendwo in Leningrad aufhielt.

Ich entfernte mich vom Posten und beschleunigte das Tempo. Zu beiden Seiten begleitete mich die Schwärze der subarktischen Nacht, aber vor mir, gefangen im Scheinwerferlicht, fegte ein golden schimmernder Schneesturm dahin. Der Wind schüttelte den kleinen Wagen so sehr, daß mir nach einer halben Stunde die Arme weh taten von der Anstrengung, die es mich kostete, ihn in der Spur zu halten. Wenigstens war die Straße eben und einigermaßen gerade. Ich hielt die Tachonadel auf Tempo neunzig. Die Kilometer schwanden dahin. In der Dunkelheit war wenig zu sehen, nur der Schnee, der sich auf leeren Feldern häufte oder rund um einen Wald, aber ich wußte, daß ich am südlichen Ufer des Ladogasees, des größten Sees Europas, entlangfuhr, und hin und wieder erfüllte grenzenloser Glanz die Leere jenseits des Wagens. Ich passierte einige Städte – Nowja Ladoga, Perewos, Lodeinoje Polje. Hinter Olonez schwenkte die Straße nach Nordosten. Es war fünf Uhr früh. Jetzt war ich in Karelien, das wie ein kurzer dicker Finger zwischen der finnischen Grenze und dem Weißen Meer steckt. Es ist ein einsames, wüstes Land aus Felsen, Bäumen, Seen, reißenden Flüssen und Wasserfällen, dessen Städte Sammellager für den Bergbau und die Holzgewinnung sind. Früher gehörte ein großer Teil davon zu Finnland, und obwohl eine halbe Million Finnen das Land verließen, als die Russen einmarschierten, wird hier immer noch Ostfinnisch gesprochen; da und dort sah ich Schilder in dieser Sprache. Inzwischen war ich müde geworden; meine Schultern waren ganz steif, und meine Augen brannten. In Priascha, wo eine schmälere Straße in die einmündete, auf der ich fuhr, schloß ich mich drei Holztransportern an und überließ ihnen die Arbeit, einen Weg zu finden. Sie fuhren leer und im Konvoi. Die mächtigen schwarzen Ketten, von denen die aufgeladenen Stämme zusammengehalten wurden, klirrten und ratterten auf den langen, flachen Ladepritschen. Ich folgte ihrer polternden Musik durch den Wind, durch die Nacht und den Schnee nach Petrosawodsk hinein.

Am Onegasee gelegen – dem zweitgrößten See Europas –, ist Petrosawodsk mit seinen zweihunderttausend Einwohnern die Hauptstadt der Karelischen Autonomen Sozialistischen Sowjetrepublik (KASSR). Unter dem Zaren hieß sie »Nah-Sibirien«, weil man Leute aus St. Petersburg, die kleiner Vergehen für schuldig befunden wurden, oft dorthin verbannte; jetzt aber ist es ein Verwaltungszentrum, besitzt die obligatorische Traktorenfabrik und hat sogar

so etwas wie eine Tourismusattraktion aufzuweisen, nämlich ein Tragflächenboot, das zur Insel Kischi mit seiner Holzkirche draußen im See hinausfährt. Heute allerdings würde es keine Bootsfahrt geben. Als eine trübe graue Dämmerung am Horizont aufzog, sah ich, daß die niedrige, schneebedeckte Küste mit dem Eis auf dem See zu einer ungeteilten weißen Ebene verschmolz, und nur weit, weit draußen glitzerte offenes Wasser.
Mich dicht hinter den Holztransportern haltend, fuhr ich durch den westlichen Teil der Stadt. Dann befanden wir uns bald wieder auf der Fernstraße, wo der Verkehr jetzt schon dichter war. Der Schneefall ließ langsam nach; dafür gab es starke Verwehungen, Ich verlangsamte mein Tempo; für die nächsten fünfzig Kilometer, die mich nach Kondopofa brachten, benötigte ich fast eine Stunde. Kurz danach, gegen halb zehn, bogen die Holztransporter in eine Seitenstraße ab. Aber jetzt brauchte ich keine Führer mehr; die Straße lief nur in eine Richtung – geradewegs nach Norden. Zu meiner Rechten erstreckte sich die reine, weiße Trostlosigkeit des Sees; links lagen endlose Kiefern- und Fichtenwälder; schwer lastete der Schnee auf den dicken purpurfarbenen Ästen. Mit einem gelegentlichen Ausblick auf eine Eisenbahnlinie als einziger Abwechslung fuhr ich weiter und machte mir die Kilometer untertan. Schließlich errang ich einen deutlichen Sieg. Medweschjegorsk mit etwa zwanzigtausend Einwohnern war der letzte größere Ort auf der Strecke; dann kam Pinduschi, ein kleines Städtchen an einer langen, vereisten Bucht. Gleich dahinter schwenkte die Straße durch Gestrüpp, Buschwerk und abgeholztes Forstland ins Landesinnere. Ich rumpelte über eine Brücke. Nach zwei oder drei Kilometern wurde die Straße schmaler, Schneeverwehungen drückten sie zusammen, und schließlich sah ich eine verstreute Schar dunkler Häuser an der felsigen Küste des weißen, grenzenlosen Sees. Es gab kein Ortsschild – das Dorf war anonym wie ich selbst auch –, aber ich wußte, daß ich mich in Powjenez befand, dem Wohnort des Mannes, der Harry Brightmans seltsames Vermögen geerbt hatte.
Ich nahm den Fuß vom Gas. Plötzlich war ich schrecklich müde. Ich hatte eine weite Strecke hinter mir; ich konnte nur hoffen, daß dies das Ende des Weges war.

19

Einige wenige mit Eis und gefrorenem Schlamm bedeckte Straßen, graue Holzhäuser, schwarzer Rauch, der aus Schornsteinen quoll, das war Powjenez. Wie eine Million andere russische Dörfer. Wenn es überhaupt Autos in diesem Ort gab, würden die Leute sie vom Sehen kennen; ein fremder Wagen mußte sofort ihre Aufmerksamkeit erregen. Ich nahm daher die erste Gelegenheit wahr, abzubiegen; es war eine Sackgasse. Die grauen, ausgezackten Stämme toter Kiefern bedrängten den Karrenweg von beiden Seiten. An seinem Ende stand die Brandruine eines Ziegelhauses. Das Dach war eingebrochen; die Oberkanten der Mauern hatte der Ruß geschwärzt. Hier wohnte offenbar niemand; vielleicht war es schon vor Jahren verlassen worden.

Als der Schnee tiefer wurde, hielt ich an und stieg aus. Das Geräusch der Tür, die ich hinter mir zuschlug, hing lange in der kalten Luft. Ich bewegte mich nicht. Die Bäume und der Schnee schienen sich endlos unter dem monotonen grauen Himmel hinzuziehen. Es war sehr still. Der Wind arbeitete sanft und glättete den frischen Schnee; in den Wäldern schüttelten sich die steifen, toten Äste der Kiefern; das einzige von Menschen herrührende Geräusch war das leise Dröhnen eines Flugzeugs, eines braunen Pünktchens über dem See. Ich mußte an Halifax denken; auch dort hatte ich ein Flugzeug über mir gehört, als ich Graingers Auffahrt hinaufgegangen war. Und auch auf jener Kuppe in New Hampshire hatte ich manchmal ein Flugzeug dröhnen hören.

Ich wartete, bis es verschwunden war, bevor ich zur Hauptstraße zurückkehrte. Ich trat in die Furchen, die mein Wagen hinterlassen hatte, und marschierte los, gebeugt unter der Anstrengung; meine Hosenbeine rieben sich aneinander. Es gab keine logische Erklärung dafür, aber im Wagen hatte ich ein gewisses Gefühl der Sicherheit empfunden. Das war jetzt weg; es hatte einer verdammten Nervosität Platz gemacht. Von der Hauptstraße aus warf ich einen Blick zurück. Der Wagen war hinter einer kleinen Biegung versteckt, aber die Reifenspuren konnte man deutlich sehen. Vor mir, auf beiden Seiten von den gleichen trostlosen Kiefern gesäumt, senkte sich die Straße steil talwärts. Rechts, zum Teil von den Bäumen abgeschirmt, lagen der See und – ein Stück weiter weg – das Dorf: drei- oder viertausend Menschen, ein paar hundert Häuser. Die Augen gegen den grellen Glanz des diesigen Himmels zusammenkneifend, konnte ich feststellen, daß einige der Gebäude regelmäßig genug ausgerichtet waren, um eine Straße zu säumen, und daß am Anfang einer solchen ein wartender Omnibus eine rötliche Rauchfahne ausstieß.

Ich holte Atem und setzte mich in Bewegung, in den tiefen harten Furchen stapfend, die vom Omnibus stammen mußten. Die Straße schlängelte sich bergab, und nach einer kleinen Weile verlor ich das Dorf aus den Augen. Immer noch nervös, setzte ich meinen Weg fort. Aber ich wußte: Wenn ich versuchte, vorsichtig zu sein oder zu sehr auf Nummer Sicher zu gehen, würde ich mich erst recht verdächtig machen. Und einmal mußte ich mich schließlich zeigen. Ich hatte gar keine andere Wahl. Wenn ich Schastow finden sollte, würde ich mit jemandem reden – mehr noch, ich würde mich als Russe ausgeben müssen. Ich wußte, daß ich das bis zu einem gewissen Grad schaffte – aber eben nur bis zu einem gewissen Grad. Für den Hausgebrauch spreche ich fließend russisch; in Moskau hält man mich zuweilen für einen Leningrader und in Leningrad für einen Moskauer, aber niemand ist noch auf die Idee gekommen, ich wäre kein Russe. Doch ich hatte keine Papiere – ein neugieriger Angehöriger der *militsia*, und ich war verloren –, und meine Kleidung war völlig falsch gewählt. Das machte mir die größte Sorge. Mit den Stiefeln würde es gerade noch klappen (obwohl die Russen viel Zeit darauf verwenden, Stiefel zu studieren), aber der Mantel war hoffnungslos; er war zu leicht und zu schick. Nur die seltsam pummelige Gestalt – hervorgerufen durch die Wäsche, die immer noch im Futter steckte – war einigermaßen »russisch«. Viel Tarnung war das natürlich nicht. Ich war ein Fremder, ich war nicht richtig angezogen, und ich war umgeben von den mißtrauischsten Menschen auf Gottes Erdboden – von russischen Bauern. Man würde auf mich aufmerksam werden. Ich konnte nichts anderes tun, als Schastow so schnell wie möglich ausfindig zu machen und dann Leine zu ziehen, bevor die Leute anfingen, peinliche Fragen zu stellen.

Die Straße flachte ab; etwa einen Kilometer lang lief sie durch eine höckrige Landschaft aus schwarzem Fels, blaugrauem Schnee und den wechselhaften Schatten von Bäumen. Ein paar Hütten kauerten im Geröll, von einem Hang herunter sah mir ein Junge nach. Der einzige Erwachsene, auf den ich stieß, war eine alte Frau mit einer großen schwarzen Schürze, die mich von ihrem Vorgarten aus beobachtete. Kurz darauf hatte ich die »Hauptstraße« des Ortes erreicht.

Sie war dunkel wie ein Mund voller schlechter Zähne: aneinandergelehnte schäbige Häuser, dann wieder eine Lücke. Nackte Holzstiegen zogen sich im Zickzack an den Seiten dieser Gebäude empor; hinter einem von ihnen sah ich eine Wäscheleine mit vier grauen Bettüchern, steifgefroren wie Furnierholz, die im Winde knarrten. Der Schnee war tief, angehäuft gegen die Fundamente dieser Häuser und Hütten und von Zinder und Asche grau verfärbt. Es gab keine

Gehsteige, nur schmale, matschige Fußwege liefen wie Hühnerspuren kreuz und quer über die Straße. Es hätte ein altes Flüchtlingslager sein können; alle Häuser waren als Provisorien errichtet worden, aber die Menschen lebten in ihnen, seit sie sich erinnern konnten. Oder vielleicht war es jetzt evakuiert worden, denn hier herrschte eine Stimmung totaler Preisgabe. Das einzige Geräusch, das ich hören konnte – das Singen einer Säge –, schien dies noch zu betonen. Ich zog die Luft ein. Es roch nach Essig. Einen Augenblick später verstummte die Säge mit einem wabbelnden Laut.

Ich zündete mir eine Zigarette an. Ich wußte nicht recht, was ich tun sollte. Da kam, wie um mich zu ermutigen, eine Frau aus einer Tür und wanderte, mir den Rücken zukehrend, die Straße hinauf. Sie war ganz schwarz gekleidet und trug ein Einkaufsnetz, eine *awoschka.* Kurz darauf verschwand sie zwischen zwei Häusern. Fast unmittelbar danach verließ ein Mann ein etwas weiter die Straße hinauf liegendes, aus Zementblöcken errichtetes Haus mit Flachdach – vermutlich die Branntweinschenke – und fixierte mich. Ja, ich hatte zweifellos seine Aufmerksamkeit erregt; ich war jetzt ganz offiziell »der Fremde in unserer Stadt« … Unentschlossen stand ich da. Hinter der Branntweinschenke erhob sich ein zweigeschossiger Ziegelbau mit einem Wellblechdach – für Powjenez ein Palast, also vermutlich ein Amtsgebäude. Dort hätte ich nach Schastow fragen können, aber das wäre ein riskantes Unternehmen gewesen. Ich beschloß, es lieber nicht darauf ankommen zu lassen. Statt dessen folgte ich der alten Frau die Straße hinauf. In einiger Entfernung von mir stand der Omnibus, den ich schon von weitem gesehen hatte; er spuckte und paffte immer noch, und sein Auspuff breitete einen rußigen Fächer über den Schnee. Er stand vor einem dunklen, geduckten Haus, vermutlich der Dorfladen. Dort wußte man bestimmt, wo Schastow wohnte, obwohl schon allein das Fragen nach ihm ein Risiko darstellte, Aber irgendwo mußte ich anfangen. Ich warf meine Zigarette weg, folgte der Spur, auf der ich ging, bis sie sich mit einer anderen vereinte, und überquerte dann die Straße.

Im Bus kratzte ein wollener Handschuh einen keilförmigen Spalt in das Fenstereis, und zwei Augen spähten heraus. Wahrscheinlich die alte Frau mit dem Einkaufsnetz. Ich ging rückwärts um das Vehikel herum, so daß mich der Fahrer nicht sehen konnte. Der Laden hatte einen überdachten, schneebedeckten Vorbau, der von dicken Stämmen gestützt war, die noch ihre Rinde hatten. In einen davon war ein Nagel getrieben worden, an dem eine Sturmlaterne hing. Die Skier, Schneeschuhe und Packleinwandstücke, die an der Tür herumlagen, ließen mich an alte Stahlstiche vom »Leben im Norden« denken.

Ich stieß die Tür auf. Sofort verschlang mich eine Wolke von Tabakrauch, Staub und Petroleumschwaden, eine Wolke, so dicht, daß ich einige Sekunden

brauchte, um meine Augen an diese Düsternis zu gewöhnen. Als ich wieder sehen konnte, erkannte ich, daß ich mich in einem niedrigen Raum befand – fast glaubte ich, mich ducken zu müssen –, der durch einen hölzernen Tresen geteilt war. Hinter diesem Tresen zeigten sich die Umrisse eines Fensters, dessen eine Scheibe man durch ein Stück Pappe ersetzt hatte, während vor der anderen so viele diverse Töpfe und Pfannen, an Haken befestigt, von der Decke hingen, daß praktisch kein Licht hereinfiel. Der Holzfußboden war mit Sägespänen bestreut, um keine Kälte aufsteigen zu lassen: die Wände waren mit nackten Brettern verkleidet. »Jetzt ist es nach eins«, brummte plötzlich eine Stimme. »Der Strom ist abgestellt. Tut mir leid, aber der Laden ist jetzt geschlossen. Abends um sechs machen wir wieder auf, wenn sie den Strom wieder einschalten.«
Es war die Stimme einer Frau in mittleren Jahren, die hinter der Theke, am anderen Ende des Raumes, stand. In dieser dunklen Ecke verlor sie sich im Schatten des Ofenrohrs, das von einem riesigen schwarzen Ofen bis zu einem Loch in der Decke reichte. Hinter ihr an der Wand stand ein Regal mit mehreren Fächern, die aber nur einen Ballen dunklen Stoffes und eine kleine Pyramide Dosen enthielten. Sie war eine stattliche Frau, groß und stämmig, wobei ganze Schichten von Pullovern und Schals ihren Leibesumfang noch vergrößerten. Während sie mich aufmerksam betrachtete, rieb sie sich die Arme warm, obwohl es in dem Laden wahrhaftig nicht kalt war.
»Vielleicht könnten Sie mir trotzdem helfen«, sagte ich. »Und ... hätten Sie vielleicht Zigaretten?«
»Nur *papirossi.* Er hat heute keine anderen gebracht.«
»Er« war aller Wahrscheinlichkeit nach der Busfahrer, denn jetzt konnte ich draußen den Motor hören, der auf Touren gebracht wurde.
»Gut, ich nehme *papirossi.*«
Sie langte unter den Ladentisch. *Papirossi* sind Kartonröhrchen, die mit ein wenig lockerem Tabak gefüllt sind. Inhaliert man zu stark, hat man den Tabak sofort im Mund; pafft man zu stark aus, besteht die Gefahr, daß man die Asche über das ganze Zimmer verstreut. Ich kniff das Ende ab und zündete mir eine an. Die Frau beobachtete mich – trotz der Dürftigkeit ihres Angebots hatte sie die Augen einer Krämerin: Sie registrierten und zogen Schlüsse. »Sie kommen aus Moskau«, stellte sie fest. Das war nicht schlecht geraten. Die Wahrheit über meine Herkunft war so unglaublich, daß auch der schärfste Verstand nicht so schnell dahinterkommen konnte. Aber sie wußte, daß ich kein Einheimischer war, und sie wußte, daß etwas an mir ihr Mißtrauen erregte – und zunächst einmal paßte das auf einen Moskauer. Ich ließ mich auf keine Diskussion ein. »Das stimmt.«

Sie lächelte. »Wenn Sie nichts dagegen haben, möchte ich Sie mir gut ansehen. Von dort kommen nicht viele hierher zu uns.«
Ich erwiderte ihr Lächeln. »Sie sollten sich mal meinen Hinterkopf ansehen. Dort habe ich auch Augen.« Ich machte eine entschuldigende Geste. »Ja, ich komme aus Moskau, aber geboren bin ich in Pestowo ... einem Ort, von dem Sie noch nie etwas gehört haben, so wie die Leute dort nichts von Powjenez wissen. Trotzdem findet man es auf der Landkarte.«
Eine leichte Veränderung ihrer Haltung ließ so etwas wie Zustimmung erkennen. Sie lächelte. »Und was suchen Sie hier, Herr Moskau-Pestowo?«
»Ich suche einen Mann namens Jurij Schastow. Ich möchte wissen, wo er wohnt.«
Sie preßte die Lippen zusammen. Das gefiel ihr nicht. Freunde wissen, wo ihre Freunde wohnen. Wenn einer danach fragt, ist er kein Freund. Die Sowjetunion ist das Land, wo das Klopfen an der Tür im Morgengrauen erfunden wurde, darum haben alte Mietshäuser oft heute noch keine Nummer an der Tür. Ich versuchte mich lässig zu geben. »Ich könnte mich natürlich da oben an der Ecke erkundigen, aber warum eine Staatsaffäre daraus machen?«
»Warum nicht? Wenn es ...«
»Nein, nein. Das ist nicht nötig. Ich habe ihm nur eine Nachricht von einem alten Freund zu überbringen. Er hat mir ja gesagt, wie ich gehen soll – die Straße in der Nähe der ausgebrannten Fabrik. Ich war da, aber keiner kennt ihn dort.«
Sie zögerte. »Dort hat er auch nie gewohnt. Das wissen doch alle ... Es kann ihm ja wohl nicht schaden ... Er kommt nur mehr selten vorbei. Er wohnt in der zweiten Straße, die zum Kanal hinunterführt. Sie werden das Haus gleich erkennen. Er hat ein ausgefallenes Dach über dem Brunnen.«
»Er lebt allein? Ich dachte ...«
»Eine alte Frau kümmert sich um ihn.«
»Ich verstehe. Danke.«
Sie lächelte. »War mir doch ein Vergnügen, einem Mann aus Pestowo zu helfen!«
»Sie haben mir viel Mühe erspart – und in Pestowo werde ich allen sagen, daß sie Ihnen helfen müssen, wenn Sie einmal hinkommen.«
Jetzt lachte sie. Der Gedanke, sie könnte dieses Dorf je verlassen, gab ja auch wirklich Anlaß zur Heiterkeit. »Die zweite Abzweigung», wiederholte sie. »Sie müssen bis zum Ende der Hauptstraße vorgehen.«
Ich verließ den düsteren Laden. Als ich draußen in der eisigen Luft einen Seufzer der Erleichterung ausstieß, wurde mein Atem zu nebligem Dunst. Ich hatte meine Sache gutgemacht: Meine Fremdheit hatte in der Definition »der Mann aus Moskau-Pestowo« ihren Ausdruck gefunden, und trotz meines

Unbehagens war ich ein überzeugender Gesprächspartner für sie gewesen; zumindest würde sie nicht zur Polizei laufen. Aber damit hatte ich nur Zeit gewonnen. Sobald sie ihren Laden um sechs wieder aufsperrte, würden Fragen gestellt werden; dann hielt sie ausgesuchten Klatsch für ihre Kunden bereit. Wem würde es in den Sinn kommen, Jurij Schastow zu besuchen und nur deswegen die lange Reise hierher zu unternehmen? Natürlich gab es für dieses Problem eine einfache Lösung: Noch vor sechs mußte ich hier wieder raus sein.

Ich marschierte die Straße hinauf. Jetzt bemühte sich die Sonne herauszukommen, und es war ein wenig wärmer geworden; der Schnee wurde zäh wie Teig. Den Anweisungen der Krämerin folgend, ging ich zunächst immer geradeaus. Nach einer Weile hörten die Häuser auf, und die Straße bog landeinwärts ab, vom See fort. Eine Zeitlang gab es noch Spuren, denen ich folgen konnte, aber dann verloren sie sich, und der Schnee reichte mir bald bis zu den Stulpen meiner Stiefel. Ich stapfte weiter, aber es wurde immer schwieriger; bald keuchte ich, ließ den Kopf hängen, und meine Nase begann zu fließen. Nach ein oder zwei Kilometern erreichte ich einen kleinen Hügel; ich stieg hinauf und machte eine kurze Pause, um auszuruhen. Hinter mir lag die weite Fläche des Sees. Vor mir umfaßte ein schütterer, kümmerlicher Wald beide Seiten der Straße – kleine Birken und Kiefern, die aus den Resten früherer Holzschläge wuchsen –, aber dahinter wurde der Wald wieder dichter. Noch ein Stück weiter verdünnte er sich abermals, und ich glaubte den Kanal schon sehen zu können.

Erst als die Krämerin das Wort ausgesprochen hatte, war mir die besondere Bedeutung von Powjenez wieder eingefallen. Zwischen 1931 und 1933 waren über hunderttausend Menschen verhungert, erfroren oder auf andere Weise krepiert, während sie den Weißmeer-Ostsee-Kanal erbauten, der das Weiße Meer zwischen Murmansk und Archangelsk mit dem Onegasee verbindet. Dies war das südliche Ende. Ich bewegte mich jetzt parallel zur Schleusenkette von Powjenez – praktisch ein immenser Friedhof. Wenn die Bäume hier nur kümmerlich wuchsen, so deshalb, weil sie sich von bitterster Galle nährten.

Aus einem ganz kuriosen Grund ist dies eines von Stalins Verbrechen, das nie vertuscht oder vergessen werden konnte. Zur Zeit des Kanalbaus wurde rund um den »großen sozialistischen Triumph« Propaganda in gewaltigem Ausmaß entfaltet – Bücher von Gorkij, festlich begangene Kreuzfahrten durch den Kanal mit Stalin und Kirow als Ehrengästen –, und dazu gehörte auch die Herstellung einer neuen Zigarettensorte, der »Belomorkanals«, deren Packung ein Bild des Wunderwerks ziert. Die Russen sind leidenschaftliche Raucher – das ist etwas, was ich mit ihnen gemeinsam habe. Man kann ihnen jede Menge Lügen erzählen und ihre Geschichte umschreiben, aber an ihren Zigaretten herumpfuschen? Kein Regime würde ein solches Risiko eingehen. Deshalb gibt

es diese Zigaretten, die sogar ein bißchen weniger abstoßend sind als die meisten anderen russischen Sorten, auch heute noch, obwohl der Kanal jetzt kaum mehr frequentiert wird – er ist für die meisten Seefahrzeuge zu seicht. Ich fragte mich, ob die »Belomorkanals« wohl im Dorfladen angeboten wurden, und wenn ja, ob jemand sie kaufte.
Ich ging weiter. Nach zehn Minuten kam ich an eine Kreuzung: die »erste Kanalstraße«, wie ich annahm. Ein Lastwagen war, vom Kanal kommend, auf die Hauptstraße eingebogen; so hatte ich wieder Spuren, denen ich folgen konnte, und ich kam schneller voran. Gegen halb zwei erreichte ich die »zweite Kanalstraße«, und nach weiteren zehn Minuten Schastows Haus.
Keuchend und schwitzend stand ich da. Durch die kahlen Äste von Birken und Kiefern sah ich eine Blockhütte, die Ritzen zwischen den abgevierten Stämmen mit Zement verschmiert, zu der ein teilweise völlig verschneiter Fußweg hinaufführte. Ein Lattengerüst mit aufeinandergestapelten Holzscheiten reichte bis zum Rand des steilen Daches. Dies war eine *isba.* Jurij Schastow pflegte offensichtlich einen Lebensstil, den die Russen seit Jahrhunderten kennen.
Ich ließ meine Blicke über die weiße, eisige Landschaft schweifen. Es erschien mir unglaublich, daß ich hier war, und während mein kalter Atem auf meinen Bartstoppeln kribbelte, kamen mir plötzlich Zweifel. Vielleicht war das ein bizarrer Trick von Brightman – vielleicht hatte er Jurij Schastows Namen wie ein Kaninchen aus dem Hut gezogen, sein Vermögen ins Blaue hineingeschickt und es aufs Geratewohl dorthin retourniert, von wo es gekommen war ... Doch diese Möglichkeit hielt einer ernsthaften Überprüfung nicht stand, und so zog ich ein Kleenex aus der Tasche, schneuzte mich und vertrat den Weg, der unter frischgefallenem Schnee zwischen Birken sanft einen Hang anstieg. Seit Stunden war hier niemand – also auch Subotin nicht – gegangen. Der Schnee war in gerader Linie gegen die Tür getrieben worden. Ich klopfte. Sofort, so als ob ich erwartet worden wäre, rief eine sanfte Stimme: »Herein, herein.«
Es gab weder ein Schloß noch eine Klinke, nur einen einfachen Riegel, den ich anhob. Als ich die Tür aufdrückte, löste ich eine kleine Schneelawine aus, die sich ins Innere des Hauses ergoß.
Ich befand mich in einem abgedunkelten, verräucherten Raum. Er erinnerte mehr an einen Schuppen oder an ein kleines Wirtschaftsgebäude als an das Zimmer eines Wohnhauses. Die Holzwände waren schwarz von Ruß, die Bohlen des Fußbodens mit Stroh bestreut; in einem offenen Kamin glomm ein Feuer. Zwei schwarze Elektrokabel hingen von der Decke herab, aber es war ja noch nicht sechs, und so kam das einzige Licht vom Feuer und von zwei Petroleumlampen; diese standen auf einem Hocker, der seinen Platz neben einem Ohrensessel von immensen Ausmaßen hatte: geschwungene

Füße, die in Adlerklauen endeten, die Messingkugeln umkrallten; die seitlichen Kopfstützen breit wie die Flügelhaube einer Nonne; eine Sitzfläche so groß wie ein Bett. Solch ein Sessel an solch einem Ort, das war ein unglaublicher Anblick. Sehr alt, sehr abgenützt, mit verschossenem Brokat überzogen, der aber immer noch seinen Glanz besaß, als wäre er viele Jahre lang liebevoll poliert worden. Von diesem Brokat reflektiert, erhielten die flackernden Flammen des Feuers einen verschwommenen, kupfernen Schimmer, und das Licht der Petroleumlampen durchdrang die Schatten mit seidiger Glut und verwandelte jeden Gegenstand, auf den es fiel. Ja, wirklich: Was immer dieses Licht berührte – einen einfachen Krug auf dem Tisch; das aus einer Zeitung ausgeschnittene Foto, das an der Wand hing –, wurde aus seiner Umgebung gelöst und in einen unmittelbaren optischen Zusammenhang mit dem Lehnsessel gebracht. Das Fauteuil war wie ein Schmuckkästchen, in dem ein Diamant liegt. Und dazu paßte es gut, daß der Inhalt des Ohrensessels in Lage auf Lage von Woll- und Bettdecken eingehüllt und zur Gänze von einem Leintuch, weiß wie Seidenpapier, bedeckt war. Der Diamant jedoch hatte die Form eines kleinen, zusammengeschrumpften alten Mannes mit einem buschigen Schnurrbart und leuchtenden dunklen Augen. Er hatte gelesen und war jetzt, weil er offenbar jemand anderen auf mein Klopfen erwartet hatte, zu seiner Lektüre zurückgekehrt. Nachdem er mich endlich bemerkt hatte, starrte er mich sekundenlang an, bevor er das Buch sanft auf seinen Schoß sinken ließ. Dann fragte er: »Wer sind Sie?«

»Sind Sie Jurij Schastow?«

»Natürlich. Und ich frage Sie noch einmal: Wer sind *Sie*?«

Das war ein kritischer Augenblick. Wie sollte ich meine Anwesenheit erklären? Ich hatte mich so darauf konzentriert, überhaupt hierherzugelangen, daß ich mir über dieses Problem gar keine Gedanken gemacht hatte. Meine Verlegenheit war echt – und wirkte daher überzeugend. Immer noch starrten die Augen mich an, und so sagte ich einfach die Wahrheit: »Mein Name ist Robert Thorne, Gospodin Schastow. Ich bin Amerikaner.«

»Amerikaner?«

»Ja.«

Im Kamin knackte ein Scheit. Ein Funke spritzte auf den Fußboden. Ich sah mich um. Meine Augen hatten sich an die Düsterkeit gewöhnt, und ich machte ein schwarzes Ofenrohr aus, das über dem Feuer von der Decke herabhing. Ein Rauchkringel stieg dahin auf, wirbelte aber zum größten Teil wieder ins Zimmer zurück.

Schastow senkte den Blick, legte die Stirn in Falten und schloß das Buch, wobei er seinen Daumen als Lesezeichen verwendete. »Sie werden mich entschuldi-

gen, aber ich muß Sie bitten zu bestätigen, was Sie eben gesagt haben. Sie sind Amerikaner?«
»Ja.«
»Das ist schwer zu glauben.«
»Ich habe eine sehr weite Reise gemacht, um mit Ihnen zu sprechen, Gospodin Schastow. Ich hoffe, daß Sie verstehen werden … Es wird nicht leicht sein, Ihnen das zu erklären.«
Nach seinem Gesichtsausdruck zu schließen, glaubte er mir nicht; daraus konnte ich ihm kaum einen Vorwurf machen. Ich hätte wetten können, daß ich der einzige Amerikaner – vielleicht sogar der einzige Ausländer – war, den er je gesehen hatte; und ich hätte wetten können, daß in diesem Jahrhundert noch kein einziger Amerikaner in Powjenez gewesen war. Wenn überhaupt jemals.
Nach einer Weile blickte er zur Seite, um mich gleich wieder zu fixieren – als fürchtete er, mich aus den Augen zu lassen. »Sie sagen, Sie kommen – aus den Vereinigten Staaten von Amerika?«
»Ja. Das stimmt.»
Er nickte und kniff den Mund zusammen. Dann zog er sich in seinem Lehnsessel langsam ein wenig hoch und fragt: »Also schön, dann sagen Sie mir doch mal eines: Wie heißt die Hauptstadt des amerikanischen Bundesstaates South Dakota?«
Jetzt war es an mir, dumm zu schauen – nicht nur wegen der Frage, die er mir gestellt hatte, sondern vor alles deswegen, weil er sie in recht gutem Englisch gestellt hatte. Ich zögerte: Er starrte mich an, und ich kam mir vor wie in der dritten Klasse. Und in der dritten Klasse war ich kein sehr guter Schüler. »Ich habe keine Ahnung.«
»Nein? Raten Sie doch mal …«
»Das kann ich nicht. Ich weiß es einfach nicht.«
»Das überrascht mich, wo Sie doch Amerikaner sein wollen. Die Antwort lautet Pierre. Die Hauptstadt von South Dakota heißt Pierre.«
»Ach ja? Und wie heißt die Hauptstadt von *North* Dakota?«
Seine Augen leuchteten noch heller. »Bismarck. Ich weiß es nicht genau, aber ich nehme an, daß eine Menge Deutsche dort leben. Bismarck … stimmt's?«
Ich lächelte. »Ehrlich gesagt, Gospodin Schastow, das weiß ich auch nicht. Aber ich *bin* Amerikaner.«
Er schüttelte den Kopf. »Ihr Englisch ist sehr gut für einen Tschekisten, aber Ihr Russisch ist viel zu gut für einen Fremden, vor allem für einen Amerikaner. Aber ich verstehe nicht. Warum sind Sie hierhergekommen? Warum spielen Sie mit mir? Wenn Sie etwas zu fragen haben, warum fragen Sie dann nicht?«
»Ich bin kein Tschekist, Gospodin Schastow. Glauben Sie mir.«

Sekunden vergingen. Er sah mir ohne jede Furcht ins Gesicht und öffnete den Mund, um etwas zu sagen – bestimmt etwas in der Art, daß ich mich zum Teufel scheren sollte, und das wollte ich nicht. Ich wollte ihn nicht in die Enge treiben, darum fügte ich hinzu: »Ihr Englisch ist ausgezeichnet. Darf ich fragen, wo Sie es gelernt haben?«

»Perm«, antwortete er. »In der Schule.«

»Sind Sie aus Perm?«

»Das ist schon lange her. Geht alles aus meinen Dokumenten hervor. Sie haben doch das Recht, sie einzusehen, wie Sie sehr wohl wissen.«

»Nein, Gospodin Schastow. Ich versichere Ihnen – ich habe überhaupt keine Rechte.«

Er zuckte die Achseln. Wenn er mir auch nicht glaubte, so spürte ich doch, daß er sich seiner Sache nicht mehr ganz sicher war. »Wie auch immer: Ich lebe seit vielen Jahren in Powjenez. Auf Befehl der Regierung, verstehen Sie? Ich wurde hierher verbannt, um am Kanal zu arbeiten.«

»Warum ... wurden Sie deportiert?«

Ein Lächeln spielte um seine Lippen. Offensichtlich beruhigte ihn meine dumme Frage, denn nun sagte er: »Vielleicht sind Sie tatsächlich ein Fremder. Wer weiß denn schon, warum wer deportiert wird? Könnte sein, daß sie hier Deportierte brauchten und mich deshalb herschickten. Oder vielleicht beschlossen sie, sie beim Kanalbau einzusetzen, weil Deportierte zur Verfügung standen.«

Ich zögerte. Ich wußte nicht zu sagen, ob er zornig war oder belustigt. »Sie haben am Kanal gearbeitet?«

Er lachte leise. »Nein, nein. Wenn ich am Kanal gearbeitet hätte, würden meine Gebeine jetzt irgendwo da draußen liegen. Ich bin erst später hierher verbannt worden. Sie nannten mich einen *kulak*, verstehen Sie? Obwohl ich nichts anderes tat, als in einem kleinen Dorf nicht weit von Perm Unterricht zu geben. Aber ich konnte lesen und schreiben, und so kamen die Bolschewiken zu dem Schluß, ich müsse eine Gefahr darstellen, und Stalin schickte mich und meine Frau hierher. Ich sollte beim Betrieb mithelfen. Die Schleusen, die Wartung der Maschinen, schriftliche Berichte über die Hunderte von Schiffen, die den Kanal durchfahren würden – aber niemals kamen. Aber wir standen bereit. Das kann niemand leugnen. Seitdem bin ich hier. Ich blieb sogar da, als die Deutschen kamen.«

Während er redete, war sein Blick nie von meinem Gesicht gewichen. Ich hatte das Gefühl, daß die Neugier jetzt seinen Argwohn zu überwinden begann. Vielleicht bediente er sich einer Eliminierungsmethode: Ich war ein ganz unglaublicher Typ. Tschekisten, soviel stand fest, waren keine unglaublichen

Typen. Ergo ... Ich suchte in meinen Taschen und fand noch ein paar richtige Zigaretten. Ich reichte ihm das Päckchen. Er nahm eine Zigarette und betrachtete sie. Dann holte der eine glattpolierte schwarze Pfeife unter seinen Decken hervor. Sorgfältig löste er das Papier von der Zigarette und stopfte den Tabak in den Pfeifenkopf. Er wurde nicht voll, und so gab ich ihm noch eine. Er lächelte und nickte. »Sie sind sehr großzügig.«

»Tschekisten sind das in der Regel nicht.«

»Vielleicht nicht. Ich nehme aber an, daß viele von ihnen amerikanische Zigaretten rauchen.«

Ich dachte an Loginow. »Oder englische.«

Er hatte den Tabak mit dem ersten zwei Fingern seiner rechten Hand festgedrückt; jetzt rieb er seine Handfläche am Pfeifenkopf, als wollte er ihn noch mehr auf Glanz bringen oder vielleicht durch die Reibung anzünden. Ich steckte mir meine Zigarette auf konventionelle Weise an und warf das Zündholz ins Feuer. Während ich das tat, machte er eine kleine Geste mit der Hand, in der er die Pfeife hielt: Ich sollte mich setzen.

An der Wand zu seiner Rechten stand ein Tisch. Ich zog einen der Stühle davon weg und schob ihn an den Lehnsessel heran. Mit einem Nicken gab Schastow zu verstehen, daß dieses Arrangement seine Zustimmung fand. Er wühlte unter den Decken nach seinen eigenen Streichhölzern und zündete sich die Pfeife an. Ich war ihm jetzt nahe genug, um den Titel des Buches erkennen zu können, das er gelesen hatte; es waren Turgenjews *Aufzeichnungen eines Jägers.*

»Gospodin Schastow«, wiederholte ich, »ich bin kein Tschekist. Ich hoffe, Sie glauben mir jetzt.«

»Ja, ich fange an, Ihnen zu glauben.« Er schmauchte seine Pfeife und lächelte. »Aber da Sie Amerikaner sind, ist es nur recht und billig, daß ich Ihnen ein Geheimnis über die Russen erzähle.«

»Und was ist das für ein Geheimnis?«

»Sie lügen immer.«

Ich lächelte. »Ja, wirklich?«

Er nickte. »Ja. Wissen Sie, warum?«

Ich schüttelte den Kopf.

»Da Sie Amerikaner sind, werden Sie den Grund verstehen. Es ist eine Frage des Profits. Überlegen Sie mal: Wenn Sie die Wahrheit sagen, was haben Sie davon? Aber wenn Sie die Wahrheit kennen und lügen, dann machen Sie ein Geheimnis daraus. Die Wahrheit wird zum Geheimnis. Das kann sehr wertvoll sein.«

»So wie das Geheimnis, das Sie mir eben verraten haben?«

»Genau.«
»Sie glauben mir also nicht?«
»O doch. Ich glaube Ihnen. Das ist die Wahrheit.« Er lachte.
Ich seufzte. »Lassen Sie mich jetzt *Ihnen* ein Geheimnis verraten, Gospodin Schastow – etwas Wahres. Aber etwas Wahres, über das Sie immer lügen müssen. Haben Sie das verstanden?«
»Selbstverständlich.«
»Es ist der Grund, warum ich nach Powjenez gekommen bin, warum ich mit Ihnen sprechen möchte.«
»Ja.«
»Jemand hat Ihnen etwas sehr Wertvolles aus dem Westen geschickt oder wird es Ihnen schicken. Es ist größer als ein Brief, aber es wird mit der Post kommen.«
Er musterte mich durch den Rauch, der aus seiner Pfeife aufstieg. »Ein Brief aus dem Westen ... das würden die Tschekisten wissen. Und es würde ihnen gar nicht gefallen.«
»Nein. Aber ich bin kein Tschekist. Und ich glaube auch nicht, daß die Tschekisten davon wissen, denn der Mann, der Ihnen diesen Brief geschickt hat, war sehr schlau. Der Brief kommt aus Paris in einem Umschlag der dortigen Sowjetbotschaft.«
»Ich habe keinen solchen Brief erhalten. Ich habe nie einen Franzosen gekannt. Und ich weiß nicht, wer mir einen solchen Brief schicken sollte.«
»Sein Name ist Brightman, Harry Brightman.«
Ich saß einen Meter von ihm entfernt und beobachtete ihn scharf. Brightmans Name machte keinen Eindruck auf ihn, jedenfalls soweit ich das feststellen konnte. Aber vermutlich hatte ihn sein Leben ein besseres Pokergesicht gelehrt, als ich je aufzusetzen imstande sein würde. Er schüttelte den Kopf. »Den kenne ich nicht. Sie sind der einzige Amerikaner, der mir je begegnet ist ... In einer Zeitung habe ich einmal ein Bild von Nixon gesehen.«
»Nun ja, Brightman war kein Amerikaner. Er war Kanadier.«
Er verzog den Mund. »Ich kenne ihn trotzdem nicht.« Er stützte sich auf eine Lehne und setzte sich ein wenig aufrechter in seinen Sessel. »Was befindet sich in diesem Brief?«
»Ein großes Geheimnis – und ein wertvolles dazu, wie ich schon sagte.«
»Inwiefern wertvoll?«
»Wertvoll, so wie Gold wertvoll ist.«
Er lachte und gestikulierte mit dem Pfeifenstiel in seinem kleinen Zimmer herum. »Hier haben Sie den Beweis, daß ich keinen solchen Brief erhalten habe.«

»Sie haben wirklich keine Ahnung, wovon ich rede? Das alles ergibt keinen Sinn für Sie?«
»Genau. Sie haben es sehr gut formuliert.«
Ich machte eine Pause. Ich glaubte ihm. Im tiefsten Inneren hatte ich sogar befürchtet, daß das passieren könnte. Tag eins: Alain gibt den Brief in der Cité Universitaire zur Post. Am nächsten Tag bin ich wieder in Paris und bei meinem Freund von der Aeroflot. Zwei Tage später: Das Visum kommt. Nächster Tag: Ich bereite meinen Flug vor. Dann gestern. Insgesamt sechs Tage – nicht sehr lange, um einen Brief von Paris hierhergelangen zu lassen, von einem Umweg über die Zensurbehörde ganz zu schweigen. Selbst wenn ich davon ausging, daß Brightmans Trick – das Kuvert mit dem Aufdruck der Sowjetbotschaft – den Ablauf beschleunigen würde, durfte ich wirklich nicht sonderlich überrascht sein.
»Haben Sie schon einmal Mitteilungen von jemandem im Westen erhalten, mit der Post oder sonstwie?« fragte ich.
»Wenn Sie ein Tschekist wären, würden Sie die Antwort auf diese Frage wissen.«
»Aber ich bin keiner.«
Er lächelte. »Also gut. Dann will ich es zugeben. Als Junge in Perm – vor der Revolution, ja sogar noch vor dem Großen Imperialistischen Krieg – habe ich Briefmarken gesammelt. Zweimal bekam ich Sendungen aus Berlin.«
Wieder fragte ich mich, ob er mich wohl für verrückt hielt; ob er auch nur einen Teil von dem glaubte, was ich erzählt hatte. »Gospodin Schastow», sagte ich, »Sie müssen verstehen, daß das eine sehr ernste Sache ist. Wegen dieses Briefes sind schon einige Menschen zu Schaden gekommen und sogar umgebracht worden. Ich weiß von einem Mann, der *Sie* töten wird, um ihn zu bekommen.«
»Aber *Sie* würden das nicht tun?«
»Natürlich nicht.«
»Und warum nicht?«
»Das spielt doch keine Rolle. Aber Sie müssen mir glauben. *Darauf* kommt es an.«
Wieder knisterte und spuckte das Feuer; aus dem Kamin kam ein rasselndes Geräusch. Dann trat Stille ein, in der nur das weiche Rauschen des Windes um das Haus zu hören war. Ich dachte krampfhaft nach, was ich tun sollte, um ihn zu überzeugen. Einerseits würde es leichter sein, wenn der Brief angekommen war; andererseits konnte es dann aber auch schon zu spät sein. Doch dann brach Jurij Schastow das Schweigen. »Gospodin Thorne«, sagte er und sah mich dabei ganz ruhig an, »ich bemühe mich, Ihnen zu glauben. Aber eines verstehe ich nicht.«

»Was?»
»*Warum* sollte mir irgend jemand diesen Brief schicken? Warum gerade mir? Warum gerade Jurij Fedorowitsch Schastow?«
Ich schüttelte energisch den Kopf, und diesmal war ich es, der ihm in die Augen sah. »Sie kennen die Antwort auf diese Frage, Gospodin Schastow, und Sie kennen Sie besser als sonst jemand. Ich glaube, es ist Ihr großes Geheimnis – ein Geheimnis, über das Sie Ihr Leben lang gelogen haben.«
Er lächelte. »Ich bin nur ein alter Mann. Zu alt, um noch irgendwelche Geheimnisse zu haben.«
»Aber ich weiß, daß Sie drei Geheimnisse haben. Mindestens drei.«
Er zog die Augenbrauen hoch. »Vielleicht sind Sie doch ein Tschekist. Die machen das immer so. Die erfinden Geheimnisse für andere Leute. Die trauen einem nicht einmal zu, daß man seine eigenen Lügen erzählt.«
»Noch einmal: Ich bin kein Tschekist. Aber Ihr erstes Geheimnis ist genau das, was Sie mir nicht verraten wollen, weil Sie immer noch befürchten, ich wäre ...«
»Dazu sage ich gar nichts. Ich habe Ihnen ja schon verraten, daß Russen nur Lügen erzählen.«
»Dann ist da das Geheimnis,wie Sie es geschafft haben, ein so hohes Alter zu erreichen ...«
»Aber das ist doch kein Geheimnis, mein Freund. Jurij Schastow, wie jeder Ihnen bestätigen wird, hat ein gutes und tugendhaftes Leben geführt.«
»Und schließlich noch ein Geheimnis – und es muß ein großes Geheimnis sein –, das Geheimnis des Ohrensessels, in dem Sie sitzen, und wie er hierhergekommen ist.«
Er kicherte. »Aber das ist gar nicht mein Geheimnis. Das habe ich meiner Frau zu verdanken. Es war der Sessel meines Vaters daheim in Perm. Als er starb, bekam ich das gute Stück. Ich nahm es überallhin mit. Dann wurden wir hierhergeschickt, und ich dachte, ich hätte den Sessel für immer verloren, aber irgendwie – sie hat mir nie verraten, wie sie es schaffte – fand meine Frau einen Weg, ihn hierherzubekommen. Ein langer Weg von Perm hierher! Können Sie sich das vorstellen? Wir waren Deportierte. In zwei Wintern nacheinander wäre er beinahe zu Feuerholz geworden, aber er hat überlebt. Wie ich. Wenn ich einmal gehe, ich schwöre, das wird auch sein Ende sein ... Nur mein Gewicht, das auf ihm lastet, gibt ihm noch eine Daseinsberechtigung.«
Natürlich log er mich an. In den vergangenen fünf Minuten hatte er mir wahrscheinlich fünfhundert Lügen erzählt: Lügen, in seinem Geist zusammengesetzt wie die komplizierten Figuren eines Bauerntanzes. Und ich konnte ihm nicht einmal einen Vorwurf daraus machen. Warum sollte er mir vertrauen? Warum sollte er überhaupt jemandem vertrauen, noch dazu einem Fremden,

der aus heiterem Himmel mit einer seltsamen Geschichte bei ihm aufkreuzte? Ihm sein Mißtrauen zu nehmen würde nicht leichter sein, als den Mount Everest zu besteigen. Und jetzt, nach der langen Fahrt, nach sechsunddreißig Stunden ohne Schlaf, hatte ich einfach nicht mehr die Kraft dazu. Aber vielleicht war das der Schlüssel ... Vielleicht würde sich mir das Geheimnis, dem ich auf der Spur war, wie ein vergessener Traum, eine verblaßte Erinnerung erst dann offenbaren, wenn ich mich nicht mehr verzweifelt bemühte, es zu ergründen. Jedenfalls hatte ich kein bestimmtes Ziel mehr, als ich das Gespräch fortsetzte; es war eine rein konventionelle Bemerkung, die ich eigentlich nur machte, um den Faden nicht abreißen zu lassen. »Ihre Gattin«, sagte ich, »muß eine bemerkenswerte Frau gewesen sein.«

»O ja, das war sie. Sie ist schon vor vielen Jahren gestorben. Sie starb im Jahr vor dem Großen Vaterländischen Krieg – und Sie brauchen nicht zu sagen, daß es Ihnen leid tut, denn es war ein Glück für sie, soviel Entsetzliches nicht mehr erleben zu müssen. Erst jetzt bedaure ich, daß sie nicht hier ist – einfach nur, um mit ihr zu plaudern.« Wieder glitt ein Lächeln über seine Lippen, und seine rechte Hand tauchte unter die Decken. Er holte eine kleine eingerahmte Fotografie hervor, die er mir hinhielt. »Sie war sehr schön; sehen Sie selbst.« Aber es war gar keine richtige Fotografie, die er mir gab, sondern eine Vorform davon, eine Blechfotografie, vielleicht sogar eine Daguerreotypie. Der Rahmen war schwer, möglicherweise Silber, und das Bild selbst zwischen einem dicken Glas und einer ovalen Unterlage eingekapselt. Es war das Porträt einer sehr schönen Frau im Dreiviertelprofil. Das Alter des Bildes, die andere Mode – sie trug ein schwarzes hochgeschlossenes Kleid, und ihr dunkles Haar war zu einer einzigen dicken Welle auf einer Seite ihres Gesichts geschlungen – machten es unmöglich, eine sichere Angabe über ihr Alter zu machen, aber ich schätzte sie auf Mitte Dreißig. Sie war von strahlender, sehr russischer Schönheit; hätte man ein weibliches Wesen gesucht, das Tolstois Natascha verkörpern sollte, diese Frau mit den feingeschnittenen Zügen und den großen dunklen Augen wäre eine gute Wahl gewesen. Aber es war nicht allein ihre Schönheit, die meine Hand zittern ließ. Es war vielmehr eine seltsame, wenn einmal gesehen, unverkennbare, ätherische Qualität, teils Scheu, teils aristokratische Reserve. Während ich dem alten Mann das Bild behutsam auf den Schoß legte, langte ich in meinen Mantel und holte meine Brieftasche heraus. Ich hatte zwei von Travins Bildern bei mir: das eine von Georgi Dimitrow beim Picknick mit seinen nordamerikanischen Genossen, das andere von May Brightman beim Verlassen ihres Hauses in Toronto. Dieses Foto glättete ich nun und legte es ebenfalls auf Schastows Schoß.

»Wenn das Ihre Frau ist«, sagte ich, »dann muß dies Ihre Tochter sein.«

20

Wenn ich gewußt hätte, was das für eine Botschaft war, die ich bei mir trug, ich hätte versucht, sie behutsamer zu überbringen. Ich bin mir allerdings nicht sicher, ob das auch möglich gewesen wäre. Unter diesen kuriosen Umständen – im Schein von zwei Petroleumlampen, umgeben von der Aura dieses alten Mannes in seinem Ohrensessel, hin- und herspringend zwischen Vergangenheit und Gegenwart, Wahrheit und Lüge, die Bilder zweier Frauen zwischen uns: Unter solchen Umständen kam meine Behauptung geradezu einem Wunder gleich. Und auf Wunder kann man nicht hinarbeiten; sie geschehen einfach.

Seltsamerweise übte es auf jeden von uns dieselbe Wirkung aus. Über bloße Fassungslosigkeit hinaus bewegt, durch Verwirrung entwaffnet, waren wir beide gleichermaßen erstaunt. Der Ausdruck auf Schastows Gesicht änderte sich vielleicht ein Dutzend Male, immer und immer wieder, und als er endlich etwas sagen wollte, gelang es ihm nicht. Es waren wohl die vierzig Jahre des Unaussprechlichen, die ihm in der Kehle steckten. So fing also ich zu reden an. Ich erzählte ihm alles; von Brightman, von May, alles, was geschehen war. Dabei nannte ich auch ihren Namen, May – praktisch dasselbe Wort in Englisch und Russisch, und da brachte er zum erstenmal wieder einen Satz über die Lippen. May, so hätten er und seine Frau ihre Tochter getauft. Brightman hatte den Namen beibehalten. Tränen rollten Schastow über die Wangen, ich hatte das Gefühl, als weinte er mehr um seine Frau als um sonst etwas, denn durch mein Foto war sie zu neuem Leben erweckt worden, um noch einmal zu sterben; auch dieses Mal zu sterben, ohne zu wissen, daß ihre Tochter in Sicherheit war. Inmitten von Hoffnung Hoffnungslosigkeit. Es gab nun wohl nicht mehr viel zu sagen. Ich wartete. Doch dann fiel mir ein, daß dies ein russisches Haus war, und in russischen Häusern gibt es immer einen ganz bestimmten Trost für Kummer. In die hintere Wand des Zimmers, hinter den Lampen (die immer noch die Zaubermacht der sechsten Stunde erwarteten), war eine Tür eingelassen, die in die Küche führte. Es war ein kleiner, kahler Raum, der Fußboden mit Sägespänen bestreut. In einer Ecke stand ein bullerndes Eisenöfchen. Um dem alten Mann Zeit zu geben, sich zu erholen, legte ich ein Scheit nach und schürte das Feuer. In einem kleinen Schrank fand ich Wodka und Gläser und kehrte damit in das Wohnzimmer zurück. Schastow hatte seine Fassung zurückgewonnen. Als ich ihm den Wodka reichte, leerte er das Glas auf einen

Zug und hielt es mir gleich wieder hin. Ich schenkte ihm nach; diesmal nippte er nur mehr.

»Mein Gott! Sie halten uns bestimmt für sehr schlechte Menschen.«

»Nein, das tue ich nicht, Gospodin Schastow.«

Er schüttelte den Kopf. »Sie werden denken, daß es schlecht von ihr gewesen ist, so zu handeln, und noch schlechter von mir, ihrem Mann, sie so handeln zu lassen.«

»Was hat Ihre Frau dazu veranlaßt?«

Eine der Lampen ließ einen Ring öligen Rußes aufsteigen. Schastow beugte sich vor und drehte den Docht herunter. Nachdem er noch einen Schluck Wodka genommen hatte, fuhr er sich mit einem Zipfel des ihn bedeckenden Leintuchs über die Augen.

»Sie müssen das verstehen«, begann er. »Wir haben in Perm geheiratet; ein Jahr später bekamen wir ein Baby, einen Jungen. Aber er starb schon kurz nach seiner Geburt. Meine Frau verzehrte sich vor Gram und schwor sich, kein Kind mehr zu bekommen. Und sie hielt sich daran. Im Dorf hieß es bald, ich würde sie wie eine Heilige behandeln oder wie eine Teufelin, aber in Wirklichkeit lag es an ihr – sie hat immer gut aufgepaßt. Dann glaubte sie, es sei ausgestanden, sie könne keine Kinder mehr haben – und kurz darauf wurde sie schwanger. Ich war froh. Ehrlich, ich war froh. Aber sie war ganz aus dem Gleichgewicht; ich glaube, einmal hat sie sogar versucht, es loszuwerden. Es gab da eine Frau im Dorf … Aber es funktionierte nicht, und das Kind kam. Für meine Frau aber war es fast das Ende. Sie war zu alt. Dem Kind ging es gut, aber meine Frau wußte, daß sie sterben würde, und wenn sie starb, wie sollte das Kind leben? Es gab hier keine Milch … auch heute noch gibt es kaum welche … Verstehen Sie? Deshalb wollte sie es so machen.«

Ich konnte es verstehen. In dieser Hütte, in diesem Licht, so nahe am Kanal, dem Friedhof namenloser Gebeine – sie mußte in grenzenlose Verzweiflung geraten sein.

»Sie bat mich, ihr zu erlauben, dem Kind das Leben zu retten. Sie kenne Menschen, beteuerte sie, die die Kleine aufnehmen und sich um sie kümmern würden. Wenn meine Frau den Winter überlebte, wunderbar, dann würde unser kleines Mädchen zurückkommen, aber wenn meine Frau starb oder wenn ich starb, würde wenigstens das Kind durchkommen. Ich hatte Angst. Denn sie verriet mir nicht, wer diese Leute waren. Sie schrieb einen Brief, den sie mich nicht lesen ließ. Sie wurde schwächer und schwächer … Ich wußte, wie es enden würde. Hätte ich ihr die Bitte abgeschlagen, ich hätte ihre letzte Hoffnung zunichte gemacht. So ließ ich also die Männer kommen, und sie nahmen das Baby mit. Kurz darauf starb sie, und dann kam der Krieg. Ich war immer

überzeugt, daß meine Frau den Krieg hatte kommen sehen, und nun wußte ich auch, daß sie das Richtige getan hatte. Sie war tot; aber was immer mit mir geschehen würde, wir hatten zumindest unsere Tochter in Sicherheit gebracht.«
»Wer waren die Männer?«
Er sah mich offen an, und ich zweifelte nicht daran, daß ich jetzt die Wahrheit erfahren würde. »Ich weiß es nicht.«
»Warum wollten gerade diese Männer das Kind haben?«
»Ich weiß es nicht ... und ich bin mir gar nicht sicher, ob *sie* es haben wollten. Ich hatte damals das Gefühl, als würden sie es zu jemand anderem bringen.«
»Wie sahen diese Männer aus?«
»Gewöhnliche Leute, aber aus der Stadt. Aus Leningrad, nehme ich an. Es waren zwei. Einer von ihnen besorgte das Reden. Er hatte buschiges Haar, sehr lockig, wie Trotzki. Der andere war größer und sprach kein Wort. Ein großer Mann mit einer mächtigen Brust und einem würdevollen Gesicht.«
Harry Brightman, aufgenommen von May Brightman mit ihrer eigenen Kamera ... Ich sah es vor mir. Ich sah das dunkle Innere einer elenden Hütte oder den Winkel einer verräucherten Baracke. Ich konnte den Schweiß und den Dreck riechen, hörte den Wind, der durch die Ritzen in den Wänden pfiff. Ein Baby weinte. Eine Frauenstimme, schwach und verzweifelt. Und Brightman steht daneben, wartet in aller Ruhe, »Dr. Charlies« Paß in der Tasche. *Aber warum? Warum gerade Jurij Schastows Töchterchen?*
»Sie sagen, der erste Mann sah wie Trotzki aus. Vielleicht *war* es Trotzki!«
»Nein, nein, da bin ich ganz sicher. Und ich glaube, der arme Trotzki war damals schon tot.«
In Wahrheit war er erst im Sommer danach in Mexiko ermordet worden, aber die Möglichkeit, daß er sich zu diesem Zeitpunkt in Rußland aufgehalten haben könnte, war gleich Null. Ich nickte. »Der zweite Mann ... das war Brightman.«
»Ich bin ihm also begegnet?«
»Ja.«
»Und jetzt hat er mir diesen Brief geschickt?«
Ich nickte. »Und jetzt wissen Sie auch, warum.«
»Nein, Gospodin Thorne, das verstehe ich immer noch nicht.«
Verstand ich es denn selbst? War die Tatsache, daß Brightman Schastow das Geld geschickt hatte, als eine letzte Geste der Verzweiflung aufzufassen? Hatte er einfach nur alle Beteiligten von der richtigen Fährte abbringen wollen? Oder war er zu dem Schluß gekommen, daß Schastow der einzige Mensch war, der ein moralisches Anrecht auf das Geld hatte? Noch während ich darüber nachdachte, kam ich zu dem Schluß, daß die Antwort vermutlich viel einfacher war.

»Er hat seine Tochter geliebt, Gospodin Schastow – Ihre Tochter. Ich glaube, daß er sie am Ende seines Lebens mehr geliebt hat als sonst etwas, mehr als sein Leben. Er hatte das Gefühl, daß er Ihnen sehr viel schuldete, und er versuchte diese Schuld zu begleichen.«

Schastow griff nach Mays Bild und betrachtete es aufmerksam. »Was Sie da sagen, ist falsch, Gospodin Thorne. Ich schulde ihm mehr als er mir – und auch Ihnen schulde ich. Ich bin es, der Schulden zu begleichen hat.« Er legte das Bild nieder. »Und jetzt werde ich sie begleichen. Ich habe den Brief, den Brightman mir geschickt hat. Olga – das ist eine Frau, die sich um mich kümmert – hat ihn mir heute morgen gebracht, und er kam, so wie Sie sagten, von der sowjetischen Botschaft in Paris.«

Verdutzt lehnte ich mich zurück; dann mußte ich lachen. »Sie verstehen sich darauf, Geheimnisse zu bewahren, Jurij Fedorowitsch.«

»Ich glaube mich zu erinnern, daß ich Sie gewarnt habe.«

»Was stand in dem Brief?«

»Sehen Sie selbst.«

Er lehnte sich zur Seite, langte unter die Decken und holte einen schweren, gefütterten Umschlag hervor, so wie Alain ihn beschrieben hatte: ein bedruckter Aufklebezettel trug die Adresse der Botschaft am Boulevard Lannes. Das Kuvert war bereits aufgerissen. Ich nahm es Schastow aus der Hand und untersuchte den Inhalt. Zwei Dinge befanden sich darin. Das erste war ein Brief auf sehr echt aussehendem Botschaftspapier. Er lautete: *Sie hätten Ihr Schreiben besser an das entsprechende Ministerium in Moskau oder direkt an die Regierung der Republik Frankreich richten sollen. Dennoch sind wir Ihrem Wunsch dieses eine Mal ausnahmsweise nachgekommen.* Unterschrieben war der Brief von einem Konsularbeamten. Offensichtlich hatte sich dieser »Wunsch« auf Informationen über den Obstgartenbau bezogen, denn das zweite Ding in dem Umschlag war eine Veröffentlichung des französischen Landwirtschaftsministeriums über den Anbau von Apfelbäumen. Es war ein dickes Softcover-Buch, ähnlich wie ein Museumskatalog, auf Glanzpapier gedruckt, mit vielen schwarzweißen Fotos und Zeichnungen.

»War das alles?«

»Das war alles. Und ich hatte keine Ahnung, was ich damit anfangen sollte.«

Mir war klar, was Brightman gemacht hatte. Vorsichtig begann ich, den Umschlag mit meinem Taschenmesser aufzuschneiden, wobei ich nach allen Seiten Stoff- und Papierflocken verstreute. Aber es war nichts drin. Ich wandte mich dem Buch zu – und entdeckte den Schatz. Zwischen Buchrücken und Einband befand sich eine sorgfältig eingepaßte Plastikhülle, die die folgenden Gegenstände enthielt:

– einen flachen Schlüssel
– Brightmans Geburtsurkunde
– seinen in Ontario ausgestellten Führerschein
– eine an Brightman ausgefertigte Empfangsbestätigung der Niederlassung der Dauphin Deposit Bank in Harrisburg, Pennsylvania.

Der alte Mann sah mich fragend an. »Haben Sie gefunden, was Sie erwarteten?«

Eine gute Frage. Hatte ich das erwartet? Aber dann nickte ich zustimmend. »Diese Papiere geben einem das Recht, den Schlüssel zu verwenden – und es ist der Schlüssel zu einem großen Vermögen.«

Ich reichte ihm die Papiere hinüber. Er kniff die Augen zusammen und betrachtete den Bankbeleg. »Harrisburg«, las er laut, »das ist die Hauptstadt von Pennsylvania. The *Commonwealth* of Pennsylvania.«

Ich lächelte. »Das hätte ich auch gewußt, Gospodin Schastow.«

»Waren Sie schon dort?«

»Sehr oft. Mein Vater kam aus dieser Gegend, und wir haben oft den Sommer dort verbracht.«

Harrisburg ... Hätte ich auch das erwarten sollen? Aber noch während ich diesen Zusammenhang registrierte, ertappte ich mich bei der Erkenntnis, daß ich ihn schon die ganze Zeit über geahnt hatte.

Schastow beugte sich vor und reichte mir die Papiere. »Man hat sie mir geschickt, Gospodin Thorne; bitte nehmen Sie sie als ein Geschenk von mir an.«

»Schwer zu sagen, wem sie wirklich gehören«, entgegnete ich.

»Das verstehe ich nicht.«

»Ich sagte es Ihnen schon: Andere Leute haben danach gesucht. Jetzt besitze ich es – aber sie werden denken, daß es bei Ihnen ist. Wenn die herkommen, sind Sie in Gefahr.«

»Ach was. Ich werde ihnen sagen, daß Sie den Umschlag haben. Ich werde ihnen sagen, daß ich ihn bekommen habe, was drin war – keine Lügen, wissen Sie, keine Geheimnisse – und daß ich es Ihnen gegeben habe. Oder ich könnte ihnen sagen, daß ich Ihnen das Kuvert verkauft habe. Ich hatte keine Verwendung für diesen dummen Katalog, Sie wollten mir Geld dafür geben, und ich habe es genommen.«

Ich sah den Alten an; seine Gedankenfolge klang logisch, aber sie gefiel mir nicht. Andererseits drängte die Zeit; ich wollte hier rasch wieder raus, nicht nur um Subotin auszuweichen, sondern auch um wieder in Leningrad zu sein, bevor ich vermißt wurde. Und sein Plan *konnte* funktionieren. Konnte – und wenn nicht? Kein erfreulicher Gedanke. Nichts, was ich auf meinem Gewissen haben wollte.

Ich schüttelte den Kopf. »Hören Sie, Jurij Fedorowitsch. Was Sie sich da vorstellen, könnte funktionieren, aber es macht mir angst. Diese Männer werden sehr, sehr aufgebracht sein, wenn sie erfahren, daß ich ihnen zuvorgekommen bin. Darum könnten sie Ihnen etwas antun – auch wenn es sinnlos wäre.«

»Nein. Das würde ihnen nur noch mehr Ungelegenheiten bereiten.«

»Kann sein. Aber ich bin mir da nicht sicher. Ich habe eine andere Idee. Überlegen Sie doch mal. Sie haben jetzt wieder eine Tochter. Es geht ihr gut. Sie ist reich. Ich bin sicher, sie wäre froh, Sie zu sehen. Warum fahren Sie nicht zu ihr? Sagen Sie jetzt nichts – ich bin nicht verrückt. Ich weiß gewisse Dinge über diese Männer, die die Tschekisten ausgesprochen gerne wissen würden. Als Gegenleistung für das, was ich ihnen erzählen könnte, würde man Sie sicher ausreisen lassen.«

Er nahm Mays Bild auf und betrachtete es kurz. Dann ließ er seine Blicke weiterschweifen. Er sah sich im Zimmer um. Meine Blicke folgten den seinen; vom Lichterschein der flackernden Flammen herausgemeißelt, erinnerte dieser Raum an das Innere einer Höhle, einer Höhle, in der jahrhundertelang Menschen gelebt hatten wie in den Katakomben der alten russischen Kirchenväter. Schastow schüttelte lächelnd den Kopf. »Das glaube ich nicht«, antwortete er. »Ich freue mich darüber« – er hob mir Mays Bild entgegen –, »aber würde sie mich wirklich sehen wollen?« Er verzog den Mund. »Wer kann das sagen? Und außerdem, Gospodin Thorne: Dies hier ist mein Heim. Keine große Sache, mag Ihnen scheinen, aber ich glaube nicht, daß ich anderswo leben könnte. Mir geht es wie dem alten Mann in der Geschichte vom Wolf. Kennen Sie sie nicht? Da lebte also ein alter Mann mit seiner Frau, fünf Schafen, einem Füllen und einem Kalb. Eines Tages kam ein Wolf vorbei und sang ihnen ein Lied vor. Sogleich sagte die Frau: ›Was für ein wunderschönes Lied! Gib ihm ein Schaf!‹ Der alte Mann gab ihm ein Schaf, und der Wolf fraß es. Aber er kam bald zurück und sang ihnen wieder ein Lied vor. Und er sang und sang, bis er sie alle gefressen hatte: die Schafe, das Füllen, das Kalb und sogar die Frau. Nun war der alte Mann allein. Und der Wolf kam wieder. Da nahm der alte Mann einen Prügel und schlug ihn. Der Wolf lief davon und kam nie wieder und ließ den alten Mann mit seinem Schmerz allein … Verstehen Sie, Gospodin Thorne? Dieses Land, Rußland, mag sein, daß es so böse ist wie der Wolf, aber es ist alles, was ich noch habe. Wenn ich es verlasse oder fortjage, was würde ich dann anfangen?« Wieder schüttelte er den Kopf. »Nein«, sagte er, »ich bleibe hier, aber ich möchte nicht, daß Sie sich Sorgen machen …«

»Aber ich werde mir Sorgen machen.«

»Nein. Sagen Sie – haben Sie amerikanisches Geld bei sich?«

»Ja.«
»Viel? Hundert Dollar?«
»Mehr.«
»Das reicht. Geben Sie sie mir. Wenn diese Männer kommen, werde ich ihnen das Geld zeigen. Keine Angst – sie werden mir glauben. Und wissen Sie, was sie tun werden? Sie werden mir drohen – weil es nämlich verboten ist, ausländisches Geld zu besitzen. Dann brauche ich weiter nichts zu tun, als den Verängstigten zu spielen und ihnen alles zu gestehen. Sie sind mit einem Wagen gekommen?«
»Mit einem dunklen Schiguli.«
»Gut. Und Sie sagen mir, Sie würden von hier ... wohin fahren?«
»Zurück nach Leningrad.«
»Also, das werden sie glauben und mich in Frieden lassen.«
Es war schlau; und wenn einer es schaffen konnte, dann er. »Na schön«, sagte ich, »ich bin einverstanden. Aber tun Sie mir noch einen Gefallen. Wohnen Sie ein paar Tage bei einem Freund oder lassen Sie jemanden bei sich wohnen ...«
Er verzog das Gesicht. »Nein.«
»Was ist mit dieser Frau, dieser Olga?«
Der Ausdruck auf seinem Gesicht wurde noch säuerlicher. »Sie möchte mich heiraten. Am Tag, bevor ich sterbe, willige ich vielleicht ein. Aber keine Minute früher.« Er schlug die Hände zusammen. »Aber ich tue Ihnen einen Gefallen – ich werde ihr sagen, daß sie herkommen soll. Das sieht natürlicher aus.« Worauf er zu meiner nicht geringen Überraschung anfing, sich aus dem Ohrensessel zu erheben; zwar nicht gerade flink, aber doch mit etwas mehr Beweglichkeit, als ich ihm zugetraut hätte. Er trug ein flanellenes Nachthemd, eine lange Unterhose und mehrere Paar Socken.
»Wir müssen gleich gehen«, sagte er. »Wenn der Laden wieder aufmacht, geht sie ins Dorf hinunter.«
Er verschwand durch eine hinter einem Vorhang verborgene Türöffnung und kehrte kurz darauf wieder zurück – nicht weniger warm in Pullover und Jacken gepackt als bisher in seinem Ohrensessel. Wir traten ins Freie. Er nahm meinen Arm, und ich führte ihn zur Straße hinunter.
Es war nun schon später Nachmittag. Der Himmel verdunkelte sich, und die grauen Schatten von Birken und Föhren breiteten sich über den Schnee. Einige wenige Schneeflocken schwebten zögernd herab. Wir traten in die Reifenspuren des Lastwagens; ich mußte langsamer gehen, um mich seinem Schritt anzupassen, aber er kam gar nicht schlecht voran; steif und ein bißchen ungeduldig, aber vorsichtig mit seinen Kräften haushaltend, was ich für ein gutes Zeichen hielt. Ich machte mir nun nicht mehr soviel Sorgen über ihn und

Subotin. Nach zehn Minuten erreichten wie die »erste Kanalstraße«. Hier wohnte Olga.

»Ich hole sie«, sagte der alte Mann, »aber begleiten Sie mich nicht. Es ist nicht weit, und mir ist es lieber, wenn sie Sie nicht sieht.«

Ich stimmte zu. Wir schüttelten uns die Hände. Und dann, seine Verlegenheit nur schlecht verbergend, griff er in die Tasche und holte ein kleines, schwarzes, mit Leder überzogenes Kästchen hervor. »Für sie«, brummte er, »für meine Tochter. Es hat ihrer Mutter gehört. Es ist alles, was ich ihr geben kann ... Wenn Sie die Güte hätten ...«

»Selbstverständlich.«

Ich nahm ihm das Kästchen ab, das eigentlich gar kein Kästchen war, sondern eine kleine Reise-Ikone: Die Seiten und das Oberteil waren Klappen, die man zu einem kleinen Altar auseinanderfalten konnte. Es ist ein in Rußland traditionelles Geschenk zum Namenstag eines Kindes. Wie allgemein üblich, war das Bild des oder der Heiligen in eine kleine Goldscheibe auf der oberen Klappe eingeprägt – wer es war, konnte ich nicht erkennen –, und diese wiederum auf ein Wappenschild aufgebracht. Die russischen Adeligen verwendeten natürlich ihre eigenen Wappen, während sich das gemeine Volk, solcher Würde nicht teilhaftig, das Emblem der Nation, die kaiserlichen Adler der Romanows liehen – und das hatte auch Jurijs Frau getan. Wunderschön emailliert, in Gold eingefaßt – ein wenig abgegriffen –, funkelte sie mich in all ihrer altertümlichen Pracht an.

»Es ist sehr schön«, sagte ich. »Ich werde es May geben.«

Er lächelte, und seine dunklen Augen, die unter einer mächtigen Wollmütze hervorlugten, leuchteten. »Und merken Sie sich Pierre!«

»South Dakota ... «

»Und Bismarck ... «

»Ja, ich werde es mir merken.«

»Sehr gut.« Er winkte zum Abschied und drehte sich um. Ich sah ihm nach. Ein Stück weiter winkte er mir noch einmal zu, und ich setzte meinen Weg ins Dorf fort.

Es war jetzt dunkel und die Straße leer. Ich ging in den Spuren des Lasters, bog aber, als ich mich dem Dorf näherte, nach rechts ab und stapfte über ein steiniges Feld auf eine Gruppe von Bäumen zu. Es waren wieder kümmerliche Kiefern, deren aschgraue Rinde sich in langen Streifen ablöste und deren schwarze Schatten mich einfingen und verschlangen. Ich schleppte mich weiter. Es kam ein Wind auf, von den Zweigen über meinem Kopf rieselte Schnee herab, und ich stieß auf unsichtbare Mulden, in die ich bis zu den Hüften einsank. Aber ich wußte, daß ich hier sicherer war als auf der Straße. Gerade als ich anfing, den See vor mir zu ahnen, spritzten zu meiner Linken plötzlich Lichter auf: sechs Uhr. Ich wandte mich um; durch die Dunstwölkchen meines Atems warf ich einen letzten Blick auf Powjenez, das zwischen den Bäumen durchschimmerte.

Zwanzig Minuten später war ich bei meinem Wagen. Er stand so da, wie ich ihn verlassen hatte. Ich sandte ein Stoßgebet zum Himmel und drehte den Schlüssel ... Er pustete ein paarmal, aber die Batterie war kräftig, und der Motor sprang an. Während er warmlief, dachte ich über diesen unglaublichen Tag nach. Ich konnte mich nicht beklagen. Ich hatte mehr herausgefunden, als ich erwartet hatte. Und doch: Während ich Brightmans Schlüssel in der Hand hielt, ging es mir wieder durch den Kopf, daß jeder Aspekt dieses »Falls«, den ich zu lösen schien, zu immer wieder neuen Geheimnissen führte. Ich faltete die kleine Ikone auseinander und stellte sie auf das Armaturenbrett. Ich ließ meine Finger über das Leder gleiten; es war weich wie Seide, und mir wurde klar, daß es sich seit Generationen in Schastows Familie beziehungsweise in der seiner Frau befunden haben mußte. May war die Letzte ihrer Linie. Aber wer war sie? Und worin bestand die Verbindung zwischen ihrer wahren Identität und Brightmans Verschwinden? Genau die Fragen, mit denen ich ausgezogen war, stellten sich jetzt von neuem. Schastow hatte mir den größten Teil ihrer Geschichte erzählt, aber in Wahrheit wußte ich nicht, was diese Geschichte bedeutete ...

Ich nehme an, daß ein Teil dessen, was Brightman mir erzählte, der Wahrheit entsprach, hatte Grainger geschrieben. *Fest steht, daß er nach Rußland fuhr, und ich zweifle nicht daran, daß er viele führende Kommunisten kennenlernte. Ich vermute daher, daß Brightmans Tochter das Kind einer dieser Männer ist ... eines Mannes, der fürchtete, in absehbarer Zeit Stalins Terror zum Opfer zu fallen ...* Damals war mir das als eine vernünftige Annahme erschienen, aber jetzt wußte ich, daß sie nicht stimmen konnte: Weder Schastow noch seine Frau waren prominente Kommunisten gewesen. Und Berris Theorie war auch nicht viel überzeugender: *Machen Sie sich doch nichts vor. Dimitrow mag einmal ihr Held gewesen sein, aber am Ende war er nicht anders als die anderen, nämlich ein Hurensohn. Schon um 1940 waren seine Hände blutig. Wenn er dem Bolschewiken ein Baby entführt hat, dann nur, um sich zu helfen, nicht dem Kind.* In bezug auf Dimitrow hatte er gewiß recht, aber wie hätte Jurij Schastows Tochter jemanden retten können? Und wem wäre daran gelegen gewesen, sie zu retten?

Das waren die Fragen, die mich beschäftigten, während ich mich auf die Rückfahrt nach Leningrad machte, aber es schien keine Antwort darauf zu geben, und im Augenblick hatte ich andere Probleme. Vor allem war ich erschöpft, und nachdem ich etwa fünfzig Kilometer am See entlangkutschiert war – um den Motor richtig warmlaufen zu lassen –, bog ich in eine kleine Seitenstraße ein, hielt an, stellte den Motor ab und schlief drei wonnevolle Stunden lag. Als die Kälte mich weckte, war ich fast wieder frisch und fuhr los. Jetzt flogen die Kilometer und die Stunden nur so dahin – und erhöhten meine Spannung. Wie würde es mir in Leningrad ergehen? Subotin war ich entkommen, aber wenn Loginow mich wirklich haben wollte, konnte ich nicht viel dagegen ausrichten, denn genauso schwer, wie nach Rußland hineinzukommen, ist es, das Land zu verlassen. Aber vielleicht wollte er mich gar nicht; für ihn war ich nur der Köder, um Subotin anzulocken. Jedenfalls schien es niemandem aufzufallen, als ich im Hotel aufkreuzte, und es gab auch keinen Kommentar, als ich den Wagen zurückbrachte – mit den dazugehörigen Nummernschildern wieder an Ort und Stelle. Allmählich verlagerten sich meine Befürchtungen auf eine andere Ebene. Wo war Subotin? Wenn ich wirklich als Köder fungieren sollte, mußte ich einen Angriff erwarten, aber es gab keinerlei Hinweise darauf, daß er auch nur in meiner Näher gewesen wäre. Er mußte nach Rußland gekommen sein, verfügte aber gewiß über eigene Mittel, sich fortzubewegen; er mochte mir Kilometer voraus – oder auf den Fersen sein. Als ich in dieser letzten Nacht erschöpft im Astoria lag, hätte mein Gewissen weiß Gott was dafür gegeben, einmal in Powjenez anrufen zu können. War Subotin dagewesen? War der alte Mann bei guter Gesundheit? Ich nahm es an – was das Überleben betraf, hätte ich bedenkenlos auf ihn gesetzt –, aber sicher wußte ich es eben nicht, Und so drückte ich mir am nächsten Morgen selbst die Daumen, füllte alle Formulare aus und bestieg mein Flugzeug. Erst als die starken Motoren uns emporhoben, fing ich an, mir Gedanken über mein Ziel zu machen – Harrisburg, Pennsylvania. Wieder einmal hatte Brightman mit der Schläue eines Fuchses gehandelt, und wieder einmal führte eine Spur zu mir selbst zurück, ohne daß ich ahnte, was das zu bedeuten hatte. Doch als die polnische Finsternis unter uns vorbeizog, schlief ich ein und träumte; besser gesagt, ich wiederholte den Traum, den ich beim Hinflug gehabt hatte. Ich konnte ein Schiff sehen, das in Leningrad an Pier festgemacht hatte: ein alter Dampfer mit rauchspeienden Schloten und Schwenkarm-Kränen. Ich sah Brightman, in seinen Pelzmantel gehüllt, wie er zum Zollschuppen ging. Und schließlich sah ich auch den Schreibtisch, wo er seinen Paß präsentierte. Dann hob er den Kopf und zeigte sein Gesicht: Und es war *mein* Gesicht. Nachdem der Beamte die Dokumente gestempelt und zurückgegeben hatte, kehrte auch *er* mir sein Gesicht zu; seine Züge waren durch den Schatten verdunkelt, den der Schirm seiner Mütze warf, aber es waren, deutlich erkennbar, die Züge meines Vaters.

21

Wo ich meinen Blick auch hinwandte, als ich nach Harrisburg kam, hatte ich ein verwirrendes *Déjà-vu*-Erlebnis nach dem anderen: ein Gefühl der Fremdheit, der Verfremdung, das in keiner Weise die Tatsache zu verschleiern vermochte, daß alles, was ich sah, mir nur allzu vertraut war. Paris: wo meine Eltern sich kennengelernt hatten.
Leningrad: »meine« russische Stadt.
Und jetzt das: eine Stadt, wo jede Wegbiegung in meine Vergangenheit zurückführte.
Ich kam mir vor wie einer, der sein Gedächtnis verloren hat, sich ein neues Leben aufbaut und feststellen muß. daß er nur das erste wiederholt. Die Market Street war noch da, aber sie sah schäbig und abweisend aus. Pomeroy's hielt noch durch, aber das alte Capitol Theatre hatte schließlich doch seinen Geist aufgegeben, erstickt in einem Miasma aus Kung-fu-Filmen und dem Geruch nach altbackenem Popcorn. Aber trotz des Verfalls, trotz »Three Mile Island«, war es immer noch dieselbe Stadt. In den Jahren, als wir die Jagdhütte in den Tuscaroras gehabt hatten, war Harrisburg etwas Besonderes für mich gewesen, eine Art Wahrzeichen amerikanischer Normalität. Mir, der ich meine Jugend entweder im Ausland oder in Washington verlebt hatte, erschien Harrisburg repräsentativ für alle jene Städte, wo »gewöhnliche Menschen« wohnten. Der breite, träge Susquehanna, rund um dessen Inseln morgens Nebel aufsteigt, und die langen Reihen der soliden Bürgerhäuser entlang der Second Street vereinigten in meiner Vorstellung das Amerika der Pioniere und das Amerika Ike Eisenhowers. Wie konnte ein solcher Ort Schauplatz eines Verbrechens sein? Aber er mußte es sein, denn ich war an diesen Ort zurückgekehrt. Und wenn Harrisburg der Schauplatz war, um was für ein Verbrechen handelte es sich und wer hatte es begangen?
Ich hob mir die Beantwortung dieser Fragen für später auf. Zunächst war ich von dem Flug von Paris zurück in die Staaten immer noch müde; es war zehn Uhr vormittags, als ich mit dem Wagen in der Stadt eintraf. Gott allein weiß, welche Zeit es für meinen Körper war – eine Zeit jedenfalls, da meine Augen friedlich geschlossen hätten sein sollen und nicht gezwungen, halb zugekniffen in einen kalten Nieselregen hineinzublinzeln. Und es gab auch noch andere Überlegungen. Brightmans Schließfach enthielt ein riesiges Vermögen, ein

Vermögen, das rechtens May zustand; das nahm ich zumindest an. Aber ich hoffte auch, daß es die Antwort auf einige meiner Fragen enthalten würde, und deshalb wollte ich der erste sein, der den Inhalt zu Gesicht bekam – was natürlich bedeutete, daß ich mich einer arglistigen Täuschung schuldig machen mußte. Es würde gar nicht so einfach sein, mich als Brightman auszugeben. Ein kanadischer Führerschein und eine ebenfalls ausländische Geburtsurkunde sind nicht gerade die allerbesten Ausweispapiere. Ich konnte nur hoffen und beten.

Die Bank, die ich nun betrat, tat nicht viel für meine Nerven. Von geriffelten griechischen Säulen flankiert, strahlte sie in ihrem Inneren das Fluidum eines prächtigen viktorianischen Bahnhofs aus: Riesige Ventilatoren drehten sich langsam unter den Kuppeln der hohen Decke, und von roten Samtseilen eingefaßte Gänge geleiteten den Besucher zu den Schaltern. All dies strahlte eine so markige Redlichkeit aus, daß ich, während ich auf den Schalter zumarschierte, einen leisen Drang verspürte, meine leicht kriminellen Absichten einzugestehen, obwohl (aber das wußte ich noch nicht) ein solches Geständnis unmöglich gewesen wäre, weil es gar kein Verbrechen mehr gab, das ich hätte verüben können. Meine routinemäßig vorgebrachte Bitte, Zugang zu Brightmans Schließfach zu erhalten, produzierte in rascher Folge Stirnrunzeln, Blicke, Tuscheln, dann professionelle Besorgnis und schließlich reichliche Entschuldigungen – dargeboten von einem zuvorkommenden jungen Mann namens Corey.

»Tut mir leid, daß Sie warten mußten, Mr. Brightman, aber es scheint da eine Verwechslung gegeben zu haben. Nach unseren Unterlagen wurde dieses Schließfach nämlich gestern nachmittag gekündigt. Man hat auch alle noch offenen Gebühren beglichen.«

Im großen und ganzen nahm ich diese Mitteilung mit Gelassenheit auf. Kein Taumeln, kein Ohnmachtsanfall. Bloß die Art von Stirnrunzeln, die sich doch wohl jeder erlauben darf, dem gerade mitgeteilt wird, daß sein Schließfach von jemand anderem gekündigt worden ist. Ich blieb kühl genug, um die Rolle des geschädigten Kunden einigermaßen überzeugend zu spielen:

»Ich kenne Ihre Unterlagen nicht, Mr. Corey, aber den gestrigen Tag habe ich größernteils entweder dreißigtausend Fuß über dem Atlantik verbracht oder in einem Taxi, das im Holland Tunnel in einen Stau geraten war. Mit Sicherheit war ich nicht in Harrisburg, und mit Sicherheit habe ich mein Schließfach nicht gekündigt.« Ich nahm den Schlüssel aus meiner Tasche und hielt ihn ihm unter die Nase. »Wenn ein Schließfach gekündigt wird, bekommen Sie da nicht den Schlüssel zurück?«

Er machte ein unglückliches Gesicht. Meine eigenen Gefühle konnte ich nicht mit Sicherheit identifizieren, obwohl mein Zorn nur zum Teil gespielt war – ich hatte einen langen, langen Weg zurückgelegt, um diesen Punkt zu erreichen. Andererseits hatte ich wohl kein verbrieftes Recht, überrascht zu sein. Warum sollte sich der letzte Akt dieses Dramas einfacher gestalten als die vorangegangenen? Wie auch immer: Nach einigem Hinundhergerede wurde eine Dame geholt, eine jener schon älteren Bankangestellten, die einem nie in die Augen sehen und nach allen Seiten hin Feindseligkeiten ausstrahlen. Mit einem steifen Nicken ergründete sie unser kleines Mysterium.

»Das war gestern nachmittag, Mr. Corey. Mr. Simmons hat die Kundin bedient. Die Dame legte Dokumente vor, die ihr als Testamentsvollstreckerin ihres Vaters Zugang zu dem Schließfach gewährten. Ich glaube, sie war Kanadierin – sie hatte kanadische Papiere und solche des Commonwealth. Sie kam in Begleitung ihres Anwalts. Mr. Simmons hat mit ihm gesprochen.«

»Können Sie sich an den Namen der Dame erinnern?«

»Mr. Simmons hat ihn in seinem Akt, Mr. Corey. Wenn ich mich recht entsinne, war der Name der Dame ebenfalls Brightman.«

Ich war sehr überzeugend, als ich nun erkennen ließ, daß es mir allmählich dämmerte. »Langsam ergibt das einen Sinn, Mr. Corey. Miss Brightman ist meine Schwester, und die ist tatsächlich die Testamentsvollstreckerin unseres Vaters – sie hat bei ihm in Toronto gewohnt –, und ich nehme an, daß einige meiner Papiere unter die seinen geraten sind. Das ist sehr leicht möglich. Wir haben beide den gleichen Vornamen: Harold; und ich füge nie ein ›junior‹ an.«

Das war vielleicht um eine Spur zu perfekt. Bei Mr. Corey schien sich ein Zweifel zu regen. Aber seine Hauptsorge galt der Bank, und so nützte er die Gelegenheit und sagte: »Ich darf also annehmen, daß kein Schaden angerichtet wurde?«

»Jawohl. Und vor allem keiner, für den die Bank verantwortlich wäre.« Ich sah die Frau an: »Könnten Sie mir wohl sagen, wann meine Schwester hier war? Sie sagten gestern …«

Auch die Dame hatte jetzt ihre Zweifel und wartete Mr. Coreys Nicken ab, bevor sie den Mund aufmachte – und es dabei vermied, ihre Worte an mich zu richten. »Sie kam gegen eins und ließ ihre Dokumente bei Mr. Simmons. Sie kam erst viel später, gegen halb fünf, wieder zurück. Ich kann nicht sagen, wann sie gegangen ist.«

Ich nickte. »Vielleicht ist sie noch in der Stadt. Oder ich rufe sie in Toronto an. Jedenfalls danke ich Ihnen für Ihre Mühe … Ach ja, und das sollten Sie jetzt vielleicht behalten.« Ich schob Brightmans Schlüssel über den Tresen, und bevor Corey noch etwas sagen konnte, streckte ich ihm meine Hand entgegen. Zu diesem Zeitpunkt hatte er vermutlich schon Verdacht geschöpft, aber

Höflichkeit und Korrektheit waren wohl seine dominierenden Charaktereigenschaften. Wir schüttelten uns die Hände, verabschiedeten uns, und einen Augenblick später stand ich auf der Straße.
Ich holte Atem. Ich war müde, aber jetzt überlegte ich sehr intensiv und schnell – was für ein Spiel spielte May? Eine Sekunde lang flackerte mein alter Argwohn wieder auf, doch nach dem, was auf Hamiltons Hausboot geschehen war, konnte ich das nicht mehr glauben. Aber wie sahen die Alternativen aus? Hatte Brightman einen entsetzlichen Fehler gemacht und einen Hinweis auf das Schließfach in sein Testament eingefügt? Das erschien mir unwahrscheinlich. Testamente sind in zu hohem Maß zugänglich ... Aber wie sonst sollte sie davon erfahren haben, wenn nicht durch das Testament?
Völlig verunsichert kehrte ich zu meinem Wagen zurück, und als ich ihn erreicht hatte, fing ich auch wieder an, mich zu ängstigen. Ich hatte Subotin in Rußland abgeschüttelt, aber es gab keinen Grund zu der Annahme, daß ich ihn für immer los war. Und wußte May überhaupt von seiner Existenz? Hatte sie eine Ahnung von der Gefahr, in der sie schwebte? Ich mußte sie finden. Das bedeutete wieder einen Flug, diesmal nach Toronto – keine sehr angenehme Aussicht nach den vergangenen achtundvierzig Stunden. Doch dann überlegte ich noch einmal. Sie war gestern hier gewesen. Wahrscheinlich war sie gleich zurückgefahren; es war aber auch möglich, daß sie – wenn sie mit dem Auto gekommen war – die Stadt erst heute früh verlassen hatte; vielleicht war sie sogar noch hier. Was ich jetzt brauchte, war ein Telefon. Ich ging die Market Street zur Second Avenue hinunter – vorbei am »Senator«, wo sie um zehn Uhr fünfundvierzig mit den Pornos anfangen, und betrat eine schmierige Kneipe namens »Olympia«. Dort vertelefonierte ich einen Dollar und fünfundzwanzig Cents. Sie war weder im Sheraton noch im Marriott, noch im Holiday Inn, noch in einem der anderen großen Hotels; aber dann erinnerte ich mich daran, daß sie nie in großen Häusern abstieg. Motels, Pensionen, komische kleine Gasthöfe, die sonst niemand kannte – solche Etablissements mochte sie. Ein paar Namen fielen mir ein, aber das waren Unterkünfte, die man an besten persönlich aufsucht, und deshalb kehrte ich zu meinem Wagen zurück, fuhr noch einmal an Brightmans Bank vorüber und dann geradeaus durch bis zum alten Bahnhof, wo jetzt die Trailway-Busse stehen. Ich parkte und ging zur Blackberry Street zurück. An der Ecke zur Fourth Street befindet sich das »Alva«.
Ich hätte nicht sagen können, wann ich das letzte Mal da gewesen war; es mußte Jahre her sein. Ein großer alter Kasten, drei Stock hoch, einen halben Block breit und im Erdgeschoß eines dieser Familienrestaurants, denen die Schnellimbißketten den Garaus machen: amerikanische Küche, jede Menge Stammgäste, Polizisten, die dort ihre Kaffeepause verbringen. Auch das Hotel über

dem Restaurant hatte seine Klientel – vor allem Pensionisten – und wurde unter der Woche auch von Abgeordneten und anderen Leuten frequentiert, die oben im Capitol arbeiten. Als ich eintrat, ergoß sich eine Flut von Erinnerungen über mich, denn es hatte sich seit meiner Kindheit nur wenig verändert; die gleichen Nischen (aber keine Musikanten), dieselbe Fotografie eines Ochsen, den sie auf der Landwirtschaftsausstellung gekauft hatten; die gleichen Kellnerinnen meist mittleren Alters, darunter inzwischen aber auch ein paar hübsche Studentinnen.

Ich fragte nach May – und wie es aussah, hatte ich richtig getippt, mich aber im Timing verrechnet.

»Eine Dame mit langen Haaren, ein bißchen rötlich?«

»Das ist sie.«

»Ich weiß, wen Sie meinen. Sie war ein paar Tage da. Sie ist heute vormittag abgereist, so gegen zehn. Sie fuhr einen von diesen alten Volkswagen, das Modell, das man jetzt nicht mehr so oft sieht.«

Das war's also.

Um mich zu trösten, beschloß ich, etwas zu essen, und rutschte in eine Nische hinein. Da ich nun schon einmal in einem Lokal wie dem »Alva« war, bestellte ich mir Kaffee und die *spécialité de la maison*, eine Erdnußbuttercremetorte. Während ich darüber sinnierte, was das wohl sein könnte. zündete ich mir eine Zigarette an und sah mich um. An den Wänden waren Nischen, sonst überall Tische. In der Mitte führte eine Treppe ins zweite Geschoß, zum Hotel hinauf. »Toiletten« stand auf einem Schild, und ein Pfeil zeigte nach oben. Nach einer Weile kam meine Torte – ein seltsames Ding, aber sehr lecker. Während ich aß, hörte ich der hübschen chinesischen Kellnerin zu, die ein paar Tische weiter mit einem Mann flirtete, der eine Caterpillar-Tractor-Mütze trug. »Sie sind mir einer!« rief sie kichernd. »Nur nicht frech werden!« Ein anderes Mädchen hinter der Theke mühte sich damit ab, einen Filter in die Kaffeemaschine einzulegen. Ein Mann kam von zweiten Stock die Treppe herunter. Er schloß den Reißverschluß seiner Windjacke und blieb plötzlich auf halbem Weg stehen, weil der Verschluß klemmte. Er brachte ihn in Ordnung und stieg die letzten Stufen in den Saal hinunter. Ich konnte ihn jetzt gut sehen. Es war Subotin. Klein, rote Haare, das harte, schmale Gesicht – er war es ohne Frage. Die Hände tief in den Taschen der Windjacke vergraben, stieß er mit der Schulter die Vordertür des Restaurants auf und trat auf die Straße hinaus, während ich leicht zitternd die Gabel mit einem Stück Erdnußbuttercremetorte auf den Teller zurücklegte.

Zufall, hat einmal jemand gesagt, ist nur ein Spitzname für Vorsehung; und diese Begegnung war tatsächlich in vieler Hinsicht von der Vorsehung bestimmt – daß ich genau zu diesem Zeitpunkt genau an diesem Ort saß und, vor allem, daß er mich nicht gesehen hatte – es reichte, um einem den Atem zu nehmen – aber doch nicht so völlig, als daß ich nicht mehr geistesgegenwärtig genug gewesen wäre, aufzuspringen und hinauszustürzen.

Ich kam gerade noch rechtzeitig, um zu sehen, wie er die Straße überquerte und seine Schritte zu einer großen Parkgarage an der Fourth Avenue lenkte.

Ich riskierte es, mich noch weitere neunzig Sekunden auf mein Glück zu verlassen, lief zum Bahnhof zurück und holte meinen Wagen. Dann wartete ich mit angehaltenem Atem – die Parkgarage hätte ja eine zweite Ausfahrt haben können, von der ich nichts wußte. Doch die Götter waren immer noch auf meiner Seite. Nach ein paar Minuten kam Subotin heraus und steuerte seinen Chevy zum Fluß hinunter. Dort verlangsamte er das Tempo; vor uns lag der Susquehanna, breit und träge. In der Front Street war alles ruhig; nur ein paar Jogger liefen schnaufend am Ufer entlang, aber in diesen schönen alten Häusern wohnt heute fast niemand mehr; sie sind jetzt alle von Anwälten, PR-Leuten und auf die Beschaffung von Emissionsgenehmigungen spezialisierten Lobbyisten besetzt. An der Ecke bog Subotin – ein wenig unbeholfen – nach links ab; das mußte er, denn die Front Street ist eine Einbahnstraße. Offensichtlich wollte er in die entgegengesetzte Richtung, denn sofort wechselte er auf die Second Street über. Nachdem er dieses Zickzackmanöver hinter sich gebracht hatte, wurde er sicherer, legte einen Zahn zu und steuerte nach Norden in Richtung Interstate 81. Ich hielt mich dicht hinter ihm, und mein Hirn begann zu arbeiten. Was machte Subotin hier? Wie war er ins »Alva« gekommen? Hatte er nur einfach die Toilette benützt? May besucht? Hatte er sie verpaßt, so wie ich – oder war er mit ihr *zusammen*? Eine absurde Vorstellung, gewiß, aber dann wurde mir etwas klar: Ich hatte tatsächlich keine Beweise, daß er in Rußland gewesen war. Möglicherweise war er direkt aus Frankreich hierhergekommen.

Während ich mich in solchen Überlegungen verlor, erreichten wir das Autokreuz, und ich mußte mich auf meine Fahrweise konzentrieren. Den Wegzeichen nach Marysville folgend, fuhr Subotin auf den Highway 81 in südlicher Richtung – eine Straße, die ich so gut wie keine andere auf der Welt kenne, denn wenn man drauf bleibt, kommt man direkt nach Washington. Aber Subotin blieb nicht darauf. Hinter Marysville schwenkte er nach Norden ab – auf eine Straße, die ich womöglich noch besser kenne. Sie überquert die Blue Mountains und führt über den Majanoy-Gebirgskamm in die höheren, rauhen Tuscaroras.

Im einsetzenden Regen schlängelten wir uns hintereinander über die friedlichen, schwärzlichbraunen Hänge. Anfangs hatten die Häuser Vorortcharakter

– elegante Bungalows, entlang der Hügelkette erbaut, so daß man von ihnen aus den Blick in die Täler genießen konnte –, aber bald ließen wir das Stadtgebiet hinter uns. Die Wälder wurden dichter. Die Blätter hatten sich verfärbt, und viele Bäume waren bereits kahl, so daß auf den exponierten Wänden dieser höheren Berge silbergraue Adern das Gold und Rostbraun durchzogen. Hier gab es Bauernhöfe; das von den Mähdreschern zu Haufen zusammengelegte Getreide markierte die Konturen der einzelnen Felder, und rund um die Straßenkreuzungen standen typisch amerikanische Dörfer mit ihren Kirchtürmen und Lattenzäunen, alles in leuchtendem Weiß. Ich kannte alle diese Orte; einen nach dem anderen erinnerte ich mich an ihre Namen. Jedesmal, wenn ich den Blick erhob, trat mir ein Stückchen Landschaft vor Augen: Wie die hohen Eichen dunkel überhangene Straße diese enge Kurve beschrieb; ein Tal, das sich öffnete, um die braunen und goldenen Farbtöne zu zeigen, die ich immer mit Thanksgiving verbinde; der steile Felsabhang eines Berges. Ich brauchte keine Erinnerungen herbeizuzitieren, sie waren einfach da, und als wir die Tuscaroras erreichten, hörte ich meinen Vater, wie er mir erzählte … wie er mir erzählte, daß die Tuscaroras von ihrem eigenen Bund aus North Carolina vertriebene Indianer waren, die sich den Irokesen als letzte der berühmten Sechs Nationen angeschlossen hatten, und daß sie zu den fortgeschrittensten Waldstämmen gehörten. Ob sie ihren Gegnern den Skalp abzogen, hatte ich wissen wollen. Vielleicht, hatte er geantwortet, aber wenn sie es taten, so nur, weil der weiße Mann, ganz besonders der Franzose, es ihnen beigebracht hatte – »so wie deine Mutter mir meinen abgezogen hat«. Worauf wir alle in Gelächter ausgebrochen waren. Und es hatte sich dann sogar ein Familienwitz daraus entwickelt: Meine Mutter, obwohl in Lyon geboren, sei im Grunde ihres Herzens eine Tuscarora-Prinzessin.
Es stürmten noch viele andere Erinnerungen auf mich ein, für kurze Zeit hatte ich das unheimliche Gefühl, Subotin könnte mich zu unserer alten Jagdhütte führen. Doch dann bog er auf eine Nebenstraße ab, die sich einen Berg hinaufwand, um auf der anderen Seite in ein enges Tal hinabzutauchen. Hier gab es keine Häuser, nur einige wenige Blockhütten, und auf den steilen Hängen traten Fichten und Föhren an die Stelle von Ahorn und Eichen. Ich erinnerte mich, daß ein Bach dieses Tal durchfloß, und bald sah ich ihn durch die dunklen Bäume leuchten. Die Straße wand sich wie eine Schlange am Steilhang entlang. Das machte mir nichts aus, im Gegenteil: Die Kurven erlaubten es mir, Subotin auf den Fersen und gleichzeitig außer Sicht zu bleiben. Er fuhr mäßig schnell, was mir die Verfolgung ebenfalls erleichterte. Offensichtlich war er mit der Gegend nicht vertraut, denn er hatte eine Straßenkarte offen auf dem Armaturenbrett liegen und verlangsamte die Fahrt bei

jedem Verkehrszeichen. So ging das etwa zehn oder zwölf Kilometer. Es hatte zu regnen aufgehört, aber der Wind blies noch kleine Schauer von den Bäumen, und fallende Blätter blieben auf der Kühlerhaube haften und klemmten unter den Scheibenwischern. Schließlich schwenkte die Straße scharf nach rechts und überquerte den Bach. »NUR EIN LKW AUF DER BRÜCKE« war auf einem Schild zu lesen, und Subotin, vielleicht ein wenig ängstlich, verlangsamte die Fahrt, als er passierte. Ich ließ ihm einen kleinen Vorsprung und folgte ihm dann wieder. Ich wußte, daß ich ihn jetzt, wo es nur mehr wenige Abzweigungen gab, kaum verlieren konnte. Die nächsten drei Kilometer zog sich die Straße rechts neben dem Bach hin und führte dann wieder über einen Bergkamm. Wenn ich mich recht entsann (wenn wir zur Jagdhütte wollten, hatten wir immer die umgekehrte Richtung eingeschlagen), führte sie weiter nach Evansville und praktisch an Pater Delaneys kleiner Kirche vorbei ... Aber die war natürlich nicht Subotins Ziel. Gerade als die Straße erneut anzusteigen begann, verlangsamte er die Fahrt und bog hundert Meter weiter in eine enge, ungepflasterte Seitenstraße ein. Ich folgte ihm nicht, fuhr an der Abzweigung vorbei und stoppte.

Ich drehte mich auf meinem Sitz herum und warf einen Blick über die Schulter. Wahrscheinlich hatte er die falsche Abzweigung gewählt: Ich war fast sicher, daß diese Nebenstraße eine Sackgasse war.

Regentropfen trommelten, von den Ästen einer Eiche abfallend, auf das Dach meines Wagens herunter. Fünf Minuten vergingen. Er zeigte sich immer noch nicht. Ich wurde nervös und ließ den Motor wieder an. Doch dann zwang ich mich zu einer kühlen Überlegung. Wenn ich recht hatte, wenn es eine Sackgasse war, dann mußte Subotins Ziel irgendwo entlang dieser Seitenstraße liegen; das Auto würde mich nur verraten. Ich entschloß mich, zu Fuß zu gehen. Das Abstellen des Motors ließ eine unnatürliche, beklemmende Stille entstehen, die mich veranlaßte, die Tür behutsam zu schließen, und während ich zur Abzweigung zurückging, fuhr mir der Schrei eines Eichelhähers durch alle Glieder. Die Luft hier war trotz der geringen Höhe schon empfindlich kühler als in Harrisburg; mein Atem begann zu dampfen, und ich steckte die Hände in die Taschen. Ich kam zur Gabelung. Eng, ungepflastert, ging der Fahrweg von der Hauptstraße ab, so daß ein »Y« entstand. Durchaus möglich, daß Subotin in der Annahme, geradeaus weiterzufahren, die Nebenstraße gewählt hatte. Ich zögerte. Aber es war immer noch nichts von ihm zu sehen. Hundert Meter weit lief die Straße in gerader Linie bergab, und ich hatte ungehinderte Sicht. Langsam ging ich weiter. Nach dem ersten geraden Stück kam eine leichte Kurve und dann eine um vieles schärfere. Der Wald schloß die Straße jetzt von beiden Seiten ein, und eine graue, dunstige Düsternis hing in der Luft.

Mit sanftem Flügelschlag erhob sich eine Taube aus dem Straßengraben; Eichelhäher und Meisen flogen vor mir auf, zwitscherten und schimpften. Ich ging langsam weiter und blieb alle paar Meter stehen, um ja kein Geräusch zu überhören. Zehn Minuten vergingen; ich sah ihn immer noch nicht. Ich begann mir vorzuwerfen, daß ich einen rechten Bock geschossen hatte – Subotin war inzwischen vielleicht schon über alle Berge –, aber mir blieb nichts anderes übrig, als weiterzugehen. Einen Augenblick später sah ich das erste Zeichen menschlicher Präsenz – ein verwittertes Schild mit der Aufschrift »JAGEN VERBOTEN«, an einen Baumstamm genagelt, und gleich danach noch eines: ein am Straßenrand aufgestelltes, ungelenk mit der Hand beschriftetes Schild »Sackgasse«. Ich hatte also recht gehabt. Es machte mich nur noch vorsichtiger, aber ich setzte meinen Weg fort, und ein paar hundert Meter weiter sah ich endlich den Wagen. Er stand rechts an der Straße, am Beginn eines schmalen Weges, der in den Wald hineinführte.
Eine halbe Minute lang stand ich reglos; der durch die Bäume halb verdeckte Wagen erschien mir wie ein sprungbereites Raubtier. Aber Subotin konnte mich nicht gesehen haben; hätte er mich gesehen, wäre ich wahrscheinlich schon tot. Vorsichtig ging ich auf den Weg zu, der eigentlich nur aus zwei Reifenspuren bestand. Wenn er sein Vehikel noch ein paar Meter weiter gefahren hätte, wäre es von der Straße überhaupt nicht mehr zu sehen gewesen, aber offenbar hatte er befürchtet, in dem weichen, schwammigen Boden steckenzubleiben. Ich beugte mich vor und warf durch die Fenster einen Blick ins Innerste des Wagens. Auf dem Rücksitz lag eine Gewehrtasche aus Segeltuch. Leer …
Das gefiel mir ganz und gar nicht. Wo war er? Was zum Teufel suchte er hier? Ich spähte den Waldweg hinauf. Die dunklen, nassen Stämme der Fichten starrten mich an, ohne etwas preiszugeben. Ich wartete. Ich wußte, daß ich weitergehen würde, aber ich brauchte ein wenig Zeit, um mich mit dem Gedanken vertraut zu machen. Und dann – ohne Kommentar sozusagen – marschierte ich einfach los. Ich marschierte ziemlich flott; auf diesem weichen Boden waren meine Schritte nicht zu hören, und es hatte nicht viel Zweck, sich zu verstecken. Der Weg war sehr schmal, und wenn Subotin da auf der Lauer lag, würde er mich auf jeden Fall sehen. Trotzdem blieb ich ungefähr alle zwanzig Meter stehen und lauschte; wenn ich auch nur den geringsten Warnlaut auffing, konnte ich mich ins Unterholz werfen und fliehen. Aber ich hörte nichts. Nur hin und wieder das Zirpen eines Vogels, das Tropfen von Wasser, das Stapfgeräusch meiner Schritte. Ich setzte mich wieder in Bewegung. Vielleicht, so ging es mir durch den Kopf, war dieser Pfad das Überbleibsel aus einer alten Forststraße; vielleicht führte er zu einer Jagdhütte. Wahrschein-

lich war ich keine zehn Kilometer von der alten Hütte meiner Familie entfernt. Wenn ich mir vorstellte, daß der Weg immer geradeaus weiterging, würde ich … Ich blieb unbeweglich stehen.

Vor mir verbreiterte sich der Pfad, und es wurde heller.

Nachdem ich einige Schritte weitergegangen war, sah ich, daß er auf eine von Birken gesäumte Lichtung führte. Etwas schimmerte dort im Schatten. Ich kniete nieder. Unter den ausladenden Ästen der Fichten durchblickend, sah ich die vordere Stoßstange und die halbe Kühlerhaube eines Kleinlasters. Im dämmrigen Licht war ich mir der Farbe nicht sicher: dunkelgrün vielleicht oder auch dunkelblau.

Ich stand wieder auf. Ich wußte, daß es Selbstmord gleichkam, jetzt noch weiterzugehen. Hier irgendwo steckte Subotin und wartete. Mit einem Gewehr. Ich machte kehrt, eilte zurück. Erst nach einer Biegung, und als ich sicher war, daß man mich von der Lichtung aus nicht sehen konnte, blieb ich stehen, um zu überlegen. Was war los? Verhielt ich mich richtig? Aber ich wußte genau, daß ich das Richtige tat. Ich bin kein Feigling, aber auch kein Idiot. Es bestand natürlich die Möglichkeit, daß Subotin nur hergekommen war, um sich mit jemandem zu treffen, sich anderen Leuten anzuschließen, aber die wahrscheinlichere Erklärung erschien mir um vieles bedrohlicher: Er lag auf der Lauer. Er wartete zweifellos, daß jemand aus der anderen Richtung auf die Lichtung kommen würde; sobald ich das tat, war ich ein toter Mann.

Was sollte ich tun?

Ich konnte nicht einfach fortgehen. Ich erinnerte mich nur zu gut, wie Berri für mein Zögern bezahlt hatte. Schlimmer noch: Meine früheren Spekulationen kehrten sich jetzt in ihr Gegenteil um. War es möglich, daß May da drinsteckte? Wahrscheinlich hatte Subotin sie tatsächlich im »Alva« gesucht. War er hierhergekommen, weil er annahm, daß er sie hier finden würde?

Auf Fragen dieser Art gab es keine Antworten, und ich verließ mich auf meine Intuition. Nachdem ich noch weitere fünfzig Meter zurückgegangen war, fand ich eine Lücke zwischen den Bäumen. Von dort drang ich im rechten Winkel zum Weg in den Wald ein. Schon eine Minute später war ich tropfnaß. Mit jedem Schritt löste ich einen Schauer von oben aus; Farne und niedriges Buschwerk zerrten wie Seetang an meinen Beinen. Ich stapfte weiter. Als ich dann meiner Schätzung nach zwei- oder dreihundert Meter in den Wald eingedrungen war, wechselte ich die Richtung und hielt mich parallel zum Waldweg. Ich hatte vor, einen Bogen um die Lichtung zu machen und hinter ihr auf den Waldweg zurückzukehren. Mein Problem bestand darin, richtig abzuschätzen, wann ich weit genug gegangen war. Und jetzt hatte ich Glück. Als ich kurz stehenblieb, um zu Atem zu kommen, hörte ich das Rauschen eines

Baches – ein kontinuierliches Plätschern hinter dem von dem Blättern herabtröpfelnden Regenwasser –, und einige Minuten später erreichte ich die Uferböschung. Es war der Zufluß jenes Baches, den die Straße überquert hatte. Im Frühjahr, nach der Schneeschmelze, würde es ein tiefes, reißendes Gewässer sein, aber jetzt war es nur ein Rinnsal aus dunklem Wasser, das sich durch das Bachbett schlängelte. Und genau dieser Umstand war es, den ich mir zunutze machte, denn das Bett war so gut wie ein Weg, und es verlief in der mir gelegenen Richtung. Ich schlitterte die Uferböschung hinunter, Das Bett war aus Kies und hartem Schlamm,. man konnte gut darauf gehen. Nur bei scharfen Biegungen, wenn die Böschungen das Bett verengten, mußte ich es verlassen. In etwa zwanzig Minuten brachte ich über einen Kilometer hinter mich, bis ich auf der Uferböschung über mir plötzlich einen Weg sah. Es war ein Pfad wie andere auch, nicht mehr als eine Linie des geringsten Widerstandes durch die Fichten. Er näherte sich dem Bach, um sofort wieder seine Richtung zu wechseln, gleich dem Armen des Buchstabens K. Der untere Arm, das stand für mich fest, würde zur Lichtung zurückführen; der obere tiefer in den Wald hinein, wahrscheinlich zu einer Hütte. Die ganze Anordnung unterschied sich nicht wesentlich von der, wie ich sie aus meiner Kindheit kannte. Der Weg war so angelegt, daß man den Wagen an der Straße abstellen konnte; von dort ab mußte man sein Zeug tragen … meine Mutter hatte sich oft darüber beklagt.
Ich blieb einen Augenblick stehen, um zu Atem zu kommen, und begann dann den oberen Arm des Weges entlangzugehen. Er war schulterbreit, von Fichten und kleinen Eichen gesäumt. In vielen Jahren festgetreten, bildeten tote Fichtennadeln einen glatten, federnden Boden. An einzelnen Stellen, wo der Pfad abwärts führte, hatten Baumwurzeln die Erde zu sauberen kleinen Stufen gepreßt. Während ich jetzt dahineilte, so schnell ich nur konnte, atmete ich die würzigen Düfte feuchter Blätter und faulenden Holzes ein, und Fichtenharz und Schweiß begannen auf meinem gerötetem Gesicht zu brennen. Der Weg führte um einen riesigen modernden Baumstumpf herum, stieg über felsiges Gelände bergauf und schlängelte sich noch etwa zweihundert Meter weiter. Dann wurde er breiter. Ich verlangsamte mein Tempo. Einen Augenblick später roch es nach Rauch, und wieder einen Moment später kam die erwartete Hütte in Sicht.
Im Farn kauernd, überblickte ich eine kleine, felsige Lichtung. Die Hütte stand genau in der Mitte, sehr einfach gebaut, mit einem Ofenrohrschornstein versehen, die Seitenwände mit Zedernholz verkleidet. Sie stand auf Betonpfosten und bot einen unstabilen, schwankenden Anblick – eine deutliche Backbordschlagseite –, war aber ohne Zweifel bewohnt. Aus dem Schornstein quoll eine heimelige Rauchfahne; neben der Tür war Brennholz aufgestapelt. Ich holte

tief Atem, um mich zu beruhigen. Denn jetzt erst wurde mir klar, daß ich die Situation möglicherweise völlig falsch eingeschätzt hatte. Ich war von der Vermutung ausgegangen, daß Subotin auf der Lichtung haltgemacht hatte, wo der Kleinlaster stand; aber warum sollte er nicht den Weg weitergegangen und hierhergekommen sein? Es sprach überhaupt nichts dagegen. Vielleicht war er in dieser Hütte. Daß jemand drin war, daran bestand nicht der geringste Zweifel. An ihrem einzigen Fenster glitt gerade ein dunkler Schatten vorbei ...

Und dann hielt ich den Atem an, denn die Tür öffnete sich.

Wen erwartete ich eigentlich? Wer sollte jetzt aus der Hütte kommen?

Es war ein großgewachsener, stämmiger Mann, die breite Brust fiel zu einem gepflegten Bauch ab. Das Gesicht war breit und freundlich, das Haar dicht ...

Ja, er sah wie ein Bär aus – aber er besaß die Schläue eines Fuchses.

Ich erhob mich, betrat die Lichtung und ging auf den Mann zu. Ein Holzscheit in der Hand, starrte er mich an.

»Wer sind Sie?« fragte er.

»Mein Name ist Robert Thorne ... Mr. Brightman.«

22

Ich war verblüfft, ich war geschockt, ich war platt ... aber vielleicht hätte ich es wissen sollen. Ich schloß die Augen und sah May, wie sie da auf dem Hausboot in Frankreich stand. Wie wunderschön sie gewesen war! Und was sonst hätte sie so verändern sollen? Welches andere Leben hätte sie so aufblühen lassen können? Doch wen immer ich in dieser Hütte vorzufinden erwartet hatte, es war nicht Harry Brightman gewesen. Harry Brightman war verschwunden; Harry Brightman hatte sich das Leben genommen; Harry Brightman war ermordet worden. Über so lange Zeit das Objekt meiner Neugier, Gegenstand Tausender Spekulationen, bedeutete seine Existenz – sein Vorhandensein außerhalb meiner Gedankenwelt – fast einen Affront. Harry Brightman war am Leben. Wie konnte er es wagen?

Aber er lebte – der Rotfuchs war aufgestöbert worden. Ihn hier leibhaftig vor mir zu sehen und seine Stimme zu hören machte Modifikationen aller meiner bisherigen Eindrücke notwendig – die aber nicht völlig falsch gewesen waren. Mays Fotografie, *aufgenommen mit ihrer eigenen Kamera*, und meine eigenen Phantasien – die Gestalt, die im Traum von Bord des Schiffes ging – hatten seine Präsenz, seine Körperlichkeit vorweggenommen. Alte Männer beschreibt man oft als »flott« oder »lebhaft«, auf Harry Brightman trafen diese Eigenschaften nicht zu. Die physische Kraft, die er ausstrahlte, ließ ihn halb so alt erscheinen, wie er war. Andererseits hatte ich ihn mir zu »antiquiert« vorgestellt. Ganz eingesponnen in die Vergangenheit der Kino-Wochenschauen, in die Vergangenheit Sinowjews, Trotzkis und des Zweiten Weltkriegs. Jetzt mußte ich ihm eine zeitgenössische Existenz zubilligen – er wußte, was ein Wechselgetriebe ist, und er wußte, wie man auf einem Flughafen eincheckt. Und noch etwas änderte sich in diesem Augenblick an meinem Bild von Harry Brightman: In den vergangenen Wochen hatte ich die Hauptströmung seines Lebens ergründet, aber er flutete auch in anderen Richtungen und wurde von Zuflüssen gespeist, die zu beachten ich mir kaum die Mühe gemacht hatte. Das konnte man in seiner Stimme hören, die rauh, aber auch unbeschwert und liebenswürdig war: die Stimme eines Mannes von Welt – von mehreren Welten. Ich muß ihn wohl lange Zeit angestarrt haben, bevor ich es herausbrachte: »Ich bin mir noch nicht sicher, wie man mit Toten spricht.«

»Alpha und Omega heißt es in Griechischen, nicht wahr? Oder vielleicht sollten

Sie eine Trompete stoßen.« Er gab mir durch eine Geste zu verstehen, daß ich eintreten solle.
Ich sah mich in der dunklen Hütte um. Es war ein großer, niedriger, rechteckiger Raum. In einer Ecke stand ein Stockbett, die obere Matratze bloß, die untere mit einem dunkelbraunen Laken und einem sauber aufgeschüttelten Kissen ordentlich zurechtgemacht. Neben der Tür befand sich eine Anrichte und ein Ausguß, und unmittelbar vor mir stand ein gewaltiger schwarzer Holzofen. Von seiner Hinterseite ging ein rußiges Rohr aus. Mit rostigen Drähten an der Decke festgehalten, lief es bis zum anderen Ende des Raumes und verschwand dort durch die Decke. Brightman langte hinauf und stützte sich daran ab. Die Drahtschlingen knarrten. Seine Hände waren groß und kräftig ... Er war zweifellos der stofflichste Geist, der mir je begegnet war.
Ich wandte mich ihm wieder zu. »So engelsgleich fühle ich mich nicht gerade«, gab ich zurück.
Er lächelte. »Vielleicht eher zum Richter berufen.«
Er blieb ganz kühl. Aber auch er mußte bis zu einem gewissen Grad überrascht sein. »Sie wissen, wer ich bin?« fragte ich.
»Ja. May hat mir erzählt, was für eine große Hilfe Sie ihr waren.«
Ich konnte mir ein ironisches Lächeln nicht verkneifen.
»Ja, sicher.«
»Seien Sie bitte nicht böse, Mr. Thorne. Jedenfalls nicht auf sie. Ich weiß, wie sehr es ihr gegen den Strich ging, Sie irrezuführen. Und Sie sollten wissen, daß, als sie Sie das erste Mal anrief, alles, was sie Ihnen sagte, der Wahrheit entsprach. Sie wußte damals nicht, daß ich lebte. Erst später, nach der Sache in Detroit, sagte ich es ihr.«
»Weil Ihnen nichts anderes übrigblieb. Sie wußten, daß die Polizei sie auffordern würde, den Mann zu identifizieren, der im Leichenschauhaus lag.«
»Ja.«
»Nur *daß ich* die Schmutzarbeit für sie erledigte.«
»Mr. Thorne, ich habe volles Verständnis für Ihren Groll – aber richten Sie ihn gegen mich. Schließlich war ich es, der ihr dringend riet, Sie nach Detroit kommen zu lassen. Mir wurde damals klar, daß ihre erste Regung vernünftig gewesen war. Sie brauchte einen Freund, einen Menschen, dem sie vertrauen, auf dem sie sich verlassen konnte. Ich danke Ihnen dafür, daß Sie dieser Mensch waren.«
War es Groll, was ich empfand? Ich war mir nicht sicher. Schweigend beobachtete ich ihn, als er jetzt einen kleinen schwarzen Stumpen aus der Brusttasche seines Hemdes zog – eines karierten Holzfällerhemdes, nahezu identisch mit dem auf Mays Fotografie. Jetzt, da ich wußte, daß er am Leben war, ergaben

viele Dinge plötzlich einen Sinn. Was aber May betraf, war ich immer noch nicht sicher. Wieweit hatte sie mich manipuliert – ungeachtet ihres Widerstrebens? Oder war auch sie von ihrem Vater düpiert worden? Eigentlich spielte es jetzt keine große Rolle mehr; zweifellos hatte er alle anderen getäuscht. Während wir in der ganzen Welt herumgejagt waren, hatte er den lieben Gott einen guten Mann sein lassen und sich in seinem Bau erholt. Es war hier sogar gemütlich. Der Holzofen war primitiv, gab aber reichlich Wärme; der Küchentisch war ein schönes Stück Fichte; und die Coleman-Drucklampen spendeten genügend Licht für entspannende abendliche Lektüre. An der Wand hing sogar ein Stich in einem wunderschönen Rahmen: in einer sanften Brise schwankende Palmen am Strand einer pazifischen Insel. Vielleicht ein Robert Gibbings …

Während ich dies alles auf mich einwirken ließ, trat ich an das einzige Fenster der Hütte und schob den Vorhang zur Seite. Es war jetzt Spätnachmittag und wurde Minute zu Minute dunkler; schon erhellte ein opaker, silbriger Schein die Lichtung; falls Subotin in der Finsternis des Waldrandes lauerte, war er völlig unsichtbar. Wenn er da war … Ich wandte mich vom Fenster ab. Brightman zündete seinen Stumpen an; hinter dem schwarzen Rauchwölkchen, das er damit produzierte, beobachteten mich seine Augen unbewegt. Jetzt bist du am Zug, schien er sagen zu wollen – aber er plante auch den seinen. Und mir wurde klar: Er war nicht nur am Leben, er war auch sehr gefährlich. Weiß Gott, was ich ihm gegenüber empfand; seine bloße Existenz war noch zu verwirrend für mich. Dennoch gab mir dieser Ablauf der Ereignisse ein gewisses Gefühl der Befriedigung. Auf einer Ebene hatte sich meine Intuition als richtig erwiesen: Er war die ganze Zeit am Leben gewesen, und während ich die Spuren in seine Vergangenheit verfolgte, hatte er an der nächsten Ecke schon auf mich gewartet.

»Wo ist May jetzt?« fragte ich.

»In Toronto, nehme ich an.«

»Ist sie auf dem Weg dorthin hier vorbeigekommen?«

»Ich habe sie seit Wochen nicht mehr gesehen, Mr. Thorne.«

Eine Lüge – und sie tat seiner Würde Abbruch. Ich schüttelte den Kopf. »Wir haben keine Zeit, Mr. Brightman. Es hat keinen Sinn, noch etwas verheimlichen zu wollen. Ich habe mit Grainger gesprochen. Ich weiß alles über Florence Raines. Und über Dimitrow. Ich war bei Berri, und er hat mir die Wahrheit gesagt. Hamilton … Ihr Brief von der sowjetischen Botschaft … Jurij Schastow … das weiß ich alles. Ich weiß, daß May jetzt in Harrisburg war und was sie dort erledigt hat. Ich weiß …« Doch hier unterbrach ich mich. Ich hatte ihm die Fragen gestellt, weil ich herausbekommen wollte, wie Subotin es angestellt

hatte, ihn zu finden – vermutlich war er May gefolgt –, aber auch das spielte jetzt keine Rolle mehr. Darum fügte ich hinzu: »Der Kleinlaster auf der Lichtung am Ende des Weges, das ist doch Ihrer, oder?«
Brightman sah mich an, seine Augen auf gleicher Höhe wie meine. Eben hatte ich ihn wissen lassen, daß ich allen Geheimnissen seines Lebens auf die Spur gekommen war, aber er nickte nur leicht – eine Bestätigung, aber kaum das Eingeständnis einer Niederlage. »Sie waren ja sehr unternehmungslustig.« Er schürzte die Lippen. »Ja, der Wagen gehört mir. Ich wollte ihn gerade holen. Aus dem Bach kann man nicht mehr trinken, darum fahre ich jeden zweiten Tag ins Dorf, um Wasser zu holen.«
»Das würde ich Ihnen nicht empfehlen«, gab ich zurück. »Da draußen wartet ein Mann auf Sie. Er heißt Subotin; zumindest ist das der Name, unter dem ich ihn kenne. Jedenfalls ist er Russe, hat ein Gewehr und die Absicht, Sie zu töten – wenn nicht Schlimmeres.«
Die Wirkung, die ich mit diesen Worten erzielte, zeigte sich unverzüglich, obwohl ich sie nicht als niederschmetternd bezeichnen möchte – einen Mann wie Brightman »schmetterte« man nicht einfach nieder. Aber die Neuigkeit traf ihn doch schwer. Die Haut seines Schädels spannte sich; eine Sekunde lang sah man ihm sein wahres Alter deutlich an. Um Fassung ringend zog er an seinem Stumpen.
»Sind Sie sicher, Mr. Thorne?«
»Völlig sicher.«
»Wenn Sie so viel wissen, wie Sie zu wissen vorgeben, dann ist Ihnen wohl auch bekannt, wie wichtig das ist. Sagen Sie mir ...«
»Ich habe ihn im ›Alva‹ gesehen, dem Hotel, wo May abgestiegen war. Dann bin ich ihm hierher gefolgt. Er ist auf der Lichtung bei dem Laster. Ich habe einen Bogen um ihn gemacht, bin dann den Bach entlanggegangen, bis ich wieder auf dem Weg war.« Ich fügte hinzu: »Ich nehme an, er ist May gefolgt, als sie hierherkam.«
Er schüttelte den Kopf. »May war nie hier.«
»Aber Sie müssen sich mit ihr getroffen haben.«
»Ja, aber in Harrisburg.«
»Dann muß er Ihnen schon damals gefolgt sein.«
»Nein.« Er ging zum Fenster und sah hinaus. »Vergessen Sie nicht, Mr. Thorne: Ich habe schon angefangen, meine Spuren zu verwischen, als Sie noch gar nicht auf der Welt waren. Niemand ist mir hierher gefolgt. Aber Sie sagten doch, er habe Hamilton gefunden ...«
»Er hat Hamilton getötet, Mr. Brightman. Und ich vermute, daß er auch Grainger gekillt hat. Beinahe hätte er auch Berri umgebracht.«

Er drehte sich zu mir um. »Vor vielen Jahren war Hamilton einmal da. Es wäre möglich …«

»Spielt das jetzt noch eine Rolle?«

»O ja. Er will nur das Geld – aber das hat May jetzt. Wenn er durch Hamilton von dieser Hütte erfahren hat und nicht von May, dann ist sie in Sicherheit. *Das* ist der Unterschied.«

Unsere Blicke begegneten sich. Sofort änderte sich sein Gesichtsausdruck. Berechnung, Schläue, Falschheit, ja selbst seine grenzenlose Selbstsicherheit fielen von ihm ab und wurden durch völlige Offenheit und Verletzlichkeit ersetzt. Das war sein Herzensanliegen, alles, um was er sich sorgte; alles andere war Verstellung. Dieser Blick dauerte nur sekundenlang; aber sofort danach folgten Verzicht, Aufgabe, Resignation. Rückschauend erschienen mir Mays anfängliche Befürchtungen um vieles vernünftiger; sie hatte begriffen, wie völlig ergeben er ihr war. Und weil ich nun ein Echo auf diese Gefühle zu verspüren meinte, konterte ich rasch: »Seien Sie da nicht so sicher.«

Ich hatte recht; schon diese Spur von Zweifel, war ihre Sicherheit betraf, genügte, um neues Leben in seinen Augen aufflackern zu lassen.

»Ja«, stimmte er mir zu, »bei ihm kann man nie ganz sicher sein. Wissen Sie eigentlich, wer er ist, Mr. Thorne? Wen er vertritt?«

»Leute vom sowjetischen Militär. Mit hochgestellten Freunden.«

»Sie waren sehr gründlich mit Ihren Nachforschungen. Er war im GRU – dem militärischen Nachrichtendienst –, der allerdings in der Praxis nur eine Unterabteilung des KGB ist. Seine ›Freunde‹ sind in der Marine.«

»Und diese Leute wollen die UdSSR zu einem sicheren Ort für die Russen machen?«

»Sie wollen Macht, Mr. Thorne, für sich selbst und für ihr Land – und sie wissen, daß der ›Kommunismus‹ ihnen dabei nur im Weg ist. Ihr Ziel ist eine leistungsfähige Wirtschaft, Treue zum Vaterland, vernünftige politische Strukturen – um über noch größere Kanonen und noch mehr Unterseeboote zu verfügen. Sie werden versuchen, diese Macht mit Hilfe des Militärs und der Geheimpolizei zu erringen – sie werden versuchen, Militär und Geheimpolizei zusammenzubringen. Haben sie das einmal geschafft, werden sie in Rußland aus einer kommunistischen Diktatur eine Militärdiktatur machen.«

»Und diesen Prozeß wollen Sie aufhalten?«

Er kam vom Fenster zurück und lächelte. »Nein, Mr. Thorne. Ich möchte nur in Frieden gelassen werden. Deshalb – weil ich verzweifelt war – habe ich den Schlüssel zurückgeschickt. Sollen sie doch sehen, wie sie damit fertig werden – mit ihren verdammten Problemen in ihrem verdammungswürdigen Land!«

Ich musterte ihn aufmerksam; er log, oder er log zum Teil, denn er wußte ja

nicht, daß ich wußte, wer Schastow wirklich war; er wußte nur, daß ich seinen Namen kannte. Aber vielleicht war nicht alles gelogen – er war verzweifelt gewesen, und mit der Rücksendung des Schlüssels zum Gold an Schastow hatte er eine letzte verzweifelte Tat gesetzt. Vielleicht aber hatte er auch darauf gehofft, alle Beteiligten dazu zu bringen, durch die ganze Sowjetunion einem Phantom nachzujagen, während er und May sich in aller Stille davonmachten … Das hätte seine letzte, verzweifelte Hoffnung sein können. »Sie sagen, May hat jetzt das Gold. Wollen Sie es wirklich noch haben?«
In seinem Blick lag eine Mischung aus Mitleid und Zorn. »Seien Sie kein Dummkopf, Mr. Thorne. Ich werde es wohl vernichten, verbrennen. Sie sind ja nur Papier, diese Zertifikate … das Gold selbst liegt in einem Schweizer Banktresor, und von mir aus kann es dort bis zum Jüngsten Tag bleiben. Ich möchte nur sicher sein … Ich möchte nur mein Leben nicht mit mehr Scham zu Ende leben, als ich schon jetzt empfinde.«
Aber ich wußte, was es war, dessen er sicher sein wollte: Das Gold sollte nicht mehr der Köder sein, der alle anlockte – und May in tödliche Gefahr brachte. »Kann schon sein, daß Sie das wollen«, sagte ich. »Aber wie ich Subotin kenne, ist er nicht der Mann, der sich von Gefühlen dieser Art beeinflussen läßt. Er wird Sie töten, Mr. Brightman. Oder er wird Sie als Geisel nehmen, um an das Gold heranzukommen, das May jetzt in ihrem Besitz hat. Ich schlage deshalb vor, daß wir uns schnellstens aus dem Staub machen. Wenn wir uns beeilen, müßten wir es schaffen, auf dem gleichen Weg hier herauszukommen, auf dem ich Ihre Hütte erreicht habe.«
»Das ist eine ausgezeichnete Idee – für Sie. Aber nicht für mich. Selbst wenn ich ihm entwischte, es würde auf die Dauer nichts nützen. Jetzt, wo er weiß, daß ich lebe, würde er mich eben woanders aufspüren.«
»Nicht, wenn wir die Polizei verständigen.«
Er lächelte. »Das kann ich nicht riskieren.«
Ich hob abwehrend die Hand. »Das ist schon lange her, Mr. Brightman. Ich könnte mir vorstellen, daß das FBI mit Ihnen sprechen möchte, aber ich bezweifle …«
Er schüttelte den Kopf. Er war jetzt wieder ganz Herr seiner Entscheidungen. »Und *ich* bezweifle, daß Sie tatsächlich so naiv sind zu glauben, das FBI würde mir gegenüber derart versöhnlich sein. Aber das ist auch gar nicht das Problem. Sie vergessen: Ich bin tot. Begraben. Wenn ich wieder auftauche …«
Ich zögerte. Dieses kleine Detail hatte ich übersehen – und mir wurde plötzlich bewußt, was für ein häßliches kleines Detail es war. Als ich ihn ansah, lächelte er. »Verstehen Sie?«
»Wessen Leiche war es?«

»Spielt das noch eine Rolle?«
»Aus praktischen Erwägungen heraus könnte es eine Rolle spielen. War es ein Penner, ein Schnapsbruder ... « Brightman verzog ironisch das Gesicht. »Nein, Mr. Thorne, es war ein Freund – ein ›Genosse‹, wenn Sie so wollen. Ich versuchte durch ihn Kontakt mit unseren früheren Arbeitgebern aufzunehmen.«
»Auch einer vom Typ Hamilton?«
»Ein noch größerer Narr. Er glaubte noch.«
»Und was geschah?«
»Ich bin mir da nicht ganz sicher. Er hatte seine Verbindungen nicht ganz abreißen lassen; oder zumindest nicht so vollständig wie ich – was ihn nützlich machte. Möglicherweise gab er meine Wünsche weiter und erhielt daraufhin gewisse Instruktionen. Es ist aber auch möglich, daß er aus eigenem Antrieb beschloß, mich zu töten, weil er Angst hatte, ich könnte ihn enttarnen. Ich hatte ihm gedroht, das zu tun – das gebe ich zu. Wie auch immer, er versuchte mich zu töten, ohne Erfolg. Statt dessen tötete ich ihn – obwohl ich ein Leben gelebt habe, das ich fast in jeder Hinsicht bereue, war das eine Tat, die mein Gewissen nie belasten wird. Nein. Das Schlimmste war die halbe Stunde danach, als ich mit der Leiche neben mir im Motelzimmer sitzen mußte. Da kam mir die Idee. Preston war kleiner als ich, hatte aber so ziemlich das richtige Alter. Es schien mir einen Versuch wert zu sein. Wenn ich damit Schiffbruch erlitt, konnte ich immer noch meine ursprüngliche Absicht in die Tat umsetzen und mir das Leben nehmen. Also kaufte ich eine Schrotflinte, zog ihm meine Kleider an, setzte ihn in meinen Wagen und schoß ihm den Kopf vom Hals. Es funktionierte – funktionierte einfach zu gut, als daß ich es jetzt noch ungeschehen machen könnte.« Er ging zum Ofen hinüber, klappte den Deckel auf und warf seinen Stumpen in die rote Glut. Sich mir zuwendend, fügte er hinzu: »Das entscheidende Faktum ist doch, daß ich tot bin und es auch bleiben werde. Das ist der Angelpunkt. Wenn ich tot bin, sind alle besser dran.«
»Ich kann mir nicht vorstellen, daß May diese Meinung teilt.«
Er war mir schon zwei Schritte voraus. »Auf kurze Sicht mögen Sie recht haben. Aber ich werde sowieso bald sterben. Das hatte ich mir schon ausgerechnet, als ich mein Haus verließ. Ich wußte, es würde ihr weh tun – aber sie würde darüber hinwegkommen und immer noch ein langes Leben vor sich haben. Daran hat sich nichts geändert.«
Wieder sah ich die Verzweiflung und die Resignation hinter der Maske dieses Mannes. In Wahrheit war es mehr als das: Es war eine Art Selbstverachtung. Vielleicht konnte er meine Gedanken lesen, denn jetzt sagte er, während er einen neuen Stumpen anzündete: »Wissen Sie eigentlich, was ein Kommunist

ist, Mr. Thorne? Wie Sie einen erkennen? Ihn aus einer Menge herausfinden? Ich will es Ihnen sagen, es ist ganz einfach: Ein Kommunist ist jemand, der am geschicktesten die größte Zahl ermordeter Menschen rechtfertigen kann. Was aus mir einen gescheiterten Kommunisten macht. Sicherlich kann ich immer noch einen Menschen zum Krüppel schlagen oder ermorden, aber ich könnte es nicht mehr *rechtfertigen* – ich habe die wichtigste Fertigkeit verlernt, die ich einst zu besitzen behaupten konnte.«

»Sehr interessant. Aber ein wenig theoretisch.« Ich deutete mit dem Kopf auf das Fenster. »Wir haben ein praktisches Problem.«

»Sie irren. Ich denke sehr praktisch. Die Lösung unseres Problems besteht darin, daß ich hierbleibe. Subotin wird früher oder später ungeduldig werden und mich hier finden – und dann werde entweder ich ihn oder er wird mich töten. Letzten Endes wird eine Leiche mehr keinen großen Unterschied machen, jedenfalls nicht für mein Gewissen. Von Ihnen erwarte ich nur eines – bitte lassen Sie mich ausreden –, nämlich daß Sie sich in Sicherheit bringen. Weiß Gott, Sie haben genug getan. Bitte widersprechen Sie mir nicht. Glauben Sie mir einfach, Mr. Thorne. Aus Gründen, die Sie sich vielleicht denken können, und aus anderen, von denen Sie keine Ahnung haben, ist mir Ihre Sicherheit sehr wichtig. May und ich haben schon viel zuviel von Ihnen verlangt, und wenn ich eben sagte, daß nach meinem Tod alle besser dran wären … nun, das betrifft auch Sie.«

Sekundenlang stand diese Bemerkung im Raum. Und natürlich wußte ich es jetzt – und wußte, daß ich es schon die ganze Zeit gewußt hatte. Mein Vater hatte für Brightman spioniert. Mein Vater war der andere Mann im Außenamt gewesen,. dem sich zu erkennen zu geben Hamilton abgelehnt hatte,. Hier war nun endlich das »Persönliche«, auf das Travin angespielt hatte. Ich empfand es gar nicht als einen vernichtenden Schlag – ich hatte mich ja in den letzten Wochen selbst ganz allmählich an diese Erkenntnis herangeführt –, aber eine Sekunde lang schloß ich doch die Augen und krümmte mich vor Schmerz. Ich glaubte, daß Brightman das sah, aber er schwieg. Was wahrscheinlich nicht das Schlechteste war. Ich drehte den Kopf zur Seite und blickte noch einmal aus dem Fenster. Es regnete wieder. Die Tropfen prasselten gegen die Scheiben, prasselten auf das Dach – und auf Subotin, einen Berufskiller … Eine Zeitlang würden wir es den Toten überlassen müssen, die Toten zu begraben – sofern wir ihre Reihen nicht verstärkten. Ich wandte mich vom Fenster ab.

»Haben Sie eine Schußwaffe?« fragte ich.

»Ja. Ein paar alte Schrotflinten. Ein Gewehr ist, glaube ich, auch da. Machen Sie sich keine Sorgen, Mr. Thorne. Meine Chance ist nicht sehr groß, aber ich habe eine. Wenn er einen Fehler macht …«

»Ich meine etwas anderes. Es gibt da vielleicht eine bessere Lösung.«
»Das interessiert mich nicht, Mr. Thorne. Nur gehen Sie jetzt. Ich bitte Sie.«
»Erwarten Sie wirklich von mir, daß ich einfach weggehe und Sie allein hier lasse?«
»Selbstverständlich, warum nicht? Man ist seinem Gewissen nicht so weit verpflichtet, daß man sich wie ein Narr aufführen muß. Wenn Sie mir wirklich einen Gefallen tun wollen, dann retten Sie sich und seien Sie meiner Tochter auch weiterhin ein Freund. War das nicht der Grund, warum Sie das alles angefangen haben? Um ihr zu helfen?«
»Hören Sie mir nur einen Augenblick zu. Subotin weiß nicht, daß ich hier bin – und er weiß nicht, daß *Sie* wissen, daß *er* hier ist. Diesen Vorteil können wir uns zunutze machen. Auf dieser Lichtung hat er keine Deckung. Wenn ich am Bach entlang zurückgehe – wie ich gekommen bin – und Sie geradeaus den Weg hinuntergehen, können wir ihn in die Zange nehmen.«
Er wollte protestieren, besann sich dann aber eines Besseren. Denn er wußte, daß es funktionieren könnte.
»Und wenn ich sage ›in die Zange nehmen‹, dann meine ich, daß wir ihn lebend fassen, wenn möglich. Wir können ihn zusammenschlagen, fesseln und hierher zurückbringen. Dann brauche ich nur noch ein paar Stunden am Telefon. Sie wissen ja, daß ich Journalist war, Mr. Brightman. Ich habe gewisse Kontakte – CIA-Kontakte. Ich kann Ihnen garantieren, daß die uns Subotin mit Handkuß abnehmen werden, Sie können dableiben und sich rechtfertigen oder verschwinden – das bliebe ganz Ihnen überlassen. So oder so, ich glaube nicht, daß Sie sich jemals wieder Sorgen um ihn zu machen bräuchten.«
Brightman nahm den Stumpen aus dem Mund und blies die Backen auf. »Wenn es nicht funktioniert, bin ich auch nicht schlechter dran, als ich es jetzt schon bin.«
»Genau. Bei mir ist es dasselbe.«
»Sind Sie sicher?«
»Geben Sie mir ein Gewehr.«
Er durchquerte den Raum. In der Ecke zwischen Bett und Wand befand sich ein Schrank aus Hartfaserplatten. Da drin waren die Gewehre; aber er mußte noch herumsuchen und verschiedene Schubladen aufziehen, bevor er auch Patronen fand. Ich stand am Fenster. Es wurde jetzt schnell dunkel; das war nicht gut. Subotin würde unruhig werden und nicht länger auf Brightmans Erscheinen warten wollen. Ich fragte mich, ob mein Plan nicht verrückt war, aber mir fiel nichts Besseres ein. Ich machte mir nichts vor; Subotin einzufangen war ein riskantes Unternehmen, aber Brightman daran zu hindern, daß er ihn umlegte, würde sich vielleicht als noch schwieriger erweisen. Und mir war

noch etwas anderes klar: auch daß Brightman mich tötete, konnte ich nicht völlig ausschließen.
Jetzt brachte er mir das Gewehr. Es war eine verehrungswürdige Stevens-Doppelflinte aus der Zeit freiliegender Hähne und doppelter Abzüge – die Art von Gewehr, mit dem ich schießen gelernt hatte. Ich öffnete es, lud beide Läufe und steckte dann noch zwei Patronen extra in meine Tasche. Ich bemühte mich, Brightman in die Augen zu sehen; aber er wich meinem Blick aus – womit er nicht etwa meinen Verdacht bestätigte, sondern vielmehr einen anderen in mir aufsteigen ließ: Daß er nämlich, statt Subotin zu töten, die Dinge so steuern würde, daß Subotin ihn tötete. Es war paradox. Vor meinen Augen war Brightman wieder auferstanden, aber er selbst empfand sich als tot – und damit als »besser dran«, wie er sich ausgedrückt hatte. Ich warf einen Blick auf meine Uhr. »Es ist schon bald vier. Je eher, desto besser. Lassen Sie mir eine halbe Stunde Zeit, um meine Position zu erreichen, und warten Sie dann auf mein Signal. Sie sprechen doch Russisch?«
»Ja.«
»Gut. Ich werde *stoj* – Halt! – rufen, wenn ich soweit bin. Dann warten Sie erst einmal, was passiert, bevor Sie sich zeigen.«
Er nickte zustimmend. »Ist gut.« Und dann streckte er die Hand aus. Ob er mir damit seine Verbundenheit bezeugen oder sich verabschieden wollte, kann ich nicht sagen.
Ich ging zur Tür und trat hinaus. Es war kalt. Alle Farbtöne eines Blutergusses waren über dem Himmel verteilt. Durch den Nieselregen hatten die Bäume auf der kleinen Lichtung ihre scharfen Umrisse eingebüßt, während der Wald ringsum bereits zu einem schmutzigen, undefinierbaren Brei verschwammen. Ich ließ das Gewehr in meine Armbeuge gleiten und wollte gerade losgehen. Da geschah es.
Dreimal ein harter Knall – ein Schauer von Holzspänen flog mir ins Haar. Ich warf mich zu Boden und kroch verzweifelt unter die Hütte.

23

Es ging alles so schnell, daß mir zum Denken keine Zeit blieb. Es verschlug mir den Atem, als ich zu Boden krachte. Während ich mich unter die Hütte rollte und wand, riß ein Stein mein Knie auf, und von oben ragte etwas herunter und bohrte sich in meine Wange. Aber ich empfand nichts – nicht einmal Entsetzen, ich rollte nur weiter, bis ich gegen einen der Pfosten knallte, auf denen die Hütte stand. An diesen Pfosten gedrückt, lag ich flach auf dem Bauch. Ich befand mich in einer niedrigen dunklen Höhle, in der ich mich nur kriechend fortbewegen konnte. Einen halben Meter über meinem Kopf ertastete ich die Bodenbretter der Hütte; ich war umgeben von Schutt und allerlei Gerümpel – Bretterabfälle, ein Rechen, ein Gittersieb, ein abgesplittertes Stück Sperrholz, mit dem ich mich in die Hand schnitt. Alles, was ich vor mir sehen konnte, war ein Labyrinth von Pfosten und der schmale Lichtstreifen, wo der Unterbau zu Ende war. Dann ertönte wieder ein Schuß, und ich drückte mein Gesicht in eine Pfütze aus Schlamm und welken Blättern. Irgendwo über mir schmetterte eine Kugel durch die Hütte und erzeugte beim Aufprall einen schrillen Ton. Ich schob mich ein Stück weiter, bis ich den Kopf gegen einen Balken stieß. Ich horchte. Subotin rief etwas, aber ich konnte die Worte nicht verstehen. Ich starrte auf den grauen Lichtstreifen, sah aber nur welkes Gras rund um den Unterbau. Es folgten zwei weitere Schüsse, einer unmittelbar nach dem anderen. Wie ein Wurm kroch ich ein Stück weiter. Hinter mir leuchtete etwas auf, und ich begann mich herumzudrehen. Ein Spinngewebe blieb auf meinem Mund kleben, ich mußte mir einen alten Eimer aus dem Weg schaffen, aber dann arbeitete ich mich energisch mit den Ellbogen voran und rollte schließlich unter der Hütte hervor. Ich richtete mich auf und hörte in diesem Augenblick das Zischen einer Stimme. »Thorne? Sind Sie es?«

Ich wirbelte herum – von der Stimme war ich mehr überrascht als vorher von den Schüssen. Doch dann begriff ich, daß es Brightman auf der anderen Seite der Wand war; hier gab es kein Fenster, aber er hatte die Lippen an eine Spalte gepreßt und flüsterte mir zu.

»Hören Sie! Er hält Sie für mich. Laufen Sie! In den Wald hinein! Da ist ein Weg, der zum Bach hinunterführt – *bleiben Sie im Bachbett*! Schnell!«

Noch während ich mich bemühte, Gewalt über meine Zunge zu erlangen, hörte ich, wie Brightman von der Wand wegsprang und Subotin auf der anderen Seite

der Hütte über die Lichtung stürmte. Ich hob den Blick. Das dunkelgraue Licht vibrierte und verschwamm vor meinen Augen. Von der Hinterwand der Hütte, wo ich stand, erstreckte sich die Lichtung noch etwa fünfzig Meter bis zu den schweren schwarzen Schatten der Bäume. Ich hatte keine Zeit, nachzudenken, eine Entscheidung zu treffen. Ich fing einfach an zu laufen, lief, den Kopf gesenkt und mit berstender Lunge, um mein Leben. Ich sprang über Steine, stolperte durch das Buschwerk, wußte kaum, wo es hinging, denn im ersterbenden Licht hatten die Dinge jeden Umriß verloren. Alles trieb in einer neblig düsteren Brühe dahin. Wie eine Fata Morgana wich der sichere Schatten des Waldes immer weiter vor mir zurück, während gleichzeitig nebelhafte, undeutlich sichtbare Gegenstände plötzlich nur wenige Zentimeter vor meinem Gesicht scharfe Bilder hervorbrachten: die kahlen Zweige einer Birke, das glitzernde Perlenmuster eines Spinngewebes, eine ausgetrocknete Samenkapsel, die an einem Busch hing. Als ich schon das Gefühl hatte, durch einen Traum ohne Hoffnung zu hasten, streckten die dunklen Bäume plötzlich ihre Äste nach mir aus und packten mich.
Erst jetzt erlaubte ich mir, einen Blick hinter mich zuwerfen – die Lichtung war leer. Sofort begann ich weiterzulaufen. Ich geriet auf einen Weg. *Der Weg zum Bach:* Zum erstenmal begriff ich, daß ich genau das tat, was Brightman mir geraten hatte. Aber warum stiegen plötzlich Zweifel in mir auf? Ich war immer noch zu erregt, um darüber nachzudenken, und so lief ich einfach weiter, bis der Pfad, so wie Brightman es vorausgesagt hatte, in das Bachbett einmündete. Ich sprang die Böschung hinunter – die mir nun als Brustwehr dienen konnte, blieb stehen und drehte mich um.
Nach Atem ringend, das Gesicht in das welke Gras auf der Oberkante der Böschung gepreßt, starrte ich in die dunklen Schattenkringel, die in den Wald zurückreichten. Aber es gab nichts zu sehen, und alles, was ich hören konnte, war das Pfeifen meines Atems in meiner Kehle und der Wind in den Bäumen. Ich war in Sicherheit – für einen Augenblick. Aber wo war Subotin? Was war mit Brightman geschehen? Was sollte ich jetzt machen?
Er hält Sie für mich ... Laufen Sie ... Bleiben Sie im Bachbett ... Brightmans Worte wurden in mir wieder lebendig – und mit ihnen, kalt wie die Schatten, die mich umgaben, ein wirbelnder Dunst von Zweifel: der gleiche Zweifel, der mir schon in der Hütte gekommen war – jetzt aber tausendmal so quälend. War ich in eine Falle geraten? Mit einem Mal schienen alle Ängste, Ahnungen und Vermutungen dieser letzten Wochen klar und durchsichtig wie Kristall zu werden. Ich fluchte, fluchte laut, mein Kinn in den Schlamm der Uferböschung gepreßt, meine Blicke auf den Wald gerichtet, denn ich war jetzt sicher, daß ich alles begriff. Dadurch, daß Brightman die Wahrheit über meinen Vater

zugegeben hatte, waren auch andere Wahrheiten an die Oberfläche geschwemmt worden. Warum hatte er gerade mich dazu ausersehen, Mays Beschützer zu spielen? Weil Brightman genau wußte, daß er mich in der Hand hatte – die Schuld meines Vaters gab ihm mehr Macht über mich, als er über Hamilton gehabt hatte. Aber ich war zu weit gegangen, hatte zuviel herausgefunden. Das war vielleicht der Grund, warum Brightman sich gezwungen gesehen haben könnte, mit Subotin einen Handel abzuschließen – zwei schlaue Füchse, die gemeinsame Sache machten –, einen Handel, der darauf hinauslief, mich zu eliminieren. Deshalb hatte sich Subotin in Harrisburg von mir sehen lassen; es war ja seine Absicht gewesen, mich hierherzulocken: Der Hinterhalt auf der Lichtung war angelegt worden, damit ich hineintappte, und weil ich ihnen den Gefallen nicht getan hatte, versuchte Brightman jetzt, einen zweiten zu arrangieren. *Bleiben Sie im Bachbett ...*

Doch kaum waren mir diese Gedanken durch dem Kopf geschossen, da scheute mein Verstand auch schon davor zurück. Brightman, so wie ich ihn das erste Mal gesehen habe – als er aus seiner Hütte kam –, das war kein Mann gewesen, der darauf wartete, einen todbringenden Schuß zu hören. Und May – war sie zu so etwas fähig? Nach dem, was auf Hamiltons Hausboot zwischen uns passiert war, konnte ich es einfach nicht glauben. Außerdem hatte Brightman wahrscheinlich recht: Subotin wußte nicht, wer ich war. Er konnte überhaupt nicht ahnen, daß ich mich in der Hütte aufgehalten hatte. Subotin hielt mich für Brightman. Das war vermutlich der einzige Grund, daß ich noch lebte. Für einen, der Subotins Vergangenheit kannte, war es schwer zu glauben, daß er mich verfehlt hatte, als ich aus der Hütte kam, trotz des dämmrigen Lichtes war es einfach zu leicht gewesen, mich zu treffen. Aber er wollte nicht treffen, wollte nur Angst einjagen: *Denn sein Hauptinteresse galt dem Geld, und um daran zu kommen, brauchte er einen lebenden Brightman*

Aber wozu dann der Bach, wozu hierbleiben? Ich sah mich um; das Bachbett, das sich zwischen den Bäumen durchwand, war dunkel wie ein Tunnel, ausgenommen das schwache Glitzern des Rinnsals, das sich dort dahinschlängelte. Doch die Dunkelheit gewährte nur geringen Schutz; wenn einer wußte, daß ich da war, wenn er mich beobachtete, dann konnte er mich von der Böschung aus kaum verfehlen ...

Meine Gedanken vollführten die wildesten Sprünge; Erschöpfung und Angst ließen quälende Wahnvorstellungen in mir entstehen, bis plötzlich – fast so, als ob diese geistigen Strömungen ihn ausgelöst hätten – ein Schuß krachte und im Dunkel ein gewaltiges Echo fand. Instinktiv preßte ich mich flach an die Böschung, aber noch während der Knall verklang, wurde mir klar, daß der

Schuß keineswegs in der Nähe gefallen war. Eigentlich hätte das meine Verwirrung noch steigern sollen; tatsächlich aber brachte es mich zu einem Entschluß. Rückschauend weiß ich nicht, was ich dachte, ob ich überhaupt etwas dachte, denn als ich jetzt den Bach entlanglief, lief ich der Gefahr entgegen, auf die Stelle zu, von wo der Schuß gekommen war. Vielleicht glaubte ich, keine andere Wahl zu haben – in dieser Richtung hatte ich wenigstens die Chance, die Straße und meinen Wagen zu erreichen, während ich sonst nur noch tiefer in den Wald hineingeraten wäre. Vielleicht vermutete ich auch schon, daß ich Brightman unrecht getan hatte, zumindest in Gedanken. Und dann fühlte ich plötzlich einen stechenden Schmerz im Magen; ich war mir dieses Unrechts jetzt fast sicher. Das dumpfe Krachen eines zweiten Schusses kam mir den Bach hinauf entgegen – es war der Knall einer Schrotflinte, nicht des Gewehrs, das Subotin bei sich hatte. Nicht nur, daß Brightman mir keine Falle stellte, er bemühte sich, Subotin von meiner Spur wegzulocken! Von entsetzlichen Schuldgefühlen gepackt, lief ich weiter. Es war gar nicht so schwer – knapp am Wasser bestand das Bachbett aus Kies und gehärtetem Schlamm, und die Helligkeit reichte aus, um sich orientieren zu können: Ein letztes dämmriges Licht stieß durch das Dunkel des Waldes rund um den Bach herab, und von oben kam das erste opalisierende Schimmern des Mondes. Nach wenigen Minuten hatte ich eine Stelle erreicht, die auf gleicher Höhe mit der Hütte liegen mußte, wenn auch von dieser nichts zu sehen war. Ich ruhte mich ein bißchen aus und lauschte; als ich aber nichts hörte, setzte ich meinen Weg fort. Bald hatte ich keine Ahnung mehr, wo ich mich befand; das Bachbett verlief einfach zu sehr im Zickzack, und die dunkel sich auftürmende Masse des Waldes gab einen Hintergrund ohne jede Kontur ab. Dann stieß ich in rascher Folge auf zwei Hindernisse. Von der vordringenden Uferböschung unterhöhlt, war eine riesige Fichte quer über den Bach gestürzt; ihre toten, spröden Zweige waren spitz wie Stacheldraht. Gleich danach verengte sich der Bach scharf und hatte, indem er das Wasser zusammenpreßte, eine Rinne geschaffen, die tief genug war, um mich auf die Böschung hinaufzutreiben. Gute zehn Minuten mußte ich mich in ägyptischer Finsternis durch dichtes Buschwerk kämpfen, wobei ich es nicht verhindern konnte, fürchterlichen Krach zu machen; doch dann verbreiterte sich der Bach wieder, es bildete sich das gleiche spärliche Rinnsal wie zuvor, und ich konnte wieder neben dem Bachbett hergehen.

Fünf Minuten später blieb ich stehen, denn ich wußte, daß ich nahe der Stelle sein mußte, wo die Schüsse abgefeuert worden waren. Somit hatte ich, wenn es Brightmans Absicht gewesen war, mich in Sicherheit zu bringen, diese Absicht vereitelt. Aber wenn er das vorgehabt hatte, warum hatte er mir

aufgetragen, im Bachbett zu bleiben? Vorsichtig ging ich weiter. Plötzlich hörte ich unmittelbar vor mir ein rutschendes, gleitendes, scharrendes Geräusch. Ich blieb wie angewurzelt stehen.
Sekundenlang glaubt ich, es sei ein Tier, aber das Geräusch dauerte an, und da wußte ich, daß es kein Tier war. Jemand war die Böschung heruntergerutscht. Subotin – oder Brightman ... Ich hielt den Atem an; vor mir hatte sich der Bach zu einer verwirrenden Leere ausgeweitet. Dann schlug ein Stein gegen einen anderen ...
Stille. Der in dünnem Strom rinnende Bach; der rauschende Wind.
»Brightman? Ich weiß, daß Sie da sind. Und Ihr alter Schießprügel erschreckt mich überhaupt nicht.«
Es war Subotin. Er mußte es sein. Ich sah mich vorsichtig um. Ich stand praktisch in der Mitte des Baches, der hier seine breiteste Stelle hatte. Ich konnte weder das eine noch das andere Ufer erreichen, bevor er ...
»Sehen Sie? Es hat keinen Zweck. Versuchen Sie nicht, sich zu verstecken. Kommen Sie her. Ich tue Ihnen nichts, Brightman. Das wissen Sie doch.«
Immer noch Stille. Das Knirschen eines Schrittes. Dann der Strahl einer Taschenlampe.
Einen Augenblick lang war ich geblendet wie ein Hirsch im Schein der Pechpfanne. Aber der Strahl war gar nicht auf mich gerichtet, er tastete sich über die Oberkante der gegenüberliegenden Böschung. Schatten hüpften und tanzten, und wie auf einer alten Fotografie schienen sie verschwommenen Umrisse von Büschen und Bäumen mit Silber beschlagen zu sein. Dann begann sich der Strahl zu senken; nasse Steine und Schlamm glänzten und glitzerten. Der Lichtbogen kam näher. Ich hob das Gewehr ...
Ein Schuß donnerte durch die Finsternis. Das Licht erlosch.
Aber mein Finger hatte den Abzug noch nicht berührt. Der Schuß, ein großer roter Blitz, war von hoch oben am anderen Ufer abgefeuert worden. Brightman ... Ja, es mußte Brightman sein. Und dann schoß er noch einmal. Ein grelles Licht warf meinen Schatten ins Dunkel. Aber er hatte sein Ziel verfehlt, denn ein rascher Feuerstoß landete vor meiner Nase und veranlaßte mich, schnellstens in Deckung zu gehen.
Ich kauerte hinter einem kleinen Steinhaufen. Weitere Schüsse, die so schnell kamen, als stolperten sie einer über den anderen, pfiffen durch das Bachbett hinauf. Ich hörte, wie die Kugeln durch das Buschwerk fetzten und in die Böschung einschlugen ... Aber alles auf der mir gegenüberliegenden Seite. Und jetzt begriff ich: *Bleiben Sie im Bachbett!* Ein Gefühl überkam mich, wie ich es in meinem ganzen Leben noch nicht empfunden hatte: Ich mußte jetzt einen Menschen töten – mir blieb nichts anderes übrig. Brightman und ich, wir

waren jetzt beide Füchse, und er trieb mir bedächtig und ohne Hast den Hund vor den Lauf. Was ich jetzt brauchte, war Deckung. Der Steinhaufen reichte nicht; wenn mein erster Schuß danebenging, war es um mich geschehen. Die Böschung … aber ohne Lärm zu machen, kam ich nicht hinauf, und in dem Augenblick, da ich mich über die Oberkante schwang, würde ich, mich als Silhouette abhebend, von unten deutlich zu sehen sein.

Ich dachte angestrengt nach, immer das Rieseln des Baches im Ohr, und plötzlich hatte ich die einfachste Lösung des Problems gefunden.

Mich duckend, lief ich leise durch das Bachbett zurück – während hinter mir noch zwei Schüsse krachten –, bis ich die Stelle erreichte, wo die Böschungen aneinanderrückten. Hier füllte nur Wasser allein das etwa sechzig Zentimeter tiefe Bett; der Bach floß schnell und sprudelnd über die Steine.

Ganz leise trat ich an den Rand.

Die erste Berührung war wie Eis. Beim zweiten Schritt umklammerte ein Stahlring meinen Knöchel. Mein Fuß glitt aus – ein platschendes Geräusch, aber das Rauschen des Baches übertönte es, und ich ging weiter. In der Mitte des Engpasses, wo das Wasser mir bis über die Knie reichte, sah ich mich um. Zwei oder drei Meter vor mir bildeten drei größere Felsblöcke einen Damm, sauber geschnitten wie die Lehne eines Sessels. Ich watete ruhig darauf zu und setzte mich.

Die Kälte griff wie mit stählernen Fingern nach meiner Brust. Aber ich hatte, was ich wollte – Deckung. Selbst wenn Subotin mich erwartete, nie würde er hierhersehen. Ich schaufelte ein wenig Schlamm vom Boden aud und schwärzte mein Gesicht. Jetzt war ich nur noch ein Felsblock mehr, ein dunkler Klumpen in der klumpigen schwarzen Finsternis. Ich vermied jede Bewegung. Ich glaube, ich atmete nicht einmal. Die Kälte – etwas Konkretes, gegen das ich ankämpfen konnte – war fast ein Segen … Und dann glaubte ich ihn zu sehen, wie er sich duckend heranschlich … oder vielleicht auch nicht, denn nichts geschah. Ich wartete. *Nicht denken. Atem anhalten.* Sei wie das Wasser. Wie die Steine.

Und dann war er da und so nahe, daß ich fast aufgesprungen wäre – etwas aus der Dunkelheit Hervortretendes, das ich mit ausgestrecktem Arm hätte berühren können. Er mußte die letzten Meter flach auf dem Bauch gekrochen sein. Jetzt aber richtete er sich langsam auf. Seine Gestalt löste sich aus dem Schatten. Er kam ans Wasser heran. Er trat auf eine Steinplatte. Vier Meter. Eine Bewegung. Nicht nachdenken. Tu's, tu's. Rauf und zielen und abdrücken … Wußte Brightman, daß ich da war? Hatte er mich gesehen? Oder spürte er mich einfach oder vielleicht gar Subotin? Drehte der alte Fuchs den Spieß um, witterte er jetzt den Hund? Das fand ich nie heraus, denn später blieb keine

Zeit, ihn zu fragen, und noch während sich mein Finger um den Abzug straffte, krachte hoch oben auf der Böschung ein Schuß. Er mußte wohl in die Luft geschossen haben, denn er kam Subotin nicht einmal in die Nähe, aber wenn es ein Versuch war, seinen Verfolger herauszulocken, er hätte es nicht geschickter anstellen können. Denn Subotin ließ seine Stablampe aufflammen. Ihr Strahl zeichnete eine leuchtende Spur durch die Finsternis, glitzerte auf dem Wasser, glitt funkelnd über die nassen Steine und verwandelte sein Gesicht in eine glatte, silberne Maske. Und das war der Moment, wo ich feuerte. Einmal. Dann noch einmal. Den Bruchteil einer Sekunde lang wurde ein Bild in meine Netzhaut eingebrannt: die Uferböschungen, der Mann, der, die Arme in die Luft werfend, zurücktaumelte, das hoch aufspritzende Wasser ... Zurück blieben nur das Echo und ein verschwommenes rotes Zucken vor meinen Augen. Ich rappelte mich hoch, stolpernd und platschend, voll Entsetzen.

»Sind Sie das, Thorne? Ist alles in Ordnung mit Ihnen?«

»Ja ... aber um Himmels willen, schießen Sie nicht.«

Meine Stimme, diese gurgelnden Laute ... sie mußten einem anderen gehören. Ich war wie gelähmt und halb erfroren und zitterte am ganzen Körper. Über die Steine klappernd, kam Brightman die Böschung herunter. »Ich konnte nur hoffen, Sie würden verstehen, was ich meinte. Ich war sicher, daß er nicht wußte, daß wir zu zweit waren ...« Aber ich hörte nichts mehr. Ich starrte auf das blutige Bündel im Wasser hinunter. Die Strömung wirbelte um den Toten herum, wallte um den Bogen seiner Schultern auf, ließ seine Hand auftauchen, breitete seine Arme aus, und diesmal konnte ich meinen Blick nicht abwenden, konnte mich nicht erbrechen, konnte nicht einmal den widerlichen Geschmack ausspucken. Denn der Schuß, dessen Echo jetzt in der Nacht verklungen war, konnte nur einen zweiten auslösen, und was ich vor mir sah, war nur eine Wirklichkeit gewordene Erinnerung.

Als Brightman mich sah und vor mich hintrat, mußte er das begriffen haben, denn seine Worte waren ganz gewiß tröstlich gemeint – alles andere als eine Revanche für die dunklen Gedanken, die mir in bezug auf ihn durch den Kopf gegangen waren –, aber ihre Güte versetzte mir den einzigen Schlag, den ich nicht erwartet hatte.

»Ich tat, was ich konnte. Thorne. Ich schwöre es Ihnen. Wir haben alles versucht an diesem Nachmittag, Ihre Mutter und ich, aber was wir auch sagten, was wir auch taten, nichts konnte ihn ...«

Entsetzt starrte ich ihn an. »›Wir‹ – was meinen Sie damit?«

»Was ich sage. Wir ...« Entgeistert sah er mich an. »Mein Gott, ich dachte, Sie wissen es. Ihre Eltern waren doch beide dabei. Von Anfang an.«

Über die nächste Stunde kann ich nur berichten, daß sie vorbeiging – so wie

die Stunden auf dem Höhepunkt einer Krankheit. Ich mußte alle Kraft zusammennehmen, um sie durchzustehen. Ich war völlig erledigt, körperlich, geistig – wenn man bei mir überhaupt noch von Geist reden konnte. Zur Hälfte war ich schon tot – die andere Hälfte wollte sterben. Und wahrscheinlich brauchte es nicht mehr sehr viel, daß mir mein Wunsch erfüllt wurde. In meinem ganzen Leben war mir noch nie so kalt gewesen; Lungenentzündung war eine ausgemachte Sache, der Tod durch Unterkühlung kaum noch aufzuhalten.
Nur daß mir keine Zeit blieb, Angst vor dem Sterben zu haben. Wir mußten uns beeilen. Wir befanden uns in Pennsylvania, es war zwar Jagdzeit, aber möglicherweise hatte unsere Schießerei Aufmerksamkeit erregt. Wir hatten nicht einmal genug Zeit, uns dieser entsetzlichen Ironie bewußt zu werden. Wir wiederholten eine Szene, die vor langer Zeit Brigthman und meine Mutter gespielt hatten: Ein Tod, der zu einem Unfall umfunktioniert werden mußte ... Was hätten wir sonst tun sollen? Da ich schon naß war, durchsuchte ich Subotins Taschen nach Schlüsseln und Reservemagazinen und vergewisserte mich, daß seine Brieftasche nichts enthielt, was ihn mit einem von uns in Verbindung gebracht hätte. Seine Waffe – eine halbautomatische Valmet – war ins Wasser gefallen, aber ich fand sie und warf statt dessen Brightmans Schrotflinte hinein. Darüber hinaus gab es nicht mehr viel für uns zu tun. Wenn man die Leiche gleich fand, würden viele Fragen gestellt werden, aber dies war eine einsame Gegend, und Subotin mochte den ganzen Winter hier liegen; im Frühjahr würde niemand mehr feststellen können, was geschehen war.
Wir kehrten zur Hütte zurück. Ich brauchte unbedingt trockene Kleider, und obwohl Brightman sicher war, daß ihn keiner in der Gegend kannte, mußten wir alles so herrichten, daß es aussah, als ob seit Wochen niemand mehr hiergewesen wäre. Er begann sauberzumachen, während ich in eine seiner Hosen schlüpfte und mich dicht ans Feuer hockte. Langsam begann ich aufzutauen, und da das Feuer nun schon brannte, machte ich uns einen Kaffee. Gleich mit dem ersten Schluck verbreitete sich wohlige Wärme in meiner Brust. Brightman stellte eine Flasche Whisky und ein Glas vor mich hin. Ich tat einen Schuß Soda dazu, und die brennende Süße des Alkohols wusch rasch den ekelhaften Geschmack weg, den ich im Mund hatte. Ich kam wieder zu mir; ich schwang mich über das Fieber empor; langsam bekamen die Dinge ihre Konturen zurück. Ich sah Brightman an. »Erzählen Sie mir, was Sie wissen ... was Sie von meiner Mutter wissen.« Er war gerade dabei, einen Schlafsack zusammenzurollen. Er unterbrach sich eine Sekunde lang und fuhr dann fort, ihn in eine blaue Nylonhülle zu stopfen. »Ich weiß nicht sehr viel.«
»Schon möglich. Aber in bezug auf einige Dinge wissen Sie mehr als ich.«
Wieder zögerte er und fing dann abrupt zu reden an. »Ich lernte sie erst 1942

kennen, Mr. Thorne, als sie nach Amerika kam. Soviel ich weiß, hatte sie an der Sorbonne studiert und war auf die übliche Weise mit der KPF in Kontakt gekommen. Kommunismus, Idealismus, die Volksfront ... das gehörte damals alles dazu, wenn man jung und lebendig war.«
»Aber bei ihr ging es weiter.«
»Vielleicht. Vielleicht war es aber auch nur Zufall. Ich weiß nicht, wie sich das entwickelte ... Ich glaube – aber das ist nur geraten –, sie mischte sich unter die ausgebürgerten Linken, die damals in Paris lebten. Ich weiß, daß sie zum Beispiel mit Merlinda Marling befreundet war – die Amerikanerin, die Donald Maclean heiratete. Es waren viele Amerikaner darunter. Dabei begegnete sie vermutlich auch Ihrem Vater.«
»War sie damals schon angeworben?«
»Ja, ich glaube schon.«
»So daß also ihre Heirat ...«
»Nein, nein, das dürfen Sie nicht denken. Sie wußte immer schon, daß er kein Kommunist war, kein richtiger, meine ich. ›Aber ich liebe ihn trotzdem‹, hat sie einmal zu mir gesagt.«
»So daß also alles, was er für Sie tat, auf ihre Veranlassung hin geschah?«
»Nein. Das zu behaupten wäre unfair, beiden gegenüber. Er wurde nicht verführt, Mr. Thorne, jedenfalls nicht in diesem Sinn. Sie hatten unterschiedliche Beweggründe, aber beide standen zu dem, was sie taten.« Er machte eine Pause, musterte mich, zündete sich einen Stumpen an. »Er war ein anständiger Mann, ein Diplomat, der wußte, was die Nazis verbrachen, und der sich über die mangelnde Reaktion seines Vaterlandes auf diese Untaten entsetzte. Er gestand mir einmal, daß die Jahre, in denen Amerika sich aus dem Krieg heraushielt, die schrecklichsten und schändlichsten seines Lebens gewesen waren. Damit habe Amerika gezeigt, was es wirklich war, meinte er.«
Ich konnte mir nicht helfen, ich mußte jetzt an Hamilton denken, den »korrekten« Hamilton. Und es drehte mir den Magen um, wenn ich meinen Vater auf eine Stufe mit ihm stellte. Ich versuchte ruhig zu bleiben. »Aber damals waren die Russen doch auch noch nicht im Krieg.«
»Nein, aber er fand Entschuldigungen für sie. Sie unterzeichneten den Molotow-Ribbentrop-Pakt nur, um Zeit zu gewinnen, nicht weil sie ein Viertel von ganz Polen haben wollten. Das stimmte ja auch in gewisser Weise: Sie wollten beides haben.«
»Damals fing er also an, für die Russen zu arbeiten?«
»Ja.«
»Aber das konnte er dann nicht auf Veranlassung meiner Mutter getan haben. Er schickte sie doch fort – vor dem Fall von Paris.«

»Françoise – Ihre Mutter, meine ich – war ein Amateur. Zu diesem Zeitpunkt standen bereits die Profis im Einsatz.«
»Wie Sie einer waren?«
»Ich bin nicht sicher, ob mir dieser Titel zusteht, aber – ja, wie ich einer war. Allerdings nicht der erste. Erst nach dem Krieg wurde ich sein Führungsoffizier.«
In ein Laken eingehüllt, war ich dagesessen. Jetzt warf ich es ihm hin, und er verwendete es, um einen Teil seiner Lebensmittel darin einzuwickeln. Ich sah ihm dabei zu und dachte: Ich habe seine Geheimnisse enthüllt, und jetzt entschlüsselt er meine.
»Und wie hat er sich nach dem Krieg verhalten?« fragte ich.
»Zunächst machte er weiter. Aber er wurde immer unruhiger. McCarthy, die Hexenjagden – diese Dinge hielten ihn bei der Stange. Aber er war kein Kommunist und ganz bestimmt kein Stalinist. Er hatte die Russen unterstützt, weil ihm das der beste Weg zu sein schien, gegen die Deutschen zu arbeiten. Aber mit der Zeit fiel es ihm immer schwerer.«
»Aber er hing an der Angel.«
»Ja.«
»An Ihrer?«
»Er hing am gleichen Haken wie ich, Mr. Thorne. Aber ich möchte annehmen, daß Ihre Mutter um vieles wichtiger war. Sie *glaubte*. Ich bereitete mich darauf vor, seine Zügel etwas lockerer zu lassen, und tat es dann auch – er fing an, seiner Laufbahn eine neue Richtung zu geben und sich damit den Zugang zu wichtigem Material zu verbauen. Aber Ihre Mutter hätte nie zugelassen, daß er völlig ausstieg.«
»Aber er hat es doch getan. Mit seiner Flinte.«
»Das war eine schreckliche Woche für ihn – es war die Woche des Aufstands in Ungarn … Sie werden sich erinnern.«
»Ich war damals noch ein Junge.«
»Na ja, es war für viele Leute eine schreckliche Woche. Ihre Mutter bekam es mit der Angst und rief mich an – sie fürchtete, er würde sich selbst anzeigen. Ich geriet in Panik, das muß ich zugeben – zum Teil schon allein deshalb, weil ich genau dasselbe tun wollte. Sie haben Hamilton kennengelernt. Ich ließ ihn kommen und bat ihn, etwas zu unternehmen – sie waren ja beide im Außenamt tätig –, aber er weigerte sich. Das machte mir noch mehr angst, denn ich wußte: Wenn er tatsächlich Selbstanzeige erstattete, war ich erledigt. Er war ein ehrenwerter Mann; er hätte mich bestimmt nicht verraten wollen, aber er hätte mich verraten.«
»Und was passierte dann?«

»Wir kamen hierher und redeten. Ich hatte diese Hütte hier schon seit Jahren; es war ein unauffälliger, bequemer und praktischer Treffpunkt zwischen Toronto und Washington. Ihr Vater hatte mir geholfen, sie zu finden. Er war schrecklich durcheinander. Die Russen hatten ihre Panzer noch nicht losgeschickt, aber er wußte, daß sie es bald tun würden. Schließlich hatte er Zugang zu allen Geheimberichten des State Department, und die sagten die Niederwerfung des Aufstands voraus. Ich versuchte ihm einzureden, es sei doch noch nicht hundertprozentig sicher; ich wollte ihn beruhigen. Aber natürlich wußte er, daß er recht hatte. Ich habe mich immer gefragt, ob das wohl der Grund war, weshalb er es tat, *bevor* die Russen losschlugen. Auf diese Weise konnte er sich bis zum Schluß einen Rest von Zweifel bewahren – einen Zweifel, der einem letzten Hoffnungsschimmer gleichkam, die Dinge könnten sich doch noch anders entwickeln. Jedenfalls verlor er allen Mut, und Ihre Mutter benachrichtigte mich davon. Hierherzukommen erschien mir jedoch zu gefährlich, deshalb verabredeten wir ein Treffen im Wald. Ich erinnere mich noch, daß ich mich hinterher fragte, ob er das Gewehr nicht vielleicht mit der Absicht mitgenommen hatte, uns alle zu erschießen ... Er tötete sich, noch bevor ich da war. Ich erinnere mich auch, daß – ich wollte gerade wieder zurückfahren –, daß noch jemand da war ...«

»Ja. Das war ich.«

»Es tut mir leid.«

»Was geschah dann? Wie reagierte meine Mutter darauf?«

»In welcher Hinsicht?«

»Ihnen gegenüber.«

»Es ... es stählte sie, könnte man sagen. Sie machte weiter. Ich wollte es eigentlich gar nicht, aber sie machte weiter. Sie lieferte mir Klatsch, kleine Informationen ... Sie taugten nichts, aber ihr gaben sie das Gefühl, eine wichtige Rolle zu spielen, und mir die Möglichkeit ... ein Auge auf sie zu haben.«

»Sie meinen, für den Fall, daß es ihr einmal in den Sinn gekommen wäre, Sie zu verraten?«

»Nein, da brauchte ich keine Angst zu haben. Ich fühlte mich verantwortlich – auch für Sie, wenn ich das sagen darf. Wenn wir uns trafen, sprach sie meistens auch von Ihnen. Als ich einmal erfuhr, daß Sie zur selben Zeit in New York sein würden wie May, richtete ich es ein, daß Sie einander kennenlernten. Vielleicht ist das auch etwas, wofür ich mich entschuldigen sollte.« Hätte er sich für irgend etwas entschuldigen sollen? Damals war es mir egal; später war ich mit da nicht mehr so sicher. Doch was er mir dann sagte – auch wenn es als Entschuldigung gemeint war –, war hundertmal besser, denn es erklärte etwas. Und obwohl es mein Vater war, den zu beschreiben er sich bemühte, mit einer Art Anweisung, wie ich das, was mein Vater getan hatte, beurteilen sollte, gaben mir seine Worte letztendlich ein klareres Bild von ihm, Brightman, selbst.

»Ich möchte nur«, setzte er an, »daß Sie etwas über Ihren Vater wissen, und wer er war. Vor allem sollen Sie nicht glauben, daß Ihr Vater sehr viel anders war als der Mensch, an den Sie sich erinnern – überschätzen Sie die Bedeutung dieser Dinge nicht. Als sein Sohn kannten Sie ihn besser als ich. Wer Sie sind, das ist ein verläßlicherer Hinweis auf seine Qualitäten, als es eines seiner ›Geheimnisse‹ sein könnte. Und ich versuche jetzt nicht, Ihnen Trost zuzusprechen, ganz im Gegenteil: Ich versuche Sie vor der Gefahr zu bewahren, ihn in einem idealistischen Licht zu sehen. Genau das nämlich hat man mit dieser Zeit gemacht – sie ist ein Teil der Filmwelt geworden. Selbst der Depression, selbst dem Verrat hat man das goldene Mäntelchen der Nostalgie umgehängt. Ich höre es immer wieder. Die Leute haben unrecht getan – aber sie engagierten sich für etwas. Was sie taten, war falsch – aber mutig. Verstehen Sie? Philby, Blunt, Burgess, Maclean ... man kann sie alle zu Helden machen. Ich kann das sogar mit mir selbst machen, und Sie könnten sich versucht fühlen, auch so von Ihrem Vater zu denken. Tun Sie das nicht. Sie würden ihm einen schlechten Dienst erweisen. Rückblickend ist es leicht, die Unterschiede zwischen Menschen zu vergessen, aber ich habe das alles miterlebt, das können Sie mir glauben, diese Unterschiede gab es. Manche Leute erwärmten sich für den Kommunismus, weil der Kapitalismus zusammenbrach – Menschen hungerten – und die liberalen Demokratien in zunehmendem Maß faschistische Züge zeigten. Es war im Prinzip nichts, dessen man sich zu schämen brauchte; unter den damaligen Umständen war es sehr sinnvoll, Alternativen in Erwägung zu ziehen, und der Kommunismus war – zumindest auf den ersten Blick – keine schlechtere Alternative als die anderen. Aber eben nur auf den ersten Blick. Wer genauer hinsah und die Wahrheit erkannte – und das waren nicht wenige –, wandte sich rasch wieder ab. Das ist der Unterschied Nummer eins – weil natürlich viele auch dabeiblieben. Aber nach jeder Säuberung, jedem Mord, jedem Massaker schieden wieder ein paar von ihnen aus. Es handelte sich, wenn Sie so wollen, um Untergruppen sich vermindernder Leichtgläubigkeit. Es gab welche, die schluckten, was man ihnen von Trotzki erzählte, aber nicht, was sie von Bakunin hörten, und das sollte sie auf ehrenvolle Weiser unterscheiden von ... na, sagen wir von Leuten, die Andropow auch dann noch rechtfertigten, als er Imre Nagy in Budapest umbringen ließ. Vergleichen Sie doch einmal diese zwei extremen Positionen: An einem Ende des Spektrums haben wir den loyalen, sich aufopfernden Kommunisten, der wegen des Molotow-Ribbentrop-Paktes aus der Partei austrat, und am anderen Ende die loyalen, sich aufopfernden Kommunisten von heute, die immer noch so tun, als ob es den Gulag nur gab, weil Stalin verrückt war. Natürlich verurteile ich mich selbst. Ich war loyal und aufopfernd und habe mich der Barbarei mitschuldig gemacht … obwohl das im Grunde viel zu pathetisch ausgedrückt ist. Schließlich habe ich nicht einmal einer Ideologie gedient, sondern einem zweitklassigen Land, das sich nicht einmal ohne fremde Hilfe ernähren kann, Und wenn mir dies jetzt, wo mein Leben dem Ende zugeht, bewußt geworden ist, so verdanke ich es einem reinen Zufall … May, wie Sie ja wissen, war ein Zufall. Diese Chance – sie an meiner Seite zu haben, sie lieben zu dürfen – ist der einzige Grund dafür, daß ich heute so vernünftig reden kann. Und jetzt vergleichen Sie mich mit Ihrem Vater. Sehen Sie? Sie können ihn nicht als Helden feiern, aber rechnen Sie Verdienste an, wo sie anzurechnen sind. Er hat die Wahrheit gekannt; nicht sofort, aber noch vor vielen anderen. Und wo andere sich erpressen ließen – mit ihrer eigenen Schuld oder einfach auf Grund der Umstände –, weigerte er sich. Bis hierher und nicht weiter … Und den höchsten Preis für seine Fehler zahlte er selbst.« Er unterbrach sich und zuckte die Achseln. »Für mich war sein Tod nicht ganz umsonst, denn als ich ihn da im Wald liegen sah, begriff ich, wie ich noch nie begriffen hatte: *Darauf läuft es also hinaus. Mehr bedeutet es nicht. Eine Leiche mehr …*«

Was konnte ich ihm entgegnen?

Nicht viel. Es war seine Rede, er hatte sie gut aufgebaut, und ich besaß weder die Erfahrung noch die Abgeklärtheit, die nötig gewesen wäre, um einen Kommentar abzugeben. Es blieb auch keine Zeit mehr. Die Hütte hatten wir, so gut es ging, hergerichtet, und Subotins Gewehr – natürlich zerlegt – in einer Tasche verstaut. Wir konnten es nicht riskieren, daß die Polizei eine Hochleistungswaffe mit einem Mann in Verbindung brachte, der über seine Schrotflinte gestolpert war. Unter Kartons und Taschen wankend, machten wir uns auf dem Weg. Letztes Problem: den Kleinlaster um Subotins abgestellten Wagen herumzumanövrieren. Letzte Einzelheiten: die Gewehrtasche vom Rücksitz verschwinden zu lassen und Subotins Schlüssel auf das Armaturenbrett zu legen. Dann fuhren wir mit abgeblendeten Scheinwerfern zur Straße hinauf, wo ich geparkt hatte. Mein Wagen war noch da; niemand hatte ihn angerührt. Und niemand, da waren wir uns ganz sicher, hatte uns gesehen. Immer noch in Brightmans Pullover und in seiner Hose, stieg ich aus dem Kleinlaster. Einen letzten Augenblick lang lehnte ich mich an die Tür. Jetzt, viel zu spät, fielen mir Fragen ein, auf die nur er die Antwort wußte. Wenn May der Schlüssel zu seinem Leben war, wie hatte er sie gefunden? Was war die Wahrheit in bezug aud Dimitrow und Grainger, und was wußte er von Travin? Vielleicht sah er, wie mir das alles durch den Kopf ging, und ich glaube, es machte ihm Spaß, diese Geheimnisse für sich zu behalten. Doch dann, zum Schluß, gab ich ihm eines aufzulösen; zumindest tauschten wir eines aus. Denn gerade als er mir die Hand entgegenstreckte, bat ich ihn zu warten, ging zu meinem Wagen und holte die kleine Reise-Ikone, die Jurij Schastow mir gegeben hatte.

»Das ist für May«, sagte ich. »Von allen ihren Vätern, den wirklichen und den erfundenen.«

Er nahm sie mir aus der Hand und öffnete sie. Und dann schienen seine Augen mich anzuflehen. »Wissen Sie es?« fragte er. »Haben Sie es herausgefunden?«

»Was immer ich herausgefunden habe, Mr. Brightman, Sie wußten es bereits.«

»Dann bitte ich Sie sehr herzlich – suchen Sie nicht weiter!«

Während ich im Geiste noch die Frage formulierte, mit der ich in Erfahrung bringen wollte, was er damit meinte, wußte ich bereits, daß ich zu lange gewartet hatte. Er ließ meine Hand los und steuerte den Kleinlaster im Rückwärtsgang herum. Zwei Scheinwerfer, die sich einen Hang hinaufbewegten – wie ein Paar goldener Augen –, so verschwand Harry Brightman aus meinem Leben.

Aber nicht ganz.

24

Ein Jahr verging. Ich hatte überlebt; das tut man ja wohl immer. Ich hatte meine Arbeit, die segensreiche Notwendigkeit, mir meinen Lebensunterhalt zu verdienen, ja sogar eine Herzensfreundin. Das Leben ging weiter und riß mich, meine Gefühle nicht achtend, mit. Vielleicht war Brightmans kleine Rede nicht ganz unschuldig daran. Was ich über meine Eltern erfahren hatte – die Geschichte, die meines Vaters Grabstein endlich preisgegeben hatte –, veränderte vieles, aber nicht alles, und vielleicht blieben gerade die wichtigsten Dinge unverändert.

Es war Frühling geworden, und ich hatte halbwegs wieder zu mir selbst gefunden, aber jetzt, da das Geheimnis um den Tod meines Vaters endlich gelüftet und akzeptiert war, gingen mir auch all die anderen Rätsel wieder durch den Kopf. Es gab deren genügend. Würde man Subotins Leiche je finden? Wußte Loginow, daß Subotin tot war? Wer war Travin? Welche Rolle hatte er gespielt? Und wie war es Grainger ergangen? – Zwei mit aller Vorsicht geführte Telefongespräche mit Halifax beantworteten wenigstens diese Frage: Offenbar war dem alten Herrn nichts zugestoßen, er tat auch weiterhin seine Pflicht in der Klinik. Während ich mir über solche Dinge den Kopf zerbrach, fand ich selbst einige Antworten, denn im großen und ganzen war mir jetzt doch ziemlich klar, was passiert war.

Subotin – das war offenkundig – hatte Geld haben wollen, um die Aktivitäten seiner Gruppe zu finanzieren; durch seine Kontakte zum sowjetischen Nachrichtendienst hatte er von Brightman erfahren: ein einmaliger Fund, gelinde ausgedrückt. Immens reich und äußerst verwundbar, wäre Brightman auch ohne den Rest seines »Gold-für-Pelze-Vermögens« ein lohnendes Objekt für seine Verfolgungsjagd gewesen. Und Subotin hatte ihn verfolgt – dann aber, vermutete ich, seine Sache zu energisch betrieben. Ich dachte an May. Soviel ich wußte, hatte Subotin sie in Frieden gelassen, und sie wäre ja auch wirklich eine zu »naheliegende« Person gewesen, als daß Brightman das Gold an sie weitergegeben hätte. Was aber Subotin nicht gehindert haben konnte, sie zu bedrohen, um auf diese Weise Druck auf Brightman auszuüben; es war sogar die massivste Drohung, die er aussprechen konnte. Aber sie war *zu* massiv. Kaum war sie ausgesprochen, hatte Brightman das Weite gesucht. Für ihn war Mays Sicherheit alles gewesen; das einzige Mal, daß er sie einer Gefahr aussetzte – in Frankreich, als sie allein auf das Hausboot gekommen war –, hatte er es nicht vermeiden können, den er mußte sich vergewissern, daß Hamilton sein Versprechen einlöste, durfte aber gleichzeitig niemanden wissen lassen, daß er noch lebte. Ja, Brightman war buchstäblich bereit gewesen, für seine Tochter zu sterben, und, soweit es Subotin betraf, hatte er genau das auch getan. Nur daß sein »Tod« Subotin in keiner Weise gestoppt hatte; mit der KGB-Akte in der Hand war er praktisch von einem Kumpel Brightmans aus früheren Tagen zum nächsten gegangen: Grainger, Berri, Hamilton ... bei irgend jemand mußte Brightman das Gold gelassen haben, und das waren die erfolgversprechendsten Kandidaten, Hatte man diese Überlegungen erst einmal angestellt, ergab sich auch noch eine andere Lösung des Rätsels, was Subotin veranlaßt haben könnte, in mein Haus einzubrechen. Sehr wahrscheinlich – hatte ich ursprünglich angenommen – war ihm daran gelegen gewesen, mich von May fernzuhalten, indem er das Telegramm stahl; aber da er von Brightmans Gruppe wußte, mußte er auch von meinen Eltern gewußt haben, weshalb vielleicht auch mein Name auf seiner Liste gestanden hatte. Aber selbst wenn das stimmte, wäre ich zu diesem Zeitpunkt noch nicht von großer Bedeutung gewesen; erst später, nach meinem fehlgeschlagenen Kontakt mit Travin, war ich potentiell gefährlich geworden – daher auch die Überwachung des alten Hauses meiner Mutter in Georgetown.

Womit eine andere Frage wieder in mir aufstieg: Wer war Travin? Unmöglich, dies mit Sicherheit zu klären. Es war natürlich möglich, daß er vom KGB kam, aber je länger ich darüber nachdachte, desto mehr schien er mir ein Mann gewesen zu sein, der seine eigenen Ziele verfolgt hatte. Er hatte dieses Bild von Dimitrow und alle diese Schnappschüsse von May in seinem Besitz gehabt und versucht, auf eigene Faust Kontakt mit mir aufzunehmen. Hatte er das Geld für sich selbst haben wollen? Hatte er andere politische Ziele verfolgt als Subotin? Zwar konnte ich diese Fragen nicht mit Sicherheit beantworten, aber ich begann mir eine Theorie zurechtzulegen, die sich auf das gründete, was er am Telefon gesagt, und auf die Zeitungen, die ich auf der Müllhalde in Berlin gefunden hatte. Travin war ein Emigrant gewesen und hatte zu jener Welle von Emigranten gehört, die seit den frühen siebziger Jahren in die Vereinigten Staaten gekommen waren; Zehntausende von früheren Sowjetbürgern haben sich seitdem in New York, Los Angeles, San Francisco und in anderen Großstädten niedergelassen – 30 000 allein in Brooklyn im Bezirk Brighton Beach. Die meisten sind Juden, nur die wenigsten würden mit den politischen Zielen sympathisieren, die Subotin verfolgte. Aber auch in dieser Gemeinde besitzt der extreme russische Nationalismus, von dem Loginow gesprochen hatte, Anhänger, und vielleicht hatten Subotin und seine Gruppe bei diesen Leuten

Unterstützung und Unterschlupf gefunden. Wenn meine Theorie stimmte, bestand die Möglichkeit, daß Travin einer von ihnen gewesen war; einer, den Subotin gebraucht hatte, und der dann von ihm abgefallen war. Sein Versuch, mit mir Kontakt aufzunehmen, hatte sein Schicksal besiegelt. Aber er hatte auf jeden Fall zuviel gewußt. Er hatte von Dimitrow gewußt, irgendwie auch von meinem Vater (»etwas *Persönliches*, von dem Sie nicht möchten, daß ein Polizeibeamter es hört«), und er hatte auch – zumindest teilweise – die Wahrheit über May geahnt: Warum sonst hätte er die vielen Aufnahmen von ihr gemacht? Und da war es wieder, das eigentliche Geheimnis – May selbst. Wer war sie? Was hatte Travin tatsächlich bewogen, die Schnappschüsse zu machen? Und warum hatte Brightman, wenn er sie schützen wollte, Subotin das Gold nicht einfach gegeben? Ich kannte die Antwort oder glaubte sie zu kennen: Letzten Endes war das Gold nicht mehr von Belang gewesen; Brightman hatte es nur abgesichert, um die Entdeckung eines weit wichtigeren Geheimnisses zu verhindern. Aber was war das für ein Geheimnis? Nach allem, was ich herausgefunden hatte, nach all meinen Spekulationen war ich wieder ganz am Anfang, stand ich wieder vor der allerersten Frage: Wer war May Brightman und warum war sie so wichtig gewesen?

Ich erhoffte mir keine Antwort mehr darauf; eigentlich erwartete ich auch nicht, je wieder etwas von ihr zu hören. Über gemeinsame Freunde versuchte ich zu erfahren, wo sie lebte, aber niemand wußte es. Ein Brief an Cadogan – den Anwalt in Toronto – brachte nur zutage, daß auch er nichts wußte. Trotzdem konnte ich die Finger nicht davon lassen. Schon einmal war ich zu der Überzeugung gelangt, daß ihr Geheimnis zu meinem Geheimnis wurde, daß meines sich mit ihrem vermengte; das glaubte ich immer noch. Was ich über meinen Vater erfahren hatte, war die halbe Wahrheit, aber ich wollte die ganze haben. Es beschäftigte mich den ganzen Sommer über.

Schastow – nicht Brightman und nicht Georgi Dimitrow – war ihr leiblicher Vater; dessen war ich sicher. Und die Muter war natürlich nicht Florence Raines, sondern eine Russin, die im Jahre 1940 versucht hatte, ihr Kind aus einer verzweifelten Situation zu retten, aber auch vor dem Blutbad, das sie voraussah. Auf dieser Grundlage ließen sich Überlegungen anstellen. Wahrscheinlich hätten viele Frauen den Wunsch gehabt, es ihr gleichzutun, aber nur wenige hätten es durchsetzen können: Sie mußte einen gewissen Einfluß, vielleicht sogar Macht besessen haben, die letztendlich groß genug gewesen waren, um Harry Brightman zu veranlassen, aus dem fernen Kanada in die Sowjetunion zu kommen. Was war das für eine Macht? Was hatte ihn dazu gebracht, dieser Frau zu Willen zu sein? Weil ich nicht mehr weiterwußte, holte ich Travins Fotos hervor – die, die ich in New Hampshire gefunden hatte – und starrte sie stundenlang an in der Hoffnung, die Antwort zu finden. Wer bist du? fragte ich. Und wer war deine Mutter? Und warum sorgten sie sich alle so um dich?

Aber ich kam nicht weiter. Eine Zeitlang war ich sogar entschlossen, die ganze Sache fallenzulassen; aber ich konnte es nicht; ich kam immer wieder darauf zurück; es ging mir immer wieder durch den Kopf. Im September schickte mir eine Zeitschrift ein Buch, über das ich eine Kritik schreiben sollte. Es handelte sich um die Geschichte der stalinistischen Komintern mit viel Material über Dimitrow. So ging ich auch diesen Aspekt wieder durch und lief abermals gegen die gleiche leere Wand. Es war nicht Dimitrows Kind, und warum sollte er sich um Jurij Schastows Tochter gekümmert haben? Gerade im Jahre 1940 hatte er eine Menge anderer Dinge um die Ohren gehabt. Berri war wohl richtig gelegen mit seiner Vermutung: Wenn er das Baby gerettet hatte, so nur, weil es seine eigene Rettung bedeutete … und das hieß, daß May ein wahres Wunderkind gewesen sein mußte.

Ich gab nicht auf und kam am Ende zu dem Schluß, daß Dimitrow auf irgendwelche Weise damit zu tun gehabt haben mußte. In diesem Jahr 1940 war Harry Brightman in Powjenez gewesen, in diesem Jahr 1940 waren der Mann und das Kind in Halifax aufgekreuzt – das Zusammentreffen war einfach zu auffällig, um bedeutungslos zu sein. Abend für Abend dachte ich über Leonard Forbes' Worte nach, las noch einmal den Brief, den »Dr. Charlie« mir geschrieben hatte und den Subotin hatte stehlen wollen. War an diesen Spekulationen etwas Wahres? Etwas mußte dran sein. Travins Fotografie bestätigte, daß Dimitrow dagewesen war, und Brightman hätte kaum die Manipulation mit Florence Raines durchgezogen, wenn kein Grund dazu vorhanden gewesen wäre. Aber was war dieser Grund, und warum war Brightman überhaupt nach Rußland gefahren? Natürlich hatte Grainger behauptet, er wisse es nicht; und ich glaubte ihm. Diese ganze Geschichte mit Brightman und Sinowjews Mitarbeiterin – Anna Kostina – klang wahr – sie klang so wahr wie die Lüge, die Brightman ihm aufgetischt hatte. Vielleicht aber, sinnierte ich, war doch mehr daran. Hatte Cadogan nicht gleich am Anfang erwähnt, daß sich Brightman über eine Frau mit dem Vornamen Anna Sorgen gemacht hatte? Und wie Grainger selbst betont hatte: Die besten Lügen enthalten ein Körnchen Wahrheit. Man konnte also sehr wohl die Frage stellen: Hatte es eine Anna Kostina wirklich gegeben? Leonard Forbes hatte nie von ihr gehört, schließlich weiß er auch nicht alles. Ich begann nach ihr zu suchen – und stieß zu meiner Überraschung sehr schnell auf sie. *Kostina, A. P.* … Da war sie schon, im Namenregister eines der Standard-Geschichtswerke. Und nachdem ich sie einmal gefunden hatte, begegnete mir ihr Name überall.

Wie ich schon von Grainger erfahren hatte, war sie ein Mitarbeiterin Sinowjews gewesen und im Verlauf der ersten Säuberungswelle zu einer Haftstrafe im Gulag verurteilt worden; was die Zeit nach 1935 betraf, so war in keinem Buch mehr die Rede von ihr.

Früher allerdings war sie eine echte politische Aktivistin gewesen, wenn sie auch nur eine kleine Rolle innehatte. Sie stand Sinowjew nahe genug, um als seine Vertraute – aber vermutlich nicht als seine Geliebte – zu gelten, und führte mehrere heikle Missionen für ihn durch, die interessanteste davon im Jahre 1917: Sie war es gewesen, die den Befehl erhielt – und weitergab –, den Zaren zu ermorden. Weil sie befürchteten, der örtliche Sowjet könnte die Dinge selbst in die Hand nehmen, hatten Lenin und Sinowjew sie mit strengen Anweisungen, wie mit der Zarenfamilie verfahren werden sollte, und einem neuen Telegraphencode nach Jekaterinenburg geschickt, wo die Romanows gefangengehalten wurden. In allem, was danach geschehen war, hatte sie ihre Hand im Spiel gehabt.

Nachdem ich diesen Zusammenhang hergestellt hatte, fragte ich mich, was ich davon halten sollte. Die Möglichkeit, die sich daraus ergab, war so unwahrscheinlich – zumindest für einen, der behauptet, auf diesem Gebiet Fachmann zu sein –, daß ich sie sofort verwarf. Oder es zumindest versuchte. Aber sie ließ mich nicht mehr los. War es wirklich möglich, daß Jurij Schastows Frau ein persönliches Anrecht auf das Wappen auf der kleinen Ikone besaß, die er mir gegeben hatte? War es auch nur im geringsten wahrscheinlich, daß Travin alle diese Aufnahmen von May gemacht hatte, um ihr Gesicht mit einem anderen zu vergleichen? Durfte man – wenn auch nur für die Dauer einer Sekunde – ein Überleben, ein Entkommen, ein Aufwallen von Mitleid in den Bereich des Möglichen rücken?

Wenn man das tat, konnte man mit an Sicherheit grenzender Wahrscheinlichkeit annehmen, daß einzig und allein Anna Kostina gewußt hatte, was geschehen war.

Wenn ein Mitglied der Familie das Massaker überlebt hatte, mußte es mit ihrem Wissen geschehen sein; und wenn ein Mitglied der Familie dann hatte fliehen können oder freigelassen worden war, mußte diese Regung des Mitleids aus ihrem Herzen gekommen sein. Von Angst erfüllt wegen ihres Versagens oder auch ihre damalige Schwäche bedauernd, hatte sie später das Schicksal ihrer ganz privaten Geisel vielleicht weiter verfolgt und noch später, als ihr ihr eigenes gnadenloses Schicksal offenbart wurde, vielleicht begriffen, über welche Waffe sie verfügte. Nur daß sie sie unmöglich gebrauchen konnte, *solange sich das Kind, die Tochter der Tochter, noch in Rußland befand.* Die Tochter der Tochter ... Aber wenn sie es jemandem anvertraut hätte und wenn es dieser Person gelungen wäre, das Kind außer Landes zu schaffen – Stalins unmenschlichem Zugriff zu entziehen –, dann hätte sie einen Talisman besessen, eine Sicherheit von nahezu magischer Kraft.

Die Tochter der Tochter …

Glaubte ich das wirklich?

Durfte ich das glauben?

Würde es irgend jemand glauben?

Rußland, wie Peter der Große einmal sagte, »ist das Land, wo Dinge geschehen, die nicht geschehen dürfen«. Weiß Gott, damit hatte er recht gehabt. Während die Wochen vergingen und aus dem Spätsommer Herbst wurde, begann ich mich zu fragen, ob es sich hier nicht um etwas handelte, das geschehen war, obwohl es nicht hätte geschehen dürfen. Ich würde es nie erfahren. Jetzt aber wurde es zu der Frage, was ich im Grunde meines Herzens glaubte, und wie jeder weiß, hält sich Geglaubtes um vieles hartnäckiger als Fakten. Ich war hin- und hergerissen – bis ich Ende Oktober das einzige Zeichen bekam, die einzige Hilfe, die ich je erhalten würde: eine Nachricht von May.

Nur daß es kaum die Bezeichnung »Nachricht« verdient.

Es war eine Fotografie – May, in die Sonne lächelnd –, auf deren Rückseite stand: »Alles Liebe von uns, M.«

Das Kuvert, abgestempelt in Schiphol in Holland, dem großen Flughafen von Amsterdam, brachte mir nur zur Kenntnis, daß sie lebten und in irgendeinem Land dieser Welt ihren Wohnsitz hatten oder dorthin unterwegs waren. Und das Foto war auch nicht dienlicher. Es erinnerte mich an das Bild, das ich so oft vor meinem geistigen Auge gesehen hatte: »Aufgenommen von May mit ihrer eigenen Kamera«, denn es zeugte von der schwerfälligen, amateurhaften Kunstfertigkeit einer Generation, die mit der Box aufgewachsen war: Harry Brightman hatte sich mit der Kamera so postiert, daß die Sonne über seine Schulter schien – sein Schatten füllte den Vordergrund aus –, während die Augen seiner Tochter in das grelle Licht blinzelten. Sie stand auf einem Pier. Große Jachten waren da festgemacht, in prächtiger Perspektive aufgereiht, und hinter ihnen glitzerte ein blaues Meer – es konnte Cannes, Rio, Palm Beach oder sonst ein Ort sein, wo sich die Reichen aufzuhalten pflegen. In einer solchen Umgebung hatte May vor vielen Jahren erfahren, daß sie adoptiert worden war. Ich betrachtete ihr Gesicht – stundenlang betrachtete ich ihr Gesicht. Sie war die Frau, die ich geliebt hatte, War sie glücklich? Wenn sie war, wer ich glaubte, daß sie war – wußte sie es? Unmöglich zu sagen. Eine Brise drückte ihr das Kleid um die Beine, sie mußte mit einer Hand ihren Hut festhalten, und es war schwer, ihren Gesichtsausdruck zu erkennen. Ihr Gesicht war völlig außer Fokus; scharf eingestellt war der Pier mit den Booten hinter ihr.

Darauf wurde ich erst aufmerksam, als ich das Bild ungefähr zum zehntenmal anstarrte. In scharfen Umrissen zu sehen war nicht May, sondern eine der Jachten – ein gutes Stück hinter ihr: Es war ein schönes altes Wasserfahrzeug; kein Segelboot, sondern eine jener Dieseljachten aus den zwanziger Jahren, die nur aus glänzendem Firnis und leuchtenden Messingbeschlägen zu bestehen scheinen.

Eines Nachmittags nahm ich ein Vergrößerungsglas zur Hand und studierte das Schiff sorgfältig.

Enorm groß, prächtig, sehr altmodisch, mit den stolzen Linien einer Zeit, da die Reichen noch keine Angst davor hatten, reich auszusehen; das Deckhaus war hoch, das Teakholz liebevoll poliert, und der Name war aus Goldbuchstaben zusammengesetzt. Der ganze Stil erinnerte mich an Brightman und May – erinnerte mich an jene anachronistische Qualität, die mir an ihr immer aufgefallen war –, doch in Wahrheit gab es nichts, das sie mit der Jacht in Verbindung gebracht hätte – oder auch nur mit diesem Ort. Vielleicht waren sie auf der Durchfahrt, gaben ihr Geld aus und genossen die Schönheiten der Landschaft; ihre Anwesenheit dort war vielleicht rein zufällig. Aber, was immer man davon halten mag, der Name dieser Jacht sprang mich durch mein Vergrößerungsglas an – leuchtend wie Gold und klar wie das Leben selbst: ein Hinweis, eine Hoffnung, eine letzte Botschaft von Brightman … Man suche es sich aus. Ich kann nur sagen, was ich sah, erzählen, was ich weiß; und ich weiß, sie hieß *Anastasia.*

Knaur®

Polit-Thriller von Michael Molsner

(2087)

(2800)

(2801)

(2802)

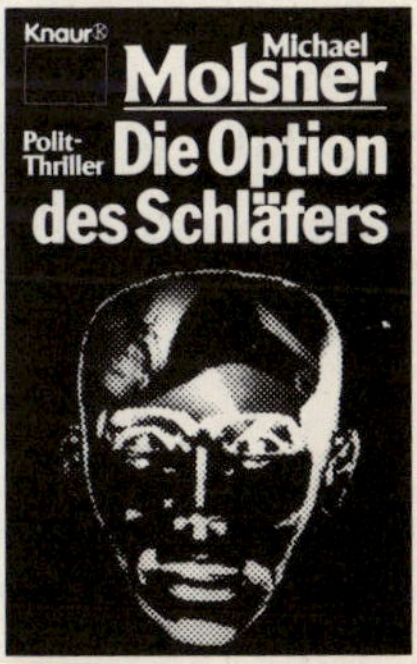

(2803)